나는
껄껄 선생
이라오

나는
껄껄 선생
이라오

박지원 씀
홍기문 옮김

보리

겨레고전문학선집을 펴내며

우리 겨레가 갈라진 지 반백년이 넘어서고 있습니다. 그러나 함께 산 세월은 수천, 수만 년입니다. 겨레가 다시 함께 살 그날을 위해, 우리가 함께 한 세월을 기억해야 합니다.

예부터 우리 겨레가 즐겨 온 노래와 시, 일기, 문집 들은 지난 삶의 알맹이들이 잘 갈무리된 보물단지입니다.

그동안 남과 북 양쪽에서 고전 문학을 되살리려고 줄곧 애써 왔으나, 이제껏 북녘 성과들은 남녘에서 좀처럼 보기 어려웠습니다.

북녘에서는 오래 전부터 우리 고전에 깊은 관심과 사랑을 보여 왔고 연구와 출판도 활발히 해 오고 있습니다. 그 가운데 〈조선고전문학선집〉은 북녘이 이루어 놓은 학문 연구와 출판의 큰 성과입니다. 〈조선고전문학선집〉은 가요, 가사, 한시, 패설, 소설, 기행문, 민간극, 개인 문집 들을 100권으로 묶어 내어, 고전을 연구하는 사람들과 일반 대중 모두 보게 한 뜻 깊은 책들입니다. 한문으로 된 원문을 현대문으로 옮기거나 옛글을 오늘의 것으로 바꾼 성과도 놀랍고 작품을 고른 눈도 참 좋습니다. 〈조선고전문학선집〉은 남녘에도 잘 알려진 홍기문, 리상호, 김하명, 김찬순, 오희복, 김상훈, 권택무 같은 뛰어난 학자분들이 머리를 맞대고 연구한 성과를 1983년부터 펴내기 시작하여 지금도 이어 가고 있습니다.

보리 출판사는, 조선민주주의인민공화국 문예 출판사가 펴낸 〈조선고전문학선집〉을 〈겨레고전문학선집〉이란 이름으로 다시 펴내면서, 북녘 학자와 편집진의 뜻을 존중하여 크게 고치지 않고 그대로 내는 것을 원칙으로 삼았습니다. 다만, 남과 북의 표기법이 얼마쯤 차이가 있어 남녘 사람들이 읽기 쉽게 조금씩 손질했습니다.

이 선집이, 겨레가 하나 되는 밑거름이 되고, 우리 후손들이 민족 문화 유산의 알맹이인 고전 문학이 지니고 있는 아름다움을 제대로 맛보고 이어받는 징검다리가 되기 바랍니다. 아울러 남과 북의 학자들이 자유롭게 오고 가면서 남북 학문 공동체가 이루어지는 날이 하루라도 앞당겨지기 바랍니다. 그리고 이 자리를 빌려 어려운 처지에서도 이 선집을 펴내 왔고 지금도 그 작업에 몰두하고 있는 북녘의 학자와 출판 관계자들에게 고마운 마음을 전합니다.

2004년 11월 15일
보리 출판사 대표 정낙묵

차례

나는 껄껄 선생이라오

내 하는 이 말을 조용히 들으라

양반이 한 푼도 못 되는구려

옛것을 배우랴 새것을 만들랴

나를 비워 남을 들이네

나는 껄껄 선생이라오

돼지 치는 이도 내 벗이라

▪ 일러두기

1. 《나는 껄껄 선생이라오》는 북의 문예 출판사에서 1991년에 펴낸 《박지원 작품집 1》을 보리 출판사가 다시 펴내는 것입니다.

　　북에서는 시詩와 전傳, 서序, 기記, 발문跋, 인引, 론論, 의議, 소疏, 서書, 척독尺牘, 묘지명墓誌銘으로 나누어 놓았으나 보리에서는 다시 갈래지어서 편집했습니다.

　　시와 소설의 제목은 그대로 두었으나, 나머지는 제목을 새로 달았습니다.

　　소설 가운데 '허생전' 과 '범의 꾸중' 은 보리에서 펴낸 《열하일기》에서 가져온 것이므로 리상호가 번역한 것입니다.

2. 옮긴이와 북 문예 출판사 편집진의 뜻을 존중하는 것을 큰 원칙으로 했다. 다만 지금은 거의 안 쓰는 한자와 옛날 말투들은 독자들이 알아듣기 쉽도록 바꾸었다.

　　예 : 거년→지난해, 주사→술집, 사괴다→사귀다

3. 맞춤법과 띄어쓰기는 '한글 맞춤법' 을 따랐다.

　　ㄱ. 한자어들은 두음법칙을 적용했고, 모음과 ㄴ 받침 뒤에 오는 한자 '렬' 은 '열' 로 '률' 은 '율' 로 고쳤다. 단모음으로 적은 '계' 나 '폐' 자를 '한글 맞춤법' 대로 했다.

　　　예 : 리해→이해, 람루하다→남루하다, 리마두→이마두, 군률→군율, 페해→폐해

　　ㄴ. 'ㅣ' 모음동화, 사이시옷, 된소리 따위의 표기도 '한글 맞춤법' 대로 했다.

　　　예 : 참이였다→참이었다, 바다가→바닷가, 날자→날짜

4. 남에서는 흔히 쓰지 않는 표현이지만, 북에서 흔히 쓰는 입말들은 다 살려 두어 우리말의 풍부한 모습을 살필 수 있게 했다.

　　예 : 숱발내기, 뼈물다, 말밥, 지저귀, 실그러지다, 말코지, 잔주르다, 저마끔

5. 저자가 글을 쓸 당시의 나라 이름, 사람 이름은 저자가 표현한 한자식 표기대로 두었다.

　　예 : 몽고(몽골), 안남(베트남), 이마두(마테오리치), 야소(예수), 섬라(타이)

내 하는 이 말을 조용히 들으라

총석정 해돋이

叢石亭觀日出

나그네들 한밤중에 부르거니 대답하거니
"먼 데서 닭이 우나 보다."
"아직은 울지 않으리."
먼 데서 먼저 울었다면 그곳은 어디일까?
가느다란 파리 소린 양 마음속에 그럴싸했을 뿐.
마을 안의 개 한 마리 짖다가 그쳐 버리니
어찌도 괴괴하던지 몸 오싹 춥기나 한 듯.
이때 무슨 소리 앵하고 귀를 스친다.
다시 들으려 할 제 처마 밑의 닭이 홰친다.
여기서 총석정까지 십 리를 못 넘는 거리
툭 터진 바다 앞에서 해돋이 구경 가자.
하늘인지 바다인지 끝없이 맞닿은 속에
물결이 언덕을 쳐서 우르릉 벽력이 인다.
혹시나 시커먼 바람 바다를 휩쓸어 불면
산마루 뿌리째 뽑혀 돌벼락을 내리지 않나.
곧, 고래 드잡이하다 육지로 튀어나올 듯

바다 기운 동하여 대붕새 날아오를 듯
한 가지 걱정되는 건 이 밤이 아니 새는 것
이 혼돈 상태 누구라 징험해 낼까?
아마도 물 맡은 귀신 과격히 완력 써서
땅 밑에 해 가두고 얼음으로 뒤덮은 게지.
아마도 하늘 펜 굴대가 하 오래 돌고 돌아
서북쪽이 기울어 해 돌던 줄 끊어진 게지.
세 발 가진 금까마귀 너무 재게 나니
누구라 끈 가져다 한 발을 동여매었나.
해신의 옷자락에서 어둑히 물방울 뚝뚝 듣고
여신의 쪽진 머리 추위에 부대껴 까칠하구나.
큰 고기 함부로 뛰어 말같이 돌아다니는데
퍼런 갈기 빨간 지느러미 어째 그리 헙수룩할까?
천지 개벽 처음 본 사람 누구란 말가?
미칠 듯 소리치며 등불을 켜려 한다.
혜성 꼬리 뻗치고 심성이 드리웠을 제
나무 위 우는 부엉이 더욱 밉살스럽다.
어느덧 수면 한쪽엔 작은 부스럼 자국인 양
긁혔구나! 용 발톱에 오죽 아프랴.
차차로 빛 퍼져 훤하니 만리 밖까지
장끼의 가슴패긴 양 짙은 빛 테 이룬다.
아득한 하늘땅이 이제로 경계 생겨
한 줄의 벌건 금으로 두 층이 뚜렷해진다.
크나큰 염색집들이 눈앞에 나타나는군.

천 필의 순색 비단을 단번에 드러내는군.
산호 가지 찍어서 숯으로 피운 게 누구인가?
부상의 뽕나무 지펴 불길 더 이글이글
염제는 불 부느라 입아귀 삐뚤어지고
축융은 부채질하다 바른팔 느른해지리.
가장 긴 새우 수염 맨 먼저 살랐을 게다.
굴껍질 두껍다 해도 제 벌써 익었을 게지.
구름 조각 안개 뭉텅이 모조리 동으로 몰켜
너도 나도 상서로운 체 저마다 재간피우고
이제 곧 조회 받으려 옥좌 차려 놨는데
수놓은 옷과 병풍뿐 그 자리 아직 비었다.
샛별이 떴는 앞에서 눈썹을 마주 비치며
낫거니 못하거니를 오히려 시새우는 듯
붉은 기운 엷어지면서 오색을 이루나 하니
먼 물결 바라뵈는 곳 제 먼저 맑아 있다.
바다 위 숱한 괴물 어디로 도망치고
해 모셔 수레 모는 신이 홀로 남은 듯.
둥근 지 육만 사천 년
오늘 땅은 혹시나 네모
바닷물 만길 깊거니 어떻게 길어 올렸나?
하늘에 층계 없다면 어떻게 올라왔을까?
가을철 과실나무에 한 덩이 붉게 달렸다.
채색공 발길에 채여 공중에 반쯤 솟았다.
저 뒤따르는 과보 숨이 차서 헐레벌떡

그 앞 인도하는 용들 제가 젠 체 우쭐우쭐
하늘가 어둑해지고 갑자기 찌푸리더니
끙하고 떠밀어 올려 기운 버쩍 돋우누나.
바퀴처럼 둥글지 않고 독처럼 길쯤한 것이
들어갔다 나왔다 쾅쾅 소리 들리누나.
온갖 것 눈에 띄는 것 어제와 마치 한모양
뉘라서 두 손 받쳐 단번에 추켜올렸노.

行旅夜半相叫謺, 遠鷄其鳴鳴未應.
遠鷄先鳴是何處, 只在意中微如蠅.
村裏一犬吠仍靜, 靜極寒生心兢兢.
是時有聲若耳鳴, 纔欲審聽簷鷄仍.
此去叢石只十里, 正臨滄溟觀日昇.
天水溟洞無兆朕, 洪濤打岸霹靂興.
常疑黑風倒海來, 連根拔山萬石崩.
無怪鯨鯤鬪出陸, 不虞海運値搏鵬.
但愁此夜久未曙, 從今混沌誰復徵.
無乃玄冥劇用武, 九幽早閉虞淵氷.
恐是乾軸旋斡久, 遂傾西北墮環絚.
三足之烏太迅飛, 誰呪一足繫之繩.
海若衣帶玄滴滴, 水妃鬒鬒寒凌凌.
巨魚放蕩行如馬, 紅鬐翠鬣何鬅鬙.
天造草昧誰參看, 大叫發狂欲點燈.

欃槍擁彗火垂角, 禿樹啼鵑尤可憎.

斯須水面若小癭, 誤觸龍爪毒可瘫.

其色漸大通萬里, 波上篷暈如雉膺.

天地茫茫始有界, 以朱劃一爲二層.

梅澁新惺大染局, 千純濕色縠與綾.

作炭誰伐珊瑚樹, 繼以扶桑盆熾蒸.

炎帝呵噓口應喁, 祝融揮扇疲右肱.

鰕鬚最長最易熟, 蠣房逾固逾自脄.

寸雲片霧盡東轇, 呈祥獻瑞各效能.

紫宸未朝方委裘, 陳宸設黼仍虛凭.

纖月猶賓太白前, 頗能爭長薛與滕.

赤氣漸淡方五色, 遠處波頭先自澄.

海上百怪皆遁藏, 獨留羲和將驂乘.

圓來六萬四千年, 今朝改規或四楞.

萬丈海深誰汲引, 始信天有階可陞.

鄧林秋實丹一顆, 東公綵毬蹙半登.

夸父殿來喘不定, 六龍前道頗誇矜.

天際黯慘忽顫魘, 努力推轂氣欲增.

圓未如輪長如甑, 出沒若聞聲砅砅.

萬物咸覩如昨日, 有誰雙擎一躍騰.

좌소산인에게

贈左蘇山人

나는 보았노라 세상 사람들이
남이 지은 글 칭찬하는 것을.
산문은 으레 한나라에 비기고
시라면 당나라를 끌어대는구나.
같다고 말하니 이미 참 아니라
한나라나 당나라가 어디 또 있으랴?
우리네 버릇이 전례를 좋아해
야비한 이 말도 이상할 게 없겠다.
듣는 사람들이 그걸 알지 못해
뉘 하나 낯빛을 붉히기는커녕
미련한 말라깽이 넘치는 기쁨에
입이 딱 벌어져 흐르는 침 질질
영리한 깍쟁이 겸손해하며
피해서 서는 체 한 걸음 멈치적
허약한 텁석부리 두 눈이 휘둥그레

덥지도 않은 날 온몸에 땀 철철
험험한 뚱뚱보 오죽 부러워야
빈 이름 듣는데도 향내 물씬난다고
시기쟁이 저 심통 내놓고 골부림
주먹을 두르며 때리며 덤빈다.

나 또한 이 칭찬 들은 적 있노라.
맨 처음 들을 젠 얼굴을 도려내는 듯
두 번째 들으니 도리어 까무라칠 듯
며칠 두고두고 엉덩이뼈 시큰
떠들어 댈수록 더욱이 맛 몰라
마치도 밀초를 씹은 것 같구나.
그대로 베끼는 건 온당치 못하니
종당에 등신이 될밖에 없네.
시기쟁이 저네에게 한마디 권하노니
재주고 솜씨고 다 걷어치우라.
내 하는 이 말을 조용히 들으면
그대네 뱃속 팡팡히 살찌리라.

흉내 내는 그쯤을 시새워 뭘 하나.
제 혼자 보긴들 부끄럼 없을까.
걸음을 배운다고 기는 꼴 우습고
흉내 내 찡그리매 상판이 더 밉다.
이제야 알건대 그림 속 계수나무

머귀나 가래나 산 나무만 못하다.
변신하고 나서서 온 나라를 다 속여도
옷을 벗기면 멀쩡한 가짜다.
온 언덕 퍼렇게 자라난 보리가
입 안에 든 구슬보다 중하다.
제 뱃속 더러운 것 생각지 않고
억지로 붓을 찾아 치장을 하네.
경서의 글자를 훔쳐서 모아 봤자
쥐새끼가 제단에 구멍 뚫고 사는 격.
고전의 주석을 엮어서 내자니
선비님네 아가리 벙어리 될밖에.
종묘에 제 올리려 차린 상에도
비릿하고 고릿한 젓갈붙이 놓은 격.
여름날 농사꾼 헙술한 주제에
갓끈을 드리우고 띠를 띤 것 같으리.
눈앞에 뵈는 일, 참이 게 있는데도
어찌 꼭 먼 옛날 지키어 가자나.
한나라, 당나라가 지금이 아니고
우리 나라 가요가 중국과는 다르거든
사마천, 반고가 되살아난대도
사마천, 반고를 배우지는 않으리.
새로운 글자를 만들지 못하나
내가 먹은 생각 다 써 내야 한다.
어떻게 옛날 낡은 법 안고서

천년도 만년도 그걸로 내밀려나.
지금을 가깝다 떠들지 말라.
천년 뒤에 이르런 오늘도 아득한 옛날.
남의 나라 오래된 병서를 읽어도
물 등져 진 치는 법 아는 이 드물다.
남이 안 갈수록 내 가야 한다는 걸
양적의 장사꾼 홀로 알고 있다.

내 본래 허약해 병치레하는 중
발등과 복사뼈 앓는 지 사 년째
쓸쓸한 이 마디 그대를 만나니
고운 여인넨 양 음전도 스럽구나.
시 얘기 잘하는 옛 벗을 맞으니
등잔의 심지를 몇 밤이나 돋웠노.
문장을 평할 젠 네 소견 내 말한 듯
술잔을 잡으며 두 눈이 빛난다.
한입 듬뿍이 생강을 씹는 듯
답답던 가슴도 하루아침 시원타.
평생에 쌓아 둔 두어 움큼 눈물을
가을 하늘 향해서 뿌리며 있노라.

목수가 제 비록 목재를 다루지만
대장간 풀무를 없애려 못 하리.
흙손을 잘 놀리면 미장이 될 게요

기와장이 제대로 기와를 잇느니
그들 모두가 한 길은 아니나
뜻은 한 가지 '큰 집을 이루자.'
뾰롱뾰롱하면 사람이 안 붙고
톡톡 떠는 성질 크게는 못 될걸.
원컨대 그대여 직수굿이 지내라.
원컨대 그대여 풋기운 버리라.
원컨대 그대여 젊을 때 힘을 써
동방의 이 나라를 바르게 이끌라.

我見世之人, 譽人文章者.

文必擬兩漢, 詩則盛唐也.

曰似已非眞, 漢唐豈有且.

東俗喜例套, 無怪其言野.

聽者都不覺, 無人顔發赭.

駿骨喜湧頰, 涎垂嚛而哆.

點皮乍撝謙, 逡巡若避舍.

餒聱驚目瞠, 不熱汗如瀉.

懦肉健慕羨, 聞名若衡若.

忮肚公然怒, 輒思奮拳打.

我亦聞此譽, 初聞面欲刷.

再聞還絶倒, 數日酸腰髁.

盛傳益無味, 還似蠟札俎.

因冒誠不可, 久若病風傻.

回語伎克兒, 伎倆且姑舍.

靜聽我所言, 爾腹應坦犤.

摸擬安足妒, 不見羞自惹.

學步還匍匐, 効嚬徒醜魋.

始知畫桂樹, 不如生梧檟.

抵掌驚楚國, 乃是衣冠假.

青青陵陂麥, 口珠暗批搋.

不思腸肚俗, 强覓筆硯雅.

點竄六經字, 譬如鼠依社.

掇拾訓詁語, 陋儒口盡啞.

太常列釘餖, 臭餕雜鮑鮓.

夏畦忘疎略, 倉卒飾緌鈣.

卽事有眞趣, 何必遠古抯.

漢唐非今世, 風謠異諸夏.

班馬若再起, 決不學班馬.

新字雖難刱, 我臆宜盡寫.

奈何拘古法, 劫劫類係把.

莫謂今時近, 應高千載下.

孫吳人皆讀, 背水知者寡.

趣人所不居, 獨有陽翟賈.

而我病陰虛, 四年疼跗踝.

逢君寂寞濱, 靜若秋閨姹.

解頤匡鼎來, 幾夜剪燈炧.

論文若執契, 雙眸炯把罳.

一朝利膈壅, 滿口嚼薑葰.

平生數掬淚, 裹向秋天灑.

梓人雖司斲, 未曾斥鐵冶.

朽者自操鏝, 蓋匠自治瓦.

彼雖不同道, 所期成大廈.

悻悻人不附, 潔潔難受嘏.

願君守玄牝, 願君服氣姐.

願君努壯年, 專門正東閜.

비가 잠깐 걷을 때 길을 가다가
一鷺 道中乍晴

백로 하나 버들 뿌리 밟고 서고
백로 하나 물 가운데 들어섰네.
산허리는 시퍼렇고 온 하늘이 새까만데
무수한 백로들이 공중에서 번득이네.
더벅머리 소를 타고 시냇물 비껴 건널 제
시내 건너 저편에서 무지개 날아오르네.

一鷺踏柳根, 一鷺立水中.
山腹深青天黑色, 無數白鷺飛翻空.
頑童騎牛亂溪水, 隔溪飛上美人虹.

농가
田家

할아범 새를 보러 밭둑에 앉았건만
개꼬리 같은 조엔 참새가 달려 있네.
맏아들 둘째 아들 들일로 다 나가고
온종일 농가에는 삽짝문 닫혀 있네.
소리개 병아리를 채려다 못 채 가니
박꽃 핀 울 밑에서 뭇 닭이 야단치네.
새댁네 함지 이고 꼿꼿이 내 건널 제
누렁개 발가숭이 앞뒤로 쫓아가네.

翁老守雀坐南陂, 粟拖狗尾黃雀垂.
長男中男皆出田, 田家盡日晝掩扉.
鳶蹴鷄兒攫不得, 群鷄亂啼匏花籬.
小婦戴棬疑渡溪, 赤子黃犬相追隨.

해인사

海印寺

합천에 절 있으니 이름이 해인사라
장엄하고 화려하기 팔도에 유명하다.
가마에 올라앉아 동구 안 들어서니
그윽한 경치들이 차차로 나타난다.
깊숙한 웅뎅이엔 수은이 가득한 듯
만 가지 고운 형상 한곳에 갖춰 있다.
다리팔에 어른대는 나무들의 그림자요
오장과 육부까지 스며드는 산빛
고운 깃 비춰 보려 새는 자주 기웃거리고
제 털 재세하면서 수달은 물 건넌다.
그윽한 델 헤쳐 나가니 꿈속에 들어선 듯
좋아라고 소리치니 술이 잔뜩 취했는 듯
다람쥐 뺨이 불룩 밤톨을 물어 오고
고슴돛 등에 꽂아 토란을 실어 간다.
주위가 변하며 한층 더 어리둥절
마음이 서먹한 게 겁까지 크게 든다.

비치어 환하도록 비단을 둘러쳤나
연하여 십 리 길에 들어찬 단풍나무
난데없는 천둥소리 산골짜기 들부수니
솟구치어 쏟고 붓는 물줄기는 백 갈래
윽물고 두드리고 놀라서 붙었다가
드잡이치고 나선 스르르 흐르는구나.
물이란 물건이 애초에 유순컨만
울퉁불퉁 돌뿌리 함부로 막아서니
한 치도 양보만은 천만에 못할 노릇
천고의 분노들 더럭 일으켰는가.
아직도 남은 물결 모래 속 숨어 흘러
흐느껴 목메이며 사람 보고 호소하듯
알지 못하겠노라, 이 물과 저 물 사이
어째서 둘이 서로 시새움해야 하나?
이 물이 돌에 대해 격하지 않는다면
저 돌도 물을 향해 원망이 없을 게지.
바라건대 저 돌이 조금만 양보하면
물 또한 평평하니 제대로 흐르련만
무슨 까닭으로 기쓰고 싸움 걸어
밤낮을 이어 가며 소란을 피우는고.

가마 멘 중들 덕에 험한 길 지나오나
몇 걸음 못 옮겨서 번갈아 드는 중들
못이 박힌 어깨엔 가엾어라 오목한 홈

훌떡 벗은 이마는 깨질세라 쪽박처럼
허리를 받치는 건 숨 하도 찬 탓이요
등어리 내밴 땀은 그대로 젖어 있구나.
묻노니 너희들은 무슨 재미 있어
첩첩한 산속에서 고생살이하는가?
종이 떠 공납하는 잡역도 고달프다.
남은 힘을 다하여 짚신 삼아 섬기나니
오히려 무서운 건 지나는 손님네들
으레 끌려나와 고역을 하는구나.
이런 걸 알고 나니 안쓰러운 마음 들어
모른 체 앉았기가 차마도 어렵구나.
미투리 바꿔 신고 지팡이 얻어 짚고
넘어지건 쓰러지건 비탈길을 따라 걷자.
노련한 화가들이 가을산 들어서면
먼 곳의 저문 빛을 붓끝에 놀리느니.
서리 친 숲속에는 단청 물감 넉넉하고
싸늘한 볕살 있어 흰 깁도 대신하리.

갑자기 툭 터지니 동구 문 여기인가
수레를 백 채라도 나란히 몰리로다.
우거진 나무 사이 멀찍이 가려 있는
층으로 솟은 누각 반쯤만 드러났다.
노장 중 마중 나와 풀길에 서 있는데
쓴 건과 입은 옷이 세속과 다른 차림

먼 길에 잘 왔다 은근히 위로하며
절 대신 손바닥 맞붙여 합장하네.
내 앞을 인도하여 절 안에 들어서자
제 보랴 또 예 보랴 두 눈이 핑핑 돈다.
엄장 큰 한 신장이 앞길을 탁 막는데
다리와 손만 봐도 무섭고 끔찍한 것
입귀가 쭉 째져서 눈까지 맞닿았고
불거진 눈망울은 누렇게 도금한 빛
귀에서 뱀 두 마리 좌우로 뻗쳐 나와
긴 몸이 구불구불 안개를 뿜고 있나.
비파를 끼고 있어 한적도 해 보이나
칼자루 잡은 꼴이 왜 그리 쓸쓸한가.
악귀의 배때기를 기운껏 밟고 서니
악귀 혀와 눈이 툭 삐져나왔구나.
단풍 귀신인가 팔뚝이 울퉁불퉁
대나무 귀신인가 긴 손톱 얼키설키
어깨에 두른 것은 댕댕이 저고리요
몸 앞을 가린 것은 범가죽 바지구나.
비 맡고 꾀 피는 용, 가물을 맡은 악귀
이 뿔과 저 궁둥이 애초에 맞붙었다.
여기는 우레 귀신 저기는 바람 귀신
이마와 주둥이가 유달리 기괴한데
엎어지며 자빠지며 신 밑으로 숨어들 제
다리팔 허공에서 허우적대고 있다.

부처의 궁전 있는 동구 하늘 쌀쌀한데
들보나 서까래에 햇빛 잠깐 들어도
찬란한 채색들로 환하게 비치거니
볕살이 들이쳐선 눈 외려 부실밖에.
창문에 아로새겨 연꽃이 가득한데
백로가 날아들어 꽃 새에 둥실 떴다.
밑줄기 붉은 말풀 줄지어 뻗어 있고
며가지 푸른 물새 날개를 맞대었다.
요괴스런 아이놈 용의 구슬 희롱하고
아리따운 여인이 봉의 장을 다룰 제
하늘의 신선들은 위의를 갖추고서
구름 위 걸어 지나 선궁에 모이는지
두루 죽 보고 나니 아롱아롱하다마는
마음속 서운하여 싫증이 나는구나.
마치도 꿈속에서 궂은 날을 만나서
천지가 어둑한데 비 줄창 드리운 듯
또 마치 근심 중에 음식상 받았는 듯
아무리 돌아봐야 만족하지 않는구나.
비로소 알았노라 이상한 구경거리
즐거움 고비 넘어 도리어 싱거운 걸.

내 일찍 들었거니 석가모니 부처의
코생김 눈생김이 애초에 추악했다.
행여나 후대 사람 구역질을 내면서

받들지 않을까 봐 걱정을 하던 끝에
경박한 제나라와 양나라 사람들이
멋대로 꾸며 내어 새기고 그렸단다.
어떤 건 조고맣기 콩알만 못하건만
전생의 지내온 길 역력히 안다 하며
어떤 건 어마어마 신장이 열여섯 자
사지의 하나 떼어 수레채 만들 만하다.
제 마디 두 손가락 맞물어 고리 짓고
작고 큰 어느 게나 다같이 이쁘구나.
이러한 꾀를 낸 것 실상은 잘못이며
부처 자신에게도 무엇이 유익하랴.
높직이 떠받들어 위한다 하는 것이
극단의 비방으로 돌아가 버리는구나.
곱다건 추하다건 분분히 떠들었자
본바탕 어느 때나 한 가지 아닐 게냐.
길게 뻗친 곁채는 자그마치 여든 칸
엄청난 저 큰 집이 통으로 불경 곳간
판목엔 옻을 입혀 밝기가 거울인데
좀벌레 파 먹을까 약 삼아 구운 소금
빙고의 얼음처럼 길길이 쌓였으니
보기에 놀라워서 두 눈이 둥그렇다.
마치도 온갖 비단 벌여 논 전방 같다.
(원문에 한 구가 빠져 있다.)
올올이 짜낸 비단 방패같이 늘어섰고

칸칸에 끼웠는 것 쪽 고른 대쪽인 듯
한동안 서성이며 시험 삼아 뽑아 보니
아무런 주석 없어 내용은 막연하나
광채가 야릇하게 때때로 비치니
각종의 쇠붙이가 한데서 녹았나 봐.
그 누가 부처의 법 설교해 오는 겐지
아무도 나루와 집 가리킨 적 없구나.

뜰 안에 거닐면서 침 감히 못 뱉으니
떨어진 밥알도 주워서 먹을 만하다.
층대는 쌓였건만 개미굴 있지 않고
기와 틈을 보면 깃들인 새도 없다.
쓰레질 않을망정 티끌이 씻은 듯해
온 뜰 안 깨끗한 게 갓 비 멎은 뒤같이
언제나 찬 바람이 우수수 불어 오니
어둑한 가운데서 귀신들의 호위인 양
묻노니 어떤 사람 이 절을 이룩노라
온 나라의 재물을 긁어모아 썼는고?
옛날의 어느 때 중 하나
먼 나라서 바다를 건너와서 이곳에 머물렀다.
까마귀 진배없이 얼굴 새까맣고
꼬부랑 할미처럼 제 몸도 못 가눴다.

맨 처음 불경 새긴 이야길 들어보면

허황하고 괴상하여 따져들기 어렵구나.
이가의 한 사람이 이름은 거인이라
부처께 큰 복 빌어 아침을 다하였고
새로 난 강아지에 세 눈이 박혔는데
아들 애기 기르듯이 곱게 곱게 길렀단다.
그 개가 어디론지 나가고 안 들어와
더 좋은 데 찾아서 갔나 보다 했단다.
나중에 세상 떠나 황천에 이르러서
싫건 좋건 자연히 귀신을 만났는데
세 눈이 박힌 것이 전날의 개 같아
놀랍고 반가운 중 슬며시 사정했다.
주인의 옛 은혜를 아직껏 잊지 않아
귀인의 도움으로 되살아 나오는데
부처 말 팔만 마디 새기어 책 만들어
부처법 널리 펴라 부탁을 하더란다.
온몸에 땀이 흠뻑 깨나니 한 꿈이나
씻은 듯 부신 듯이 고질병이 나았구나.
집안 간, 친척 간은 관, 수의 걱정하고
이웃이 모여들어 부의를 내던 판에
귀신의 부탁을 모두들 감격하여
불경을 있는 대로 목판에 새겼구나.
참으로 이 이야기 황당하기 짝 없으나
아득한 옛적 일을 상고키 어려우리.
또 설사 진정으로 이런 일 있었단들

우리네 선비들이 옮길 것 못 되느니.
내 오직 탄식하노라 유교의 십삼경은
저 멀리 북경 가서 사 와야 하건마는
저 사람 어떤 사람 제 혼자 힘으로
불경을 목판에 새겨 천년을 전해 왔나.

아침에 일어나서 학사루 올라서니
마치도 문창후*를 만나나 볼 성싶다.
이분이 살았을 적 신선을 좋아해서
재취를 얻지 않고 일생을 마쳤다네.
도 닦아 하늘 위로 날아서 올라가며
한 쌍의 신발만을 숲속에 던졌다네.
듣건대 황제란 분 용 타고 갔다건만
그 무덤 이제까지 교산에 남아 있다.
어둡자 자리 보아 평상에 기대이니
희미한 초생달에도 옥토끼 의연쿠나.
금탑에 바람 불어 정그렁 우는 풍경
옥등에 무지개 볼 제 부지지 타는 심지
진언에 맞추어서 중들의 목탁 소리
괴괴한 천지에서 빈 울림 퍼지는구나.

<hr>

■ 신라 때의 최치원. 그가 학사루에서 놀았다.

陜川海印寺, 壯麗稱八路.

肩輿初入洞, 幽事漸相聚.

湫深若貯汞, 窈窱萬象具.

樹影錯脛肘, 山光寫肺腑.

愛羽鳥頻窺, 恃毛獺能泝.

剔幽類夢囈, 叫奇競淸酺.

齟齬頰藏栗, 蝟載背刺芋.

俄頃轉譎詭, 生疎甚疑懼.

照爛忽衣錦, 十里擁丹樹.

飛霆轟高峽, 百泉湧傾注.

搏齧驚相合, 觸鬪郤還赴.

水性本柔順, 犖确石與遇.

不肯一頭讓, 遂成千古怒.

餘潨伏沙鳴, 幽咽向人訴.

不知水於石, 有何相嫉妒.

使水不相激, 石應無怨忤.

願言石小遜, 水亦流平鋪.

奈何力排爭, 日夜事喧嚤.

歷險賴擧僧, 替擔纔數步.

肩骿憐凹笆, 巔赭恐破瓠.

捧腰喘方短, 透背汗因洊.

問爾何所聊, 辛苦萬山住.

雜役供官紙, 餘力織私屨.

猶將畏過客, 犇趨似赴募.

見此心悱惻, 不忍無控籲.

換屨覓短筇, 仄逕任顛仆.

畫史入秋山, 意匠在遠暮.

霜林饒丹靑, 冷陽替絹素.

洞門忽廣圻, 百車可並驅.

疊樹遠掩映, 層閣半呈露.

老僧候蘿逕, 巾衲詭制度.

慇懃勞遠途, 合掌成禮數.

引我入寺門, 眩轉勞眄顧.

巨靈屹當前, 手脚實危怖.

張口裂至目, 突睛黃金鍍.

耳中拔雙蛇, 蜿蜒若射霧.

汗漫擁琵琶, 落莫執劍韄.

努力蹋鬼腹, 鬼目舌並吐.

楓魖腕鑿落, 竹魁爪回互.

覆肩薜蘿襟, 掩肚虎皮袴.

乖龍及旱魃, 尻角相依附.

雷公與飛廉, 嘴額獨天賦.

顚倒竄轞底, 爬空匝臂股.

佛殿寒洞天, 薆桷繞容煦.

金碧閃相奪, 視陽自昏瞀.

雕窓成菌蕾, 翩翩浴鷺鷥.

連理幷紫蔕, 比翼結翠嗉.

妖童弄驪珠, 豔女調鳳筦.

星官從羽衛, 步雲集瓊圃.

玲瓏罷周覽, 悵然使心瞽.

還如夢中景, 沈沈常雨雨.

又似愁裏饍, 滿眼不飽齟.

始知詭異觀, 樂極還無趣.

我聞牟尼佛, 鼻眼本醜惡.

或恐後世人, 嘔穢不愛慕.

輕儇齊梁兒, 私意傳繪塑.

幺麼或如豆, 前生若可悟.

塊然丈六身, 一肢可專輅.

箇箇指連坎, 巨細悉嬔嫣.

於佛更何有, 此計儘錯誤.

所以尊之者, 還自極訕諑.

紛紛妍蚩間, 慧心應如故.

回廊八十間, 蕩蕩藏經庫.

漆板明如鏡, 烹鹽備蟫蠹.

委積若凌陰, 失目驚瞿瞿.

譬如列錦肆, □□□□□

織織比盾干, 簣簣挿籍菌.

徘徊試抽看, 茫然失箋註.

光怪時迸發, 五金入鎔鑄.

誰能說乘法, 無人□蘆渡.

步庭不敢唾, 粒墜堪拾哺.

除級無封螘, 瓦縫絶棲羽.

不掃自無塵, 淨若沐新澍.

寒風□瑟然, 百神陰呵護.

問誰刱此寺, 傾國致財賂.

宿昔穿胸僧, 浮海常來寓.

厥像黑如烏, 崎嶇若老嫗.

緬言刻經初, 荒怪難討□.

李氏名居仁, 媚佛求嘏祚.

家産三眼狗, 愛養如養孺.

狗去不知處, 忽若忘濡呴.

及死到黃泉, 乃與神人迕.

三目亦如狗, 驚喜潛囑喻.

實感主人恩, 冥祐行□瘽.

願刻八萬偈, 佛事廣傳布.

汗發若夢寐, 洒然去沈痼.

親戚謀棺斂, 鄕隣致賵賻.

感激神所言, 全經剞劂付.

此事誠荒唐, 邃古非可遡.

且令眞有是, 儒者所不措.

所歎十三經, 遠購燕市騖.

彼能一人力, 刻板千載固.

朝上學士臺, 文昌如可晤.

此子喜神仙, 終身不再娶.

得道忽飛昇, 雙履遺林步.

軒轅雖騎龍, 喬山尙有墓.

暝宿倚禪榻, 初月缺蟾兎.

金塔鳴風鐸, 玉燈貫虹炷.

淸梵搖魚□, 虛籟發釣濩.

새벽에 길을 가다가
曉行

까치 한 마리 외롭게도
옥수수자루에 깃들었네.
이슬은 허옇고 달은 밝은데
논물이 흐르며 소리지르네.
큰 나무 아래 있는 작은 집
둥글기 마치 돌 같은데
지붕마루엔 박꽃 피어
하늘의 별인 양 반짝이네.

一鵲孤宿蜀黍柄, 月明露白田水鳴.
樹下小屋圓如石, 屋頭匏花明如星.

극한

極寒

북악산 높아도 위아래 뭉툭하고
남산 소나무는 빛이 시꺼멓다.
소리개 떠가니 나무숲 우스스
두루미 우는데 하늘은 푸르스름.

北岳高戌削, 南山松黑色.
隼過林木肅, 鶴鳴昊天碧.

산길을 가다가
山行

흰구름 뜬 속에 소 모는 소리 나네.
비늘처럼 박힌 산밭 퍼렇게 하늘에 꽂폈구나.
어째서 견우 직녀 오작교 놓고 건널까?
은하수 서쪽 언덕에 달 마치 배 모양일세.

叱牛聲出白雲邊, 危嶂鱗塍翠挿天.
牛女何須烏鵲渡, 銀河西畔月如船.

압록강을 건너서 용만성을 바라보고

渡鴨綠江回望龍灣城

외로운 고을이 손바닥만 하네.
빗방울 어지러이 떨어지고
갈과 달 우거져 망망한 가운데
국경의 하루 해 어두워지네.
먼 길 떠날 말 잇대어 우니
쌍나팔 소리 들려오고
첩첩이 쌓여 있는 구름에 가리워
고국의 산들이 흐려지네.

용만에서 따라온 군졸과 아전은
모랫길 되돌아가고
압록강 물속의 새들과 고기들
한복판 쪼개서 나뉠 곌세.
집안 간 안부나 나라 안 소식도
이제는 끊어질 것이니
끝없는 저 벌로 머리를 돌이켜

차마 들어서지 못하겠네.

孤城如掌雨紛紛, 蘆荻茫茫塞日曛.

征馬嘶連雙吹角, 鄕山渲入萬重雲.

龍灣軍吏沙頭返, 鴨綠禽魚水際分.

家國音書從此斷, 不堪回首入無垠.

구련성에서 노숙하면서

露宿九連城

만리벌 요양 땅에 누워서 생각하니
예런듯 산과 물에 영웅이 몇이었노.
이적이 세운 고을 나무가 줄 이었고
동명왕 살던 옛 터 구름이 덮였구나.
싸움이 벌어질 땐 냇물도 말랐고
농군들 말소리에 저녁 해 쓸쓸하네.
취해서 흥얼대며 국경을 넘어서니
서생의 흰 머리칼 바람에 날리는구나.

臥念遼陽萬里中, 山河今古幾英雄.
樹連李勣會開府, 雲壓東明舊住宮.
戰伐飛騰流水盡, 漁樵問答夕陽空.
醉歌出塞歌還笑, 頭白書生且櫛風.

통원보에서 비에 막혀 묵으면서

滯雨通遠堡

국경에 비가 죽죽 좀처럼 멎잖아
중국 가는 사신 행차 갈 길을 멈추었네.
예부터 흰소리론 남의 뒤 어찌 서랴.
강 하나 믿는 겨레 도리어 가엾어라.
취해서 마주 볼 때 고국은 아니구나.
이 어떤 세상에서 첫가을 또 되었노?
앞길에 강이 있고 배 없다 알리거니
긴긴 날 하릴없이 어떻게 지내잔 말고.

塞雨淋淋未肯休, 皇華使者滯行輈.
遊談從古羞牛後, 眷屬還憐恃馬頭.
醉裏相看非故國, 人間何世又新秋.
前河報道闕舟楫, 長日無聊那可由.

요동벌의 새벽길

遼野曉行

요동의 이 벌판을 언제나 다 지날꼬.
열흘을 와도와도 산 하나 안 보이네.
새벽별 말머리를 스치어 날아가고
아침 해 밭 사이서 돋아 올라오네.

遼野何時盡, 一旬不見山.
曉星飛馬首, 朝日出田間.

연암에서 돌아간 형님을 생각하고

燕巖憶先兄

우리 형님 신관과 비슷한 분 뉘였나?
아버님을 그릴 때 우리 형님 뵈었네.
이제 형님 뵈런들 어디 가서 뵈옵나?
옷과 갓을 갖추고 냇물 따라 거니네.

我兄顔髮曾誰似, 每憶先君看我兄.
今日思兄何處見, 自將巾袂映溪行.

양반이 한 푼도 못 되는구려

방경각외전 머리말

放璚閣外傳自序

벗이 오륜의 차례에서 맨 끄트머리에 있는 것은 멀거나 낮아서가 아니다. 마치 오행의 토가 사시 어디에나 연관되어 있어[■] 작용하는 것과 마찬가지다. 아버지와 아들 간의 친함과, 임금과 신하 간의 의리와, 남편과 안해 간의 구별과, 어른과 아이 간의 차례도 모두 신의가 아니고서야 어떻게 시행될 것인가? 만약 윤리가 윤리로서 시행되지 않는다면 벗이 바로잡아 주기 때문에 오륜의 맨 뒤에서 통괄하게 된다. 미치광이 세 사람이 벗을 지어 가지고 세상을 피하여 돌아다니면서, 남을 참소하고 남에게 아첨하는 무리를 논하는 데서 거의 그런 무리의 화상을 그려 내다시피 한다. 그러므로 말거간의 이야기를 적는다.

선비가 먹을 것을 바치면 온갖 행실이 결딴나고 마는 것이라 칠첩반상을 받고 팔첩반상을 받으면서도 탐욕을 억제할 줄 모른다. 엄씨는 제 손으로 똥을 쳐서 먹고 사니 보기에는 더러우나 입에 들어

[■] 오행五行을 사시와 배합해서 봄은 목, 여름은 화, 가을은 금, 겨울은 수라고 한 다음, 나머지 토는 사시의 각 끄트머리에 쪼개서 붙였다. 그래서 토는 사시의 어디에나 연관된다.

가는 것은 깨끗하다. 그러므로 예덕穢德 선생의 이야기를 적는다.

민閔 노인은 사람을 황충蝗蟲으로 보고 있으며, 배운 도가 마치 용과 같이 신기하여 헤아릴 수 없다. 우스갯소리로 풍자하는 체 세상을 희롱하니 버릇이 없어 보이나마 벽 위에 써 붙이면서 스스로 분발한 것은 게으름뱅이를 경계할 만하다. 그러므로 민 노인의 이야기를 적는다.

선비는 하늘에서 받은 벼슬이니 선비의 마음이 곧 뜻이다. 뜻이란 어떤 것일까? 권세와 잇속을 꾀하지 않고, 입신출세해도 선비의 도리를 떠나지 않으며, 곤궁해도 선비의 도리를 잃지 않아야 한다. 명예와 절개를 조심하지 않고, 한갓 문벌을 밑천으로 여기거나 조상의 뼈를 사고판다면 장사치와 무엇이 다르랴? 그러므로 양반의 이야기를 적는다.

김홍기金弘基는 큰 은사로서 방랑 생활을 하며 숨어 사는데, 맑은 데나 흐린 데나 실수가 없으며 남을 시기도 않고 무엇을 요구하지도 않는다. 그러므로 김 신선의 이야기를 적는다.

광문廣文은 궁한 비렁뱅이인데 실제보다 명성이 지나쳤다. 제가 이름 내기를 좋아한 것도 아니었지만 끝내는 형벌을 면치 못하고 말았다. 하물며 이름을 훔치고 도적질하고 또 가짜를 위하여 다툼질하는 것이겠는가? 그러므로 광문의 이야기를 적는다.

아름다운 저 우상虞裳은 옛 문체에 힘썼으니 그야말로 조정에서 잃어버린 예문을 시골에 가서 찾게 된 셈이다. 그의 목숨은 짧았으나 이름은 길이 전할 것이다. 그러므로 우상의 이야기를 적는다.

세상이 말세로 흐름에 따라서 허위만을 숭상하기 때문에《시경詩經》을 외면서 무덤을 도적질하고 있다. 어쭙잖은 태도와 참되지 못한 학문을 가지고 종남산終南山▪을 출세하는 지름길로 삼는 것은 예부터 더럽게 여기는 바다. 그러므로 역학대도易學大盜의 이야기를 적는다.

집에 들어와서 부모에게 효도하고 밖에 나가서 어른에게 공손하다면 공부를 못 한 사람도 공부를 했다고 이른다는 말이 비록 지나치기는 하나 가짜 도학 군자를 경계할 만하다. 공명선孔明宣이 글을 읽지 않았어도 3년 동안 공부를 잘하였으며, 극결郤缺이 들에서 밭갈이를 하면서 안해를 손님같이 대하였으니 눈으로 글자를 모를망정 참된 공부를 했다고 해야 한다. 그러므로 봉산학자鳳山學子의 이야기를 적는다.

▪ 당나라 수도에 있던 산이다. 당시 은사인 체하고 서울 가까운 종남산에 누워서 출세할 기회를 엿보는 자를 비웃어 '종남산 지름길'이라고 하였다.

말거간전

馬駔傳

    말거간이나 집주릅이 손뼉을 치면서 관중管仲이고 소진蘇秦이고 떠들어 댈 때에는 맹세짓거리를 하고 덤벼야만 미쁜 것이다. 마찬가지로 귓결에 이별이란 말만 들어도 가락지를 내던지고 손수건을 찢어 버리면서 등잔불을 등지고 바람벽을 향해 앉아서 고개를 폭 숙이고 소리 없이 울어야만 참으로 남의 첩다운 것이요, 간을 펼쳐 놓고 열을 드러내 뵈면서 손을 부여잡고 제 심정을 속삭여야만 참으로 남의 벗다운 것이다.

    그런데 콧등에 부채를 대어 간격을 지은 다음 왼눈으로 이편, 바른눈으로 저편을 향해 끔적이는 것이 거간과 주릅의 재주다. 마찬가지로 호들갑스러운 언사를 써서 호통을 치고 달콤한 말투로 틈을 비집으면서, 강한 놈은 위협하고 약한 놈은 윽박지르고 서로 같은 놈은 잡아떼고 각기 다른 놈은 한데 합치는 것이 수단꾼, 말쟁이 들이 쥐락펴락하는 임시방편이다.

    옛날 어떤 사람이 신경병을 앓아서 안해더러 약을 달이라고 했더니 약의 분량이 어느 때는 많고 어느 때는 적어서 한 번도 알맞아 본 적이 없었다. 화가 나서 첩을 시키니 많지도 않고 적지도 않고 언제

나 알맞았다. 첩을 아주 신통히 여기면서 문구멍을 뚫고 몰래 내다
보았다. 많을 때에는 땅에 쏟고 적을 때에는 물을 타는 것이 분량을
알맞게 하는 묘리였다.

그러므로 귀에 대고 속삭이는 것이 진실한 말은 아니요, 누설치
말라고 신신당부하는 것이 깊은 교제는 아니요, 정분이 깊으니 얕으
니 따지는 것이 벌써 자별한 사이는 아니다.

송욱宋旭, 조탑타趙闥拖, 장덕홍張德弘이 광통교 위에 서서 벗
사귀는 묘리를 의논하는데, 탑타가 말하였다.

"내가 아침 나절 쪽박을 두드리며 동냥을 다니다가 베 파는 전방
에를 들렀더니 마침 전방에 들어와서 베를 사려는 사람이 있습디
다. 그가 베를 골라서 입으로 핥고 다시 공중에 비추어 본 다음
속으로는 이미 값을 놓고 있으면서도 주인더러 먼저 값을 부르라
고 합디다. 한참 서로 미루다가 둘이 다 베를 잊어버렸는지 주인
은 먼 산을 바라보면서 구름이 떴다고 흥얼거리고, 베를 사려던
사람은 뒷짐을 쥐고 서성거리면서 벽 위에 붙은 그림을 들여다보
고 있습디다."

송욱이 말하기를,

"네가 이제 벗 사귀는 태도는 보았다만 속 묘리까지에는 아직 멀
었다."

하니, 덕홍이 말했다.

"꼭두각시를 놀릴 적에 막을 치는 것이 줄을 잡아 당기자는 것이
렷다."

송욱이 말하기를,

"네가 벗 사귀는 체면까지는 알았다만 그래도 속 묘리까지는 아

직 멀었다. 대체 점잖은 사람이 사귀는 벗이 세 종류요, 벗을 사귀는 법이 다섯 가지인데 내가 그중 한 가지 법을 능치 못해서 지금 나이 서른에 벗이 한 사람도 없다. 그러나 묘리만은 그전에 들은 적이 있단 말이다. 팔을 밖으로 굽히지 않고 술잔을 잡는 것이거든."

하니, 덕홍이 말하였다.

"그렇고말고!《시경》에서 이른바, 골짜기에서 학이 우니 새끼가 화답하고 내게 좋은 벼슬이 있으매 너를 얽어맨다는 것이 바로 그런 의미가 아니겠는가?"

송욱이 말하기를,

"너만 하면 벗을 사귀는 묘리에 대해서 이야기할 만하다. 내가 금방 한 가지만을 일러 주었는데 너는 두 가지를 알아 내는구나. 온 세상에서 와하고 몰려드는 것이 세력이요, 머리를 맞대고 쑤군거리는 것이 명예와 잇속이다. 술잔이 언제 입과 약속을 했을까마는 팔이 안으로 굽어드는 것이 필연한 형세인 것이다. 사람들끼리 주거니 받거니 하는 것이 명예가 아니냐? 대체 좋은 벼슬에는 잇속이 붙는 법이다. 그러나 덤벼드는 사람이 많고 보면 세력이 분산되고, 같이 쑤군거리는 사람이 여럿이고 보면 명예나 잇속도 제 차례에 돌아갈 것이 없어진다. 그렇기 때문에 점잖은 사람들이 이 세 종류에 대해서 말을 잘 하지 않은 지 오래다. 나도 슬며시 변죽만을 울린 것인데 너는 알아맞히는구나.

네가 남과 사귈 때 지나간 일일랑 칭찬하지 말라. 이미 지나간 일은 아무리 칭찬하여야 보람이 나지 않을 것이다. 또 남이 미처 생각지 못한 일일랑 일깨우지 말라. 그가 모처럼 하려고 하다가도 싱거워질 것이다. 여러 사람이 가뜩 앉은 자리에서 어떤 사람을 제일이라고 내세우지 말라. 한 사람을 제일이라고 하면 그 위에는 다시 없는 것이니 온 좌석이 고만 맥이 빠져 버릴 것이다.

그렇기 때문에 사람을 사귀는 데는 묘리가 있다. 누구를 칭찬하려고 하거든 겉으로 책망하는 말투를 써야만 하고, 누구에게 호의를 보이려고 하거든 성난 듯이 해야 하고, 누구와 친하려고 하거든 박은 듯이 서서 들여다보다가 부끄러운 듯이 몸을 돌이켜야 하고, 남들이 나를 믿게끔 하려고 하거든 먼저 의심을 사게 만들어 가지고 기다려야만 한다. 대체 의기가 있는 선비는 슬픔이 많고, 미인은 눈물이 많은 법이다. 그렇기 때문에 영웅도 울기를 잘해서 사람들을 격동시키는 것이다. 대개 이상의 다섯 가지 법은 점잖은 사람의 조그마한 방편이라고 하겠지만 세상을 살아나가는 데는 툭 터진 큰 길이란 말이다."

하니, 탑타가 덕홍에게 물었다.

"대체 송 선생의 말씀은 뜻이 깊어서 수수께끼나 마찬가집니다. 나는 알아듣지 못하겠습니다."

덕홍이 대답하였다.

"네가 어떻게 알아듣겠느냐? 대체 그가 잘한 일을 가지고 책망을 하면 그보다 더한 칭찬은 없다. 대체 사랑에서 노염이 생기고 나무라는 데서 정이 붙는 것이라, 한집안 식구끼리도 서로 불평이 생겨 때때로 언성이 높아진다. 대체 친한 사이일수록 틀리기 쉬운 것이니 친한 보람이 어디 있으며, 믿는 사이에도 오히려 의심이 있으니 믿는 보람이 어디 있을 것이냐?

술판이 한고비를 넘고 밤이 이슥해지면서 사람들은 죄다 졸고 있을 때 말없이 바라보다가 가뜩이나 술이 취한 사람의 슬픈 심회를 자아내 준다면 그의 속이 뭉클해서 감동하지 않을 수 없을 것이다. 그렇기 때문에 벗을 사귀는 데는 서로 알아주는 이상 없고, 즐겁기는 서로 뜻이 맞는 이상 없으며, 편협한 사람의 꽁한 마음을 푸는 데나 시기쟁이의 원망을 떨어 버리는 데는 울음을 우는 이상 더 빠른 길이 없는 것이다. 내가 남과 사귀면서 울려고 하지 않는 것이 아니건만 울어도 눈물이 나오지를 않는다. 그렇기 때문에 내가 나라 안을 돌아다닌 지 서른한 해가 되도록 벗 하나가 없다."

탑타가 말하기를,

"그러면 충성된 마음으로 친구를 대하고 의리로 벗을 사귀는 것은 어떻습니까?"

하니, 덕홍이 그의 얼굴에 침을 뱉으면서 꾸짖었다.

"더럽다, 더러워. 네가 그걸 다 말이라고 하고 있느냐? 너 좀 들어 보아라. 대체 가난한 것들은 바라는 속이 많기 때문에 의리를 사모하는 마음이 끝이 없는 것이다. 아득한 하늘을 쳐다보면서 오히려 낟알이 비처럼 퍼붓기를 기다리고, 남의 기침 소리만 들어도 목고개를 석 자쯤이나 뽑아 올리는 것이다. 재산을 지니고 있는 사람들이 인색하다는 지목도 싫어하지 않는 것으로 말하면 그래야만 남들이 자기에게 바라지를 않게 되는 것이다.

대체 천한 것들은 애초에 아낄 것이 없기 때문에 충성스러워서 어려운 노릇도 사양치 않고 덤벼들게 된다. 왜 그런고 하니 옷을 입은 채로 물을 건너는 사람이 있다면 헌 옷을 입은 것이 분명하다. 수레를 타고 다니는 사람들이 신 위에 덧신을 껴신고도 오히려 흙이 묻을까 조심을 하는데, 신바닥도 이렇게 아끼거든 더군다나 제 몸이겠느냐? 그렇기 때문에 충성이라거니 의리라거니 그런 것은 가난하고 천한 것들이 할 노릇이지 부자나 귀인들에게는 말을 건네 볼 것도 못 된다."

탑타가 슬픈 낯빛을 지으면서 말하였다.

"내가 차라리 이 세상에서 벗을 얻지 못할망정 점잖은 분네와 사귈 수는 없겠습니다."

그래서 그들은 서로 갓을 부수고 옷을 찢고 때묻은 얼굴과 헙수룩한 머리에 새끼로 허리를 동여매고 노래를 부르면서 길거리로 돌아다녔다.

익살 선생은 우정론에 이렇게 썼다.

나무 쪽을 붙이는 데는 아교면 그만이요, 쇠를 때는 데는 붕사면 그만이요, 사슴과 말의 가죽을 포개어 붙이는 데는 찹쌀풀보다 더 좋은 것이 없다. 그러나 벗을 사귀는 데 이르러는 항상 버름하게 틈이 있으니 남쪽 나라에서 북쪽 나라까지 거리가 멀어서 틈이 생기는 게 아니요, 산과 물이 막아서 틈이 생기는 것도 아니다. 무릎을 맞대고 한 자리에 앉았다고 해도 붙지 못하고 어깨를 치고 옷소매를 부여잡는다고 해도 합해지지 못한다. 그런 사이에도 역시 틈이 벌어져 있는 것이다.

일찍이 위앙衛鞅이 쓸데없는 말을 늘어놓으니까 진나라 효공孝公은 고만 졸아 버리고 말았다. 또 만일 범수范睢가 화를 내지 않더라면 채택蔡澤은 입만 벌리고 있었을 것이다. 그러므로 위앙을 책망해서 진 효공을 다시 만나게 하는 사람도 나서게 되었고, 채택의 말을 떠벌려 범수를 화나게 한 사람도 있었으니, 공자인 조승趙勝이 소개한 것이다. 대체 진여陳餘와 장이張耳는 본래 틈이 없는 사이였 건만 한번 틈이 생기자 그들의 사이를 어떻게 해 볼 수 없이 되었다. 그렇기 때문에 좋은 것이 틈이 아니요, 무서운 것이 틈이 아니라, 오 직 아첨이 틈을 가로타고 들어서 맞붙고 참소가 틈을 비집고 덤비어 서 갈라 내는 것이다. 그렇기 때문에 남을 잘 사귀는 사람은 먼저 틈 을 이용하고 남을 잘 사귀지 못하는 사람은 틈이 아무짝에 소용이 없다.

대체 곧게 갈 수 있는 것이 지름길인데 잘 휘더들어 나가려고도 하지 않고, 좀 둥글려 해 보려고도 하지 않고, 말 한 마디에 의가 벌 어진다면 다른 사람이 갈라놓는다기보다도 자기 스스로 막 잘라 버 리는 셈이다. 그렇기 때문에 속담에 이르기를 나무를 베고 베어 열 번을 찍으면서도 미끄러지지 않았다고 하고, 또 아랫목에 곱게 뵐 바에는 차라리 부엌에 곱게 뵈라고 한 것이 바로 그런 의미가 아니 겠는가?

그렇기 때문에 아첨을 하는 데도 방법이 있다. 몸을 가다듬고, 얼 굴을 꾸미고, 말은 얌전히 하고, 명예와 잇속에 담박하고, 벗을 사귀 는 데도 별로 뜻을 두지 않아서 제대로 곱게 뵈는 것이 가장 윗길의 아첨이다. 그 다음에는 입바른 말을 툭툭 던져 진실함을 표시하며, 그 틈을 잘 이용해서 자기의 의사를 통하는 것이 중길의 아첨이다. 신발이 닳고 자리가 떨어지도록 쫓아다니면서 남의 입술이나 쳐다 보고 얼굴빛이나 살펴보고 말마다 "옳습니다." 하고 일마다 "훌륭합 니다." 한다면 첫번 들어서는 기쁘다가도 오랜 뒤에는 싫증이 나고 싫증 끝에는 비루하게 생각되어 도리어 자기를 놀리지 않는가 하고 의심케 될 것이니 이것이 아랫길의 아첨이다.

대체 관중이 아홉 번이나 여러 나라의 임금을 연합시켰고 소진이 여섯 나라를 한데 뭉치게 하였으니 천하의 큰 교제꾼이라고 할 만하구나. 그런데 송욱과 탑타는 길가에서 빌어먹으며 다니고 덕홍은 거리 가운데서 미친 체 노래 부르건만 오히려 말거간의 방법은 쓰려고 하지 않았다. 더군다나 점잖은 사람으로서 글을 읽는 선비야 더 말할 것이 있겠는가.

예덕 선생전

穢德先生傳

선귤자(蟬橘子, 이덕무)에게 벗 한 분이 계시니 예덕 선생이라고 하는 분이다. 종본탑 동쪽에서 사는데 마을 안의 똥거름을 쳐내는 것으로 생계를 삼고 있다. 온 마을에서 그를 모두 엄 행수嚴行首라고 부른다. 행수는 막일을 하는 늙은이의 칭호요, 엄은 그의 성이다.

자목子牧이 선귤자에게 물었다.

"그전에 선생님이 제게 말씀하시기는 벗은 함께 살지 않는 안해요, 한 탯줄에서 나오지 않은 형제라고 했습니다. 벗이란 이렇게 소중한 것입니다. 이 세상의 한다하는 양반님네 중에서 선생님의 가르침을 받고자 하는 이가 수두룩합니다. 선생님은 그런 분은 상대도 하지 않으셨습니다. 그런데 지금 엄 행수로 말하면 마을 안의 천한 사람으로 막일을 하는 하층의 처지요, 마주 서기 욕스러운 자리입니다. 선생님이 그의 인격을 높여 스승이라고 일컬으면서 장차 교분을 맺어서 벗이 되려고 하시니 저까지 부끄러워 견디지 못하겠습니다. 이제 선생님의 문하를 하직하려고 합니다."

선귤자가 웃으면서 말하였다.

"거기 앉게. 벗에 대한 이야기를 내 자네에게 해 줌세. 속담에도 있거니와 의원이 제 병을 못 보고, 무당이 제 굿을 못 한다고 하네. 자기 생각으로는 이거야말로 내 장처라고 믿고 있는 점도 남들이 몰라 준다면 어떤 사람이나 속이 답답해서 자기 결함을 지적해 달라는 편으로 말을 꺼내게 되네. 그런 때 칭찬만 하면 아첨에 가까워서 멋대가리가 없고, 타박만 하면 흠보는 것으로 떨어져서 본의와 달라지네. 그러니까 그의 장처가 아닌 점을 들추어서 어름어름 당찮은 딴전을 한단 말일세. 그렇게 적절한 내용이 아닌 만큼 설사 책망이 좀 과하더라도 저편에서 골을 내지는 않을 것일세. 그것은 그가 꺼리는 바가 아니기 때문이지.

그러다가 숨겨 놓은 물건을 알아맞히는 듯이 슬그머니 그가 장처라고 믿고 있는 그 점을 언급한다면 마치 가려운 데나 긁어 준 듯이 속마음으로 감격해할 것일세. 가려운 데를 긁는 데도 묘리가 있네그려. 등에 손을 댈 때에는 겨드랑이에 가까이 가지 말고 가슴을 만질 때에는 목을 건드리지 말아야 하네. 칭찬 같지 않게 칭찬이 되면 왈칵 손목을 잡으면서 자기를 알아준다고 할 것일세. 그래, 이렇게 벗을 사귀면 좋겠는가?"

자목이 손으로 귀를 가리고 내빼면서 말하였다.

"이건 선생님이 제게다가 장사치가 하는 일이나 하인놈이 하는 버릇을 가르치고 계십니다."

선귤자가 말하였다.

"그렇다면 자네가 부끄럽게 여기는 것도 과연 저기 있지 않고 여기 있는 것일세그려. 대체 장사치의 벗은 잇속으로 사귀고 체면을 차리는 양반님네의 벗은 아첨으로 사귀네. 본래부터 아무리 친한 사이라도 세 번 달라고 해서 멀어지지 않을 사람이 없고, 아무리 원수로 여기는 사이라도 세 번 주어서 친해지지 않을 사람이 없단 말일세. 그렇기 때문에 잇속으로 사귀어서는 지속되기 어렵고 아첨으로 사귀면 오래가지 못하는 법일세. 만일 깊숙하게 사귀자면 체면 같은 것을 볼 것이 없고, 진실하게 사귀자면 특별히 죽자 사자 할 것이 없네. 오직 마음으로 벗을 사귀고 인격으로 벗을 찾아야만 도덕과 의리의 벗이 되네. 이렇게 사귀는 벗은 천년 전의 옛 사람도 아득히 떨어져 있는 것이 아니요, 만리의 거리도 먼 것이 아닐세.

저 엄 행수란 분이 언제 나와 알고 지내자고 한 것일까마는 그저 내가 늘 그분을 찬양하고 싶어서 견디지 못하네. 그가 밥을 자실 때에는 굴떡굴떡, 걸어다닐 때에는 어청어청, 잠을 잘 때에는 쿨쿨, 웃음을 웃을 때에는 허허, 가만히 앉아 있을 때에는 멍하니 등신과 같이 보이네. 흙으로 쌓고 짚으로 덮은 데다가 구멍을 뚫어 놓고서는 새우처럼 등을 꾸부리고 들어가서 개처럼 주둥이를 틀어박고 자네. 다시 아침 나절에는 즐거이 일어나서 발채를 짊어지고 똥거름을 치러 마을 안으로 들어오네. 구월에 들어서면 서리가 내리고 시월로 잡아들면 살얼음이 잡히네그려.

그가 뒷간에서 사람똥, 마굿간에서 말똥, 외양간에서 소똥, 집안 구석구석에서 닭똥, 개똥, 거위똥, 돼지우리에서 돼지똥, 비둘기똥, 토끼똥, 참새똥 따위 똥이란 똥을 귀한 보물처럼 모조리 걸태질해 가도 누가 염치 뻔뻔하다고 말할 사람은 없단 말일세. 혼자 이익을 남겨 먹어도 누가 의리를 모른다고 말할 사람이 없고, 많이 긁어모아도 누가 양보성이 없다고 말할 사람이 없네. 손바닥에다가 침을 탁 뱉어서 삽을 들고는 허리를 구부리고 꺼불꺼불

일을 하는 것이 마치 날짐승이 무엇을 쪼아 먹고 있는 것과 흡사하거든. 그는 화려한 차림새도 하려 하지 않고 풍악을 잡히며 노는 것도 바라지 않지. 돈이 많아지고 지위가 높아지는 일을 누가 원하지 않을까만, 원한다고 해서 얻어질 것이 아니기 때문에 애초부터 부러워하지 않는단 말일세. 찬양을 한다고 해서 더 영예로운 것도 없으며 헐뜯는다고 해서 더 욕될 것이 없네그려.

왕십리의 무, 살고지의 순무, 석교의 가지, 외, 참외, 호박, 연희궁의 고추, 마늘, 부추, 파, 염교, 청파의 미나리, 이태인의 토란 따위를 아무리 상상등의 밭에 심는다고 하더라도 엄씨의 똥거름을 가져다가 걸쭉하게 가꿔야만 일년에 육천 냥 돈을 벌어들이게 되네. 그런데 그는 아침에 밥 한 그릇을 먹고 난 다음 기운이 든든해졌다가 해가 저녁때가 되고서야 또다시 한 그릇을 먹네. 누가 고기를 좀 먹으라고 권하면, 고기 반찬이나 나물 반찬이나 목구멍 아래로 내려가서 배 부르기는 마찬가지인데 입맛에 당기는 것을 찾아 먹어서는 무얼 하느냐고 하네. 또 의복을 차려 입으라고 권하면, 넓은 소매를 휘두르기에 익숙지도 못하거니와 새 옷을 입고서는 짐을 지고 다닐 수 없다고 대답하네.

해가 바뀌어 설이 되면 이른 아침에 처음으로 갓 쓰고 웃옷 입고 띠 띠고 신도 새로 신고 동리 이웃 간을 두루 돌아다니며 새해 인사를 하지. 그리고 돌아와서는 헌 옷을 도로 꺼내 입고 발채를 지고 마을 안으로 들어서거든. 엄 행수와 같은 분은 더러운 막일로 높은 덕을 가리고서 세상을 크게 숨어 사는 분이 아닌가?

옛글에 이르기를 부자와 귀인의 처지에서는 부자와 귀인으로 지내고, 가난하고 미천한 처지에서는 가난하고 미천한 대로 지낸

다고 했네. 대체 처지란 것은 이미 정해져 버린 것이야. 또《시경》
에 이르기를 아침 저녁 공무를 같이 보는 데도 분복이 저마다 다
르다고 했네. 분복은 타고난다는 말이지. 대체 모든 사람이 이 세
상에 태어날 때 각기 정해진 분복이 있는 것이니 제 분복을 가지
고 누구를 원망하겠는가? 새우젓을 먹게 되니 닭알찌개가 생각나
고, 베옷을 입게 되면 모시옷이 부럽게 되는 것일세. 천하가 여기
서부터 어지러워지고 백성들이 와하고 들고 일어나서 밭이랑이
묵어 자빠지네.

진승陳勝, 오광吳廣, 항적項籍의 무리가 그래 농사일이나 하는
데만 만족하고 말 사람들이었는가?《주역》에서 짐질 것도 있고
탈것도 있어서 도적을 불러들인다고 한 것이 바로 이것을 두고
이른 말일세. 그렇기 때문에 굉장한 벼슬자리에는 깨끗지 못한
구석이 있으며 제 힘으로 번 것이 아니고는 재산가의 칭호도 더
러운 것일세.

본디 사람의 숨이 떨어지면 입 안에 구슬을 넣어 주는 것도 깨
끗이 가란 뜻일세그려. 저 엄 행수가 똥을 지고 거름을 메어다가
그걸 업으로 사는 것이 지극히 깨끗지 못하다고 보겠지만 생활은
지극히 향기롭고, 몸을 굴리는 것이 지극히 더럽다고 보겠지만
의리를 지키는 점은 지극히 높은 것일세. 그 뜻을 미루어 생각건
대 비록 굉장한 벼슬자리도 그를 움직이지는 못할 것일세.

이로 본다면 깨끗한 가운데도 깨끗지 못한 것이 있고 더러운
가운데도 더럽지 않은 것이 있단 말일세. 내가 먹고 입는 데서 견
디기 어려운 처지에 다다르면 항상 나만도 못한 처지의 사람을
생각하게 되는데, 엄 행수에 이르러는 견디기 어려운 처지란 것

이 없네. 진심으로 애초부터 도적질할 마음이 없기로 말하면 엄 행수 같은 분이 없다고 생각하네. 이 마음을 더 키워 나간다면 성 인도 될 수 있을 것일세.

대체 선비가 좀 궁하다고 해서 궁기를 떨어도 수치스러운 노릇 이요. 출세한 다음 제 몸만 받들기에 급급해도 수치스러운 노릇 일세. 아마 엄 행수를 보기에 부끄럽지 않을 사람이 거의 드물 것 일세. 그렇기 때문에 나는 엄 행수를 선생으로 모시려고 하고 있 단 말일세. 어떻게 감히 벗으로 사귀겠다고 할 것인가. 그렇기 때 문에 나는 엄 행수를 감히 이름으로 부르지 못하고 예덕 선생이 라고 일컫는 것일세."

민 노인전

閔翁傳

　민 노인은 남양 사람인데 무신년 난리[■]에 종군했던 공으로 첨사 벼슬을 하였고, 그 후로는 집에 들어앉아서 다시 벼슬을 살지 않았다. 그는 어려서부터 민첩하고 총명했으므로 옛 사람의 특이한 절개와 거룩한 업적을 사모하여 항상 개연한 마음으로 분발하는 생각을 가졌으며, 그들의 전기를 읽을 때마다 감탄하여 눈물을 흘리지 않은 적이 없었다.

　일곱 살 때 그는 바람벽에 큰 글자로 쓰기를,

　"항탁項槖이 스승이 되던 나이다."

　열두 살 때에는 쓰기를,

　"감라甘羅가 장수가 되던 나이다."

　열세 살 때에는 쓰기를,

　"외황아外黃兒가 유세를 하러 다니던 나이다."

　열여덟 살 때에는 쓰기를,

　"곽거병霍去病이 흉노를 정벌하러 기련산을 넘던 나이다."

■ 1728년 즉 영조 4년에 이인좌, 정희량 들이 영조를 반대해서 군대를 일으켰다.

스물네 살 때에는 쓰기를,

"항적이 반란을 일으켜 강을 건너던 나이다."

나이 마흔이 되도록 아무런 공명도 이루지 못하고 또 큰 글씨로,

"맹자가 마음의 동요를 일으키지 않던 나이다."

하고 썼다. 이렇게 해마다 부지런히 썼기 때문에 온 바람벽이 새까맣게 되었다. 그의 나이 일흔 살 되던 해 안해가 조롱 삼아 말하였다.

"영감, 올해는 벽에 까마귀를 그리지 않으실라우?"

민 노인이 도리어 반색을 하면서 소리질렀다.

"임자는 빨리 먹을 갈게나!"

드디어 큰 글씨로,

"범증范增이 기묘한 계책을 좋아하던 나이다."

쓰니, 안해가 화를 내며 말하였다.

"계책이 아무리 기묘하다고 한들 두었다가 언제 쓰려우?"

민 노인이 웃으며 말하였다.

"옛날에 여상呂尙은 여든 살이 된 뒤부터 한목을 보았는데 지금 내 여상에게 대면 셋째나 넷째 아우뻘밖에 되지 않는단 말일세."

지난 계유년(1753), 갑술년(1754) 어간에 내 나이 열일곱, 열여덟이 되었는데 오랫동안 몸이 성치 못해서 정신도 피로해 버렸다. 음악, 서화, 옛날의 칼과 기명, 기타의 골동품으로 시간을 보내기도 하고, 또 우스갯소리나 옛 이야기를 잘하는 사람들을 불러들여 여러 가지로 위로하게 하기도 하였으나 울적한 기분을 풀어헤치지는 못하였다. 그때 어떤 사람이 민 노인을 소개하면서 노래도 잘 부르고 언변도 아주 좋고 기걸하고 익살스러워서 그와 만나 이야기하는 사

람은 모두 속이 시원해진다고 하였다. 나는 그 말을 듣고 대단히 기뻐서 곧 그와 함께 와 줄 것을 청하였다.

민 노인이 왔을 때 나는 마침 사람들과 음악을 연주하고 있었다. 그는 아무런 인사도 없이 통소를 부는 사람을 물끄러미 들여다보더니 고만 그의 따귀를 후려갈기면서 큰 소리로 꾸짖었다.

"주인은 즐거워하는데 네가 무슨 까닭으로 골을 내는 것이냐?"

내가 깜짝 놀라 까닭을 물었더니 그가 말했다.

"저 사람이 눈을 부릅뜨고 얼굴에 핏대까지 올렸으니 그게 그래 골이 난 게 아니고 무엇이오?"

나는 고만 크게 웃었다. 그는 계속해 말하였다.

"어찌 퉁소 부는 사람만이 골을 내는 것이겠소. 젓대를 부는 사람은 얼굴을 돌리고 있는 것이 마치 우는 상이요, 장구를 치는 사람은 찡그리고 있는 것이 마치 근심스러운 상이요, 온 좌석이 잠잠해서 큰 공포에나 싸인 듯하고, 하인들은 웃고 떠드는 것도 마음대로 못 하니 음악을 가지고 즐겁게 놀 수 없는 것이오."

내가 드디어 곧 음악을 집어치우고 민 노인을 윗자리로 맞아들였다. 그는 키가 조그마하고 흰 눈썹이 눈을 덮었는데 이름은 유신有信이요, 나이는 일흔셋이라고 말하였다. 그 다음 나더러 물었다.

"그대가 무슨 병을 앓소? 머리가 아프오?"

"아니오."

"배가 아프오?"

"아니오."

"그러면 병이 없는 것이구려."

고만 미닫이를 밀어젖히고 들창을 열어 버리니 바람이 쏴하고 불어 들어왔다. 내 마음속도 약간 시원해지는 듯한 것이 그전과는 훨씬 다른 것 같았다. 밥을 잘 못 먹고 잠을 잘 못 자는 것이 내 병이라고 이야기하였더니 그는 벌떡 일어나서 나에게 축하 인사를 하였다. 내가 놀라서 물었다.

"노인장이 무슨 치하를 하시는 것입니까?"

그가 말하였다.

"그대의 집안이 가난한 터에 밥을 잘 먹지 않는다니 그만큼 재산에 여유가 생길 것이요, 잠을 잘 안 자면 남보다 밤을 더 사는 것이니 생활이 곱절로 길어지는 것이오. 재산에 여유가 생기고 생활이 곱절 길어지면 그것은 수壽하고 또 부富하게 된 셈이오."

조금 있다가 밥상이 나왔으나 내가 상을 찡그리고 먹지 못하면서 이것저것 집어서 냄새만 맡는데 민 노인이 화를 버럭 내면서 일어서 가려고 하였다. 내가 놀라서 물었다.

"노인장은 왜 화를 내고 일어나시는 것입니까?"

"그대가 손을 청해 놓고 혼자만 먼저 밥을 자시려고 하니 그것은 예모가 아니오."

나는 그에게 사과하면서 그를 붙들어 앉히고 밥상을 차려 내왔다. 그는 조금도 사양하지 않고 옷소매를 걷어올린 다음 숟가락과 젓가락을 왈각달각 놀리는데 나도 모르게 입 속에 침이 돌고 구미가 당겨 그전과 같이 밥을 먹었다.

밤에 민 노인은 눈을 딱 감고 단정히 앉았다. 내가 말을 걸려고 했으나 그는 더욱 입을 봉하고 있어서 다소 무료해졌다. 한참 만에야 그가 갑자기 일어나서 촛불을 돋우면서 말하였다.

"내가 젊어서는 한 번만 본 것이면 곧 외웠더니 이제는 늙었단 말이오. 그대와 약속을 정하고 그전에 보지 못한 책을 가지고 속으로 두세 번 읽어 본 다음 곧 외기 내기를 해 보고 싶소. 만약에 한 자라도 틀리거든 약속대로 벌을 받기로 합시다."

나는 그의 나이가 많은 것을 업신여겨 그렇게 하자고 승낙하였다. 곧 책탁자에서 《주례周禮》를 끄집어 내어 그는 '고공考工' 편을 짚고 나는 '춘관春官' 편을 짚었다. 얼마 안 지나서 그가 소리지르며,

"나는 다 외웠소."

하였다. 그때 나는 채 한 번 내려 읽지도 못하였다. 놀라서 그를 잠깐 기다리라고 하였으나 그가 나를 자꾸 쓸까슬렀다. 나는 그럴수록 더욱 외워지지는 않고 졸음만 오기에 고만 자 버리고 말았다. 이튿날 그더러 어제 왼 것을 아직 잊지 않았느냐고 물으니 그는 웃으면서 말하였다.

"나는 애초에 외지를 않았소."

어느 날 밤 민 노인과 더불어 이야기하는데 그는 같이 앉았는 손들을 마음대로 조롱도 하고 꾸짖기도 하건만 그들은 어떻게 대꾸를 하지 못하였다. 그중 한 사람이 그가 대답하지 못하도록 하기 위해서 그에게 물었다.

"노인장은 귀신을 본 일이 있습니까?"

"보다마다."

"그래 귀신이 어디 있습니까?"

민 노인은 눈을 크게 뜨고 바라보다가 한 손이 등불 뒤에 앉는 것을 보고 드디어 크게 소리지르면서,

"저기 귀신이 앉았네."

한다.

손이 골을 내면서 시비를 한즉 그가 말하였다.

"대개 밝은 데 있는 것은 사람이요, 어두운 데 있는 것은 귀신일세. 지금 어두운 데 앉아서 밝은 데를 내다보며 제 형체를 숨기고 사람을 엿보는 꼴이 바로 귀신이 아닌가?"

온 방 안이 다 함께 웃었다.

"노인장은 신선을 본 일도 있습니까?"

"보다마다."

"그래 신선이 어디 있습니까?"

"집이 가난한 사람이 신선일세. 돈이 많은 사람은 세상에 대해서 항상 애착을 느끼고 있지만 가난한 사람은 세상에 대해서 싫증을 느끼고 있네그려. 세상에 대해서 싫증을 느끼는 이가 신선이 아니겠는가?"

"노인장이 그래 이 세상에서 가장 오래 산 사람을 보신 일이 있습니까?"

"있다마다. 아침 나절에 내가 숲속에를 들어갔더니 두꺼비와 토끼가 제가끔 제 나이가 많다고 다투데. 토끼가 두꺼비더러 나는 팔백 살을 산 팽조彭祖와 동갑이라 너는 내게 까마득한 시생뻘이라고 말했더니 두꺼비가 고개를 푹 숙이고 고만 운단 말일세. 토끼가 깜짝 놀라서 왜 우느냐고 물은즉 두꺼비는 말했네. '나는 동편 집의 어린애와 동갑인데 그 애가 다섯 살 때부터 글을 읽더란 말이다. 그는 천지개벽 이후로 역대의 왕조 변혁을 꿰뚫어 내려오기 때문에 진나라, 한나라, 당나라를 언뜻 지나서 아침에는 송나라, 저녁에는 명나라에 이르렀다. 이런 일 저런 일이 변해 돌아가는 판에 기쁜 것도 있고 놀라운 것도 있거니와 죽은 사람 조상과 떠나는 사람 작별 인사 등으로 질감스럽게도 오늘까지 끌어오고 있다. 그러나 귀도 밝아지고 눈도 밝아지고 이는 더 나고 머리털은 더 길어지니 나이 많기가 이 어린애만 한 사람이 없을 것이다. 팽조는 겨우 팔백 살로 일찍 죽어 버려서 세상 경력이 많지 못하고 일을 해 본 것도 오래지 못할 것이라 내가 그래서 슬픈 생각이 든다는 말이다.'

토끼가 이 말을 듣더니 절을 하면서 '당신은 우리 할아버지뻘이 되십니다.' 하고 내빼 버리데그려. 이로 미루어서는 글을 많이 읽은 사람이 가장 오래 사는 것으로 되네."

"노인장이 이 세상에서 가장 맛난 것을 보신 일이 있습니까?"

"보다마다. 달이 그믐께로 들어서면 썰물이 나가고 갯바닥이 나오거든 갈아서 밭을 만들고 바닷물을 대어 굽는단 말일세. 굵은 것은 수정처럼 되고 가는 것은 백금처럼 되네. 무슨 음식이나 맛을 내자면 소금이 안 들고 어떻게 되겠나?"

모든 사람이 다 옳다고 하면서 단지 장생불사하는 약은 그도 보지 못하였을 것이라고 말하였다. 그는 웃으면서 말하였다.

"이건 내가 아침 저녁으로 늘 먹는 것인데, 어째 보지를 못하겠나? 큰 산골에서 자라는 소나무에는 단 이슬이 맺히고 그것이 다시 떨어져 땅으로 들어가서 천년을 지나면 복령이 되네. 인삼은 나주 소산이 제일인데 형체가 고르고 빛이 붉으며 사지를 갖추고 쌍상투를 짠 것이 마치 동자와 다름이 없네. 구기자가 천년을 묵은 것은 사람을 보고 짖는다고 하겠다.

내가 이런 것을 먹으면서 다른 음식은 입에 대지 않은 지 그럭저럭 백날이 되었네그려. 숨을 헐헐하면서 거의 죽게쯤 되었을 적에 이웃 할머니가 와 보고는 한숨을 지으면서 말을 하데. '임자의 병은 주림증이오. 옛날에 신농씨가 온갖 풀을 맛본 다음 오곡을 처음으로 심기 시작했소. 병을 다스리는 것은 약이요 주림증을 고치는 것은 밥이니 이 증세를 오곡이 아니고는 고치지 못할 것이오.' 하고는 쌀이며 좁쌀로 밥을 만들어 먹이는 바람에 죽지를 않았네. 장생불사 약이 밥만 한 것이 없데. 내가 아침에 한 그릇, 저녁에 한 그릇 이렇게 지금 벌써 칠십여 년이란 말일세."

민 노인은 무슨 말을 묻던지 이리저리 끌어다 붙이건만 이치에 그럴듯하고 또 은근히 풍자의 의미를 띠고 있었다. 대개 그는 훌륭한 변론가였다. 다른 손들이 아무리 물어야 막히지는 않고 더 물을 것은 없으니까 나중에는 분이 올라서 말하였다.

"그래 노인장이 무슨 무서운 것을 보셨습니까?"

그는 한참 잠자코 있다가 갑자기 소리를 뻑 질렀다.

"무섭다, 무섭다 해도 제 자신보다 더 무서운 것은 없네. 제 바른 눈은 용이 되고 왼눈은 호랑이가 되고 혓바닥 밑에는 도끼를 감춰 두었고 팔목을 굽혀서는 활이 되네. 처음 생각은 천진스러운 젖먹이 같다가도 조금만 비뚤어지면 오랑캐로 되고 마는 것일세. 만약 경계하지 않으면 제가 저를 씹어먹고 긁어 먹고 찔러 죽이고 쳐죽일 것일세. 그래서 성인이 제 욕심을 절제해서 예절을 따르게 하고 간사한 생각을 막아서 진실한 마음으로 일관하게끔 하는 등 제 자신을 제일 무서워한 것일세."

이렇게 수십 가지를 질문하여도 모두 턱턱 답변을 해 나가서 말이 언제나 꿀려 본 적이 없었다. 자기가 자기를 찬양도 하고 칭찬도 하다가 또 남들을 조롱도 하고 빈정거리기도 하는데 남들은 모두 허리를 분지르건만 자신은 얼굴빛 하나 까딱하지 않는다.

어떤 사람이 황해도에서 황충이 일어났기 때문에 관가에서 백성을 풀어 잡고 있다고 이야기하니 민 노인이 물었다.

"황충은 잡아서 무얼 하나?"

그가 말하였다.

"그게 벌레랍니다. 첫잠 자는 누에보다 조금 작으며 빛이 알룩알룩하고 털이 있습니다. 날아다니는 것은 며루라고 하고, 곡식에 붙은 건 계심이라고 하는데, 어느 것이나 곡식의 씨를 지우기 때문에 잡아서 묻어야 합니다."

민 노인이 말하였다.

"그런 조그마한 벌레는 걱정할 것 없네. 내가 보건대 종로 거리에 길이 메게 다니는 것이 모두 황충이란 말일세. 키가 전부 일곱 자에, 머리는 새까맣고, 눈은 반짝이고, 아가리가 커서 주먹이 들어가는 데다, 입으로는 연해 웅절거리고, 몸은 언제나 구부숭한 것이 줄지어 다니네. 곡식을 씨 지우는 데는 이 무리보다 더 심한 것이 없지만 큰 바가지가 없어서 내가 잡아 담지도 못하네그려."

옆에 앉았던 사람은 참말 그런 벌레가 있는 줄 알고 모두 무서워들 하였다.

하루는 민 노인이 오는 것을 바라보고 있다가 수수께끼를 부르기를,

"입춘날 글씨에 늙은 개가 우는구나!"

하니, 그는 웃으면서 말하였다.

"입춘날 글씨는 문에다가 붙이는 것인즉 바로 내 성이요, 또 늙은 개는 물지를 잘 못하는 것이 마치 이가 빠져 말소리가 분명치 못한 나와 같다고 하는 것이니 곧 나를 욕하는 것이오. 그러나 그대

가 만약 늙은 개가 무섭거든, 개를 없애 버리고 또 우는 것이 듣기 싫거든 입을 막아 버리구려. '삽살개 방猣' 자에서 '개 견犬' 자 변을 떼면 '큰 방尨' 자로 되고 '울 제啼' 자에서 '입 구口' 변을 떼면 '임금 제帝' 자가 되니, '제帝'는 조화란 뜻이요, '방尨'은 방대하다는 뜻인데 다시 '제' 자에다가 '방' 자를 붙이면 '용 용龍' 자와 같이 쓰이는 글자가 된다는 말이니, 그대가 나를 욕하려고 했지만 드디어 나를 좋게 찬양하고 있는 셈이오."

이듬해 민 노인은 돌아갔다. 그가 비록 익살스럽고 기걸한 풍이 있었으나 성질은 깨끗하고 굳어 좋은 일을 행하려고 힘썼으며, 특히 《주역》에 밝고 《노자》의 말을 좋아했는데 대개 책이란 책은 보지 못한 것이 없다고 한다.

아들 둘이 모두 무과 과거 시험에 급제하였으나 아직 벼슬은 얻지 못하고 있다. 금년으로 들어서면서 내 병은 더해지고 있으나 민 노인을 다시 만날 수는 없다. 그래서 나와 더불어 수수께끼, 우스갯소리, 재담, 풍자를 한 것들을 적어서 '민 노인전'을 쓴다. 때는 정축년(1757년) 가을이다.

내가 그의 평생 사적을 추모해서 글을 지었다.

"아하! 민 노인은 괴상도 하고 기이하기도 하고 의아스럽기도 하고 놀랍기도 하고 기쁘기도 하고 노엽기도 하고 또는 얄밉기도 하다. 바람벽에 그린 까마귀가 필경 매로는 되지 못하고 말았다.

대개 민 노인은 뜻 있는 선비였건만 늙어 죽도록 아무런 일도 해 볼 수가 없었다. 내가 그를 위해 전을 쓴다.

아하! 이로써 그의 이름이 아주 없어져 버리지는 않을 것이다."

양반전

兩班傳

양반이란 선비 집안을 높여 부르는 말이다. 정선군에 한 양반이 있는데 어질고도 글읽기를 좋아하였으므로 군수가 새로 부임할 때마다 반드시 그 집에 직접 찾아가서 인사를 하곤 하였다.

그런데 그 양반은 집이 가난하여 몇 해 동안 고을의 환자 쌀을 꾸어 먹은 것이 모두 천 석에 이르렀다. 감사가 각 고을을 순행하면서 환자 쌀에 대한 문서를 검열하다가 크게 화를 내며 말하기를,

"어떤 양반 작자가 이렇게 군량을 축냈는가?"

하고는 곧 양반을 잡아 가두라고 명령하였다.

군수는 양반이 구차하여 갚을 도리가 없을 줄 알기 때문에 차마 가두지는 못하나 그렇다고 무작정 보아주기만 할 수도 없었다.

양반은 밤낮 울기만 하면서 어떻게 할 줄을 몰라 하니 안해가 꾸짖었다.

"당신은 평생 글읽기를 좋아하고 아무 턱없이 환자 쌀에만 매달리더니, 체, 양반이 한 푼 값도 못 되는구려."■

■ 한 냥, 두 냥 할 때 '냥' 과 절반이라는 '반' 을 결합하여 야유적으로 표현했다.

그 마을의 부자가 저의 식구들끼리 의논하였다.

"양반은 가난하다고 해도 언제나 존귀하고 영예스러운데 우리는 아무리 부자라고 하지만 미천해서 감히 말도 타고 다니지 못한다. 양반을 만나면 공연히 굽신거리고 쩔쩔매며, 기어들어가서 뜰 아래서 절을 해야 하며, 코를 땅에 대고 무릎으로 기어가야 한다. 우리는 이렇게 늘 모욕을 당하고 있구나. 이제 저 양반이 가난해서 환자를 갚을 수가 없어 대단히 궁색하며 종당에는 형편이 양반을 보존해 가지 못할 것이니 우리가 그것을 사기로 하자."

그래서 양반 집을 찾아가서 환자 쌀을 대신 갚아 주겠다고 자청했더니 양반은 대단히 기뻐하며 승낙하였다. 그리하여 부자는 당장 쌀을 실어 관청에 바쳤다.

군수가 크게 놀라고 한편 이상하게 여겨 위로도 하고 환자를 갚은 내력도 물어 볼 겸 직접 양반 집을 찾아갔다. 그랬더니 양반은 털벙거지를 쓰고 짧은 옷을 입고 길가에 엎드려 자기를 소인이라고 하면서 감히 쳐다보지도 못하였다. 군수가 크게 놀라 붙들어 일으키면서 말하였다.

"어째 이렇게 자신을 욕되게 하는 것이오?"

양반은 더욱 공손히 땅에 엎드리면서 말하였다.

"황송하옵니다. 소인이 감히 자신을 욕되게 하는 것이 아니오라 이미 양반을 팔아서 환자를 갚았사오니 이제부터는 저 부자가 양반이옵니다. 소인이 어떻게 옛 칭호를 그대로 가지고 앉아 틀을 차릴 수 있겠습니까?"

군수가 감탄하여 말하였다.

"점잖구나, 저 부자야말로. 부자로서 인색지 않은 것은 의리요,

남의 급한 일을 보아주는 것은 어진 성품이요, 낮은 데를 싫어하고 높은 데를 그리워하는 것은 지혜이다. 이야말로 진짜 양반이다. 그러나 개인끼리 매매를 하고 문서를 만들지 않으면 나중에 말썽이 생기기 쉽다. 내가 너희를 위해서 고을 안 사람들을 불러다가 증인을 세우고 문서를 만들어 증거로 남기되 군수가 직접 서명을 하겠다."

군수가 관가에 돌아가서 온 군 안의 선비와 농사꾼, 공인바치, 장사치 들을 불러서 모두 뜨락에 모아 놓았다. 부자는 향소■의 오른편에 앉고 양반은 아전들의 아래에 섰다. 드디어 문서를 작성하였다.

"건륭 10년(1745년) 9월 모일 상기 사람들 간에 문서를 만드는 것은 양반을 팔아서 관가의 곡식을 갚으려는 것인데 값은 천 석이다. 대체 양반이란 이름부터 여러 가지이니 글을 읽으면 선비라고 하고 벼슬살이를 하면 대부라고 하며 도덕이 높으면 군자라고 한다. 무관은 서쪽에 벌여 서고 문관은 동쪽에 자리를 잡기 때문에 양반이라고 하는데 어느 쪽이나 제 소원대로 하게 한다.

비천한 일은 일체 하지 말며 옛 사람을 본받고 지조를 숭상해야 하니, 언제나 동이 트기 전에 일어나서 유황에 불을 댕겨 기름불을 켜 놓고는 두 발꿈치로 꽁무니를 고이고 앉아 눈으로 코끝을 내려다보고 있어야 한다. 얼음판에 박통을 굴리듯이 《동래박의》■를 죽죽 내려 외워야 한다. 배 고픈 것도 참고 추운 것도 견디어 가난한 사정을 입 밖에 내지 말아야 한다. 위아랫니를 마주

■ 향소鄕所는 지방 고을의 통치 기관 또는 통치 기관에서 일하는 좌수와 별감을 가리키기도 한다. 이들은 다 고을 사람으로 임명되며 형식상 아전보다 높은 자리를 차지한 토호에 속한다.
■ 《동래박의東萊博議》는 12세기경 중국의 여조겸呂祖謙이 지은 책이다.

쳐서 소리를 내며 손을 들어 뒤통수를 튕겨야 한다. 옷소매로 갓을 쓸어서 먼지를 깨끗이 털며 옻칠이 얼른거려야 한다. 세수할 때 주먹을 쥐고 비비지 말며 양치질할 때 너무 지나치게 하지 말아야 한다. 소리를 길게 뽑아 계집종을 부르며 신을 끌면서 천천히 걸어야 한다. 《고문진보》와 《당시품휘》▪를 깨알만큼 베껴 쓰되 한 줄에 백 자씩은 써야 한다.

　손으로 돈을 만지지 말며, 쌀값을 묻지 말며, 더워도 버선을 벗지 말며, 상툿바람으로 밥상을 받지 말며, 국을 마시기 전에 밥을 떠먹지 말며, 무엇을 마실 때는 훌쩍거리지 말며, 젓가락을 들고 방아를 찧지 말며, 날파를 먹지 말아야 한다. 막걸리를 마시다가 수염에 묻은 것을 빨지 말며, 담배를 빨더라도 두 볼을 오물거리지 말며, 분하다고 안해를 치지 말며, 골난다고 그릇을 발길로 차지 말며, 주먹으로 아들딸을 때리지 말며, 종들을 꾸짖을 때 죽으라고까지 꾸짖지 말며, 마소를 욕할 때 기르는 주인까지 욕하지 말아야 한다. 병을 앓는다고 해서 무당을 불러 굿을 하지 말며, 제사를 지낸다고 중을 불러 재를 올리지 말며, 화롯불에 손을 쪼이지 말며, 이빨 사이로 침을 뱉지 말며, 소를 몰래 도살하지 말며, 노름을 하지 말아야 한다.

　이상의 온갖 행실이 양반과 틀리면 이 문서를 가지고 관가에 들어와서 따질 것이다. 성주 정선군수가 서명하고 좌수와 별감도 확증을 하기 위하여 서명한다.”

그 다음 잔심부름하는 통인通引이 관인을 꺼내 덜컥덜컥 소리를

▪ 중국 사람들의 작품을 모은 책들로서 《고문진보古文眞寶》는 시와 산문, 《당시품휘唐詩品彙》는 운문을 모아 놓았다.

내 가면서 가로도 찍고 세로도 찍었다. 맨 나중에 호장戶長이 문서를 들고 죽 내려 읽었다.

부자는 한참 동안이나 서운해 있다가 마침내 말하였다.

"그래 양반이 겨우 이런 정도입니까? 내가 듣기에는 양반이 신선 부럽지 않다더니 이런 정도라면 너무나 메말랐습니다. 어떻게 좀 잇속이 나오도록 고쳐 주십시오."

그래서 문서를 고쳐 만들었다.

"하늘에서 사람을 낼 제 종류가 네 가지인데 그중에서도 선비가 가장 귀하다. 선비는 양반이라고 부르니 잇속이 그보다 더 큰 것은 없다. 밭도 갈지 않고, 장사도 하지 않으며, 책권이나 좀 훑으면 크게는 문과에 급제하고, 적어도 진사를 떼어 놓았다. 문과의 홍패로 말하면 길이가 두 자에 지나지 못하지마는 온갖 물건이 전부 갖추어져 있는 만큼 그야말로 돈더미이다.

진사만 해도 서른 살쯤에는 첫 벼슬을 하게 되는데 조상 덕에도 훌륭한 벼슬자리가 있고 더구나 남쪽 큰 고을의 군수 자리도 있다. 일산 바람에 귀밑이 희어지고, 방울 소리에 대답하는 하인 목소리에 뱃가죽이 허예지며, 집 안에는 고운 기생을 두고, 뜰 아래에는 우는 두루미를 기른다.

궁한 선비로 떨어져 시골에서 지낼망정 오히려 판을 치게 된다. 먼저 이웃집 소를 끌어다가 밭을 갈게 하고 나중에는 동리 백성을 붙들어다가 김을 매게 한다. 누가 감히 나를 괄시하랴? 그의 코에 재를 붓고 상투를 풀고 귀밑머리를 터트려뜨린들 감히 원망하지 못할 것이다."

부자는 문서가 채 끝나기도 전에 혀를 빼물고 말하였다.

"그만두시오, 그만두시오. 맹랑스럽구려. 그래 나더러 도적질을 하란 말이오?"

부자는 고만 고개를 설레설레 흔들고 가 버린 다음에는 종생토록 다시는 양반 이야기를 입 밖에 내지 않았다.

김 신선전

金神仙傳

　김 신선의 이름은 홍기다. 열여섯 살 때 장가들어 하룻밤 같이 자서 아들 하나를 낳고는 안해를 다시는 가까이하지 않았으며, 신선이 되는 벽곡辟穀을 단행하여 고기와 익은 음식을 먹지 않더니 벽을 마주하고 앉아 버렸다. 그렇게 앉은 지 두어 해 만에 몸이 갑자기 가벼워져서 온 나라 명산을 두루 돌아다녔는데 언제나 몇백 리를 걷고 난 다음에야 비로소 해가 어느 때쯤 되었는지를 쳐다보았다.

　미투리 한 켤레로 5년을 신었으며 험준한 곳에 이르러서는 걸음이 더욱 빨라졌다. 그래도 일찍이 그는 말하였다.

　"옷을 걷고 건너야 할 데도 있고 배를 타고 건너야 할 데도 있으니 내 길이 더뎌지는 수밖에 없지."

　음식을 먹지 않으니 아무 집을 찾아가 묵어도 싫어할 사람은 없다. 그가 겨울에는 솜옷을 입지 않고 여름에는 부채질하는 법이 없기 때문에 그만 '신선'이라고들 하게 되었다.

　내가 이전에 울화증이 있었는데 신선의 도술이 그런 병에 혹 특효가 있다는 말을 듣고 그를 꼭 만나려고 하였다. 젊은이들인 윤씨와 신씨를 시켜 은근히 찾아보게 하였더니 열흘 동안 온 서울 안을 싸다니다가 결국 찾지 못하고 돌아왔다. 윤씨가 말하였다.

"전날 홍기의 집이 서학동에 있다는 소문을 들었는데 지금은 거기가 아닙니다. 제 형제의 집에다가 처자를 맡겨 놓고 있습니다. 아들에게 물어 보니, '저의 어른은 대체로 일년에 서너 번 다녀갈 뿐입니다. 저의 어른의 친구가 체부동에 있는데 술을 좋아하고 노래를 잘 부르는 김 봉사라고 하며, 누각동 김 첨지는 바둑을 좋아하고, 그 뒷집의 이 만호는 거문고를 좋아하고, 또 삼청동의 이 만호는 친구를 좋아하고, 미원동의 서 초관, 모교 다리의 장 첨사, 사복 개천의 변지승은 모두 친구도 좋아하고 술도 잘 먹었으며, 이문 안의 조 봉사는 저의 어른의 친구인데 그 집에는 이름난 화초들이 많고, 계동 유 판관의 집에는 기이한 책과 옛날 칼이 있다고 합니다. 저의 어른이 언제나 이런 사람들과 교제하고 있으니 꼭 만나 보려거든 이 몇 집을 돌아다녀야 합니다.' 하더이다.

그래서 두루 다니면서 물어 보았지만 아무 집에도 없었습니다. 해질녘에 한 집에 찾아갔더니 주인은 거문고를 타고 옆에 두 손님이 잠자코 앉아 있었는데 머리는 허옇고 관은 쓰지 않았습니다. 그제야 김홍기를 만났는가 싶어서 가만히 섰다가 거문고가 끝나기를 기다려 앞으로 나가 '어느 분이 김 선생님인가?' 물었습니다. 주인이 거문고를 내려놓으면서 '이 자리에는 김가 성을 가진 사람이 없거니와 어째서 그대가 묻는가?' 하고 말했습니다. '일부러 작정하고 감히 찾아왔으니 노인장은 묻지 마시라.' 하였습니다, 주인은 웃으면서, '그대가 김홍기를 찾아온 모양이나 홍기는 지금 오지 않았다.' 하였습니다. 다시 '언제쯤 오는가?' 물었더니, 그는 대답하기를 '거처하는 곳도 일정치 않고, 놀러 다니는 곳도 일정치 않고, 오는 때도 예정할 수 없고, 가는 때를 약속하는 일도 없고, 오고 싶으면 하루에 두세 번 들르다가는 안 올 때는 해포도 넘는다.' 하였습니다.

또 그는 계속해서 말하기를, '홍기가 많이는 창동과 회현방에 가서 묵고 또 동관, 배고개, 구리개, 자수교, 사동, 장동, 대릉, 소릉 사이로 돌아다니면서 논다고 하나, 주인들의 이름을 거의 다 모르고 오직 창골만 내가 알고 있으니 그리 가서 물어보라.' 는 것입니다. 그래서 그 집으로 가서 물어보았습니다. 그 집에서는 대답하기를 그 사람이 들르지 않은 지 두어 달째라고 하며, 장창교의 임 동지가 술을 좋아해서 날마다 홍기와 겨룸질을 한다는데 요사이 거기 있을지 모른다고 했습니다. 또 그 집을 찾아갔습니다. 임 동지는 나이 여든 살에 가는귀가 먹었는데 '쳇, 어젯밤에 술을 잔뜩 먹고 아침 나절 술도 채 깨지 않은 채 강릉으로 떠났다.' 고 대답하였습니다.

하도 서운해서 한참 우두커니 서 있다가 '김씨가 그래 기이한 점이 있는가?' 하고 물으니, 그저 밥을 먹지 않을 뿐이지 보통 사람이라고 합니다. '생김새가 어떤가?' 하고 물으니, '키가 일곱 자가 넘는데 좀 여위고 수염이 많고 눈동자는 옥색빛이요, 귀는 길고도 누렇다.' 고 합니다. '술은 얼마나 마시는가?' 하고 물으니, '한 잔만 마시면 고만 취하지만 한 말을 마셔도 더 취하지는 않는다. 언젠가 술이 취해서 길에 쓰러졌다가 순라군에게 붙잡혀 갔는데 이레가 지나도 깨어나지 않아서 그대로 내보낸 일도 있었다.' 고 합니다. '말하는 것은 어떤가?' 하고 물으니, '여러 사람이 말할 때에는 문득 졸고 앉아 있는데 말을 하고 나서는 그저 자꾸

웃기만 한다.'고 했습니다. '몸가짐은 어떤가?' 다시 물었더니, '조용하기는 참선하는 중과 같고 옹졸하기는 수절하는 과부와 같다.'고 합니다. 김홍기는 바로 이런 사람입니다."

나는 처음에는 윤씨가 성의껏 찾아보지 않은 것이나 아닌가 의심했더니, 신씨도 수십 집을 돌아다니다가 못 찾았다고 하는데 그의 이야기도 마찬가지였다. 혹은 말하기를 홍기의 나이가 백 살이 넘었고 그의 친구들은 모두 노인들이라고 한다. 혹은 말하기를 홍기가 나이 열아홉 살에 장가를 들어 곧 아들을 낳았는데 지금 그 아들이 겨우 서른 내외라고 하니, 그렇게 따지면 홍기의 나이는 쉰 살쯤밖에 안 되었을 것이라고 하였다. 혹은 말하기를 김 신선이 지리산으로 약을 캐러 들어갔다가 벼랑에서 떨어져서 돌아오지 못한 지 벌써 수십 년째라고 하고, 혹은 말하기를 그 산에는 깊숙한 바위굴이 있고 그 속에서 무슨 물건이 환하게 비치고 있다고 하고, 혹은 이르기를 이것이 노인의 눈에서 흘러나오는 빛이니 산골짜기에서 이따금 길게 하품하는 소리도 들을 수 있다고 하였다.

이제 홍기로 말하면 술을 잘 먹다 뿐이지 다른 도술이 있는 것은 아닌데 공연히 김 신선이라는 이름만 빌려 가지고 다니는 것이라고 하였다. 하여튼 내가 또 복이라는 아이놈을 시켜서도 찾아보았건만 끝끝내 찾아 내지는 못하였다. 그 해가 계미년(1763)이다.

이듬해 가을에 내가 동해를 유람하던 중 저녁 때 단발령에 올라서 금강산을 바라보았다. 봉우리가 모두 1만 2천이라고 하는데 그 빛이 희었다. 그러나 산속에 들어간즉 단풍나무가 많아서 한참 벌겋고 벚나무, 가래나무도 서리를 맞아 누랬다. 그 사이의 전나무, 노가주나무 등은 한층 더 푸르러 보였고 더욱이 동청나무도 많았다. 온

갖 기이한 나무들의 잎사귀가 누르고 붉은 한가운데를 나는 이리저
리 돌아보면서 즐거워하다가 탈것을 메고 온 중에게 물었다.

"이 산속에 혹 도술을 배운 이상한 중이 있으면 내가 만나 보고
싶은데 그런 중이 있느냐?"

"없습니다. 들으니 선암船菴에 벽곡하는 분이 와 있다고도 하고
혹 그가 경상도 선비라고 하는데 알 수는 없습니다. 선암은 길이
험하여 가는 사람이 없습니다."

밤에 내가 장안사長安寺에 앉아서 여러 중들에게 물어 보아도 여
러 사람의 대답이 그 중의 말과 같았다. 그들의 말이 벽곡을 한다는
그 사람은 백날을 채우고 간다고 했는데 그때 거의 90여 일째 된다
고 하였다. 나는 이 사람이 반드시 신선이로구나 생각하고 몹시 기
뻐서 그 밤으로 곧 쫓아가고 싶었다. 이튿날 아침 진주담眞珠潭에
앉아서 동행할 사람을 기다리면서 한참 동안이나 서성거리고 있었
으나 모두 약속을 어기고 오지 않았다.

또 감사가 각 고을을 순행하다가 금강산에 들러 이 절 저 절로 돌
아다니니 각 고을의 원들도 모두 모여들었다. 시중도 들고 대접도 하
기 위해서 그들이 구경을 다니는 곳마다 백여 명의 중이 따라나서야
했다. 선암까지는 길이 아주 험하기 때문에 혼자 찾아갈 수는 없는
곳이라 영원靈源과 백탑白塔 사이만 왔다 갔다 하면서 속이 상했다.

그 뒤로는 비가 줄창 계속하여 다시 엿새 동안을 산속에서 묵고
나서야 비로소 선암에 이르니 바로 수미봉須彌峯 아래요, 내원통內
圓通에서 20여 리나 들어가는 곳이다. 커다란 바위가 천길이나 높이
솟았고 길이 끊어질 때마다 쇠사슬을 쥐고 공중에 매달려 갔다. 실
상 암자에 들어서니 뜰은 텅 비고 사람은 없으며 새들만 우짖고 상

위에는 조그만 구리 부처가 놓였고 오직 신발 두 짝이 남아 있을 뿐이었다. 나는 몹시 서운해서 머뭇거리며 바라보다가 바윗돌 벽에 이름만을 써 놓고 돌아왔다. 선암에는 늘 구름 기운이 돌고 바람도 쓸쓸하였다.

혹은 말하기를 신선이란 산에서 사는 사람이라고 하고 혹은 말하기를 산에 들어가면 신선이 된다고 하였다. 또 신선이란 선뜻선뜻 가볍게 동작한다는 뜻이라고도 한다. 본래 벽곡을 한다는 사람은 반드시 신선일 것이 아니라 결국 뜻을 얻지 못해서 울적해하는 사람일 것이다.

광문자전

廣文者傳

광문이는 거지다. 일찍이 종로 거리에서 빌어먹으며 다니는 것을 여러 거지 아이들이 우두머리로 삼아서 저희들의 거지굴을 지키게 했다. 하루는 일기가 몹시 춥고 눈이 퍼붓는데 여러 아이들은 모두 동냥을 나가고 오직 한 아이가 병으로 떨어져 있었다. 조금 지나서 아이는 오싹 추워서 떨며 앓는 소리를 하는 것이 아주 슬펐다. 광문이 차마 듣다 못하여 밥이라도 빌어다가 먹이려고 나갔다가 밥을 얻어 가지고 돌아온즉 아이는 벌써 죽어 버렸다. 다른 아이들은 광문이 아이를 죽인 것으로 의심하고 우하고 덤벼들어서 광문이를 때려 내쫓았다. 밤중에 광문이 엉금엉금 기어서 마을 안의 어느 집으로 들어가다가 개가 짖는 바람에 주인에게 붙들려 결박을 당하였다.

광문이 소리를 질렀다.

"내가 원수를 피하여 들어온 것이지, 도적질하러 들어온 것은 아닙니다. 만약에 믿지 못하겠거든 날이 밝은 후 거리에 나가서 물어 보십시오."

그의 말이 하도 순진스러워서 집주인도 그를 도적이 아닌 줄로 알고 놓아 주었다. 광문이는 주인에게 고맙다고 인사를 한 다음 거적을 한 닢 달라고 해서 가지고 갔다. 주인이 적이 이상하게 여겨 광문이 뒤를 밟았는데, 여러 아이가 송장 하나를 끌고 수표교로 와서 다리 아래로 내던졌다. 광문이는 다리 밑에 숨었다가 거적으로 싸가지고 서문 밖으로 나가서 땅을 파고 묻으면서 울고 또 중얼거렸다. 집주인이 다시 광문이를 붙잡고 캐어물었다. 광문이는 지난 일과 어제 당한 경우를 모두 이야기하였다.

주인은 광문이를 의리 있는 사람이라고 생각하고 자기 집으로 데리고 가서 옷을 갈아입히고 잘 대접했으며, 나중에는 약방하는 부잣집에 소개해서 차인꾼 노릇을 하게 하였다. 얼마 지난 뒤 부자가 문을 나가려 하다가 자주자주 돌아보고 또 방으로 들어가서 자물쇠를 살펴본 다음 미심스러운 눈치로 나가더니, 급기야 돌아와서는 깜짝 놀라며 광문이를 들여다보고 무슨 말을 할 듯, 종당 말을 하지 않으나 얼굴빛이 아주 달라졌다. 광문이는 까닭을 몰랐다. 그렇다고 부잣집에서 나가겠다고 말할 수 없어 아무 소리 못 하고 그대로 날을 보냈다.

며칠 후 부자의 처형의 아들이 돈을 가지고 와서 부자에게 주면서 말하였다.

"요전에 아저씨께 돈을 취하러 왔더니 아저씨가 마침 계시지 않기에 제멋대로 방에 들어가서 꺼내 갔습니다. 아마 아저씨가 모르셨을 것입니다."

그제야 부자는 광문이에게 몹시 미안해하면서 사과하였다.

"나는 소견이 없는 사람일세. 자네같이 점잖은 사람을 의심하다니 자네를 볼 낯이 없네."

이로부터 부자는 자기가 아는 여러 사람과 다른 부자나 큰 장사치를 만나는 대로 광문이가 의리 있는 사람이라고 칭찬하고, 또 왕의 일갓집에 드나드는 손과 재상집 문하에 있는 사람들에게도 돌아다니면서 광문의 일을 떠들어 댔다. 왕의 일갓집의 손과 재상집의 문객들은 밤이면 자기 주인에게 이야기를 해 드려 잠을 청케 하는 것이라, 두어 달 동안에 양반님네들도 모두 광문이가 지금 세상에는 희한한 사람이라는 이야기를 듣게 되었다. 이때 서울 안에서는 광문이를 후히 대접한 집주인은 사람을 알아보는 이라 일컬었으며 더욱이는 약방 부자를 점잖게 쳤다.

그 당시 빚놓이하는 사람들이 전당을 잡고 빚을 주는 데는 머리꽂이, 패물, 옷가지, 그릇붙이, 가옥, 논밭, 남녀종의 문서 등 반드시 본값을 따져서 액수를 정하나, 광문이가 보증을 서면 전당도 묻지 않고 단 한 마디에 천 냥 돈을 내 놓았다. 광문이는 얼굴도 아주 추하고, 말 주변도 남을 움직일 주제가 못 되고, 오직 아가리가 커서 두 주먹을 함께 넣을 만한데, 망석중놀음을 잘하고, 곱사춤을 출 줄 알았다.

서울 안 건달패들이 서로 쏠까스를 때에는 네 형이 달문이 아니냐고 해서 약을 올린다. 달문이란 광문이의 딴 이름이다. 광문이가 길거리를 지나다가 싸움하는 사람을 만나면 저도 옷을 벗어젖히고 싸움판에 덤벼들어서는 말을 더듬거리면서 땅에다가 금을 긋는 것이 마치 잘못을 따지기라도 하려는 꼴 같았다. 온 거리가 까르르 웃고 싸우던 그들도 웃고 나중에는 모두 흩어져 가 버리고 만다.

광문이가 나이 마흔 살이 되도록 오히려 댕기 꼬리를 늘이고 다녔는데 누가 장가를 들라고 권하면 그는 말하였다.

"얼굴이 이쁜 사람을 모두들 탐내는데 남자만 그런 것이 아니라 여자도 마찬가지일 것일세. 나는 얼굴이 워낙 추해서 나를 바라고 살라기가 염치없네."

누가 집을 장만하라고 권하면 그는 말하였다.

"부모, 형제, 처자 아무것도 없는 사람이 집을 장만해서는 무얼 하겠나? 아침 나절 콧노래를 부르면서 길거리로 나다니다가 날이 저물거든 부잣집이든지 귀가댁이든지 아무 데나 들어가서 자면 되네. 서울 안의 호수戶數가 팔만이라네. 하루 한 집씩 돌아도 내 생전에는 다 못 돌 것일세."

서울 안의 이름난 기생이 제 아무리 얌전하고 아리땁게 생겼다고 하더라도 광문이가 떠들어 주지 않으면 한 푼어치의 값이 나가지 못했다. 어느 날 왕궁을 호위하는 우림위羽林衛 군사들과 대궐 안의 별감들과 부마도위 집 하인들이 한패가 되어 운심이를 찾아왔다. 운심이는 당대의 명기였으므로 마루 위에 술상을 벌여 놓고 가야금을 뜯으면서 운심이더러 춤을 추라고 하였건만, 운심이는 우정 머뭇거리면서 얼른 춤을 추려고 하지 않았다. 밤이 된 뒤 광문이도 운심이를 찾아와서 한참 마루 아래서 서성거리다가 더뻑 자리로 뛰어들어가서 윗자리에 앉았다. 광문이가 비록 떨어진 옷을 입었을망정 조금도 꺼리는 바가 없이 태도와 행동이 태연스러웠다. 그러나 눈가에는 눈곱이 달리고 취한 채 게트림을 하고 곱수머리를 땋아서 뒤통수에다가 붙였다.

그 자리에 앉았던 사람들이 모두 어이가 없어 눈짓으로 광문이를 가리키면서 때려 주자고 하는 그때다. 광문이는 더욱 앞으로 나앉더니 무릎을 쳐서 장단을 맞추면서 콧노래를 부르기 시작했다. 그제야 운심이도 일어나서 옷매무시를 고치고 광문이를 위해서 칼춤 한바탕을 추었다. 모두들 즐겁게 놀았으며 서로 친하게 지낼 것을 약속하고 흩어졌다.

광문자전 뒤에 붙여 쓴다

내 나이 열여덟 살 때 병을 몹시 앓으면서 밤에는 언제나 우리 집의 오래된 하인들을 불러서 세상에 돌아다니는 이야기를 물었는데, 그들의 이야기가 거지반 광문이의 일이었다. 나도 어려서 한 번 얼굴을 본 적이 있거니와 아주 추하게 생겼다. 그때 내가 글짓기를 공부하고 있던 터라 이 전을 지어서 여러 어른들께 돌려보았더니 갑자기 문장을 잘 짓는 사람으로 크게 칭찬을 받게 되었다.

그 당시 광문이는 충청도, 경상도의 각 고을로 돌아다니는 중이었다. 이르는 곳마다 명성이 있었고 서울로 다시 들어오지 않은 지는 벌써 수십 년째다. 떠돌아다니는 거지 아이 하나가 개령開寧 수다사水多寺로 밥을 빌어먹으러 들어갔다. 밤에 중들이 모여 앉아 광문이의 일을 이야기하면서 모두들 사모하고 감탄해서 그를 한 번 만나 보지 못해 한하였다. 거기서 거지 아이가 고만 울음을 내놓자, 여럿이 왜 우느냐고 물었다. 또 거기서 거지 아이는 목멘 소리로 제가 광문이의 아들이노라고 일컫고 나섰다. 중들이 깜짝 놀랐다. 그전에는 바가지쪽에다가 밥을 담아 주더니 그 아이가 광문이의 아들이란 말을 들은 뒤로는 사발을 씻어 밥을 담고 숟갈, 젓갈에 장과 나물을 갖추고 소반에 받쳐 대접하였다.

당시 경상도 지방에는 역적질을 하려고 음모하던 자가 있었다.

그자는 거지 아이가 이런 후대를 받는 것을 보고 잘 이용해서 사람들을 속이려고 생각하였다. 그래서 몰래 거지 아이를 꾀었다.

"네가 나더러 작은아버지라고만 하면 좋은 수가 생길 수 있다."

그자는 광문이의 아우로 행세하면서 이름도 광문이와 항렬을 맞추어 광손廣孫이라고 하였다. 일부 사람들이 의심하기를 광문이는 제 성도 잘 모르고 평생에 형제나 처첩이 없었는데 어디서 장성한 아우와 다 큰 아들이 나왔느냐고 해서 드디어 관가에다가 고발을 하였다. 관가에서 광문이 이하 모두 잡아들여 심문도 하고 맞대면시킨 결과 서로 얼굴도 알지 못하는 터라 그자는 목을 베고 거지 아이는 먼 시골로 귀양을 보내 버렸다. 광문이가 옥에서 놓여 나오니 늙은이, 젊은이 모두 보러 가는 바람에 서울 안이 며칠 동안 텅 비다시피 하였다.

광문이는 표철주表鐵柱를 가리키면서 말하였다.

"네가 그래 사람 잘 치던 표 망둥이가 아니냐? 이제는 늙어서 기운을 못 쓰겠구나!"

망둥이는 표철주의 별명이다. 다시 그동안의 지내 온 일을 이야기하면서 서로 위로하였다. 광문이가 물었다.

"영성군靈城君, 풍원군豊原君▪이 모두 무고들 한가?"

"벌써 다 세상을 떠났네."

"김경방金擎方이는 지금 무슨 벼슬을 하고 있나?"

"용호장龍虎將▪이라네."

광문이가 말하였다.

▪ 풍원군은 이팽수李彭壽.
▪ 대궐의 숙위宿衛, 호종扈從 등을 맡은 군영의 우두머리를 일컫는 말.

"그 녀석이 아주 미남자인 데다가 몸이 비록 비대해도 기생을 안고 담을 훌훌 뛰어넘고 돈을 흙덩이같이 쓰더니, 이제는 귀인이 되었으니 만나 보지도 못하겠다. 그래 분단이는 어디로 갔나?"

"벌써 죽었네."

광문이 한숨을 지으면서 말하였다.

"옛날에 풍원군이 기린각에서 밤 잔치를 치르고 나서 분단이만을 붙들어 재운 일이 있었네. 새벽에 일어나서 대궐 안으로 들어가려는 판인데 분단이가 촛불을 잡고 있다가 실수로 초피 모자를 태웠네. 분단이가 황송해서 어쩔 줄을 모르니 풍원군이 웃으면서 네가 부끄러우냐 하고 곧 부끄럼풀이로 돈 오백 냥을 주었단 말일세. 그때 나는 너울과 여벌을 싸 가지고 시꺼머니 귀신처럼 난간 아래 서서 기다리고 있자니까, 풍원군이 창문을 열고 침을 탁 뱉다 말고 분단이에게 몸을 기대면서 귓속말로 저 시꺼먼 게 무어냐고 물었네그려. 천하에 광문이를 모르는 사람도 있습니까 하고 대답한즉, 풍원군은 웃으면서 네 시중꾼이로구나 하고 나를 부르데. 커다란 잔으로 술 한 잔을 주고 자기도 감홍로를 따라 일곱 잔을 연거푸 마시더니 초헌을 타고 가데. 이제 다 옛 이야기가 되고 말았네. 지금 서울 안에 고운 계집으로 누가 제일 유명한가?"

"작은아기일세."

"조방꾼*은 누군가?"

"최박만일세."

---

* 창루 등에서 남녀 사이의 일을 주선하고 잔심부름 따위를 하는 사람.

"아침 나절 상고당尚古堂에서 사람을 보내서 안부를 묻데. 내가 들으니까 원교圓嶠 아래로 이사를 갔다지. 마루 앞에 벽오동나무가 섰는데 그 아래서 손수 차를 끓이고 있으면서 쇠돌을 시켜서 거문고를 탄다더군."

"쇠돌이 형제가 한참 들날리는 판일세."

"옳거니, 그게 김정칠이의 아들이렷다. 내가 제 어른과는 자별히 지냈단 말이야."

하고는 다시 서운한 기색으로 있다가 한참 만에 계속해 말하였다.

"이건 다 내가 떠난 이후의 일일세그려."

광문이의 머리는 다 모지라졌으나마 오히려 쥐꼬리만 하게 땋아 늘였는데 이가 빠지고 입이 오므라들어서 주먹을 넣을 수는 없었다고 한다. 표철주에게 또 묻기를,

"이제 자네가 늙은 몸으로 어떻게 먹고 사나?"

"살기가 어려워서 집주릅 노릇을 하네."

"자네가 이제야 그나마도 오래가지는 못할 것일세. 그전에는 자네네 재산이 수만금이라고 해서 자네를 금투구라고들 부르더니 그 투구가 어디 있나?"

"이제 나도 세상 맛을 아네."

광문이 웃으면서 말하였다.

"자네야말로 재주를 배우자 눈이 어두운 격일세그려."

그 이후 광문이가 어떻게 되었는지 세상에서 알지 못한다고 한다.

우상전

虞裳傳

일본의 관백關白이 새로 섰다. 그래서 많은 재물을 저축해 두고, 궁전과 관사들을 보수하고, 선박을 수리하고, 제가 관할하는 각 섬의 기이한 인물, 칼 쓰는 사람, 야릇한 기교, 상스러운 놀이와 글씨 쓰고, 그림 그리고, 글 잘하는 선비들을 긁어 내어서 저희의 수도로 모아다가 놓고 수년 동안 연습을 시켜 더 숙련한 이후, 비로소 우리 나라를 향해서 사신을 보내 달라고 청해 왔다. 마치 큰 나라의 책봉을 받으려고 하는 것과 같았다.

우리 나라에서는 3품 이하의 문관 가운데서 인재를 한껏 골라서 세 사신의 정원을 채웠다. 그들의 수행원은 모두 글이 훌륭하고 학식이 넉넉한 사람들이었다. 천문, 지리, 수학, 점치는 법, 의술, 관상, 무술이 전문인 사람으로부터 악기를 불거나 술을 먹거나 바둑, 장기를 두거나 말을 타고 활을 쏘거나 대체 한 가지 재주로 나라 안에 이름이 있는 사람까지 깡그리 따라갔다. 일본 사람들이 그 중에서도 시문과 글씨, 그림을 가장 귀중히 여겨서 조선 사람의 필적은 한 자만 얻으면 노자 없이도 천리를 여행할 수 있었다.

조선 사신의 숙소로 정해진 집은 어디서나 푸른 구리 기와로 지붕을 이었으며, 무늬 있는 돌로 뜰을 아로새겼으며, 기둥과 난간에는 붉은 칠을 하였으며, 휘장에는 외국의 화제火齊, 말갈靺鞨, 슬슬瑟瑟 등의 유명한 구슬로 장식하였다. 식기도 모두 금칠한 것 아니면 은칠한 것이라 화려하고 사치스러웠다. 천리를 가는 도중에는 때때로 기이하고 교묘한 구경거리를 차려 놓았을 뿐 아니라, 일행 중의 백정과 마부까지도 걸상에 앉아 나무통에 발을 담그게 한 다음 꽃무늬 놓은 옷을 입은 아이놈이 때를 씻겨 주었다.

일본 사람들은 이렇게 떠들어 대면서 존경하고 사모하는 뜻을 보였는데도 통역하는 무리들이 범 가죽, 표범 가죽, 잘, 인삼과 같은 수출을 금지하는 물자를 가지고 와서 몰래 구슬, 칼 등속과 교역하는 통에 거간꾼들이 잇속을 노리고 재물에 눈이 뒤집혀 몰켜들었다. 일본 사람들은 겉으로 여전히 공경하는 체하면서도 더 다시 문화한 점에서는 존경하지 않았다.

우상이 한어 역관으로 따라갔다가 홀로 한문을 잘하여 일본 안에 크게 울렸다. 일본의 유명한 중과 존귀한 계층의 인물들이 모두 운아雲我 선생은 둘도 없는 큰 선비라고 일컬었다. 대판의 동쪽으로 들어서면서 절은 여관집 같고 중은 기생 같은데 시문을 청하는 것이 꼭 장기, 바둑을 두자고 하는 것과 다름이 없었다. 그림 있는 시를 쓰는 용지나 꽃무늬 놓은 두루마리를 책상과 걸상에 가득 쌓아 놓고 시짓기 힘든 운자를 추려 내서 곤란을 보이건만, 우상이 그전에 지어 둔 것을 외우듯이 언제나 그 자리에서 죽죽 불렀다. 운자를 다는 것도 평안하고 타당하였으며, 조용히 끝을 마치기까지 어려운 빛도 보이지 않고, 맥이 빠진 말도 내놓지 않았다. 그가 지은 시 가운데 '바다 위를 유람하면서[海覽篇]'는 다음과 같다.

땅덩이 위의 일만 나라가
바둑이 놓인 듯 뭇별을 벌인 듯
오나라와 월나라에선 상투를 쫓고
천축 사람은 중의 대가리
제나라와 노나라에선 넓은 소매옷을 입는데 '
북방 오랑캐 털로 짠 의복
어느 건 보기 훌륭도 하고
어느 건 눈에 서툴러 뵈나
무리로 나눠 끼리로 보면
이 땅의 무에나 다 마찬가지

일본이라 하는 나라
물결 속에 싸여 있고
동쪽에 자리 잡아
바로 해를 맞는 곳
아낙네 일이란 염색과 수예
귤과 유자가 풍토에 맞다.
야릇한 물고기 장거도 있고
이상한 나무론 소철도 있다.
이 나라 으뜸산 방전■이란 건
뭇별에 대한 북극성인 격
남북에 따라 봄가을 다르고

■ 장거章擧, 소철蘇鐵, 방전芳甸은 당시 일본 사람들이 한자로 표기하던 것을 그대로 옮겨 쓴
것으로 보인다.

동서로 인해 낮과 밤 다르다.
중앙의 지형은 엎어 놓은 항아리
태곳적 흰 눈이 창공에 빛난다.
황소도 가릴 큰 재목이랑
옥돌과 같이 고운 목재랑
단사랑 금이랑 또는 주석이랑
이 모두 여기저기 산에서 나는 것
대판은 실로 커다란 도시라
바다 보물이 무진장이구나.
기이한 향인 용연을 사르고
보석인 아골더미로 쌓였네.
코끼리 입에서 뽑은 어금니
물소 대가리서 잘라 낸 뿔들
파사 사람도 눈이 부시며
절강의 저자도 무색케 되리.

바다 안의 땅, 땅 안의 바다
그 가운데야 없는 것 없다.
자라등에는 돛폭이 활짝
미꾸리 꼬리엔 깃발이 펄펄
굴, 조개 껍질은 보루를 쌓은 듯
확 바뀌었다 산호 바다로
퍼졌는 불이 음산하여라.
확 바뀌었다 푸르나 붉게

구름에 비친 햇빛 같아라.

획 바뀌었다 수은 바다로

만 알의 별이 펼쳐졌어라.

획 바뀌었다 염색집으로

천 필의 비단 찬란하여라.

획 바뀌었다 대장간으로

온갖 쇠붙이 빛나는 게라.

용새끼 날아 하늘 치받아

벼락, 번개가 막 볶아친다.

이른바 발선, 마갑주 *란 것

기이하다 못해 황홀해 뵌다.

빨간 알몸에 갓만 쓴 백성

살이 있으니 독하기 전갈

일 만나 요란컨 생쥐와 비슷

잇속이 있는 곳 항상 노리고

수가 조금 틀리면 화다닥 지끈

계집들은 희롱을 잘하고

어린 사람도 꾐수가 일쑤

제 조상 대신에 뜬 귀신 위하고

부처는 믿으나 살생을 즐긴다.

글씨라 쓴 건 까마귀 그림

시라 지은 건 오랑캐 소리

---

* 발선髮鱄과 마갑주馬甲柱는 모두 알 수 없는바 일본의 특산물인 듯. 따라서 일본 사람의 한 자 표기를 옮겨 쓴 것일지도 모른다.

남녀 노는 꼴 짐승이 왔고
벗이란 것도 고기 떼 같다.
새처럼 지절대는 말
통역도 가끔 알지 못하네.
풀 나무 이름이 하도 기이해
나함이 저서를 불사를 지경
흐르는 강물은 백 갈래라
역씨도 무식을 면치 못하리.
바다 소산의 요괴한 것들을
사급의 책도 올리지 못했고
고물에 새겼는 고대의 글은
정백이 또다시 붓을 잡으리.
지구의 곳곳이 같고 다르고
각 처의 섬이 어떠어떻고.

서양 사람 이마두란 자
선으로 긋고 칼로 베었다.
못난 내 이 시를 진술하노니
말 비록 속되나 뜻은 진실타.
이웃과 친선이 나라의 큰 정책
붙들어 매 두어 사이좋게 지내자.
坤輿內萬國,　碁置而星列.
于越之魋結,　竺乾之祝髮.
齊魯之縫掖,　胡貊之氈毼.

或文明魚雅,　或兜離侏伓.

群分而類聚,　遍土皆是物.

日本之爲邦,　波壑所蕩潏.

其藪則搏木,　其次則賓日.

女紅則文繡,　土宜則橙橘.

魚之怪章擧,　木之奇蘇鐵,

其鎭山芳甸,　句陳配厥秩.

南北春秋異,　東西晝夜別.

中央類覆敦,　嵌空龍漢雪.

蔽牛之鉅材,　抵鵲之美質.

與丹砂金錫,　皆往往山出.

大阪大都會,　瓌寶海藏竭.

奇香爇龍涎,　寶石堆雅骨.

牙象口中脫,　角犀頭上截.

波斯胡目眩,　浙江市色奪.

寰海地中海,　中涵萬象活.

鶢背帆幔張,　鰌尾旌旗綴.

堆疊蠣粘房,　屭贔龜次窟.

忽變珊瑚海,　煜耀陰火烈.

忽變紺碧海,　霞雲衆色設.

忽變水銀海,　星宿萬顆撒.

忽變大染局,　綾羅爛千匹.

忽變大鎔鑄,　五金光迸發.

龍子劈天飛,　千霆萬電戞.

髮鬌馬甲柱,　秘怪恣怳惚.

其民裸而冠,　外螯中則蝎.

遇事則糜沸,　謀人則鼠黠.

苟利則蚩射,　小拂則豕突.

婦女事戲謔,　童子設機括.

背先而淫鬼,　嗜殺而侫佛.

書未離鳥舋,　詩未離鴂舌.

牝牡類麀鹿,　友朋同魚鼈.

言語之鳥嘤,　象譯亦未悉.

草木之瓌奇,　羅含焚其帙.

百泉之源涯,　酈生瓮底蟻.

水族之弗若,　思及閟圖說.

刀劍之款識,　貞白續再筆.

地毯之同異,　海島之甲乙.

西泰利瑪竇,　線織而刀割.

鄙夫陳此詩,　辭俚意甚實.

善鄰有大謨,　羈縻和勿失.

우상과 같은 사람이야말로 어찌 나라 빛내는 영예를 이룬 사람이
아닌가?

옛날 임진 전쟁 때 일본의 풍신수길이 몰래 군대를 이끌고 우리
나라를 습격해서 서울, 개성, 평양 우리의 세 서울을 짓밟고 우리의
어른, 아이를 살상하고 삼한의 옛 터에 왜철쭉과 동백을 심어 놓았
다. 선조 대왕이 압록강가로 피난 가서 명나라에 알렸더니, 명나라

에서 크게 놀라 온 중국의 군대를 동원하여 구원하러 왔다. 그때 구원군의 대장군 이여송李如松, 제독 진린陳璘, 마귀麻貴, 유정劉綎, 양원楊元은 옛날 명장의 풍모를 보였으며, 어사 양호楊鎬, 만세덕萬世德, 형개邢玠는 문무의 재주를 겸하고 귀신도 놀랄 만한 전략을 가졌다. 병사들은 감숙, 섬서, 절강, 등주, 귀주, 내주의 말 잘 타고 활 잘 쏘는 사람과 대장군의 사사로운 부하 천 명과 유주와 계주의 칼 잘 쓰는 사람들이었으나, 마침내 일본 군대와 부닥뜨려서는 겨우 국경 밖으로 몰아 낼 수 있었을 뿐이다.

그 뒤 수백 년 동안 사신 행차가 자주 동경까지 다녔는데도 오직 체모를 근신하고 외교 절차를 엄격히 하는 데 그쳤던 만큼, 그들의 풍속, 가요, 인물, 지리, 강하고 약한 형편과 같은 것은 꼬물도 모르면서 빈손으로 오고 가고 하였다. 우상이 힘으로는 붓 하나를 들기에도 어려웠지만 붓촉을 빨고 털끝을 가다듬어 바닷길 만리나 되는 남의 나라 수도에 가서 나무가 시들고 냇물이 마르게 하였다. 이야말로 붓을 가지고 강산을 함락시켰다고 하더라도 과언이 아니다.

우상의 이름은 상조湘藻다. 일찍이 자기 화상에 글을 쓰기를,

"공봉供奉의 이백李白, 업후鄴侯의 이필李泌에다가 이철괴李鐵拐를 합하면 창기滄起가 될 것이다. 옛날의 시인, 옛날의 선인, 옛날의 산인이 모두 이씨다."

우상의 성이 이씨요 또 하나의 별호가 창기였던 것이다.

대개 선비는 저를 알아주는 사람에 의해서 드러나고 저를 알아주지 못하는 사람에 의해서 굴욕을 당한다. 교청과 자원앙은 대단치 않은 새이건만 오히려 제 깃과 털을 사랑해서 맑은 물에 비추고 섰다가 돌아 날아서 비로소 앉는다. 사람이 문장에 능한 것이야 어찌

새의 깃이나 털의 아름다움으로 비교하고 말 것인가? 옛날 형가荊軻
가 밤에 검술을 토론할 적에는 개섭蓋聶이 골을 내며 눈을 흘겼지
만, 고점리高漸離가 현악기를 타는 데 이르러서는 사람이 있는 것도
상관없이 서로 붙들고 울었다. 대체 즐거움이 지극하였던 것이나 다
시 뒤이어 우는 것은 무슨 까닭인가? 속마음에 감격해서 까닭 없이
슬퍼진 것이다. 비록 본인에게 묻는다고 하더라도 그들 자신도 역시
무슨 마음이라는 것을 알지 못했을 것이다. 문장의 높고 낮음을 평
가하는 것이야 어찌 칼 쓰는 사람의 기교와 비교하고 말 것인가?

  우상은 그 아니 불우한 사람이었던가? 어째서 그의 말에는 그다
지도 슬픔이 많은가?

  닭의 볏 높이가 상투건 같고
  쇠 미레 크기가 전대만 해도
  늘 보는 백 가지 심상해하고
  낙타의 등 오직 놀라고 있네.
  鷄戴勝高似幘, 牛垂胡大如袋.
  家常物百不奇, 大驚怪槖駝背.

우상 자신은 애초부터 보통 사람과 달랐으니, 병이 들어 죽게 되기
에 이르러 자기의 작품을 모두 살라 버리면서 말하였다.

  "누가 또 알아줄 사람이 있으랴?"

이렇게 말하는 뜻이 어찌 슬프지 않은가?

공자가 말했다.

  "재주가 쉽지 않다더니 과연 그렇지 않으냐?"

또 말하기를,

"관중은 작은 그릇이로구나!"

하니, 자공이 묻기를,

"저는 무슨 그릇쯤 되겠습니까?"

하여, 공자가 대답하기를,

"임금의 사당에서 쓰는 옥그릇이다."

했다. 대개 아름답기는 하나 작게 여기는 뜻이다. 그렇기 때문에 덕을 그릇에 비유하면 재주를 담는 물건으로 비유할 수 있을 것이다. 《시경》에서는 이르기를,

"깨끗하고 고운 저 옥잔에는 누런 술 가득 담겨 있네."

했고, 《주역》에서는 이르기를,

"식기가 발이 부러져서 여럿의 밥을 엎질렀다."

했다. 덕만 있고 재주가 없으면 덕은 빈 그릇으로 되며, 재주만 있고 덕이 없으면 재주가 담겨 있을 곳을 잃는다. 그릇이 얕아서 담긴 물건이 넘치기 쉬운데 사람은 하늘과 땅과 더불어 삼재를 이루고 있다. 그렇기 때문에 귀신을 재주로 본다면 천지는 커다란 그릇으로 보아야 할 것이다. 톡톡 떨고 나서는 사람에게 복이 붙을 데가 없고, 남의 심리를 꿰뚫어 아는 사람에게 사람이 붙지 않는다.

문장이란 천하의 지극한 보배다. 정밀하게 쌓여 있는 것을 미묘한 속에서 끄집어 내고, 깊숙이 숨어 있는 것을 형체 없는 가운데서 찾아 내서 조화의 비밀을 누설하니 귀신이 성내고 원망할 것이다. 나무가 재목으로 될 만하면 사람들이 베어 가려 하고 물건이 재물로 될 만하면 사람들이 빼앗으려 한다. 그렇기 때문에 재주란 자는 밖으로 삐치지 않고 안으로 삐치게 되어 있다.

우상은 일개 역관이라 나라 안에서는 명성이 동리 밖을 나가지 못하고 상층의 인사들이 얼굴을 알지 못하였다. 지금 하루아침에 바닷길 만리나 되는 남의 나라에서 이름을 떨쳤고, 곧, 고래, 용, 자라의 소굴에까지 발자취가 미쳤고, 손으로 해와 달을 목욕시키고, 기개가 무지개와 신기루를 육박하기에 이르렀다. 그런데 옛말에 이르기를 재물의 간수를 허술히 하는 것은 도적에게 훔쳐 가라고 가리키는 것이라고 하고, 또 물고기가 못에서 벗어나서는 안 된다고 하고, 또 날카로운 연장은 사람들에게 보일 것이 못 된다고 하였다. 곧 경계할 바가 아닌가?

그가 승본해勝本海 지방을 지나다가 시를 지은 것이 있다.

승본해

사내녀석 발은 벗고 생김새도 더러운데
새파란 도포 등에 해달을 그렸구나.
얼룩옷을 입은 계집 문 밖으로 내달을 제
머리를 빗다 말고 허술히 동여맸네.
어린아이 홍얼대며 젖어미를 보채다가
젖어미 등을 치니 흐느껴 울고 있네.
이윽고 북을 치며 사신 행차 오니
일만 개 눈동자가 산 부처 둘러싸듯
오랑캐 관리들이 예물로 올리는 건
소반에 받쳐 내는 큰 조개, 산호 가지
손님이나 주인이나 두 편 함께 벙어린 양

눈썹으로 말을 하고 붓끝에는 혀가 있네.
오랑캐의 관청에는 그럴듯한 정원 풍치
종려나무, 푸른 귤이 그득히 늘어섰네.

蠻奴赤足貌鯤鯜, 鴨色袍背繪星月.

花衫蠻女走出門, 頭梳未竟鬆其髮.

小兒號嗄乳母乳, 母手拍背嗚嗚咽.

須臾撾鼓官人來, 萬目圍繞如活佛.

蠻官膜拜獻厥琛, 珊瑚大貝擎盤出.

眞如啞者設賓主, 眉睫能言筆有舌.

蠻府亦耀林園趣, 栟櫚青橘配庭實.

배에서 치질을 앓고 누워서 늙은 스승 매남梅南 이용휴李用休 선생의 말을 생각하면서 지은 시도 있다.

매남 선생의 말씀을 생각하면서

"세상을 다스리자."
"아니다. 벗어나라."
공자님과 석가는 다르기가 해와 달
일찍이 서양 사람 오인도 다 돌아도
과거 현재 통해서 부처란 것 없다네.
어찌해 우리 선비 장사치 무리 따라
붓과 혀를 놀리며 허황한 말 하는가.
털 나고 뿔이 돋고 내생에 짐승되어

제 평생 남 속인 죄 새 몸이 받아 싸리.
독한 불길 타올라 이 나라에 미쳤네.
수없는 절들이 시골 서울 널렸네.
복이니 불행이니 백성을 충동해서
쌀 바친다 향 핀다 시주 없는 때 없네.
비유컨대 한 아들 다른 아들 해쳐서
부모를 받들었자 부모 못 기뻐하네.

여섯 가지 경서가 광명을 펼치건만
이 나라 사람들은 두 눈에 옻칠한 듯
해 뜨는 곳, 지는 곳 다른 이치 없거니
성인의 길 따르라 배반하면 망나니
우리 스승 날 깨우쳐 뭇 사람을 깨우라네.
시로써 그 뜻 읊어 목탁을 삼으려네.

宣尼之道麻尼教, 經世出世日而月.
西士嘗至五印度, 過去現在無箇佛.
儒家有此俾販徒, 籤弄筆舌神吾說.
披毛戴角墜地犴, 當受生日欺人律.
毒焰亦及震旦東, 精藍大衍都鄙列.
睢盱島衆怵禍福, 炷香施米無時缺.
譬如人子戕人子, 入養父母必不說.
六經中天揚文明, 此邦之人眼如漆.
暘谷昧谷無二理, 順之則聖背檮杌.
吾師詔吾詔介衆, 以詩爲金口木舌.

우상의 시는 다 후세에 전함 직하다. 일본에서 돌아오는 길에 보니 벌써 전부 인쇄를 하였더라고 한다.

나는 우상이 살았을 적에 한 번도 만나 본 적이 없건만 자주 나에게 자기 시를 보내면서,

"이 친구나 혹 나를 알아줄는지 모르지."

하기에, 나는 농담삼아 중간에서 심부름하는 사람에게 이르기를,

"이것은 기골이 연약한 사람들의 시시한 재주니 귀하게 여길 만한 것이 못 된다."

하였더니, 우상이 듣고 성을 내며 말하였다.

"이 친구가 누구를 골을 지르고 있는 겐가?"

한참 만에 다시 탄식하면서,

"내가 이 세상에서 얼마나 오래 살고 있을 것인가?"

하고는 눈물을 주루룩 흘리더라는 것이었다. 나도 듣고 슬퍼하였다. 그 뒤 얼마 안 되어 우상은 죽었다. 나이 스물일곱이다. 그 집안 사람이 꿈에 술취한 신선이 퍼런 고래를 타고 가고 검은 구름이 아래로 드리웠는데 우상이 머리를 풀어헤친 채 따라가는 것을 보았다. 그런 지 한동안 지나서 우상이 죽으니 혹은 신선이 되어 간 것이라고 말한다.

아하! 나도 속마음으로는 그의 재주를 사랑하고 있었지만 그의 기운을 꺾은 것은 나이 젊은 그가 정당한 길에 들어서서 저서를 후세에 남기게 하자는 것이었다. 이제 와서 생각하면 우상이 반드시 나를 좋지 않게 생각하였을 것이다. 어떤 사람이 그를 추도해서 노래를 지었다.

첫째

오색 찬란한 이상한 새가
지붕마루에 와서 앉았네.
우루루 사람 모여들 드니
날아갔구나, 자취도 없이.
五色非常鳥, 偶集屋之脊.
衆人爭來看, 驚起忽無跡.

둘째

까닭 없는 돈 천 냥 생기면
그 집 응당 재앙이 오리.
더구나 저희 희한한 보물
어째서 오래 빌리게 놔두랴?
無故得千金, 其家必有災.
矧此稀世寶, 焉能久假哉.

셋째

대단치 않은 사내 한 명
죽으니 세상 텅 빈 것 같네.
그것은 시운의 관계 아닐까?
사람 수 많기 빗방울 같네.

渺然一匹夫, 死覺人數減.

豈非關世道, 人多如雨點.

또 노래를 계속하였다.

그의 담덩이 박통만 하고

그의 두 눈은 밝은 달 비슷

그의 팔목엔 귀신 붙어서

그의 붓끝이 혀같이 도네.

其人膽如瓠, 其人眼如月.

其人腕有鬼, 其人筆有舌.

또 계속하였다.

남의 아들로 대를 잇건만

우상의 대이음 아들 아니다.

몸뚱이 언제고 없어져 버리되

길이길이 끝없이 이름 전하네.

他人以子傳, 虞裳不以子.

血氣有時盡, 聲名無窮已.

    나는 진작 우상을 만나지 못한 것을 항상 한하고 있다. 이제 그의 작품도 전부 불살라 버렸다고 하니 세상에서 더욱 아는 사람이 없을 것이다. 내 상자 속을 뒤져서 전에 보내 주었던 것을 찾으나 겨우 두어 편에 지나지 못한다. 그것을 기록해서 '우상전'을 이룬다. 우상의 아우가 있어서 또한 능히……(이하 원문 빠짐.)

허생전
許生傳

허생은 묵적골에서 살았다. 바로 남산 밑까지 곧추 닿고 보면 거기 우물턱 위에 늙은 살구나무가 섰고 바람비를 가리지 못하는 두어 칸 초가집이 이 나무를 향하여 사립을 열고 있다. 그러나 이 집 주인인 허생은 글 읽기를 좋아하고 그의 안해는 남의 바느질품을 팔아 호구를 하였다.

하루는 그 안해가 배가 고파 못 배겨 눈물을 지으면서,

"당신은 평생에 과거 한 번 보지 않으면서 글은 읽어 뭣 하겠소?"

하였다. 허생은 웃으면서 말했다.

"내가 아직 글을 못 다 읽었소."

"그러면 장인바치질이나 해 보지요?"

"장인바치질은 본디 배운 적이 없으니 어떻게 하겠소?"

"그러면 장사라도 해야지요."

"딱한 말이오. 밑천 없는 장사를 어떻게 하겠소?"

안해는 화를 바락 내면서 바가지를 긁었다.

"그래! 밤낮없이 글을 읽어 배웠다는 것이 고작 '어떻게 하겠소?' 란 말뿐이오? 장인바치질도 못 한다, 장사도 못 한다, 그러면

도적질이라도 못 할 것이 뭐요?"

허생은 책을 덮고 일어서면서,

"애석하구나. 내가 당초 십 년 동안 글공부를 하기로 작정을 했더니 금년이 칠 년이렷다."

하고는 사립을 나섰다. 아무도 아는 사람이 없었던지라 곧추 운종가로 갔다. 그는 거리 사람들을 붙들고 물었다.

"한양성에서 갑부가 누구요?"

변씨가 제일 가는 부자라고 말하는 자가 있어 그는 되잡아 변씨 집을 찾았다. 허생은 변씨를 만나 넌지시 읍을 하고는 다짜고짜로,

"내가 집이 가난한 터라 잠깐 시험 삼아 해 볼 일이 있어 그러니 임자는 나에게 돈 만 냥만 돌려 주시우."

하니, 변씨는 선뜻,

"좋소! 그러시우."

란 말 한마디뿐, 선자리에서 돈 만 냥을 내어 주었다. 허생은 끝내 한마디 인사말도 없이 가 버렸다. 옆에 있던 변씨의 자제들과 문객들은 허생을 속절없는 비렁뱅이로 보았다. 허리띠는 해어져 속실이 이삭 패듯 나왔고, 가죽신 뒤축은 짜그라지고, 갓모자는 주저앉고, 중치막 자락은 구질구질 멀건 콧물이 뚝뚝 들었다. 비렁뱅이 손이 간 뒤에 모두들 눈을 휘둥거리면서 물었다.

"주인장은 대관절 그 손이 누구인지 아십니까?"

"모르네."

"생면부지 모르는 사람에게 갑자기 돈 만 냥을 허공에 대놓고 던져 내주시면서 성명도 안 물어 보시니 대체 웬일이시오?"

"자네들이 모르는 말일세. 대체로 남에게 아쉬운 사정을 말하는

자는 언제나 제 의사를 떠벌려 먼저 신의를 자랑하면서도 어디고 그의 얼굴빛은 비굴하고 이야기는 중언부언하는 법이네. 그러나 아까 그 손님은 비록 옷과 신발이 허술하기는 하나 말은 간결하고 눈초리에 뱃심이 나타나고 얼굴에 수줍은 빛이 없으니 이런 이는 재물이 없어도 자족하는 사람일 것이네. 그가 시험해 본다는 일이 필시 작은 일이 아닐 터이니, 나 역시 그 손을 한번 시험해 보겠네. 안 주면 몰라도 돈 만 냥을 이미 줄 바에야 이름은 알아서 무엇 할 것인가?"

허생은 돈 만 냥을 얻어 가지고 다시 집으로 돌아가지 않았다. 안성은 경기도, 충청도의 접경이요, 삼남의 길목인지라 허생은 이곳에 자리를 잡고 장사를 시작하였다. 허생은 대추, 밤, 감, 배, 석류, 감자, 귤 등속을 시가의 배 값으로 무역해 두었다. 허생이 과일을 무역해 쌓아 둔 뒤로 국내에서는 잔치고 제사에 소용할 과일이 없어져서 허생에게 배 값을 받아 갔던 장사치들이 이번은 열 배 값을 내고 되사게 되었다. 허생은 이것을 보고 길게 한숨짓고,

"돈 만 냥으로 이렇게 판을 치게 되니 우리 나라 바닥을 짐작할 수 있구나!"

하였다. 허생은 다시 칼, 호미, 마포, 백목 등 피륙을 가지고 제주로 들어가 말총을 있는 대로 끌어 모으면서,

"몇 해를 못 가서 온 나라 사람들이 머리를 싸 동이지 못할걸!"

하였더니, 과연 얼마 안 되어 망건 값이 열 배로 뛰어올랐다.

허생은 어느 날 바닷가로 가서 늙은 사람을 보고 물었다.

"바다에서 멀리 떨어져 나가 살 만한 빈 섬이 없을까?"

"있소이다. 일찍이 제가 풍랑에 불려 바로 서쪽으로 사흘 동안 표

류해 가서 어떤 빈 섬에서 밤을 묵었는데, 아마도 사문沙門과 장기長崎 어간인 듯합니다. 꽃과 나무가 저 혼자 피고 나무 열매, 풀 열매가 저 혼자 익고 사슴이 떼를 짓고 물고기가 놀라지 않았습니다."

"자네가 길잡이를 하게나. 나와 같이 부귀를 누릴 걸세."

사공은 그 말을 좇아서 즉시로 좋은 바람을 맞아 동남으로 향하여 그 섬에 닿았다. 허생은 높은 둔덕에 올라 한참 바라보더니 서글픈 기색으로,

"땅이 천 리도 못 되니 무엇을 해 볼 것인가? 그래도 흙이 기름지고 샘물 맛이 좋으니 넉넉한 집 주인 늙은이 노릇하기에는 알맞겠구나!"

하였다. 사공이 있다가,

"사람 없는 빈 섬에 누구와 함께 살 것입니까?"

하니, 허생은,

"덕이 있는 곳에 사람이 붙는 법이거든! 덕이 없음을 걱정할 일이지 사람 없는 걱정이야 할 것 없네!"

하였다. 이때 변산에는 도적 떼가 수천 명이나 몰려 있었다. 지방 관청에서는 군사를 풀어 놓아도 잡을 수가 없었으나 도적 떼도 역시 나와서 노략질을 못 하고 바야흐로 주려서 곤경에 빠진 터인데, 허생이 그들을 찾아갔다. 허생은 대뜸 물었다.

"자네들은 여편네를 가졌나?"

"없소이다."

"그러면 논밭을 가졌나?"

도적들은 비웃으면서,

"여편네가 있고 논밭이 있을 바엔 무엇이 답답해서 도적질을 하겠소?"

하니, 허생은,

"그럴 일이다! 그러면 왜 장가를 들어 집을 짓고, 소를 사고, 농사를 지으며 살지 않는가? 도적이란 이름을 면하고 앉아서 부부의 낙을 즐기고 나가서 쫓기고 붙들릴 걱정 없이, 길이 잘 먹고 잘 입고 배부르게 살지를 않는가?"

하고 물었다. 여러 도적들은,

"어째서 그 짓을 마다하겠소? 다만 돈이 없다오."

했다. 허생은 웃으면서 말했다.

"자네들은 도적질을 하면서 어째서 돈 걱정을 하나? 내가 자네들을 위해 변통해 주겠네. 내일 바다에 나가 보면 붉은 깃발을 단 배가 모두 돈을 실은 배일 터이니, 마음대로 가져들 가게!"

허생이 도적 떼와 약속을 하고 간 후에 도적들은 모두들 미친 사람이라고 비웃었다. 그 이튿날이 되어 도적들이 바다에 나가 보니 허생이 돈 30만 냥을 싣고 왔다. 모두들 눈이 휘둥그레져 죽 늘어서서 절을 하면서,

"그저 장군의 명령대로 하오리다."

하였다. 허생은 그들에게,

"그저 힘대로들 지고 가게나."

했더니, 이때야 여러 도적들이 다투어 가면서 돈 짐을 지는데, 애달프게도 한 사람이 백 냥 더는 지지 못하였다. 허생이,

"자네들이 힘이 부족해서 백 냥밖에 들지를 못하니 그러고야 무슨 도적질을 하겠나. 비록 자네들이 지금 양민이 되려 해도 이름

이 도적 명부에 실려 있고서 돌아갈 수도 없겠구나. 내가 여기서 기다릴 터이니 자네들은 각각 백 냥씩만 가지고 가서 여편네 한 명, 소 한 마리씩만 데리고 오려무나."

하니, 여러 도적은 "네." 하고는 다 흩어져 갔다.

허생은 2천 명이 한 해 동안 먹을 양식을 준비해 가지고 기다리고 있었다. 여러 도적들은 한 사람도 남김없이 다 돌아왔다. 그들을 함께 배에 싣고는 빈 섬으로 들어갔다. 허생이 이같이 도적 떼를 몰아 간 뒤에 나라에서는 마음을 놓게 되었다.

섬에 도착한 그들은 나무를 베어 집을 짓고 대를 엮어 바자를 만들었다. 아직 손도 대보지 못한 생땅이라 백 가지 씨앗이 무성하고 묵밭 새밭도 없이 한 줄기에 아홉 이삭씩 여물었다. 그 해에 3년 먹을 양식을 저장하고는 남은 곡식을 몽땅 배에 실어 장기로 가서 팔았다. 장기란 땅은 일본에 딸린 고을로서 호수가 31만인데, 때마침 큰 흉년이 들었던 터에 이 곡식을 풀어서 은 백만 냥을 얻었다. 허생은 탄식을 하면서 말했다.

"내가 이제는 시험을 좀 해 보았구나!"

이때야 허생은 남녀 2천 명을 죄다 불러 놓고,

"내가 처음 자네들과 함께 이 섬에 들어온 후 먼저 살림살이부터 풍족하게 만든 뒤에 따로 글자도 만들고 제도도 장만할 작정을 했더니, 땅은 작고 또 내 덕이 박한지라 나는 오늘로 떠나겠네. 아이를 낳거든 오른손으로 수저를 잡도록 가르치고, 하루라도 먼저 난 이에게는 사양해서 먼저 먹게 하도록 가르치게."

하고는 다른 배들을 죄다 불사르고는,

"안 가면 못 오겠지!"

하였다. 은 50만 냥을 바다에 던져 넣고는,

　"바다가 마를 때는 가지는 자가 있겠지! 백만 냥이라면 온 나라에
　서도 용납할 수 없을 터인데 더구나 작은 섬에서랴!"

하고 글 아는 자를 모두 함께 배에 태워서 데려 나오고는,

　"이 섬이나마 화근을 끊어야만 하지!"

했다. 온 나라 안을 두루 돌아다니면서 가난한 사람과 의지할 데 없
는 사람들을 고루 구제하고 났으나 아직도 10만 냥이 남았다.

　"응! 이 돈은 변씨에게 갚아야 되겠군!"

하고는 변씨를 찾아가서,

　"당신은 나를 기억하겠소?"

하니, 변씨는 깜짝 놀라서,

　"당신의 얼굴빛이 옛날보다 조금도 나은 데가 없으니 만 냥 돈을
　치패보지나 않았소?"

하니, 허생은 웃으면서 말했다.

　"재물 때문에 얼굴이 돋보이는 것은 임자네들 일일 것만 같소. 만
　냥 돈이 어찌 도를 살찌울 수야 있겠소?"

　허생은 이러고야 은 10만 냥을 변씨에게 내어 주면서,

　"내가 한때 굶주림을 견디지 못하여 글공부를 끝내지 못하고 당
　신에게 돈 만 냥을 꾸게 되어 미안하오."

하였다. 변씨는 깜짝 놀라 일어서서 절을 하고는 사양하면서 십분의
일만 이자로 받겠다고 하니 허생은 크게 화를 내며,

　"임자는 어째서 나를 장사치로 보는가!"

하고는 옷을 뿌리치고 가 버렸다. 변씨는 가만히 뒷발만 밟아 따라
가 바라보니 그 손은 남산 밑으로 가서 어느 오막살이 집으로 들어

갔다. 웬 늙은 노파가 우물 둑에서 빨래를 하고 있어 변씨는 물었다.

"저 오막살이집은 뉘 집인가요?"

노파는 대답하기를,

"그것은 허생원 댁입니다. 허생원이 집은 가난한 데다가 글 읽기를 좋아하더니 하루아침에 집을 나간 채 돌아오지 않은 지가 벌써 오 년이나 되었답니다. 그 마누라가 혼자 남아 있으면서 그가 집 나간 날을 제삿날로 정하고 제사를 지낸답니다."

하였다. 변씨가 비로소 그 손님의 성이 허씨인 것을 알고는 한숨을 짓고 돌아왔다고 한다. 변씨는 그 이튿날로 받은 은을 죄다 가져다가 돌려주니, 허생은 사양하면서,

"내가 부자가 되려고 했다면 백만 냥을 버리고 십만 냥을 가지겠소? 나는 오늘부터 당신을 의지 삼아 살 터이니, 당신은 가끔 나를 보살펴 식구에 따라 양식을 보내 주고 몸을 재서 옷감이나 보내 주면 일생을 이것으로 만족하겠소. 누가 재물 때문에 마음을 괴롭히겠소?"

하였다. 변씨는 허생을 백방으로 달랬으나 필경 어쩔 수 없었다. 변씨는 이때부터 허생의 살림살이를 대중하여 군색할 만하면 언뜻 자신이 용돈을 가지고 가서 주곤 했다. 허생은 흔연히 받다가도 혹시 더 올 때가 있으면 장히 좋아하지 않으면서 말했다.

"당신이 어째서 나에게 재액을 보낸단 말이오?"

술을 가지고 갈 때는 매우 좋아하면서 서로 권커니 잣커니 취하도록 마셨다. 벌써 몇 해를 두고 정분은 날로 두터워져 변씨가 한번은 5년 동안에 어떻게 해서 백만 냥을 벌었냐고 조용히 물으니 허생이 말했다.

"이것이야 알기 쉬운 일이오. 조선은 배가 외국으로 통하지 못하고 수레가 국내에 다니지 못하므로 온갖 물건이 제 바닥에서 나서 제 바닥에서 잦아지게 마련이오.

무릇 천 냥 돈이란 그리 많은 재물이 못 되므로 그리 많은 물건을 도거리로 살 수는 없고 보니 이것을 열로 쪼개면 족히 열 가지 물건을 살 수 있소. 물건이 가벼우면 옮기기가 쉬우므로 열 가지 물건 중에서 한 가지 물건이 비록 꿀리더라도 아홉 가지 물건이 퍼 나가면 이익이 서로 보충될 터이니, 이것은 이익을 보는 안전한 방법이기는 하나 좀스러운 장사 방법이라오. 무릇 돈이 만금이 되면 족히 물건을 다 끌어 모을 수 있으므로 수레에 실으면 온 채 수레가 되고 배에 실으면 온 배에 실을 수 있고 고을로 치면 한 고을을 도맡을 수 있어 그물의 코처럼 물건이란 물건은 모조리 끌어들일 수 있소.

육지에서 나는 물건 만 가지 중에 한 가지를 통거리로 사 두든지, 물에서 나는 만 가지 재화 중에 한 가지만 통거리로 사 두든지, 만 가지 약재 중에 한 가지만 통거리로 사 둔다면 한 가지 물화가 꼬리를 감추고 백 명의 장사치들은 손속히 말라 들 것이니, 이는 백성을 해치는 장사 방법으로 뒷날 세상이라도 일 맡은 자가 이런 방법을 쓴다면 반드시 그 나라를 좀먹을 것이오."

변씨가 물었다.

"애초에 당신은 어떻게 내가 돈 만 냥을 낼 줄 알고 나를 찾아와 청했던지요?"

"꼭 당신만이 아니라 만 냥을 가진 자라면 내어 주지 않을 수가 없을 것이오. 내 짐작으로 내 재주라면 능히 백만 냥은 벌 수 있다고 생각했지마는 운수야 하늘에 있는 것이라 내가 어찌 꼭 알 수야 있었겠소? 그러매 나를 부리는 자는 복이 있는 자일 터라 반드시 부유한데 더욱 부유할 것도 역시 하늘 운수일 것이오. 이러고야 어찌 돈을 꾸어 주지 않겠소? 벌써 돈을 꾼 다음에는 돈 임자의 복을 빙자해 장사를 했으므로 손만 대면 성공하게 되었으니 만약에 내 자신의 돈으로 했다면 성공과 실패를 단정하지 못할 것이오."

변씨는 다시 물었다.

"지금 사대부들은 남한산성의 치욕▪을 설분코저 하고 있습니다. 이야말로 뜻 있는 선비로서 한번 팔뚝을 걷고 지혜를 짜낼 때입니다. 당신 같은 재주로 어찌하여 이렇게 스스로 세상 모르게 파묻혀 있습니까?"

"예로부터 자취 없이 숨어 있다가 사라진 사람을 꼽아 보면, 어찌 능히 적국에 사신으로 갈 만한 인물로 누더기 속에서 늙어 죽은 졸수재拙修齋 조성기趙聖期 같은 인물에 한할 것이며, 전쟁이 나면 군량을 이어 댈 만한 인물로 바다 구석에서 세월을 보내다가 죽은 반계거사 유형원 같은 이에 그치겠소? 오늘 나라 정치를 맡아 보는 사람들이야 알 만하오. 나는 결국 장사를 잘하는 사람이오. 버린 돈은 능히 구왕九王▪의 머리를 살 수 있었지마는 이것을 바다에 던지고 온 것은 돈이 쓸 데가 없었던 까닭이라오."

변씨는 "후유." 하고 한숨을 쉬고 나갔다.

변씨는 본디 정승 이완李浣과 사이가 좋았다. 이완은 당시 어영

▪ 청군이 침략한 병자호란을 가리킨다.
▪ 청 태조의 열네 번째 아들로 청조 창건에 가장 큰 공로를 세운 예친왕睿親王의 별칭.

대장으로 있었는데, 일찍이 그가 변씨에게, 요즘 시정 여염에 파묻혀 있는 뛰어난 재주가 있는 자로 함께 큰일을 할 만한 인물이 없을까 하고 물은 적이 있었다. 변씨가 허생 이야기를 했더니 이공은 깜짝 놀라면서 물었다.

"정말 그런 인물이 있을까? 이름은 뭐라지?"

"소인과 삼 년 동안을 같이 지냈지마는 끝내 이름을 모릅니다."

"그는 틀림없이 이인異人일세. 그대와 함께 가 보세."

이완은 밤을 타서 탈것과 하인들을 물리치고 혼자 변씨와 함께 도보로 허생을 찾아갔다. 변씨는 이 대장을 문 밖에 세워 두고 혼자 먼저 들어가서 허생을 보고 이 대장이 찾아온 사연을 죄다 이야기했더니, 허생은 들은 척도 않고는,

"여보, 당신 옆구리에 차고 온 술병이나 끌러 놓소. 한잔 맛있게 먹읍시다."

하였다. 변씨는 이 대장이 한데서 오래 서 있는 것이 민망하여 여러 번 귀띔을 했으나 허생은 듣지 않았다. 밤이 깊어서야 허생은 손을 불러들이라고 하였다. 이 대장이 들어와도 허생은 앉은 채로 일어나지도 않았다. 이 대장은 어색하여 몸 가눌 바를 모르고 이내 국가에서 어진 사람을 구한다는 이야기를 장황하게 늘어놓자 허생은 손을 설레설레 흔들면서 말했다.

"밤은 짧고 이야기는 길어 듣기 지루하오. 당신은 지금 무슨 벼슬을 하고 있소?"

"대장이올시다."

"그러면 당신은 즉 국가의 신임받는 신하이구려. 내 마땅히 와룡臥龍 선생을 추천할 터이니 당신이 능히 임금께 청하여 세 번씩

그 오막살이를 찾도록 할 수 있겠소?"

이 대장은 고개를 드리우고 한참 있다가는 대답하였다.

"어렵습니다. 다음 계책을 말씀해 주십시오."

"나는 아직 다른 계책은 배운 것이 없소."

이 대장은 그래도 자꾸만 물었다. 허생은,

"명나라 장사들이 조선에 대하여는 묵은 은혜가 있다 하여 그 자손들이 많이들 조선으로 와서 홀아비 신세로 이리저리 유랑하고 있으니, 그대가 조정에 청하여 종실의 딸들을 그들에게 고루 시집보내고 훈척 세가들의 저택을 빼앗아 그들에게 살도록 할 수 있겠소?"

하니, 이 대장은 고개를 늘이고 한참 있다가는 대답하였다.

"어렵습니다."

"이것도 어렵다, 저것도 어렵다고만 하니 무엇을 할 수 있단 말이오? 여기 가장 쉬운 일이 있으니 그것은 그대가 할 수 있겠소?"

"죄송합니다. 들려주십시오."

"무릇 대의를 천하에 소리치려고 할진대 먼저 천하의 호걸들과 사귀어 결탁하지 않는 자가 없을 것이요, 남의 나라를 치려고 하면서 먼저 간첩을 쓰지 않고는 성공한 자가 없는 법이오. 지금 만주가 갑자기 천하의 주인이 되고 나서 중국과는 친하지 않다고 자인하고 있지마는 조선은 다른 나라보다 앞장서서 그들에게 복종한 까닭에 그들은 조선을 신뢰하고 있소이다.

이런 기회에 옛날 당나라, 원나라 때 모양으로 조선의 자제들을 보내어 유학시키고, 벼슬하게 하고, 상인들이 마음대로 출입하도록 청한다면 조선이 자기들과 친해지는 것을 기꺼이 허락할 것이오. 이렇게 되면 국내의 청년 자제들을 뽑아 머리를 깎고 되복을 입히고, 선비들은 과거를 보이고, 평민들은 강남 지방까지 멀리 장사를 나가도록 하여, 그 나라의 허실을 엿보고 지방의 호걸들과 결탁을 한다면 천하를 도모할 수 있는 것이요, 나라의 치욕을 씻을 수 있을 것이외다.

이리하여 만약 주씨朱氏를 구해 보아도 얻지 못한다면 천하의 제후와 상의하여 좋은 사람을 하늘에 천거해야 하오. 이렇게 한다면 나아가서는 대국의 스승이 될 것이요, 물러나서는 백구伯舅*의 나라가 되기는 어렵잖을 것이오."

이 대장은 어리둥절한 기색으로 말하였다.

"우리 나라 사대부들이 모두 예법을 조심스레 지키고 있으니 누가 머리 깎고 되복 입기를 좋아하겠습니까?"

허생은 화를 버럭 내면서 꾸짖기를,

"그래! 소위 사대부라는 게 대체 무엇인가? 오랑캐 땅에 나서 자칭 사대부라는 것이 얼마나 어리석은 일인가? 아래위 입성을 소복으로 한다는 것은 이것이야 상복이 아닌가? 머리를 쥐어 묶어 삐쭉하게 쪘으니 이거야 남방 오랑캐의 북상투가 아닌가? 무엇이 예법이란 말인가? 번오기樊於期*는 자기의 사사 원수를 갚기 위하여 자기 머리를 아끼지 않았고, 무령왕武靈王은 자기 나라를 강하게 하기 위하여 되복 입기를 부끄러워하지 않았다. 지금 명

- 성이 다른 제후 국가.
- 진 시황이 잡아 죽이려던 장수로 연나라 태자 단丹이 진 시황을 암살하러 갈 때 진 시황의 의심을 없애기 위하여 번오기의 머리를 베어 가고저 청했는데, 번오기는 언뜻 자기 목을 베어 주었다.

나라를 위하여 복수를 한다고 하면서도 오히려 그 머리칼 한 오리까지 아끼고 앞으로 장차 전장에 나가 말을 달리고 칼을 내두르고 창을 쓰고 돌을 날릴 궁리를 한다면서도 그놈의 넓은 소매를 그대로 두는 것이 소위 예법이란 말인가?

내가 세 가지 계책을 말하였으되 너는 한 가지도 들을 수 없다고 하면서 그러고도 네 입으로 조정의 신임받는 신하라고 하니, 대체 신임받는 신하 꼴이 이렇단 말인가! 이 죽일 놈 같으니!"

하고는 좌우를 돌아보면서 환도를 찾아 찌르려고 드니, 이 대장은 대경실색하여 벌떡 일어나 뒷바라지를 차고 뛰어나가 갈팡질팡 집으로 돌아갔다. 이튿날 허생의 집에 가 본즉 허생은 사라지고 빈 방만 남아 있었다.

혹자는 말하기를 허생은 명나라 유민이라고도 한다. 숭정 갑신년(1644) 뒤로 명나라 사람들이 많이들 나와 살았다. 허생도 혹시 그렇다면 그 성은 허씨가 아닌 것일지도 알 수 없는 일이다. 세상에서 전하기는 판서 조계원趙啓遠이 경상감사가 되어 순행차로 청송에 왔을 때 길 옆에 웬 중 두 명이 서로 마주 베고 누웠다. 앞선 자가 쫓아가서 고함을 쳤으나 그들은 피하지 않고 채찍으로 쳐도 일어나지 않아 여럿이들 붙들어 끌어도 움찔하지 않았다. 조공이 이르러 가마를 멈추고는 어디 사는 중들이냐고 물었다.

두 중은 일어나 앉아 한결 더 뻣뻣한 태도로 눈을 흘기고 한참 동안 있다가,

"너는 허장성세를 하고 권력에 아부한 덕에 고을 자리를 얻은 자가 아니냐!"

하였다. 조공이 중들을 보니 한 명은 붉은 상판이 둥글고 한 명은 검은 상판이 길었다고 한다. 말하는 태가 자못 범상치 않아 가마에서 내려 그들과 이야기를 하려고 하니, 중은 말하기를,

"따르는 자들을 물리치고 나를 따라오라!"

하였다. 조공이 몇 리를 따라 가노라니 숨은 가빠지고 땀은 자꾸만 흘러 좀 쉬어서 가기를 청했더니, 중이 화를 내면서,

"네가 평소에 여러 사람들과 있으면서는 언제나 흰소리를 하면서 몸에는 갑옷을 입고 선봉을 맡아서 명나라를 위하여 복수 설치를 한다고 떠들더니, 지금 보아 몇 리 걸음도 못 걸어 한 자국에 열 번 헐떡이고 다섯 자국에 세 번을 쉬려고 하니, 이러고야 어찌 요동과 계주 벌판을 말을 타고 달릴 것인가?"

하였다. 어떤 바윗돌 아래에까지 닿으니 거기 나무에 기대어 집을 만들고 땔나무를 쌓고는 그 위에 거처하는 것이었다. 조공이 목이 말라 물을 청하니, 중은,

"응! 귀인이라 또 배도 고프겠지!"

하고는 누런 좁쌀떡을 내놓고 소나무 잎으로 가루를 내어 개천 물에 타서 주었다. 조공은 이마를 찡그리고 마시지 못하고 있으니, 중은 또다시 꾸짖되,

"요동벌은 물이 귀하거든! 목이 마르면 응당 말 오줌이라도 마셔야지!"

하고는, 두 중이 마주 부둥켜안고 엉엉 울면서,

"손 대감! 손 대감!"

이라고 외치고는 조공에게 묻되,

"오삼계가 운남에서 군사를 일으키고 강소, 절강 지방이 소란한

것을 네가 아느냐?"

하였다. 조공은 들은 적이 없다고 하니, 두 중은 탄식을 하면서 말했다.

"네가 방백의 몸으로 천하에 이런 큰 일이 있건마는 듣지도 못하고 알지도 못하고 함부로 큰소리만 쳐서 벼슬자리만 얻었을 뿐이구나!"

조공이 중들에게 대관절 누구냐고 물었더니,

"물을 필요가 없다. 세상에는 역시 우리를 아는 자도 있을 것이다. 너는 여기 앉아 조금만 기다려라. 내가 우리 선생님하고 꼭 같이 와서 너에게 할 이야기가 있다."

하고는 일어나 깊은 산속으로 들어갔다. 조금 뒤에 해는 지고 오래 지나도 중은 돌아오지 않았다. 조공은 밤늦도록 중이 돌아오기만 기다리고 있는데 밤은 깊어 풀, 나무는 우수수 바람 소리를 내는데 범 싸우는 소리가 들렸다. 조공은 기겁을 하고 거의 까무라쳤다. 여럿이 횃불을 켜 들고 감사를 찾아왔다. 그리하여 조공은 거기서 편잔을 당하고 골짝 속을 빠져 나왔다.

이 일이 있은 지 오래되었어도 조공은 언제나 자리에 있으면 마음이 늘 불안하여 가슴속에는 한을 품게 되었다. 후일 조공이 이 일을 우암 송시열 선생에게 물었더니, 선생은 말하였다.

"이는 아마도 명나라 말년 총병관總兵官 같아 보이오."

"언제나 나를 깔보고 너라고 한 까닭은 무엇일까요?"

"그들이 스스로 우리 나라 중이 아닌 것을 밝히려는 거요. 땔나무를 쌓아 둔 것은 와신상담을 한다는 뜻일 게요."

"울 때는 손 대감을 찾으니 이것은 무슨 뜻일까요?"

"아마도 태학사 손승종孫承宗을 가리키는 것 같소. 손승종은 일

찍이 산해관에서 군사를 거느리고 청군과 싸운 적이 있었으니,
두 중은 아마도 손승종의 부하일 것도 같소."

범의 꾸중

虎叱

　범이란 영특하고 갸륵하고 문무가 겸전하고 자애롭고 효성 있고 어질고도 슬기롭고 용맹이 놀랍고 장하여 천하에 적수가 없건마는 비위狒胃란 짐승이 범을 잡아먹고, 죽우竹牛란 짐승이 범을 잡아먹고, 박駮이라는 짐승이 범을 잡아먹고, 오색사자五色獅子가 큰 나무 등치 구멍에 있다가는 범을 잡아먹고, 자백玆白이란 짐승이 범을 잡아먹고, 표견彪犬이란 짐승이 날아서 범을 잡아먹고, 황요黃要라는 짐승은 범이나 표범의 염통을 끄집어 내 먹고, 뼈가 없는 활猾이라는 짐승은 범이나 표범이 삼키면 뱃속에서 그 간을 먹고, 추이酋耳란 짐승은 범을 만나면 짓찢어서 씹어 먹고, 범이 맹용猛㺁이란 짐승을 만나면 눈을 감아 감히 쳐다보지를 못한다. 그러나 사람들이 맹용은 무서워하지 않고 범을 무서워하고 보니 범의 위엄이란 대단하지 않은가. 범은 개를 잡아먹으면 취하고, 사람을 잡아먹으면 귀신이 붙는 법이다.

　범이 첫 번째 사람을 잡아먹으면 죽은 사람의 혼은 '굴각屈閣'이라는 창귀倀鬼가 되어 범의 겨드랑 밑에 붙어서 범을 끌어다가 남의 집 부엌으로 들어가 범이 그 집 솥전을 핥으면 그 집 주인은 그만 배가 고파지면서 그 아내에게 밥을 시키게 된다고 한다. 범이 두 번째 사람을 잡아먹으면 죽은 사람의 혼은 '이올彝兀'이란 창귀가 되어서 범의 광대뼈 위에 붙어서 높은 데 올라가 망을 보다가 덫이나 함정이 있을 때는 앞질러 가서 덫틀을 풀어 놓아 버린다고 한다. 범이 세 번째 사람을 잡아먹으면 죽은 사람의 혼은 '육혼鬻渾'이란 창귀가 되어 범의 턱에 붙어 있다가 제가 아는 친구들의 이름을 죄다 주워섬겨 바친다고 한다.

하루는 범이 창귀들더러 호령조로 말했다.

"인제는 해가 저물어 가는데 어데 가서 끼니를 치를꼬?"

굴각이 있다가,

"저는 벌써 저녁 끼니를 짐찍어 두었습니다. 뿔난 놈도 아니요, 깃 달린 놈도 아니요, 대가리는 새까만 놈으로 눈 가운데 걸어간 발자국으로 보아서는 조작조작 걸음이 엉성하고 꼬리는 뒤통수에 올려 붙어 항문도 못 가리는 놈입니다."

하고, 이올이는 있다가,

"동문께에도 먹을 차반이 있는데 이름은 의원이라고 하며 입으로는 가지각색 풀을 뜯어먹어서 살에는 향내가 풍긴답니다. 서문께에도 먹을 차반이 있는데 이름을 무당이라고 합니다. 온갖 잡귀신에게 아양을 떨기 때문에 매일같이 목욕재계를 한답니다. 이두 가지 중에 어느 고기 차반이나 골라 잡수시지요."

하니, 범은 수염을 떨치고 얼굴빛이 금방 달라지면서,

"의원이란 건 의심이렷다. 알지도 못하고 의심을 가진 채 병 고치기를 시험하다가는 멀쩡한 사람들을 해마다 몇만 명씩 잡거든! 무당이란 건 무함이렷다. 귀신을 속이고 사람을 호려 일년에도 몇만 명씩 예사로 사람을 죽이거든! 이러고야 뭇사람의 노기가 그놈의 뼈다귀에 스며들어 금잠金蠶▪으로 화했을 터이니 독해서 그놈을 어떻게 먹을 것이냐!"

하니, 이번에는 육혼이 있다가 말하였다.

"여기야말로 맛좋은 고기가 숲속▪에 있습니다. 간은 어질고, 열은 의롭고, 충성을 안고, 결백을 품고, 풍류를 머리에 이고, 예절을 행하고, 입으로는 온갖 글을 다 외우고 세상에는 모르는 이치가 없다고 하여 이름인즉, '덕이 대단한 선비'라고 한답니다. 등판은 두드러지고 몸집은 뚱뚱하여 별의별 맛을 다 갖추고 있소이다."

이 말을 듣자 범은 눈썹을 실룩거리고 침을 개개 흘리면서 고개를 젖히고는 껄껄 웃으면서,

"응, 그래! 무엇이 어째?"

물으니, 창귀들은 저마끔 꼬아 바치기를,

"음 하나와 양 하나▪를 일러서 '도道'라고 하는데 이 오묘한 이치를 선비가 다 뚫어 맞혔답니다. 오행五行이 서로 낳고 육기▪가 서로 펴지는 것은 다 선비가 이끌어 내는 조화랍니다. 세상에 맛좋은 고기로서야 이 위에 더할 것이 있겠습니까?"

한다. 범이 이 말을 듣고는 그만 실쭉해지면서 내색이 달라지고 몸을 다시 도사리면서 달갑잖아한다.

"음양이란 건 원래가 한 가지 기운에서 나오는 것인데 둘로 쪼개

▪ 중국의 귀주 광서 지방 묘족들이 기르는 누에의 한 종류로서 똥이 독하여 잘못 음식에 섞으면 사람이 죽는다고 한다.
▪ 숲은 산림의 '림林'으로 유림儒林의 '림林'과 통한다.
▪ 음과 양은 유교 세계관에서 사물의 발생과 현상을 설명하는 기초 단위로 삼는 철학 술어다.
▪ 음과 양에다가 비, 바람, 밝음, 어둠 네 가지를 더 보태서 '육기'라고 한다.

놓았다니 그놈의 고기가 벌써 잡되구나. 오행이란 건 원래 제자리를 잡고 있어 서로 낳고 말고가 없을 터인데 요즘에들 공연히 어미니 새끼를 만들어 놓고, 짜다니 시다니 갈라 놓았다니 이러고야 그 맛이 성할 수 없으렷다.

육기란 것은 원래 절로 돌아가는 것이지 일부러 당기고 말고 할 까닭이 있어야지. 요즘에 와서 함부로들, 이런 데 손을 대느니 돕느니 떠들어 제 생광을 쓰려고 드니 이런 놈의 고기를 먹다나면 질기고 여물어서 삭여 낼 것 같잖구나."

정나라 어떤 고을에 벼슬에 뜻이 없는 한 선비가 있어 북곽 선생北郭先生이라고 불렸다. 나이 마흔에 제 손으로 교열한 책이 만 권이나 되고 사서오경의 뜻을 풀어서 다시 지은 책이 1만 5천 권이나 되었다. 이래서 천자는 북곽 선생이 이룩한 것이 놀랍다고 칭찬을 하고 제후들까지도 북곽 선생이라면 한번 찾아보기가 원이었다.

그 고을 동쪽 마을에는 일찍이 혼자된 인물로 잘난 과부가 살았는데 '동리자東里子'라고 했다. 역시 천자는 동리자의 절개가 놀라운 것을 칭찬하고 제후들까지도 그가 현숙하다고 떠받들어 그 고을의 몇 리 둘레를 잡아 떼어 아주 동리 과부의 마을로 정해 주었다.

동리자가 수절은 잘한다지마는 아들 오형제가 모두 각성바지였다. 하루는 다섯 아들이 모여,

"윗마을에는 닭이 홰를 치고, 아랫마을에는 계명성이 반짝이는 이 깊은 밤에 안방에서 도란도란 들리는 소리가 어쩌면 꼭 북곽 선생의 목청만 같구나."

하고는, 오형제가 번갈아 문창 틈으로 들여다보노라니 동리자가 북

곽 선생에게 청하여,

"오랫동안 선생님의 덕을 그리워해 오던 차에 호젓한 이 밤 선생
님의 글 읽는 목청을 한번 들었으면 원이 없겠습니다."

하니, 북곽 선생은 옷깃을 바로 여미면서 단정히 차리고 앉더니 시
를 읊었다.

"병풍 위엔 원앙 한 쌍, 반딧불은 반짝반짝, 오롱조롱 살림 그릇,
누구누구 본떴다지. 흥야興也 ■ 라."

다섯 아들은 서로 수군거리기를,

"북곽 선생은 어진 분이라 예절로 보아 설마 과부의 문간에 발길
을 들여놓을 리가 만무할 터요, 내가 일찍이 들으니 정나라 성문
이 무너진 데 여우굴이 있다더라. 여우가 천년을 묵으면 사람 두
겁을 쓴다는 말을 들었는데 이것은 필시 여우가 북곽 선생의 탈
을 쓰고 나온 것이 틀림없구나!"

하면서, 서로 쑥덕공론을 하기를,

"내 들은 말로는 여우 갓을 얻으면 만부자가 되고, 여우 신을 얻
으면 대낮에도 제 몸이 다른 사람 눈에 안 보인다 하고, 여우 꼬
리■를 얻으면 남을 잘 호려 반하도록 만든다는데, 어째서 이놈의
여우를 잡아 죽여 우리끼리 나눠 가지지 않을 것인가?"

하고는, 이내 다섯 아들은 안방을 둘러싸고 덤벼 들이쳤다.

북곽 선생은 깜짝 놀라 허겁지겁 도망질을 치는 판인데, 행여나
제 얼굴이 탄로날까 봐 겁이 나서 한 다리를 목에다 걸고는 귀신 춤

■ '흥'이란 말은 시의 표현 방법을 분류한 여섯 가지 종류 중의 하나로서, 자기와 아무런 관
계가 없는 사물을 들어 자기 의사를 표시하는 방식을 말한다.
■ 음문을 말한다.

에 귀신 웃음을 웃으면서 문 밖으로 튀어나와 달아나다가 그만 들판에 파 놓은 똥구뎅이에 빠졌다. 똥이 가득 찬 구뎅이 속에서 간신히 버둥거리면서 기어올라 대가리를 내밀고 바라본즉 범 한 마리가 길을 가로막고 서 있었다.

범은 얼굴을 찡그리고 구역질이 나 코를 쥐고 고개를 외로 돌리면서, "푸우!" 하고는,

"이놈의 선비, 에이, 구린 냄새야!"

했다. 북곽 선생은 머리를 조아리고 엉금엉금 기어 범 앞으로 나와 절을 세 번 하고는 꿇어앉아 고개를 젖히고 하는 말이,

"범님의 덕이야말로 참말 지극하오이다. 세상에 큰 인물들은 당신이 변화하는 재주를 본받고, 제왕들은 당신의 걸음걸이를 배우고, 사람의 자식 된 자들은 당신의 효성을 법도로 삼고, 장수들은 당신의 위엄을 취하오이다.

당신의 이름은 신령스러운 용님과 짝이 됩시와 한 분은 바람을 맡고 한 분은 비를 맡으신지라 인간 세상의 천한 이 몸은 감히 당신의 아랫자리에서 삼가 모실까 하오이다."

하니, 범이 꾸짖는다.

"아예 가까이 오지 말라. 내 일찍이 들으매 '선비 유儒' 자는 '아첨 유諛' 자와 통한다더니 과연 그렇구나. 네가 어느 날에는 천하에 못된 이름은 다 끌어 모아다가 함부로 내게 가져다 붙이더니, 오늘은 정 급해맞고 보니 얼굴 간지러운 아첨을 하는구나. 그래 누가 네 말을 믿을 것이냐? 무릇 천하에 이치는 하나이어든, 범의 성품이 나쁘다면 사람의 성품도 역시 나쁠 것이요, 사람의 성품이 착하다면 범의 성품도 역시 착할 것이다.

네가 주절거려 대는 천만 마디 말이 오상五常**을 떠나지 않고 남을 훈계하거나 권고할 때는 으레 삼강三綱을 둘러메고 나오지마는 사람 많이 사는 대처 바닥 거리에 돌아다니는 코 떨어진 놈, 발뒤꿈치 없는 놈, 상판에 먹침을 맞은 놈들은 죄다 무지막지한 망나니놈들로서 날마다 먹을 아무리 갈아 대고 연장을 아무리 벼려 대도 그놈의 나쁜 버릇들을 막아 낼 재주는 없을 것이다. 그러나 범의 집안에는 이런 형벌이란 것이 본디부터 없다. 이로써 보건대 범의 성품이 역시 사람의 성품보다는 어질지 않은가!

범이야 푸성귀나 과일 따위에 입을 대지 않고, 벌레나 생선 같은 것을 먹지 않고, 잡스러운 누룩 국물 같은 것을 좋아하지 않고, 새끼 가진 짐승이나 알 품은 짐승이나 하찮은 것들을 건드리지 않고는 산에 들면 노루, 사슴이나 사냥하고 들에 내리면 마소나 잡아, 아직까지 배를 채우는 끼닛거리 때문에 남에게 신세를 지거나 송사질을 해 본 적이 없다. 그래, 범의 도덕이 얼마나 광명정대한가!

범이 노루, 사슴을 잡아먹을 때 너희놈들이 범을 밉다, 곱다 끽소리 없다가도 범이 한번 마소를 잡아먹을 때는 너희놈들이 범을 원수로만 여기니, 이것은 노루, 사슴이 사람에게 덕 되는 데가 없고 마소는 너희들이 부려 덕을 본다고 해서 그런 것이겠지. 그렇지마는 너희놈들은 마소 대접을 어떻게 하느냐? 태워 주고 부리던 고생도, 심부름하고 주인을 따르던 정성도 알아줄 까닭 없이 날마다 푸줏간이 비좁도록 몰아넣어 뿔다귀 한 개, 갈기 한 오리

■ 유교 도덕의 기본으로 삼는 부자, 군신, 붕우, 부부, 장유 사이에서 취할 실천 도덕.

도 남기지 않을 뿐더러 이것도 부족하여 내 양식인 노루, 사슴에 까지 손을 뻗쳐 우리들이 산에서는 배를 못 불리고 들에서는 끼 니까지 건너게 만들어 놓았으니, 이쯤 되고 보면 어디 하늘더러 이 사정을 한번 처리해 달라고 해 보자. 네놈들을 우리가 잡아먹 어야 할 것이냐, 그만두어야 할 것이냐.

무릇 제 것 아닌 물건을 가져가는 놈을 불러서 '도적놈'이라 하고, 남의 생명을 빼앗고 물건을 해치는 놈을 가져다가 '화적놈' 이라고 하느니라.

네놈들이 밤낮을 가리지 않고 분주하게 팔뚝을 뽐내고 눈을 부릅뜨고 잡아채고 훔치고 하건만 부끄러운 줄도 모르고, 심한 놈 은 돈을 형님이라고까지 하고[■] 장수가 되기 위해서는 제 계집조 차 죽이는 놈[■]이 있는 데야 삼강오륜을 더 이야기할 나위가 어데 있겠느냐. 어디 그뿐인가. 메뚜기에게서 밥을 가로채고, 누에에 게서 옷을 빼앗고, 벌 떼를 쫓고는 꿀을 도적질하고, 더 악착한 놈은 개미 새끼로 젓을 담아 제 할애비 제사를 지내는 놈까지 있 으니, 잔인하고도 악착한 버릇이 네놈들을 덮을 놈이 또 어데 있 단 말인가.

네가 세상 이치를 펴 늘어놓을 때는 걸핏하면 하늘을 둘러메고 나서지마는 참말 하늘이 마련한 대로 본다면 범이나 사람이나 마 찬가지 물건이어든, 천지만물이 살아나가는 어진 도리에서 본다

■ 옛날 돈에는 보통 네모난 구멍이 뚫렸으므로, '돈' 이 이름이면 자를 '공방孔方' 이라 불렀 고, 친한 사람을 '형' 이라고 부른다고 하여, 돈을 '공방형' 이라고도 부른다고 중국 고서에 쓰여 있다.

■ 전국 시대 오기吳起란 장수의 고사를 말한다.

면 범이나 메뚜기나 누에나 벌이나 개미나 다 사람과 함께 같이 살기 마련이지, 서로 등지고 지낼 터수가 아니렷다. 또 이것을 선악을 두고 따져 본다면 드러내놓고 벌과 개미집을 털어 가는 놈이 천하에 큰 도적놈이 아니고 무엇일까 보냐. 제 마음대로 메뚜기와 누에의 밑천을 훔쳐가는 놈이 의리로 보아 대적이 아니고 무엇일까 보냐.

범이 여태껏 한 번도 표범을 잡아먹지 않은 것은 제 동류에게는 차마 손을 못 대는 탓이요. 범이 노루나 사슴을 잡아먹는 수효는 사람이 잡아먹는 수효처럼 그렇게 많지 못하고, 범이 마소를 잡아먹는 수효도 사람처럼은 많지 못하니라.

그런데 지난해 관중關中에 큰 가물이 들었을 적에 사람들끼리 서로 잡아먹은 수효가 수만 명이요, 몇 해 전에 산동서 큰 물이 졌을 적에도 사람들끼리 서로 잡아먹은 수효가 역시 수만 명이나 되지 않나.

말이 났으니 말이지 사람 잡아먹은 수효가 많기로는 어디 춘추春秋 때만큼 많았던 적이 또 언제 있었겠는가? 춘추 적 세상에는 정의를 위해서 싸운다는 난리가 열일곱 번이요, 원수 갚는다고 일으킨 난리가 서른 번에 피가 천리 어간에 흐르고 거꾸러진 시체가 백만이나 되겠다!

그러나 범의 집안에서는 홍수나 가물을 모르고 보니 하늘을 원망할 리 없고 덕이고 원수고 다 잊어버리는지라 세상에 미운 것이 없고, 하늘의 마련대로 따라 살다나니 무당이나 의원의 농간에 넘어갈 턱이 없고, 타고난 성품에 따라 저 생긴 대로 살다나니 더러운 세상살이 잇속에 병들지 않는다. 이것이 바로 범이 영특

하고 갸륵하다는 내력이란 말이다.

한 가지 얼룩을 보아 열 가지 문채를 세상에 자랑할 수 있을 것이다. 한 치의 병장기를 손에 대지 않고도 다만 날카로운 발톱과 이빨만 가지고서 위풍을 천하에 뽐내고 범의 형상을 그린 제기들로써 효성을 세상에 널리 퍼뜨려 가르친다. 하루에도 한 끼는 까마귀, 솔개미, 개미 떼가 대궁을 갈라 먹으니 우리들의 어진 행실이야 이루 다 칠 수 없을 것이고, 애매하게 남에게 먹힌 사람을 잡아먹지 않고, 병자나 폐인을 잡아먹지 않고 상주를 잡아먹지 않으니 의로운 행실까지도 이루 다 들 수 있겠느냐?

정 모질구나, 네놈들이 잡아먹는 버릇이야말로. 덫과 함정이 부족하다 하여 새 그물, 노루 그물, 후리 그물, 반두 그물, 자 그물들을 만들었으니 대관절 맨 처음에 그물을 뜨기 시작한 놈이 화근을 세상에 퍼뜨린 놈일 것이다.

어디 그뿐인가? 뾰족 창, 넙적 창, 긴 창, 삼지창, 도끼, 환도, 비수, 쇠꼬치가 있지 않나, 또 한 방만 터뜨리면 소리는 산악을 무너뜨리고 불길을 번쩍번쩍 토하면서 벼락보다도 더 무서운 대항구까지 있다. 이것도 제 신대로 포악을 부리기에는 부족하다고 하여 이번에는 부드러운 털을 아교풀로 붙여 길이는 한 치도 못되게 대추씨처럼 뾰족하게 만들어 먹물에 덤벅 찍어서는 이것으로 가로 찌르고 모로 찌르면 굽은 놈은 갈구리창 같고, 날이 선 놈은 칼 같고, 뾰족한 놈은 검 같고, 갈라진 놈은 가장귀창 같고, 곧은 놈은 화살 같고, 둥그레한 놈은 활같이 생겨 이놈의 병기들이 한번 움직이는 곳에는 뭇 귀신들이 밤 울음을 울게 되는 판이다. 참혹하게 서로들 잡아먹는 데야 누가 너희놈들보다 더 심할 것이냐?"

북곽 선생은 자리를 옮겨서 머뭇머뭇 땅에 코를 박고 두 번씩 머리를 조아렸다.

"옛글에도 있지만 아무리 악한 놈이라도 목욕재계를 하고 나면 하느님이라도 모실 수 있다고 했습니다. 인간 세상에 천한 이 몸이지마는 감히 당신의 아랫자리에서 삼가 모셔 받들까 하오이다."

북곽 선생은 숨소리를 죽이고 가만히 귀를 기울이고 있었지마는 아무런 분부가 없었다. 황송해서 조심조심 손길을 잡고 머리를 조아렸다가 고개를 들어 보니 날은 훤히 샜는데 범은 벌써 가고 말았다. 새벽에 밭일 나온 농부가,

"선생님! 이 꼭두새벽에 벌판에 대고 절은 웬 절이십니까?"

하니, 북곽 선생은,

"내 들으매 하늘이 높다 해도 머리를 맘대로 못 들고, 땅이 두텁다 해도 발을 맘대로 못 디딘다고 했거든!"

한다.

열녀 함양 박씨전

烈女咸陽朴氏傳 幷序

　　일찍이 제나라 사람이 말하기를 열녀는 남편을 갈지 않는다고 하였는데 《시경》의 '백주柏舟'▪도 바로 그런 뜻이다. 하지만 우리 나라 법전에서 후실이 가서 낳은 자손을 좋은 벼슬에 등용하지 않는다고 한 것이 어찌 뭇 백성의 보통 사람을 두고 규정한 것이겠는가? 그런데도 우리 나라에서는 4백 년 이래 백성들이 교화를 받는 과정에서 여인네치고는 귀하건 천하건 관계 없이, 집안이 한미하건 혁혁하건 과부되면 으레 수절하는 것으로 그만 풍속을 이루고 있다.

　　오늘 과부란 과부는 모두 옛날의 열녀 폭이다. 심지어 시골 구석의 젊은 안해나 행길거리의 새파란 홀어미들이 제 부모에게서 무리한 강요를 당하는 것도 아니고, 자손들이 벼슬에 등용되지 못할 부끄러움을 가지는 것도 아니건만, 수절하는 것만으로는 절개가 되지 못한다고 왕왕 자살을 한다. 그래서 이 세상을 등지고 남편을 따라 저승으로 가려고 물에 빠지고 불에 뛰어들고 독약을 마시고 목을 매어 죽는 것을 마치 즐거운 곳으로나 가듯 하였다. 열렬하기는 열렬

▪《시경》에 실린 시의 제목이다. 공강共姜이란 여자가 남편이 죽은 뒤 재가하지 않을 것을 맹세하여 이 시를 지었다고 한다.

하지만 이 어찌 과한 일이 아니냐?

옛날에 형제 두 사람이 모두 이름난 관리로 있었는데 하루는 어머니 앞에서 어떤 사람의 벼슬길을 막자고 의논하고 있었다.

어머니가 물었다.

"무슨 허물이 있기에 막자고 하는 게냐?"

"선대에 과부가 있었는데 바깥 소문이 좋지 못했습니다."

어머니가 깜짝 놀라면서 물었다.

"남의 집 안방에서 일어났을 일을 어떻게 알았느냐?"

"풍문에 그렇습니다."

어머니가 말하였다.

"바람이란 것이 소리만 있지 형체는 없는 것이라 눈으로 볼 수도 없고 손으로 잡을 수도 없다. 공중에서 일어나서 곧잘 만물을 뒤흔드는 것이다. 어쩌자고 형체 없는 일을 가지고 뒤흔드는 속에다가 남을 몰아넣는다는 말이냐? 더구나 너희가 바로 과부의 아들이다. 과부의 아들이 그래 과부를 비평한다는 말이냐? 거기들 앉아라. 내 너희에게 보여 줄 것이 있다."

품 안에서 구리돈 한 푼을 꺼내면서 말하였다.

"이 돈에 둥그런 둘레가 있느냐?"

"없습니다."

"이 돈에 글자가 있느냐?"

"없습니다."

어머니는 눈물을 흘리면서 말하였다.

"이것이 네 어미가 죽음을 견딘 부작이다. 십 년이나 손으로 만지고 만져서 다 닳아 버렸다. 대개 사람의 혈기는 음양에서 나오고,

정욕은 혈기로 인해서 작용하는 것이며, 생각은 고독한 데서 생기고, 슬픔은 생각으로 인해서 일어나는 것이다! 과부야말로 고독한 신세요, 지극히 슬픈 사람이다. 혈기가 때로 왕성해지면 과부라고 해서 어찌 정욕이 없겠느냐? 껌뻑이는 등불 아래 그림자만 바라보고 홀로 밤을 새기란 참으로 괴롭구나. 더구나 비 떨어지는 소리가 처마 끝에서 뚝뚝 나거나, 허연 달빛이 창을 들이비치거나, 뜰에서 나뭇잎이 나부끼고 하늘가에서 외기러기가 울고 지날 적에 먼 촌의 닭 소리는 들리지 않고 어린 종년의 코고는 소리만 요란할 때 눈이 반들반들해서 잠은 오지 않으니 이 쓰라린 심정을 누구에게 하소할 데나 있느냐?

내가 이 돈을 굴리면서 온 방 안을 돌았다. 둥근 것이 잘 구르다가도 어느 모서리에만 부닥치면 고만 죽어 버리는데 나는 주워서 다시 굴렸다. 하룻밤에 보통 대여섯 번 굴리고 나면 날이 새더구나. 십 년을 지나면서 해마다 번수가 줄어들었으며, 십 년 이후로는 혹 닷새에 한 번도 굴리고 혹 열흘에 한 번도 굴렸으며, 혈기가 아주 쇠하면서부터는 더는 이 엽전을 굴리지 않았다. 그러나 그 뒤 이십여 년을 내가 싸고 싸서 간직하고 있는 것은 그 공로를 잊지 않자는 것이요, 때로는 내 스스로 경계하자는 것이다."

마침내 모자는 서로 붙들고 울었다고 한다. 점잖은 사람이 이 이야기를 듣고, "그야말로 열녀라고 할 만하구나!" 하고 말하였다.

아! 그의 어려운 절개와 깨끗한 행실이 이와 같건만 당시에 나타나지 않아서 이름이 전치 못하게 된 것은 무슨 까닭인가? 과부의 수절이 전국의 통례로 된 까닭에 목숨을 끊지 않고서는 과부의 절개를 표시할 수 없이 된 것이다.

내가 안의安義의 원으로 온 이듬해 계축년(1793) 모월 모일, 날이 샐 녘에 잠이 어렴풋이 깨었는데 마루 앞에서 두어 사람이 수군수군 지껄이는 소리가 들리고 또 마음이 아파서 한숨 짓는 소리도 났다. 아마 급한 일이 생겼으나 내 잠을 깰까 봐 염려하는 것이었다.

그래서 내가 큰 소리로 물었다.

"닭이 울었느냐?"

아랫사람들이 대답하였다.

"벌써 서너 홰째나 울었습니다."

"밖에 무슨 일이 있느냐?"

또 대답하였다.

"통인 박상효朴相孝의 형의 딸이 함양으로 시집 갔다가 홀로 되었는데 삼년상을 마친 다음 독약을 먹어서 죽게 되었답니다. 급보로 부르러 왔으나 상효가 지금 번을 들고 있는 까닭에 황공하와 감히 제 마음대로 가지 못하고 있습니다."

내가 빨리 가 보라고 일렀다. 저녁 나절에 이르러 함양 과부가 살아났느냐고 물으니 아랫사람들의 말이 벌써 죽었다는 말이 있다고 하였다. 내가 길게 탄식하면서 말하였다.

"열렬하구나, 이 여자야말로."

그리고 여러 아전들을 불러다가 물었다.

"함양에서 난 열녀가 사실은 안의 태생이다. 여자의 나이는 지금 몇 살이고 함양 누구에게로 시집을 갔고 어려서부터 그의 마음씨와 행실이 어떠하였는지 너희 중에 아는 사람이 있느냐?"

여러 아전이 한숨을 지으면서 나와서 말하였다.

"박녀의 집은 대대로 아전입니다. 아비 박상일朴相一이 일찍 죽고 이 딸 하나뿐인데 어미마저 일찍 죽었습니다. 그래서 할아비, 할미 손에서 크면서 자손 된 도리를 잘하다가 나이 열아홉에 함양 임술증林述曾의 처가 되었습니다. 그 역시 아전의 집안입니다. 술증이 본래 몸이 허약해서 초례를 치르고 돌아간 다음 반년도 못 되어 죽었습니다. 박녀는 예에 따라서 남편의 거상을 입고 며느리의 도리를 다해서 시부모를 섬기니 두 고을의 친척과 이웃들이 모두 무던하다고 칭찬을 했습니다. 이제 보니 과연 그럴 만도 합니다."

그중의 늙은 아전 하나가 감개하여 말하였다.

"그 여인이 시집 가기 두어 달 전쯤에 어떤 사람이 와서 술증은 병이 골수에 사무쳐 사람 노릇을 할 가망이 전연 없는데 왜 약혼을 물리지 않느냐고 일러 주더랍니다. 할아비, 할미도 은근히 손녀딸에게 그럴 의사를 보였건만 잠자코 대답을 하지 않더랍니다. 혼인 날짜가 임박하자 여자 집에서는 사람을 시켜 슬그머니 술증을 가서 보게 했더니, 술증이 비록 생김새는 곱상스러우나 노점에 걸려서 기침을 콜록거리는 것이 버섯 같은 몸으로 그림자만 다니더랍니다. 여자 집에서는 겁이 더럭 나서 다른 데로 혼인을 정하려고 했더랍니다. 처녀는 정색을 하고, '저번에 지어 놓은 옷이 뉘 몸에 맞추어 지은 것이며 뉘 옷이라고 말하던 것입니까?' 하면서 애초에 정한 대로 할 것을 소원하더랍니다. 집안 사람들이 그 뜻을 알고 정한 대로 사위를 맞았으나 말로만 혼인을 지냈다 뿐이지 허수아비와 같이 잔 셈이나 마찬가지랍니다."

얼마 후 함양군수 윤광석尹光碩이 밤에 이상한 꿈을 꾸고 나서 감동된 바 있어 열녀전을 지었는데, 산청현감 이면제李勉齊가 또한 그에 대한 전을 썼다. 거창 사는 신돈항愼敦恒은 일정한 주견을 가진 선비인데 그도 박씨를 위해서 그 절개를 서술하였다.

박씨의 심경을 처음부터 끝까지 추측해 본다면, 나이 어린 과부로서 오래 세상에 머물러서 두고두고 친척들의 마음을 상하게 하고 공연히 이웃 간의 뒷공론을 받는 것보다는 얼른 이 몸이 없어져 버리는 것이 낫다고 생각한 것이 아니겠는가? 아하! 성복날 죽지 않은 것은 소상이 있기 때문이었고, 소상을 지내고 죽지 않은 것은 대상이 있기 때문이었고, 대상을 지나고 보면 삼년상도 끝난 것이다. 그래서 처음에 마음먹었던 대로 남편과 한날 한시에 순절을 이룬 것이다. 이 어찌 열렬치 않으냐?

옛것을 배우랴 새것을 만들랴

중국에서 마음 맞는 벗을 사귀다

會友錄序

삼한 옛 땅의 서른여섯 도회지를 두루 돌아서 동으로 동해에 이르면 바닷물이 하늘에 닿아서 끝이 보이지 않는다. 그런데 육지 위에는 이름난 산과 웅장한 봉우리들이 뻗치고 있어서 백 리 되는 평야가 드물고 천 호 되는 고을이 없으니 지역 된 품이 애초에 좁다란 것이다.

옛날에 이르던 양주, 묵적, 노자, 부처의 싸움도 아니언만 대립된 논의가 네 파이고, 옛날에 이르던 선비, 농사꾼, 공장바치, 장사치 아니언만 명분의 갈래가 네 층이다. 오직 각자의 소견이 같지 않을 뿐인데 명분의 구별은 문명인이 야만인에 대한 것보다 엄하다. 피차에 이름을 들으면서도 내력을 꺼려 서로 찾아다니지 못하고, 피차에 상종을 하면서 위신에 구애되어 감히 벗으로 사귀지 못한다. 사는 동리가 같고 같은 겨레로 언어나 옷차림도 자기와 다른 것은 조금도 없다. 그러나 서로 찾아다니지도 않는데 피차 혼인을 하겠는가? 감히 벗으로 사귀지도 못하는데 서로 도를 논하겠는가? 아득하게 수백 년 이래로 이 몇 갈래의 집안이 집을 맞대고 담을 연해서 살면서도 적대되는 두 나라의 형세처럼 또는 문명인이 야만인을 대하는 관계와 같이 지내는구나! 습속이 어째 이다지도 협애하단 말인가?

홍덕보가 일찍이 하루아침에 말 한 필을 타고 사신 행차를 따라 중국으로 갔다. 길거리 가운데서 서성거리기도 하고 좁은 골목 안을 기웃거리기도 하는 과정에 항주 선비 세 사람을 알게 되었다. 그래서 한가히 그들의 숙소를 찾아다니며 오랜 친구와 같이 정답게 지냈다. 하늘과 사람의 유래며, 도학의 정통과 이단의 구별이며, 역대 정치와 사상의 변천이며, 거기 대처할 선비들의 태도를 따지고 단정하는 데서 합치되지 않는 견해가 없었을 뿐 아니라, 서로 권면하고 충고하는 말이 모두 간절한 성심성의에서 우러나왔다. 처음에는 벗으로 정했다가 마침내 형제를 맺기에까지 이르러서 서로 사모하기를 무슨 탐나는 물건이나 욕심내듯 하고, 서로 저버리지 말자고 언약하기를 무슨 맹세나 하듯 하니, 의리가 족히 다른 사람들을 감격시키며 눈물을 흐르게 하였다.

아하! 우리 나라에서 항주까지는 거의 만 리다. 홍군이 두 번 다시 세 선비를 만나 볼 길이 없을 것이다. 그런데 전날 자기 나라에 있을 적에는 같은 동리에서도 서로 찾아다니지 않다가 이제 갑자기 말도 통하지 않고 옷차림도 다른 사람을 벗으로 인정하는 것은 그 무슨 일인가?

홍군도 한동안 언짢아하는 기색을 보이더니 말하였다.

"내가 감히 우리 나라 안에는 전연 사람이 없고 그래서 벗을 삼지 못한다는 것은 아니다. 실로 환경에 제한되고 습관에 구애되어 마음속에 답답한 점이 없지 않다. 내가 어찌 오늘의 중국이 옛날의 중국이 아니요, 또 사람들도 옛날의 도복 차림이 아니라는 것을 모르겠는가? 그러나 그들이 사는 땅인즉 요堯, 순舜, 우禹, 탕湯, 문왕文王, 무왕武王, 주공周公, 공자가 밟고 다니던 땅이며,

그들이 사귀는 선비인즉 제齊, 노魯, 연燕, 조趙, 오吳, 초楚, 민閩, 촉蜀을 널리 보고 멀리 구경한 선비가 아니겠는가? 그들이 읽은 글인즉 오랜 고대로부터 내려오면서 사해만국을 포괄한 극히 해박한 문헌이 아니겠는가? 제도는 비록 변했다고 하더라도 도덕과 의리가 달라질 수 없다면 그 밑에서 백성으로는 살망정 관리로 나서지는 않겠다는 사람이 어째서 없다고 볼 것인가?

그와 함께 저 세 사람이 나를 볼 적에도 외국 사람이라고 해서 소외하는 마음과 내력과 위신을 따지는 혐의적은 생각이 어째서 없다고 볼 것인가? 그러나 복잡한 인사 치레도 집어치우고 까다로운 예의 절차도 떨어 버리고 심정에 있는 그대로 드러내어 그야말로 간담을 털어 놓았으니, 넓고 큰 테두리가 명예, 세력, 잇속이나 바라고 악착스럽게 덤비는 그런 것과는 다르지 않은가?"

그러고는 세 선비와 이야기한 내용을 세 권의 책으로 만들어서 나를 보이면서 말하였다.

"자네가 서문을 쓰게."

내가 한 번 죽 읽고 나서 탄식하였다.

"툭 트였구나, 홍군이 벗을 사귀는 것이야말로. 나도 이제 벗 사귀는 묘리를 알았노라. 그가 벗으로 삼는 바를 보고, 벗으로 되는 바를 보고, 또 벗으로 삼지 않는 바를 보아 내가 벗을 사귀리라."

옛것을 배우랴 새것을 만들랴
楚亭集序

글을 어떻게 지을 것인가? 어떤 이들은 반드시 옛것을 본따야 한다고 말한다. 그래서 세상에는 흉내내고 본뜨는 것을 일삼으면서 부끄러운 줄을 모르는 사람들이 나오고 있다. 이것은 왕망王莽이 만든 '주관周官'을 고대의 제도로 알고, 양화陽貨의 얼굴이 공자와 같았다고 하여 그를 만대의 스승으로 삼는 격이다. 옛것을 본따서야 되겠는가?

그러면 새것을 만들어야 할까? 세상에는 허탄하고 괴벽한 소리를 늘어놓으면서 겁내지 않는 사람들이 나오고 있다. 이것은 임기응변의 조치를 막중한 법전보다 더 중히 여기고 유행하는 노래 곡조를 고전 음악과 같이 보는 격이다. 새것을 만들어 내서 되겠는가?

대체 그러면 어찌해야 좋단 말인가? 나는 어찌할 것인가? 그만두어야 하는가? 아! 옛것을 배우는 사람은 형식에 빠지는 것이 병이고, 새것을 만들어 내는 사람은 법도가 없는 것이 탈이다. 만약에 옛것을 배우더라도 변통성이 있고, 새것을 만들어 내더라도 근거가 있다면 지금의 글이 옛날의 글과 마찬가지일 것이다.

옛 사람 중에 글을 잘 읽는 분이 있었으니 그가 곧 공명선公明宣

이요, 옛 사람 중에 글을 잘 해석한 사람이 있었으니 그가 곧 한신韓·信이다. 왜 그런가?

공명선이 증자曾子에게 공부하러 가서 3년 동안이나 글을 읽지 않았다. 증자가 까닭을 물으니 그가 대답하였다.

"저는 선생님이 댁에 있을 때도 보고, 선생님이 손님 접대할 때도 보고, 선생님이 조정에 나갔을 때도 보면서 배워 가고 있습니다. 아직 다 잘 배우지는 못했으나 제가 어떻게 아무것도 배우지 않으면서 선생님의 문하에 있겠습니까?"

물을 등지고 진을 친다는 것이 병법에 보이지 않으니 한신의 부하들이 의심한 것은 당연하다. 거기서 한신은 말하였다.

"이것도 병법에 나오고 있건만 여러분이 아마도 찾아 내지 못하고 있다. 병법에는 죽을 땅에 들어서야만 살아 나올 수 있다고 하지 않았는가?"

그렇기 때문에 배우지 않은 것이 도리어 잘 배우는 것으로도 될 수 있으니 바로 혼자 지내던 노나라의 사내요, 밥해 먹은 자리를 줄여 가던 옛 사람의 전술에서 그것을 늘여 가는 전술을 배워 오기도 했으니 바로 우후虞詡의 변통성이다.

이렇게 본다면 하늘과 땅이 아무리 오래되었다고 하지만 끊임없이 새로운 것으로 존재하고, 해와 달이 아무리 오래되었다고 하지만 빛은 날마다 새로운 것이다. 또 이 세상에 문헌이 아무리 많이 나와도 내용은 각각 다르다. 그렇기 때문에 날짐승, 길짐승, 물속에서 사는 짐승, 뛰는 짐승 중에는 아직 알려지지 않은 것이 있을 것이며, 산천초목에는 반드시 신비스러운 구석이 있을 것이며, 썩은 흙에서 지초가 돋으며, 썩은 풀에서 반딧불이 생긴다. 또 예법을 따지는 데도 의견이 다르며, 음악을 설명하는 데도 의논이 맞지 않는다. 글이라고 해서 할 말이 다 쓰인 것 아니요, 그림이라고 해서 있는 뜻이 다 표시된 것이 아니니, 이 사람은 보고 이렇다고 하고 저 사람은 저렇다고 한다.

그렇기 때문에 백대 이후에 성인이 다시 나올 것을 기다려 동요하지 않는 것이 새것을 개칭하는 성인의 심정이요, 옛 성인이 다시 살아와서도 자기의 견해를 바꾸지 않으리라는 것이 옛것을 계승하는 어진 이의 신념이다. 모든 성인과 어진 이의 법도는 마찬가지니 협애하거나 주제넘은 것은 점잖은 사람이 나갈 길이 아니다.

박씨 집의 청년 제운*이 나이 스물셋인데 글을 잘 지으며 별호를 초정이라고 한다. 내게 다니면서 공부한 지 해포가 넘는다.

제운이 글을 짓는 데는 진나라 이전과 한나라 시대의 작품을 좋아하면서도 형식에 구애되지 않으려고 했다. 그러나 말을 간결히 한다는 것이 혹 근거가 없는 데로 떨어지고, 논리를 높이 세운다는 것이 혹 법도를 잃는 데로 돌아가고 있다. 이것이 바로 명대의 여러 작가들이 옛것을 배우랴 또는 새것을 만들어 내랴 서로 흘근거리고 헐뜯었는데도 다 함께 정당한 길을 얻지 못한 점이다. 두 편이 꼭같이 쇠퇴한 사회의 번쇄한 기풍에 떨어지고, 문화 발전에 도움이 되기는커녕 세상을 병들이고 풍기를 결딴낼 뿐이다. 내 이런 것을 두려워한다.

새것을 만들려고 기교를 부리는 것보다는 옛것을 배우려다가 고루하게 되는 편이 낫지 않겠는가?

■ 박제가朴齊家의 첫 번째 이름이 제운齊雲이다.

내가 이제 그의 《초정집》을 읽고 나서 공명선과 노나라 사내가 독실하게 배우던 일을 설명하는 동시에, 한신과 우후의 기이한 책략도 결국 옛것을 배워서 잘 변통한 데 지나지 않는다는 것을 지적하였다. 밤에 초정과 이렇게 이야기한 것을 결국 책 첫머리에 써서 그를 권면하려 한다.

어떻게 영숙의 길을 만류하겠는가

白永叔入麒麟峽序

　　백영숙(백동수)은 무관 집 후손이다. 조상에는 나라 일로 죽은 충신이 있으니 지금까지 사대부들은 그를 추모한다. 영숙이 한자의 전자와 예서에 능하고, 우리 나라의 제도와 관습에 익으며, 나이 젊어서는 말도 잘 타고 활도 잘 쏘아 무과에까지 급제하였다. 비록 때를 만나지 못하여 영달하지는 못하나마 나라 일에 죽으려는 뜻은 넉넉히 조상의 핏줄을 계승하고 있으며 다른 사대부들에게 부끄러울 점이 없다.

　　아하! 영숙이 어째서 온 집안을 이끌고 두메 구석으로 들어가는가? 영숙이 일찍이 나를 위해서 금천 연암이라는 산골짜기에다가 집터를 잡아 준 일이 있다. 산은 깊고 길은 없어서 종일을 가도 사람 하나 만날 수 없었다. 둘이서 갈대밭에 말을 세워 놓고 채찍으로 높은 언덕배기를 금그면서 말하였다.

　　"여기다가 울타리를 치고 뽕나무를 심으면 좋겠군. 갈대에 불을
　　지르고 밭을 만들면 일년에 좁쌀 천 석은 거두겠군."

　　시험삼아 부싯돌을 쳐서 불을 댕기자 바람을 따라 불길이 올랐다. 꿩이 푸드득푸드득 날아가고 노루새끼가 앞으로 뛰어 달아나는

데 우리는 기운을 내어 쫓아가다가 시냇물에 막혀 돌아왔다. 서로 보고 웃으면서 말하였다.

"한 백 년도 더 못 살 인생이 어떻게 답답하게 일생을 나무와 풀 속에 파묻혀서 조밥이나 꿩, 토끼 고기로 배를 불리는 그런 생활 을 한단 말인가?"

이제 영숙이 기린협으로 가려고 하는데 송아지를 업고 들어가 길 러서 밭을 간다고 하고, 소금과 메주도 없어서 아가위나 돌배로 장 을 담으리라고 한다. 험준하고 궁벽한 품이 연암과도 비교할 데가 못 되는 것 아닌가?

그런데 나는 이럴까 저럴까 망설이면서 아직까지 거취를 딱 결정 하지 못하고 있다. 어떻게 감히 영숙의 길을 만류할 수 있겠는가? 나는 그의 결심을 장하게 생각할지언정 그의 곤궁함을 슬퍼하지 않 는다.

생활이 유익해야 덕이 바로 선다
洪範羽翼序

내가 스물 안팎 때, 동리 글방에서 《서경》을 배우는데 '홍범洪範'■ 편을 이해하기 어려워서 글방 선생님에게 물었더니 선생님은 말하였다.

"이게 그렇게 이해하기 어려운 글이 아니다. 이해하기 어렵게 된 데는 까닭이 있으니 세상 선비들이 어지럽혀 놓은 것이다. 대체 오행은 하늘에서 만들어 내고 땅 위에 저축되어 있는 것을 사람들이 얻어 쓰는 것이니, 하우씨가 차례를 매기고 무왕과 기자가 서로 문답한 바로 그것이다. 내용인즉 바른 덕을 펴고 물건을 이용하고 사람의 생활을 유익케 하는 것이요, 작용인즉 천지가 조화되고 만물을 생성하게 하는 것일 뿐이다. 한나라의 선비들이 미신에 빠져서 무슨 일이나 반드시 거기 상응하는 징조가 있다고 하면서, 모든 데 요행을 배합하고 또 부연해서 제멋대로 허황한 소리를 해 놓았다. 그것이 흘러서는 음양과 맞추어 점치는 법으로도되고 또 그것이 비뚤어져서는 별의 운행과 맞추어 장래의 예언으

■ 《서경》의 한 편명이니 기자가 주 무왕의 질문에 대답한 것이라고 전한다. 내용은 고대 중국의 정치 사상이나 행사를 서술한 것인바, 그중의 한 항목으로 오행이 나온다.

로도 되었다. 결국 세 성인의 본뜻과는 크게 어긋나는데, 그중에도 오행상생五行相生설에 이르러서는 더 말할 나위조차 없다.

만물이 흙에서 나오지 않는 것이 없는데 어째서 흙이 쇠의 모체로만 되겠느냐? 견고한 쇠가 불에 녹아 흐르는 것이 쇠의 기본 성질도 아닌 만큼, 강이나 바다의 흐름과 못과 웅덩이의 물이 그래 모두 쇠 녹은 것이겠는가? 돌이나 쇠에도 습기가 있으며 만물이 진액 없이는 말라빠지는 것이니 하필 나무만이 물로 인해서 생기겠느냐? 만물이 나중에는 결국 흙으로 돌아가건만 땅은 더 두꺼워지지 않는다. 하늘과 땅이 어울려야만 만물이 생성되는 것이니 어떻게 부엌의 땔나무로 대지를 증대시킨다고 보겠느냐? 쇠와 돌이 부딪치고 기름과 물이 출렁거려서도 모두 불이 일며 벼락이 쳐서 화재가 나고 황충을 묻은 데서 인화가 나타나는 것으로 본다면, 불이 나무에서만 생기지 않는다는 것은 또한 명백한 바다. 그렇기 때문에 상생이란 것도 어미 자식의 관계라기보다는 연관된 존재의 관계라고 보아야 할 것이다.

옛날의 하우씨는 이 오행을 잘 이용했다. 산을 따라 나무를 베어 냈다고 하니 곧고 굽은 것은 말할 것도 없고 목재의 이용이 적절하였다. 땅의 흙이 좋은지 나쁜지를 따졌다고 하니 농사를 짓는 데서 토양의 이용이 적절하였다. 금과 은과 구리를 갈라 냈다고 하니 금속의 이용이 적절하였다. 산을 사르고 진펄을 태웠다고 하니 불이 타오르는 성질을 이용하는 데서 적절하였다. 아래를 파서 물을 터 놓았다고 하니 물줄기가 흘러내리는 성질을 이용하는 데서 적절하였다. 사람과 물건의 관계로 말하면 생성한다는 것이 이렇게까지 큰 것이다. 어느 것이 물건이 아닐까만 그중에서

행이라는 것만을 말한다면 온갖 물건을 총괄하는 덕행을 지적한 것이다.

후세에 이르러서는 남의 성을 함락시키기 위해서 물을 끌어대는 데서 물의 이용이 비뚤어지고, 남의 군대를 공격하기 위해서 불을 놓는 데서 불의 이용이 비뚤어지고, 뇌물로 돈을 주고받는 데서 쇠의 이용이 비뚤어지고, 집을 사치스럽게 짓는 데서 나무의 이용이 비뚤어지고, 골목과 거리를 넓히는 데서 흙의 이용이 비뚤어졌다. 그와 함께 홍범의 학설도 전치 못하게 되었다."

내가 다시 물었다.

"우리 동방에 기자가 와서 있었다고 하니 바로 홍범이 나온 본 고장으로 됩니다. 응당 집집마다 읽어 보고 사람 사람마다 외워 왔으련만 아득하게 수천 년 이래론 홍범을 가지고 이름을 낸 학자는 있단 말을 듣지 못했습니다. 이 무슨 까닭입니까?"

글방 선생님은 말하였다.

"아! 이건 네가 알지 못하는 일이다. 대체 정상 도리로 세상을 다스리는 사람은 반드시 이를 만한 데까지 이르면서도 이치에 적중하기를 목적한다. 그런데 후세 학자들은 그렇지 않구나! 명백해서 알기 쉬운 윤리나 정치 관계는 내던져 버리는 반면에, 희미하고 막연한 이론에만 몰키어서 떠들어 대고 다투어 따진다. 이것저것 끌어다 붙여 오행이 먼저 어지러워지는 것이니 학설이 잘 꾸며질수록 참된 이치와는 더욱더 틀려지고 만다. 내 이제 오행의 이용에 대해서 이야기하려고 하는바, 그로써 홍범의 이치는 환해질 수 있다. 왜 그러냐? 물건을 이용해서만이 사람의 생활을 유익하게 할 수 있고, 사람의 생활을 유익하게 해서만이 덕을 바르게 할 수 있다.

이제 저 물이 시기를 따라 괴기도 하고 마르기도 하는데, 가뭄을 만났을 때 수차로 물을 자아올리고 도랑으로 물을 대면 물을 이루 다 쓰지 못할 것이다. 지금 사람들이 물을 번히 놔 두고도 이용하지 않으니 그건 물이 없는 것과 같다. 이제 저 불도 시기를 따라 이용이 달라지며 괄고 약한 데 따라 소용이 다르니, 그릇을 굽거나 쇠를 다루거나 기타의 농사일이거나 다 각기 적당한 대로 맞추어 쓴다면 불을 이루 다 쓰지 못할 것이다. 지금 사람들이 불을 번히 놔 두고도 이용하지 않으니 그건 불이 없는 것과 같다.

우리 나라에서는 백 리 되는 고을이 360개라고 하는데 그중 열에 일곱여덟을 높은 산과 험한 고개가 차지하고 있다. 말은 백 리라고 하지만 실상 평야는 30리에 지나지 못하여 백성들이 가난해질밖에 없다. 저 우뚝 높이 솟아 있는 것을 사방으로 따져 볼 때에는 평지보다 몇 배 되는 면적일 것인데 군데군데서 금, 은, 구리, 철 들이 나온다. 만약 광을 캐는 법을 알고 금속을 제련하는 기술을 익힌다면 천하의 어느 나라보다도 부유하게 살 수 있을 것이다. 나무도 역시 마찬가지다. 집을 짓고 관을 짜고 수레를 이루고 농기를 만드는 등 용처에 따라 서로 같지 않은 목재도 일정한 관청을 설치하고 잘 가꾸어만 가면 나라 안에서 넉넉히 쓸 수 있을 것이다.

아! 땅에 따라 흙의 성질이 다르고 곡식에 따라 심을 종자가 같지 않건만 농사에 관한 지혜를 농사꾼에만 맡겨 두고 있구나! 어떻게 해야만 땅을 잘 이용한다는 것을 알지 못하고 있으니 어떻게 백성이 기근을 면하겠느냐? 그렇기 때문에 '부유하게 살아야만 비로소 좋다.' 고 한 것인데 먼저 일상 생활에서 필요한 일을 밝혀 나가기로 하면 부유하고 좋게 될 것이다. 홍범 학설도 이 밖을 벗어나는 것 아니니 무엇이 이해하기 어려운 구석이 있겠느냐?"

내가 화림花林■의 원으로 오면서 맨 먼저 이 고을에서 전래하는 문헌을 찾았더니, 속수涑水 우여무禹汝楙란 분이 '홍범'을 깊이 연구해서 《우익羽翼》 42편과 《연의衍義》 8권을 지었다고 말해 주는 사람이 있었다. 당장 얻어다가 읽은즉 조리가 정연하게 구별되어 있고 맥락이 확연하게 분류되어 있으니, 크게 말해서는 나라일을 해 나가는 데도 참고로 될 만하고 작게 말해서는 집안 살림을 꾸리는 데도 자료로 될 만하였다. '홍범'이 이해하기 어려울 것 없다고 말하더니 참 그렇구나! 이제 우리 임금의 덕화가 오래되어 바야흐로 백성을 본위로 삼고 있으며 숨어 있는 선비를 불러 내고 파묻혀 있는 것은 찾아 내는 판이다. 나는 이 책이 때를 만날 날이 있으리라는 것을 알고 있는바, 이제 이런 말을 써 붙여 다음날 임금의 사신이 수집해 갈 것을 기다리려고 한다.

우여무의 자는 아무요, 본향은 단양이다. 인조 갑술년(1634)에 문과에 급제해서 벼슬이 하동현감에 이르렀으며, 일찍이 '홍범'의 내용을 부연해서 임금에게 상소했다가 교훈으로 될 말이며 지극한 이론이라는 임금의 칭찬까지 받은 일이 있다고 한다.

■ 경상도 안의의 옛 이름.

보름날 해인사에서 기다릴 것이니

海印寺唱酬詩序

경상도 관찰사 겸 순찰사인 이태영李泰永 사앙士昻이 관하 각 고을을 순행하다가 가야산에 들러 해인사에서 자는데, 선산부사 이채李采 계량季良과 거창현령 김유金鍒 맹강孟剛과 내가 마중 나가서 절에서 모였다.

모두 이공과는 한 동리에서 친하게 지내던 사이라 차례차례 나가서 인사를 드렸다. 이공은 각각 고을에 대해서 농사가 되어 가는 형편과 백성들의 생활을 물어 본 다음 일어나서 옷을 갈아입고 촛불을 돋우고 술상을 벌여 놓고 공식 절차에 구애됨이 없이 즐겁게 옛날의 우정을 이야기하였다. 높은 일산과 큰 깃발을 가지고 일흔두 고을을 다스리면서도 스스로 존엄성을 자랑하려는 기색을 볼 수 없었다. 동시에 한 자리에 같이 앉았는 사람들도 그 몸이 큰 고개를 넘어 천리 밖에 와서 있다는 것을 깨닫지 못하고 마치 나막신을 끌면서 보통의 시내나 못가에서 모여 노는 것과 같았다. 이것은 실로 드문 일이다.

이튿날 이공이 운자를 내어 각각 율시 두 편을 지었는바, 내게 서문을 지으라고 하였다.

내가 다시 이공에게 말하였다.

"옛날 남명 조식이 고향으로 돌아가는 길에 보은 사는 대곡大谷 성운成運을 찾았더니 마침 동주東洲 성제원成悌元이 고을 원으로 서 그 자리에 와서 있었더랍니다. 남명이 동주와 초면이었으나 농담으로, '노형은 참 한 벼슬자리에 오래도 계시오그려.' 하고 말한즉, 동주가 대곡을 가리키고 웃으면서 '이 늙은이에게 붙잡 혀 그랬소만 금년 8월 보름날 내가 해인사에 가서 달이 떠오르는 것을 기다릴 것이니 노형이 그리로 오실 수 있겠소?' 물었답니 다. 남명은 곧 승낙했습니다.

날짜가 되어 남명이 소를 타고 약속한 곳으로 가는 도중에 큰 비를 만나서 겨우 앞내를 건너 절문에 들어갔는데 동주는 벌써 누다락에 올라가서 막 도롱이를 벗고 있답니다. 아하! 그때 남 명이 처사의 몸이요, 동주도 이미 벼슬자리를 떠났건만 밤새도록 두 분의 담화는 백성의 생활 문제였답니다. 이 절의 중들이 지금 까지 옛 이야기로 전하고 있습니다.

제가 해마다 관찰사의 행차를 맞아서 이 절에 들어왔는데 벌써 관찰사가 세 번 갈렸으니 한 벼슬자리에서 과연 오래 있다고 할 만합니다. 떠오르는 달을 기다리면서 서로 만나자고 약속한 일이 있는 것은 아니지마는 사나운 바람과 모진 비도 구태여 피하지 않고 절에 들어 뜻하지 않게 서로 모여드는 것이 언제나 예닐곱 고을의 원들입니다. 절이 여관집 같고, 중이 기생 같고, 자리에 앉아 시를 지으라고 독촉하는 것이 노름을 하자고 조르는 것 같 고, 차일을 치고 장을 두른 것이 구름 같고, 북과 퉁소가 뚱땅 또 삐삐합니다. 아무리 국화의 단풍이 서로 아롱지고 빛과 물결이 기이함을 다툰다고 한들 백성의 생활에야 무슨 도움이 되겠습니까? 언제나 이 누다락에 오를 때마다 쓸쓸한 생각으로 옛 어른의 비맞은 도롱이를 떠올리지 않은 적이 없습니다. 이 이야기를 함께 기록해서 이 절의 사적을 알리려고 합니다."

을묘년(1795) 9월 20일 안의현감 박지원 중미가 서문을 쓴다.

글은 뜻을 나타내면 그만이다

孔雀館文稿自序

 글은 뜻을 나타내면 그만일 뿐이다. 제목을 놓고 붓을 잡은 다음 갑자기 옛말을 생각하고, 억지로 고전의 사연을 찾으며, 뜻을 근엄하게 꾸미고, 글자마다 장중하게 만드는 것은 마치 화가를 불러서 초상을 그릴 적에 용모를 고치고 나앉는 것과 같다. 눈동자는 구르지 않고 옷의 주름살은 잡히지 않아서 보통 때의 모습과 틀리고 보니 아무리 훌륭한 화가라고 하더라도 진실한 모습을 그려 내기는 어려울 것이다. 글을 짓는 사람인들 또한 이와 무엇이 다르랴?

 말은 큰 것만 해서 맛이 아니다. 한 푼, 한 리, 한 호만 한 것도 다 말할 수 있다. 기왓장이나 조약돌이라고 해서 내버릴 것이 무엇이냐? 그렇기 때문에 초나라의 역사는 '도올檮杌'이란 모진 짐승의 이름을 빌려서 썼고, 사마천이나 반고와 같은 역사가도 사람을 죽이고 무덤을 파헤치는 흉악한 도적놈들의 사적도 서술하였다. 글을 짓는 데는 오직 진실해야 할 뿐이다.

 이렇게 본다면 잘 짓고 못 짓는 것은 내게 있고, 헐뜯고 칭찬하는 것은 남에게 있는 것이니 마치 귀가 울고 코를 고는 것과 같다. 조그만 아이가 놀고 있다가 귀가 잉하고 우니 고만 혼자서 좋아하였다.

그래서 아이는 동무 아이에게 말하였다.

"너 이 소리 좀 들어 보아라. 내 귀에서 잉하는 소리가 나는구나! 피리를 부는 소리, 생황을 부는 소리가 다 들린다. 마치 별처럼 동그랗게 들린다."

동무 아이가 귀를 맞대고 아무리 들으려고 해도 들리는 것이 없다고 하니 아이는 딱한 마음에 소리를 지르면서 남이 들어줄 수 없는 것을 안타까워하였다.

한번은 시골 사람과 같이 자는데 그는 드르렁드르렁 코를 골았다. 휘파람을 부는 듯, 탄식을 하는 듯, 천천히 숨을 쉬는 듯, 불을 부는 듯, 물이 끓는 듯, 빈 수레가 덜컥거리는 듯한데 들이쉴 때에는 톱을 켜다가 내쉴 때에는 돼지처럼 씨근거렸다. 옆 사람이 잡아 일으키니 그는 불끈 골을 내면서 말하였다.

"내가 언제 코를 골았단 말요?"

아하! 자기가 혼자만 아는 것은 남이 몰라주어서 걱정이요, 자기가 깨닫지 못하고 있는 것은 남이 일깨워 주는 것도 마땅치 않다. 어찌 코나 귀에만 이런 병이 있겠는가? 글을 짓는 데는 더 한층 심한 바가 있다. 귀가 우는 것은 병인데 남이 몰라주어서 걱정을 하니 더구나 병이 아닌 경우이랴? 코를 고는 것은 병이 아닌데 남이 일깨워 주어도 골을 내니 더구나 병인 경우이랴? 그렇기 때문에 이 책을 보는 사람이 기왓장이나 조약돌과 같이 내던지지 않는다면 화가의 붓 끝에서 흉악한 도적놈의 협수룩한 대가리가 살아 나올 것이다. 귀가 우는 것은 듣지 말더라도 내가 코를 고는 것만 일깨워 준다면 거의 작가의 본의로 될 것이다.

의인과 소인배

大隱菴唱酬詩序

무인년(1758) 12월 14일 국지國之, 의지誼之, 원례元禮와 함께 백악白岳의 동쪽 기슭으로 올라가서 대은암大隱菴 아래 벌여 앉았다. 시냇물이 얼어붙은 데다가 덧얼어 얼음덩이가 층층이 쌓인 가운데도 얼음 밑에서는 물 흐르는 소리가 졸졸 들려왔다. 달빛은 싸늘하고 눈빛은 희끄무레한데 주위가 고요하니 사람의 정신도 개운해졌다. 서로 쳐다보면서 웃고 좋아하다가 즐겁게 시를 지어 서로 화답하였다. 조금 지나서는 한숨을 지으면서 말하였다.

"이곳은 옛날 남곤南袞 사화士華가 살던 옛 터인데 친구인 박은朴誾 중열仲說은 나라의 명사였다. 박은이 언제나 대은암에 와서 술을 마셨을 뿐 아니라 일찍이 남곤과 함께 시를 짓지 않은 적이 없었다. 그 당시 박은은 글로 보나 교제로 보나 한때 으뜸 가는 인물이었건만 수백 년 지나는 동안에 옛 사람의 훌륭한 자취가 모두 없어져 버려서 아무것도 알 수 없이 되었거니 더구나 남곤과 같은 자랴? 이제 무너진 담과 헐어진 터 사이를 감개무량하게 돌아보면서 성하고 쇠함이 때가 있는 것을 슬퍼하고 선과 악이 종당 감춰지지 않는다는 것을 알게 한다.

이제 원례가 이곳에 집을 정하고 있으면서 노래부르고 즐거워하는 멋들어진 품이 거의 박은과 겨눌 만하며, 졸졸 흐르는 시냇물과 쏴하는 소나무 바람에도 오히려 옛날의 음향이 전해 오는상싶다. 그런데 아! 박은과 남곤이 이곳에서 놀 당시 기개가 얼마나 높았던 것이냐? 실컷 술을 마시고 크게 취해서 둘이 서로 속마음을 털어놓을 때 손을 부여잡고 한숨을 지으면서 의기는 산도무너뜨릴 만하고 변론은 강줄기도 터 놓을 만하였을 것이려니와, 그들이 천년 이래의 역사를 이야기하면서 점잖은 사람과 소인놈의 구별에 대해서는 어째서 조금도 엄격하지 않았을까?

그러나 박은은 연산군 때 임금의 잘못을 간하다가 죽었다. 그가 지은 시가 많지 않은 것은 아니나 세상에서 오히려 더 많지 않은 것을 한하고 있다. 지금까지도 그의 시를 읽으면 씩씩한 기운이 떳떳이 안겨 온다. 그런데 남곤은 북문▪에서 사건을 일으켜 정당한 사람들을 함부로 죽여 버렸다. 그가 죽을 때에 자기 글을 전부 불사르면서 후세에 전한다고 한들 누가 내 글을 보려 하겠냐고 했다고 한다. 실상 글을 짓거나 벗과 함께 노는 것은 전연 딴일이다. 본인이 좋고 나쁜 데 무슨 관계가 있으랴? 그러나 점잖은사람에 대해서는 후세 사람들이 자취를 사모해서 더 많이 전치못하는 것을 한하는데 반대로 소인인 경우에는 제 손으로 없애버리기에 바쁘니 더구나 남이야 말할 것이 있겠는가?"

시는 대체로 얼마 안 된다. 박중미가 서문을 쓴다.

▪ 남곤이 조광조趙光祖 일파를 모함해서 기묘사화를 일으킬 때 북문으로 해서 왕궁에 들어갔다.

역관 보기 부끄러워
自笑集序

아, 잃어버린 예법을 먼 시골로 가서 찾아야 한다더니 과연 그렇구나!

이제 전 중국이 머리를 깎고 옷깃을 외로 여미게 되어 옛 중국의 의복 제도를 알지 못한 지 이미 백여 년이다. 오직 연극을 하는 마당에서만 검은 모자와 둥근 옷깃과 옥띠와 상아홀을 차리고 논다. 아! 중국의 옛 늙은이도 남아 있는 사람이 없을 것이지만, 혹시 얼굴을 가리지 않고는 차마 볼 수 없어 하는 사람이 있는가? 또 혹시 이것을 재미있게 보면서 옛 제도를 상상하는 사람이 있는가? 사신 행차를 따라 중국에 갔던 사람이 남방 사람과 만나서 이야기하던 중 남방 사람이 말하였다.

"우리 시골에 머리를 깎아 주는 점방이 있는데, 밖에다가 '좋은 세상의 즐거운 일'이라고 써 붙였소그려."

이 말을 하고 나서 마주 보고 한바탕 크게 웃더니 조금 뒤에는 눈물이 핑 돌더라고 한다.

내가 듣고 슬퍼하면서 말하였다.

"습관이 오래되면 천성으로 되는 것인데, 이미 세상이 습관으로 젖어 있으니 어떻게 변할 수 있겠느냐? 우리 나라 아낙네의 옷이 바로 이 일과 비슷하다. 아주 오랜 옛 제도로는 아낙네의 옷에도 띠가 있었으며 소매가 넓고 치마가 길었다. 고려 말년에 임금들이 많이 원나라 공주에게 장가들면서 궁중에서는 머리와 옷이 몽고의 제도로 휩쓸렸고, 관리들의 집안에서는 다투어 왕궁의 유행을 본따서 드디어 온 나라가 변하고 말았다.

지금까지 삼사백 년을 두고 그 제도가 그대로 내려온다. 윗옷은 겨우 어깨를 덮고 소매는 좁아서 팔뚝을 휘감은 듯 요망스럽고 꼴사나운 품이 한심스러울 정도이다. 각 고을 기생들의 옷차림은 도리어 옛 제도를 보존하여 쪽*에 비녀를 지르고 원삼에 선을 둘렀다. 지금 넓은 소매가 너울거리고 긴 띠가 치렁거리는 것을 보면 한결 좋은 것이 사실이다. 비록 예법을 아는 사람이 요망스럽고 꼴사나운 모양을 고쳐 옛 제도로 돌아가자고 하더라도 세상에서는 그 습관에 젖은 지 오래되고, 또 넓은 소매와 긴 띠가 기생의 옷차림으로 된 만큼 그 옷을 찢어 던지면서 자기 남편을 욕하지 않을 아낙네가 어디 있겠느냐?"

이홍재李弘載 군이 스무 살 안팎 때부터 나한테서 공부하다가 그 후에는 한어를 배우러 갔다. 본래 집안이 대대로 역관인 까닭에 나도 더 문학 공부를 권하지 못했다. 이군이 한어를 다 배우고 나서 관리 복장을 차리고 사역원에 다녔다. 내 생각에는 그전 그가 공부할 때 제법 총명해서 글짓는 묘리를 능히 알았는데 이제는 몽땅 잊어버렸으리라고 해서 총명을 헛되이 버린 것이 아깝다고 한탄했다.

---

* 당시에 보통 아낙네들은 머리 전체를 틀어얹고 오직 기생들만이 쪽을 지었다.

하루는 이군이 자기의 글을 모아서 '자소집'이라고 제목을 달아 나에게 보아 달라고 하였다. 論論, 변辨, 서序, 기記, 서書, 설說 등 백여 편인데 모두 내용은 해박하고 논리는 정연하여 한 작가의 규모를 완성하고 있었다.

내가 처음에는 의아해서 말하였다.

"본업을 내버리고 쓸데없는 일에 종사하는 것은 무슨 까닭인가?"

이군이 대답하였다.

"이게 본업이고 또 쓸 데가 있습니다. 외교 관계에서는 글을 잘 쓰는 것보다 더 좋은 일이 없고, 옛 관례를 아는 것보다 더 필요한 일이 없습니다. 사역원의 인원들은 밤낮 공부하는 것이 고문▪투이며 시험을 보는 것도 모두 거기서 제목을 냅니다."

그래서 나는 정색하고 탄식하면서 말하였다.

"선비 집안의 사람들은 어려서부터 글을 읽기 시작하지만 자라서는 공령문체를 배우고 기교가 들고 변려문체▪를 익히네. 한 번 과거에 오르고 나면 그것은 아무짝에도 소용없는 물건으로 되고, 과거에 오르지 못하면 머리털이 허옇도록 골몰해 있네. 고문이 있다는 것을 어떻게 알 길이 있겠는가? 물론 통역하는 직업은 선비 집안에서 천하게 여기네. 앞으로 천년을 두고 책을 쓰고 이론을 세우는 사업을 도리어 아전이나 서리의 오죽지 않은 기교로 고쳐 버릴까 걱정이네. 그러면 결국 연극 마당의 검은 모자나 기

▪ 진나라 이전 시대의 고전 문헌에서 사용한 문체를 가리키는 것이니, 박연암 자신도 이 문체를 사용하고 있다.
▪ 공령문체功令文體는 과거 시험에서만 채용하고 있는 특수한 문체요, 변려문체는 사륙이라고도 하는 역시 특수한 문체다.

생의 긴 치마처럼 되지 말란 법이 없네."

나는 이런 것을 걱정하면서 《자소집》에 서문을 썼다.

"아! 잃어버린 예법은 먼 시골로 가서 찾아야 한다. 중국의 옛 옷을 보려면 마땅히 배우에게 가서 찾을 것이요, 아낙네의 고아한 옷을 찾으려면 마땅히 각 고을의 기생을 볼 것이다. 그와 함께 문장이 발전되어 가는 것을 알려고 하면 내가 참으로 통역하는 직업에 종사하고 있는 미천한 그네들을 보기 부끄러워한다."

멀리 보이는 산에는 나무가 보이지 않고

鍾北小選自序

　아하! 복희씨가 죽은 뒤 문장이 흩어진 지 오래다. 그러나 벌레수염, 꽃술, 파란 돌, 비췻빛의 새 깃이라는 글자의 뜻은 변하지 않았고, 솥발, 병의 배때기, 해의 고리, 달의 테두리라는 글자의 형체는 아직도 완전하게 나타나고 있다. 그리고 바람, 구름, 우레, 번개, 비, 눈, 서리, 이슬과 나는 것, 물속으로 잠기는 것, 걷는 것, 뛰는 것, 웃는 것, 우는 것, 끽끽거리는 것, 휘파람을 부는 것 들에도 소리와 빛깔, 사연과 환경이 모두 지금까지 고스란히 남아 있다. 그렇기 때문에 《주역》을 읽지 않으면 그림을 모를 것이고, 그림을 모르면 글도 모를 것이다.

　왜 그런가? 복희씨가 《주역》을 만든 것도 위를 쳐다보고 아래를 굽어보며 한 획 또는 두 획을 곱절로 더한 것에 지나지 않는다. 이렇게 하여 그림이 되었다. 창힐倉頡이 한자를 만든 것도 내용을 들어내고 형상을 그렸거나, 형상과 뜻을 빌려서 만든 것에 지나지 않는다. 이렇게 하여 글이 되었다.

　그렇다면 글에서 소리가 나는가?

　"이윤■이 대신이 되고 주공■이 숙부가 되었을 때 그들의 말을 내가 들어 본 일은 없으나 음성을 상상하면 은은하게 들려온다. 백기伯奇의 외로운 아들과 홀로 남은 기량의 안해*도 얼굴을 보지는 못했으나 목소리를 상상하면 또렷이 들려온다."

글에서 빛깔도 생기는가?

《모시毛詩》에서는 "옷도 비단실과 저사로 짠 옷, 치마도 비단실과 저사로 짠 치마다." 하였고, 또 "검은 머리가 구름 같은 것은 달비를 들이지 않은 것이다." 하였다.

사연은 어떤 것인가?

"새가 지저귀고 꽃이 피고 물이 퍼렇고 산이 푸른 것이다."

환경은 어떤 것인가?

"멀리 보이는 물에는 물결이 일지 않고, 멀리 보이는 산에는 나무가 보이지 않고, 멀리 보이는 사람은 눈이 보이지 않는다."

손가락으로 가리키는 그곳에 말소리가 있고, 팔짱을 끼고 있는 그곳에서 말이 들린다. 늙은 신하가 어린 임금에게 고하는 것과 외로운 아들이나 홀로 된 안해가 사모하는 것을 알지 못한다면 그런 사람과는 말을 가지고 논의할 수 없을 것이다.

이와 함께 시상이 없는 글이라면 그런 작가는 《시경》에서 보여 주는 빛깔을 안다고 할 수 없으며, 사람으로서 이별을 겪어 보지 못하고 그림으로 먼 곳을 나타내지 못하면 그런 사람과는 문장의 사연과 환경을 의논할 수 없을 것이다. 벌레수염과 꽃술에 관심이 없다는 것은 글을 지을 만한 생각이 결핍되었다는 말이다. 사람들의 기량

■ 이윤伊尹은 기원전 18세기경의 대신으로 왕을 도와 하나라를 정벌하였다.
■ 주공周公은 무왕의 동생인데 무왕이 죽은 뒤 어린 조카를 도와 주나라를 공고히 했다.
■ 제나라 사람인 기량杞梁이 죽자 그의 안해가 흘리는 눈물에 성까지 무너졌다고 한다.

과 그 작용의 형상을 세심하게 따지지 않는 사람은 글자 한 자도 모른다고 해도 좋을 것이다.

말똥구리의 말똥덩이

蜋丸集序

자무와 자혜[■]가 밖에 나갔다가 소경이 비단옷 입은 것을 보았는데 자혜가 길게 한숨을 쉬면서 말하였다.

"아하! 제 몸에 입은 것도 제 눈으로 보지 못하는구나!"

자무가 말하였다.

"저 수놓은 비단옷을 입고 밤길을 걷는 사람과 비교하면 어떠하겠는가?"

그리하여 청허 선생에게 찾아가 분별해 줄 것을 요청하였다. 선생은 손을 저으면서 말하였다.

"나는 모른다, 나는 몰라."

옛적에 황희 정승이 관청에서 일을 끝마치고 집으로 돌아오자 그의 딸이 맞아들이면서,

"아버지는 이라는 벌레를 압니까? 이가 어디서 생깁니까? 옷에서 생깁니까?"

하니,

[■] 자무子務, 자혜子惠, 청허聽虛 선생은 가상의 인물.

"그렇지."

하였다. 그의 딸이 웃으면서 말하였다.

"그러니 내가 이겼습니다."

그의 며느리가 묻기를,

"이가 살에서 생기지 않습니까?"

하니, 역시,

"그렇고말고."

하였다. 며느리가 웃으면서 말하였다.

"아버님은 내 말이 옳다고 하시는데 뭘?"

부인이 화를 내면서 말하였다.

"누가 대감더러 판결을 잘한다고 하기에 이편 저편을 다 옳다고 합니까?"

황 정승이 빙그레 웃으면서 말하였다.

"딸이나 며느리나 다 이리들 오너라. 대체 이란 벌레는 살이 아니면 나지 못하고 옷이 아니면 붙지 못하니 두 사람 말이 다 옳다. 그렇지만 옷을 장롱 속에 넣어 두어도 역시 이는 있을 수 있으며, 네가 벌거벗고 나서도 오히려 가렵기는 할 것이다. 땀내가 무럭무럭 나고 풀내가 풀석풀석 나는 가운데서 어느 한 편을 떠난 것도 아니고 어느 한 편에 꼭 붙은 것도 아니다. 바로 살과 옷의 중간에서 살아간다."

백호白湖 임제林悌가 말을 타려고 할 때 마부가 나서며 말하였다.

"술에 취하셨습니다. 갓신과 깁신을 짝짝이로 신고 계십니다."

백호가 꾸짖으며 말했다.

"길 오른편에서 보는 사람은 나더러 깁신을 신었다고 할 것이고,

길 왼편에서 보는 사람은 나더러 갖신을 신었다고 할 것이다. 무엇이 어떻단 말이냐?"

이로 미루어 논의하면 천하에서 제일 보기 쉬운 곳이 발만 한 데가 없건만 보는 방향에 따라서 갖신과 깁신도 분간하기 어렵다. 그렇기 때문에 정확한 관찰은 옳고 그른 한가운데 있다. 땀이 이로 되는 것도 지극히 미세해서 살피기가 어렵다. 옷과 살 사이에는 제대로 공간이 있으니 어느 한 편에서 떠난 것도 아니고 어느 한 편에만 꼭 붙은 것도 아니니, 오른편도 아니고 왼편도 아니다. 누가 그것을 맞추어 내겠는가?

말똥구리는 동그란 제 말똥덩이를 대견히 여겨 용의 구슬을 부러워하지 않고, 용도 또한 자기의 구슬을 가졌다고 저 말똥구리의 말똥덩이를 비웃지는 못할 것이다.

자패子佩가 듣고 기뻐하면서 이로써 시 이름을 짓겠다고 하고 시집을 《낭환집》이라고 하였다. 그리고 나더러 서문을 부탁하기에 내가 자패에게 이렇게 일렀다.

"옛적에 정령위가 학이 되어 고향 요동으로 돌아왔으나 그것을 알 사람이 없었다. 이것이 곧 수놓은 비단옷을 입고 밤길을 가는 격이 아닌가? 《태현경太玄經》이 세상에서 유명해졌건만 책을 지은 양웅揚雄은 보지 못하였다. 이것이 곧 소경이 비단옷을 입은 격이 아닌가?

이 시집을 보고 한 편에서 용의 구슬과 같다고 한다면 그것은 자네의 갖신을 본 것이요, 다른 한 편에서 말똥덩이와 같다고 한다면 그것은 자네의 깁신을 본 것이다. 사람들이 알지 못하더라도 정령위의 깃과 털은 그대로이고 스스로 보지 못했더라도 양웅의 《태현경》

또한 그대로일 것이다.

　용의 구슬과 말똥덩이에 대한 결론은 청허 선생이 있으니 내가
무엇이라 말하겠는가?"

파란 앵무새에게 말하노니

綠鸚鵡經序

낙서(洛瑞, 이서구)가 파랑 앵무새를 한 마리 얻었는데 슬기로운 듯하면서도 슬기롭지 못하고, 깨칠 듯하면서도 깨치지 못하였다. 하여 새장 앞에 가서 눈물을 흘리면서 말하였다.

"네가 말을 하지 못하니■ 까막까치와 다른 것이 무엇이냐? 네가 말로 깨우치지 못하는 것은 내가 동방 사람이어서 그렇다."

여기서 홀지에 슬기와 깨우침을 얻어 《녹앵무경》을 짓고 나에게 서문을 써 줄 것을 요청하였다.

내가 일찍이 꿈에 흰 앵무새를 보고 점치는 선생을 모셔다가 꿈 이야기를 하면서 해몽을 청하였다.

"내가 평생에 꿈을 꾸면서 밥 먹는 꿈에 배불러 보지 못하고, 술 먹는 꿈에 취해 보지 못하며, 꿈에 역한 냄새를 맡아도 더럽지 않고, 꿈에 향기로운 내를 맡아도 향기롭지 않으며, 꿈에 힘을 써도 기운이 나지 않고, 꿈에 소리를 쳐 불러도 소리가 나지 않았습니다. 혹 나는 용이 하늘 위에 있고 혹 봉황이랑 기린이랑 귀신이랑

■ 이서구의 앵무새는 중국을 통하여 들어와 앵무새가 중국 말을 할 때에는 자기가 알아듣지 못한다는 뜻을 서술한 듯.

괴상한 짐승이랑 우르르 몰려다닙니다. 네 눈박이 귀신 같은 장수는 등때기에 아가리가 있고, 아가리에 칼을 물고 있으며, 손에도 또 눈이 붙어 있는데, 눈이 작고 귀가 작은 반면에 입과 코는 없습니다.

혹 큰 바다에서 물결이 출렁이고, 푸른 산에 불이 휩쓸며, 혹 해와 달과 별이 내 몸을 에워싸고 돌며, 혹 천둥과 벼락에 놀라서 진땀이 나며, 혹 하늘 위로 솟아올라 빛나는 구름을 타며, 혹 아홉 층 누대로 날아오르는데 울긋불긋 단청을 하고 창문을 유리로 만든 안에서는 아리따운 아낙네가 웃음을 짓고 눈짓을 하며 피리 소리에 어울려 노랫소리가 맑게 들립니다. 혹 몸이 매미 날개보다도 더 가벼워져서 나뭇잎에 가서 붙으며, 혹 지렁이와 싸우거나, 혹 개구리와 함께 울며, 혹 담벽을 뚫으면 곧 환한 방이 생기기도 합니다. 혹 귀한 손님이 되어 작은 기, 큰 기, 파초선▪에 초헌이 백 채나 옹위하고 다니기도 합니다. 이 무슨 허망한 생각으로 이렇게 뒤바뀝니까?"

선생이 거드름을 피우며 말하였다.

"온몸에 소름이 끼친다. 죄를 지을까 봐 두렵다.▪ 네가 잘 생각해 보아라. 네가 신선이 되고자 단약을 만들어 정기를 마시되, 참다운 정기를 들이마신다면 음식이 필요치 않을 것이며, 점차로 집 안도 싫어져서 구들이나 마루에서 거처하지 않고 바위굴 속에 가서 살 것이다. 처자도 버리고 친구와도 작별하고, 하루아침에 몸이 가벼워져서 어깨에는 상수리나무 잎사귀를 걸치고 허리에는

▪ 작은 기, 큰 기, 파초선은 정일품 관리를 표시하는 의장.
▪ 이 두 구절은 점치는 사람이 말을 시작할 때 하는 상투적인 수법으로 보인다.

호랑이가죽을 두르고 아침에는 동해 바다에 가서 놀다가 저녁에는 곤륜산에 가서 놀 것이다. 이튿날 낮이나 이튿날 밤으로 잠시 다녀오는 동안이 혹 천 년이 지났다고 하고 혹은 팔백 년이 지났다고 한다. 이렇게 오래 사는 것은 신선이라고 하는데, 그래 그게 어떠냐?"

내가 거절하면서 말하였다.

"이건 허망한 생각입니다. 그만 하루아침이나 하룻밤에 천 년이나 팔백 년이 지나가 버리고 만다니 어찌 그렇게 짧습니까? 또 나는 비록 오래 산다 하더라도 누가 나를 알아보겠습니까? 어떤 친구들이 나를 나라고 알아주겠습니까? 만일에 다행히도 옛집이 무너지지 않고 옛 마을이 그대로 있고 자손이 번성해서 팔대손, 구대손 심지어 십대손이 그득하다고 합시다. 내가 내 집으로 돌아가 문에 들어설 적에는 그래도 잠깐 기쁘겠지만 곧 도로 서운해질 것입니다.

한동안 앉았다가 집안 사람들을 불러서 가느다란 목소리로 가만히 후원의 배나무며 부뚜막의 솥과 식기며 진주와 보물이며 무엇이 있고 무엇이 없어진 것을 묻는다고 합시다. 내 말이 차츰 앞뒤가 들어맞으면 자손놈들은 벌컥 성을 내며 저 어떤 실성한 할아범이, 저 어떤 미친 늙은것이, 저 어떤 주정뱅이 녀석이 와 가지고 우리를 욕되게 하느냐고 하면서 작은 몽둥이로 나를 쫓고 큰 몽둥이로 나를 때릴 것입니다. 나는 어떻게 하겠습니까? 증거로 삼을 문서도 없으니 관가에 송사를 한들 무엇 하겠습니까? 마치 내 꿈과 같습니다. 내 꿈을 내가 꾸었지 남들이 나와 함께 꾸지 않았습니다. 누가 내 꿈을 믿어 주겠습니까?"

선생이 거드름을 피우며 말하였다.

"온몸에 소름이 끼친다. 죄를 지을까 봐 두렵다."

다시 큰 자비심을 내어 탄식하면서 말하였다.

"네 말이 참말로 아주 좋은 말이다. 너는 알아야 한다. 자식이나 손자나 안해나 첩이나 잠깐 떨어져 지냈다고 너를 알아보지 못한다면 너는 그들을 연모해서 무엇 하겠는가? 서방에 나라가 있는데 그곳은 극락 세계이다. 네가 고행을 해서 한껏 수양을 쌓으면 그 세계에 가서 태어나 세 가지 재앙에서 벗어나고 칼에 상하지도 불에 타지도 않을 것이다. 이것을 부처라고 하는데, 그래 그게 어떠냐?"

내가 거절하며 말하였다.

"이것은 허망한 생각입니다. 아마 저기 가서 태어난다고 할 때에는 여기서는 죽어야 하는 것이고, 화장을 하여 재를 날려 버리는데 어떻게 칼에 상하고 불에 타는 것을 면한다고 합니까? 당장 있게 될 낙을 버리고 이생의 갖은 고통을 겪으면서 내생을 기다린다고 하지만 보지도 못하고 듣지도 못한 거기가 극락인 것을 누가 압니까? 만일 내생에 극락이 있는 것을 안다면 어째서 이생에서는 전생을 모르고 있습니까?"

어떤 사람이 말하였다.

"참말로 신선이나 부처를 놓고 한 말이 아니네. 신선은 신령스럽고 부처는 슬기로운데 앵무새가 바로 그런 성질을 가지고 있으니까 점치는 선생의 점괘는 신령스럽고 슬기로운 그 점을 맞힌 것이네. 자네의 글짓는 재주가 앞으로 날마다 발전하겠네."

아하! 지금까지 18년이 흘렀건만 생활의 묘리는 날마다 졸렬해지고 글짓는 재주도 더 늘지 않았다. 어리석은 마음과 허망한 생각은 꿈만이 아니라 생시도 또한 마찬가지이다. 이제 이 경을 보니 둥근 혓바닥과 짜개진 발가락이 꿈에 보던 것과 흡사하며, 성질이 신령스럽고 슬기로워 말소리가 구슬 구르듯 한다니 과연 신선답고 부처다운 물건이다. 점치는 선생의 해몽이 바로 이걸 맞힌 것이었다.

선비의 작은 예절

愚夫艸序

지금 민간에서 쓰는 말이 모두 아름다운 말이다. 지금 민간에서 종기를 가리켜 '고운데'라고 하고 식초를 가리켜 '단것'이라고 한다. 장사하는 할멈이 "단것 사시오." 하니 어린 처녀애는 꿀인가 하였다. 어머니 어깨에 기대어 손가락으로 찍어서 맛을 보더니 상을 찡그리면서,

"시구나! 어째서 달다고 해요?"

하였으나, 그의 어머니는 대답을 하지 못하였다.

내가 경근한 태도로 말하였다.

"이것이 바로 예이다. 예는 본래 사람의 정리에 응해서 된 것이다. 매화 열매란 말만 들어도 입 안에 침이 고인다. 그렇기 때문에 식초를 음식에 치는 이외에는 그것이 시다는 말을 입 밖에 내지 않는다. 종기도 마찬가지거니와 더구나 사람들이 더럽게 여기기를 종기보다 더 추한 것이야 말할 것 있느냐?"

그래서 나는 '선비의 작은 예절'이란 글을 지어서 스스로 경계하였다.

대체로 아무 소리도 듣지 못하는 사람을 귀머거리라고 하지 않고

떠드는 것을 좋아하지 않는다고 하며, 앞을 보지 못하는 사람을 소경이라고 하지 않고 티나 흠집을 살피지 않는다고 하며, 혀가 꽉 붙어서 말 한 마디 못 하는 사람을 벙어리라고 하지 않고 남의 비평을 즐기지 않는다고 하며, 등이 낚시처럼 되고 가슴이 굽은 사람은 아첨하는 것이 싫어서 그런 것이라고 하며, 혹이 달리고 군살이 붙은 사람은 묵중해서 그렇다고 하며, 심지어 손가락이 더 붙고 발을 저는 등 육체적으로는 병신이지만 인격에 흠이 없는 것은 곧바로 지적하지 않고 멀리 에둘러 표현한다. 더구나 어리석음은 도량이 좁은 사람들의 본성이고 다시 고칠 수 없는 타고난 기품이니 천하의 욕된 말치고 이보다 더한 것은 없다.

여경汝京*과 같이 총명하고 슬기로운 사람이 어리석다는 말을 부끄럽게 생각하기는커녕 도리어 스스로 그렇게 부르는 것은 무엇 때문인가?

그의 저작집인 《연석집》을 읽어 보니 입 밖에 내서는 안 될 말과 노염이나 혐의를 사게 될 말마디가 수두룩하다. 모든 작가의 장처를 모으고 이 세상의 온갖 물건을 포괄하여 정상을 꿰뚫어 보는 것이 마치 무소뿔에 불을 켜 놓고 솥에 그림을 그린 것과 같다. 그 미묘한 변화를 표시한 것은 알에서 벌레가 나오려는 듯하고 번데기에서 날개가 돋으려는 듯하여 구름의 살결과 돌의 뼛속을 들여다볼 만하고 벌레수염과 꽃술을 계산할 만하다. 곧바로 지적해서 말한 것이 어찌 귀머거리, 소경, 벙어리에 그치며 그래서 노염과 혐의를 사게 되는 것도 어찌 초를 시다고 말하는 정도에 그치고 말 것인가? 사람의 노

* 유언호兪彦鎬의 자. 자기의 문집을 《우부초》라고도 하고, 또 《연석집燕石集》이라고도 한 것으로 보인다.

염을 사게 될 내용도 말을 해서는 안 되는데, 더구나 천지 조화의 노염을 사게 될 내용이랴?

대개 이런 것을 두려워하여 총명하고 슬기로운 뒷면에 숨어 들어가서 그런 말이 나지 않도록 하기에 바쁘다. 사람들도 공연히 손가락으로 찍어서 맛을 보고 입 안에 침이 고이게 할 것은 없다. 아하!

뒷동산 까마귀는 무슨 빛깔인고

菱洋詩集序

명철한 선비에게는 괴이한 것이 없으나 비속한 사람에게는 의심스러운 것이 많다. 그야말로 본 것이 적으면 괴이한 것이 많을 수밖에 없다.

대체 명철한 선비라고 물건 하나하나를 제 눈으로 보고야만 아는 것이랴? 하나를 들으면 눈으로 열 가지를 그리고, 열을 보면 마음으로 백 가지를 생각해서 천 가지 괴이한 것과 만 가지 신기로운 것이 모두 물건에서 그쳐 버리고 자기는 직접 관여하지 않는다. 그런 까닭으로 마음에 여유가 있어서 이런 것 저런 것을 끝없이 맞아들이기도 하고 내보내기도 한다.

본 것이 적은 자는 백로를 들면서 까마귀를 비웃고 오리를 들면서 학을 위태하게 여긴다. 물건 자체는 아무렇지 않은데 자기 혼자 걱정이 많으며 하나만 제 소견에 틀려도 천하 만물을 다 부정하려고 덤벼든다.

아하! 저 까마귀를 보건대 날개보다 더 검은빛이 없는 것이 사실이지만, 언뜻 보면 엷은 황색도 돌고 다시 보면 연한 녹색으로도 되며 햇빛에서는 자줏빛으로 번쩍이다가 눈이 아물아물해지면서는 비

취색으로도 변한다. 그러니까 푸른 까마귀라고 일러도 좋고 붉은 까마귀라고 일러도 또한 좋다. 물건에는 일정한 빛깔이 없으나 내가 먼저 눈으로 단정해 버리며, 눈으로 단정하는 것이야 그래도 낫지마는 보지도 않고 마음속으로 단정해 버린다.

아하! 까마귀 하나를 검은빛에다가 고착시키는 것으로도 오히려 부족한 모양이다. 이제는 천하의 모든 빛깔을 까마귀 하나에다가 고착시켜 버리려고 한다.

그러나 까마귀의 검은 빛깔 가운데서 푸르고 붉은 광채가 떠도는 것을 누가 안단 말인가? 검은빛을 어두운 색이라고 하는 사람은 까마귀만 모르는 게 아니라 검은빛까지 겸하여 알지 못하는 것이다. 왜 그런가? 물이 검으니 능히 비치고, 옻칠이 까마니까 능히 거울이 된다. 그런 까닭으로 빛깔이 있는 것치고 광채가 없는 것은 없고, 형체가 있는 것치고 맵시가 없는 것은 없다.

아름다운 여인을 보는 것으로 시를 알게 된다. 고개를 숙인 데서 부끄러워하는 것을 보고, 턱을 고이고 있는 데서 원한이 있는 것을 보며, 혼자 서 있는 데서 무슨 생각에 잠긴 것을 보고, 눈썹을 찡그린 데서 무슨 근심에 쌓인 것을 보고, 난간 아래에 선 것을 보니 누구를 기다리는 것이고, 파초 잎사귀 아래 선 것을 보니 누구를 바라보는 것이다. 만일에 여인더러 재를 올리는 중처럼 서지 않고 불상처럼 앉지 않았다고 책망한다면 그것은 양귀비더러 이를 앓는다고 꾸짖고, 번희*더러 쪽을 찌지 말라고 하며, 미인의 걸음걸이를 얄망스럽다고 흉보고, 춤추는 가락을 경망하다고 나무라는 격이다.

■ 번희樊姬는 기원전 6세기경 여인으로 초나라 장왕에게 옳은 일을 하도록 부추겼다고 한다.

내 조카 종선宗善의 자는 계지繼之인데 시를 잘 지어서 한 가지 법에만 붙잡히지 않고 온갖 체를 갖추어 가졌으니 두툼한 내용이 우리 나라의 대가가 될 만하다. 당대의 시체를 본뜨는가 하면 어느덧 한대, 위대, 어느덧 송대, 명대며 막 송대, 명대의 시체인가 하면 다시 당대로 돌아간다.

아하! 세상 사람들은 지금도 심하게 까마귀를 웃고 학을 위태롭게 여기지만 계지의 뒷동산에서는 까마귀가 혹 자줏빛도 되고 혹 비췻빛도 된다. 세상 사람들은 미인을 재 올리는 중이나 불상처럼 만들려고 하건만 춤가락과 걸음걸이는 날을 따라 더욱 경쾌해지고 앓는 이와 쪽진 머리는 다 각각 맵시가 있다. 세상 사람들의 노염이 날을 따라 커지는 것도 괴이할 것이 없다.

세상에는 명철한 선비가 적고 비속한 사람들이 많으니 아무 말도 하지 말고 잠자코 있는 것이 좋다. 그런데도 자꾸 말을 하게 되는 것은 무슨 까닭인가?

아하! 연암 노인이 연상각烟湘閣에서 쓴다.

사흘 읽어도 지루하지 않은 북학의

北學議序

학문하는 묘리는 다른 것이 없다. 모르는 것이 있다면 길에 가는 사람을 붙들고라도 물어야 한다. 어린 종이라도 나보다 한 자를 더 안다면 그에게 배울 것이다. 내가 남만 못한 것은 부끄러워하면서도 나보다 나은 사람에게 묻지 않는다면 일평생 고루하고 아무런 재간도 없는 지경에 스스로 갇혀 버리고 마는 것이다.

옛날 순 임금은 밭을 갈고 씨를 뿌리며 그릇을 굽고 물고기를 잡는 것에서 임금 노릇을 하는 데 이르기까지 어느 것도 남에게서 배워 오지 않은 것이 없었다. 공자는 말하기를 자기가 어려서 미천했기 때문에 상일에 아주 익숙하였다고 하였으니, 그 역시 밭 갈고 씨를 뿌리며 그릇 굽고 물고기 잡는 따위의 일일 것이다. 비록 순 임금이나 공자와 같이 거룩하고 재주 많은 분도 물건을 보고서 기교를 생각해 내며 일에 당해서 기구를 만들자면 시일도 부족하고 지혜도 모자랐을 것이다. 그렇기 때문에 순 임금과 공자가 성인이 된 것도 남에게 묻기를 좋아해서 배우기를 잘한 데 지나지 않는다.

우리 나라 선비들은 한 모퉁이의 구석진 땅에서 편협한 기풍으로 버릇이 굳어진 데다가, 발로 중국땅을 밟지도 못하고, 눈으로 중국 사람을 보지도 못하고, 늙어 병들어서 죽기까지 국경 밖을 나가지 못했다. 학의 다리가 길고 까마귀의 빛이 검은 것은 다 각각 제 천분으로 인정하고, 우물 안의 개구리와 밭둑의 쥐는 그 지경을 모든 세상으로만 알고 있다. 예절은 차라리 소박한 편이 좋다고 하고, 비루한 꼴을 오히려 검소하다고 하며, 선비, 농사꾼, 장인바치, 장사치의 구별도 이름만이 있을 뿐이니 물건을 이용해서 생활을 유익케 하는 기구는 날을 따라 더 못해질 수밖에 없다. 이것은 다름이 아니라 배우고 물을 줄 모르는 탓이다.

만약에 배우고 물으려고 한다면 중국을 내놓고 어디로 갈 것이냐? 그러나 그들 말로는 지금 중국을 통치하는 것이 오랑캐라 배우는 것도 부끄럽다고 하면서 중국에서 전래해 오는 법까지 비루한 것으로 보아 버리고 있다. 저 사람네가 사실 머리를 깎고 옷깃을 외로 여미기는 했지마는, 차지하고 있는 땅은 삼대 이래 한, 당, 송, 명을 거쳐 온 거기가 아닌가? 거기서 난 사람들이 삼대 이래 한, 당, 송, 명의 후손이 아닌가? 만약에 법이 좋고 제도가 훌륭한 것이라면 오랑캐라도 받들어서 선생으로 모셔야 하거늘. 더구나 광대한 규모와 정미한 생각과 심원한 제작과 빛나는 문장에는 아직도 삼대 이래 한, 당, 송, 명의 고유한 법을 보전해 오는 것이랴?

우리를 저 사람들과 비교할 때 애초부터 한 치의 장점도 없으면서 단지 한 줌의 상투 튼 것으로 천하에 뽐내면서 말하기를 "오늘의 중국은 옛날의 중국이 아니다." 한다. 그래서 산천을 비린내와 누린내가 난다고 헐뜯고, 백성을 개나 양이라고 욕하고, 그들의 말을 되놈의 말이라고 비방하면서 중국 고유의 좋은 법과 아름다운 제도까지 아울러 배척하고 있다. 그러니 장차 어디를 본떠서 일을 하려는가?

내가 연경에서 돌아오자 재선(在先, 박제가)이 자기가 쓴 《북학의》 내외 두 편을 보여 주었다. 대개 재선은 나보다 먼저 연경을 다녀온 사람이다. 그는 농사 짓고 누에 치고 집짐승을 기르고 성을 쌓고 집을 짓고 배와 수레를 만드는 일에서 기와를 굽고 삿자리를 짜고 붓과 자를 만드는 데까지 무엇이나 눈여겨보고 마음속으로 우리나라 것과 비교하지 않은 것이 없다. 눈에 띄지 않는 것은 반드시 물어 보고 마음에 의심스러운 것은 반드시 배웠다. 첫장을 들추면서부터 내 일기에 적은 것과 조금도 어긋나지 않아서 마치 한 사람 손으로 쓴 것과 같다. 이러니까 그도 즐겨서 나에게 보여 주는 것이며 나도 기쁘게 받아서 사흘째 읽어도 싫은 줄 모른다.

　　아하! 언제 우리 두 사람이 모두 눈으로 직접 보고 나서야 비로소 그렇게 된 것이냐? 일찍이 비 내리거나 눈 오는 날 연구하고 술이거나하고 등불이 꺼지려고 할 때 토론해 오던 것을 한번 눈으로 실증한 것뿐이다. 어쨌거나 남들에게 이야기할 수는 없으니 남들이 믿지 않을 것이며 믿지 않으면 으레 우리에게 골을 낼 것이다. 골을 잘 내는 성품은 편협한 기풍에서 나오는 것이며, 우리를 얼른 믿지 않는 원인은 환경 탓이다.

책을 빌려 주지 않는 사람들아

柳氏圖書譜序

연옥(連玉, 유연)이 도장을 잘 새긴다. 돌을 쥐어서 무릎 위에 얹은 다음 어깨를 처뜨리고 턱을 숙이고 앉아서 눈을 끔적이는 대로, 입김을 내부는 대로 먹으로 써 놓은 것을 마치 누에가 뽕잎 먹듯 파들어가면서 한 끈에 붙은 듯 떼는 일이 없다. 입술을 쭝긋거리면서 칼을 내밀고 눈썹을 들어올리면서 힘을 주더니 한참 만에 허리를 펴고 하늘을 쳐다보면서 한숨을 지었다.

무관懋官이 찾아왔다가 위로하며 말하였다.

"자네가 그 단단한 것을 파서는 무엇에 쓰려는가?"

연옥이 대답하였다.

"대개 천하의 모든 물건은 각각 임자가 있고, 임자가 있는 물건에는 표가 있어야 하네. 그렇기 때문에 십 호밖에 안 되는 고을에서나 백 명쯤의 우두머리도 또한 도장을 가지는 것이니, 임자가 없으면 흩어지고 표가 없으면 어지러워지네. 내가 한 치가량 되는 모진 돌을 얻었는데 둥근 테가 지고, 결도 곱고, 말간 것이 옥과 같으며, 꼭대기에는 새끼를 끼고 있는 사자가 사납게 짖는 모양을 새겼네. 그것을 내 서재에 놓으면 문방구들이 모두 돋보이네.

본래 우리 조상은 헌원씨**요, 내 성은 유씨柳氏요, 이름은 연璉이네. 이 돌에다가 태곳적의 쇠그릇, 돌북을 새긴 것과 같은 글씨로 그런 내용을 새겼네. 이 도장을 내 책에 찍어서 자손에게 전해 준다면 흩어져 없어질 우려가 없이 몇백 권이고 그대로 전해 갈 것일세."

무관이 웃으면서 말하였다.

"자네가 화씨和氏의 옥돌을 어떻게 보나?"

"그야 천하의 지극한 보배지."

"그렇지. 옛적 진나라의 황제가 여섯 나라를 다 먹어 버린 다음, 옥돌을 깨어 진짜 옥으로 만들었네. 위에는 푸른 용을 앉히고 옆으로는 붉은 이무기를 틀어서 황제의 도장과 천하의 표로 삼는 동시에, 몽염을 시켜 만리장성을 쌓고 그것을 지키게 하였네. 그로서야 어째서 한 대, 두 대 그렇게 몇만 대까지 끝없이 전하리라고 생각하지 않았겠나?"

연옥이 고개를 숙이고 아무 말도 없더니 무릎 위에 올려 앉혔던 아들놈을 떠밀어 버리면서 말하였다.

"왜 네 아비의 머리털을 허옇게 만들 것이란 말이냐?"

하루는 그가 옛날로부터 당대까지의 인본을 수집해서 책 한 권을 만들어 가지고 나에게 서문을 부탁하였다. 공자가 말하기를,

"역사가들이 자기가 모르는 글자를 그대로 남겨 놓고 나중에 아는 사람을 기다리던 관례를 나도 그전에는 보았더니 이제는 없어졌구나!"

■ 유씨 중의 일부가 자기네 족보에다가 중국 전설에서 나오는 황제 헌원씨軒轅氏를 시조 할아버지로 적어 넣었다.

하였다.

　대개 그 관례가 없어진 것을 한심하게 여기는 말이다. 그래서 위와 같은 이야기를 적어서 책을 잘 빌려 주지 않는 사람들에게 깊은 경계로 삼으려고 한다.

무관의 시는 현재의 시다

嬰處稿序

자패가 말하였다.

"데데하구나, 무관이 지었다는 시야말로. 옛 사람의 것을 배운다
고는 하는데도 그 비슷한 것도 볼 수 없다. 형상이 조금도 유사하
지 못하거니 어떻게 운율인들 방불하랴? 시골뜨기의 서투른 티를
벗지 못하고 시골 사람의 시시한 사연을 늘어놓고 있다. 그것이
현재의 시지, 옛날 시는 아니란 말이다."

내가 그 말을 듣고 크게 기뻐하면서 말하였다.

"이건 이런 것이다. 옛날을 본위로 삼아 지금을 본다면 지금이 참
으로 비속한 것이지만, 옛 사람이 자기를 스스로 볼 때도 그 역시
자기를 꼭 옛날이라고 보지 않았다. 그 당시 보는 사람에게는 역
시 지금일 뿐이다. 그런데 세월은 흐르고 흐르며 풍속과 가요도
자꾸 바뀌는 만큼, 아침 나절 술을 마시던 사람이 저녁때 자리를
뜨면 그로부터 천년 만년의 옛날로 들어가게 된다. 그러니까 지
금은 옛날에 대한 말이요, 같다는 것은 다른 것과 비교하는 말이
다. 대개 같다고 말할 때는 같은 데 지나지 않고, 다른 것이라고
말할 때는 다른 것으로 될 뿐이다. 비교한다는 것이 벌써 다른 것

을 의미한다. 바로 다른 그것으로 된다는 것은 내가 모를 소리다.

종이가 희니 먹칠까지 그와 마찬가지로 흴 수는 없으며, 그림이 아무리 꼭 그 사람을 본떴다고 한대도 말을 하지 못한다. 저 우사단 아래 도동▪ 골목 안에 푸른 기와로 사당을 지어 놓고 그 속에 시뻘건 상모와 뻗친 수염이, 갈데없는 관운장이다. 학질을 앓는 사내나 여자를 그 아래 데려다 놓으면 혼비백산해서 춥고 떨리던 증세도 다 그만 떨어지고 만다. 그런데 어린아이 놈이 무엄하게 감히 무서운 줄도 모르고 그 눈을 쑤시는데 눈망울도 구르지 않고, 코를 쑤시는데 재채기도 하지 않는다. 흙으로 만든 한 덩이 조각에 불과한 것이다.

이렇게 보면 수박을 겉만 핥고 후추를 통으로 삼키는 사람과는 맛을 이야기할 수 없으며, 이웃 친구의 잘옷이 부러워서 한여름에 빌려 입고 나서는 사람과는 철을 이야기할 수 없다. 조각에다가 아무리 입히고 씌우고 했자 천진스러운 어린아이놈을 속이지는 못한다.

대개 자기 세대에 대해서 딱하게 생각하고 세속 사람들을 마땅치 않게 여기기는 초나라 때 굴원屈原만 한 사람이 없으련만, 초나라의 풍속이 귀신을 많이 위함에 따라 귀신 위하는 노래 '구가九歌'를 지었다. 또 한나라에서 진나라를 계승하는 데는 판도를 그대로 차지하고, 성읍을 그대로 두고, 백성을 그대로 다스리면서도, 법률만은 그대로 좇지 않고 단 세 가지 조문▪으로 갈아 버

▪ 우사단雩祀壇은 옛날 서울에서 기우제를 지내던 곳이니 남산 서편 기슭에 있었고, 도동桃洞은 우사단 아래의 동리 이름이니 그곳에 남관왕묘南關王廟가 있었다.
▪ 중국 한나라 고조 유방이 진나라 수도를 함락시킨 다음 모든 법률을 폐지하고, 사람을 죽인 자는 죽이고, 사람을 상해하거나 도적질한 자는 벌을 받는다는 세 조문만을 실시하였다.

렸다.

　이제 무관은 조선 사람이다. 산천과 기후가 중국과 다르고 언어와 가요가 한이나 당과 다르다. 그런데도 중국 것을 본뜨고 한나라와 당나라를 모방한다면 수법이 높을수록 내용이 비속하고 문체가 근사할수록 사연이 진실치 못하다고 할 것이다.

　우리 나라가 비록 구석지기는 하지만 그래도 역사가 있는 나라요, 신라와 고구려가 소박하기는 하나마 민간의 아름다운 풍속도 많다. 그 말을 글자로 옮겨 놓고 그 민요를 운율에 맞추기만 하면 자연스럽게 문장을 이루어 참다운 맛이 나타날 것이다. 옛것을 본받거나 남의 것을 빌려 올 것 없이 현재 있는 그대로를 가지고 모든 것을 표현할 수 있다. 그런데 무관의 시가 바로 그렇다.

　아하! 《시경》에 올라 있는 삼백 편의 시도 새, 짐승, 풀, 나무의 이름을 나열하지 않은 것 없고, 민간의 사내와 여자가 서로 지껄이는 말에 지나지 않는다. 이 지방 저 지방의 기풍이 다르고 이 강 언덕과 저 강 언덕의 풍속이 같지 않은 까닭에 《시경》을 편찬한 사람이 지방별로 따로 모아서 기풍과 습속을 참고한 것이다. 무관의 시를 옛날 시가 아니라고 의심할 것이 무엇인가?

　만약에 성인이 중국에서 또 나와서 각 나라의 기풍과 습관을 알려고 한다면 '영처고'를 보아야 삼한에서 나는 새, 짐승, 풀, 나무 이름도 많이 알게 될 것이며, 강원도 사내와 제주도 여자의 성정도 짐작케 될 것이다. 이무관의 시는, 《시경》 가운데 있는 각 지방의 가요나 마찬가지인 조선 가요라고 볼 수 있다."

아침 나절에 도를 듣는다면

炯言桃筆帖序

비록 조그만 기교라도 모든 것을 잊고 노력해야 성공할 수 있다. 더구나 큰 도道이겠는가?

최흥효崔興孝는 전국의 명필이다. 일찍이 과거를 보러 가서 글을 쓰다가 한 글자가 꼭 왕희지가 쓴 것과 같자 하루 종일 들여다보고 앉아 있었다. 그러다가 차마 그 글자를 바칠 수 없어 품에 품고 돌아왔다. 이렇게쯤 되면 일이 이롭고 해로운 것은 전연 마음속에 두지 않는 것이다.

이징李澄이 어려서 다락 속에 들어가서 그림 공부를 하고 있는데 집에서는 그를 찾아 사흘 동안이나 돌아다니다가 겨우 발견하였다. 그의 아버지가 화가 나서 볼기를 쳤더니 울면서 떨어지는 눈물을 가지고 새를 그리고 있었다. 이렇게쯤 되면 그림 외에는 영예도 모욕도 모르는 사람이다.

학산수鶴山守는 전국의 명창이다. 산속에 들어가서 노래 공부를 할 적에 한 곡조를 부르고는 나무신 속에 모래 한 알씩을 넣어 나무신이 모래로 가득 찬 후에야 집으로 돌아왔다. 한번은 도적을 만나서 죽게 되었는데 바람결에 따라 노래를 불렀더니 도적들도 모두 심회가 울적해져서 눈물을 흘리지 않은 자가 없었다. 이렇게쯤 되면 죽고 사는 것도 마음에 아랑곳하지 않는 것이다.

내가 처음에 듣고 탄식하기를,

"큰 도는 흩어져 버린 지 오래다. 나는 여색을 좋아하듯이 어진 이를 좋아하는 사람을 보지 못하였다. 그런데 저 사람들은 기교를 위해서 생명도 바쳐야 할 것으로 알고 있으니 아하! 아침 나절에 도만 들으면 저녁때 죽어도 좋다는 것이다."

하였다.

도은桃隱이 형암(炯庵, 이덕무)의 말 열세 항목을 글씨로 써서 한 권의 책으로 만든 다음 나더러 서문을 쓰라고 하였다. 저 두 사람은 안으로 마음을 쓰는 사람인가, 육예六藝에서 노니는 사람인가? 두 사람이 죽고 살고 영예롭고 욕되고 그런 구별을 다 잊어버리고 이렇게까지 정교한 데 이르는 것은 어찌 과한 일이 아니겠는가? 만약에 두 사람이 모든 것을 잊어버릴 수 있다면 도를 위해서 잊어버리라.

옛 사람을 모방해서야

綠天館集序

옛 사람을 모방해서 글 짓기를 거울에 물건이 비치듯 하면 같다고 할 만한가? 본 물건과 좌우로 상반되는 것을 어떻게 같다고 하랴? 물에 물건이 비치듯 하면 같다고 할 만한가? 본 물건과는 위아래가 거꾸로 되는 것을 어떻게 같다고 하랴? 그러면 그림자가 물건을 따라다니듯 하면 같다고 할 만한가? 한낮에는 난쟁이, 땅딸보로 되었다가 해가 기운 뒤에는 키다리, 껑충이로 되는 것을 어떻게 같다고 하랴? 그러면 그림으로 물건을 그리듯 하면 같다고 할 만한가? 다니는 것도 움직이는 것도 못하고 말하는 것도 없고 소리도 없으니 어떻게 같다고 하랴?

그러니까 결국 같을 수는 없다는 말인가? 대체 왜 하필 같은 것만 찾으랴? 같은 것을 찾았자 참된 그것은 아니다. 천하에 꼭 같은 것은 반드시 닮았다고 이르고, 서로 분간하기 어려운 것은 또한 참된 것에 다다랐다고 하는바, 참된 것이라고 말하고 닮았다고 말하는 가운데는 벌써 가짜나 다른 것이란 뜻이 들어 있다. 그런 까닭에 천하에는 이해하기 극히 어려우나 배워 낼 수 있는 것도 있고 절대로 다르나 서로 같은 것도 있다. 즉 통역과 번역으로 외국 말을 알아듣게 되고 대전, 소전, 예서, 해서[■]의 어느 것으로 써서도 마찬가지 글을 이룬다. 왜 그런가? 다른 것은 외형이요, 같은 것은 내용이기 때문이다. 이렇게 본다면 내용이 같다는 것은 뜻과 의견이요, 외형이 같다는 것은 털과 겉껍질이다.

이씨 집의 소년 낙서는 올해 나이 열여섯인데 내게 다니며 공부한 지 해포가 넘는다. 그는 마음으로 생각하는 것이 일찍부터 뛰어났고 지혜는 구슬처럼 빛났다. 일찍이 그가 쓴 《녹천관집》을 가지고 와서 나에게 물었다.

"아하! 제가 글을 짓기 시작한 지 겨우 두어 해밖에 안 되건만 남의 노염을 산 것이 많습니다. 한 마디만 조금 새롭고 한 글자만 다소 신기해 보이는 것이 있으면 반드시 옛날에도 이렇게 쓴 예가 있느냐고 따지며, 없다고 하면 발끈 성을 내면서 어쩨 감히 그렇게 쓰냐고 합니다. 옛날에 이미 그렇게 쓴 것이 있다고 하면 제가 또 그렇게 되풀이할 맛이 어디 있겠습니까? 이것을 선생님이 어떻게 정해 주십시오."

내가 손을 모아 이마에 얹고 세 번 예를 한 다음 다시 무릎을 꿇고 앉아서 말하였다.

"그 말이 극히 옳은 말일세. 전해지지 않던 옛날 학문이 자네에 의해서 계승될 것일세. 창힐이 처음 글자를 만들 때 어떤 옛날을 본떴겠나? 안연顏淵은 공부하기만 좋아했고 서적을 저술한 것은 없네그려. 만약에 옛것을 좋아하는 사람들이 창힐이 글자를 만들

■ 대전大篆, 소전小篆, 예서隸書, 해서楷書는 한자 자체의 역대적 변천을 보여 준다. 지금의 인쇄체가 바로 해자요, 기원 2세기 이전에 쓰던 자체가 전자요, 그 중간의 자체가 예서이다. 전자에는 다시 대전, 소전의 구별이 있으며, 대전은 소전과 구별키 위해서 다시 주라고도 한다.

던 때를 생각해 가면서 안연이 저술하지 않은 사연을 적는다면 글이 비로소 바르게 될 것일세. 자네가 지금 나이 적으니 남의 노염을 사게 되거든 공경하고 사례하면서 아직 널리 배우지 못하여 옛것을 상고하지 못했노라 하게. 그래도 자꾸 물으며 골을 내거든 조심조심해서 대답하기를 《서경》에서 나오는 글들은 삼대 적의 시속글이요, 이사와 왕희지의 글도 다 자기 시대의 속된 글씨였다고 하게."

내 책으로 장항아리를 덮겠구나

泠齋集序

돌 다듬는 사람이 돌 새기는 사람에게 말하였다.

"천하의 온갖 물건 가운데 돌보다 더 단단한 것은 없겠지만, 내가 굳은 돌을 깨어다가 깎고 다듬어 내네. 꼭대기에는 용틀임을 하고 밑바닥에는 거북으로 괴고 무덤 앞에 세워서 영구히 그의 사적을 알려 주는 것이 바로 내 공로일세."

돌 새기는 사람이 말하였다.

"오래도록 닳지 않게 하자면 새기는 것보다 더 좋은 것이 없네. 큰 사람에게 높은 행적이 있어서 점잖은 글로 썼다고 하더라도 내 공력을 들이지 않고서야 빗돌을 다듬어서는 무엇 한단 말인가?"

드디어 무덤에 가서 판결을 청하나 무덤은 괴괴하니 아무 소리도 없었다. 세 번을 불러도 세 번 다 대답이 없었다. 그때 돌사람이 껄껄 웃으면서 말하였다.

"자네들이 천하의 제일 굳은 것을 돌이라고 하고 제일 오래 보존하는 것을 새기는 것이라고 하지만, 돌이 과연 단단하다면 어떻게 다듬어서 빗돌로 만든다는 말인가? 만약에 닳지 않는 것이라면 새기기는 어떻게 새기겠는가? 이제 다듬기도 하고 새기기도 했으니 이 다음 구들쟁이가 가져다가 부엌의 이맛돌로 쓰지 않으리라는 것을 어떻게 안다는 말인가?"

양자운은 고전을 좋아하는 선비다. 괴벽한 글자를 많이 알고 있으며 그때 막《태현경》을 쓰고 있었다. 서운해서 낯빛까지 고치더니 개연히 탄식하면서 말하였다.

"아하! 그 누가 알리? 돌사람의 허풍을 들은 사람은 내《태현경》으로 장항아리를 덮겠구나!"

듣는 사람이 모두 크게 웃었다.

봄날《영재집》에다가 쓴다.

먹던 장도 그릇을 바꾸면 새 맛

旬稗序

소천암小川菴이 국내의 가요, 민속, 방언, 기예 들을 모두 기록하였다. 심지어 연을 띄우는 것도 적고, 아이들의 수수께끼도 해석하고, 오불꼬불한 거리와 좁은 골목에서 주고받는 수작, 문에 기대어 아들을 기다리는 부모, 칼을 두드리는 백정, 어깨짓으로 아양을 부리는 계집, 손바닥을 치며 맹세짓거리를 하는 장사치에 이르기까지 대상으로 삼지 않은 것이 없으며 또 그런 사실들을 아주 조리 있게 벌여 놓았다. 입이나 혀로는 구별하기 어려운 것도 붓으로 표현하였으며 마음속에 미처 생각지 못했던 것도 책을 펼치기만 하면 알게 하였다. 대체 닭이 울고 개가 짖고 벌레가 썰썰거리고 좀이 우물거리는 따위의 형상이나 소리를 그대로 옮겨 놓았다.

맨 나중에는 천간의 열 자로 나누어 편찬하고[■] '순패'라고 이름을 지은 다음 하루는 내게 보이면서 말하였다.

"이것이 내가 아이 적에 장난삼아 쓴 것일세. 자네가 강정이라는 것을 보지 못했는가? 쌀가루를 술에 재었다가 누에만큼씩 잘라서

■ 천간天干은 갑, 을, 병, 정, 무, 기, 경, 신, 임, 계를 가리킨다. 이 천간의 열 자를 가지고 책의 내용 차례로 삼은 예가 드물지 않다.

뜨거운 구들에 말리고 끓는 기름에 튀기네. 그것이 부풀어올라서 고치와 같은 모양으로 되면 보기에는 깨끗하고 아름다우나 속은 텅 비었네. 아무리 먹어도 배는 부른 줄 모르고 쉽게 부서져서는 눈가루처럼 되어 버리네. 그렇기 때문에 무슨 물건이나 겉만 치레하고 속이 빈 것을 강정이라고 한단 말일세. 그런데 개암, 밤, 벼와 같은 것은 사람들이 천하게 여기지만 실상 속이 차고 배가 부르네. 그것으로 하늘에 제사도 지낼 수 있고 큰 손님도 모실 수 있네. 대개 문장의 묘리도 역시 이런 것인데 사람들이 개암, 밤, 벼와 같은 것으로 여기면서 깔보기 쉽네. 자네가 나를 위해서 좀 변론을 해 주지 않으려는가?"

내가 다 읽고 나서 그에게 다시 말하였다.

"장주가 나비로 되었다는 것은 믿지 않을 수 없지마는 이광李廣의 화살이 돌을 뚫고 들어갔다는 것은 아무래도 의심스러워. 왜 그런고 하면 꿈속의 일은 보기가 어려운 반면에 현실의 일은 따지기가 쉽단 말일세. 이제 자네는 비속한 말을 주워 모으고 곤궁한 사람들의 일을 거두어들였네그려. 그런데 무식한 사내와 무식한 여자들의 천박한 웃음과 일상 생활이란 어느 하나 현실의 일이 아닌 게 없으니, 눈이 시게 보고 귀가 아프게 들어서 신기할 것 없는 것은 당연한 현상일세. 그러나 먹다 남은 장도 그릇을 바꾸어 담으면 새로운 입맛이 나고, 같은 사람의 심리도 환경이 바뀌면 보거나 생각하는 것이 달라지네.

이 책을 보는 사람들은 소천암이 누구라는 것은 굳이 물을 것 없고, 가요와 풍속이 어느 지방의 것이란 것은 알게 되어야 하네. 거기다가 운율을 붙여 읽으면 시와 같이 그로써 성정을 이야기할 수도 있고, 서술한 것을 차례차례 그려 내면 그로써 수염과 눈썹까지도 분간할 수 있네. 재래도인이 일찍이, 배가 저녁볕을 받으면서 갈대에 가릴락말락 할 때 뱃사공이나 어부가 나룻가를 따라 걷는 것을 바라보게 된다면 그들이 몽당수염에 민살쩍이건만 혹시 높은 선비 육노망陸魯望*이나 아닌가 의심하게 된다고 했네. 아하! 이 도인이 먼저 알았네그려. 자네는 도인을 선생으로 모셔야 하겠네. 그에게 가서 배우게나!"

■ 당나라 때 사람 육구몽陸龜蒙.

몇백 번 싸워 승리한 글

騷壇赤幟引

글을 잘 짓는 사람은 병법을 잘 알고 있다.

글자는 말하자면 군사요, 글뜻은 말하자면 장수요, 제목은 적국이요, 나라의 옛 이야기는 싸움터의 보루다. 글자를 묶어서 구로 만들고 구를 합해서 장을 이루는 것은 대오를 지어 행진하는 것과 같으며, 성운으로 소리를 내고 문채로 빛을 내는 것은 종이나 깃발과 같다. 조응은 봉화에 해당하고, 비유는 유격 기병에 해당하고, 억양 반복은 가열한 육박전에 해당하고, 제목을 풀어 주고 결속을 짓는 것은 적진에 먼저 뛰어들어 적을 생포하는 데 해당하고, 함축을 귀중히 여기는 것은 늙어 소용 없는 적의 병사를 잡지 않는 데 해당하고, 여운이 있게 한다는 것은 기세를 떨치어서 개선하는 데 해당한다.

대체 장평長平▪의 전투에서 군사가 날래고 비겁한 것이 지난 때보다 달라진 것이 아니요, 활이나 창도 날카롭고 무딘 것이 전날보다 변한 것이 아니건만, 조나라 때 염파廉頗가 거느리고 나서서는 승전하다가 조괄趙括로 대신하자 몰사를 면치 못했다. 그렇기 때문

▪ 전국 시대 조나라의 땅이니, 진나라 장수 백기가 조나라 군사 40만을 죽인 곳이다.

에 싸움을 잘하는 사람에게는 떼내 버릴 군사가 없고 글을 잘 짓는 사람에게는 쓰지 못할 글자가 없다. 만약에 적당한 장수만 얻는다면 호미, 곰방메, 창자루로도 무서운 무기로 사용할 수 있고, 옷자락을 찢어서 작대기 끝에 달아도 훌륭한 깃발이 된다. 만약에 일정한 이치에만 들어맞는다면 식구끼리 나누는 이야기도 학교의 한 과정으로 넣을 수 있고 아이들의 노래와 속담도 고전 문헌과 대등하게 칠수 있다. 그렇기 때문에 글이 정교치 못한 것이 글자 탓은 아니다.

저 글자와 문구가 우아하다 비속하다 평하고 문장이 높다거나 낮다거니 논의하는 자들은 모두 구체적 경우에 따라 전법이 변해야 하고, 경우에 타당한 변통성에 의해서 승리가 얻어진다는 것을 모르는 사람이다. 비유해 말하자면, 용감치 못한 장수처럼 속으로 아무런 요량도 없이 갑자기 글 제목에 맞다들면 굳은 석벽이 우뚝 솟은 것 같아서 산 위의 풀과 나무까지 적병으로 보이는 바람에 붓과 먹이 다 결딴나고, 머릿속에 기억하고 있던 것조차 이렇게 상하고 저렇게 폐해서 남는 것이 없으리라.

그렇기 때문에 글을 짓는 사람의 걱정은 언제나 자기 스스로 길을 잃어버리고 요령을 잡지 못하는 데 있다. 길을 잃어버리고 나면 글자 한 자도 어떻게 쓸 줄을 몰라서 붓방아만 찧게 되며, 요령을 잡지 못하면 겹겹으로 두르고 싸고 해 놓고서도 오히려 허술치 않은가 겁을 낸다. 비유해 말하자면 군대가 한번 제 길을 잃어버리는 때에는 최후의 운명을 면치 못하며, 아무리 물샐틈없이 포위한 때에라도 적이 빠져 나가 도망칠 틈은 있는 것과 같다. 한 마디 말을 가져서도 요점만 꽉 잡게 되면 마치 적의 아성으로 질풍같이 쳐들어가는 것이요, 반쪽의 말을 가져서도 요지를 능히 표시하면 마치 적의 힘이 다

할 때를 기다렸다가 드디어 진지를 함락시키는 것이 된다. 글 짓는 최상의 묘리는 바로 여기에 있다.

내 벗인 이중존李仲存이 고대와 현대를 통하여 과거 문체로 지은 우리 나라 사람들의 글을 모아서 10권의 책을 만든 다음 이름을 '소단적치'라고 하였다.

아! 여기 수록된 글들은 모두 몇백 번 싸운 끝에 승리를 거둔 부대들이구나. 비록 체와 격이 같지 않고 정밀하고 거친 것이 한데 뒤섞여 있기는 하나, 제대로 다 각각 승산을 가지고 있어서 함락시키지 못할 적진은 없는 것이리라. 날카로운 창끝과 예리한 칼날은 무기 창고와 같이 삼엄하고 시기를 좇아 적을 제압하기는 번번이 군대를 지휘하는 묘리에 들어맞는다. 이들을 계승해서 글을 짓는 사람도 대체로 이런 길이 있을 뿐이다. 반초班超가 서역의 여러 나라를 진압한 것이나 두헌竇憲이 연연산에다 전공을 새긴 것도 또한 이런 길을 좇아간 것이 아니겠는가?

그런데 방관房琯의 수레 싸움은 옛 사람을 모방하였는데도 패전하였건만 우후가 밥해 먹은 자리를 늘인 것은 옛 법과 정반대인데도 승전하였다. 그러니 구체적 경우에 따라 변하는 전법의 중요성은 경우에 있는 것이요, 법에 있는 것은 아니다.

밤길의 등불 같은 책

爲學之方圖跋

《위학지방도》 상하 2권은 도표 몇 편과 설說, 지識 몇 편으로 구성되었으니, 이름은 조연구趙衍龜, 별호는 경암敬庵이라고 하는 친구가 편찬하여 책으로 만들었다. 이 책이 어두운 길의 지남침이 되고 배 없는 나루의 보배로운 뗏목이 되리라는 데 대하여서는 공연히 이러니저러니 군더더기의 설명을 더해서 무엇하랴? 그러나 사양할 수 없는 것만큼 드디어 말하였다.

"대개 도는 길과 같다. 길 가는 나그네를 들어서 비교하기로 하자. 어디를 가려는 사람은 반드시 그 지방까지의 노정이 몇 리나 되고, 양식을 얼마나 가지고 나서야 하고, 도중의 노정표, 나루, 역말 들이 얼마나 멀고 가까운지를 자세히 알고 있어야 한다. 그런 것이 모두 눈에 환해진 다음 실천에 옮기면 언제나 무사히 길을 가게 된다. 미리 명확한 지식을 가지고 있기 때문에 딴 길로 잘못 들어갈 까닭도 없고, 사잇길로 빠져서 고생할 까닭도 없고, 또 지름길을 찾다가 길을 잃을 위험도 없고, 중도에서 고만 되돌아설 걱정도 없다. 이것은 지식과 실천이 결부되기 때문이다.

차차 가노라면 자연히 알게 된다고 말하는 사람도 있지만, 그것은 물속으로 잠수질해 들어가서 달을 건지려고 하고, 북을 지고서 아기인 줄 아는 것과 무엇이 다르랴? 결국 완적처럼 통곡하지 않고 양주처럼 울지 않은 사람이 드물다.[■]

비유해서 말하면 서울에서 자란 젊은이가 농사일에 힘을 많이 들여야 한다고 하니까 책력 위의 철이 다른 것은 조금도 생각하지 않고 동지 섣달에 손가락에 피가 나고 얼굴은 땀투성이가 되어 밭을 갈고 씨를 뿌리는 것과 같다. 아무리 실천에는 힘쓰고 있다고 한들 지식으로는 어떻다고 보아야 하겠는가? 여기서 실천이 앞서고 지식이 뒤로 가서는 마침내 수확을 얻기 어려우니, 바로 조군이 염려하고 있는 바다.

만약 공부하는 사람들이 이 책의 방법을 좇아 나간다면 밤에 등불을 단 격이요, 소경이 물건을 보게 된 격이요, 진법에 따라 군대를 벌리는 격이요, 방문을 따라 약을 쓰는 격이다.

한편으로는 농가의 책력으로 될 것이요, 다른 한편으로는 나그네를 위한 노정표로 될 것이니 점잖은 사람들이 이 책을 공부하는 것이 어떤가?"

■ 완적이 막다른 골목에 이르러서는 더는 나갈 수 없는 것을 한탄해서 통곡하였다고 한다. 양주가 갈래길에 당도해서는 어디로 가야 할지 몰라서 울었다고 한다.

나를 비워 남을 들이네

제 몸을 해치는 것은 제 몸속에 있으니
백척오동각을 지어 놓고
연암의 제비가 중국에서 공작새를 보았다
아침 연꽃, 새벽 댓잎
제 몸 혼자 즐기기에도 오히려 부족하다
곽공을 제사 지내며
다섯 아전의 큰 의리
천년 전의 최치원을 기리며
흥학재를 지은 뜻
바위에 이름을 새긴들
여름밤에 벗을 찾아서 놀다
사흘째 끼니를 거르고
겨울 눈 속 대나무
나를 비워 남을 들이네
내가 하나 더 있어서
늘그막에 휴식하는 즐거움
자고 나니 내가 없구나
나무가 고요할 때야 바람이 어디 있느냐
말머리에서 무지개를 잡으니
벗들과 술에 취해서

제 몸을 해치는 것은 제 몸속에 있으니

以存堂記

진사 장중거張仲擧는 걸출한 사람이다. 키가 여덟 자를 넘고 기골이 장대하여 조그만 예절에 얽매이지 않는 데다가 천성이 술을 좋아하고 또 호기를 부려 취한 김에 실언이 많았다. 이 때문에 동리 사람들이 귀찮게 여겨 미친 선비라고 손가락질을 하였다. 친구 간에 말썽을 들고 일어나는 것은 말할 것도 없고 심지어 법으로 얽어 놓으려는 사람까지 있었다. 중거도 또한 후회하며 말하였다.

"내가 이러다가 세상에서 살 수 없겠구나!"

말썽을 피하고 위험을 멀리 할 방법을 생각한 결과 방 하나를 치우고 그 속에 들어가서 문을 닫아 걸고 발을 내리고 방문 위에다가는 '이존以存'이라고 크게 써 붙였다. 《주역》에서 용이나 뱀은 깊이 숨는 것으로 제 몸을 보존한다고 했으니 대개 거기서 그런 이름을 따온 것이다.

이때까지 상종하던 술친구들을 하루아침에 사절하면서 말하였다.

"자네들은 이제 오지 말게. 나도 내 몸을 좀 보존해야겠네."

내가 듣고 크게 웃으며 말하였다.

"중거가 보신하는 방법이 여기서 그치고 만다면 해를 면하기 어려울 것이다. 비록 증자曾子와 같이 독실하고 경근한 사람도 일평생을 지키어 가면서 외다시피 한 것이 어떠했는가? 아침저녁으로 항상 보전치 못할 것처럼 조심해 지내다가 죽는 날에 이르러서야 손발을 내 뵈면서 비로소 일평생 온전히 살다가 죽는 것을 다행으로 여겼다. 그 밖의 보통 사람이야 말해서 무엇 하겠는가?

한 집안을 미루어 한 동리나 한 고을을 알 수 있고, 한 동리나 한 고을을 미루어 온 세계를 알 수 있다. 온 세계가 저렇게 널따란 것이지만 보통 사람으로서 살아가기에는 거의 발을 붙일 구석이 없다. 하룻동안 그가 보고 듣고 말하고 행동한 것을 가만히 돌이켜 생각하면 그저 천행으로 목숨을 부지하고 요행으로 죽음을 면해 오고 있다. 이제 중거는 남이 제 몸을 해칠까 두렵다고 해서 깊숙한 방에 숨어 앉아 보전하려고 하지만, 제 몸을 해치는 것이 제 몸에 있다는 것을 모른다. 그가 비록 발자국을 없애고 그림자를 감추고 스스로 죄수처럼 지낸다고 하더라도 마침내 남들의 의혹을 자아내고 남들의 노염을 집중하게 될 것이다. 그래서야 보신하는 방법으로는 너무나 서투르지 않은가?

아하! 옛 사람 중에도 남의 시기를 우려하고 중상을 겁내던 사람들이 얼마나 많았던가? 농사일을 하면서 숨어 지내기도 하고, 두메 산골에서 숨어 지내기도 하고, 물고기를 낚으면서 숨어 지내기도 하고, 소를 잡는 데서 숨어 지내기도 했으나, 교묘하게 숨는 사람은 대체로 술에서 숨어 지냈다. 바로 유백륜劉伯倫과 같은 무리가 과연 교묘했다고 말하여야 하겠는데, 죽으면 묻어 달라고 삽 든 사람을 데리고 다닌 데 이르러서는 그의 보신하는 방법도 아주 졸렬했다. 왜 그런가? 저 농사일이나 두메 산골이나 물고기를 잡는 것이나 소를 잡는 일은 모두 외부 사물에 의탁해서만 숨는 것이지마는, 술에 이르러서는 곤드레만드레가 되어 스스로 제 정신을 혼돈케 해 버린다. 그러므로 제 몸뚱이를 어디다가 내던지든지 상관할 바가 아니요, 개천이나 구렁텅이에 굴러 떨어지더라도 한할 것은 없다. 죽은 다음 송장에 까마귀, 소리개, 개미, 날파리 들이 덤비는 것쯤이야 무엇이 대단하랴? 그래서는 술을 먹는 것이 애초에 보신하려는 방법인데도 삽 든 사람을 데리고 다니는 것이 도리어 본의와 어긋난다.

이제 중거의 과오가 술에 있건만 능히 자기 몸을 잊어버리지 못하고, 보신하는 방법으로 생각해 낸 것이 교제를 끊고 깊숙이 들어앉는 것이다. 깊숙이 들어앉는 것으로도 보신이 되지 못하니까 되지않게 방 이름을 지어서 여러 사람이 보도록 써 붙인 것이다. 이것은 유백륜이 삽 든 사람을 데리고 다니는 것과 무엇이 다른가?"

중거가 한동안 송구한 기색을 짓더니 얼마 후에 말하였다.

"자네 말과 같다면 여덟 자나 되는 이 몸을 끌고 어디로 들어가야 한단 말인가?"

내가 다시 그에게 말하였다.

"내가 능히 자네 몸을 귓구멍이나 눈망울 안에 숨게 할 수가 있을 뿐 아니라, 이 천지간에 이 세계보다 더 크고 넓을 수 없을 터이니 자네가 거기 숨어 보고 싶은가? 대개 사람이 서로 사귀고 일이 서로 관련되는 마당에는 한 묘리가 있으니 그 이름을 예의라고 하는 것일세. 자네가 마치 큰 적대자를 꺾어 버린 듯 자네 몸을 억누르면서 거기서 절제를 행하고 거기서 기준을 세워서 당치않은 일을 귀에 머무르게 하지 않는다면 몸을 숨기기에는 휑뎅그렁해서 여지가 있을 것일세. 눈이 몸에 대해서도 그나 마찬가지니 당치않은 일을 보지 않을 때에는 애초에 남이 나를 흘깃거리지 않고, 입에 이르러도 그나 마찬가지니 당치않은 일을 입에 걸지 않을 때에는 애초에 남의 말밥에 오르내리지 않네. 마음이야 귀나 눈보다 더 중요한 것인 만큼 당치않은 일로 마음을 동요시키지 않는다면 자기 몸 전체를 사용하는 것이 조그만 마음속을 떠나지 않으면서 어디 가서나 보신하지 못할 곳이 없네."

중거가 술을 들면서 말하였다.

"이건 자네가 내 몸을 몸속에 숨겨 주는 것이요, 보신을 걱정할 것 없이 보신이 되게 해 주는 것일세그려! 어째 벽에다 써 붙여 놓고 자기 반성을 노력하지 않겠는가?"

백척오동각을 지어 놓고

百尺梧桐閣記

몸채에서 서북쪽으로 수십 보를 걸어가면 거기에 버린 집 열두 칸이 있는데 마루에는 난간도 없고 섬돌에는 돌층계도 없었다. 맨 처음 뜰과 마당에는 강가의 뭉우리돌을 가져다가 닭알을 포개듯, 바둑돌을 괴듯 쌓아 놓았던 것인데 오랜 세월을 지나는 동안 와그르 무너져 버리고 보니 울퉁불퉁하고 미끌매끌해서 밟고 다닐 수 없을 뿐더러, 풀넝쿨이 얼기설기한 가운데 뱀, 지네 등속이 서려 있었다.

그래서 날마다 심부름하는 사람들을 시켜 섬돌을 깎아 내고 마당을 닦은 다음 동그란 돌은 다 주워서 버리고 무너진 비탈과 갈라진 언덕 사이로 다니면서 돌을 모아들였다. 어떤 것은 깨진 얼음쪽 같고, 어떤 것은 깎아 낸 옥 같고, 어떤 것은 모난 술잔 같았다. 이런 가지각색의 돌들을 모아다가 처마 기슭 아래 놓고 각기 형상에 맞추어 쌓아 올린즉 개 어금니처럼 맞문 것, 거북의 등때기처럼 금을 보이는 것, 터진 구멍을 채운 것, 벌어진 솔기를 이어 놓은 것 등 무늬가 훌륭한 석축을 완성했다. 먹줄이나 칼끝을 애초에 댄 일도 없건만 도끼로 깎아 낸 듯하고 집 주위를 반듯하게 꾸미매 모퉁이나 구석도 모두 분명해 보였다.

그제는 마루방에 퇴를 붙이고 대문 안에 뜰을 만드는 동시에 앞 간을 더 내어 긴 난간을 달아 놓았다. 천장과 바람벽을 새로 바르고 앞뒤를 말끔하게 치워 놓았다. 손님을 재우기에도 좋고 여러 사람을 청해서 잔치를 하기에도 좋다. 휴식하는 처소로서 아주 적당하다.

온 뜰의 넓이가 260척인데 80척 넓이로 못을 만들어 연꽃도 심고 고기 새끼도 넣었다. 그리하여 바람 부는 창문을 들거나 달 비치는 난간에 의지해서 맑은 못물을 굽어보면 그윽도 하고 아름답기도 해서 갖은 경치를 다 갖추었다.

대개 먹다 둔 장도 그릇을 바꾸면 새로운 입맛이 나고, 전부터 있던 물건이라도 환경이 달라짐에 따라 달리 보인다. 이 고을의 선비나 백성들이 여기에 와서 보고는 못이 옛날에 없었거나 집이 본래부터 있었던 것을 깨닫지 못하고 오직 마루와 난간이 못 위에 높이 솟아 있는 것만 가지고 떠들 뿐이다.

담 밖에 오동나무가 한 그루 섰는데 높이가 백 척쯤 된다. 짙은 그늘이 난간을 가리고 자줏빛 꽃이 향기를 풍길 적에 때로 백로가 날아와서 날개를 치켜든 채 멈추어 서니 비록 봉황은 아닐망정 또한 좋은 손님이라고 말할 수 있다. 그래서 이 집 이름을 '백척오동각' 이라고 써 붙였다.

연암의 제비가 중국에서 공작새를 보았다

孔雀館記

백척오동각의 남쪽 마루방을 '공작관'이라고 하는데, 다시 남쪽으로 수십 보가 채 못 되는 곳에 둥근 지붕이 마주 서 있는 것을 '하풍죽로당荷風竹露堂'이라고 한다. 뜰의 한복판을 막고 대로 어리를 만들어 세운 다음, 가운데다 구기자, 월계, 아가위, 자형紫荊 등을 심으니 긴 가지와 보드라운 넝쿨이 한데 얽히고 서로 포개어졌다. 그것이 봄, 여름에는 병풍으로 되었다가 가을, 겨울에는 울타리로 변하는데, 병풍에는 꽃들이 어울어지는 것이 좋았고 울타리에는 눈이 쌓이는 것이 좋았다. 그 사이가 길쭉하게 열려서 천연의 문을 이루었는데 삽짝을 달지는 않았다. 북쪽 담을 뚫고 물을 끌어서 북쪽 못으로 들여오고, 북쪽 못에서 넘치는 물은 다시 그 앞으로 구불구불 돌아 흐르게 하였다. 이 물굽이에 연잎을 따서 넣고 다시 그 위에 술잔을 놓아서 띄우거나 흐르게 할 수도 있었다.

이런 까닭에 공작관은 같은 집에서도 다른 환경을 보이고 자리를 옮기는 대로 경치를 고치었다.

내 나이 열여덟아홉 살 적에 꿈을 꾸다가 한 누각에 들어갔다. 높고 깊고 훤하게 빈 것이 마치 관청이나 절간과 같았다. 좌우 양편에는 비단으로 만든 책갑과 옥으로 만든 푯대가 정연하게 꽂혔고, 가운데는 이리저리 돌아서 겨우 한 사람이 다닐 만하였다. 맨 복판에 두어 자나 되는 푸른 병이 놓여 있고 그 속에 천장까지 닿을 만큼 기다란 푸른 깃이 두 개 꽂혀 있는 것을 한참 서성거리면서 바라보다가 깨었다.

그로부터 이십여 년 후 내가 중국에 가서 공작새 세 마리를 보니 학보다는 작고 백로보다는 컸다. 꼬리 길이가 두 자 남짓한데 붉은 다리는 뱀의 껍질처럼 얼룩덜룩하고 검은 주둥이는 매부리처럼 구부러들었다. 온몸의 깃이 진한 불빛과 연한 금빛으로 빛날 뿐 아니라 끄트머리마다 금빛 눈이 한 개 박혔으며 파란빛으로 동자를 이루고 퍼런빛으로 다시 동자를 쌌으며 자줏빛으로 테를 그리고 쪽빛으로 금을 그어 자개가 아롱지듯, 무지개가 뻗치듯 하였다. 푸른 새라고 해도 틀리고 붉은 새라고 해도 또한 틀린다. 가끔 몸을 옹크리는 대로 빛이 어둠침침했다가 곧 깃을 털고 나면 도로 환해졌다. 잠깐 몸을 뒤치는 대로 퍼렇게 보이다가 갑자기 벌개지면 불꽃이 타오르는 듯하였다.

대체 문채의 극치가 이보다 더 지날 것은 없었다.

저 빛이란 것은 밝음에서 생기고, 밝음이란 비침에서 생기고, 비침이란 번쩍임에서 생긴다. 번쩍임이 있어야 빛이 나니 빛이 난다는 것은 밝음과 비침이 빛에서 떠올라서 눈으로 넘쳐 들어오는 것이다. 그렇기 때문에 글을 지으면서 종이와 먹에만 매달리는 것은 참다운 글이 아니요, 빛을 논하면서 마음과 눈을 기준하는 것은 바른 견해가 아니다.

내가 북경에 있을 때 그 나라 동쪽, 남쪽의 선비들과 날마다 단가

포 段家鋪에서 만나서 술을 마시고 글을 의논하면서 언제나 공작새와 비교해서 시와 문을 평하였다. 그 자리에 태사 고역생高棫生이 앉았다가 나를 조롱하며 말하였다.

"우리 손님의 얼굴은 공자님 댁의 새와 어떠합니까?"[■]

우리는 다 같이 크게 웃었다. 그 후 다섯 해 만에 한 친구가 중국을 가더니 전당 사람 조설범趙雪帆이 '공작관'이라고 쓴 글씨 석 자를 가지고 왔다. 그전에 나는 조씨와 한 번도 만난 일이 없건만 다른 사람에게서 내 이야기를 듣고 만리 밖에서 교분을 맺자고 하는 것 아닌가? 그러나 '관'이란 개인의 집에 붙일 이름도 못 되고 또 내가 늘그막까지 방 한 칸도 못 가졌다. 어디다가 그것을 붙이랴? 이제 다행히 나라의 혜택으로 경치 좋은 고을의 원 노릇을 하는 지 4년째인데 관청을 내 집으로 알고 지낸다. 옛 책을 담은 헌 상자짝도 함께 가지고 다니다가 장맛비를 치르고 나서 거풍하던 끝에 우연히 이 글씨를 찾아 내었다.

아하! 공작새를 다시 볼 수는 없으나 옛 꿈을 생각건대 인연이 바로 여기 있는 것이나 아닐는지 어찌 알랴? 드디어 앞문 위에 붙이고 이러한 연유까지 아울러 서술한다.

■ 공자님 댁의 새라고 한 것은 공작을 가리킨다. 즉 연암의 '연' 자는 '제비'라는 글자라 연암을 제비로 대고 웃음의 말을 한 것이다.

아침 연꽃, 새벽 댓잎

荷風竹露堂記

몸채 서쪽으로 또 한 채의 집이 마굿간, 목욕간과 맞닿아 있는데 본래 광으로 쓰다가 그만둔 집이다. 거기서 두어 걸음 밖으로는 쓰레기를 버리고 재를 던져서 산처럼 쌓인 것이 처마보다도 높이 솟아올랐으니, 대개 이 동헌에서 가장 외진 구석이요, 모진 오물이 다 몰려드는 곳이다. 봄이 되어 눈도 녹아 내리고 바람이 훈훈해지자 견디기가 더욱 어렵다. 날마다 하인들을 시켜 쳐내고 긁어 낸 지 거의 열흘 만에 훤한 빈터로 만들어 놓았더니, 가로는 250척이요, 세로도 그 10분지 3은 된다. 헝클어진 잡목은 베고, 무성한 풀은 깎고, 구덩이를 메우고, 두드러진 데를 평평하게 하고, 마굿간마저 딴 곳으로 옮기니 터가 한결 더 널찍하였다. 보기 좋은 나무들을 줄 맞추어 심어 놓으니 벌레나 쥐와 같은 것들이 멀리 숨어 버렸다.

그런 다음 반을 딱 갈라서 남쪽으로는 못을 파고 북쪽으로는 광채의 재목으로 집을 지었다. 동향해서 앉은 집은 가로 네 칸, 세로 세 칸인데, 꼭대기를 상투처럼 올려 둥근 지붕으로 만들어 덮었다. 한가운데가 큰방이요, 잇달아 골방이요, 왼쪽으로 달아내어 오른쪽을 가리지 않은 것은 툇마루요, 높은 것은 누다락이요, 삥 두른 것은 난간이요, 흰한 것은 창문이요, 둥글게 뚫린 것은 지게문이다. 끌어들인 도랑물이 푸른 대로 된 어리를 꿰뚫고 이끼 낀 마당을 쪼개면서 흐르다가 흰 돌을 덮으며 퍼져서 졸졸 소리를 내는 시내로도 되고 물방울을 뿜는 폭포로도 된 다음 남쪽 못으로 들어가고 만다.

벽돌을 쌓아 난간을 만들어 못둑을 보호하였다. 또 앞으로 긴 담을 막아 바깥뜰과 갈라 놓았고, 중간에 일각문을 내어 몸채와 통하게 하였으며, 거기서 더 남쪽으로는 모두 못 둔덕을 삼았고, 중간에 무지개 다리를 만들어 자그마한 연상각과 통하게 하였다.

대개 이 집의 특별한 맛은 담에 있다. 어깨쯤 높이에서부터 기와 두 장을 합해 가지고 이리 세우고 저리 눕히고 여섯 모도 지게 하고 쌍고리도 되게 하고 두 쪽으로 타기도 하고 서로 연하기도 해서 허공의 정묘한 장식으로서 아름답고 으늑하다.

담 아래로는 홍도나무 한 그루요, 못가에는 늙은 살구나무 두 그루요, 누다락 앞으로는 배나무 한 그루요, 집 뒤로는 푸른 대가 몇만 줄기요, 못 가운데는 연꽃이 몇천 줄기요, 뜰 한가운데는 파초가 열한 대요, 밭 가운데는 인삼이 아홉 대요, 화분에는 일찍 피는 매화가 한 그루다. 이 집의 대문 밖을 나서지 않고서도 사시사철 경치를 골고루 구경할 수 있을 것이다.

후원을 거닐 때에 일만 줄기 댓가지에 구슬이 맺혀 있으면 맑은 이슬이 내리는 새벽이요, 난간에 의지했을 때에 일천 줄기의 연꽃이 향기를 풍기면 바람이 신선한 아침이요, 옷가슴이 답답해서 풀어 헤치고 싶고 갓망건이 무거워서 눈이 아래로 감길 때에 파초 소리를 듣고 갑자기 정신이 맑아지면 시원한 비가 지나가는 낮이요, 아름다운 손님이 누다락에 올랐을 때에 신선한 나무들이 정결감을 뿜내면

비 온 끝에 달이 돋은 저녁이요, 주인이 문장門帳을 내렸을 때에 매화나 마찬가지로 수척해 보이면■ 자국눈이 내린 밤이다. 이것은 하룻동안에도 그 철의 그 물건을 따라 두드러지게 나타나는 바려니와, 실상 어느 거나 저 백성들과는 아무런 관련도 없는 일이다. 이것이 어찌 원으로서 이 집을 지은 본의겠는가?

아하! 다음날 이 집에 와서 거처하는 사람이 아침 연꽃에서 먼 향기를 맡거든 덕화를 바람과 같이 멀리 퍼지게 하며, 새벽 댓잎에서 방울진 물을 보거든 은혜를 이슬과 같이 골고루 입게 하라. 이 바로 이 집의 이름을 지은 연유인바, 이로써 뒤에 오는 사람들을 기다리고 있다.

■ 중국의 옛 시인들은 매화꽃을 수척하다고 형용하였으며 심지어 매화를 수척한 신선이라고까지 했다고 한다.

제 몸 혼자 즐기기에도 오히려 부족하다

獨樂齋記

천하와 더불어 즐거워할 적에는 여유가 있다가도 제 몸 혼자서 즐거워할 적에는 오히려 부족해진다.

옛적에 요 임금이 보통 사람의 옷을 입고 큰길을 돌아다니며 기뻐한 것▪은 과연 천하와 함께 즐거워한 것이라고 말할 것이나, 지방 관리의 축수를 들은 뒤로는 근심하고 걱정해서 금시에 무슨 큰일이 나는 것처럼 여겼다. 아하! 그와 같은 축수를 듣는 것은 인생의 큰 염원이고 온 천하의 지극한 즐거움이니 요 임금이 어찌 겉으로 겸사하는 태도를 짓고 거짓 사양하는 체하며 기뻐한 것이겠는가? 실지로 자기 몸에 결함이 있어서 즐거움을 혼자 누리기 어려운 점이 있었다.

이제 한 망녕된 사내가 떠들어 대며 여러 사람에게, 나는 혼자서 즐길 수 있는 사람이라고 지껄인다면 누가 얼른 믿어 줄 것이랴? 그런데도 자기 방을 '독락'이라고 하다니 그 아니 어리석고 미욱스러우랴?

▪ 요 임금이 평민복으로 길거리를 다니는데 늙은 백성이, "나는 내 손으로 일해서 살지 임금의 힘을 보는 것이 무엇이냐?"고 노래를 불렀다고 한다.

아하! 사람의 마음에 누군들 한평생 즐겁게 살다가 죽고 싶지 않겠는가? 임금이라는 높은 자리와 천하의 재부를 가지고 늘 하루의 즐거움을 구하여도 마음에 꼭 맞고 자기에게 만족한 그런 것은 드물다. 더구나 가난하고 천한 보통 사내로서 근심 걱정을 이겨 내지 못하는 처지겠는가?

이것은 다른 까닭이 아니다. 좋아하고 미워하는 감정은 바깥 물건에 달리고, 얻고 잃는 계산은 속생각에 가로걸리어 마음이 분주스럽게 무엇을 바라고, 항상 급급하게 서둘러도 오히려 충분치 못하니 어느 겨를에 즐거워할 수 있는가?

그러므로 마음속에 스스로 얻은 것이 있어서 바깥 물건을 기대하지 않게 된 뒤에라야 비로소 그와 함께 즐거움을 이야기할 수 있다. 슬며시 다른 사람을 본뜬다고 될 것도 아니지만 어찌 바동바동 애를 쓴다고 이루어질 것이랴? 요컨대 본래의 순수한 기운을 보존하고, 천지의 운행과 마찬가지로 쉬지 않으면서도 아무런 행동에나 부끄러울 것이 없으며, 어디 가서 혼자서도 두려울 것이 없어야 한다. 이것은 사물의 이치가 반드시 그렇다는 것을 아는 동시에 지극한 자기 수양을 쌓는 데서 비로소 얻어지는 것이니, 아버지가 아들에게 물려줄 수도 없고 아들이 아버지에게서 물려 받을 수도 없다.

요 임금은 그로써 천하를 다스렸고, 순 임금은 그로써 부모를 섬겼고, 하우씨는 그로써 물난리를 막아 냈고, 비간*은 그로써 임금을 섬겼고, 굴원은 그로써 자기 나라의 풍속을 안타깝게 여겼다. 장저, 걸닉*이 짝을 지어 들일을 다닌 것이나 유령, 완적*의 무리가 일평

---

* 비간比干은 중국 고대의 명인. 은의 마지막 임금인 주紂의 악정을 간한 까닭에 주가 그를 죽여 배를 짜겠다고 한다.

생 술을 마신 것이 비록 성질이 같은 것은 아니라고 하더라도 지극한 즐거움을 이루고 있는 데만은 일치한다.

만약에 저 몇몇 사람들이 털끝만치라도 불만한 구석이 있어서 몸에 피로를 느꼈다고 하면 요 임금이 늙기를 기다리지 않아서 정치에 싫증을 냈을 것이며, 순 임금이 거문고를 뜯을 기운이 없고, 하우씨가 수레를 타기에 멀미를 냈을 것이며, 비간의 배가 짜개지지 않고, 굴원이 강에 빠지지는 않았을 것이며, 장저와 걸닉이 밭을 가는 일에만 착심하지 않고, 이 세상의 모든 잇속이나 손해와 영예나 욕됨으로 마음을 동요시켜 행동을 일관케 하지 못했을 것이다. 그러니까 자기 성질에 적합한 것을 찾아서 거기만 파묻히면 술을 마시는 것으로도 일평생을 즐겁게 지낼 수 있거니, 하물며 창문이 밝고 책상이 조용한 데서 밤낮 글만 읽고 게으를 줄 모르는 사람이랴?

최씨 집의 젊은이 진겸鎭謙이 하계霞溪 위에 집을 지어 놓고 뜻맞는 선비 두어 사람과 함께 그 집에서 글을 읽으면서 '독락'이라고 이름 지었으니, 그것은 옛 사람의 길로 나갈 것을 뜻하기 때문이다. 나는 그의 뜻을 장하게 여기고 이렇게 기를 지었다. 그의 전심하는 바가 더 커지고 그와 함께 혼자서 즐거워할 수 있는 사람이 더 많아지게 하자는 것이다. 이 또한 내가 그 즐거움을 천하에 퍼뜨리는 것으로 될 것이다.

■ 장저長沮, 걸닉桀溺 두 사람이 짝을 지어 밭을 가는 것을 보고 여행하던 공자가 제자인 자로子路를 시켜 길을 물었으나, 두 사람은 모두 공자의 행동을 비판하면서 길은 가르쳐 주지 않았다.
■ 완적阮籍은 진나라의 시인으로서 유령劉伶, 혜강 등과 함께 죽림칠현으로 치던 사람이다.

곽공을 제사 지내며

安義縣縣司祀郭侯記

내가 안의 원으로 오던 해 8월 17일 호장 하河가가 들어와서 고하였다.

"내일 갑신일은 저의 질청에 일이 있사온즉 아전이며 종들 가운데 일을 볼 것들은 물러가서 몸도 씻고 옷도 갈아입어야 하겠습니다."

내가 질청의 일이란 게 무슨 일이냐고 물었더니,

"옛날 왜란이 있던 정유년(1597)에 적이 황석黃石을 함락시켜서 원님 곽공이 돌아갔사옵는데, 황석은 바로 저의 고을이요, 곽공은 저의 고을의 어진 원님이십니다. 그렇기 때문에 매해 이날 제사를 올려 왔삽고 한 번도 감히 넘기지 못했습니다."

하여, 내가 말하였다.

"죽기까지 힘을 다하여 환란을 막은 사람은 법전에 비추어 마땅히 제사를 올려야 한다. 곽공으로 말하면 외로운 성을 지켜 백성을 보호한 지 삼 년이나 오래였으니 큰 환란을 막아 냈다고 할 만하다. 마침내 자기 직책을 위해서 목숨을 바쳤고 그의 의로운 충성과 씩씩한 절개가 온 나라에 알려졌으니 죽기까지 힘을 다하였다고 할 만하다. 그렇기 때문에 나라에서 여러 차례 표창을 내리어 증직贈職이 이조판서에 이르고, 시호를 충렬忠烈이라고 하였으며, 살던 동리에 정문을 세웠고, 자손들에게까지 은덕이 미치고 있으니 자손에게서 대대로 제사를 받아 그치는 일이 없을 것이다. 또 곽공의 본이 현풍玄風이라 현풍에 있는 서원은 임금에게서 예연禮淵이란 이름을 받고, 이 고을에 있는 서원은 임금에게서 황암黃巖이란 이름을 받았으니 두 고을에서 모두 절차 있게 제사를 올릴 것이다.

저 질청이란 곳은 아전배들이 거처하는 곳이요, 누추한 처소다. 질청에서 사사로이 곽공의 제사를 올린다는 것은 도리어 그를 욕뵈는 것이 아니냐? 더구나 곽공의 혼령인들 자기의 위신을 떨어뜨리면서 이런 곳에 강림해서 제사를 받아 자실 리 있으랴?"

급기야 제삿날 저녁때 호장이 온 고을의 아전, 하인, 종 들을 거느리고 함께 제사에 참례하는데 모두들 황공해하면서 공손하게 오가고 하였다. 조용한 것은 마치 곽공이 동헌에 앉아 옷소매를 걷고 진지를 자시는 듯싶고, 엄숙한 것은 마치 곽공이 명령을 내렸을 때 아랫사람들이 고개를 숙이고 듣는 듯싶었다. 횃불이 활활 타오르는 가운데 절을 하거나 무릎을 꿇어앉는 등 정연한 절차가 있으며, 술잔을 드리고 나서부터 젯상을 물릴 때까지 어느 한 사람도 감히 큰소리로 떠들고 귀찮은 내색을 짓지 못하였다. 그제야 예절은 속마음에서 우러나오는 것이요, 속마음에서 우러나와서 그만둘래야 그만둘 수 없는 것은 법으로도 막지 못할 것을 더욱 절절히 깨달았다.

한 사내가 나무를 안고 타 죽은 것이 역서의 절기와 무슨 관련이 있으랴마는 후대의 백성들이 이날 더운 음식을 해 먹지 않고 있다. ▪ 더구나 곽공으로 말하면 일찍이 이 고을을 책임지고 있으면서 몸소 돌보다가 마침내 이 고을 사람들을 위해서 희생된 분이 아니냐?

아하! 지금 서울 안의 모든 관청과 밖으로 각 고을에서 서리나 아전들이 있는 청사 옆에 반드시 귀신을 위하여 놓았으니 그것을 부군당府君堂이라고 한다. 매년 10월에는 그 관청에 소속된 아랫사람들이 돈을 거두어 부군당에다가 음식을 차려 놓은 다음 취하도록 마시고 배부르게 먹으며 무당을 불러다가 춤추고 노래 불러 귀신을 맞이한다. 세상에서도 부군이 어떤 귀신인지 모르지만, 화상을 그려 놓은 데는 붉은 전립과 구슬 갓끈에 호수虎鬚를 달고 사나워 보이는 것이 장수인 것 같다. 어떤 사람들은 고려 시중 최영의 귀신이라고 말하고 있으니, 그가 벼슬을 사는 동안 청렴했고 개인 친분의 비밀한 사정을 두지 않았고 또 그 당시 위풍과 명성이 있었기 때문에 아전과 백성들이 잊지 못하고 그 귀신을 모셔다가 부군을 삼았다고 한다.

이 말이 참말이라면 최영은 일찍이 한 몸에 정승과 장수를 겸하고 있으면서도 넘어져 가는 왕조를 붙잡지 못하였으며, 죽어서도 밝은 신령이 되어 떳떳한 제사를 받지 못하고, 이제 도리어 아전이나 종의 무리에게 예모 없는 제사를 얻어먹고 있으니 아무런 영험도 없는 어리석은 귀신이라고 보아야 할 것이다. 그가 벼슬을 사는 동안 청렴했다는 흔적이 어디에 있는가? 위하지 않을 귀신을 위하는 것도 점잖은 사람들이 아첨이라고 한다. 더구나 추하고 잡되고 명색이 없는 제사야 아첨보다 더하지 않겠는가?

■ 기원전 7세기경 진나라 임금 문공이 개자추介子推란 신하의 옛 공로를 잊어버린 까닭에 개자추는 그만 산속으로 들어가 버렸다. 나중에 문공이 그를 아무리 불러도 오지 않아서 그가 있는 산에다가 불을 놓았다. 개자추는 결국 불에 타 죽고 말았는데 후대 사람들이 그날을 기념해서 더운 음식을 먹지 않는다는 것이다.

이제 안의 질청에만은 부군당이 없다. 곽공과 같은 분은 이 고을의 어진 원님이었고 나라 일로 돌아가서 떳떳한 신령이 되었으니 그야말로 이 고을의 진정한 부군이 아니겠는가? 그런데 질청에서 제사를 올리면서도 부군이라고 일컫지 않는 것은 무슨 까닭인가? 명색이 없는 제사와 혼동될까 봐 같은 이름을 피한 것이다.

아하! 지금 원 노릇을 하는 사람들이 위엄 있는 얼굴빛으로 아전들과 백성들을 이리저리 돌아보면서 누구는 무엇을 하고 누구는 무엇을 하라고 분부할 때에는 거의 물불을 헤아리지 않고 하라는 대로할 것처럼 보일 것이다. 그러나 인印을 끌러 놓고 집으로 돌아가는 날 중로에서 내버리고 달아나는 자들이 있다. 대체 왜란이 있던 정유년으로부터 오늘까지는 2백여 년이니 그 당시 사람의 아들이나 손자들이 어떻게 남아 있을 수 있는가? 그러나 안의 사람들이 곽공을 존경하고 애모하는 마음은 오늘에 이르도록 한결같다. 만약 충성과 의리로 깊이 감동시킨 것이 아니라면 어찌 이렇게까지 될 수 있으랴?

사당집이 겨우 두 칸이라 누추하고 좁아서 곽공의 신령을 모실만한 곳이 되지 못하였다. 올봄에 조정 명령을 받들어 여단厲壇 *왼편에 고을의 성황당을 새로 건축하였는데, 고을 아전들이 남은 재목으로 곽공의 사당을 수리하자고 청해서 집채도 전보다 조금 넓히고 단청도 칠하여 놓았다. 나는 이 고을 아전들이 곽공에 대해서 연대가 오래되었는데도 엄격하고 정성스럽게 예절을 지켜 오며, 질청에서 제사를 지내는 것도 다른 데와 같지 않고 정당한 것을 아름답게

▪ 전염병 귀신을 제사 지내던 터다.

생각하였다. 더구나 이런 내용을 퍼뜨려 온 나라가 알게 된다면 다른 고을의 모범으로도 될 만하다고 보았다. 단지 연대가 좀더 오래되어 애모하는 마음이 다소 줄어든다면 예절은 이전과 달라지게 되며, 정당한 제사도 일반의 습속과 혼동되기 쉬울 것이다. 또 혹 사람들은 왜 이 사당이 질청에 있는가 하고 의심하게 될 수도 있다.

그래서 곽공의 휘가 준趣이요, 자가 양정養靜이라는 것과 제사 지내게 된 내력을 함께 서술해서 사당집 벽에 붙여 둔다.

다섯 아전의 큰 의리

居昌縣五愼祠記

대개 관리란 말은 관리한다는 의미니, 그중에는 꼭대기의 관리도 있고 지휘하는 관리도 있고 책임지는 관리도 있고 허드레 관리도 있다. 하늘을 대신하여 모든 사람을 다스리는 것을 '꼭대기의 관리'라 이르고, 나라의 덕화를 받들어 백성들에게 고르게 펴는 것을 '지휘하는 관리'라 이르고, 세상 일을 보살펴 백성을 인도하는 것을 '책임지는 관리'라고 이른다.

맨 끝의 허드레 관리는 책임지는 관리를 도와서 각 고을에서 문서나 만들고 창고나 맡아 보는 아랫사람들이요, 보통의 신분으로 관청에 드나들면서 일을 하는 무리다. 본래 신분이 미천할 뿐 아니라 일자리도 낮다. 임금이 임명하는 벼슬이 아닌 만큼 왕의 신하라고 할 만한 것은 못 되지만, 옛날의 제도로는 중앙의 가장 낮은 관리와 꼭 같은 녹을 받도록 규정되어 있다. 그렇기 때문에 위로 임금에서 아래로 서리와 아전에 이르기까지 관리하는 범위는 크고 작은 차이가 없지 않을망정 직책은 관리 아닌 것이 없다.

아하! 지금 각 고을와 아전들이 바로 보통 신분으로서 관청 일을 하는 사람들이 아닌가? 그래도 중앙의 가장 낮은 관리와 꼭 같은 녹을 받아서 농사를 짓지 않고도 생활을 하게 될 처지가 아닌가? 지금 각 고을의 책임지는 관리들은 모두 선비 집안 출신이 아닌가? 세상 일을 보살펴 백성을 인도하는 것이 그래 옛날의 선비 출신들과 다른 점은 없는가?

그런데 지금 보통의 신분으로 관청 일을 하는 사람들이 농사를 짓지 않고도 생활을 해 갈 만큼 중앙의 가장 낮은 관리가 받는 녹을 받지 못하고 있다. 그들이 국가 창고에서 훔쳐 내고 소송하는 백성들을 등쳐먹고 문서 농간으로 간악한 잇속을 취하는 것도 형편이 그럴 수밖에 더는 없다. 선비 출신의 관리로서 각 고을을 책임진 사람 중에는 능히 많은 아전들을 진정으로 무섭게 단속해서 감히 법과 어긋나는 일을 하지 못하게 하는 인물이 있는가? 그것은 아직 모를 일이다.

그런데 사람들이 항상 말하기를, 젖은 섶나무를 묶어 놓은 것과 같이 아전을 단속해야 한다고 한다. 저 사람들의 단속이란 것이 과연 예절, 의리, 염치에 근거한 것이라면 어째서 함께 조정에 올라서는 안 되는가? 만약에 목을 매어 부리거나 고랑을 채워 끌다시피 해서 언제나 모욕을 가하면서 내가 아전들을 잘 단속하노라고 한다면 그것은 마소처럼 보고 도적놈처럼 다루는 것이다. 마소나 도적놈에게 절개, 의리, 충성, 신용과 같은 것을 바랄 수 없다는 것은 아주 명백한 노릇이다.

아전들이 원의 앞에서 분주히 심부름하는 꼴을 내가 일찍이 보았다. 무릎으로 걸어서 숨이 찬 정도에 이르지 않으면 그를 태만한 놈이라고 말하고, 혹시 눈을 치켜뜨다가 띠 위로 올라오기만 하면 그를 완패한 놈이라고 말한다. 분명히 이치에 당치않은 분부나 명령도 얼른 "지당하옵니다." 하고 대답치 않고 감히 "그렇게 됩니까, 안 됩니까?" 하고 따진다면 얼굴이 시퍼래져서 "네놈이 무슨 버르장머리냐?" 하고 꾸짖지 않을 사람이 누가 있단 말인가? 그렇기 때문에 고개를 푹 숙이고 설설 기어다니며 진흙 바닥에 꿇어 엎드려야만 그제야 공손하다고 본다. 만약에 이와 조금이라도 어긋나면 비단 그 아전만이 외람하고 간활하다고 해서 형벌을 면치 못할 뿐이 아니라, 그 원까지도 젖은 섶나무처럼 단속하지 못했다고 해서 성적 평가에서 '하'를 맞고 쫓겨가게 된다. 그렇기 때문에 선비 출신의 관리들이 설설 기어다니면서 "예, 예." 하는 아전들을 내려다볼 때에는 물이나 불이나 시키는 대로 뛰어들 것 같지만, 하루아침 비상한 사태가 있을 경우에는 실상 그들에게 윗사람을 위해서 희생하기를 바랄 수는 없지 않은가?

거창읍의 왼편으로 영계瀯溪 위에는 신씨네의 다섯 사람을 위한 사당집이 있다. 모두 좌랑 벼슬을 증직하였는데, 이름은 석현錫顯, 극종克終, 덕현德縣, 치근致勤, 광세光世이다. 이 다섯 사람은 한 고을의 조그만 아전이언만 충성, 의리, 공적이 나라 안에 알려졌고 고을 역사에 기록되어 있으니, 바로 큰 환란을 막아 낸 사람은 제사를 올려야 하는 것이 아닌가?

아하! 영조 4년 무신년(1728)에 흉악한 역적이 영남에서 일어나자 그 당시 원으로 일을 내던지고 도망친 자들이 있다. 각 고을의 아전들이야 풍을 치면서 한목 들이덤비기도 하고 위협에 못 이겨 따라나서기도 하는 등 더 말할 것이 없다. 그런데 맨 먼저 흉악한 기세를 꺾어 버려서 역적들이 쇠퇴고개를 감히 넘어 충청도를 짓밟고 더 북으로 올려 밀지 못하게 한 것이 누구의 공적이었던가? 아하! 높직한 마루 위에 앉아서 인궤를 어루만지고 이 다섯 사람을 굽어보면서 이래라저래라 지휘하던 자는 누구였던가? 평소에 그들을 단속한 것은 과연 어떠한 방법이었던가? 그들은 과연 설설 기어다니거나 땅만 내려다보고 있어서 원을 잘 받든다고 하던 그런 사람들인가? 아니, 외람하고 간활하다는 지목을 받아서 원까지 '하'를 맞고 쫓겨가게나 하지 않았는가?

졸지에 난리가 일어나서 아전과 백성들이 모두 정신을 못 차리고 새와 짐승도 전부 내빼는 판인데 이 다섯 사람이 소리를 외쳐서 큰 의리를 설명하며, 마침내 흉악한 무리의 기세를 꺾어서 서울과 온 나라를 보위하였다. 이렇게 탁월한 공적을 세운 것으로 본다면 애초부터 마음속에 쌓인 의리가 견고해서 움직일 수 없는 사람이 아니고서야 어떻게 될 수 있는 일인가?

우리 임금이 왕위에 오르신 지 12년(1788)은 무신이 다시 돌아오는 해인 만큼 지난날의 난리를 평정한 정치적 업적과 군사적 공로를 기념해서 임금이 명령을 내리었다. 그 명령으로 인하여 한때 온 나라가 들끓었거니와 표창하는 의식이 아무리 멀어도 다 닿지 않는 곳이 없고 아무리 적어도 미치지 않는 데가 없어서 시골 구석에 있는 미천한 집안까지도 빼놓지 않았다. 이 아니 성대한 일인가? 과연 성대한 일이구나!

나는 이웃 고을의 원으로 있으면서 언제나 오신사를 지날 때면 머뭇거리면서 얼른 지나가 버리지를 못했더니 현령 유한기兪漢紀가 나더러 기문을 쓰라고 부탁한다. 드디어 내 소감을 서술하는바 이로써 선비 출신으로서 책임지는 관리들을 경계코저 한다.

천년 전의 최치원을 기리며

咸陽郡學士樓記

함양읍에서 동쪽으로 백 걸음쯤 떨어져서 성벽 곁에 누각을 몇 칸 지어 놓았는데 오랜 세월에 고만 퇴락해 버렸다. 서까래는 썩어서 내려앉았고 단청을 칠했던 것도 새까맣게 되어 버렸다.

지금 임금이 왕위에 오른 지 19년 갑인년(1795)에 군수 윤광석尹光碩이 개연히 자기 봉급에서 비용을 내놓고 대대적으로 보수하기 시작하여 누각의 옛 모습을 복구하기에 이르렀다. 이름도 옛날과 마찬가지로 '학사루'라고 하면서 변변치 않은 사람에게 글을 지어서 기록해 줄 것을 부탁하였다.

함양은 신라 때의 천령군이다. 문창후文昌侯 최치원崔致遠[■]의 자는 고운孤雲인데 그가 천령군의 원으로 와서 이 누각을 지은 지 벌써 천년이다. 그런데 천령의 백성들은 문창후를 잊지 않고 지금까지 이 누각을 학사라고 부르고 있다. 이것은 그의 유적을 기념하기 위한 것이다.

고운의 나이 열두 살 때 장삿배를 따라 당나라로 건너갔다. 당 희

■ 고려 현종 때 최치원을 공자 사당 안에다 붙여 제사를 지내기로 결정하는 동시에 내사령 문창후를 중직하였다.

종僖宗 건부乾符 갑오년(874) 배찬裵瓚의 방榜*인 과거에 급제하고 시어사侍御史, 내공봉사자금어대內供奉賜紫金魚袋라는 지위에까지 올랐으며, 회남도통淮南都統 고변高駢이 황제에게 제기하여 종사로 임명되었다. 고변이 황소黃巢를 토벌코저 각 지방의 군대를 소집할 때 그를 위해서 격문을 기초하였더니 황소가 그 격문을 보고 놀라서 상 아래로 떨어져 버렸다. 이때부터 고운의 명성은 전 중국에 울렸다. 《당서》 '예문지藝文志' 가운데도 고운의 저작인 《계원필경桂苑筆耕》 4권이 기록되어 있다. 그 후 광계光啓 원년 을사년(885)에 이르러 당나라 사신의 자격으로 고국에 돌아온다. 이른바 무산십이봉巫山十二峯의 나이 때 맨몸으로 중국에 갔고 은하 이십팔수의 해에 비단옷을 입고 고국으로 돌아왔다는 것이 바로 이런 내력을 이야기하고 있다.

우리 나라 역사에는 고운이 벼슬을 버리고 가야산으로 들어가서 하루아침에 숲속에 갓과 신발을 내던지고 없어졌는데 다음 일은 모른다고 한다. 세상에서는 드디어 고운이 도를 닦아서 신선이 된 것이라고 하지만 이것은 고운을 모르고 하는 소리에 지나지 않는다. 고운이 일찍이 열 가지의 조목을 들어 임금을 간하였는데, 임금이 능히 채용하지 못하고 말았다. 천령에서 가야산이 백 리도 못 되게 가까우니 그가 벼슬을 버린 것이 바로 천령군에 있을 때가 아니었을까?

아하! 고운이 중국에서 벼슬을 할 때에는 당나라가 한참 어지러웠고, 부모의 나라로 돌아온 때에는 신라의 운수도 막다른 골목에 들어섰다. 천하를 두루 돌아보나 애착되는 것이 없어서 마치 하늘가

---

* 과거 시험의 장원으로 급제한 사람이니, 장원한 사람의 이름 아래 '방牓' 자를 붙여 그 과거를 가리키는 것이 옛날의 관습이다.

의 한가로운 구름이 무심히 떠다니다 말다 하는 것과 같았을 것이니, 스스로 고운이라고 자를 지은 데서도 그런 심경이 표현되었다.

당시의 그로서 벼슬살이의 호강을 썩은 쥐새끼나 헌신짝만도 못하게 여겼을 것이니 후대 사람이 오히려 학사란 직함을 쓰는 것은 고운을 더럽히는 것이요, 이 누각도 고상하지 못하게 만드는 것 아닌가? 그렇건만 이 고을 사람들은 고운을 사모할 적에 문창후라고 하지 않고 꼭 학사라고 하며, 고운이라고 하지 않고 꼭 그의 직함을 부르며, 돌비와 같은 것으로 기념하지 않고 누각의 이름을 삼고 있다. 그것은 고운이 신선이 되어 갔다는 말을 곧이듣지 않고 이 누각 가운데서 다시 만날 것처럼 생각했던 것이리라.

만약 높은 오동나무에 달빛이 가릴 때 사면의 창문이 은은하게 빛나면 마치 굽은 난간에서 학사가 거닐고 있는 듯하고, 바람이 긴 대를 흔들 때 학의 울음 소리가 맑게 들리면 마치 가을날에 학사가 시를 짓고 있는 듯하였으리라.

이 누각을 학사루라고 이름 지은 것도 오랜 유래를 가지는구나!

흥학재를 지은 뜻

咸陽郡興學齋記

각 고을의 원이 처음 임명되면 그 고을의 경주인*은 우선 그에게 일곱 가지의 일을 적어다 준다. 그가 임금에게 하직을 고하러 들어가면 특히 마루 위로 올라오라고 명령한다. 그 다음 승지가 벼슬과 성명을 아뢰라고 할 때 숨을 죽이고 엎드려 무슨 벼슬의 누구라고 고해야 하고, 또 그 다음 일곱 가지의 일을 아뢰라고 할 때 일어났다가 다시 엎드려 벌벌 떨면서 일곱 가지의 일을 외어야 한다.

"농사짓고 누에치는 일이 흥성합니다. 인구가 늘어납니다. 교육이 향상됩니다. 군사 관계의 일이 정비됩니다. 세금과 부역이 공평해집니다. 소송이 적어집니다. 아전들의 작폐가 없어집니다."

순서에 따라 물러나와 그로써 행정의 지침을 삼으면서 자기가 맡은 고을로 내려오거니와, 이따금 차례를 뒤바꾸거나 잘못 읽은 탓으로 그 자리에서 떨어진 사람들도 드물지 않다.

대개 이 일곱 가지의 일은 모두 고을을 다스리는 큰 항목이요, 백성을 통솔하는 중요한 목표이니, 국가로서 명백히 경계하여 실질적

---

* 조선 내의 각 고을에서는 중앙과 연락을 위해서 서울 안의 일정한 사람들에게 사무를 맡겼다. 그런 사람들을 경주인이라고 했다.

인 일을 책임지우는 것이 이러하다. 이 가운데 하나만이라도 잘못한다면 물론 그에게 한 지방에 대한 권리를 주어 백성과 나라에 대한 책임을 지우기 곤란하다. 그러나 한갓 입으로 외우기만 한다고 모든 일이 다 되는 것은 아니다. 옛 성인의 모든 훌륭한 행실도 입으로 외지 못할 사람은 없다. 어떤 사람이나 그런 것을 능히 입으로 외는 것만 보더라도 성인의 행실이 입으로 외는 데만 달려 있지 않다는 것은 또한 명백하다.

각 지방을 책임진 관리들이 한갓 일곱 가지의 일을 입으로 외기만 해서는 무엇에 쓸 것인가? 또 "농사짓고 누에치는 일을 흥성시키겠습니다." 하지 않고 "농사짓고 누에치는 일이 흥성합니다." 하니 그것은 이미 과거의 성과를 가리키는 것이요, 앞으로 힘쓰겠다는 말이 아니다. '인구' 이하의 모든 항목이 마찬가지다. 더구나 갓 임명되어 아직 일을 시작하기도 전에, 임금에게 하직을 고하는 마당에서 어찌하여 지난날 유명한 원들의 성과를 모아다가 마치 제 성과처럼 늘어놓아야 한단 말인가? 정히 필요하다면 승지가 크게 기침하고 목소리를 가다듬으면서 임금의 지시로서 일러 드릴 것이다.

"농사짓고 누에치는 일을 흥성시키라. 인구를 증가시키라. 교육을 향상시키라. 군사 관계의 일을 정비하라. 세금과 부역을 공평히 하라. 소송이 적어지도록 만들라. 아전들이 작폐하지 못하도록 만들라."

이렇게 이르면서 부임하는 자에게 머리를 조아리며 엄숙하게 들으라고나 한다면 그것은 그래도 옛날에 법을 읽혀 들리던 의사라고 해석할 수 있을 것이다.

그런데 점잖은 사람이 이 일곱 가지의 정사를 하는 데서 급히 해야 할 것이 세 가지요, 또 그중에서 가장 앞세워야 할 것이 한 가지이다. 무엇이 급한가? 농사짓고 누에치는 일이며 세금과 부역이며 인구이다. 어째서 이 세 가지가 급한가? 《서경》에 이르기를 "생산이 풍부해야 사람도 좋아진다."고 하였다. 대개 농사짓고 누에치는 일이 흥성하지 못하면 교육을 향상시킬 수 없고, 세금과 부역이 공평치 못하면 인구가 늘어날 수 없고, 인구가 늘어나지 못하면 군사 관계의 일도 정비할 수 없다. 만약에 농사짓고 누에치는 일을 흥성시키고 세금과 부역을 공평히 하면 도망가고 흩어졌던 사람들이 본래의 생업으로 돌아가서 인구가 저절로 늘어날 것이요, 따라서 군사 관계의 일을 정비하는 것도 별로 걱정할 필요가 없지 않은가? 소송 사건과 아전의 작폐도 번거로운 형벌이 없이 줄어들고 없어질 것이다. 그러니 무엇을 앞세워야 하겠는가? 교육을 가장 앞세워야 한다. 어떻게 앞세울 것인가? 자기 몸으로써 솔선 앞세워야 한다.

농사짓고 누에치는 일이 아무리 급하다고 하더라도 백성들에게 부지런히 권고할 뿐이지 한 지방을 책임진 관리가 몸소 앞장설 일은 아니다. 세금과 부역을 공평히 하고 인구를 늘이고 소송을 적게 만들고 아전들의 작폐를 없애는 일은 더구나 억지로 하여서 될 일이 아니다. 그렇다면 책임진 관리로서 몸소 곧 실행할 수 있는 일은 교육이 있을 뿐이다.

공자의 제자 자유子游가 무성의 원이 되어서 기악과 노래로 정사를 하면서 말하였다.

"우리 선생님께 들으니 점잖은 사람이 사물의 이치를 배우면 사람을 사랑하게 되고, 아랫사람이 사물의 이치를 배우면 심부름시키기가 쉽다고 하셨다."

그런데 후세에 이르러는 학교라고 말하는 데서 그저 쓸데없이 옛 글이나 지껄이고 앉았을 뿐이요, 예의, 음악, 활쏘기, 말타기, 글씨, 셈세기 등의 여섯 과목은 오직 빈 이름으로만 남아 있을 뿐이다. 우리의 눈, 귀, 손, 발로 늘 접촉하는 사물이나 또 우리의 마음과 생각이 미치는 대상에 대해서는 오늘날의 이른바 점잖은 사람들도 애초부터 새까맣게 모르고 있는 판이다. 더구나 아랫사람들이야 말을 해서 무엇 하랴?

아하! 옛날에는 동리 간의 술 마시는 예를 벌이거나 활 연습하는 모임을 열거나 노인을 존경하거나 농민들을 위안하거나 재주를 겨루게 하거나 정책을 채택하는 일에서부터, 역적의 목을 잘라 올리고 죄인을 심문하고 군사 사무를 토의하는 일 따위의 어느 하나도 학문과 관계되지 않는 것은 없다. 그러니까 저 일곱 가지의 일도 비록 다른 부문으로 나누고 딴 항목으로 세우기는 하였다고 하지만 모두 학교에서 일상적으로 가르쳐야 할 것이다.

자유가 정사를 베푼들 어떻게 동리마다 돌아다니면서 사람마다 붙들고 가르쳤겠는가? 그 지방의 우수한 청년들을 뽑아서 큰 동리에 있는 낮은 급의 학교와 작은 동리에 있는 낮은 급의 학교에 넣어서 이끌어 주었을 뿐이다. 백성을 추동하는 방법치고 이 밖에 다른 것은 없는 데다가 몸소 이끌어 주기까지 하니 백성들이 순종하기를 마치 바람에 풀이 쏠리듯 하고 비 온 뒤에 움이 돋듯 하는 것이다. 그렇기 때문에 일곱 가지 일 중에서 급한 것은 세 가지요, 그 세 가지 중에 앞세울 것은 교육이다.

윤공 광석이 함양의 원으로 온 지 3년째 되던 해에 고을의 선비들이 서로 의논하였다.

"우리 고을에서 교육에 힘쓰지 못한 지 오래다. 우리 명철한 원님의 결함이 될 것이 아닌가?"

"서편 냇물 동쪽 언덕 위에 있는 한 채의 집은 점필재(佔畢齋, 김종직)나 남명과 같은 저명한 분들의 발걸음이 미친 곳이요, 우리 고을의 유명한 어른인 노옥계, 강개암*이 머물렀던 자리다. 거기서 공부를 하면 되지 않는가?"

윤공이 그 말을 듣고 말하였다.

"이게 바로 내 책임이 아닌가?"

윤공이 자기 봉급을 떼내어 전답도 장만하고 서적도 수집하고 방과 마루도 수리한 다음 그 집을 '홍학재'라고 이름 지었다.

아하! 윤공이 이 고을에 부임한 지 겨우 두 돌 만에 교육이 향상된 자취가 벌써 나타난 것이 아닌가? 그런데 그 집의 이름도 교육이 향상되었다고 하지 않고 교육을 향상시켜야 한다고 하였으니, 과거의 성과보다 장래의 목표를 의미하는 것이다. 그의 정사는 실로 선후의 순서를 잘 알고 있다고 말할 것이다. 내가 보건대 윤공이 몸소 이끌어 주며 교육 사업에서 앞장서고 있으니 이 집에서 공부하는 사람들도 학문을 어느 정도 이룬 뒤에도 이미 완성되었다고 하지 못하고 장차 완성해야 한다고 할 것이다. 그들의 앞길이 어찌 원대치 않을 수 있으며 그래서 그들이 어찌 한 고을의 인재로만 그치고 말 것이랴?

지원이 자격도 없이 이웃 고을의 원으로 앉아서 현실 사무에 치중하라는 국가의 본의를 받들지 못하고 있다. 밤낮 송구한 마음으로

■ 노옥계盧玉溪는 노진盧禛이요, 강개암姜介庵은 강익姜翼이니 모두 함양에서 산 사람이다.

행정 사업의 성과가 오르지 못하는 것을 걱정하던 중 윤공의 이런 성과를 듣고 특히 이 집 이름에 느낀 바가 있으므로 기문을 지어 보내서 벽에 붙이게 한다.

바위에 이름을 새긴들

髮僧菴記

내가 금강산을 구경하러 갔을 때 동구에 들어서자 벌써 옛 사람, 지금 사람의 이름들을 새겨 놓은 것이 눈에 띄었다. 커다란 글씨로 깊이 새겨서 거의 빈 자리를 볼 수 없는 것이 마치 구경터에 사람이 포개 선 듯하고 공동묘지에 무덤들이 박힌 듯하였다. 옛날 새긴 것이 채 이끼에 묻히기도 전에 새로 붉은 칠로 새긴 것이 더 환하게 드러났다. 심지어 터진 석벽과 짜개진 바윗돌이 천길이나 깎아질러 나는 새의 그림자도 어른대지 못할 곳에도 김홍연金弘淵의 석 자가 없는 곳이 없다.

내가 심중에 이상하게 생각하기를,

'옛날 감사의 세력은 사람을 죽이고 살리고 마음대로 할 수가 있었다. 또 봉래蓬萊 양사언楊士彦과 같은 분은 산천 구경을 좋아해서 그의 발자국이 미치지 않은 곳이 없다고 한다. 그런 사람들도 저기다가는 이름을 새겨 놓지 못했는데 이렇게 이름을 새긴 사람은 대체 누구란 말인가? 어떻게 석수장이를 다람쥐처럼 기어 올라가도록 했을까?'

그 후 내가 나라 안의 명산을 두루 돌아서 남으로는 속리산, 가야

산에 올랐고 서로는 천마산, 묘향산에 올랐다. 어느 산에를 오르거나 아주 궁벽한 데까지 들어가서 내 딴은 세상 사람이 이르지 못하는 데를 나 혼자 본다고 생각하였다. 그러나 가는 곳마다 김씨의 이름을 발견하게 되니 고만 화가 나서 속으로 '홍연이란 어떻게 생긴 인간이기에 이렇게 당돌하게 구는 것이람!' 하고 욕하였다.

대개 명산을 유람하는 사람들이 가지가지의 곤란을 무릅쓰고 지극히 위험한 곳에까지 이르지 않으면 기이한 경치를 구경하지 못한다. 나도 보통 때에는 지난날의 모험을 회상하면서 갑자기 후회스럽지 않은 것도 아니언만, 다시 또 산에만 들어서면 전번의 후회를 잊어버리고 뾰족한 바위 위도 올라가고 까마득한 낭떠러지도 굽어보게 된다. 썩은 줄과 약한 사다리에 몸을 의지하고 가끔가끔 하느님에게 빌기까지 해서 행여나 살아 돌아가지 못할까 봐 겁내는 그때에도, 늙은 나뭇가지와 오래 묵은 넝쿨 사이에서 사슴 다리만큼씩 큰 글자와 붉게 칠한 획이 가렸다 드러났다 하는 것은 반드시 김홍연이다. 그제는 도리어 위태하고 험난한 경우에 알던 친구나 만난 듯이 반가울 뿐 아니라 힘을 다시 얻어서 그 길을 무사하게 지나오게 된다.

김씨의 사적을 잘 아는 사람의 이야기를 들으면 그는 마치 검객이나 협객들처럼 내활乃闊이라는 별명으로 행세를 하고 있었다. 젊어서는 말도 잘 타고 활도 잘 쏘아 무과 과거에 급제까지 하였으며, 힘이 능히 산 호랑이를 때려잡고 양쪽 팔에 두 기생을 낀 채 여러 길 되는 담도 뛰어넘을 만하였다. 구구히 벼슬살이에 뜻을 두지 않고, 집안이 본래 부유하기 때문에 돈을 물쓰듯 하며, 한편으로 고금의 유명한 글씨, 그림, 칼, 거문고, 골동품, 기이한 화초 들을 수집하였다. 자기 마음에 들기만 하는 것이라면 천금도 아끼지 않아서 좋은 말과 좋은 매를 항상 옆에 놓고 지내 왔다. 고만 나이 늙어서 머리털이 허예진 뒤로는 주머니에 정을 넣고 명산을 찾아다녔다. 한라산에를 한 번 들어갔고 백두산에를 두 번 들어갔는데 간 데마다 자기 손으로 이름을 새겨 이런 사람이 있었다는 것을 후세에까지 알리겠노라고 하였다고 한다. 내가 물었다.

"그 사람이 누구란 말이오?"

"김홍연이오."

"김홍연이란 게 누구요?"

"자를 대심大深이라고 하는 사람이오."

"대심이란 게 누구요?"

"별호를 발승암이라고 하는 사람이오."

"발승암이란 건 누구요?"

대답해 오던 사람도 더 이상 무엇이라고 말할 수 없게 되니 내가 다시 웃으면서 말하였다.

"옛날에 사마상여司馬相如는 '없는 공公'과 '안 있는 선생'을 만들어서 서로 묻고 대답케 했더니, 이제 그대와 나도 우연히 태곳적 석벽과 흐르는 물 사이에서 서로 만나 묻고 대답하였소그려! 이 다음 어느 날 생각한다면 모두가 '안 있는 선생'으로 되고 말 것이오. 소위 발승암이란 사람이 어디 있단 말이오?"

그는 발끈 골을 내면서 말하였다.

"설마 거짓말을 꾸며 대겠소? 정말 실지로 그런 사람이 있었소."

내가 껄껄 웃으면서 말하였다.

"그대가 너무 고집불통이오. 옛날 왕안석은 '극진미신劇秦美新'이란 글이 반드시 곡자운谷子雲의 저작이지 양자운楊子雲의 것이 아닐 것이라고 주장하고, 소식은 서경에 과연 양자운이란 사람이 있었던지 모른다고 말하였소. 저 두 사람은 그의 작품이 그 당시부터 높이 평가되고 그의 이름이 길이 역사에 전해 오건만 사람에 따라서는 그런 의심을 품게 되오. 더구나 깊은 산속, 험한 골 안에다가 새겨 놓은 이름쯤이야 백년 안에 다 마멸되어 버릴 것이 아니겠소?"

그도 나와 함께 껄껄 웃고 말았다.

그 후 9년 만에 내가 평양에 갔다가 김씨를 만났다. 그가 지나가는 것을 어떤 사람이 등에다 대고 손가락질하면서 저 사람이 김홍연이라고 가르쳐 주었다. 내가 그의 자를 부르면서 소리쳤다.

"대심이, 그래 그대가 바로 발승암이 아니오?"

김씨는 고개를 돌려 나를 한참 바라보더니 물었다.

"그대가 나를 어떻게 아시오?"

"내가 예전 만폭동에서 벌써 그대를 알았소. 그대의 댁이 어디오? 전일 수집해 놓은 것들이 아직 얼마간이나마 남아 있소?"

김씨는 무색해서 말하였다.

"집이 가난해져서 다 팔아 버리고 말았소."

"왜 발승암이라고 별호를 지었소?"

"불행히 병을 얻어 꼴이 망칙하게 된 데다가, 나이는 늙고 안해도 없어 절에 가서 붙여 지내기 때문에 그런 별호를 지은 것이오."

그의 말과 거동을 살피면 전날의 기풍이 아직도 남아 있는 점이 있다. 그의 젊은 시절을 보지 못하는 것이 섭섭하구나! 하루는 내가 있는 데로 찾아와서 청하였다.

"내가 지금 늙어서 다 죽게 되었소. 마음은 이미 죽었고 안 죽은 것이라고는 머리털뿐이오. 그런데 내가 지금 살고 있는 곳에는 중의 암자밖에 없단 말이오. 그대의 글을 빌려서 후세에까지 이름이나 전하게 해 주시오그려."

나는 그가 늦게까지 그런 생각을 버리지 못하는 것을 슬프게 여겼다. 전날 함께 유람 다니던 친구와 서로 문답한 내용을 적어 보내면서 불경의 게偈를 본떠서 끝을 맺는다.

> 온갖 새 다 검은 양 까마귀 믿고 있네.
> 다른 것 희지 않다 백로는 의심하네.
> 검둥이, 센둥이가 제가끔 저 옳다니
> 하늘도 그런 판결 싫증을 느끼오리.
> 사람의 얼굴에는 두 눈이 박혔으나
> 한 눈 굦은 애꾸도 보기는 마찬가지.
> 두 눈을 갖추어서 더 보는 게 무엇인가?
> 외눈이만 살고 있는 나라■도 있지 않나.
> 세상의 어떤 분네 두 눈도 모자라서
> 이마 위에 또 두 눈을 붙이고 나섰구나.
> 관세음이라 하는 부처의 상을 보라.
> 천 개의 눈망울이 이리 구르고 저리 구르네.
> 천 개의 눈망울을 무엇에 쓰려는가?
> 앞 못 보는 소경도 검은 건 볼 수 있네.
> 김군은 신병으로 외양이 변한 사람

■ 중국의 고대 전설에 의하면 서북방에 눈 하나만 가진 사람들이 살고 있었다고 한다.

부처님께 의탁해서 여생을 보내고 있네.
더미로 쌓인 돈도 쓰지를 않는다면
거렁뱅이, 거지나 다를 것 없지 않나.
제 생긴 제대로들 다 각각 살 것이요
배우라고, 배우자고 굳이 애쓸 맛은 없네.
대심이 애초부터 남과는 다른 사람
그러니 남의 의심 면하지 못하오리.

烏信百鳥黑, 鷺訝他不白.

白黑各自是, 天應廉訟獄.

人皆兩目俱, 瞳一目亦覩.

何必雙後明, 亦有一目國.

兩目猶嫌小, 還有眼添額.

復有觀音佛, 變相目千隻.

千目更何有, 瞽者亦觀黑.

金君廢疾人, 依佛以存身.

積錢若不用, 何異丐者貧.

衆生各自得, 不必强相學.

大深旣異衆, 以玆相訝惑.

여름밤에 벗을 찾아서 놀다

夏夜讌記

22일에 국옹麴翁과 함께 걸어서 담헌에게 갔더니 풍무風舞도 밤에 왔다. 담헌은 가야금을 타고 풍무는 거문고로 맞추고 국옹은 갓까지 벗어부치고 노래를 불렀다.

밤이 깊은 다음 구름장이 사방으로 몰려들고 더위도 약간 물러가니 줄풍류 소리는 더욱 맑아졌다. 좌우에 있는 사람이 아무 소리 없이 고요하게 앉았는 것이 마치 신선을 배우는 이가 도를 닦고 있는 듯하고, 부처를 믿는 중이 전생을 알거나 될 듯하다. 제 앞에 떳떳하면 무서운 것이 무엇이냐? 국옹이 노래를 부를 적에 옷을 풀어헤치고 있는 품이 옆에 아무도 없는 것처럼 태연하다.

매탕梅宕은 처마 사이에 늙은 거미가 줄을 치고 있는 것을 보고 있다가 기뻐서 나에게 말하였다.

"그것참 묘하군! 이따금 머뭇머뭇하는 것은 마치 무엇을 생각하는 듯하고 이따금 잽싸게 서두는 것은 무슨 타산이라도 있는 듯하군. 보리씨를 뿌리는 발뒤꿈치와도 같고 거문고를 누르는 손가락과도 같단 말일세. 담헌과 풍무가 음악으로 화답하는 데서 나는 늙은 거미를 이해할 수 있게 되었네그려."

지난해 여름에 내가 담헌에게 간 적이 있는데 담헌이 음악을 전문하는 연延씨와 막 거문고에 대해서 이야기하고 있었다. 그때 비가 쏟아지려고 해서 동쪽 하늘가의 구름이 먹빛 같았는데 그저 우레 한 번이면 용이 비를 퍼붓지 않을까 하는 판에 우루루하고 긴 우렛소리가 하늘을 지나갔다. 담헌이 연씨더러 말하였다.

　　"이게 어느 소리에 속할까?"

　　그러고는 거문고로 그 소리를 맞추기에 내가 거기서 '천뢰조天雷操'란 글을 지은 일이 있다.

사흘째 끼니를 거르고

酬素玩亭夏夜訪友記

6월 어느 날 밤에 낙서가 나를 찾아왔다 가더니 기문 한 편을 지었다. 기문 가운데는 이런 말이 있었다.

"내가 연암 선생을 찾아가니 선생은 끼니를 거른 지 벌써 사흘째다. 망건도 벗고 버선도 벗고 창문 턱에 발을 걸치고 누워서 행랑 사람들과 말을 서로 주고받고 있다."

연암은 우리 시골집이 있는 금천의 동리 이름이다. 사람들은 그만 그 이름을 내 별호로 부르고 있다.

이때 우리 식구들은 광릉廣陵에 있었다. 내 본래 살이 쪄서 더위를 몹시 타는 데다가, 풀과 나무가 울창해서 찌는 듯하고, 여름밤의 모기와 파리도 견디기 어렵고, 논고랑의 맹꽁이 떼가 밤낮 없이 울어 대는 것도 시끄러워서 여름 한철은 언제나 서울집으로 피서를 왔다. 서울집이 비록 습하고 좁기는 하다고 해도 모기, 맹꽁이, 풀과 나무 때문에 괴로움을 받을 까닭은 없었다. 여종 하나가 서울집을 지켜 주고 있더니 갑자기 눈을 앓다가 미친증이 일어나서 주인을 버리고 달아났다. 밥을 지어 줄 사람이 없으므로 행랑 사람에게 붙여 놓고 먹자니까 자연히 허물없이 지내게 되어 저희들도 내 종이나 다름없이 심부름해 주기를 꺼리지 않았다. 혼자 조용히 있어서 마음속에 아무런 딴 생각이 없으며 가끔 시골집의 편지를 받더라도 단지 평안하다는 글자나 훑어보고 말았다.

그만 게으른 것이 버릇이 되어 남의 좋은 일에나 궂은 일에나 일체의 인사를 그만두었다. 혹은 며칠씩 낯을 씻지 않기도 하고 혹은 열흘이 넘도록 망건을 쓰지 않기도 하였다. 어느 때에는 손님을 맞아들여다 놓고도 아무 말 없이 가만히 앉았기만 하다가, 어느 때에는 나무 장사나 외 장사를 불러들여서 효도, 우애, 충성, 신용, 예의, 체면 등을 친절하게 몇백 마디고 설명해 들려주었다. 남들은 나를 주책이 없고 수다를 떤다고 나무랐지마는 종시 고치지를 못하였다. 또 어떤 사람은 내가 집을 가지고도 혼자 나와서 살고, 안해가 있는데도 중처럼 지낸다고 비웃건만 나는 더욱 마음이 편안해져서 아무 일도 할 것이 없는 것만 만족하게 여겼다.

까치새끼 한 마리가 분질러진 다리를 끌면서 잘록거리고 다니는 것이 보기에 우스웠다. 밥알을 던져 주어 길이 들고 보니 날마다 찾아들어 아주 친한 사이가 되었다. 그래서 내가 웃음의 말을 하였다.

"맹상군은 전연 없으나마 평원군의 손님만은 있구나."■

우리 나라에서 돈의 단위를 문이라고 하기 때문에 돈을 맹상군이라고 한다.

자다 깨서 책을 보고 책을 보다 또 자나 아무도 깨울 사람이 없어서 하루 종일 내처 자 버리기도 한다. 때로 혹 글을 지어 내가 생각한 바를 표현하다가 피로를 느끼게 될 때에는 갓 배운 양금을 두어

■ 맹상군孟嘗君의 성은 전田이고 이름은 문文이라 우리말의 전문錢文과 음이 같다. 평원군平原君은 손님을 좋아했으니까 까치새끼를 그의 손님으로 비교한 것이다.

가락 치기도 한다. 혹 친구들이 술을 보내 오면 기뻐하며 얼른 붓게 하고 얼근히 취한 뒤에는 스스로를 예찬한다.

"나만 위하기(爲我)는 양자만 못지않고, 남을 위하기(兼愛)는 묵자만 못지않고, 끼니가 간데없기는 안자만 못지않고, 꼼짝 않고 앉았기는 노자만 못지않고, 속이 탁 트이기는 장자만 못지않고, 도를 깨닫기 위해서 생각을 전일하게 하기는 석가만 못지않고, 공손치 않기는 유하혜만 못지않고, 술을 마시기는 유령만 못지않고, 남에게 밥을 얻어먹기는 한신만 못지않고, 잠을 잘 자기는 진단만 못지않고, 거문고를 타기는 자상만 못지않고, 책을 저술하기는 양웅만 못지않고, 제 스스로 옛날의 유명한 사람만 못지않다고 자부하기는 제갈량만 못지않으니 내 거의 성인인 게로구나! 단지 꾸준한 것이 조교曹交보다 떨어지고 염치를 차리는 것이 오릉중자에 미치지 못하니 그게 부끄럽다. 그게 부끄러워."

그러고는 혼자서 껄껄 웃었다. 그때 내가 과연 사흘째 끼니를 거르고 있었는데 행랑 사람이 남의 지붕을 이어 주고 품삯을 받아다가 겨우 그날의 저녁밥을 지었다. 어린애놈이 밥투정을 하느라고 울면서 밥을 잘 먹지 않으니 행랑 사람은 밥을 쏟아서 개를 주면서 죽으라고 욕을 하였다. 내가 막 밥을 먹고 곤해서 드러누웠다가 장영張詠이 촉의 지방관으로 있을 때 어린애를 목 베어 죽인 일을 들어서 이야기한 다음 또 평시에 가르치지는 않고 욕질만 하면 커서 더 은혜를 저버린다고 타일렀다.

고개를 처들고 보니 은하수가 지붕 위에 드리웠고 별똥이 서쪽으로 쭉 가면서 공중에는 흰 금이 그어졌다. 내 이야기가 아직 끝나지 않아서 낙서가 오더니 혼자 누워서 누구와 이야기하느냐고 물었다.

행랑 사람과 묻거니 대답하거니 하였다는 것은 바로 이를 말한다.

　낙서의 기문에는 눈 오는 날 떡을 구워 먹던 때의 일이 기록되어 있다. 그때 내 옛집과 낙서의 집이 마주 있었다. 그래서 어려서부터 나를 찾아오는 손들이 많고 내가 세상에 대해서 높은 뜻을 품고 있다는 것을 잘 아는 터였다. 내 나이 마흔도 못 되어 벌써 머리털이 허예진 것을 보고 감개무량한 뜻을 표식한 것이다. 그러나 나는 이미 병들고 지쳐서 기개가 꺾이고 뜻도 간데없으니 그때의 내가 아니다.

　나도 기문 한 편을 지어 그에게 대답한다.

겨울 눈 속 대나무

不移堂記

사함士涵이 스스로 죽원옹竹園翁이라고 별호를 짓고 또 자기가 거처하는 방에다가는 '불이不移'라고 써 붙인 후 나더러 글을 지어 달라고 청하였다. 내가 일찍이 그의 집에도 들르고 후원에서 거닐기도 했건만 나무 한 대 본 적이 없었다. 내가 그를 돌아보고 웃으면서 말하였다.

"이야말로 '허탕 고을' '안 있는 선생' 댁이 아닌가? 이름이란 실상 빈 껍질이니 나더러 빈 껍질을 놓고 글을 쓰란 말인가?"

사함이 한참 무색해하다가 말하였다.

"그건 그저 내 뜻을 보이려는 것이지……."

내가 웃으면서 말하였다.

"상관없네. 내가 장차 자네를 위해서 속알맹이를 채워 줌세. 그전에 이공보李功甫 학사가 벼슬을 쉬고 있을 적에 매화를 두고 시를 지은 다음 심동현沈董玄의 묵매墨梅 한 폭을 얻어서 그 위의 화제畵題로 썼네. 그러고는 나를 보고 웃으면서 '할 수가 없어. 심씨의 그림은 그저 본 물건과 같을 뿐이거든.' 하고 말하데. 내가 의아해서 '그림이 본 물건과 같으면 훌륭한 화가인데 학사는 왜 웃으시는 것입니까?' 하고 물었더니 그는 '까닭이 있지.' 하고 전제하면서 이런 이야기를 하데.

'내가 본래 이원령李元靈과 친했기 때문에 언제인가 비단 한폭을 그에게 보내고 제갈량의 사당 앞에 있는 전나무를 그려 달라고 하였네. 얼마 지나서 그가 눈에 대한 글을 전자로 써서 보냈기에 나는 아주 좋아하면서 그림을 빨리 보내라고 다시 독촉을 하였네. 원령이 웃으면서 '자네가 모르나? 나는 벌써 보냈네.' 하기에 나는 놀라서 전날 보낸 것은 눈을 읊은 시를 쓴 전자 글씨인데 자네가 혹시 잊어버린 것이 아니냐고 하였네. 원령은 다시 웃으면서 '전나무가 그 가운데 있단 말일세. 바람과 서리가 극성스럽게 무서울 적에 변하지 않은 것이 무엇인가? 자네가 전나무를 보려거든 눈 가운데서 찾게나그려.' 하데. 그래서 나도 웃으면서 대꾸하기를 '그림을 청하다가 전자 글씨를 얻었는데 눈을 보고 변치 않는 것을 생각하라니 전나무와는 너무나 동떨어지네. 자네의 생각이 아무래도 허황하지 않은가?' 하였네.

그 뒤 내가 임금에게 바른말을 하다가 죄를 얻어서 흑산도로 귀양을 가는데 하루 날, 하루 밤에 칠백 리를 달렸네. 전해 오는 소문으로는 금부도사가 사형 명령을 가지고 뒤쫓아온다고 떠드니 종과 하인들은 놀라고 겁이 나서 울고불고하데. 그때 날은 춥고 눈은 퍼부어 성근 나무와 무너진 벼랑이 함빡 눈에 덮이고 천지가 아득하니 가이 보이지 않는데, 바위 앞의 늙은 나무가 가지를 축 늘어뜨리고 있는 것이 마치 마른 대나무와 같게 보이데. 내가 말을 세우고 도롱이를 벗은 다음 멀리 손가락으로 가리키면서 '저게 바로 원령이 전자 글씨로 보여 준 나무가 아니냐?' 하며 찬탄하였네.

섬에서 귀양살이하면서도 안개와 축축하고 더운 땅에서 일어나는 독기는 언제나 어둑어둑하고, 독사와 지네가 베개와 이부자리에 줄줄이 맺혀 있어서 위험하기 짝이 없을 뿐 아니라, 하룻밤 큰 바람이 온 바다를 뒤흔들면 마치 벼락이나 치는 듯하여 따라온 아랫사람은 넋이 빠지고 구역질과 현기증을 금치 못했네. 내가 노래를 지었지.

남쪽 바다의 산호가에
꺾어진들 어떠리!
오늘밤 행여 백옥루도
춥지 않은가 걱정되네.
南海珊瑚折奈何, 祇恐今宵玉樓寒.

원령이 나에게 편지를 썼네.

'요사이 자네의 산호가를 얻어 보니 사연이 간절하고도 연약하지 않고 조금도 원망하거나 후회하는 뜻이 없으니 어려운 고비를 잘 참아 나간다고 보겠네. 전날 자네가 전나무를 그려 달라고 하더니 자네도 또한 그림을 곧잘 그리는 셈일세. 자네가 떠난 후 전나무 그림 수십 폭이 서울 안에 남아 있네. 모두 서리書吏의 무리가 모지라진 붓으로 그린 것이라고는 해도 굳은 줄기의 곧은 기운이 늠름해서 만만히 보기가 어려운 데다가 가지와 잎새가 한데 어울린 것이 어쩌면 그렇게 무성한가?'

내가 고만 웃음이 터져서 원령이야말로 뼈 없는 그림을 그리고 있다고 말하였단 말이야. 이로 본다면 잘 그리는 그림은 반드시 본 물건과 같은 데만 있는 것도 아니지.

이 학사의 이야기를 듣고 나도 또한 웃지 않을 수 없었네. 그가 세상을 떠난 후 나는 그의 저작집을 편찬하다가 귀양을 갔을 때 자기 형님에게 보낸 편지를 보았네. 거기에는 '최근 아무개의 편지를 받았는데 나를 위해서 집권하고 있는 사람에게 양해를 구하겠는가 하고 물었습니다. 이 사람이 어째 나를 이렇게 박대하는 것입니까? 제가 비록 바다 속에서 썩어 죽을망정 그런 일은 않겠습니다.' 하였데그려. 내가 그 편지를 들고서, '이 학사야말로 참으로 눈 속의 전나무다. 선비가 곤궁해진 뒤라야 진심을 알게 된다. 위험한 형편에 처하고 곤란한 처지에 빠졌어도 지조를 고치지 않으며 높고 외로이 우뚝하게 솟아서 뜻을 굽히지 않는 것이 추운 철을 당해서만 드러나는 것이 아니냐?' 하였네.

이제 우리 사함이 대나무를 사랑하네그려. 아하! 사함이야말로 참으로 대나무를 아는 사람인가? 추운 철을 당하거든 내 장차 자네 댁을 찾아와서 후원에서 거닐며 눈 가운데서 대나무를 보면 좋지 않겠는가?"

나를 비워 남을 들이네

素玩亭記

완산完山의 이낙서가 책을 쌓아 놓는 방에다가 '소완정'이라고 써 붙여 놓고 나에게 기문을 지어 달라고 청하였다. 그래서 내가 캐물었다.

"저 물고기가 물속에서 놀면서 물을 보지 못하는 것은 무슨 까닭인가? 뵈는 것이 모두 물이라 물이 없는 것이나 마찬가지란 말일세. 이제 낙서의 책이 방에 가득하고 시렁에 듬뿍 얹혀 앞이나 뒤나 바른쪽이나 왼쪽이나 전체가 책이고 보니 마치 물고기가 물속에서 노는 것과 같네. 비록 동중서董仲舒처럼 공부에만 전심하고, 장화張華더러 기록을 도와 달라고 하고, 동방삭東方朔의 외는 재주를 빌려 온다고 하더라도 장차 소득이 없을 거네. 그래도 좋은가?"

낙서가 놀라서 물었다.

"그렇다면 어째야 합니까?"

"자네 무엇을 찾으러 다니는 사람을 보지 못했는가? 앞을 보자면 뒤는 못 보고 바른쪽을 살피려면 왼쪽은 놓치네그려! 왜 그런가? 방 가운데 앉아 있어서 몸과 물건은 서로 가리게 되고 눈과 공간은 맞닿아 버리기 때문일세. 차라리 몸이 방 밖에 나가서 창구멍을 뚫고 들여다보는 것만도 못하게 되네. 그렇게 하면 단 한 번 눈여겨보기만 해도 방 속의 물건을 깡그리 볼 수 있네."

낙서가 사례하여 말하였다.

"이것은 선생님이 요약하는 법을 알도록 저를 이끌어 주시는 것입니다그려."

내가 또 말하였다.

"자네가 이미 요약하는 법을 알았다면 자네에게 눈으로 보지 않고 마음으로 비쳐서 아는 법을 가르쳐 주겠는데 어떤가? 저 해는 태양이라 천하를 내려덮고 온갖 물건을 길러 내어 젖은 것은 쪼이면 바짝 말라 버리고 어두운 데를 비치면 환해지네. 그러나 나무를 사르거나 쇠를 녹이지 못하는 것은 무슨 까닭인가? 빛이 퍼져서 정기가 흩어지는 것일세. 만약 만리에 두루 비치던 것을 거두어들여 조그만 틈으로 들어갈 만한 빛이 되도록 둥근 유리알로 받아서 그 정기를 콩만큼 만들면 맨 처음에는 조그맣게 어른거리다가 갑자기 불꽃이 일어 풀썩풀썩 타 버리는 것은 무슨 까닭인가? 빛이 한 곳에 모여 흩어지지 않고 정기가 뭉쳐서 한 덩이로 되는 것일세."

낙서가 사례하여 말하였다.

"이것은 선생님이 저를 깨우쳐 주시는 것입니다그려."

내가 또 말하였다.

"대체 이 천지 간에 흩어져 있는 것이 책의 정기가 아닌 것이 없다네. 바짝 눈앞에 들이대고 보아야만 할 것도 아니요, 몇 칸 방속에서만 찾아야 할 것도 아닐세. 복희씨가 글을 보는 데는 우러러 하늘을 고찰하고 굽어 땅을 살폈다고 했는데 공자가 그것을 굉장히 평가하면서 거기 잇대어 가만히 있을 때면 글을 완상한다고 썼네. 완상한다는 말이 어찌 눈으로 보아서만 살핀다는 뜻이겠는가? 입으로 맛보아서는 맛을 알고, 귀로 들어서는 소리를 알고, 마음속으로 요량해서는 정신을 알게 되는 것일세.

이제 자네가 창구멍을 뚫고 한꺼번에 훑어보며 유리알로 받아서 마음속에 깨달은 바가 있다고 하세나. 그렇지만 방과 창이 비지 않으면 밝아질 수 없고 유리알도 비지 않으면 정기가 모여지지 않느니. 대체 뜻을 환하게 하는 묘리는 나를 비게 해서 남을 받아들이고, 마음을 맑게 해서 사사로운 생각이 없는 데 있단 말이야. 이것이 바로 완상한다는 뜻이겠네."

낙서가 말하였다.

"제가 바람벽에 붙이려고 하니 글로 만들어 주십시오."

그래서 내가 글로 적는다.

내가 하나 더 있어서

琴鶴洞別墅小集記

연암에 있는 내 시골집은 개성에서 겨우 30리밖에 떨어지지 않았기 때문에 흔히 개성에 가서 묵으면서 놀았다. 올 겨울에 규장각 직제학 유사경(兪士京, 유언호)▪이 개성유수로 온 뒤 간혹 객지에서 서로 만나서 옛정을 나누는 것이 벼슬하지 않는 선비나 다름없었다. 대체로 이것은 세상에서 말하는 영달과 곤궁에 대한 문제를 전혀 마음에 두지 않았기 때문이다.

하루는 사경이 따라다니는 하인들을 많이 덜어 놓은 다음 아들만을 데리고 금학동으로 나를 보러 왔다. 그때 나는 양씨의 별장에서 객지살이를 하고 있었는데 곧 술을 데워 내다 놓고 다 각각 그동안 지은 글을 보이면서 서로 평가하였다. 그러다가 서로 보고 웃으면서 말하였다.

"금강산 마하연에서 밤을 지낼 때와 어떤가? 단지 백화암白華菴의 중 치준緇俊이 참선하고 앉았는 것을 보지 못할 뿐일세. 이렇게 모여서 노는 것이 관천灌泉에서 놀 때와 같건만 어느 틈에 우

▪ 연암이 시골에서 곤궁하게 지내는 것을 딱하게 생각하고 연암의 집과 가까운 거리인 개성의 유수를 자청해서 간 사람이다.

리들의 머리는 모두 허옇게 되었네그려."

관천은 바로 서울 있는 내 옛집이다. 금강산을 구경하고 돌아와서 거기서 모여 놀았던 것이다. 그때 내 나이 스물아홉으로 사경보다 일곱 살이 적었지만 양편 살쩍에는 흰 털이 벌써 대여섯 개나 나고 있어서 나는 시를 지을 감이 생겼다고 스스로 기뻐하였다. 그로부터 지금 십수 년이 지나고 보니 시를 지을 감이라고 하던 흰 털이 빈틈없이 어수선하게 붙은 것을 어쩔 수 없다. 그런데 사경은 문무의 권한을 다 거머쥐고 지금 큰 도시에 주둔하고 있는 터라 위아래 수염이 하얗게 되고 말았다.

사경이 살쩍 뒤의 금관자를 만지면서 말하였다.

"제 눈으로 보이는데도 이 꼴인데 더구나 살쩍 뒤야 제 눈으로 볼 수나 있는가?"

전번에 내가 연암에서 개성으로 들어오다가 마침 유수가 군사 훈련을 마치고 돌아가는 길과 마주쳤다. 그때 날이 어두워 깜깜한 가운데 나도 말에서 내려서 다른 사람들과 함께 길 옆에 엎드렸는데 횃불이 휘황한 속에 깃발들이 펄럭였다. 내가 길 옆에서 군대 행렬을 보았노라고 이야기하니 사경은 크게 웃으면서 말하였다.

"왜 내 자를 부르지 않았는가?"

"이곳 사람들이 깜짝 놀랄까 봐 부르지 못했네."

그렇게 말하고 나서 두 사람이 함께 껄껄 웃었다. 사경이 말하였다.

"군대 행렬이 그래 어떻던가?"

"쌍쌍이 대열을 지어 세 줄로 서고 열 걸음씩 떨어진 것이 훈련도감보다는 조금 못하고 평양보다는 훨씬 낫더군. 그런데 뒷부대가 입은 군복은 앞뒤로 두 치쯤 짧아야 훤칠한 것이 더 씩씩해 보일

거네."

사경이 또 물었다.

"나는 그래 어떻던가?"

"나는 장군의 화상만 보았지 장군은 보지 못했네."

"무슨 소린가?"

"왼쪽에도 신장과 같은 장수, 바른쪽에도 신장과 같은 장수더군. 앞에는 검은 호랑이를 타고 다니는 그런 신장과 같은 장수더군. 초헌 뒤에서만 유독 말 위에 깃발을 가지고 있었는데 검은 바탕에 별 그림이 바로 통솔자를 표시하는 구진기句陳旗더군. 내가 일찍이 화공을 불러다가 초상을 그리는 사람을 보면 반드시 입을 꽉 다물고 틀을 빼어 보통 때와는 아주 딴판이거든. 그때의 장군께서도 기침을 참아야 했고 재채기를 참아야 했고 가려워도 감히 긁지조차 못했겠지."

사경이 껄껄 웃으면서 말하였다.

"과연 내가 하나 더 있어서 길 옆에서 나를 보았네."

나도 껄껄 웃으면서 말하였다.

"옛날에 조조가 스스로 일어나서 칼을 짚고 상 앞에 섰다고 하니 그것이 자기를 보는 법일세. 그런데 장군이 말을 잘 타지 않는 것은 두예杜預와 같건만 《춘추좌전春秋左傳》의 주석을 내고 있단 말은 듣지 못했네. 띠를 느지막히 매어서 선비다워 보이는 것은 양호와 같으니 이 다음날 누가 빗돌을 바라보고 눈물을 흘릴지 알겠는가?"

이렇게 말하고 또 껄껄 웃고 일어나서 가는데 문 밖에는 둥근 달이 비치고 있었다. 내가 문 밖까지 전송하면서 말하였다.

"내일 밤은 달빛이 더 좋을 걸세. 내가 남쪽 문루에서 달을 구경하고 있을 터이니 장군이 거기까지 걸어올 수 있겠나?"

"그렇게 함세."

관천에서 모였을 때도 기문을 지었는데 또 사경이 개성에서 모인 것을 기문으로 지어서 보이기에 나도 이 기문을 지어서 그에게 대답한다.

늘그막에 휴식하는 즐거움

晩休堂記

벌써 오래 전에 눈이 내리는 어느 날, 나는 이미 세상을 떠난 고관 김술부金述夫 공과 함께 화로를 놓고 소고기를 볶으며 하루를 논일이 있으니 이것을 세속에서는 전골이라고 한다. 방 안이 후끈후끈하고 고기 냄새가 자욱한데 김공은 먼저 일어나서 나를 끌고 북쪽 창 아래로 가서 부채를 흔들면서 말하였다.

"이렇게 맑고 시원한 데가 있네그려. 이런 데는 과연 신선 부럽지 않네."

조금 있다가 밖을 내다보니 여러 하인들은 심부름을 하느라고 마루 아래 섰는데 추위가 너무 심해서 발을 동동 구르고 있고, 그 집의 젊은 분들은 끓는 국을 엎질러서 손을 데었다고 하면서 떠들고 시끄러웠다. 김공이 껄껄 웃으면서 말하였다.

"뜨거운 데서 일찍 물러나오니까 우리는 시원한 재미를 보네마는 고기 한 점 못 얻어먹고 눈 속에서 발만 구르는 사람들이 가엾네그려."

나도 또한 젊은 분들이 끓는 국을 엎질러 손을 덴 것을 놓고 그에게 은근히 암시를 주면서, 옛날이나 지금 사람들이 벼슬길에 나서고 물러서는 일과 영화롭고 욕되기도 하는 데 대하여 좀 되게 말하였다. 김공은 언짢아하면서 말하였다.

"실컷 부하고 귀하게 지내다가 비로소 과분한 것을 안다거나 다 늘그막에 이르러서야 쉬려고 생각한다면 벌써 때가 늦었네. 무슨 즐거움이 있겠나?"

대개 김공이 일찍이 정치에서 물러설 것을 용감하게 단행하지는 못했을망정 이렇게 말한 데는 역시 자기대로 느낀 바가 있었던 것이다.

내가 개성에 와서 돌아다니다가 양梁씨 집의 젊은이 정맹廷孟과 친해져서 그 부친의 학동鶴洞 별장에도 가서 논 일이 있다. 꽃과 나무가 줄지어 서고 집과 뜰도 깨끗이 거두어 놓았으며 큰 마루에는 '만휴'라고 이름을 지었다. 양 노인은 순박한 것이 옛날 어른의 기풍이 보이는데 날마다 같은 동리의 노인네와 모여서 활쏘기나 장기 두는 것으로 일을 삼고 거문고와 술로 소일을 한다. 대개 명예, 잇속, 권리와 같은 길에서 일찍이 벗어 나와서 늘그막을 편안하게 누리고 있었다. 이야말로 늦게 휴식하는 즐거움이 아니겠는가?

내 글을 받아서 기로 삼겠다고 한다. 아하! 김공은 일찍이 이 지방의 유수로 있었으며 그가 갈려 간 후로도 이 지방 사람들은 그를 생각하고 있다. 그래서 전골을 먹던 옛일을 이야기하는 동시에 양 노인의 늦게 휴식하는 즐거움을 치하한다. 또 이 글을 써서 시끄럽게 굴다가 손을 데는 세상 사람들을 경계하는 바다.

자고 나니 내가 없구나

念齋記

송욱宋旭이 술이 취해서 쓰러져 자다가 아침 나절에야 겨우 잠이 깨었다. 드러누워 들으니 솔개가 소리치고, 까치가 짖고, 수레와 말이 시끄럽게 오고 가고, 울타리 아래서는 방아를 찧고, 부엌에서는 그릇을 씻고 있다. 늙은이가 부르는 소리, 아이들이 웃는 소리, 남녀 하인들이 꾸짖는 소리, 기침하는 소리 등 방 밖에서 진행되는 일을 고스란히 모를 것이 없다. 그런데 오직 자기 목소리만이 들리지 않아서 정신이 흐리멍텅한 중에 혼자서 중얼거렸다.

"집안 식구들이 모두 있는데 어째서 나만 없단 말인고?"

눈을 들어 둘러보니 저고리는 말코지에 걸렸고, 바지는 횃대에 걸렸고, 갓은 벽에 달렸고, 띠는 홰 모서리에 걸쳐 있고, 책상 위에는 책들이 놓였고, 거문고는 뉘어 놓은 채로 있고, 가야금은 세워 둔 채로 있다. 들보에 얼기설기한 거미줄이나 창문에 붙은 파리나 방 안에 있는 물건은 하나도 축난 것이 없다. 그런데 오직 자기만을 발견하지 못하고 급히 소스라쳐 일어나서 자던 자리를 보니 남쪽으로 베개를 놓고 자리를 폈으며 이불은 들춰져서 속이 내다보였다.

아마 송욱이 미친증이 일어 벌거벗은 채로 나가 버렸나 보다고 생각하니 몹시 슬프고 가엾었다. 푸념도 하며 어이없는 웃음도 웃으면서 그를 찾아 입히려고 옷갓을 안고 암만 길거리로 싸다녔건만 끝내 찾아 내지 못하였다. 그래서 동문께 사는 장님에게 가서 점을 쳐 달라고 하니 장님이 점을 치면서 말하였다.

"서산대사가 갓끈을 끊고 구슬을 흩어서 저 부엉이를 불러다가 길한가 흉한가를 알아 내랍신다."

둥근 돈이 잘 굴러가다가 문지방에 부닥쳐 그만 죽어 버렸는데 돈을 도로 주머니 속에 넣으면서 치하하였다.

"주인은 어디로 멀리 나갔고 손님은 몸을 쉴 곳이 없도다. 열에서 아홉을 잃었을망정 하나가 남았으니 이레면 돌아오리로다."

"이 점괘가 아주 좋소. 응당 과거에 높이 붙을 것이오."

송욱이 크게 기뻐서 과거를 보일 때마다 반드시 유건儒巾을 뒤집어쓰고 갔다. 그러고는 제가 쓴 글에다가 제가 최우등이라고 등수를 매겨 놓았다. 그래서 서울 속담에 성사되지 못할 일을 "송욱이 과거 보듯 한다."고 말하고 있다.

점잖은 사람이 이 이야기를 듣고 말하였다.

"미치광이는 미치광이라고 하더라도 선비다운 사람이구나! 이것은 과거를 보러 다니면서도 과거에는 뜻이 없는 것이다."

계우季雨는 성격이 허술한 데다가 술을 마시고 호방하게 노래 부르기를 좋아해서 술에서는 제가 성인이노라고 일컬었다. 그러면서 겉으로 틀거지를 빼면서도 실상 속은 무골충인 인간을 대하면 마치 더러운 물건이나 본 듯 구역질을 하였다. 내가 조롱하며 말하였다.

"술에서 성인이라고 일컫는 것은 미치광이라는 것을 가리우기 위한 것이다. 자네가 술에 취하지 않고서도 아무런 생각을 하지 않는다면 좀더 큰 미치광이로 될 것이 아니겠는가?"

계우가 한참 동안 쓸쓸한 기색을 보이더니 이윽고 말하였다.

"자네 말이 옳네."

그래서 자기가 거처하는 방을 '염재'라고 이름 짓고 나에게 기를 부탁하였다. 그래서 송욱의 이야기를 써 주어 그를 격려한다. 대개 송욱이란 미치광이다. 그러나 또한 자신을 격려할 만한 일이다.

나무가 고요할 때야 바람이 어디 있느냐

蟬橘堂記

영처자嬰處子가 방 하나를 꾸리고 이름을 '선귤당'이라고 지었는
데 그의 친구가 웃으며 말하였다.

"자네는 어째서 그렇게 어수선하게 이름이 많은가? 옛날에 열경▪
이 부처 앞에서 참회를 하고 불법을 배우겠다는 큰 서원을 내면
서 세속 이름을 버리고 중 이름을 가지겠다고 하니 노장 중이 손
뼉을 치고 웃으면서 이렇게 말을 하였다네.

'네가 너무나 미혹되어 있구나. 네가 아직도 이름을 좋아하는
것이 아니냐? 형체가 마른 나무처럼 되니까 나무 같은 중이라고
도 하고 마음은 식은 재처럼 되니까 재 같은 중이라고도 한다. 산
은 높고 물은 깊거니 이름은 가져서 무엇에 쓰겠느냐? 네가 네 형
체를 돌아보아라. 어디 이름이 있느냐? 네게 형체가 있으므로 곧
그림자가 있거니와 이름은 본래 그림자가 없는 것이니 장차 무엇
을 버리려느냐? 네가 네 정수리를 만져서 머리털이 기니까 참빗
으로 빗는 것이지, 이미 머리를 박박 깎았는데 참빗은 무슨 소용

▪ 15세기 때 김시습金時習의 자가 열경悅卿이요, 또 그가 중이 되기도 하였으나, 여기서 열경
은 가상 인물이요, 김시습을 가리키는 것 같지 않다.

이냐?

네가 이름을 버리려고 한다지만 이름은 옥이나 비단이 아니요, 이름은 밭이나 집이 아니요. 금이나 구슬이나 돈도 아니요. 먹는 곡식도 아니요. 식기도 아니요. 솥도 아니요. 두멍도 아니요. 가마도 아니요. 광주리, 소쿠리, 바구니, 술잔, 보시기, 병, 항아리, 제기 등속도 아니다. 차고 다니는 주머니나 칼이나 향낭처럼 풀어 놓을 수도 없고, 비단 관복이나 흉배나 무소 띠나 병부, 도장처럼 벗어 버리거나 떼어 버릴 수도 없고, 양쪽 머리에 원앙새를 수놓은 베개나 각색 헝겊으로 띠를 늘인 비단장처럼 누구에게 팔아 버릴 수도 없다. 때가 아니고 먼지가 아니니 물로 씻어 버릴 수도 없고, 솜뭉텅이가 목구멍을 막고 있는 것이 아니니 새깃으로 끌어 내면서 토해 볼 수도 없고, 부스럼이나 헌데에 딱지 앉은 것이 아니니 손톱으로 뜯어 낼 수도 없다.

바로 네 이름은 네 몸에 달린 것이 아니라 남의 입에 달렸다. 그들이 입으로 부르는 데 따라 좋을 수도 있고, 나쁠 수도 있으며, 영예로울 수도 있고, 욕될 수도 있으며, 귀할 수도 있고, 천할 수도 있어서 대중없는 기쁨과 미움이 생긴다. 기쁨과 미움이 있어서 그로써 꾀이고 그로써 홀리고 그로써 저리게 하고 또 그로써 무서워한다. 주둥이와 이빨은 네게 있지만 먹느냐 뱉느냐는 남에게 달렸구나! 언제 그것을 네 마음대로 할 수 있을지 누가 아느냐? 마치 저 바람 소리 같아서, 소리는 본래 있지 않고 나무에 부딪쳐 나건만 도리어 나무를 흔들어 제낀단 말이다. 네가 일어나서 나무를 좀 보아라. 나무가 고요할 때야 바람이 어디 있느냐?

네 몸에는 본래 아무것도 없었고 이런 것, 저런 것과 함께 비로소 이름도 가지게 되었다는 것을 몰라서는 안 된다. 그런 이름이 도리어 네 몸을 얽어매고 동여매고 가두어 놓고 파수까지 보는 것이다. 마치 저 종을 치는 것과 마찬가지다. 종을 치던 방망이는 멈춘 지 오래건만 소리는 사방으로 울려 바야흐로 한창이다. 몸은 비록 백 번 바뀌더라도 이름은 언제나 그대로 있으며, 그것이 허망한 것이므로 변하지도 않고 없어지지도 않는다. 매미 껍질과도 같고 귤 껍데기와도 같다. 그 껍질과 껍데기에서 소리와 향내를 찾는 이외 애초부터 그런 것이 모두 헛된 것이요, 빈탕이라는 것을 알지 못하고 있다.

가령 네가 처음 나서 포대기 속에서 응아응아 울고 있을 적에는 이름이 없었다. 네 아버지, 어머니가 너를 귀여워하고 사랑해서 좋은 글자를 골라 이름을 지었고, 일부러 더럽고 천한 이름을 지었다고 한대도 역시 너를 축복하는 의미에 지나지 않았다. 그때 너는 부모에게 의지하고 살아서 네 몸도 네 마음대로 하지 못했을 것이다. 네가 다 자란 뒤에야 비로소 네 몸을 네 마음대로 하겠지만 나란 것이 있는 이상 이름이 없을 수 없으니, 이름이 내게 와서 짝을 채워 드디어 쌍을 이룬다. 두 몸이 잘 만나서 남녀 한 쌍씩 이루니 쌍쌍으로 짝을 이루는 것이 《주역》의 팔괘와 같다.

물론 여러 몸이 한데 겹치어 거치적거리고 거북살스러운 것이 경쾌하게 다니기는 어렵다. 경치 좋은 강산에 놀러 다니고 싶어도 홀몸이 아닌 까닭에 슬픔, 가엾음, 걱정 따위가 길을 막는다. 좋은 벗님네가 술을 놓고 서로 청할 적에 한때를 즐겁게 보내려고 부채를 들고 문을 나서다가도 도로 들어오며 홀몸이 아닌 까닭에 가지 못하고 만다. 무릇 네 몸이 얽매이고 붙들리는 것은 결국 여러 몸이 한데 겹친 관계인데 바로 네 이름도 그와 같다. 어려서는 아명이 있고, 커서는 관명이 있고, 덕을 표시해서는 자가 있고, 거처하는 방에는 당호가 있고, 만약에 인격과 학문이 높으면 선생으로 받들고, 살아서는 관직명으로 부르고, 죽어서는 시호를 부른다. 이름이 이렇게 많고 보니 자연히 짐이 무거울 수밖에 없다. 네 몸이 장차 이름을 이겨 내지 못할는지 모른다.'

이상은 《대각무경大覺無經》에서 나온 것이네. 대개 열경이란 이는 세상에서 숨어 사는 사람인데 다섯 살 때부터 별호를 지어 이름이 아주 많기 때문에 노장 중이 이렇게 타일렀네.

대개 갓난아이는 이름이 없어서 영아嬰兒라고 하고 여자는 시집가기 전에 처자라고 말하네. 영처嬰處란 것은 세상에 숨어 사는 사람으로서 이름을 가지지 않으려는 뜻이지. 그런데 지금 갑자기 선귤로 별호를 지으면 이제부터 자네는 이름을 이겨 내지 못할 것이네. 왜 그런가? 대개 영아는 아주 약한 것이요, 처자는 아주 부드러운 것이라, 사람들이 약하고 부드러운 것을 보고는 그렇지 않아도 많이 덤빌 것이네. 더구나 매미는 소리가 있고 귤은 향기가 있으니 이제부터 자네 집이 장거리처럼 될 것이야."

영처자가 대답하였다.

"만약 노장 중의 말과 같다면 매미는 허물을 벗어 껍질이 말랐고 귤은 묵어서 껍데기가 빈탕이 되었으니 무슨 소리고 빛이니 냄새고 맛이고 할 것이 있소? 이미 소리고 빛이고 냄새고 맛이고 사람들의 비위에 들만한 것이 없다면 장차 나를 껍질과 껍데기 밖에서 찾을 것이 아니겠소?"

말머리에서 무지개를 잡으니

馬首虹飛記

봉상이라는 마을에서 하룻밤을 자고 새벽녘에 강화읍으로 들어가는데 5리쯤 가서야 날이 훤히 밝기 시작하였다. 애당초 해가 올라올 때에는 한 점의 기미나 한 개의 티도 보이지 않더니, 겨우 한 자쯤 올라오면서부터 갑자기 까마귀 대가리만 한 검은 구름이 해가에 떠돌았다.

잠깐 동안에 검은 구름이 해의 반쪽을 가리워서 서운하고 허전한 것이 한탄스러운 듯도 하고 근심스러운 듯도 하여 상이 찌그러지고 마음이 불안해졌다. 옆으로 쏟아지는 햇발이 모두 꼬리별을 이루어 성난 폭포와도 같이 꼬리를 아래로 뻗쳤다. 바다 저편의 여러 산에서는 조그만 구름장들이 울뚝불뚝하게 독을 풍기고 있고, 이따금 번개를 치면서 해 밑에서 우루루하고 소리를 내었다. 사면이 자욱하게 깜깜해 들어와서 솔기나 틈도 없이 꽉 덮인 사이에서 번개가 번쩍하고 지나가는 바람에 비로소 주위가 보였다. 천 떨기 만 조각의 구름장이 쌓이고 접히고 주름이 잡힌 듯한 중에도 옷에 선을 두른 것 같고 꽃에 테를 이룬 것같이 모두 빛깔이 짙기도 하고 엷기도 하였다.

우렛소리가 짜개지는 듯해서 검은 용이라도 뛰어나오지 않나 하였지만 비는 그렇게 대단한 것도 아니었다. 멀리 연안, 배천 사이를 바라다보니 거기는 빗발이 마치 비단필처럼 드리워 있었다. 말을 몰아 10여 리를 더 온 때에는 해가 구름에서 벗겨져 나와 더욱 밝고 고왔다. 아까 그렇게 흉악해 보이던 구름도 모두 경사스럽고 상서로운 모양으로 변하여 오색이 찬란하다.

말머리에서 한 길이나 넘는 무슨 기운이 뻗치는데 누르고 흐리고 끈끈한 것이 기름 같았다. 눈 깜짝할 동안에 기운이 어느덧 붉고 푸르게 변하면서 높다랗게 하늘에까지 닿으니 문을 통해서 들어갈 수도 있을 듯하고, 다리를 건너 넘어갈 수도 있을 듯하였다. 처음에는 말머리와 바짝 가까워서 손으로 만질 수도 있더니 더 앞으로 나갈수록 더 멀어만 졌다. 한참 뒤 문수산성에 이르러서 산기슭을 돌아 나오려 하는데 강화읍 외성의 회칠한 벽이 강을 끼고 백리 어간이나 햇빛에 비치어 있고 무지개 줄기는 아직도 강 한중간에 꽂혀 있었다.

벗들과 술에 취해서

醉踏雲從橋記

첫가을 열사흗날 밤에 박성언朴聖彦이 이성위李聖緯, 그의 아우 성흠聖欽, 원약허元若虛, 여씨 청년, 정씨 청년, 현룡이라는 동자를 데리고 이무관에게로 가서 그를 데리고 나를 찾아왔다. 그때 참판 서원덕徐元德이 먼저 찾아와서 있었으니, 성언이 책상다리를 하고 팔을 기대고 앉아서 자주 시간을 묻고 입으로는 간다고 말을 하면서도 좌우를 돌아보며 얼른 먼저 일어서려고 하지 않았다. 원덕도 좀처럼 갈 것 같지 않으므로 결국 성언이 여러 사람들을 앞세우고 가버렸다. 한참 지난 뒤 동자가 다시 돌아와서 손님도 이제는 돌아갔을 것인데 지금 여러 사람들이 거리를 거닐면서 내가 나오기를 기다려 술을 마시려고 한다고 전하였다.

원덕이 웃으면서 말하였다.

"진秦나라가 아니라도 손을 쫓아 내는구나!"

드디어 함께 일어서서 거리에 나가니 성언이 꾸짖었다.

"달밝은 밤에 점잖은 사람이 찾아갔으면 술이라도 내놓고 유쾌하게 대접하는 법이지. 지위 높은 분을 붙들어 앉히고 이야기에만 정신이 팔려서 점잖은 사람을 한데서 이렇게 오래 서 있게 한단 말인가?"

내가 잘못되었다고 사과하자 성언은 주머니에서 돈 닷 냥을 꺼내
더니 술을 사 오라고 하였다. 조금 취한 뒤 종로 거리로 나와서 종각
아래서 달을 구경하며 거니는데, 그때 밤은 벌써 삼경 사점이 지나
서 달빛은 더욱 밝았다. 사람의 그림자가 모두 열 길씩이나 뻗치니 제
스스로 돌아보면서도 섬찟하여 무서운 마음이 들었다. 거리 위에서
뭇 개가 요란히 짖어 대는데 희고 여윈 커다란 개 한 마리가 동쪽에서
나타났다. 여러 사람들이 둘러싸고 털을 쓰다듬어 주니 개는 좋아서
꼬리를 흔들면서 고개를 숙이고 한참 동안이나 서서 있었다.

일찍이 들으니 이런 커다란 개가 몽고의 소산인데 아주 큰 종자
는 말만 하고 성질도 사나워서 다루기 어렵다고 한다. 중국에 들어
온 것은 그중에서 작은 종자로서 길들이기가 쉽고, 우리 나라에 들
어온 것은 또 그중에서 가장 작은 종자라고 하지마는 우리 나라 개
와 비교하면 굉장히 크다. 낯선 것을 보고도 짖지 않다가 한번 성이
나면 으르렁거리면서 사나움을 피웠다. 세상에서는 이런 개를 '호
백'이라고 불렀다. 아주 조그만 개는 세상에서 '발발이'라고 부르니
운남에서 나는 종자다.

모두 고기를 잘 먹으며, 비록 배가 고플 때에도 깨끗지 않은 것은
먹지 않는다 한다. 사람의 뜻을 잘 알아차려서 목에다가 편지를 걸
어 주면 아주 먼 곳이라도 반드시 가져다가 전해 주며, 혹 집주인을
만나지 못하면 그 집의 어떤 물건을 물고 돌아와서 신빙을 보인다고
한다. 해마다 사신을 따라 우리 나라로 오건만 많이 굶어 죽었으며
살아남은 것도 다른 개와 어울리지 않고 언제나 혼자서 돌아다니고
있다.

무관이 취한 김에 개에게 '호백豪伯'이라고 자를 지어서 불렀다. 조금 지나서 어디론지 가 버리니 무관은 서운해서 동쪽을 향하여 친구나 부르듯이 "호백이!" 하고 세 번 연해서 불렀다. 모두 껄껄거리고 웃어서 거리가 떠들썩하자 개들이 이리 뛰고 저리 뛰고 하면서 더욱 짖어 댔다. 드디어 현현玄玄을 찾아가서 술을 더 마시고 잠뿍 취한 다음 운종교를 거닐면서 난간에 기대고 서서 이야기들을 하였다.

　지난번 대보름 밤에 연옥이 이 다리 위에서 춤을 추고 백석白石의 집에 가서 차를 마셨다. 그때 혜풍惠風은 게사니의 목을 끌고 몇 바퀴를 돌면서 하인에게 무슨 심부름이나 시키듯 해서 모두 웃고 즐거워했다. 벌써 여섯 해 전 일이다. 혜풍은 남쪽으로 금강 방면에 가 있고, 연옥은 서쪽으로 평안도에 내려갔는데 모두 무고들이나 한지?

　다시 수표교 다리로 와서 다리 위에 늘어앉았다. 달은 서쪽으로 기울어져서 벌겋게 비치고, 별빛은 둥글고 커다란 것이 흔드렁거려 곧 얼굴 위에라도 떨어질 듯하고, 이슬은 무거워 옷갖이 푹 젖었다. 동쪽에서 흰 구름이 일어나서는 차츰차츰 가로질러서 북쪽으로 옮기니 성 동쪽의 퍼런 나무숲이 더욱 짙어 보였다. 개구리 소리는 마치 멍청씨 원님한테 송사하는 백성들이 질서 없이 몰켜드는 듯하였고, 매미 소리는 마치 공부를 엄격하게 시키는 서당에서 강받을 기한이 임박한 듯하였고, 닭 소리는 마치 한 선비가 우뚝 서서 바른말을 하는 것으로 자기의 직책을 삼는 듯하였다.

나는 껄껄 선생이라오

이름을 걸고 칼날 위에 서다

名論

　천하라고 하는 것은 엄청나게 큰 그릇이다. 이 그릇이 어떻게 유지되는가? 이름이 있어야 한다. 그러면 이름은 어떻게 세우랴? 욕망이 있어야 한다. 욕망은 어떻게 기르랴? 부끄러움이 있어야 한다.

　온갖 물건이 흐트러지기 쉬워서 어떻게 연결할 수 없건만 이름이 있으므로 능히 붙어 있게 되며, 모든 윤리가 어그러지기 쉬워서 어떻게 친근할 수 없건만 이름이 있으므로 능히 지켜 가게 된다. 그렇게 해서만 저 큰 그릇이 충실하고 겉도 완전하여 넘어지거나 엎어져도 깨지거나 이지러질 걱정이 없다. 좋은 일을 했다고 해서 천하 사람을 모조리 벼슬로만 표창할 수 없으니, 점잖은 사람에게는 이름을 주어 힘쓰게 한다. 나쁜 일을 했다고 해서 천하 사람을 깡그리 법으로만 다스릴 수 없으니, 보통 사람에게는 이름을 주어 부끄러움을 타게 한다.

　이제 어두운 밤중에 보물을 내놓고서는 반드시 칼을 짚고 서서 지켜야 하는 것은 무슨 까닭인가? 이름을 가지고는 벌써 어떻게 해 볼 수가 없기 때문이다. 더군다나 천하와 같은 큰 그릇이야 말해서 무엇 하랴? 새 임금이 왕위에 오르기 전에 임금이 앉는 자리에다가 죽은 임금의 옷만 걸쳐 놓아도 모두들 옷깃을 여미고 공손히 나가는 것은 무슨 까닭인가? 일정한 이름이 있어서 서로 넘어설 수 없기 때문이다. 더군다나 참된 충성이나 효도로 하여 슬픔과 근심이 있는 경우야 말해서 무엇 하랴?

그런 까닭으로 주나라가 다 망하게 되어 속은 텅 빈 채로 제, 진, 초와 같은 강대한 제후들 위에 군림해 있었건만 아무도 먼저 무례한 짓을 가하지 못한 것은 그 빈 이름을 꺼렸던 것이다. 사슴과 말의 외형이 비슷하건만 한번 그 이름이 혼돈되면서 천하에는 제 임금을 죽이는 자도 나타났다.■ 아하! 천하가 망하고 흥하는 데 저 사슴과 말의 이름이 무슨 관계가 있으랴마는 역시 단 하루나마 구별하지 않아서는 안 된다. 더군다나 애초에 같지 않은 선과 악이나 본래부터 판이한 영예와 곤욕을 구별치 않고서야 어떻게 될 것인가?

그런데 천하의 화근으로는 담박해서 욕심이 없는 것보다 더 처참한 일이 없다. 옛 어른들도 장차 모두 나태하고 해이해지는 결과 꽁무니만 빼고 앞으로 나서지를 않을까 염려했다. 그래서 수놓고 그림 그린 옷과 깃발을 만들어 사람들의 눈을 끌며, 종, 북, 거문고, 비파, 생황, 쇠북 들을 만들어 사람들의 귀를 끌며, 옥규,■ 술띠, 보통의 수레, 네 마리 말로 끄는 수레 들을 만들어 사람의 몸을 끌며, 표창을 내리고 정문을 세우고 돌에 이름을 새기고 글로 사적을 적어서 사람의 마음을 끈다. 여기서 천하의 모든 사람이 기운을 내고 곤란

■ 진秦나라의 조고趙高가 관리들의 동향을 보기 위해서 사슴을 말이라고 했는데, 관리들은 그의 위력에 눌려 전부 사슴을 말로 인정하였다.
■ 옥규玉圭는 고대 중국의 관리들이 신분을 표시하기 위하여 가지던 장식품. 위가 삼각형으로 뾰족하고 아래가 길쭉하게 모진 옥돌이다.

을 참으면서 앞으로 나서려고 뼈물을 뿐이요, 뒤꽁무니를 빼려고는 생각하지 않게 된다.

그러나 그저 앞으로 덤벼들기만 하고 뒤로 물러서지 않는다면 또 천하의 화근으로는 뻔뻔스럽게 부끄럼을 모르는 일보다 더 처참한 것이 없다. 옛 어른들은 이 때문에 다시 숨어 있는 선비를 높은 예로 맞아들여 사람들의 고상한 인격을 기르며, 벼슬에서 떠나는 사람을 위로하고 권면해서 사람들의 사양하는 기풍을 기르며, 위엄과 무력으로 굴복을 강요하지 않아서 절개를 기르며, 높은 지위에 이른 관리에게는 형벌을 가하지 않아서 체면을 기른다. 얼굴에 글씨를 넣고 코를 베고 먼 지방으로 추방하고 사형에 처하면서도 다시 측은하고 불쌍한 정을 보여서 천하의 모든 사람이 꼿꼿하게 자기 목표를 지키는 동시에 아무런 일에나 함부로 덤벼들지 않게 된다.

그러니까 사람들의 욕망을 끌기는 부귀보다 더 심한 것이 없지마는 그보다 더 심한 욕망이 있을 때에는 벼슬도 내던지는 것이요, 사람들이 부끄러워하기는 형벌보다 더 큰 것이 없지마는 그보다 더 큰 부끄럼이 있을 때에는 칼날 위에도 서슴지 않고 올라선다. 무엇이 그렇게 하게 할까? 바로 이름이 아니겠는가?

이로 미루어 보면 형벌과 표창만 가지고 정치를 하려는 데는 제한이 있지마는 이름을 가지고 정치를 하는 데는 아무런 제한도 없다. 왜 그런가? 혹시 어떤 사람이 좋은 일을 하면서도 표창을 요구하는 것이 아니라면 벼슬만 가지고 좋은 일을 시킬 수는 없으며, 또 어떤 사람이 나쁜 일을 하면서도 형벌을 무서워하는 것이 아니라면 매만 가지고 나쁜 일을 금할 수는 없다. 여기에는 반드시 표창이 아니고도 권면되고 형벌이 아니고도 부끄럽게 되어 제 속에서 우러나

오는 것을 막을 수 없게 되어야 할 것이다.

어떤 사람이 말하기를 '의리'라는 이름은 공평하고 크며, '이름'이란 이름은 사사롭고 비루하니 그대의 견해대로 나간다면 천하를 몰아서 위선으로 뒤덮자는 것이냐고 한다.

대개 이름을 마땅치 않게 생각한다면 개인적으로 이름을 탐내는 경우이다. 결함이 어리석은 데에 있다고는 하지마는 오히려 제가 젠체 틀을 빼면서 세속을 따라 이리 가고 저리 가다가 자신을 더럽히게는 되지 않을 것이다. 이제 아무리 그 사람이 이름을 탐낸다고 하더라도 갑자기 지나치는 칭찬을 듣고는 응당 사양하고 물러날 것이며 미안해서 감히 받지 못할 것이다. 그러니 천하를 몰아서 위선으로 뒤덮을까 걱정할 필요가 어디 있는가?

만약에 천하가 다 점잖은 사람만이라면 이름인들 무슨 소용이 있는가? 그러나 억지로라도 나가게 하려면 도덕과 의리를 욕망으로써 유도해야 하고, 부정당한 일을 이름으로써 부끄럽게 만들어야 한다. 가령 천하의 모든 사람이 범범하게 이름을 탐내지 않는다고 하면 옛 어른들이 백성을 교양하고 세상을 다잡던 계책이나 충성, 효도, 도덕, 의리 따위가 모두 텅텅 비어 버려서 천하가 그만 빈 그릇이 되고 말 것이다. 장차 무엇에 기준해서 나가야 할 것인가?

부자들의 토지를 나누어 주어라

限民名田議

신 지원은 황송하옵게도《과농소초課農小抄》를 올리는 김에 이 의議를 드립니다.

신이 지금 맡고 있는 군의 경계는 동으로 홍주와 접하고 남으로 덕산과 이웃하고 서로는 당진을 바라보고 북으로는 바다에 닿아 있습니다. 남북이 50리요, 동서가 30리인 중에서 토지 대장에 적힌 농경지가 도합 5,896멱 4짐 3뭇 *이니, 이것은 본군 경내에 원래 있던 농경지와 새로 개간한 농경지의 총계입니다. 호수는 4,139호이고 인구는 13,508명인데 남자가 6,805명이고 여자가 6,703명이니, 이것은 인구 대장에 적힌 경내 호구의 총계입니다.

경내에는 명산이나 대천이나 바다벌이나 소금밭이 없으며 들은 메마르고 시냇물은 언제나 마른 내로 되며 이 마을 저 마을 할 것 없이 우물과 샘이 아주 귀하니, 이것은 흙이 좋지 못하고 땅이 기름지지 못한 증거입니다. 산이나 언덕이나 둔덕이나 기슭이나 모두 새빨갛게 벗어서 나무라고는 볼 수 없는데 그곳 바닷가에 동그라니 드러

* 옛날 경작지의 면적은 멱, 짐, 뭇, 줌으로 계산했는데, 열 줌이 한 뭇, 열 뭇이 한 짐으로 되고 다시 백 짐이 한 멱이 된다.

나서 바람맞이로 된 까닭이니 이것은 풍토의 대략입니다. 모든 곡식이 다 잘 되되 벼가 더욱 잘 되며, 감나무, 밤나무, 소나무, 옻나무는 잘 되나 모시, 무명, 뽕나무, 닥나무는 잘 되지 않으니, 이것은 곡식과 나무에 대한 토질의 정형입니다.

삼가 상고하건대 숙종 경자년(1720)에 경내 농경지를 고쳐 측량할 적에 산판, 풀숲, 웅덩이, 구릉, 계곡, 성벽, 도로 등 농경지로 불가능한 토지를 제외했더니 당시의 농경지 실수는 도합 2,824먹 92짐인 중에서 밭이 1,121먹이요, 논이 1,303먹이었습니다. 이것이 실지로 경작해 오고 실지로 조세를 물어 오는 토지입니다.

본군에 보관된 구리자는 훈련원 사격장에 있는 돌표의 그림을 기준으로 삼은 것입니다.■ 그 자로 5자를 1보라고 하고 사방 백 보를 제1등■ 농경지의 1먹이라고 합니다. 보로는 1만 보지만 척으로는 25만 척인바, 농경지의 등수가 떨어질수록 측량하는 자는 점점 더 커져서 6등까지 있습니다. 제6등의 1먹은 사방 4백 보로서 실지 면적이 1백만 척이니, 넓이를 제1등과 비교해서는 3배에 이릅니다. 더구나 한 해 걸러 묵이거나 이태 걸러 묵여야 하는 땅들은 또 혹 그보다 배의 면적으로도 되고 3배의 면적으로도 되어서 척박하고 비옥한 차이가 없이 조세 무는 분량을 결국 균등케 만들고 있습니다. 이것은 본군만이 그런 것이 아니고 측량을 하는 전국의 통례입니다.

그런데 본군 경내에서 한 먹의 일반적 조세로 말하면 6등을 몰밀어 제9등으로 매기고 있으니, 이것은 본군에서 조세를 매기는 법입

■ 군대를 훈련시키던 관청. 사장은 활을 연습하던 터니 서울의 시구문에 있었다. 사장에는 돌을 세우고 그 돌에다가 양전하는 자의 규정한 길이를 새겨 놓아서 일반 기준으로 삼았다.
■ 옛날 조선에서는 농경지를 9등으로 나누고, 등수에 따라 먹, 짐, 뭇, 줌의 면적을 달리하였다.

니다. 비록 6등 이하의 농경지는 없다고는 하나, 6등 내에서도 척박한 땅이 많고 비옥한 땅이 적은 데 따라서 일반적으로 조세를 '하지하'로 작정한 것입니다. 논에는 간혹 제7등이나 제8등도 있으나 '하지상'으로 조세를 무는 것은 겨우 15떼이요, '하지중'으로 무는 것은 145떼 6짐밖에 없으니 이것은 경내 조세 형편의 대강입니다.

신이 경내의 농경지를 본군 호구에 따라 배당해 보았습니다. 가령 호구 전체가 농업을 한다고 잡고 모든 농가가 위로 부모를 모시고 아래로 처자를 거느렸다고 잡으면, 13,508명은 5명이 평균 1호가 되는 동시에 5명씩의 호수가 2,701호가 됩니다. 사실로 1호에 5명도 차지 않는다고 한다면 거름도 내기 어렵고 품도 들이기 어렵습니다. 품을 들이지 않고서는 농사를 지어서 생계를 유지해 나갈 수가 없으며, 매호 반드시 5명은 되어야 농사를 지으라고 독촉도 할 수 있습니다. 그래서 매호당 평균으로 농경지를 쪼개 보면 1호에 차례지는 것은 밭이 42짐 5뭇이고 논이 60짐 3뭇으로, 한 농군의 품으로 다루어야 할 것이 도합 1떼 2짐 8뭇입니다. 이것은 신이 농경지와 호구의 평균 숫자를 따져서 옛날 모든 농호에 농경지를 균등하게 나누어 주던 제도와 맞추어 본 것입니다.

신이 본군에 임명된 후 벌써 가을을 두 번 지내는 가운데, 한 해는 풍년이고 한 해는 흉년이었습니다. 비록 농경지마다 일일이 실지 판정을 해서 땅이 좋고 나쁜 것을 안 것은 아니라고 하더라도, 농사를 어떻게 짓고 소출이 얼마나 나는지는 능히 요량할 수 있습니다. 대체로 경내를 통해서 가장 높고 가장 낮은 한중간으로 잡으면 땅이 좋고 나쁘고 면적이 크고 작고 할 것 없이 평균한 형편을 알 수 있습니다. 또 몇 해간의 농사 형편을 통해서 풍년도 아니고 흉년도 아닌

해를 기준한다면 파종이 많거나 적거나 소출이 어떻거나를 물론하고 평균한 수확을 얻을 수 있습니다. 긴 것은 잘라 던지고 짧은 것은 보태어서 이것과 저것을 비교해 볼 것 같으면 손바닥 속에서 계산하는 것도 그다지 틀릴 것은 없습니다.

가령 밭에다가 3,820섬 10말을 파종하면 곡식 소출은 27,312섬으로 되고, 논에다가 2,937섬 16말을 파종하면 벼 소출은 79,785섬으로 됩니다. 합해서는 파종이 6,758섬 6말이요, 곡식 소출이 107,097섬입니다. 농군 한 사람이 밭은 28말 2되를 파종해서 10섬 2말 5되의 소출을 얻고, 논은 21말 5되의 모를 부어서 벼 29섬 12말 5되를 얻는 폭이라, 1호당 수입되는 곡식은 도합 39섬 15말이 될 것입니다. 그중에서 조세가 72말은 되고 각종 곡식의 종자로도 49말 7되는 빼 놔야 하는 만큼, 실상 남는 것은 33섬 10말 8되니 이것은 1호 5명 식구의 1년간 식량입니다.

그러나 시탄, 소금, 장을 장만할 비용이나 여름의 베옷과 겨울의 솜것을 갖추어야 할 밑천은 어디서 뽑아 내야 하겠습니까? 시집 보내고 장가들이고 또 죽으면 묻어야 하는 등의 제구는 인간 생활에서 없을 수 없는 데다가 또 동리 간의 계추렴과 귀신 위하는 굿도 하게 되고 신역도 대곡으로 물어야 합니다. 이 모든 것이 결국 1먹의 수확 내에서 지출되어야 한다면 아까 매호당 평균 배당된 33섬의 곡식도 얼마 남지를 못하게 될 것입니다. 더군다나 농우 한 마리가 두 사람 몫을 먹어야 하는 것이겠습니까? 만약에 윤달 든 해를 만나면 애초부터 한 달 식량이 모자라게 됩니다. 더군다나 홍수, 가뭄은 말할 것도 없고 바람, 서리, 우박 따위 불의의 재변도 있지 않습니까?

그렇기 때문에 농군들 사이에는 1년 죽도록 농사를 지어서도 소금

값이 모자란다는 속담이 있습니다. 더군다나 현재의 농가 가운데는 제 땅을 제가 부치는 사람이 열의 한둘도 되지 못합니다. 국가에 바치는 조세는 10분의 1밖에 안 되지만 사사로운 도조는 반절을 떼어 갑니다. 두 편을 한데 합치고 보면 10분의 6으로 되는 것입니다. 설사 백성들이 농사일에 아주 환하고 부지런하게 덤벼들어서 1먹 2짐의 농경지를 가꾼다고 하더라도 제 몫으로 돌아갈 것은 아까 매호당 평균 숫자로 계산해 나온 33섬의 절반도 될 턱이 없습니다. 어떻게 위로 부모를 섬기고 아래로 처자를 거두며 마침내 제 고장을 떠서 거리 귀신으로 되지 않기를 바랄 수 있겠습니까?

이러니까 옛날부터 뜻있는 사람들은 무엇보다도 권세 있는 부자가 땅을 겸병하는 현상에 대해서 한탄하기를 마지못하는 것입니다. 저 부자들이 토지를 겸병하는 데도 가난한 사람의 논밭을 강제로 사들여서 하루아침에 제 소유로 만드는 것은 아닙니다. 넉넉한 밑천만 가지고 앉았으면 아무 소리를 하지 않더라도 사면 이웃에서 땅을 팔려는 사람들이 제 손으로 문서를 들고 날마다 찾아오게 됩니다. 왜 그럽니까? 대개 사람이 생활하는 데 먹고 입는 이외에도 길흉대사가 없을 수 없습니다. 또 빚에 몰리기도 하고 이익을 보려고 하던 일이 도리어 큰 손해를 보기도 합니다. 가뜩이나 옹색하고 구차한 판에 여간 땅마지기는 있어도 그렇고 없어도 그런 것이라고 생각되어 부잣집에 가서 대전을 받고 땅을 바치는 수밖에 없습니다.

저 부자란 자는 나중에 다른 사람들도 제게다가 땅을 팔도록 하기 위해서 값을 조금 후히 해 줄 뿐이 아니라, 이미 사들인 땅을 옛 소유자에게 그대로 소작케 해서 마음을 위로해 줍니다. 그러면 가난한 사람들은 한때의 후한 값도 이득으로 여기거니와, 옛땅을 그대로

부치게 되는 것을 더욱이 큰 덕으로 알게 됩니다. 이렇게 해서 땅값은 날마다 올라가고 부근의 조각만 한 두둑과 뺨만 한 고랑도 싹싹 쓸어서 부잣집으로만 들어가고 마는 것입니다.

사실로 거기 대한 아무런 법이 없기 때문에 온 나라에 부자들의 토지 겸병은 기탄없이 있으며 각 군에서는 오직 토지에 관한 빈 장부만을 잔뜩 붙들고 앉았을 뿐입니다. 그러나 토지를 겸병하는 자라고 해서 애초부터 가난한 백성들을 못살게 굴고 국가의 정치를 방해하려고 목적했겠습니까? 정치의 근본을 바로잡으려면 권세 있는 부자들을 크게 죄 주려고 할 것이 아니라 법이 서지 않은 것을 걱정해야 합니다.

위에서 신이 호구와 농경지를 가지고 평균 숫자를 드러낸 것도 옛 임금들의 극히 공평한 제도를 오늘날 실행할 수 있을까 없을까 따져 보자는 생각이었습니다.

이제 1먹의 농경지란 것이 만약 주나라의 제도와 같이 백 보를 1묘라고 하고 농군 한 사람당 백 묘씩 준다고 하면 오히려 많은 폭이지만, 만약에 후대와 같이 240보를 1묘라고 하고 농군 한 사람이 1경을 받는다고 하면 많지 않습니다. 더군다나 한 군내에는 고급 관리도 없을 수 없고, 대대로 특권을 계승해 오는 집안도 없을 수 없고, 임금의 친척이나 공훈을 세운 사람들도 있을 것입니다. 이런 사람을 후하게 해야 한다면 보통 백성들에 대한 분배는 실상 1먹 평균도 될 수가 없습니다. 신이 맡고 있는 본군이 전국을 통해서 넓은 편인지 좁은 편인지는 모르지만 농경지가 부족한 것은 오히려 걱정이 아닙니다.

옛날 한나라가 가장 성했을 적에 개간된 농경지가 827만 536경인데 원시 2년의 호수가 1,223만 3천 호라고 하니 매호당 농경지는 67묘 42보 남짓합니다. 사람은 많고 땅은 적어서 나누어 줄 양이 모자랐을 것입니다. 그러나 동중서가 한 무제에게 말하기를, 아주 옛날의 정전법을 갑자기 실시하기는 어려우나마 가까운 고대를 본받아 토지의 개인 소유를 제한하여야 한다고 하였습니다. 건평建平 초년에 사단史丹이 또 토지 소유의 제한을 건의함에 따라 공광孔光, 하무何武가 다시 심의한 다음 왕, 공주, 관리, 백성 들을 막론하고 개인의 토지 소유는 30경을 넘지 못하며 3년간의 기한으로 법을 실시하며 법을 범하는 자의 토지는 몰수할 것을 청하였다고 합니다. 이 것은 반드시 당시의 농경지와 호수의 총계를 계산해서 일정한 비례를 기초로 한 것이며, 애초부터 귀족에게 유리한 반면 일반 백성에게 박하게 한 것은 아닙니다.

수나라 개황(開皇, 581~600) 연간의 통계로는 개간된 농경지가 1,940만 4,267경이요, 호수가 890만 7,536호니 매호당 2경 남짓합니다. 그런데 역사에는 수 문제文帝가 사방으로 사람을 내보내서 천하의 토지 소유를 균등케 한 결과, 좁은 군에서는 장정 한 사람 앞에 겨우 20묘가 돌아갔고 늙은이나 어린아이들은 그보다도 더 적었다고 기록하고 있습니다. 이것은 무슨 까닭입니까? 반드시 부자들이 겸병한 것을 실지대로 보고하지 않았고, 관리들이 법을 집행하는 과정에서도 사정이 있었던 것입니다. 당나라 천보(天寶, 742~756) 연간의 통계로는 호수와 농경지를 평균해서 매호당 1경 60묘로 되건만, 무덕(武德, 618~626) 연간에 제정된 내용에는 천하의 모든 장정에게 농경지 1경씩 주고 불구자, 병자, 홀어미 들에게는 각기 차등을 두는 것으로 되어 있으며 또한 귀족 집안의 소유에 대해서는 일정한 수량의 제한이 있었다는 말은 듣지 못하였습니다.

대개 역대로부터 사람이 많고 땅이 적은 것이 걱정이 아니라, 법을 세워 두고는 반드시 법대로 집행하지 못하는 것이 걱정인 것입니다. 저 30경의 제한이란 것이 아주 관대한 것이고 3년의 기한이란 것도 그렇게 급박한 것이 아니건만 정부와 동현의 무리는 오히려 불편한 것으로 떠들었습니다. 귀족들의 버르장머리가 언제는 그렇지 않았으며 사람의 욕심이 어디 한정이 있습니까?

한나라가 수도를 낙양으로 옮긴 후에 필연코 왕망이 시도하였던 일이라고 해서 임금과 당국자들을 위협하게 되었으니 아하! 어떻게 그런 말로 속여 넘어갈 수 있습니까? 왕망인들 어찌 진심으로 그런 일을 실행했을 것입니까? 그자가 바로 귀족의 대표요, 모든 것을 겸병하던 괴수입니다. 그는 제 아비 항렬의 네 사람이 나누어 하고 있던 벼슬을 제 혼자 도맡아서 권력을 겸병했으며, 또 아형과 총재의 두 벼슬을 한데 합쳐 벼슬 이름까지 재형이라고 하였고, 천하의 역적과 반역자를 제 한 몸으로 두루말이해서 국가를 독차지했으니 이야말로 먹을수록 냠냠하는 격입니다. 아무리 그자가 옛 어른들의 말을 이끌어서 간사한 견해를 가리려고 하였다 해도 한나라를 지지하는 백성들이 그자의 말대로 얼른 토지 제도를 고치려고 하였겠습니까?

장횡거가 일찍이 정전법을 회복하자고 주장하면서도 부자들의 소유를 갑자기 빼앗는 것 때문에 염려를 했다고 하니 후세 사람으로서 의혹이 생깁니다. 대개 빼앗는다는 것은 제 소유가 아닌 것을 강제로 차지하는 것입니다. 그런데 임금은 바로 나라 안 모든 땅의 임자입니다. 근본적으로 말해서 전체 토지가 누구의 소유요, 누구의 처리에 속할 것입니까? 만약에 백성들을 이롭게 해서 은혜를 베풀 생각이 없다면 모르거니와 그렇지 않다면 균등하게 나눠 준다고 말하여야 할 것입니다. 어떻게 강제로 차지한다고 하겠습니까?

이제 동중서와 같은 큰 학자가 귀족들의 방해가 있을 것이라고 우려하여 정전법은 갑자기 실시하지 못할 것이라고 생각하였겠습니까? 그런 것은 아닙니다. 귀족들이 반대하기로 말하면 정전이나 토지 소유의 제한이나 다 마찬가지입니다. 또 선비가 국가를 위해서 생각할 때 제도가 옛 어른의 교훈에 비추어 타당한가 않은가를 따져야 할 것이요, 그것이 실시될 수 있을까 없을까를 보아 가면서 구차한 계책을 내놓을 것은 아닙니다.

대개 진나라에서 백 묘의 구획을 없애 버린 까닭에 온 천하 논밭의 두둑과 고랑이 고만 뒤죽박죽이 되어 경계가 착잡하게 되었고 혼란이 있었으니 이것은 몇 달의 공력으로 바로잡을 수 없는 문제였습니다. 갑자기 실시하기 어렵다고 한 것은 이러한 사정을 참작해서 한 말이요, 정전법을 실시할 수 없다고 한 것은 아닙니다. 그렇기 때문에 가까운 고대를 본받자고 한 것도 정전보다 다소 용이하면서도 토지 소유를 균등하게 하자는 본뜻에는 역시 부합되고 있습니다. 비록 토지의 구획은 옛날의 정전 그대로 회복하지 못한다고 하더라도 호구에 따라 군대를 편성하는 제도라든지 학교를 설치하고 인재를 등용하는 법이라든지 그런 것을 차차로 실시할 수 있어서 옛 어른의 교훈과 그렇게 먼 거리가 아닌 것입니다.

그러면 무슨 방법을 써야 세력이 있는 집안들에서 대대로 전해 오던 토지를 자진해서 바치고 관청을 원망하지 않게 되겠습니까? 옛날 한나라에서 천하의 반쪽을 떼어 서자 세 사람에게 봉해 주려 하였습니다. 그러자 가의賈誼는 소리를 내어 울면서 눈물까지 흘렸으나, 주보언主父偃이 계책을 써서 여러 아들, 조카 들에게 나누어 주도록 하자 중앙 정부의 힘이 강해져서 제후들은 그 지휘에 복종할 수밖에 없었습니다. 오늘날 형편으로 말하더라도 토지를 겸병해 가지고 기광을 부리어 제어하기 곤란한 자들인데 본래부터 그렇게 타고나서 그런 것이겠습니까? 신의 변변치 않은 나이로도 벌써 남의 집의 두어 대째나 보아 오고 있습니다. 아비, 할아비 때의 재산을 유지해서 능히 팔아먹지 않는 사람은 10분의 5요, 해마다 조금씩 줄어드는 사람은 10분의 7이나 8에 이르니 남은 재산으로 남의 땅을 더 겸병해 가는 사람의 수효란 알만합니다.

참으로 소유를 제한하는 법령을 세우기를,

"아무 해 아무 달 이후로 이 제한된 수량보다 더 많은 토지를 늘일 수는 없다. 이 법령이 시행되기 이전의 것은 한 벌판을 통으로 차지했거나 여러 들에 걸쳐 차지했거나 묻지 않는다. 지차 아들이나 서자 들에게 나눠 주려고 하는 것은 허락한다. 혹시 사실대로 고하지 않고 숨기거나 법령 발표 이후 제한된 수량 이상으로 더 늘이는 자에 대해서는 백성이 고발하면 그 땅을 백성에게 주고 관청에서 적발하면 그 땅을 관청에서 몰수한다."

이렇게 하면 수십 년이 못 지나서 전국의 토지 소유가 균등하게 될 수 있습니다. 여기에 대해서 소순蘇洵이 말하였습니다.

"조정에 조용히 앉아서 천하에 법령을 내리되 백성을 놀라게 하지도 않고 대중에게 공포를 주지도 않는다. 정전 제도를 실시하지 않고서도 정전의 우점을 그대로 보장할 수 있으니 비록 주나라의 정전이라고 하더라도 이보다 더 나을 것은 없다."

이것은 실로 심각한 말입니다. 아하! 천하의 온갖 폐해와 고치기 어려운 고질이 군사 문제에 돌려 있는데 결국 근본 원인은 군대가 농사일과 결부되어 있지 않기 때문입니다. 나라를 보위하는 사랑스러운 군대가 항상 백성의 생활을 침해하게 되고, 백성들이 그들을 무서워하는 것도 도리어 독사나 맹수보다 심하게 되니, 천하 물산의 거의 절반을 군대를 받드는 데서 낭비한 까닭입니다. 한대에서 명대에 이르기까지 전후 수천 년 동안에 정치를 잘하려고 뼈물은 임금이나 계획을 크게 할 줄 아는 신하들이 없는 것 아니건만 밤낮 생각해 보아야 마침내 좋은 대책을 생각해 내지는 못하고 말았습니다.

그런데 그네들이 군대를 이렇게 중요하게 여기고 있건만 농경지를 잃고 일없이 돌아다니는 백성들에 대하여 아득히 잊어버린 듯이 전연 문제삼지 않는 것은 무슨 까닭이겠습니까? 대개 그런 백성이 논두둑과 밭고랑을 떠나게 된 것은 하루아침이나 하루저녁의 일이 아니며, 장부를 놓고 수효를 기록해 온 것도 아닙니다. 때문에 어느덧 천하의 절반 사람을 차지하게 되었는데도 그렇게 많은 수효라는 것을 알 까닭이 없습니다. 그런 백성들을 몰아가지고 어디로 가야 할 것입니까? 아니, 천하의 절반 사람을 차지한다는 것은 어떻게 알았습니까? 이것은 아주 알기 쉬운 것입니다. 한대의 황건과 적미나 당대의 방훈과 황소*가 모두 땅에 붙어서 농사일에 착실한 농민들을 모았다면 어떻게 하루아침에 백만의 무리를 모아들였겠습니까?

그렇기 때문에 겸병하는 폐해는 큰 데만 있는 것이 아닙니다. 보통의 남자와 여자가 하루에 밥 두 사발씩을 먹는다고 하면 천하 사

---

* 적미赤眉는 관군과 섞이지 않기 위해서 자기네의 눈썹을 붉게 했던 1세기 초 중국의 농민 봉기 부대이다. 황건黃巾은 2세기 말 중국의 농민 봉기 부대이니 누런 두건을 써서 자기네의 표식을 삼았다. 방훈과 황소는 당대의 농민 봉기 지도자들이다.

람의 하루 식량에서 절반을 축내는 것이 됩니다. 더군다나 논과 밭을 몇십 배 몇백 배로 겸병하는 폐해겠습니까? 진대와 한대 이후로 몇백 대를 두고 훌륭한 정치가 없는 것도 무슨 다른 까닭이 있겠습니까? 큰 근본이 이미 무너지는 동시에 백성들의 지향이 일정치 못하여 모두 요행수만을 바라고 있습니다. 위에서 법령을 내는 사람은 눈코 뜰 사이가 없건만 그저 당장을 수습하는 결과에 지나지 못하고, 아래서 법령을 집행하는 사람은 집행하느라 모든 것을 돌아보지 않건만 또한 구차스러운 미봉책에 그치고 맙니다. 이것은 천하의 공통된 걱정인 동시에 역대의 득실을 알 수 있는 바입니다.

그러니까 귀족들의 버르장머리를 크게 죄 줄 것도 없고 부자들의 토지 겸병을 몹시 미워할 것도 없습니다. 문제는 오직 정치를 잘 보려는 결의와 정치의 근본을 이루는 점이 서고 안 선 데 달렸습니다. 우리 나라의 수천 리 땅은 애초부터 정전을 구획하는 데도 끼어들어가지 않았고 또 두둑과 고랑이 뒤죽박죽되는 일도 당하지 않았습니다. 다행히 훌륭한 세상을 만나서 우리대로 한 제도를 이룩하였으니 순수하고 보편적인 법이나 토지의 경계를 정리하고 백성의 소유를 균등케 하는 정책은 옛날 중국의 성인들이 말한 것과 같습니다.

그렇기 때문에 토지 소유를 제한한 이후라야 토지의 겸병이 그치고, 토지의 겸병이 그친 이후라야 산업이 균등해지고, 산업이 균등해진 이후라야 백성들이 모두 땅에 꽉 붙어서 각각 자기의 농경지를 경작하는 동시에 부지런하고 게으른 것이 드러나고, 부지런하고 게으른 것이 드러난 이후라야 농업을 장려할 수 있고 백성들을 교양할 수 있습니다. 신이 농업 정책에 대해서는 다시 쓸데없는 소리를 할 것이 아닙니다만, 그림을 그리는 사람들이 아무리 채색을 갖추었고 훌륭한 재주를 가졌다고 하더라도 종이나 깁과 같은 바탕이 없으면 전혀 붓을 댈 곳이 없습니다. 그렇기 때문에 외람함을 피하지 않고 감히 이렇게 말씀드립니다.

서자는 부끄러운 자식입니까

擬請疏通疏

(예투의 문구는 생략한다.)

하늘이 인재를 내는 데는 특별하게 차별을 둔 곳이 없습니다. 그렇기 때문에 자르고 남은 끄트럭지의 등걸과 곁으로 뻗은 가장귀도 꼭같이 비와 이슬을 맞으며, 썩은 고주박과 거름더미의 흙에서도 지초가 돋아오르며, 옛 성인이 정치를 하는 데는 선비에게 귀하고 천한 것이 따로 없었습니다. 그렇기 때문에 《시경》에서는 이르기를, "문왕이 오래 향수하니 어째서 인재를 양성하지 않았을 것이랴."라고 한 것입니다. 또 그렇게 인재가 양성됨에 따라서 "온 나라 안이 평화로이 예찬하는 소리가 그치지 않는구나."라고 한 것입니다.

아! 우리 나라에서 서자를 정치에서 배제한 지 이제 3백여 년에 이릅니다. 정사를 잘못 보는 것이 이보다 더 큰 것은 없습니다. 옛 역사를 상고해 보아도 그런 법은 있지 않고 예절이나 법전에 비추어서도 하등의 근거가 없습니다. 맨 처음 자질구레한 관리들이 기회를 타서 사사로운 분풀이를 한 것이 그만 큰 제한을 이루었으며, 또 후대의 정사를 맡아 보는 사람들이 명분을 핑계하고 잘못된 습관을 지켜 온 것이 점차 오랜 연대에 미치어 그만 개혁하지 못하는 데까지 이르렀습니다. 그래서 조정에서는 오직 문벌만을 찾기 때문에 훌륭한 인재도 쓸모없이 되며, 개인의 집안에서는 항렬의 순차를 보지 않기 때문에 윤리를 혼란시키는 단서로 됩니다. 서자를 놔 두고 일갓집에 가서 양자를 해 오니 임금을 속이는 죄이며, 어머니 편을 좇아 신분이 차이 나니 부계를 존중하는 본의와 틀립니다.

아하! 적서의 등급이 아무리 엄격해도 나랏일에는 이로울 것이 없으며, 차별이 너무나 가혹하니 집안의 화기가 줄어드는 것입니다. 또 자기 집의 서자는 비천하게 여길지 모르지만 그들을 온 세상이 함께 천대할 까닭은 없을 것이며, 한 집안의 명분은 엄격히 지켜야 할는지 모르지만 그 명분을 조정에까지 끌어들일 필요는 없을 것입니다. 그러나 명분을 지켜야 한다는 바람에 서자를 관리로 등용하는 길은 점점 더 좁아지고, 전해 내려오는 제도라고 내세우는 통에 졸연히 그 관습을 깨뜨리기 어려워하고 있습니다. 지금까지 그대로 보고만 있고 개혁하지 못하는 것은 대체 무슨 까닭입니까? 옛 법에도 전례가 없고 예절로도 근거가 없어서 우리 나라의 깊은 고질과 큰 폐단을 이루는 만큼 지난날의 도학이 있고 명망이 있던 신하들도 누구나 할 것 없이 모두 공평한 정치를 행하기 위해서는 우선 서자를 관리로 등용하여야 한다고 인정하고, 사유를 경연에서 여쭙거나 견해를 상소로 진술한 분이 계속 뒤를 이어 나왔습니다.

역대의 임금들도 정당한 정치를 행해서 공평한 혜택을 베풀 때 벼슬자리에는 인물이 본위가 되고 책임 있는 소임에는 재능이 본위가 되었던 만큼, 모든 사람을 동일한 신하로 볼 뿐이었고 적서에 따라 다를 수 없었습니다. 때문에 서자의 처지를 딱하고 가엾이 여겨 여러 관리들에게 널리 물어 관리로 등용하는 길을 열어 주려고 생각하였습니다. 그러나 양반의 권리가 워낙 크고 여론도 또한 아랫사람들이 좌우하였던 만큼 관리와 좋은 벼슬자리를 저희의 사유물로 알고 있었으므로 여러 갈래로 쪼개져서는 행여나 저희 차례로 오지 않을까 그것을 겁내었던 것입니다. 다 같은 양반의 자식이어도 서로 문벌을 저울로 달고 실오리로 재어서 조금만 틀리는 사람이 관리의 후보자로 등장한 때에는 분노가 빗발치듯 하고 공격이 벌 떼 일듯 하는 터였는데 더구나 서자로 말하면 세상에서 불우하게 된 지 이미 오래임에 따라 그들의 틈에 끼지 못할 것은 당연합니다.

그러나 이것은 사실상 순수 개인의 이해를 위한 것이요, 결코 국가를 운영해 가는 큰 길이 아닙니다. 청컨대 신이 폐해를 철저히 규명하여 보겠습니다.

대체 서자와 적자의 차등이 응당 있어야 한다고 하더라도 그들은 역시 양반의 자식임에 틀림이 없습니다. 또 그들이 국가에 대해서 무슨 큰 죄를 지었다고 아예 멀리하고 배척해서 왜 떳떳한 양반의 축에 한몫을 끼우지 못하게 하는 것입니까? 맹자가 말하기를, "점잖은 사람이 없으면 들사람을 다스리지 못하고, 들사람이 없으면 점잖은 사람을 먹여 살리지 못한다."고 하였는데, 여기서 점잖은 사람과 들사람은 지위를 가지고 말한 것입니다. 그런데 궁벽하고 미천한 가운데서라도 투철한 덕이 있는 인물을 천거해 올리라는 것은 요 임금이 관리 등용하던 법이며, 어진 사람을 찾되 아무런 조건도 제한하지 않는다는 것은 탕 임금이 인재를 구하던 태도입니다. 이로써 본다면 삼대 적부터 벌써 점잖은 사람과 아랫사람의 구별이 있었건만, 사람을 등용하는 마당에 이르러는 귀천을 관계하지 않았고 집안을 묻지 않았던 것입니다. 더구나 우리 나라의 서자로 말하면 대대로 벼슬을 살아서 상당한 집안인데도 오직 모계가 미천하다는 이유로 훌륭한 부계까지를 멸시한다는 것이야 말이 됩니까?

진대와 당대 이후로 중국에서도 점차 문벌을 보게 되었다고 하지만 남방의 귀족들이 도간陶侃을 배제하지 않았고, 왕王씨네, 사謝씨네가 주의周顗를 한 축에 끼워 주었습니다. 소정蘇頲은 소괴蘇瑰의 서자이지만 지위가 평장사에까지 이르렀고, 이소李愬는 이성李晟의 서자이지만 벼슬이 태위에까지 이르렀고, 한기韓琦와 범중엄范仲淹은 송대의 어진 재상이 되었고, 호인胡寅, 진관陳瓘, 추호鄒浩는 세상의 유명한 학자가 되었습니다. 그 당시에 이런 사람들을 모두 서자라고 해서 떨어 내지 않은 것은 무슨 까닭입니까? 사실 남의 문벌을 따지는 사람들도 부계를 중히 여기고 모계를 묻지 않았기 때문입니다. 모계를 중히 여기지 않는 것은 무슨 까닭입니까? 부계가 혈통의 본위를 이루기 때문입니다. 그러니까 모계가 아무리 훌륭하다고 하더라도 부계가 미천한 때에는 문벌을 좋다고 보지 못할 것도 또한 명백합니다.

고려 때에는 정문배鄭文培가 예부상서를 하였고, 이세황李世璜이 합문지후閤門祗侯를 하였고, 권중화權仲和는 대사헌을 하였다가 우리 왕조가 창건된 후에 도평의사까지 하였습니다. 만약 우리 나라의 법을 적용했다면 도간이나 주의와 같은 어진 장수가 행세를 하지 못하였을 것이며, 소정, 이소와 같은 재주로도 정치를 총찰하고 군대를 통솔하지는 못했을 것입니다. 한기, 범중엄, 호인, 진관, 추호의 무리도 세상에서 버림받고 관리의 직무에서 배제되어 문과에 급제하였어도 겨우 교서관에 배치되고 남행으로 나섰으면 더구나 전옥에 지나지 못했을 것입니다.▪ 이와 같이 허드레 벼슬에서 허덕이고 몇 말 몇 되가 못 되는 녹에다가 목숨을 붙이고서야 어떻게 훈공을 세우고 사업을 성취해서 당대에 혁혁했던 것은 물론이요, 몇백 대까지 이름을 전해 오겠습니까? 이러니까 신은 옛 역사에 상고해 보아도 그런 법은 있지 않다고 말하는 것입니다.

《의례儀禮》에서 서자는 맏아들의 삼년상을 입지 못한다고 했는데, 정현鄭玄은 주석하기를 여기서 서자는 아버지의 자리를 계승한 사람의 아우이며 서라고 밝힌 것은 갈라서 구별하는 것이라고 하였습니다. 본래 동일한 적자라도 맏아들과 지차 아들의 구별은 실로 엄격한 것이거니와 첩의 소생을 다시 적자의 지차보다도 더 미천하다고 해서 또 서로 갈라서 구별하지 않는 것은 무슨 까닭입니까? 예절은 질서를 의미하기 때문에 혈통을 따지는 데는 두 개의 기준을 설정하지 않고, 일정한 차등을 두는 데도 한 번 이상 더 인정하지 않습니다.

《예기禮記》에 이르기를, "부모가 서자나 서손을 몹시 사랑하였다면 일생 동안 그를 공경해서 변치 않는다."고 하였는데, 진호陳澔가 주석하기를, "여기서 서자, 서손은 미천한 어미의 소생"이라고 하였습니다. 부모가 사랑하던 사람이라면 비록 첩의 소생이라도 오히려 존중히 여기고 멀리하지 못하는 것은 부계를 존중히 알고 혈통을 위하는 것입니다. 《회전會典》에 이르기를, 무릇 관작을 상속하거나 계승하는 데는 적자손이 없는 경우 맏이로 난 서자가 상속하고 계승한다 하였습니다. 여기서 맏이로 난 서자는 첩의 소생을 가리킵니다.

■ 서족으로 과거에 오른 사람은 으레 교서관에 배치하였으며, 전옥(감옥 관리)도 흔히 서족이나 중인들의 벼슬자리였다. 남행은 본래 하급 관리의 뜻으로 쓰이던 말이나 나중에는 과거에 오르지 못하고 벼슬하는 사람들을 일컫는 말로 되었다.

대개 예절은 혐의쩍은 일이 없도록 하는 것이기 때문에 명목을 밝히고 위아래를 정하자면 비록 한 어미 소생의 적아들도 서로 갈라서 구별하는 것입니다. 또 예절은 되도록 후하게 하는 것이기 때문에 혈통을 중시하려면 비록 첩의 소생도 끌어들이는 것입니다. 《회전》에서 아버지의 관작을 상속하고 계승하는 데 적서를 구애하지 않는 것도 이런 까닭입니다. 주관은 주공周公이 정한 관제이며, 한 나라의 백관표百官表는 관직의 구별을 표시한 것이지만 서자를 관리로 등용하지 않는다는 글은 조금도 볼 수 없습니다. 이러니까 신은 예절이나 법전에 비추어서도 하등의 근거가 발견되지 않는다고 말하는 것입니다.

신이 일찍이 들은 데 따르면 옛날 서족을 천대하게 된 데는 또한 까닭이 있습니다. 정도전鄭道傳이 서자인데▪ 우대언右代言 서선徐選이 그가 총애하는 종에게 욕을 당하고 복수할 방법을 생각하던 차 정도전이 패망하게 되자 명분론을 들고 나서서 죽은 후에나마 그에 대한 분풀이를 하게 되었습니다. 당시의 서선도 반드시 제 말의 효력이 발생해서 법으로까지 시행되리라고 믿은 것은 아니겠으나, 정도전이 갓 사형을 당한 뒤였으므로 그의 말이 쉽게 효력을 내고 법이 쉽게 성립되고 말았습니다. 찬성贊成 강희맹, 안위 들이 《경국대전》을 처음 기초할 때▪ 글의 이치를 세밀히 따지지 않고 서자는 과

▪ 정도전의 어머니의 어머니가 첩의 딸이라고 해서 정도전을 서족으로 지적하고 있다. 서선이 정도전을 미워해서 서자를 관리로 등용하지 않도록 규정을 만들었다는 말은 이미 오래 전부터 전해 오나 사실은 전연 그렇지 않다. 서족에 대한 차별 대우는 고려사에서 이조 초기의 실록에 이르기까지 곳곳에서 표현되고 있다. 이조 초기 이후에 비로소 시작된 것은 결코 아니다.
▪ 《경국대전經國大典》은 15세기에 편찬된 조선의 법전인데, 최항, 김국광 등이 주장이 되어 편찬되었다. 강희맹姜希孟, 안위安瑋는 많은 편찬자 중의 한 사람들이거나 그 후의 수정자

거도 금지시키고 관리 등용에서도 배제한다는 조문을 집어넣었던 것입니다. 그 뒤 무오사화 때 자광子光에 대한 선비들의 원망이 극심한 판에 분풀이할 데가 없으니까 서자를 천대하자는 의논이 더욱 심각해지고 엄해진 것입니다. 그 분풀이가 또한 비장하지 않은 것 아니지만 옛날부터 못된 놈이 어찌 꼭 자광과 같은 신분에서만 나왔겠습니까? 불행히 서자 중에서 하나가 나온 것인데 자광으로 인해서 모든 서족을 천대한다니 불행히 양반의 집에서 계속해 나왔다면 장차 무슨 법으로 처리해야 할 것입니까?

아하! 서자 중에도 도학이 높은 분과 글 잘 아는 이가 계속해서 나타났는데도 첫 번째로 명분을 내놓는 데서 제한을 받고, 두 번째로 문벌을 숭상하는 데서 굴복을 당하고 말았습니다. 송익필宋翼弼, 이중호李仲虎, 김근공金謹恭 등의 도학과 박지화朴枝華, 이대순李大純, 조신曺伸 등의 행적과 어무적魚無迹, 어숙권魚叔權, 양사언楊士彦, 이달李達, 이희계辛喜季, 양대박梁大樸, 박표朴漉 등의 문학과 유조인柳祖認, 최명룡崔命龍, 유시번柳時蕃 등의 재질이 위로는 국가를 빛내고 아래로는 세상 사람들의 규범을 이룰 수 있었지만 마침내 오막살이집에서 늙어 죽었습니다. 간혹 약간의 녹을 타먹은 사람들도 있었지만 변변치 않은 일거리와 대단치 못한 벼슬자리에서 일생을 마치고 말았습니다. 비록 그네들이 자기 분수를 지켜 억울한 사정을 말하지는 않았지만 나라에서 벼슬자리를 만들고 직책을 나누어 어질고 재능 있는 사람에게 맡기자는 본의가 과연 어디 있습니까?

더욱이 이산겸李山謙과 홍계남洪季男은 서자 출신으로 의병을 일

것인데 여기서는 잘못 서술되고 있다.

으켜 왜적을 격파하고, 홍정길權井吉은 피를 뿜어 군사들과 함께 맹세한 다음 남한산성으로 구원하러 들어갔으니▪ 그들의 충성스러운 담과 의로운 간은 모든 사람이 배제하는 가운데서도 오히려 이렇게 두드러지게 드러납니다. 그러나 세월이 태평하고 세상이 안온하여 조정에서 아득히 잊어버리고 있어서 그들이 어떤 사람이라는 것을 알 까닭이 없었을 것입니다. 이것은 바로 옛 사람이 지적한 바와 같이 소용되는 인재가 양성해 낸 인물은 아닌 것으로 됩니다. 일찍부터 신은 이 점에 대해서 개연한 생각을 금치 못하고 있습니다.

근래의 일만 보더라도 이인좌, 정희량의 반란 때 죽은 홍림洪霖은 잔약한 서족입니다. 늙은 나이에 이르기까지 남의 막하로 돌아다니면서 입에 풀칠을 하다가 졸지에 난리를 만나 생명을 희생하는 것이 늠름하게 열사다운 기풍을 떨쳤습니다. 조정에서 표창의 의식을 아끼지 않아서 특별한 증직까지 하였다고는 하지만 살아서 조그마한 부대라도 통솔케 해서 성을 지키라고 하였더라면 수비를 튼튼히 해서 적군을 막아 냈을 것이니, 어찌 남의 막하에서 목숨을 희생하고 마는 데 그쳤겠습니까?

아! 정치에서 배제하는 것만으로도 오히려 부족하던지 고유한 윤리 관계에서까지 떨어내 버려 사람 구실을 하지 못하게 만들었습니다. 아버지와 아들의 정의보다 더 중한 것이 없건만 감히 아버지를 아버지라고 부르지 못하고, 임금과 신하의 의리보다 더 큰 것이 없건만 임금의 옆에도 갈 수 없게 되었습니다. 나이가 아무리 늙었다고 해도 맨 끝 줄에 앉아야 하니 학교에는 어른, 아이의 순서가 없어

▪ 서족 출신으로서 1636년 여진족이 침략해 들어와서 왕 이하의 고급 관리들이 남한산성에서 포위되었을 때 자기의 작은 부대를 끌고 남한산성으로 들어간 사람이다.

졌고, 누구나 친구가 되는 것을 부끄러워하게 되니 사회에는 벗을 사귀는 도리가 없어졌습니다.

공자가 말하기를, 반드시 이름을 바르게 할 것이라고 하였습니다. 아들로서는 아버지를 아버지로 섬기고, 아버지로서는 아들을 아들로 사랑하고, 형은 형 노릇하고 아우는 아우 노릇하는 그것이 바로 이름을 바르게 하는 것입니다. 그렇기 때문에 윤리 관계의 가장 높은 칭호가 아버지와 형이지만 오늘날의 서족들에게는 그렇지 못합니다. 아들이 아버지에게, 아우가 형에게 감히 바로 그 칭호로 부르지 못하고, 종이나 하인들이 주인에게 하는 것과 같은 칭호로 불러야 합니다. 소위 명분이라는 것이 적자와 서자의 구별이라고 하는데, 그래 칭호까지도 아버지를 아버지라고 부르지 못하고 형을 형이라고 부르지 못하며 종이나 하인과 같은 칭호로 불러야만 명분을 밝히고 적서를 구별하는 것이란 말입니까?

지금의 서족으로서는 아랫도리의 벼슬로 돌면서도 임금 옆에서 가까이 시중 드는 자리는 또 금지되어 있으니, 비록 충성스러운 마음을 품어도 소용이 없고 정치할 재능을 가져도 소용이 없습니다. 공식 자리에서 좌차座次를 인도하고 순서를 소리쳐 여러 관리들과 나란히 설 수 있으나 의식이 끝난 후에는 구종驅從, 별배別陪의 무리와 같은 처지로 떨어지며, 임금이 각 관청의 관리들을 돌아가면서 접견할 때 혹시 임금의 얼굴을 만나 뵈올 수도 있으나 아무래도 서먹하게 막힌 사이가 됨을 면치 못합니다. 벼슬자리에 나가서는 책임 있는 일을 맡을 주제가 못 되고 제 집에 앉아서는 일반 백성들의 직업을 차마 하지 못할 체면이 있으니, 이야말로 나라로는 베돌이 신하요, 집안으로는 군더더기 자식으로서 안타까운 존재입니다.

《예기》에 이르기를, 학교에 들어가서는 나이를 기준으로 삼는다고 하였으니, 나이란 말은 늙고 젊은 순서를 따진다는 의미입니다. 또 고전에 이르기를, 제사를 지낸 이후 음복을 할 때 머리털을 기준으로 삼는다고 한 것은 나이의 순서를 따지자는 것이라고 하였으니, 머리털이란 말은 검고 흰 빛깔을 가리키는 의미입니다. 그러나 지금의 서족은 태학에 들어가서도 나이의 순서를 따지지 못하여 머리털이 희뜩희뜩하고 살가죽이 쭈글쭈글한 사람이 아랫자리에 앉고 새파란 젊은 사람이 도리어 윗자리에 앉습니다. 태학은 윤리를 밝히는 곳입니다. 천자의 맏아들과 지차 아들, 제후의 아들도 다 태학에 들어가서 나이의 순서를 따지는 것은 천하를 향해서 질서를 가르치는 일이며, 임금이 태학에 나와서 음식을 차려 놓고 무슨 말이든지 해 달라고 청하는 등의 의식을 거행하는 것은 천하를 향해서 전통을 가르치는 일입니다. 이로써 본다면 태학 안에서 서족이 나이 대접도 받지 못하는 것은 옛 어른이 천하를 향해서 질서와 전통을 가르치는 본의가 아닙니다.

고전에 이르기를, 공부를 본위로 삼아 벗을 모으고, 벗의 도움으로 수양을 높인다고 하였습니다. 맹자는 말하기를, 벗이란 서로 인격을 벗하는 것이니 나이를 자세하지 않고 지위를 자세하지 않고 형제, 친척의 세력을 자세하지 않고 벗이 되어야 한다고 하였습니다. 귀하고 천한 것은 비록 달라도 인격만 있으면 스승으로 섬길 것이요, 나이는 비슷하지 않아도 수양하는 데 도움이 될 것 같으면 벗으로 사귈 것입니다. 더군다나 서족으로 말하면 모두 양반집 자질들입니다. 그들에게 우점이 없다면 모르거니와 만약 견문과 재질이 나보다 낫다면 어째서 서족이라고 벗하기를 부끄럽게 여길 것입니까?

그런데도 서족과 양반의 자질들이 서로 사귀기는 하여도 벗으로 되지 못하며 친하게는 지낼망정 한축에 끼지 못합니다. 서로 충고해서 도와 줄 의무도 없고, 잘못한 것을 바르게 고치거나 모자라는 것을 보충해 줄 자격도 못 될 뿐 아니라, 말 한 마디를 주고받는 데도 까다로운 차별이 가로막고, 일상의 인사도 조금만 잘못하다가는 시끄러운 말밥에 오르내립니다. 이로써 본다면 인간의 윤리 가운데서 그들에게 남아 있는 것이라고는 오직 부부 관계의 한 가지뿐입니다.

아! 인재를 내버린 채로 돌아보지 않고, 윤리 관계를 어지럽혀 놓은 채로 바로잡지 않으면서 서족 중에는 인재가 나지 않는다고 떠들고, 또 이렇게 해야만 명분이 바로 선다고 합니다. 그럴 이치가 어디 있겠습니까?

대개 아들이 없어서 양자를 해 오는 것은 조상을 계승해서 한 집안을 세우기 위한 것입니다. 옛날에 석태중石駘仲이 적자는 없고 서자만 여섯 사람이 있건만 기자조祁子兆를 양자로 데려온 것은 그 재질을 취한 것입니다. 당나라 법률에는 집안을 계승시키는 데서 법률과 어그러지는 자는 도형徒刑 일년에 처한다고 하는 동시에, 큰부인의 맏아들을 적자라고 하며, 큰부인이 쉰 살을 넘어 다시 아이를 기를 수 없이 된 때에만 서자로 승적할 수 있으며, 서자 중에서도 맏아들로 승적하지 않으면 동일한 형에 처한다고 하였습니다. 이것은 집안 관계가 문란해질 것을 방지하기 위한 것입니다. 《대명률大明律》에서도 집안을 계승시키는 데서 법률과 어그러지는 자는 곤장형에 처하며, 큰부인의 나이 쉰이 넘도록 아들이 없어야 서자 중의 맏아들로 승적하며, 서자의 맏아들로 승적하지 않는 자는 같은 형에 처한다고 하였습니다.

《경국대전》에도 큰부인이나 첩에게서 모두 아들이 없어야만 일갓 집의 지차 아들을 데려다가 양자로 삼을 수 있다고 하였습니다. 그래서 양자를 해 올 때 관청의 승인서에나 개인 간의 계약서에다가 적자, 서자가 없다는 사유를 써서 임금에게 고하는 것은 기성한 법전을 존중하는 것입니다. 그런데 지금 세상의 양반들은 옛 습관에 젖고 그릇된 규례를 고수해서 큰부인에게서 아들만 없고 보면 첩의 몸에서 낳은 아들은 아무리 많아도 눈도 거들떠보지 않습니다. 오직 제 집안의 장래만을 생각해서 소생의 서자들을 다 제쳐 버린 다음 임금에게 제출하는 서류를 거짓말로 꾸며 가면서 먼 촌수와 가까운 촌수도 가리지 않고 양자를 해 오고 있습니다.

아! 아버지가 전해 주는 것을 아들이 이어서 혈통으로 계승하며, 할아버지의 제사를 손자가 올려서 정성으로 추모하는 것인데 이제 한갓 적서의 구별에만 구애되어 먼 촌수에 가서 양자를 구해다가 조상의 혼령을 받드는 것입니다. 이것은 바로 옛 사람이 지적하듯이 누구인지 알지 못할 사람에게서 제사를 받아 먹는 것이거니, 술병을 기울여 잔에 부은들 무슨 정성이 있으며 향을 피워서 연기가 오른들 무슨 슬픔이 있겠습니까? 《시경》에는 이르기를, 동이 트기까지 잠을 이루지 못하면서 두 분을 그린다고 하였는데, 두 분은 바로 아버지와 어머니입니다. 그렇기 때문에 옛말에 이르기를, 사랑으로 있는 듯하게 생각되고 성의로 뵈는 듯하게 생각되는 데서 점잖은 사람들이 조상의 제사를 올린다고 하였습니다. 그런데 가까운 혈연 관계를 내버리고 먼 일가를 끌어다가 제사를 올린다니 무슨 정성과 슬픔이 있을 것입니까? 천리에 어그러지고 인정에 벗어나서 예절로는 조상을 멀리하는 것이요, 법률로는 임금을 속이는 것입니다. 신이 일찍이 이 점에 대해서 통탄하기를 마지않았습니다.

대개 명분론이 우세해지고 관습도 변하기가 어려워서 한 집안 안에서 차별을 당하는 것이 마치 남남 간의 관계와 같습니다. 심지어는 아버지나 형으로서 아들과 아우를 종처럼 대하고, 같은 일가끼리도 일가로 대접하기를 부끄러워할 뿐 아니라, 혹 족보에서 도려내 버리기도 하고, 혹 항렬 글자를 달리하기도 합니다. 이렇게 모계만을 중요시한다는 것은 도리어 부계의 중요성을 잊어버리는 것이니 윤리 관계에서 보아 너무나 가혹하고 박정한 것이 아닙니까?

옛 어진 이인 조광조가 조정에서 제의하였습니다.

"우리 나라는 그렇지 않아도 중국보다 인물이 적은 데다가 또 적서까지 구별하고 있습니다. 신하로서 충성을 다하고 싶은 마음이야 적서에 따라 다를 리 없을 것인데 어찌 어느 편을 쓰고 어느 편을 버려서 편벽되게 할 것입니까? 신이 몹시 애석하게 생각해 오는 바입니다. 서족 중에서 재질이 있는 자를 뽑아서 등용할 것을 청합니다. 만일 그들이 출세했다고 해서 명분을 문란하는 자가 있다면 엄격하게 단속하는 규정을 세울 수가 있을 것입니다."

선조 때 신분申濆 등 1,600명이 상소를 올려 억울한 사정을 호소하였더니 임금이 비답을 내렸습니다.

"해바라기가 해를 따라 도는 것은 곁가지라고 다를 것이 없다. 신하가 되어 임금에게 충성을 다하고 싶은 마음이야 어찌 적자와 서자에 따라 차이가 있으랴?"

그래서 옛 어진 이인 이이가 맨 먼저 서족을 등용하자고 건의해서 비로소 그들이 과거 볼 자격을 얻게 되었습니다. 옛 어진 이인 성혼成渾과 옛 어진 이인 조헌趙憲도 뒤이어 글을 올려 서족들을 좋은 벼슬자리에 등용하자고 청하였습니다. 인조 때 옛 정승 최명길崔鳴吉이 부제학으로 있을 때 동료인 심지원沈之源, 김남중金南重, 이성신李省身 들과 함께 임금의 자문에 응해서 연명한 글을 올렸는데 사연이 아주 적절하였습니다. 옛 정승 장유張維도 또한 상소로써 그 문제를 토론하고 나서니 임금은 드디어 관계 부문의 고급 관리들에게 토의할 것을 지시하였습니다. 옛 정승 김상용金尙容이 이조판서로 있다가 그 지시에 관해서 다시 이렇게 보고하였습니다.

"하늘에서 인재를 내는 데는 적서의 차이를 두지 않습니다. 서족을 관리로 등용하지 않는다는 법은 역대의 예가 없는 일입니다. 홍문관의 건의가 공정하다고 인정됩니다. 그들은 오랜 폐단을 개혁하기 위해서 적절한 발언을 하였습니다. 대신들과 의논하여서 결정할 것을 청합니다."

이 문제가 다시 비변사로 내려가자 옛 정승 이원익李元翼, 윤방尹昉 들은 자기 견해를 표시하였습니다.

"서족을 멸시하고 박대하는 것은 만고에 없는 법이니 홍문관 신하들의 건의에는 상당한 가치가 있습니다."

옛 정승 오윤겸吳允謙도 자기 견해를 표시하였습니다.

"서족을 관리로 등용하지 않는다는 것은 고금 천하에 보지 못하던 법입니다. 조정에서는 어진 사람을 등용하고 재능 있는 사람을 거두어 쓸 뿐입니다. 만일 그들이 출세한 이후 명분을 문란하는 일이 있다고 하면 거기에는 또 우리 나라의 법전이 있습니다. 걱정할 것이 아닙니다."

호조판서 심열沈悅, 순흥군順興君 김경징金慶徵, 공조판서 정립鄭岦, 판결사 심집沈諿, 동지 정두원鄭斗源, 호군 권첩權帖 등이 반대하고 나섰습니다. 도승지 정온鄭蘊은 상소까지 올려 반대 견해를 진술하였습니다.

옛 어진 이인 송시열은 일찍이 이 문제에 대해서 상소를 올리려고 초고까지 작성하였는데, 정도전이 대제학에 임명된 예를 들어서 서족을 차별하는 것은 그 이후에 생긴 법이라고 하면서 일체의 제한이 없이 등용할 것을 주장하였습니다. 상소를 실지로 올리지는 못했지만 초고가 《우암집尤庵集》 가운데 수록되어 있습니다.

또 옛 어진 이인 박세채朴世采는 임금에게 제의하였습니다.

"서족 중에는 비록 기발한 재질과 특이한 인재가 있다고 해도 등용될 수가 없습니다. 이것을 고쳐야 합니다. 세속 사람들의 말에 거리끼거나 통속적 규례에 구애되지 말고 정당한 이유가 있다고 보면 그대로 단행할 것입니다."

옛 지사 김수홍金壽弘이 또한 상소를 올려 서족의 등용을 청하였으나 결국 아무런 실지의 효과를 보지 못하였습니다. 옛 판서 이무李袤도 대사헌으로 있으면서 서족의 등용을 위해서 상소를 올리려다가 도승지 김휘金徽에게 퇴짜를 당하여 임금께까지 가 보지도 못하였습니다. 그 후에도 옛 정승 최석정崔錫鼎이 이조판서로 있을 적에 또다시 서족을 등용하자고 상소를 올렸지만, 그 견해가 끝내 실천되지 않은 것은 무슨 까닭이겠습니까?

아! 개인의 이해를 옹호하려는 심산이 굳으니까 명분론을 붙잡고 늘 배제하고, 등용하는 영향이 크니까 슬그머니 선대로부터 내려오는 규례라고 핑계합니다. 인정을 어그러뜨리고 은혜로운 마음을 버려 부계를 존중하는 법을 우습게 보며, 가까운 자리를 던지고 먼 자리를 취해서 임금을 속이며, 착오된 습관을 지켜 가면서 윤리에 위반되는 것을 알지 못하며, 문벌만을 저울로 달고 실오리로 재면서 많은 인재들이 썩는 것을 돌아볼 줄 모릅니다. 명분론에 대해서는 신이 이미 상세히 밝혔습니다. 이제 다시 전래하는 제도를 개혁하는 데 대해서 철저히 말해 볼까 합니다.

대개 무슨 법이나 오래되면 폐해가 생기고, 무슨 일이나 막다른 골목에 이르면 뚫고 나가야 합니다. 그 당시 그대로 준수해야 할 것이라면 준수하는 그것이 계승하는 것이며, 그 당시 어떻게나 개혁해야 할 것이라면 개혁하는 그것이 또한 계승하는 것입니다. 그대로를 고집하거나 새로 개혁하거나 오직 당시 사정에 맞추어야 할 것으로서 그 의의는 마찬가지입니다. 《시경》에 이르기를, 하늘이 뭇 백성을 내실 때 자기대로 극진치 않은바 없다고 하였고, 《서경》에 이르기를, 오직 순수하고 오직 한결같아서 그 가운데를 잡는다고 하였습니다. 극진하다는 것은 이치가 끝난다는 뜻이요, 가운데란 것은 그의의에 바로 해당한다는 뜻입니다. '홍범'에서 이르기를, 실그러지지도 않고 일그러지지도 않고 성인의 도는 어느 모로 보나 고르다고 한 것이 바로 이런 이야기입니다. 더구나 서족을 정치에서 배제하는 법은 옛 역사에 상고해 보아도 그런 법이 없으며 예절과 법률에 비추어서도 하등의 근거가 없습니다. 맨 처음 한 사람의 분풀이에서 시작된 것이지 왕조를 처음 세울 때에 제정된 제도도 아닙니다. 백년이 지나서 선조 때 과거 볼 것을 허락하였고 또 그 뒤 인조 때 호조, 형조, 공조의 벼슬을 허락하셨습니다. 이로써 본다면 역대의 임금이 개혁하고 시정하려고 애쓰던 것임을 알 수 있습니다.

아! 한번 서자로 태어나면 세상의 큰 욕거리를 이루는 셈입니다. 좋은 벼슬자리에서 배제되니 국가로부터 버림을 당하는 것이요, 친족 간의 칭호도 제대로 부르지 못하니 집안에서 용납되지 않는 것이요, 학교에 들어가서는 어른, 아이의 순서를 문란케 하는 것이요, 사회에 나가서 벗이 없고 고립되는 것입니다. 처지가 억울하고 신세가 서글퍼서 마치 큰 짐이나 진 듯이 하고 다니다 보면 남들이 천대를 합니다. 누구 하나 바랄 사람도 없고 몸둘 곳조차 없어 깊이 숨어 들어가서 마음이나 편안히 지내든지 남들과 접촉을 끊고 혼자서 깨끗이 살든지 하면 남들이 주제넘다고 하며, 혹 어깨를 옹송그리고 아양을 떨거나 무릎을 굽히고 아첨을 하면 비루하고 간사하다고 합니다.

아! 하늘에서 인재를 내는 데서 특별한 차별을 두어서 그런 것이 아니라. 실상 배양된 방법이 다르고 나가는 방향이 같지 않은 까닭입니다. 맹자가 말하기를, 잘만 기르면 자라지 않을 물건이 없고 잘 기르지 못하면 졸아붙지 않을 물건이 없다고 했습니다. 특히 배양해서 만들어 내지는 않고 어떻게 그런 사람 중에서는 인재가 없다고만 책망할 것입니까?

혹 자기 집안에서 승적을 했는데도 그대로 서자의 이름을 벗기지 않으며, 비록 서자로 된 연대가 까마득하게 먼데도 노비나 마찬가지로 줄곧 미천한 신분을 계승해 오고 있습니다. 서족의 수효가 점점 늘어서 이제 거의 온 나라 인구의 반을 차지하건만, 이미 일정한 입장이 없고 또 일정한 생활 근거도 없어서 꺼칠한 얼굴과 삐쩍 마른 몸으로 맥이 없이 살아가며 가난하고 궁한 것이 뼛속에까지 들이배어 제 몸을 제가 추스르지 못할 지경입니다.

아! 옛날의 이윤은 한 사람이 제자리를 얻지 못해도 마치 자기가 떠다밀어서 구렁텅이에 빠뜨린 것처럼 알았다고 합니다. 지금의 서족들로서 제자리를 얻지 못하고 굴러다니는 것이야 어찌 한 사람에만 그칠 것입니까? 억울한 사정이 유래되는 지 이미 오래됨에 따라 원망하는 정은 더욱더 치뻗쳤을 것이니 근래의 가뭄도 이것이 원인이 아니라고 볼 수도 없습니다.

공손히 생각하건대 우리 전하는 하늘을 본받아 정치를 행하시니 거룩한 공적이 높고 빛나며, 온 나라 모든 생물이 제자리를 얻지 못한 것은 없으므로 다 각각 자기 생활을 즐겁게 지내면서 자기 직업에 충실합니다. 세상에서 구박을 받던 사람들도 다시 일으켜 세워서 공평한 정치를 행하시고, 허물이 있는 사람은 허물을 가리고 때가 있는 사람은 때를 떨어 넓은 덕화에 휩싸여 있습니다. 오래된 폐해와 주의치 않았던 결함까지 깡그리 고쳐지는데도 오직 서족을 등용하는 법에 이르러서만 아무런 결정을 듣지 못합니다.

아! 이제 신의 이 말은 어리석은 신 한 사람의 사사로운 말만이 아니며, 우리 나라에서 식견을 가진 사람들의 공정한 말입니다. 전국을 통해서 오늘의 공정한 말만이 아니오라 역대로 내려오면서 옛 어진 이와 유명한 신하들이 심려해 오던 문제입니다. 거기에 반대한 사람들은 신이 이미 열거하였거니와 지식이 천박하고 소견이 편협한 인물들입니다. 이미 듣고 보아 온 데만 집착하면서 한갓 세속에 따를 뿐이니, 그들이 내세우는 것이란 결국 명분을 엄격히 해야 한다는둥 개혁이 어렵다는둥 그런 것에 지나지 않을 뿐입니다. 지금 세상에도 편벽된 견해를 가지고 반대하기만 좋아하는 부류가 없는 것 아닌데 그런 사람들은 모두 유명한 신하 정온의 상소 한 장을 아주 좋은 구실로 삼고 있습니다. 저 정온의 순수한 충성과 큰 절개는 해나 달과 더불어 빛을 다툴 만하지만, 그 상소는 무엇에 격해서 나온 것인지 신이 감히 알지 못하겠습니다. 또 그도 근거로서 내세운 것은 역시 명분과 국가 제도의 두 가지뿐입니다.

아! 내력을 잘 알지 못하는 사람이 시골에서 와서 오히려 문과로는 사헌부, 사간원에도 배치되고 무과로는 수사, 병사에도 임명되나 누가 그들의 문벌을 묻지도 않고 아무런 구애도 없습니다. 그런데 지금 이 서족들은 가까이는 아버지, 할아버지가 모두 재상이요, 멀리는 유명한 학자나 어진 관리를 조상으로 가지고 있습니다. 그들은 먼 시골에서 온 사람보다 내력이 아주 뚜렷하건만 정치에서 배제되는 것은 죄과 있는 것보다 심하고 대우의 층하는 종이나 하인보다 더하니 그 아니 억울한 노릇입니까?

신이 현재의 누구는 인격이 등용할 만하며 누구는 재질이 발탁할 만하다고 말씀드리는 것은 아닙니다. 그렇지만 조정에서 누구에게나 동일한 은혜를 베풀고, 모든 물건에 큰 덕화를 펴서 이미 착란된 윤리를 다시 바로잡고, 오랫동안 내버렸던 인재를 거두어 쓰는 동시에, 양자하는 법이 《경국대전》과 어긋나지 않고, 부계를 중시하는 제도가 전체 옛 법으로 돌아가게 한다면 집안 안에서는 부자의 명칭이 정당하게 되고 학교에서는 어른, 아이의 순서가 옳게 됩니다. 그들이 3백 년간 억눌려 지내 오던 상태에서 벗어 나와 다시 사람 구실을 하게 되는 것이니 그네들 모두가 새로운 결심으로 자기의 언행을 신칙하고, 충성으로써 은덕을 갚으려 해서 국가일에는 죽기를 서로 다투게 될 것입니다. 오늘날 우리 나라의 정치 문제 가운데 이보다 더 큰 것은 없습니다. 큰 성인이 오래 수를 누리시면서 인재를 양성하신 공적이……. (예투의 문구는 생략한다.)

천하 사람의 근심을 앞질러 근심하시오

賀三從姪宗岳拜相因論寺奴書

일찍이 지원이 젊어서 신경병을 앓을 적에 천하의 아낙네들이 갓 해산을 하고 나서 혼곤하게 잠이 들었다가 잠결에 젖으로 아기의 입을 누르면 어찌 하나 하고 갑자기 생각이 나는 바람에 밤중에 일어나서 서성거리면서 잠을 자지 못한 일이 있습니다.

이제 늘그막에 원이 되어 5천 호를 다스리고 있는데, 이 여러 남자와 여자는 맹자가 이른바 벌거숭이요, 노자가 이른바 철부지 아이입니다. 철부지 아이가 골이 나면 제 머리를 쥐어뜯고 울며 발버둥질을 칩니다. 다른 사람이 가서는 천 가지로 비유하고 만 가지로 형용해도 그가 흥얼거리는 것이 무슨 말이며 뜻이 무엇인지 모르지마는 오직 어머니만은 구절구절이 무슨 뜻인 것을 알 뿐이 아니라 또 지레짐작을 하고 마음을 잘 맞춥니다. 비로소 알건대 갓 해산한 아낙네는 자나깨나 젖을 먹이는 한마음뿐입니다. 감각 밖에서도 아기의 소리를 듣고 있으며 꿈꾸는 가운데서도 살피고 있는 것입니다. 지극한 정성이 아니고서야 이럴 수 있습니까?

내가 아무리 갓 부임했고 또 첫 솜씨의 원이라고 하더라도 그다지 막히거나 그르칠 일은 없다고 자신하건만, 오직 시노 3백 명에 이르러는 생각하고 생각할수록 배와 등이 꼿꼿해서 30년 전의 신경병이 다시 도지게 되었습니다.

일찍이 말을 들으니 숨고 도망한 시노를 채근해서 정원을 채워 놓을 때 한갓 시노를 통솔하는 두목의 비밀한 공술만을 근거로 삼았다고 합니다. 정원을 채워 놓았단 것은 모두 외손의 외손이고, 또 보▪로 달린 것은 전체 외가의 패거리입니다. 당대의 한다하는 양반들도 8대까지 부계와 모계를 밝혀 놓은 팔세보를 꾸며 둔 사람이 드문 것은 양반의 집안이 변천이 많아서 증거가 충분치 못하기 때문인데, 더군다나 두메 구석의 무식한 백성들로서는 제 아비의 이름도 모르는 자가 많거니와 이리저리 돌아 내려온 외가의 외가쪽들을 어떻게 잘 알 것입니까?

이만한 척분은 설사 양반들이라도 말 위에서 서로 만났을 때 읍한 번으로 충분한 것이거늘, 어찌 일생을 두고두고 얽혀 붙어서 그 때문에 집안을 망치고 재산을 탕패하고야 말아도 좋다고 생각하겠습니까? 그네들이 이 고을에 줄곧 살고나 있다면 그래도 이름을 따지면서 검열을 해 볼 수 있으니 이야깃거리가 될 것입니다. 몰래 딴 고장으로 옮겨 가서 슬그머니 공포를 바치며 애초부터 본 이름을 감추고 있어서 살고 죽은 것도 확실치 않으니 아무리 명부를 놓고서 철저히 조사를 하려고 해도 그럴 사정이 못 됩니다.

혹은 죽은 사람이 살아 있는 것으로 되고, 혹은 여자가 남자로 되어 있고, 혹 처녀에게 가서 소생을 내놓으라고 하고 혹은 가짜 이름을 들고서 본인을 찾는 등, 두목이 이르는 곳마다 호통과 협박이 따

▪ 노비가 도망하거나 공포를 바치지 못할 때 책임을 대신 지는 사람이다. 물론 보保로 되는 것은 개인의 자유 의사에 따른 게 아니라 관청에서 강제로 지정한다.

르니 물론 기회를 타서 부정한 사건이 많이 생기는 것도 면할 수 없는 형세입니다. 이러한 폐단이 죽은 사람에게 부역을 배정하고 젖내나는 아이에게 부역을 들씌우는 것보다도 오히려 심하건만 펼쳐내놓고 억울한 사정도 하지 못하여 오직 통분한 마음이 뼈에 사무치고있으며, 도리어 탄로될까 겁을 내어 뇌물을 주어 가면서 이웃 간에 덮어 버립니다. 이야말로 손님을 감춰 두고 밥쌀만 더 달라는 것이요, 병 증세는 숨기고 약만 지으라는 것이요, 가려운 곳은 말하지 않으면서 남더러 긁으라는 것입니다. 그 가운데는 실로 부득이해서 어떻게도 할 수 없는 사정이 있는 것이 아니겠습니까?

그렇기 때문에 시노 명부에 약간한 관계만 있으면 딸자식이 다섯이라도 사위 하나 얻어 볼 수가 없어서 그런 여자들은 머리가 허옇도록 시집을 못 가고 한을 품은 채 일생을 마칩니다. 천지간의 화기를 얼마나 손상시킬 것입니까? 전후 이 문제로 인하여 죄를 당한 각지의 원들이 한둘이 아니지마는 그것은 문제 되지 않습니다. 단지 나라를 위해서 화기를 돕고 덕화를 펴자면 이 폐단을 빨리 바로잡아야 할 것입니다.

이제 나는 안의 한 고을만이 유독히 심하다는 것은 아닙니다. 이 고을이 이러하니 다른 고을을 알 수 있고 한 도가 이러하니 팔도를 생각할 수 있을 것입니다.

이제 공이 바깥벼슬에서 정승 자리에 올랐으니 이 문제는 응당 목격한 바요, 또 폐단으로 되는 내용도 익히 알 것입니다. 첫 연대▪

▪ 임금이 신하들과 같이 공부하는 자리를 경연이라고 하고, 경연에서 임금과 만나는 것을 연대筵對라고 한다. 처음 정승이 되면 첫 번째 연대에서 반드시 중요 발언을 해야 하는 게 관례였다.

에서 말씀을 올리는 데는 이 문제가 가장 적절하리라고 생각합니다. 구구한 내 마음속에는 공이 천하 사람의 근심을 앞질러 근심하리라 깊이 희망하고 있습니다.

화폐가 흔한가 귀한가

賀金右相履素書

백성이 열망하는 분을 임금도 알아맞히어 정승에 임명되던 날 모두 기쁜 얼굴이었습니다. 더구나 남과 다른 제 처지로서는 더욱이 반가운 마음을 금치 못했습니다. 이제 각하는 4대 동안의 다섯 번째 정승입니다. 책임이 무겁고 직위가 높은 것이야 그전이라고 더하고 오늘이라고 덜할 리가 없습니다. 멀리 역사에서 모범을 찾지 않더라도 가까이 댁 안에서 전통이 계승되면 백성들의 복으로 될 것입니다.

화폐 관계에 대해서 어리석은 사람이나마 정당한 견해라고 볼 수 있는 점이 있어서 별지別紙에 적어 보냅니다. 행여 책임 없는 사람으로서 주제넘는 발언을 한다고 책망치 마시기 바랍니다. 이만 줄입니다.

별지

이제 백성들이 걱정하는 문제와 나라의 중요한 계책이 오로지 화폐에 놓여 있습니다. 우리 나라는 외국과 배가 통하지 않고 국내에서도 수레로 왕래하지 않으니 만든 화폐가 그만큼 언제나 있을 것입니다. 국가에 있지 않으면 민간에라도 있을 것입니다. 그런데도 국가나 민간이나 모두 돈이 말라서 위아래에서 쩔쩔매는 것은 무슨 까닭입니까? 재정 정책이 합당치 못한 까닭입니다.

대개 화폐가 귀하면 물건이 흔하고 화폐가 흔하면 물건이 귀해지는 것인데, 물건이 귀하면 백성과 국가가 함께 병들고 물건이 흔하면 농사꾼과 장사치가 다 같이 결딴납니다. 우리 나라 역대 왕조에서 화폐가 흔해질까 깊이 염려하면 간간이 돈을 만들다가도 곧 중지해 버렸습니다. 사실로 무명과 종이만을 돈으로 써서는 흔해질 수 있지만, 다시 은을 돈으로 써서 흔하고 귀한 중간을 절충하게 됩니다. 이 세 종류의 화폐는 모두 백성들의 손에서 생산된 것으로 빨리 많이 만들면 곧 자체로 충족시킬 수 있습니다. 그러나 쇠돈은 사사로이 만들지 못하고 국가 기관을 통해서만 나오며 또 당시 만들어 낸 쇠돈이 아직 많지 못해서 민간에 고루 퍼지지 못했습니다. 백성들이 사용을 불편하게 여긴 것이 바로 이런 까닭이었습니다.

그렇기 때문에 훌륭한 재정 정책이란 것도 별것이 없습니다. 화폐가 귀한가 흔한가를 헤아리며 물건값이 싸고 비싼 것을 조절하는 동시에, 막힌 데를 뚫어 놓고 넘치는 데를 막아서 너무 귀하거나 흔한 일이 없고 몹시 비싸거나 몹시 싼 때가 없도록 하는 그뿐입니다.

우리 나라에서 돈을 쓴 지 이제 113년 동안에 중앙으로는 호조, 선혜청, 다섯 영문*과 밖으로 팔도, 두 유수도, 통영*에서 모두 돈

---

* 호조는 재정 관계를 총괄하는 관청이며, 선혜청은 호조와는 따로 대동법에 의한 수입을 관리하던 관청이다. 다섯 영문營門은 금위영, 어영청, 훈련도감, 총융청, 수어청이니 모두 군대를 통솔하던 곳이다.
* 두 유수도留守都는 개성과 강화를 말하며, 통영統營은 삼도 수군 통제사가 있던 군영.

을 두 번씩 만들고 혹 세 번, 네 번도 만들었습니다. 만든 연대와 수량은 응당 해당 관청에 기록이 있어서 한 번만 떠들면 곧 알 수 있을 것이며, 현재 국가 기관에서 보유한 액수만 밝히면 민간에 흩어져 있는 액수도 추측할 수 있습니다. 지난 백 년간 닳아 없어지고 깨져 없어지고 물과 불에 잃어버린 것을 어림잡아 빼 버리더라도 국가 기관과 민간에 남아 있어야 할 돈이 수백만 냥 아래로 내려가지는 않을 것입니다. 맨 처음 돈을 갓 쓰던 때와 비교해서 열 배도 넘게 많아졌으리라고 생각되건만, 크나 작으나 할 것 없이 황급하게 서두르면서 모두 돈 때문으로 걱정이요, 심지어 나라 안에는 돈이 없다고까지 떠드는 상황입니다. 이것은 무슨 까닭입니까?

아하! 돈을 상평이라고 이름 지은 것은 언제나 물건과 더불어 평형이 되게 하자는 것입니다. 백성들이 쇠돈을 쓴 지 이미 오래인 만큼 눈에 익고 손에 익어 다른 것은 화폐로 인정하지 않으며, 심지어 은화까지 통용하려고 하지 않습니다. 돈이 날을 따라 더 흔해질수록 물건은 날을 따라 귀해지고 있습니다. 대개 매매란 돈이 없이 안 되는 것이요, 화폐란 물과 같아서 기울이는 대로 쏟아지는 것입니다. 물건이 이미 귀해지고 있으니 돈이 어째 기울어지지 않겠습니까? 옛날에는 한 푼, 두 푼으로도 살 수 있던 물건을 이제는 서너 푼도 오히려 부족합니다. 돈으로 물건을 계산하면 한두 곱절에만 그치는 것 아니니 이 아니 돈이 싸고 화폐가 흔해진 명확한 증거가 아니겠습니까? 그런데 온 나라에서 재정 정책을 말하는 사람은 모두 돈이 귀하니까 따라서 물건도 귀해진다고 하니 어째 이렇게도 생각을 하지 못하는 것입니까?

또 은은 화폐로서 가장 귀한 것이요, 천하에서 다 함께 진귀하게 여기는 것입니다. 지금 우리 나라의 풍속은 쇠돈만 돈으로 쓸 줄 알고 은돈은 돈으로 쓸 줄 몰라서 은이 화폐 편에 들어갈 대신에 물건 편에 들어가고 있습니다. 은은 북경으로나 가져가지 않고는 아무짝에도 소용이 없는 물건이 되었으며, 매년 여러 차례 중국 가는 사신들이 가지고 가는 은은 1년 평균 10만 냥을 내리지 않습니다. 10년을 통계한다면 벌써 백만 냥인데 그 값에 사들이는 것은 한겨울만 쓰고는 내던지게 되는 털벙거지일 뿐입니다. 천년을 지나도 그대로 보관할 수 있는 물건을 가져다가 한겨울 쓰고는 내던질 쓰개와 바꾸며, 생산이 제한되고 있는 화폐를 실어다가 한 번 가서는 돌아오지 못할 곳으로 내보내다니 천하에 이런 졸렬한 정책이 없을 것입니다.

언뜻 들리는 말에는 나라 안에서 장차 중국 돈을 통용시켜 돈 흉년을 구제하기로 하고, 올겨울에 가는 사신 행차부터 무역해 올 것을 허락하리라고 합니다. 이것은 합당한 정책이 아닙니다. 돈에는 풍재, 상재, 수재, 한재가 있는 것이 아니거늘 어떻게 곡식을 못 먹게 되는 것같이 흉년이라고 말하겠습니까? 흉년이라고 말하게 된 데는 돈이 사용되는 길이 혼란해서 마치 밭에서 빵매쑥, 가라지 등의 잡초를 제거하지 않은 것과 같은 결과일 뿐입니다.

중국 산해관 밖에서 문은紋銀* 1냥에 돈 7초를 바꾸는데 1초는 163푼을 한 꿰미로 꿴 것입니다. 우리 돈으로는 대략 2냥 4돈 1푼의 액수가 되는 만큼 장차 열 배의 이득을 약속하는 것이요, 수레세나 말삯을 빼더라도 오히려 대여섯 배가 남습니다. 저 역관의 무리가 눈앞의 이득만 탐하고 원대한 일을 생각지 않아서 수십 년 이래로

* 중국에서 통화로 쓰던 은덩이 중에서 품질이 가장 좋았던 종류. 후대에는 마제은馬蹄銀이라고도 했다.

밤낮의 소원이 중국 돈을 통용하자는 것입니다. 이것이야말로 화살이 가서 떨어지는 곳에다가 과녁을 세우며 오줌을 누어서 언 발을 녹이려는 것과 무엇이 다르겠습니까?

지금 나라 안에는 화폐가 흔해서 온갖 물가가 비싸지는데 왜 외국의 품질 고약한 돈을 수입해다가 스스로 화폐를 혼란시키겠습니까? 털벙거지는 일반 사람들의 방한제구로 되건만 은과 바꿀 수가 없다고 하거니, 더구나 역관들의 일시적 작은 이익을 위해서 팔도에서 생산되는 은을 몰아다가 북경 시장에 퍼부어서야 되겠습니까? 이해와 득실이 아주 빤하여 비록 지혜 있는 사람이 아니라고 하더라도 명백히 알 수 있는 일입니다.

당면한 정책으로서 먼저 해야 할 것은 돈이 사용되는 길을 소제하고 은이 북으로 빠져 들어가는 문을 닫는 것입니다. 어떻게 소제를 해야 합니까? 우리 나라에서 돈을 쓴 이래 옛 돈보다 더 좋은 돈은 없으니 옛 돈은 두껍고 단단하고 글씨도 똑똑지 않은 것이 하나도 없습니다. 임신, 계유년 사이에 금위영, 어영청, 훈련도감에서 한때다 각각 돈을 만들면서 갑자기 옛 법식을 버리고 납을 많이 섞은 데다가 두께조차 얇아서 손에 닿으면 부서지는 것은 물론이요, 품질이 그렇게 나쁜 까닭에 돈 난리를 일으켜 물가를 부쩍 올려 놓았습니다. 그 이후로 계속해서 돈을 만들 때마다 몸이 점점 작아져서 지금 옛 돈과 새 돈을 한데 꿰면 새 돈은 옛 돈의 테 안으로 숨어 들어가기 때문에 세기도 어려우니 돈의 혼란이 이보다 심한 것은 없습니다.

이제 한나라 때에 쓰던 오수전五銖錢, 삼수전三銖錢의 제도를 본받아서 어디서나 옛 돈 1푼에 새 돈 2푼씩으로 치게 한다면 꿰미의 끈을 한 번 바꾸는 바람에 크고 작은 돈이 곧 구별되지 않으며, 풀무질을 해서 쇠를 다시 녹일 것이 없이 앉은자리에서 백만 냥 돈을 얻게 될 것입니다. 비록 크고 작은 돈을 함께 통용하더라도 단위를 달리 하니까 사리에 어그러지지 않고 화폐는 잘 통용될 것입니다. 임신 계유년간 세 영문에서 만든 돈은 크기가 옛 돈에 미치지도 못하고 또 새 돈만큼 작지도 못합니다. 이미 아무 편에도 맞지 않고 품질조차 고약하니 전부 통용을 금지해서 시장에 들어서지를 못하게 해야 돈이 사용되는 길이 소제될 것입니다.

어떻게 은이 빠져나가는 문을 닫겠습니까? 공적으로나 사적으로 저장된 은을 마음대로 쪼개서 통용할 것이 아니라 전부 호조로 바치게 할 것입니다. 호조에서 닷 냥과 열 냥의 작고 큰 두 종류의 덩이로 나누고, 말이나 기러기와 같은 형상으로 일정하게 만들어 본 임자에게 도로 내주면서 10분의 1의 세금만 받을 것입니다. 중국 돈도 바꿔다가 나라 안으로 들여올 것이 아니요, 의주에 두고 사신 행차의 여비로나 써야 합니다. 사신 행차의 인원도 필요 없는 것은 감원해야 합니다.

그런데 서장관에 이르러는 직책이 외교도 아니요, 지위가 보통의 수행원도 아닙니다. 그를 위한 하인과 말 따위 일체의 비용이 정사나 부사만 못지않은 데다가 하인들의 식사는 또 상사와 부사에게 덧붙이기로 붙어서 먹습니다. 본래로 말하면 그가 가고 오는 것을 제편에서는 몰라야 할 것인데도 모든 연회에 다 참여하며 선사하는 물품까지 떳떳이 받고 앉았으니 아주 우스운 일입니다. 이러나저러나 간에 구차스러운 노릇입니다. 대통관 세 사람 외에는 압물종사▪도 감원할 것이며 사자관, 도화서원, 의관▪ 등도 정사와 부사의 비장으로 배정할 것입니다. 그리고 선사품 명단에 들지 않은 수행원과 의

주 장사치들은 일체 엄금하며 약재 외에는 무역해 오지 못하게 한다면 국경이 엄격해지는 동시에 나라 안의 은돈은 넉넉하게 사용될 수 있습니다.

■ 대통관大通官은 책임 있는 직위에 있는 역관을 말하고, 기타의 물건을 영솔해 가는 역관을 압물통사라고 한다. 압물종사押物從事는 바로 압물통사로 종사하는 것을 말한다.
■ 사자관寫字官은 글씨가 전문인 사람, 도화서원圖畫署員은 화가, 의관醫官은 의사들로서 대대로 전문 분야를 계승하며 또 관청에 소속되어 있는 사람들.

김귀삼의 살인 사건

答巡使論密陽金貴三疑獄書

　　예로부터 의심스러운 살인 사건이 얼마나 많습니까? 하지만 밀양 김귀삼金貴三이 제 사위 황장손黃長孫을 살해하였다는 사건과 같은 것은 없을 것입니다. 초검에서는 사망 원인으로 제가 목매어 죽었다고 하였고, 재검에서도 사망 원인으로 역시 자결하여 죽었다고 하였습니다. 이제 삼검[■]에서 문득 강박당한 것을 사망 원인으로 삼았으니 무슨 근거로 그렇게 단정하였는가를 알 수 없습니다. 대개 이 사건은 이미 세 번째 검사까지 하느라고 시체를 여러 번 주물렀을 것이니 목맸던 상처의 자리도 많이 달라졌고, 목맸던 끈이 안으로 매듭이 졌던지 밖으로 매듭이 졌던지도 분명치 못하게 되었습니다. 아무리 검사를 하더라도 세밀할 수도 있고 거칠 수도 있겠지만 초검과 재검의 결과를 통째로 의심하고 삼검만을 중요시할 수는 없습니다.

　　대개 장손이 목을 매게 된 것은 장가를 다시 든 데서 발단되고 소를 다루는 데서 결정된 것입니다. 길을 가는 사람에게 묻더라도 으레 장인을 많이 의심하게 될 것은 사실입니다. 더구나 신중해야 하

[■] 살인 사건이 나면 이웃 고을의 원들에게 명하여 여러 차례 시체와 사건을 검사케 했다. 첫 번의 검사를 초검初檢, 두 번째의 검사를 재검再檢, 세 번째의 검사를 삼검三檢이라 한다.

는 검사 관리의 입장으로서는 행여나 속지나 않는가 하여 기어코 철저한 검사를 하게 될 것이 필연적인 형세가 아닙니까? 목맨 나무를 되도록 먼 데를 대려고 해서 여러 차례 진술을 바꾸고 보니 옛 의혹과 새 의심이 포개지는 바람에 삼검에서 그만 강박을 당한 것으로 사망 원인을 단정하는 데 이른 것입니다.

이른바 강박을 당하였다는 말이 겉으로 얼른 보기에는 자못 엄중하게 쓰인 것 같지만 실상 파고들어가서는 확실하게 걷어줄 건덕지가 없습니다. 혹 본의 아니게 의심을 받는다거나 혹 제가 기대하던 바와 다르다거나 하면 농담도 아니요, 꾸지람도 아니요, 언사가 자연히 곱지 않게 됩니다. 겉으로 후끈거리고 속으로 불끈거리어 분함과 원망이 더욱 북받치는 바람에 마음이 아프면 누가 시켜서 그런 것보다 거칠고 망령된 생각이 일어나는 대로 모든 짓을 다 하는 것입니다. 강박을 당했다는 형적이 왕왕 이런 것으로서 동기는 다른 사람에게 있다고 하겠지만 죽기는 제 손으로 죽었으니 지금 강박을 당했다는 말로써 이 사건을 더 엄중하게 만드는 것은 아닙니다.

이제 의심스럽다는 점을 내놓고 용서될 수 있는 구석을 더듬어 보기로 한다면, 이전에는 남편과 안해와 장인 사위 간 눈을 흘기고 말다툼을 할 일이 없었다고 합니다. 소를 찾아갔다는 그만 이유로 어떻게 몰래 살해할 이치가 있습니까? 또 의관을 찢고 문서를 찢고 했다는 데서 살해하지 않았나 하는 의심을 한층 깊게 한 모양이나 분을 못 참고 그쯤 날뛰는 것은 보통 사람의 보통 일입니다. 조금 지나서 술이나 받아다가 한잔을 나누고 하룻밤을 같이 자고 나면 노염은 풀리고 그전대로 정다울 것인데 갑자기 자결해서 죽었다니까 다소 이상하게 보이는 것입니다.

대개 장손이가 자결을 하게 된 데는 두 가지의 경우가 상상됩니다. 새로 산 논값은 얼마고 전에 먹이던 소는 값이 얼마고 애초에 장가를 들던 그때는 온갖 계산이 이 소 한 마리에 있었다가 도로 찾으러 오는 날 애초의 계산이 틀린 것은 물론이요, 도리어 우수리를 당한 폭입니다. 그야말로 속담에 내 칼도 남의 칼집에 들어간 것이 분한 끝에 미욱한 소견으로 죽는다고 잠시 엄포하려고 그만 농삼아 한 일이 사실이 되었을 것입니다.

그렇지 않다면 남의 권고로 장가를 다시 들었다고는 하더라도 소를 몰고 영영 가 버리려는 생각은 아니었던 것입니다. 그전에 살던 곳을 못 잊어서 옛 집으로 찾아오니 욕설과 원망이 한몸에 덮쳐 어디 가서 용납할 곳은 없고, 옛정이 그리우나 강짜 심한 안해는 본체를 아니 하여 밤중까지 서성거리건만 거들떠봐 주지조차 않습니다. 그야말로 속담에 게도 잃고 구럭도 잃은 것이니 있기도 난처하고 가기도 난처하여 후회와 원망이 뒤섞여 일어나는 데다가, 술이 들어가서 얼근한 김에 차라리 죽어 버리고 만 것입니다. 실지의 형편을 따져 본다면 이상 두 가지 중의 어느 한 편에 속하리라고 생각됩니다.

또 상식으로 보더라도 귀삼이는 늙고 기운이 없고 장손이는 장정입니다. 설사 귀삼이에게 사실로 살해하고 싶은 생각이 있었다 한들 장손이가 가만히 앉아 남이 목을 매고 조르는 대로 내버려 둘 것입니까? 또 가령 강제로 죽였다고 한다면 어째서 얼른 어떤 구렁텅이에다가 묻어 증거를 없애지 않고 전연 알지 못하는 시친■에게 급급

■ 시친屍親은 시체의 처리를 책임질 가족이니 피살의 경우에는 범인과 적대적 입장에 서는 사람이다. 이 황장손의 경우에는 다시 장가든 안해가 있고 먼저 안해의 아버지 되는 김귀삼이 살해 혐의를 받고 있다고 하는 터인즉 새로 장가든 안해를 시친으로 치고 있는 모양이다.

히 죽음을 알리는 둥 반드시 검사를 하게 될 관가에 보고를 하는 둥 해서야 진범인 제가 죽을 땅을 찾아들어 가는 일 아니겠습니까?

안타까운 점은 목맨 장소를 바른 대로 알리지 않아서 사건에 대한 의혹을 일으키게 하는 것인데, 저 어리석은 백성이 그래야 살 수 있다고 생각하며 이랬다 저랬다 하는 것입니다. 장손이가 제 손으로 자결해서 죽은 이상은 도리나무에 목을 매었거나 등잔을 거는 나무에 목을 매었거나 그 죄에는 관계가 없을 것이건만, 바른대로 알리지 않아서 그 형적이 교활한 듯하지마는 실정은 그다지 괴이치 않은 것입니다.

이런 사건은 되도록 가볍게 처리해서 억울한 일이 없도록 해야 할 것입니다. 헤아려서 처리할 것을 엎드려 청합니다.

장수원의 강간 미수 사건

答巡使論咸陽張水元疑獄書

함양에 사는 장수원이 한조롱韓鳥籠이라는 여자를 죽인 데 대하여는 초검과 재검에서 모두 사망 원인을 제 자신이 물에 빠져 죽었다고 단정하고 있습니다. 문건을 자세히 살피고 형편을 연구해 본다면 조롱이가 수원에게 협박을 당한 것이 한두 번이 아닌 모양이었으나, 시집 가기 전의 처녀로서 그의 곁방살이를 하면서 부끄럽고 분해도 하소할 데가 없고 형세가 급박해도 발길을 돌릴 데가 없었으니 저 맑고 찬 못만이 몸을 용납할 곳이었던 것입니다. 비록 수원이 제 손으로 떠밀어 집어넣은 것은 아니라고 하더라도 베 짜는 처녀가 물 귀신 되게 한 것은 그가 아니고 누구란 말입니까? 정상을 따지면 제 본래 목숨을 내놓지 않을 수 없는데 앞뒤 진술에서 여러 번 말을 달리하는 것은 교활한 근성으로 포악한 지저귀를 감추려는 데 지나지 않습니다.

그렇지만 만약에 불측한 생각이 없었다면 어째서 곁방살이하는 처녀의 머리채를 잡아 꺼들었겠습니까? 그가 꺼들지 않았다면 조롱이의 머리칼이 어째서 뽑혔겠습니까? 더없이 분한 일이 아니었다면 어째서 뽑힌 머리칼을 그대로 간직했겠습니까? 이 한 모숨의 머리칼을 간직해 두고 어린 동생을 울면서 부탁한 일들은 한편으로는 그 당시 몸을 더럽히지 않았다는 증거로 삼고, 다른 한편으로는 죽은 후에라도 분을 풀 수 있는 단서로 삼으려고 했던 것입니다. 이를 잡을 때 어떻게 꾀고, 길쌈을 거둘 때 꾀었다거나, 호미를 가지고 어떤 사단이 있었다거나, 버선을 잃어버리고 어떤 사단이 있었다는 것과 같은 일들은 이 사건과는 별로 큰 관련이 없습니다. 수원의 포악한 행동을 증거 드는 자료도 오직 이 머리칼이며, 조롱이가 죽기로 거역한 자취를 증거 드는 자료도 오직 이 머리칼입니다. 시체가 백 번 썩어서 없어진대도 이 머리칼만 남아 있다면 보잘것없는 몇 오리의 머리칼로 이 사건을 단정할 수 있을 것입니다.

그런데 죄를 논하는 마당에서 표면의 경과만을 들어서 보통의 자살로 미루어 버리고 그저 협박하였다는 죄목에 그치고 만다면, 어떻게 죽은 사람의 억울하고 원통한 마음을 조금이라도 풀어 줄 수 있겠습니까? 모든 정상을 참작해 볼 때 협박죄는 너무 가벼운 듯하니 강간 미수죄로 처벌하는 것이 타당하지 않을까 합니다.

굶주린 백성이 살 길

答丹城縣監李侯論賑政書

귀한 편지를 공손히 받아서 요사이 봄 추위에 정사로 바쁜 몸이 별일 없는 줄 알고 궁금한 마음을 놓았습니다.

그런데 그 편지에는 예절, 예절 한들 기민의 구제 사업에도 그래 예절이 필요하단 말이냐고 하였으니, 어째 언사가 이렇게 몰상식하고 조금도 생각이 없습니까? 요전에 길이 총총해서 긴 이야기를 하지 못하고 오직 기민의 구제 사업에도 예절이 좀 있어야 한다고만 이야기했던 것입니다. 말이 동에 닿지 않을지는 모르더라도 제대로 소견이 있어서 한 말이건만 아무런 구체적 사정도 설명하지 않고 돌연히 그렇게 꺼내 놨던 것입니다. 이제 그대가 속사정을 이해하지 못하고 얼핏 듣기에 우습다고 해서 도리어 세상 물정 모르고 괴팍스럽고 실정에 어둡다고 비웃었는바, 내가 세상 물정을 잘 모르는 것은 사실이니 그런 비웃음은 응당 받아서 쌉니다. 그러나 기민의 구제 사업이 예절과는 아무런 상관이 없는 것처럼 주장하고 있는 것은 너무나 지나친 것이 아닙니까?

아하! 점잖은 사람이 정사를 하는 데는 어디를 가선들 예절이 없을 것입니까? 더구나 기민의 구제 사업은 정치적으로 중요한 일이요, 수많은 인명이 거기 달려 있지 않습니까? 물론 고전 문헌에 찾아보아야 그런 예절의 절차가 발견되지 않고, 동리 간이 모여서 술 마시는 예를 행하는 것과는 성질이 아주 다릅니다. 그러나 군대에 위로연을 베풀어 주는 데나 늙은이를 모아 잔치를 하는 데도 모두 일정한 의식이 있습니다. 굶주린 백성들에게 음식을 대접하는 데만 어째서 아무런 절차도 없어야 할 것입니까?

이제 한 고을의 숱한 사람을 불러다가 음식을 베푸는 것은 군대에서 위로연을 하는 것이나 늙은이를 모아 잔치하는 것과 그렇게 다를 것도 없습니다. 그런데 남자와 여자가 뒤섞여 앉고 어른과 아이가 자리를 다투고 있습니다. 어찌 이렇게 구별도 없고 질서도 없습니까? 요전에 이러저러하다고 논평을 더한 것도 굶주린 백성에게 인사 절차를 요구하거나 기민 구제의 마당에서 예법을 강의하자는 것이 아니요, 그들의 쪽박을 제사에 쓰는 그릇으로 삼거나 비틀거리는 걸음을 행진곡에 맞추자는 것도 아니며, 누더기옷을 입고 매무새를 단정히 하라거나 부황이 뜬 얼굴을 가지고 음식을 점잖게 먹으라고 하는 것은 아닙니다.

대개 예절은 일이 있기 전에 방지하려는 것이요, 법은 일이 있은 뒤에 금지하려는 것입니다. 저 기민들은 얼굴이 뚱뚱 붓고, 옷이 나달나달 떨어진 데다가, 바른손에는 쪽박을 들고, 왼손에는 떨어진 자루를 쥐고, 사람도 아니요 귀신도 아닌 것이 등을 굽숭거리고 뜰 안으로 모여듭니다. 그래, 그들이 법에 어그러지는 일을 감행한들 누가 능히 막아 낼 것입니까?

지난번 진주로 가는 길에 귀 군에 들렀더니 마침 기민 구제하는 날이었습니다. 백 명인지 천 명인지 모를 기민이 관청 대문 옆에 잠뿍 몰려 섰는데 대문은 안으로 닫아 걸리고 지키는 사람은 한 사람도 보이지 않았습니다. 말을 세우고 한동안이 지나도 안으로 들어갈 길이 없었습니다. 그때 뭇 남자와 뭇 여자가 늙은이를 붙들고 어린애를 끌고 모여들어서는 혹 닫은 문을 두드리고 큰 소리도 지르고 혹 와자지껄 떠드는 품이 조금도 기탄하거나 조심하는 것 같지 않았습니다. 얼굴들을 보면 곧 쓰러질 것같이 기운이 없건만 서두르는 품은 바로 믿는 것이나 있는 듯이 당당했습니다.

조금 있다가 조그만 심부름꾼 하나가 나와서 새벽부터 죽을 끓이는데 솥이 크고 죽쌀이 많아서 얼른 끓지를 않아서 그러니 조금만 기다리고 있으면 곧 불러들이겠다고 일렀습니다. 여러 사람이 와하고 일어서 심부름꾼을 두들겨 옷갓을 다 찢고 머리까지 뽑아서 거의 못할 짓이 없는 판이었습니다. 갑자기 한 사람이 제 손으로 제 코를 쳐서 얼굴에 코피투성이를 하고는 사람을 살리라고 소리를 지르니, 너도나도 소리를 합쳐서 아전이 기민을 때린다고 외치고 덤볐습니다. 그들의 심리인즉 빨리 죽이라도 먹고 싶고 그래서 얼른 문을 열게 하자는 것이겠지만 소란을 일으키는 광경으로 말하면 한심스러웠던 것입니다.

얼마 후 손을 맞아들이기 위해서 문이 열리자 기민들이 한꺼번에 우르르 들어왔고 뒤미처 죽을 나눠 주어 한바탕 소요도 그로써 끝이 났습니다. 그날 이런 광경이 대문 밖에서 일어났으므로 그대가 응당 보고 듣지 못했을 것입니다.

서로 수인사를 끝낸 다음 그대가 먼저 대문 닫아 놓았던 이유를 변명삼아 말하였습니다.

"기민들이 사는 동리가 먼 데도 있고 가까운 데도 있을 뿐더러 또 그들이 오는 것도 늦기도 하고 이르기도 하오. 먼저 온 사람들이 부엌으로 들이덮쳐 죽이 채 끓기도 전에 뭇 쪽박으로 휘저어 놓으면 온 솥의 죽을 버리게 되오. 하는 수 없이 대문을 닫아 걸고 있다가 기민들이 다 모인 다음에 받아들여야 하오. 손님을 거절하려고 그런 것은 아니오."

그래서 손과 주인이 함께 웃고 말고 내 견해를 바른대로 진술치 못했던 것입니다. 그것은 비단 말이 장황해질 뿐만 아니라 그 자리에는 구제 사업을 감독하기 위해서 내려온 감영의 비장이 앉았기 때문에 낯선 사람이 있는 데서 그런 말을 하고 싶지 않았던 것입니다.

또 생각한다면 오늘의 기민은 장병을 앓는 어린아이들이 응석을 부리는 것 같습니다. 부모 된 사람은 살살 달래서 뜻을 받아 줄 뿐입니다. 어떻게 보통 때와 마찬가지로 꾸짖고 야단을 칠 것입니까? 공자가 말하기를, 법률로써 가르치고 형벌로써 단속하면 백성들이 죄는 면하게 되나 염치가 없고, 도덕으로써 가르치고 예절로써 단속하면 염치도 있으면서 민심이 집중된다고 하였습니다. 그렇기 때문에 법률로써 이야기하기보다는 예절로써 굽히게 하는 편이 낫습니다. 왜 그렇습니까? 법률이 작용하는 곳에는 형벌에 의한 위협이 뒤를 따르고, 예절이 주장되는 곳에는 나쁜 일에 대한 부끄러움이 앞서는 것입니다. 백성들 속에는 위협을 대수롭게 여기지 않고 형벌을 우습게 보는 사람들이 있습니다. 그러니 내가 법률을 무서워하는 사람은 이기는 반면에, 법률을 무서워하지 않는 사람에게는 도리어 지게 됩니다. 더구나 굶주림을 자세하고 덤벼드는 것이겠습니까?

보통 사람의 인정으로는 가난해서 굶주리는 것보다 더 부끄러운 일은 없으니, 한 그릇의 죽에서도 잠깐 동안의 염치를 보일 수 있습니다. 그 고유한 성질을 이용해서 잘 유도하면 혐의스러운 점을 비키고 순서를 매기고 명분을 세워서 정연한 질서를 문란시키지 않게 될 것입니다. 더구나 쌀이 없느니 물이 없느니 하는 것도 그들이 마지못해서 하는 노릇이지 본심이야 아니지 않겠습니까?

그렇기 때문에 무서움을 알게 하는 것은 부끄러움을 알게 하는 것만 못하고, 법률로 우월한 것은 예절로 졸렬한 것만 못합니다. 죄는 면하나 염치가 없는 것은 법률로 이기는 것이요, 염치도 알고 민심도 집중되는 것은 예절로 굽히게 하는 것입니다.

이제 영남의 온 도가 불행하게도 큰 흉년을 만나서 모든 고을에서 큰 규모로 기민 구제를 거행하고 있습니다. 원이 된 사람으로서는 곡식을 장만하기에 힘을 다하고 기민을 찾아 내기에 성의를 다하여야 할 것입니다. 누가 감히 조정에서 백성을 생각하는 뜻을 받들어서 임금의 걱정을 만분의 일이나마도 덜려고 하지 않겠습니까? 더구나 원들의 사업 평가가 이 기민 구제에 달려 있는 만큼 너무나 조심하고 애쓰는 나머지 명예를 사려는 것으로 돌아감을 면치 못하고, 지나치게 어루만지고 친절히 한 결과 도리어 은혜를 모르게 됩니다. 공적으로나 사적으로나 다음날 계속되기 어려운 것은 생각지 않고 공로로 되든지 죄로 되든지 눈앞의 처리에만 노력해서 이미 소비된 식량이 많지 않은 것이 아니요, 구제된 백성의 범위가 넓지 않은 것이 아니요, 구제 사업의 모든 일이 잘 거행되지 않는 고을이 없는 것입니다.

그러나 구제 사업이 끝난 이후에는 구차하게 연명하여 오던 그들의 생명을 무슨 수로 살려 갈 것입니까? 요행의 은혜만을 쳐다보는 그들의 몹쓸 버릇을 무슨 법으로 고쳐 주어야 할 것입니까? 그렇기 때문에 내가 예절이라고 말한 것은 종래의 구제하는 방식을 다 내버리고 딴 방식을 쓰자는 것은 아닙니다. 단지 불쌍히 여기고 가엾게 보는 중에도 대체大體를 세우고 음식을 먹이기 전에 먼저 염치를 차리게 하자는 것입니다.

반드시 남자와 여자는 좌석을 갈라 앉히고, 어른과 아이는 자리를 달리해야 하고, 선비 집안의 출신은 앞에 앉고, 일반 백성들은 아래로 물러나서 각각 자기 자리를 지키고 서로 혼란을 일으키지 않도록 해야 합니다. 그렇게만 하면 죽을 나눠 줄 때 남자는 왼편, 여자는 바른편으로 가서 정돈하기를 바랄 것 없이 저절로 정돈되고, 늙은이는 먼저, 젊은이는 나중에 나와서 사양을 하자고 하지 않아도 자연히 사양하게 될 것입니다. 식량을 분배할 때도 앞에 있는 사람이 먼저 받는다고 시새움하지 않고 아래 있는 사람은 제 차례를 기다리면서 다투려고 덤비지 않을 것입니다.

이래서 나는 저 예절만이 오래 계속될 수 있는 길이라고 말하고 있습니다.

나는 껄껄 선생이라오

答大邱判官李侯端亨論賑政書

지붕 위의 비둘기가 비가 오라 우짖고 날이 들라 우짖어 완연히 꽃철을 앞둔 날씨라, 벌써 먼 곳의 아지랑이가 눈에 어른거리고 이제 뜰 앞의 푸른 못물에는 비치는 대로 그림자가 나타납니다. 소송하러 오는 사람도 없고 아전들마저 물러가니 오늘은 처음으로 한가로운 틈을 얻어서 일년 만에야 비로소 원 노릇하는 재미를 알았습니다. 뒷짐을 지고 난간을 거닐면서 멀리 있는 친구를 그리는데 그리운 친구가 다른 사람이 아닙니다. 이때 귀한 편지가 내 앞에 떨어지니 그야말로 신비스러운 속에 그리는 정이 통해서 산과 물로도 가로막지 못하는 것 같습니다.

온 경상도 72개 고을이 불쌍히도 극심한 흉년을 만나서 모두가 큰 규모로 기민 구제를 시행하고 있습니다. 지금 원 된 사람으로서는 기민을 되도록 정확히 뽑아 내야 하고 구제 물자를 되도록 많이 마련해야 합니다. 그러자니 심려되어 정신을 쓰다 보면 어찌 고달프고 고생스러워 몸이 축나지 않을 수 있겠습니까? 더구나 귀 군과 같이 감영을 턱 밑에 놓고 앉았고 사무가 번다한 고을로서는 도처의 어려움이 다른 고을보다 곱절 더할 것이 아니겠습니까?

요사이 이웃 고을 원들의 편지를 받아 보면 근심과 걱정이 지나쳐서 찌푸린 이맛살이 종이 위에 비치고 끙끙 앓는 소리가 붓끝에서 그치지 않습니다. 답장을 써 보내는 내 마음까지도 불안해지지 않을 수 없습니다. 그런데 뜻밖에도 대상에 구애되지 않고 낙천적으로 지내 오던 그대조차 저도 모르는 사이에 이런 모습을 짓고 있으니 그래 개탄하지 않을 수 있습니까?

아, 우리 나라에서는 관리를 등용하는 길이 극히 편협하여 과거에 급제하지 못하고서는 아무리 학식이 하늘의 이치와 사람의 일을 꿰뚫고, 재주가 학문과 무예를 겸했다고 하더라도 애초에 꼼짝할 길이 없습니다. 지금 조정에서 활개치며 나라의 큰 계획을 토의하고 임금의 덕화를 돕는다고 하는 사람치고 대과 출신이 아닌 사람이 어디 있습니까? 그 다음 소과 출신도 남행으로 나가서 벼슬을 한다고는 하지만 아랫도리의 관리를 더 넘어서지 못합니다. 밤낮 소원이 어느 고을의 원이나 하나 얻어 하는 것인 만큼, 그 고을이 크고 작은 것이나 따지고 그 고을에 특산이 있는가 없는가를 묻고 다니니 처신이 허드레 일꾼들과 조금도 다름이 없습니다.

이름은 한 고을의 어른이라고 하여도 매사를 스스로 처리하지 못하며, 행여나 평가에서 견디어 내려고 상관의 비위를 맞추기에 분주합니다. 자기가 맡은 고을에 무슨 폐단이 있다거나 백성들의 고통이 어떻다거나 그런 일은 생각해 볼 겨를조차 없습니다. 겨를만 없는 것이 아니라 어떻게 해 보려고 했댔자 자기 힘으로는 어찌할 도리가 없으니 생각하나마나 마찬가지입니다. 그렇기 때문에 그중 재능이 있다는 사람도 장부나 정리하고 나라의 재산이나 엄하게 보관해 가며 죄나 짓지 않으면 다행으로 여깁니다. 그런데 한 번 평생에 품었던 뜻을 펴 볼 수 있는 기회로는 오직 기민 구제의 한 가지 일이 있습니다.

나나 그대나 크게는 대과에 급제하지 못하고 작게는 진사도 되지 못하여 모두 일없는 몸으로 맥없이 살며 용렬하게도 동리 간에서 웃고 떠드는 것으로 세월을 보냈습니다. 제 딴에는 의복을 갖추고 나간다고 하나 남루하게 된 지가 이미 오래며, 말로는 양반이라고 부르나 실상 양반 노릇을 못 하는 것이 부끄럽습니다. 머리가 허옇고 살가죽이 쭈글쭈글한 채 아무런 희망도 붙이지 못했더니 요행 늘그막에 이르러 앞서거니 뒤서거니 벼슬 한 자리씩 얻어 하게 된 것입니다. 옛 사람들이 말한 벼슬을 살기에 적당한 나이는 벌써 지났다고 하지만 직분을 다하기에는 아직도 앞날이 남아 있습니다.

5, 6년이 지나는 동안에 그대는 이미 중요한 고을을 두 번째로 책임졌고 나도 역시 한 고을을 맡았는바, 이런 큰 흉년을 만나서 빈민을 구제하여 베풀어 주는 것이 더없이 좋은 기회가 아닙니까? 마땅히 심력을 다 기울여야 하고 씀바귀도 냉이맛으로 자셔야 할 것인데 어찌하여 신세 타령을 해 가면서 스스로 괴로운 내색을 하고 있습니까?

돌이켜 생각하면 50년 동안 항상 끼니를 걸러서 입 주체를 못 하던 주제가 임금의 은혜를 한껏 입어서 지금 갑자기 부잣집 할아버지 노릇을 하고 있습니다. 뜰 한복판에 수십 개의 큰 솥을 걸어 놓고 굶주려 비슬비슬하는 천 4백여 명의 동포들을 청해다가 한 달에 세 차례씩 즐거운 자리를 가집니다. 이 즐거움보다 더 즐거운 일은 없습니다. 무슨 즐거움인들 이만하겠습니까?

저 장공예*가 억지로 9대가 한 집에서 같이 살면서 참았다는 것이 무슨 일입니까? 공자가 말하기를, "이것을 참는다면 무엇을 참지 못하랴." 하였고, 맹자가 말하기를, "사람마다 남에 대하여 차마 하지 못하는 마음을 가지고 있다."고 하였습니다. 성인도 참을 수 없는 일에 대하여서는 참지 않는 것이 이렇습니다. '참을 인忍' 자가 한 자만도 오히려 심하거든 어찌 차마 백 자씩이나 쓰겠습니까? 백자를 쓴 이면에는 찡그리고 찡그리어 온 얼굴에 가득한 주름살이 가로 세로 외로 바로 잡히고 있을 것입니다. 양미간의 '내 천川' 자와 이마의 '북방 임壬' 자도 보는 듯한 것입니다. 그런데 눈으로 참다 보면 소경이요, 귀로 참다 보면 귀머거리요, 입으로 참다 보면 벙어리입니다. 이것은 아주 옳지 못합니다. 측은한 마음의 싹을 끊어 던지려면 마음에 칼을 한 번 찌르는 것으로 충분합니다. 왜 쓸데없이 같은 글자를 백 자씩이나 포개 쓰고 앉았겠습니까?

내가 즐겁다〔樂〕는 글자 한 자를 써 놓으니 거기는 웃는다는 글자가 무수하게 따라붙습니다. 이렇게 지낸다면 한 집에 백대도 살 것입니다. 이 편지를 뜯을 때 그대는 내 별명을 껄껄 선생이라고 지을 것입니다. 나도 그런 별명을 사양하려고 하지 않습니다.

■ 장공예張公藝는 7세기 중국 사람으로서 9대조 이후의 자손들을 모두 모아 한 집에서 살고 있었는데, 당 고종이 어떻게 그렇게 사느냐고 묻자 그는 참을 인忍 자 백 자를 써 보였다고 한다.

혼자 억측하지 마십시오

答應之書 一

여러 가지 말씀을 잘 알았습니다만 그만 웃음이 터져 나오는 것을 걷잡을 수 없었습니다. 내가 언제 형에게 골을 내고 있기에 형이 혼자서 왜 억측을 해 가지고 항상 이렇게 변명을 하시는 것입니까? 과연 나를 아시는 정도가 너무나 얕습니다. 나를 알아주거나 나에게 죄 주거나 결국 내 병이 말썽을 일으킨 것입니다. 동기가 내게 있으니 남이야 탓해서 무엇 하겠습니까?

그런데 그 이야기는 그만두고 내 병이 한층 더해서 위태로운 병세와 나쁜 증상이 포개어 드러나고 계속해 나타납니다. 지지난날 중존이도 떠나가 버린 이후 옆에 아무도 없이 빈 동헌에 혼자 앉았자니 그야말로 고기를 먹는 중이요, 원의 인궤를 가진 귀양살이입니다. 내가 가지고 온 짐이란 헌 상자짝 하나인데 몇 질의 책이 든 이외에는 이틈 저틈으로 뒤죽박죽 끼워져 있는 것이 이것저것 적어 둔 쪽지들입니다. 우연히 한 쪽을 집어서 보다가 그만 서운하니 마음이 언짢아졌습니다.

나이 젊어서 눈이 한창 밝을 때 가늘게 쓰는 것도 꺼리지 않았던 만큼 혹 나비 날개만 한 종이에다가 파리 대가리만 한 글씨로 써 놓았습니다. 본래 순서가 없고 맥락이 닿지 않으니 꿰지 않은 구슬 같고 귀 없는 바늘 같아 종당은 내버리게 될 것입니다. 인생이 총총해서 항상 내일을 믿었더니 이제 홀지에 눈이 아물아물하고 글자획이 까물까물해서 처음에는 개미가 꼼질거리는 듯하다가 나중에는 보이는 것이 흰 종이뿐입니다. 이것이 모두 내 평생에 걸쳐 적어 모은 것으로 이 세상의 한 문헌을 이룰 수 있을 것이나 다른 사람이 손을 댈 수는 없고 내가 친히 찾거니 맞추거니 해야 될 것입니다.

여기는 바닷가의 작은 고을이라 지방이 외지고 일도 간단하여 꽃이 피거나 잎이 떨어질 때 공무가 그다지 바쁘지 않으면 차차 얽어서 몇 권의 기이한 글을 만들어 낼까 했습니다. 이제 곤란한 처지*에 빠져 이 상자를 도로 끌고 갈 모양이니 이러다가 좀의 오줌과 쥐똥에 녹아서 진흙구덩이로 함께 돌아갈 일이 슬픕니다. 그 밖에야 무엇이 더 그립겠습니까?

공적으로나 사적으로나 다른 데는 별다른 낭패가 없습니다. 대체 부임한 지 겨우 다섯 달밖에 안 되어 채 속사정도 모르지만 친구의 두터운 마음을 괴롭게 할 맛은 없을 것 같습니다.

* 연암이 면천군수로 부임한 뒤 곧 당시의 충청도 감사와 사이가 좋지 못해서 그 자리에 더 머무를 수 없이 되었다. 공주판관으로 있던 김응지가 중간에서 그런 사정을 기별해 주자 이 답장을 보낸 것이다.

머무르고 떠나는 일

答應之書 二

 일전에는 공사간 총망해서 미처 편지를 쓰지 못하고 있다가 감영 가는 아전이 떠났느냐고 물으니 아까 벌써 떠났다고 합니다. 내가 얼마나 섭섭했겠습니까? 아마 내가 붓을 잡을 경황이 없어서 편지를 안 했다고 의심을 받지 않을까 했더니, 먼저 보내 주신 짧은 편지로 과연 내 추측이 틀리지 않은 것을 알았습니다. 부끄럽습니다. 그러나 내가 그렇게 조그만 사내란 말입니까? 한번 뜻대로 되지 않았다고 하여 멍하니 얼이 빠져서 공중을 향하고 글씨 쓰는 시늉이나 내겠습니까?▪ 나를 어쩌면 이렇게 부끄럽다 못 해서 죽게까지 하시는 것입니까?

 보름날 포정사布政司 앞에는 각 고을의 아전들이 잔뜩 모였더랍니다. 입김을 불어 언 붓을 녹이면서 어깨를 비비고 발등을 밟고 와글거리는 것이 마치 과거 장소에서 글 제목을 낸 뒤 그것을 베껴 쓰는 과거꾼들 같더랍니다. 수수께끼로서 서로 주고받기를,

 "기주의 전부냐?"▪

▪ 중국 진대晉代의 은호란 사람은 정부에서 쫓겨난 다음 온종일 손으로 공중을 그어서 '돌돌괴사(咄咄怪事, 놀랍고 괴상한 일)'의 넉 자를 쓰는 시늉을 하고 있었다고 한다.

"단공이 기산 아래로 도망가느냐?"[■]

"변 서방이 상투가 없느냐?"[■]

"복 서방이 하나를 이었느냐?"[■]

"오직 순수하고 오직 한결같게 가운데를 잡았느냐?"[■]

"자막이 가운데를 잡았느냐?"[■]

"무슨 장물로 잡혔느냐?"

"하인놈 구종, 별배로 잡혔단 말이다."[■]

그러다가 만장이 까르르 웃으면서 떠들기를,

"적중하게 쏘아 명중을 시켰으니[■] 그는 한다하는 활꾼이다. 면천 원님을 남행 출신[■]인 줄로만 알았더니 한량 출신인 게로구나!"

면천 아전들이 크게 수모를 당하고 돌아왔다고 합니다. 내가 마침 이불을 두르고 앉아 조반으로 죽을 먹다가 이 이야기를 듣고는 허리를 펴지 못하도록 한바탕 웃어 댔습니다. 만일 갓을 쓰고 있었던들 갓끈이 끊어지고 밥을 물고 있었던들 밥풀을 사방으로 뿜을 뻔

■ '기주의 전부'라는 것은 《서경》 '우공'에서 기주의 부세는 상상上上이요, 전田은 중중中中으로 되어 있음을 말한다.

■ '단공檀公이 도망가느냐?'는 것은 고공단보古公亶父의 오자일 것으로 보인다. 고공단보는 주나라 왕실의 조상이 되는 사람이다. 그는 북방 종족에게 쫓겨 기산 아래로 갔다고 했으므로 하下를 의미한다.

■ '변 서방의 상투'는 변卞 자에서 위의 점을 떼면 하下 자가 된다는 뜻이다.

■ '복 서방이 하나를 이었다.'는 것은 복卜 자에 일一 자를 얹으면 역시 하下 자가 된다는 뜻이다.

■ '오직 순수하고 오직 한결같게 가운데를 잡는다.'는 말은 중中을 의미한다.

■ '자막子莫이 가운데를 잡는다.'는 말도 역시 중中을 의미한다.

■ 하인놈 구종, 별배는 하下를 의미한다.

■ '적중하게 쏘아 명중을 시켰다.'는 것은 이번 포폄에서 연암이 중中을 맞은 것이니, 중은 한자로 맞힌다는 뜻이어서 활을 쏘아 목표를 맞힌 것으로 비웃어서 말을 한 것이다.

■ 과거를 보지 않고 다만 조상의 공로로 얻어 하는 벼슬이나 그런 사람.

하였습니다. 비유해 말한다면 종기가 한창 곪은 것을 큰 바늘로 쭉 찢어 놓은 것과 같습니다. 옷은 좀 버렸을망정 기분은 아주 상쾌합니다.

우리 나라 속담에 있지 않습니까? 삼정승 사귀지 말고 제 몸을 조심하라고 하는 것은 스스로 경계하는 의미요, 네 쇠뿔이 아니면 어째서 우리 집이 무너졌겠느냐고 하는 것은 남을 탓하는 의미요, 밤에 흰 것을 밟지 말아야 할 것이니 흰 것은 물 아니면 돌이라고 하는 것은 어두운 길을 걷는 사람에게 주의시키는 의미요, 들어갈 때 고개 숙이고 나갈 때 허리 굽히는 것이 문을 존경해 그러는 것이냐고 하는 것은 남과 충돌하지 말 것을 타이르는 의미요, 주인집에 장이 없자 나그네가 국을 마다한다고 하는 것은 주객이 다 함께 편안해한다는 의미입니다. 형이 나에게 충고하려고 생각하는 점이 이 몇 마디 중에서 어느 한 마디에 해당한 것입니까?

지금의 형편은 뒤끝을 깨끗이 하는 것이 제일이요, 뒤끝을 깨끗이 하는 데는 머물고 떠나는 일을 잘해야 합니다. 오래 머물랴 급히 떠나랴를 내 비록 감히 공자와 같이 그때그때의 적중함을 얻는다고 말하지는 못하겠지만 또 어떻게 볼꼴사납게 해서 더 한층 남의 비웃음거리를 이루겠습니까?

돼지 치는 이도 내 벗이라

나더러 오랑캐라 하니
《열하일기》에 아직도 시비라니
웃음의 말
아이가 나비를 잡으려 하나
약하게 단단할지언정
이름을 숨기지 말고
도로 네 눈을 감아라
개미와 코끼리
평생 객기를 못 다스리더니
돼지 치는 이도 내 벗이라
출세한 벗에게 이르노니
나의 벗 홍대용

나더러 오랑캐라 하니

答李仲存書 一

그 어떤 사람의 말[*]이라고 적어 보낸 것은 한차례 웃고 말 수밖에 없는 것입니다.

속담에 이르기를, 꿈에 중을 보면 문둥이가 된다고 합니다. 무엇을 말하는 것입니까? 중은 절에서 살고 절은 산속에 있고 산속에는 옻나무가 있고 옻이 오른 사람은 문둥이처럼 됩니다. 중을 꿈꾼 것과 문둥이는 이렇게 관련되는 것입니다.

옛날 내가 중국을 갔다 왔는데 중국은 오랑캐가 점령하고 있습니다. 그런데도 나는 중국 사람과 같이 놀기도 하고 같이 먹기도 했으니 꿈속에 중을 본 정도만이 아닙니다. 세상 사람들이 나를 문둥이라고 하더라도 괴이할 것이 없습니다. 어려서 함께 자라고 늙을 때까지 허물없이 지내던 한 친구가 잘 때 쓰는 내 갓을 가리켜 마래기라고 조롱을 하고, 헐어빠진 내 베저고리를 가지고 전으로 짠 겉옷이라고 농담을 한 일도 있었습니다. 그렇다고 해서 정말 붉은 실로

---

[*] 연암을 싫어하는 일부 사람들은 원으로 있는 연암이 군내 백성에게서 오랑캐란 욕을 먹었다고 헛소문을 퍼치어 그를 중상하였다. '그 어떤 사람의 말'이라는 것이 바로 그 중상을 가리킨 것이요, 이 편지에서는 그 중상이 상대할 가치가 없음을 밝혔다.

된 마래기요, 홀태 소매를 단 겉옷이란 말이겠습니까? 오랑캐라고 하면 어린애들까지도 부끄러워하는 까닭에 내 물건을 오랑캐 것이라고 해서 한번 웃자는 노릇입니다. 둘이 같이 목욕을 하면서 벌거벗었다고 흉을 보는 격이니 누가 골을 낼 수 있습니까?

수십 년 이래로 옛날 친구는 거의 다 이 세상에서 없어졌습니다. 하룻밤 우스갯소리나 하면서 지내 보고 싶은 때도 있지만 그 역시 이제는 불가능하게 되었습니다. 어찌 슬픈 일이 아니겠습니까?

그렇지만 지금 평생에 알지 못하던 사람이 갑자기 내게 향하여 오랑캐 옷 따위의 말을 던진다면 그것은 옳지 않습니다. 더구나 글로 써서 함부로 욕설을 퍼붓는 것이겠습니까? 허파에 바람이 들어 실성하기 전에는 어째서 하루아침에 오랑캐로 지목되어서 남의 수모를 당하고 있을 것입니까? 보통 인정으로 따져서도 이치에 맞지 않습니다. 하인들 보기에도 쑥스럽거늘 더욱이 어떻게 뻔뻔스럽게 아전과 백성들을 대하고 앉았겠습니까? 그 이야기가 대단히 미련스럽습니다. 거리의 아이들이나 저자의 심부름꾼인들 누가 믿을 것입니까? 한차례 웃음거리로 돌려 버리는 것이 옳습니다.

내 자식들에게는 행여 남에게 어떠어떠하다고 변명하려고 하지 말라고 일러 주기 바랍니다. 설사 '없는 선생'의 성명을 묻는 사람이 있다고 하더라도 그저 얼굴은 허옇고 눈썹이 드문드문한 그런 사람[*]이라고 대답해 둘 것입니다.

---

[*] 중상하고 다니는 그들을 실지로 존재하지 않는다고 보자는 뜻이다. 생김새도 그저 일반적 인물의 보통 얼굴을 형용한 것이다.

《열하일기》에 아직도 시비라니

答李仲存書 二

그들이 오랑캐의 칭호를 쓴 글이라고 시비한다는 것은 대체 어떤 점을 가리키는 것입니까? 연호를 말하는 것입니까? 지명을 말하는 것입니까? 이것은 기행문의 종류에 불과한 것입니다. 그런 글이 있건 없건 또 잘 지었건 못 지었건 세상에 영향을 끼칠 것이 못 됩니다. 언제 일찍이 《춘추》의 의리로 따지고 붓을 들었겠습니까? 지금 갑자기 그런 것을 들고 나서서 잘못이라고 책망하는 것은 좀 과합니다.

아아! 청나라의 연호를 처음 쓰기 시작할 때 우리 나라의 옛 어진 이들 가운데 관리 임명장 위에는 쓰지 말자고 제의한 분이 있습니다. 또 양반집에서 조상의 무덤에 글을 새길 때 명나라 마지막 임금의 연호인 숭정崇禎의 기원을 쓰는 관례는 있습니다. 그러나 공사간의 일체 문서에는 그것을 피할 수 없습니다. 대개 부득이한 노릇입니다. 그렇기 때문에 논밭이나 집을 장만할 때 대대로 전해 가려고 생각하지 않는 것이 아니건만 문서에는 당시의 연호를 쓰는 것입니다. 그렇게 하지 않고서는 매매가 성립되지 못할 것입니다. 그래 《춘추》의 의리에 그렇게 친절한 그들은 오랑캐 칭호가 붙은 집이라고 해서 그 집에서 살지 않으며, 또 오랑캐 칭호가 붙은 농토라고 해서 그 소출을 먹지 않는다는 말입니까?

그때 내가 외국 여행을 떠나면서 노정이라든지 묵고 지낸 것이라든지 날씨에 대하여 날짜와 시간을 기록해 놓지 않을 수 없었습니다. 그렇기 때문에 맨 처음 압록강을 건너던 그날에 첫머리를 떼기를 '세 번째 되는 경자년〔後三庚子〕'이라고 하였습니다. 그러고 나서 내 다시 해석하여 썼습니다.

"왜 '후後'란 말을 쓰느냐? 숭정 기원이 지난 이후부터 따지는 것이다. 왜 세 번째라고 썼느냐? 숭정 이후 세 번째 돌아오는 육갑인 것이다. 왜 이렇게 알지 못하게 쓰느냐? 장차 압록강을 건너가겠기 때문이다."

붓을 던지고 웃으면서 말하기를, 옛날에는 살가죽 속의 《춘추》▪가 있었다더니 이제 나는 겉껍데기 밖의 《공양전》▪을 쓰고 있는 것이로구나!

이렇게 말하는 자체가 벌써 구차스러운 가식을 스스로 슬퍼하지 않은 것 아니로되 단지 오늘 현재의 날씨를 기록하면서 춘황 정월이라고 크게 쓰는 것은 옳지 않습니다. 때를 말할 때에 때때로 청나라 임금의 연호인 강희康熙(1662~1722)나 건륭乾隆(1736~1795)으로 시대를 밝혔던 것인바 이제 역사 쓰는 규례로써 책망을 하는 데 이르러서는 어안이 벙벙할밖에 더 있습니까? 반드시 '되놈의 임금'이라거나 '오랑캐 황제'라고 떠들어야만 비로소 《춘추》의 의리에 철저하다는 말입니까?

▪ 겉으로는 아무 소리 없으면서 속으로만 좋고 나쁘고 따지는 것을 '가죽 속의 춘추'라고 한다.
▪ '겉껍데기 밖의 《공양전公羊傳》'은 문답 형식으로 글을 쓰는 《공양전》의 문체가, 문체만 그렇지 속은 따라가지 못한다는 뜻이다.

만약에 열하가 오랑캐 땅이라고 해서 책 이름도 지을 수 없다면 더욱이 잘못된 이야기입니다. 불행하게 중국이 오랑캐에게 점령된 것은 이번이 결코 처음도 아닙니다. 그러면 모두 오랑캐 땅으로 되었던 곳이라고 해서 그 지명을 쓰지 못하겠습니까? 순 임금은 동쪽 오랑캐에서 나온 사람이요, 문왕은 서쪽 오랑캐에서 나온 사람입니다. 지금 《춘추》의 의리를 찾는 사람과 같을 양이면 장차 순 임금과 문왕을 위해서 출생지도 억지로 감추어야 하지 않습니까? 《춘추》한 책은 애초부터 중국을 존중하고 오랑캐를 배척하는 글이지마는, 공자는 일찍이 모든 오랑캐에게 가서 살고 싶다고 《논어》에서 말한 적도 있습니다. 지금 그들처럼 따져서야 자기가 배척하는 땅에를 어떻게 자기도 가서 살고 싶다고 말할 법이 있습니까? 《춘추》의 의리를 이런 방식으로 지켜 가다가는 오랑캐에 관한 일을 일체로 연구하지 말아야 할 것 아닙니까? 나를 죄 주거나 나를 알아주거나 간에 정당하게 판별하는 사람도 있을 것입니다.

대개 내가 일찍부터 과거로 출신할 것을 단념하였기에 머릿속이 한가로워 여기저기 돌아다니면서 마음대로 구경이나 하고 싶었습니다. 멀리는 목은을 사모하고 가까이는 노가재를 본떠서 말 한 마리를 채찍질해서 만릿길을 떠났던 것입니다.▪ 아무런 직책이 없다고 하나마 이름은 선비인데 역관도 아니요, 의원도 아니니 명색이 없고 슬그머니 갔다가 슬그머니 온다고 해도 행색을 숨기기는 어려웠습

▪ 목은牧隱은 14세기 이색의 별호니 중국 가서 벼슬도 살았고 또 중국으로 사신을 갔던 일도 있다. 원문의 가재는 노가재老稼齋를 줄인 말이요, 노가재는 17세기 김창업의 별호니 중국으로 사신 가는 자기 아버지 김수항을 따라서 중국을 구경하고 돌아온 다음 기행문을 썼다. 그 기행문은 지금 《노가재 연행록》이란 이름으로 전해 온다. 연암, 담헌 들이 중국을 갔다와서 기행문을 쓴 데는 노가재의 영향이 크다.

니다. 애초부터 조심하고 경계하는 떳떳한 도리로 평가한다면 내심 스스로 부끄러워하지 않은 것도 아닙니다.

매일 새벽 말고삐를 걷어쥐면서 속으로 나 혼자 생각하기를,

'천하 명승을 구경하는 것이 무엇이 그리 장한 일인가? 유명한 고적이 있는 지방도 구경하지 않고 돌아온 사람이 있지 않았는가?'

하였습니다.

그러나 조금 지나서는 시뻘건 아침 해가 요동벌에 꽉 차고 우뚝 솟은 탑이 말머리에서 나를 맞아 주는데 수은 같은 연기는 나무에 자욱하고 햇빛에 쪼이는 기왓집들은 구름 속에서 빛납니다. 나는 그 가운데서 왼편으로 푸른 바다를 따르며 바른편으로 험준한 산을 끼고 가고 또 가노라면 눈앞에는 항상 새로운 화폭이 벌어지니 전날의 소견이 좀스러웠음을 웃고 당장의 마음속이 한껏 시원함을 깨달았습니다. 나는 드디어 만리장성을 나가서 북으로 사막에까지 갔던 것입니다. 이것이 내가 열하까지 구경하고 돌아오게 된 경로입니다.

귀국한 후 비단 시비하는 사람이 없지 않았을 뿐만 아니라 도리어 나를 부러워하는 사람들까지 있었습니다. 나중에 산속에 들어앉아 할 일이 없으므로 전날 적어 놓았던 종이 쪽지를 정리해서 몇 권의 책으로 만든 것입니다. 이것이 《열하일기》가 나온 경로입니다.

내 생각에는 예리하고 세심한 관찰 아래 놓칠 것이 어디 있을까 하였지만 문자로 적어 놓고 보니 실상 그렇지도 못합니다. 아홉 마리 소에게서 한낱의 털끝을 뽑아 온 폭밖에 안 되는, 그나마도 필치가 변변치 못한 것이라 베개에 기대어 조용히 타산할 때 첫 발을 내디디던 당시의 경륜보다는 아주 떨어지고 있습니다.

지난 일을 생각하면 이것이고 저것이고 다 허무하고 이따금 책장을 떠들어 보면 온갖 지저분하고 더러운 것이 다 나타납니다. 내가 보기에도 신선한 것 아니거니 다른 사람이야 누가 보기나 할 것입니까? 그동안 집안에 우환이 잦고 초상도 나서 미처 거두어들이지 못했으며 또 벼슬살이를 한 뒤로는 더욱더 흐트러져서 밉상스럽게도 이름만이 남아 돌아다니고 있습니다. 이것이 이른바 오랑캐의 칭호를 썼다는 글입니다. 아득하니 20년이 지나는 동안에 그 글을 쓴 내 자신은 마치 꿈속에 쓴 것만 같건만 헛소리를 전하기 좋아하는 사람들은 장터에 호랑이만 들어왔다는 것 아니요, 호랑이에 두 날개까지 돋쳤다고 합니다. 이 어찌 과하지 않습니까?

그대는 나를 위해서 지금 《춘추》의 의리를 떠들고 앉았는 그들에게 전해 주기 바랍니다. 왜 그들이 나를 좀 이렇게 책망해 주지 않느냐는 말입니다.

"자네가 그전에 돌아다니던 곳은 삼대 이래로 훌륭한 분들과 한, 당, 송, 명의 나라들이 다스리던 지방일세. 지금 비록 불행히 오랑캐에게 점령되었을망정 그 성벽, 그 집, 그 백성들은 모두 그대로요, 인간 생활에 필요한 제구도 다 마찬가지요, 최씨, 노씨, 왕씨, 사씨의 씨족도 없어졌을 것 아니요, 정주程朱의 학설도 소멸되지 않았을 것일세. 저 오랑캐들도 중국이 좋다는 것을 알기 때문에 강점하고 있는 것일세. 자네는 옛날부터 고유한 중국의 좋은 법과 아름다운 제도라든지 중국의 자랑이 될 만한 전통과 사실이라든지 어째서 그런 것을 깡그리 알아다가 모조리 책으로 만들어서 전국에서 이용하도록 하지 않았는가? 자네가 이런 방면에는 주력하지 않고 한갓 사신들의 뒤꽁무니만 따라다니고 만 것 아닌가? 지금 그 서술된 내용이란 난잡하고 실지가 없는 말뿐이니 이런 허튼 사연을 가지고 어떻게 남들에게 큰 소리로 자랑할 수 있단 말인가? 자기 수양에도 손해요, 인격에도 결딴일세."

이렇게 말한다면 듣는 나로서도 어째 등에서 찬땀이 내솟고 말구멍이 꽉 막혀 고개를 푹 파묻은 채 여생을 마치려고 하지 않겠습니까? 제후를 끌어안고서 제후를 치는 거기에 《춘추》의 본뜻이 있습니다. 이제 갑자기 어떤 사람이 나서서 《춘추》를 끌어안고서 남을 욕하려 하니 그것이 옳습니까? 나는 모르겠지만 《춘추》의 의리를 어떻게 말소리와 웃는 맵시로서야 할 수 있겠습니까?

웃음의 말

答兪士京書

어저께는 수레를 타고 하인들을 거느리고 위의 있게 행차하였는데 내가 마침 더위를 피해 밖에 나갔다가 헛걸음을 하시게 했습니다. 섭섭한 마음이 다른 때보다도 곱절 더하던 차 또 곧 편지가 이르니 위로되는 마음이 실로 큽니다.

창 밖으로 지나가는 수레와 말이 매일 수십 차례입니다. 따라다니는 사람들의 발짝 소리가 우레 같아서 집의 한모퉁이가 곧 무너지는 듯합니다. 처음 이사 왔을 때에는 집의 어린놈이 글을 읽다가 책을 내던지고, 밥을 먹다가 입에 든 것을 뱉고, 엎어지며 자빠지며 쫓아 나가더니 차차 얼마를 지나자 나가 보지를 않습니다. 비단 집의 어린놈만이 그런 것이 아니라 이 동리의 아이들이 모두 대수롭지 않게 여깁니다. 이것은 다른 까닭이 아닙니다. 좋고 나쁜 것은 몰라도 날마다 보아 오기 때문입니다.

이렇게 본다면 두어 자 높이의 외바퀴 수레나 하인들의 길잡는 소리만 가지고는 거리의 아이놈들도 부러워서 엎어지고 자빠지게 하지 못합니다. 그런데도 갑자기 거드름을 부리면서 목을 석 자나 길게 빼올리고 기세가 산처럼 높다면 과연 어떻다고 할 것입니까?

지난날 안성의 유 응교兪應敎▪가 좀먹은 안장에 비루먹은 말을 타고 다닌다고 하더라도 본바탕보다 축날 것이 없으며, 송도의 새 유수가 큰 기, 작은 기를 늘여 세우고 나선다고 하더라도 일상적인 행적보다 돋칠 것이 없습니다. 개성의 호수가 9천을 내리지 않을 것이니 충성스럽고 믿음직한 사람이나 호협하고 잘난 사내도 없지 않을 것입니다. 또 더구나 그 지혜가 자기 유수의 어질고 어리석은 것쯤 넉넉히 분간할 수 있는 터겠습니까?

웃음의 말입니다. 웃음의 말입니다.

▪ 바로 이 편지를 받는 유언호요, 송도의 새 유수도 또한 유언호다. 응교는 서울에서 연암과 친하게 상종할 때의 관직이요, 송도유수는 현재의 관직이다. 유언호의 고향이 안성이다.

아이가 나비를 잡으려 하나

答京之 之三

　그대가 사마천의 《사기》를 읽으면서 글만 읽고 마음은 읽지 못합니다. 왜 그런가고요?

　'항우본기項羽本紀'를 읽거든 각국의 군사들이 초나라 군사의 전투를 구경하는 장면을 생각하라거나, '자객열전刺客列傳'을 읽거든 고점리가 줄악기를 타는 마디를 생각하라거나 그런 이야기는 늙은 서생의 진부한 말입니다. 또 실강 밑에서 숟가락을 줍는 그것과 무엇이 다릅니까?

　어린아이가 나비를 잡는 광경을 보면 사마천의 마음을 알아 낼 수 있습니다. 앞다리는 반쯤 꿇고 뒷다리는 비스듬히 뻗치면서 두 손가락으로 집게를 삼고 살살 들어가다가 잡을까 말까 할 때 나비는 벌써 날아갔습니다. 사면을 돌아보나 사람이 없으니까 씩 한 번 웃고 나서 부끄러운 듯도 하고 속이 상하는 듯도 합니다.

　이것이 사마천이 글을 짓고 앉았는 때입니다.

약하게 단단할지언정

與中一 之三

어린아이들의 동요에 도끼를 휘둘러서 공중을 치기보다는 바늘을 가지고 눈동자를 겨누라고 합니다. 또 속담에는 삼정승을 사귀지 말고 제 몸을 조심하라고 합니다.

그대는 명심하시오. 차라리 약하게 단단할지언정 강하면서 무르면 안 될 것입니다. 더구나 바깥 세력은 믿을 수 없는 것이 아니겠습니까?

이름을 숨기지 말고

答蒼厓 之一

보여 주신 글은 양치질하고 손 씻고 무릎을 꿇고 앉아서 장중하게 읽었습니다. 이제 내 소견을 말씀드린다면 문장이 모두 기이합니다 다만 사물의 명칭을 많이 빌려 쓴 가운데 인용이 꼭 들어맞지 않으니 그것이 옥의 티로 보입니다.

청컨대 형을 위해서 말하겠습니다. 문장에는 묘리가 있으니, 마치 소송하는 사람이 증거품을 제시하듯 해야 하고 거리로 돌아다니는 장사치들이 물건 이름을 외치듯 해야 합니다. 아무리 그의 진술이 명쾌하고 정직한들 딴 증거물이 없어서야 어떻게 이길 수 있겠습니까? 그렇기 때문에 글을 쓰는 사람은 여기저기 경전을 인용해서 자기 의사를 밝히는 것입니다.

《대학》은 성인이 시작했고 어진 이가 이었으니 그보다 더 미더운 일이 없건만 그래도 《서경》을 인용해서 "'강고康誥'에는 이르기를 밝은 덕을 밝힌다고 하였다."고 하고, 또 그러고도 "'요전堯典'에는 이르기를 능히 큰 덕을 밝힌다고 하였다."고 하였습니다.

벼슬 이름, 땅 이름은 서로 빌려 쓸 것이 못 됩니다. 나무를 지고 다니면서 소금을 사라고 외친다면 종일 가도 나무 한 짐 팔지 못할 것입니다. 만약에 임금이 사는 서울을 모조리 장안이라고 하고 역대의 가장 높은 직위를 깡그리 승상이라고 한다면 이름과 실지가 혼란스러워 도리어 속되고 비루하게 됩니다. 이는 곧 이름만 놀라운 진공陳公[*]이요, 남의 찡그린 얼굴조차 흉내 내는 월나라의 못난 여자 동시東施입니다.

글을 짓는 사람은 아무리 비루해도 이름을 숨기지 말아야 하고, 아무리 속되어도 실지 사실을 파묻어 버려서도 안됩니다. 맹자가, "성은 다 같으나 이름은 저마다 다 다르다."고 했는데, 그것은 글자는 다 같으나 글은 저마다 다 다르다는 뜻입니다.

---

[*] 중국 한대에 진준이란 사람이 명망이 높아서 많은 사람들로부터 존경을 받았는데 당시 그와 똑같은 이름을 가진 사람이 있어서 가는 곳마다 진준으로 오해받아 혼란을 일으켰다고 한다.

도로 네 눈을 감아라

答蒼厓 之二

자기의 본바탕으로 돌아가라는 것이야 어찌 문장만이겠습니까?
일체의 각양각색의 온갖 일이 다 그렇습니다.

서화담이 길에 나갔다가 집을 잃고 길에서 우는 아이를 만나서
물었습니다.

"너 왜 우느냐?"

아이가 대답했습니다.

"제가 다섯 살 때부터 앞을 보지 못한 것이 지금 이십 년째입니
다. 아침 나절에 집을 나왔다가 갑자기 눈이 떠져서 천지 만물을
환하게 볼 수 있게 되었습니다. 좋아라고 집으로 돌아가려 하니
골목은 여러 갈래요, 대문도 비슷비슷해서 우리 집이 어딘지 알
수 없습니다. 그 때문에 웁니다."

선생이 말하였습니다.

"네가 집을 잘 찾아가도록 내 네게 일러 주마. 도로 네 눈을 감으
면 집으로 곧 돌아갈 수 있을 것이다."

그래서 눈을 감고 지팡이를 뚜닥거려서 걸음을 걷는 대로 곧 제
집을 찾아갔답니다.

이것은 다름이 아니라 빛과 형체가 거꾸로 되고 슬픔과 기쁨이 작용을 하는 까닭입니다. 이것을 망상이라고 합니다. 지팡이를 뚜덕거리며 걸음을 걷는 대로 가는 것은 우리들이 분수를 지키는 이치요, 집을 찾아가는 증거입니다.

개미와 코끼리

答某

우연히 못난 성질을 말씀하다가 내 몸을 노루에다가 비유한 것은 사람을 대하면 놀라기를 잘한다는 의미요, 크다는 의미는 아닙니다. 이제 그대의 편지에서 스스로 말꼬리에 붙은 파리와 비교하고 계시니 또 어째 이렇게 작습니까? 만약에 그대가 작은 편을 찾는다면 파리도 오히려 큽니다. 개미가 있지 않습니까?

내가 일찍이 약산에 올라가서 고을 안을 굽어보니 사람들이 달음질을 치는 듯, 뛰어가는 듯, 땅에 딱 붙어 꿈질거리는 것이 마치 개미집의 개미와 같습니다. 한번 획 불기만 해도 다 날아갈 성싶었습니다. 그러나 다시 고을 사람더러 나를 바라보라고 한다면 산비탈을 더위잡고 바위를 돌고 풀덩굴을 잡고 나무를 붙잡고 맨 꼭대기에까지 올라가서 되지 않게 꺼덕거리는 것이 그 또한 머릿니가 머리털을 따라 올라간 것과 무엇이 다르겠습니까?

이제 큰 소리로 제 몸을 노루에다가 비유한다고 하니 어째 그렇게 어리석습니까? 큰 사람의 웃음거리로 된 것도 당연합니다.

만약 형체가 크고 작은 것을 비교하고 보이는 바가 멀고 가까운 것을 가려 보기로 한다면 그대와 내가 다 함께 허망한 노릇입니다.

노루가 과연 파리보다는 크다고 하겠지만 코끼리가 있지 않습니까? 파리는 노루보다는 작다고 하겠지만 개미를 생각한다면 노루에 비하여 코끼리인 셈입니다.

이제 저 코끼리는 선 것이 집채 같고 다니는 것이 풍우 같고 귀가 구름장을 드리운 것 같고 눈이 초생달 같고 발가락 사이에 낀 진흙 덩이가 붕긋한 둔덕 같습니다. 개미가 그 속에서 집을 짓고 있다가 진을 치고 나와서는 두 눈을 딱 부릅떠도 코끼리를 보지 못하는 것은 무슨 까닭입니까? 보이는 것이 멀기 때문입니다. 코끼리가 한 눈을 지그시 감아도 개미를 보지 못하는 것은 무슨 까닭입니까?' 보이는 것이 가깝기 때문입니다.

만일 좀더 큰 안목을 가진 사람이 있어서 다시 백 리쯤 멀리 떨어진 곳에서 바라보라고 한다면 아물아물하고 까물까물해서 아무것도 보이지 않을 것입니다. 어디서 노루니 파리니 개미니 코끼리니 하고 분간해 낼 수 있을 것입니까?

평생 객기를 못 다스리더니

答洪德保書 第一

낭정朗亭, 문헌汶軒■과 마찬가지로 천리 밖에서 이렇게 편지를 보내 주시니 얼음과 눈이 천지를 뒤덮은 가운데서 편지를 받아든 내가 어째서 기뻐 날뛰지를 않을 것입니까? 잠깐 동안 얼굴을 대하였다가 곧 도로 작별하는 마음을 자아내야 하기보다는 차라리 이렇게 편지를 받아 읽는 편이 더 나을 것입니다. 더구나 요사이 같은 극한에도 어버이를 받들면서 또 정치에 바쁘면서 별고 없으시고 아드님도 잘 있다는 소식을 듣게 된 것이겠습니까? 우리가 서로 떠난 지 어느덧 벌써 3년이 지났는데 용모며 모발이며 나를 미루어 남을 추측할 수 있습니다. 알지 못하거니와 그래 형이 스스로 생각하기에는 정력과 의기가 늘고 준 정도가 전과 비교해서 과연 어떠합니까?

성인의 많은 말씀이 모두 사람들더러 객기를 쓸어 버리라는 것인데 객기는 정기와 더불어 음과 양이 줄고 늘듯 하는 것입니다. 비유컨대 마치 큰 풀무로써 쇠를 녹여서 단련하는 것 같으니 객기가 겨

■ 이 편지를 받는 담헌 홍대용이 중국 갔을 때 사귄 친구들이다. 먼저 담헌이 보낸 편지에서 그들의 편지를 받고 반가웠다고 말한 까닭에 연암은 자기가 담헌의 편지를 받고도 마찬가지로 반가웠다고 말한 것이다.

우 조금만 없어진대도 정기가 제대로 설 것입니다. 그러나 정기란 것은 형체가 없는 것이라 손으로 만질 수는 없습니다. 오직 우러러 보나 굽어보나 아무 데도 부끄러움이 없는 거기서만 비로소 발견됩니다.

성인이 자기 한 몸을 다스리는 데 어쩌자고 무서운 도적이나 큰 악한을 다루듯이 덜컥 이겨 내라고 말을 한 것입니까? 이긴다는 말은 적군의 진지를 공격해서 그들을 기어이 격파했을 때 쓰는 것입니다. 그렇기 때문에《서경》에서는 군사로써 상나라를 반드시 이긴다고 했고《주역》에서는 고종이 귀방鬼方을 징벌해서 3년 만에 이겼다고 하였습니다. 이러한 예로 보아서는 이편과 저편이 서로 함께 설 수 없는 형세에 대해서 쓰는 것입니다.

나는 평생에 언제나 객기로 인해서 큰 병통을 이루어 왔습니다. 그것을 이기는 대책으로는 손을 어떻게 가지라든지 발을 어떻게 가지라든지 하는 등의 수양으로 방어도 하지 못하고, 또 예의와 어긋나거든 보지도 말고 듣지도 말라고 하는 등의 경계로 무장도 하지 못하였습니다. 그러고 보니 귀, 눈, 입, 코 가운데 도적의 소굴로 되지 않은 곳이 없으며 심성, 언어, 행동의 전부가 모조리 객기의 구뎅이로 되고 있었습니다.

그러나 최근 해마다 평생의 병통이던 증세가 어느 결에 싹 없어졌는데 단지 정기까지도 함께 자취 없이 사라져 버렸습니다. 마치 궁지에 빠진 도적이 험준한 지형을 믿고 우악스럽게 덤비다가 급기야 군사는 다 흩어지고 양식도 떨어지는 날 맥을 추지 못하는 것과 비슷합니다. 생각하는 것이나 일하는 것이 도리어 객기를 병통으로 여길 그때만도 못하니 어떻게 수양을 하고 어떻게 연구를 하고 어떻게 스승에게 배우고 어떻게 벗의 충고를 받아야 정기를 배양하고 객기만 쓸어 버려서 예의 편으로 돌아갈 수 있을지 모르겠습니다.

예의란 것도 별것 아니요, 본래부터 내가 가지고 있는 인륜의 도로서 오직 객기에 억눌려 있었을 뿐일 것입니다. 객기가 이미 없어졌다고 한다면 사사건건 타당하게 되어 정기가 서지 못하는 것을 걱정하지 말아야 할 것입니다. 그런데 몸이 느른해서 기운을 차리지 못하고 속은 싸늘해서 모든 일이 그저 심상하게만 보입니다. 지난날의 의기는 다 어디로 가고 그만 기가 푹 죽은 늙은 농군으로 되어 버리고 말았습니다.

이제 별지로써 타이르신 말씀을 듣고 나니 부끄러운 땀이 얼굴에 내배는 것을 깨닫지 못해서 공연히 이렇게 지껄입니다. 아마 내 편지를 뜯어 들고는 웃으면서 생각하실 것입니다.

'이 사람이 점점 더 썩어 빠지고 궁해 빠진 게로군. 만약에 능히 객기를 쓸어 버렸다면 천지간에 당당히 설 수 있을 것인데 왜 이렇게 기진맥진하게 될까? 기진맥진하다는 것도 역시 객기인 게다.'

대개 그전부터 내가 장중하게 수양을 하기 위해서 노력한 일도 없지마는 지금 내가 말한 그런 일면도 없는 것이 아닙니다. 사람이 공부를 하는 것도 원기가 왕성하고 못한 데 달렸기 때문에 형의 정력이 형의 생각에는 어떠하냐고 물어본 것입니다. 상세한 회답을 해 주십시오. 또 긴요한 말을 몇 마디 적어 보내서 나를 좀 깨우치고 기운을 회복하도록 해 주십시오.

돼지 치는 이도 내 벗이라

答洪德保書 第二

내가 평생 사귀며 다닌 범위가 넓지 않은 것 아니나 인격과 처지를 살펴 그저 웬만한 사람은 모두 친구로 삼았습니다. 그러나 그런 분들은 명예를 따르고 세력에 붙는 경향이 없지 않기 때문에 눈에 뵈는 것도 친구가 아니요, 오직 명예, 잇속, 세력뿐입니다. 이제 나는 거친 풀숲 속에서 숨어 살고 있으니 그야말로 머리를 깎지 않은 중이요, 안해를 가진 승려입니다. 산이 높고 물이 깊은 이 가운데서 명예란 다 무엇에 쓸 것입니까? 옛 사람의 말이 움직이면 남의 말밥에 오르내리지만 그래도 명예가 뒤따라온다고 하였습니다. 그러나 역시 헛소리에 가깝습니다. 겨우 한 치만 한 명예를 얻었을 때 벌써 한 자만 한 훼하적이 따라오는 것입니다. 명예를 좋아하던 사람들도 늙은 뒤에 이르러서는 그런 줄을 자연 알게 될 것입니다.

나도 나이 젊어서는 뜬 명예에 몸이 달아서 남의 글줄을 표절해 가지고 칭찬을 더러 듣기도 하였지만 명예는 겨우 송곳 끝만큼도 안 되고 훼하적이 쌓여서 산을 이루었습니다. 한밤중에 조용히 생각할 때 명예란 것을 내 손으로 깎아 버리지 못해서 한이거니 왜 다시 그 근처에를 가까이 가려고 들 것입니까? 명예를 위한 친구가 내 눈에서 없어진 지 오랩니다. 또 잇속이나 세력에도 좀 덤벼들어 보았거니와 모두들 남의 것을 빼앗아 제게로 가져 갈 궁리요, 제 것을 덜어 내어 남에게 줄 작정이 아닙니다. 이름이야 본래 값을 들이지 않는 공짜라고 해서 혹 쉽사리 서로 줄 수 있지만 실지의 잇속이나 실지의 세력을 누가 얼른 그렇게 남에게 드러내 준답니까? 덤벼들어서 한몫 보려다가는 앞으로 넘어지고 뒤로 자빠져서 결국 기름그릇에 가까이 갔다 옷만 버리고 말뿐입니다. 이 역시 이해를 따지는 비루한 소리라고 하더라도 사실이 확연히 이렇습니다. 또 내가 일찍이 형에게서 훈계를 들은 적도 있는 만큼 이 두 길에서 비켜 선 지는 벌써 10년이나 됩니다. 내가 이제 세 종류의 친구를 다 버린 다음 비로소 눈을 크게 뜨고 친구를 찾아보아야 한 사람도 없습니다.

그 도를 다하려 하면 친구란 것이 과연 어렵습니다. 그렇다고 어찌 사실로 한 사람도 없기야 할 수 있습니까? 무슨 일에서나 바른 길로 인도해 준다면 돼지를 치는 종놈도 내 어진 벗이요, 의리를 가지고 충고해 준다면 나무하는 머슴도 내 좋은 친구일 것입니다. 이렇게 생각하면 내가 이 세상에서 친구나 벗을 전연 못 가진 것은 아닙니다. 그러나 돼지 치는 놈이 옛글을 토론하는 마당에는 참여키 어렵고 나무하는 머슴이 인사 범절을 차리는 자리에는 나올 수 없으니 옛 사람의 사적과 내 처지를 비교해 보면서 왜 울적한 생각이 없겠습니까?

산속으로 들어온 이후는 그런 생각조차 끊어 던졌건만, 사마휘司馬徽가 조밥을 빨리 지으라고 재촉하고 장저와 걸닉이 나란히 서서 밭갈이하던 일을 생각하면 그들의 참다운 즐거움이 눈에 뵈는 듯해서 산에 오르거나 물가에 나섰을 때 혼자서 그 광경을 그려 보지 않은 적이 없습니다.

벗의 일에 대해서는 형이 특별한 의협심을 가지신 줄 알거니와, 중국에서 사귄 구봉九峯을 비롯하여 많은 사람이 하늘 저 끝에서 이 끝으로 어렵게도 편지를 붙여 보낸 것은 과연 천고의 기이한 일입니다. 그러나 이생, 이 세상에서 다시 만나지는 못할 것이라 꿈속이나 다름이 없어서 실지의 재미는 적을 것입니다. 혹시나 우리 나라 안에서 그런 친구를 발견한다면 서로 숨기고 이야기하지 못할 것도 없으며 천리를 멀다 않고 서로 찾아다니기도 어렵지 않을 것입니다. 내가 알지 못하거니와 형이 그런 친구를 이미 발견한 일은 없습니까? 아니, 그만 마음속으로 단념해 버리지나 않았습니까?

지난날 나눈 이야기에서도 이 점에까지는 언급하지 못했습니다. 지금 울적한 생각이 떠오르기에 이렇게 묻습니다.

출세한 벗에게 이르노니

答洪德保書 第三

형암, 초정의 무리가 벼슬길에 오른 것은 과연 희한스러운 일입니다. 좋은 세상에 재주를 품고 있으니 응당 폐물로 될 리 없으며 이로써 조그만 녹이라도 받으니 굶어 죽지는 않을 것입니다. 어떻게 말라빠진 매미가 나무에 붙어 있거나 땅속의 지렁이가 흙물을 빨아 먹듯이 한다고 남을 책망만 할 수가 있겠습니까?

그런데 그들이 중국을 다녀온 이후 마음과 눈이 잔뜩 높아져서 웬만한 일은 모두 우습게 봅니다. 때로 그런 내색이 얼굴에까지 나타납니다. 중국을 유람한 이야기는 이미 '건정록乾淨錄'■을 보아서 귀에 익고 눈에 선하도록 되었으니 내가 친히 구경한 것이나 다름이 없어서 새삼스럽게 캐고 묻고 할 것이 없는 일입니다. 물론 신기한 일이 더 다시 없으리라고 단언하는 것 아니나 일부러 그들의 예기를 누르려고 해서 북경으로 가는 도중에 있는 노구교蘆溝橋로부터 서쪽에 대한 일은 일체 말하지 않았던 것입니다. 그래서 그들은 다소 괴이하게 여기고 울적한 마음조차 없지 않은 것 같습니다. 아마 내

■ 담헌이 중국 갔다가 돌아와서 지은 《연기燕記》 중의 한 편이다.

본의를 알지 못한 것으로 보입니다.

혜풍(惠風, 유득공)이 길가에서 중국 황제를 만나 보았다는 것은 실로 굉장한 구경입니다. 누런 수레를 타고 왼쪽으로 큰 기를 꽂고 천 채의 수레와 만 명의 기병으로 옹위되어 천둥 벽력이나 귀신들같이 몰려 오더랍니다. 황제가 말을 멈추고 고삐를 든 채 조선 사람을 이리·오라고 손짓해 부르더니 고개를 들고 바라보라고 하더랍니다. 황제는 콧등이 우뚝 솟아서 양미간에까지 뻗쳤고, 눈꼬리가 길게 짜개져서 살쩍에까지 닿고, 구레나룻과 위아래 수염이 너무 숱해서 마치 숲을 이룬 것 같고, 뼈마디가 울근불근 내밀어 큰 산 뿌다구니와 같더랍니다.

내가 그 이야기를 듣다가 대답하였습니다.

"그건 바로 진 시황의 얼굴을 판에 박아 놓은 것이로군."

혜풍이 어떻게 아느냐고 물어서 내가 다시 말하였습니다.

"명나라 왕기王圻가 그린《삼재도회三才圖會》제왕상 가운데서 안 지가 오래일세."

세 사람이 다 크게 웃고 그 다음부터는 나에게 다시 중국 구경을 자랑하지 않습니다.

향조香祖가 쓴 글씨로 '연암산거'의 넉 자를 얻어다 주기에 곧 나무판에 새겨서 방에 붙였습니다. 원본을 보내 드리니《고항첩》* 속에 한데 붙여 오래 전해 가도록 하는 것이 어떻습니까? 머릿도장에는 '더운 철에 또 서리 기운[暑月亦霜氣]'이라고 새겼고 이름 도장과 맨 끝에는 모두 덕원德園이라고 했습니다. 그것이 자인지 별호인

■《고항첩古杭帖》은 담헌과 중국 친구들 사이에 왕래한 편지를 모아서 만든 책이다.

지를 모르겠습니다.

　세 사람의 벼슬 칭호가 공교스럽게도 꼭 같게 되었습니다.￼ 그들이 한평생 사귀기를 같이했고 뜻을 같이했기 때문에 시기하고 원망하는 자도 많았습니다. 근자에 와서 더욱 심해진 모양이나 그것은 오히려 괴이할 것도 없는 일이요, 또 비록 시기와 미움이 없다고 한대도 자기네들대로는 어디까지나 근신해야 할 것입니다. 더구나 처지는 낮아도 길은 영예스러우며 직책이 임금 가까이에서 돌게 되는 만큼 일이 더욱 어려울 것입니다. 친구들과 상종하는 것도 그만두고 술을 마시는 것도 주의하고 서적 교열에만 전심해야 할 것입니다. 그런데 세상을 좇는 무리들이 날마다 옆에 와서 떠들어 대니 피할래야 피할 곳이 없다고 합니다. 형편이 그럴 성싶습니다. 이미 편지 한 장을 띄워서 이런 말을 하였는데 형암은 제대로 마음이 세밀하여 능히 조심성이 있겠지만 초정은 너무 날카롭고 뻗대는 성질이 있으니 어떻게 될지 알 수 있겠습니까?

　내가 이제 시골 구석에 배겨앉아서 산 밖의 일은 듣지만 못할 뿐이 아니라 물으려고도 하지 않습니다. 남의 일에 알은체할 것이 없지만 평생에 그들을 사랑하고 아껴 온 것입니다. 그 점은 형도 나와 같기 때문에 편지를 쓰다가 자연히 언급하게 됩니다. 그동안 그들과 서로 왕래가 있었으며 또 그들이 일기를 이미 완성해서 가져다가 보였습니까?

■ 이덕무, 박제가, 유득공이 같이 규장각 외각의 검서檢書 벼슬에 임명되었다.

나의 벗 홍대용

洪德保墓誌銘

덕보가 돌아간 지 사흘이 지나서 아는 사람 하나가 사신 행차를 따라서 중국으로 가는데 길이 응당 삼하를 지나갈 것이다. 삼하에는 덕보의 친구 한 분이 있으니 성명이 손유의孫有義요 별호는 용주蓉洲다. 몇 해 전 내가 북경서 돌아오는 길에 용주를 찾았다가 만나지 못하여 편지를 써서 덕보가 남쪽 땅에서 원 노릇한다는 소식을 전하고 또 우리 나라의 물산 몇 가지를 놔 두고 왔다. 용주가 그 편지를 보고서 응당 내가 덕보의 친구라는 것을 알았을 것이다.

그래서 중국 가는 사람에게 부탁해서 기별하였다.

"건륭 계묘년(1783) 모월 모일에 조선 박지원은 용주 선생에게 말씀을 드립니다. 우리 나라의 전 영천군수 남양 홍담헌 이름은 대용이요, 자는 덕보인 분이 금년 10월 23일 유시에 세상을 떠났습니다. 평소에는 병이 없었는데 갑자기 풍증이 일어서 입이 삐뚤어지고 말을 못 하더니 얼마 지나지 못해서 이 지경에 이르렀습니다. 나이 쉰셋입니다. 그의 아들 원이 설움과 슬픔으로 인해서 제 손으로 편지를 쓰지 못하며 또 양자강 이남은 소식을 전할 길이 없습니다. 선생이 절강까지 대신 소식을 전해서 천하에 널려 있는 친구들이 그가 돌아간 날짜나마 알게 하신다면 이 세상과 저 세상에서 다 함께 한이 없이 될 것입니다."

중국으로 가는 사람을 보낸 다음 내가 친히 항주 사람의 글씨, 그림, 편지, 시문 등 모두 10권을 찾아 내어서 관 앞에 벌여 놓았다.

내가 다시 관을 만지고 울면서 말하였다.

"아아! 덕보는 통달하고 민첩하고 겸손하고 조촐하며 보는 점이 심원하고 아는 바가 정밀하였다. 그는 더욱이 천문학, 수학 들에 밝아서 연구를 쌓고 고심을 거듭한 결과 순연한 자기의 처음 생각으로 많은 관측 기구를 만들었다. 처음 서양 사람들은 땅이 둥글다고만 말하고 돈다고까지 말하지 못하였는데, 덕보는 오래 전부터 땅이 한 번 돌아서 하루가 된다고 설명하였다. 그 학설이 미묘하고 심오해서 미처 책으로 저술하지는 못하였으나 만년에는 땅이 돈다는 것을 더욱 믿어서 의심치 않았다.

세상에서 덕보를 존경하는 사람들도 그가 일찍부터 과거를 보지 않고 명예나 이욕과 담을 쌓으며, 조용히 들어앉아 좋은 향이나 피우고 거문고와 가야금이나 타며, 혼자서 담박하게 살아서 세상 밖에 서려는 것으로만 평가할 뿐이었다. 그가 아무런 일이든지 맡고 나서서 어지러운 것을 정리하고, 그릇된 것을 교정할 수 있으며, 나라의 재정을 관리할 만하고, 먼 나라로 사신도 갈 만하며, 사람들을 통솔하는 데 특별한 재주가 있는 데 대해서는 누구도 잘 알지 못하였다. 오직 그는 남에게 드러내 놓기를 좋아하지 않아서 두어 고을의 원을 지내는 데는 그저 서류를 잘 정돈하고 매사를 미리 준비해서 아전들이 순종하고 백성들이 따르게 하였을 뿐이었다.

일찍이 숙부가 서장관으로 가는 길을 따라서 북경을 갔다가 유리창에서 육비陸飛, 엄성嚴誠, 반정균潘庭筠을 만났다. 이 세 사람은 모두 전당에 집을 가지고 있는데 문장과 예술로 이름난 선비들이다. 그가 사귄 이들이 중국에서 명사들이었지만 다 함께 덕보를 큰 학자로 떠받들었다. 붓을 가지고 서로 이야기한 여러 만 마디 가운데는 경서의 뜻과 하늘과 사람에 관한 이치와 옛날과 지금의 벼슬하러 나가고 안 나가는 큰 원칙에 대하여 분석하고 토론한 것들이 해박하고 기걸하여 즐거움을 이기지 못하였다.

마지막으로 작별할 때 서로 바라보고 눈물을 흘리면서 한번 떠나면 살아서 다시 보지는 못할 것이나 지하에서 만나더라도 부끄러운 일이 없도록 하자고 맹세하였다. 그중에서도 엄성과 더욱 뜻이 맞아서 은근히 점잖은 사람은 때에 따라 벼슬을 하기도 하고 않기도 한다고 암시하였더니, 그가 곧 크게 깨닫고 남방으로 돌아갔다가 수년 뒤 복건 지방에서 객사하였다. 반정균의 편지로 덕보에게 기별했고, 덕보는 또 추도문과 향을 손용주에게 부탁해서 전당으로 보냈다.

바로 그날 저녁은 엄성의 대상 제삿날이었다. 서호 주위의 각 고을에서 대상에 참례하러 왔던 많은 손님들이 모두 신명이 느낀 것이라고 말하면서 경탄하였다. 대상을 지낼 때에는 엄성의 형 엄과嚴果가 향을 피우고 그 글을 읽으면서 첫 술잔을 부었다. 그후 엄성의 아들 엄앙嚴昻이 편지로 큰아버지라고 부르면서 자기 아버지의 문집인《철교유집鐵橋遺集》을 보낸 것이 아홉 해 만에야 겨우 들어왔다. 그 문집 가운데는 엄성이 그린 덕보의 작은 초상이 있었다. 엄성이 복건에서 병이 위독한 때에도 덕보가 준 먹을 꺼내서 맡아 보다가 가슴에 놓고서 운명을 하였기 때문에 드디어 먹을 관 속에 넣어 주었다. 절강 일대에서는 이 이야기가 신기한 소문으로 널리 전파되었으며, 이 이야기를 제목으로 삼아서 시와 산문을 다투어 지었다. 주문조朱文藻란 사람이 편지로 이런 경과를 알렸다.

아아! 그가 살아 있을 때 그의 기이한 사적은 이미 저 먼 옛날의 이야기와 같다. 진정을 가진 친구와 벗들이 더욱더 그 사적을 전파할 것이니 비단 양자강 남쪽에만 이름이 퍼질 것이 아니다. 무덤에 묘지를 쓰지 않더라도 덕보의 이름은 길이 전해질 것이다."

덕보의 아버님은 휘가 역櫟이니 목사 벼슬을 지냈고, 할아버님은 휘가 용조龍祚니 대사간 벼슬을 지냈고, 증조할아버님은 숙潚이니 참판 벼슬을 지냈다. 어머님은 청풍 김씨로서 군수 벼슬을 지낸 방枋의 딸이다. 덕보는 영조 신해년(1731)에 났으며, 조상의 그늘 아래서 맨 처음 선공감 감역을 얻어 하였고, 곧 돈녕부 참봉, 세손 익위사 시직 등으로 옮겼고, 사헌부 감찰로 승직되고, 종친부 전부로 전임되고, 태인현감으로 나가고, 나중에는 영천군수에까지 올랐다가 어머님이 늙으신 것을 핑계삼아 벼슬을 버리고 돌아왔다. 한산을 본으로 쓰는 이홍중李弘重의 딸과 결혼하여 아들 하나, 딸 셋을 낳았으니 사위는 조우철趙宇喆, 민치겸閔致謙, 유춘주兪春柱다. 12월 8일 청주 땅에다가 장사 지냈다.

부록

박지원 연보

박지원 작품에 대하여 — 김하명

박지원 연보

1737년 음력 2월 5일
반남 박씨 박사유와 함평 이씨 사이 2남 2녀 중 막내로 태어났다.
휘는 지원, 자는 중미, 호는 연암이었다.

1752년(16세)
관례를 올리고 유안재 이보천의 딸과 혼인했다. 장인 유안재에게 《맹자》를 배우고, 처숙인 홍문관 교리 이양천에게 문장 짓는 법을 배웠다. 연암이 '항우본기'를 모방하여 '이충무전'을 지었는데, 반고와 사마천과 같은 글 솜씨가 있다고 크게 칭찬받았다.

1754년(18세)
우울증으로 고생했다. 사람들을 청해 재미있는 이야기를 들으면서 우울증을 고쳐 보고자 했다. '민옹전'에 나오는 민유신을 만난 것도 이 무렵이다.
거지 광문의 이야기로 '광문자전'을 썼다.

1755년(19세)
연암의 학문을 지도했던 영목당 이양천이 40세로 별세했다. 연암은 그이의 죽음을 애도하여 '제영목당이공문 祭榮木堂李公文'을 지었다.

1756년(20세)

김이소, 황승원, 홍문영, 이희천, 한문홍 들과 북한산 봉원사 등을 찾아다니며 공부했다. 봉원사에서 윤영을 만나서 허생의 이야기를 전해 들었다.

1757년(21세)

시정의 기이한 인물이나 사건을 듣고 '방경각외전'을 썼다. 떠돌이 거지, 몰락한 무반, 농부 따위 이름 없는 하층민을 주요 대상으로 삼았다. 아홉 편 가운데, '봉산학자전'과 '역학대도전' 두 편은 스스로 없애 버렸고 '양반전', '광문자전', '예덕 선생전', '김 신선전', '우상전', '말거간전', '민 노인전' 일곱 편만 남아 전한다.

1759년(23세)

어머니 함평 이씨가 59세로 돌아가셨다.
큰딸이 태어났다.

1760년(24세)

할아버지 박필균이 76세로 돌아가셨다. 조부는 노론을 지지했던 선비로, 사간 원정언, 경기관찰사, 예조참판, 공조참판 들을 지내고 지돈녕부사에까지 이르렀다. 조부의 신중한 처신과 청렴한 생활은 연암에게도 큰 영향을 끼쳤다.

1764년(28세)

효종이 북벌 때 쓰라고 송시열에게 하사했다는 초구를 구경하고, '초구기貂裘記'를 썼다.

1765년(29세)

가을에는 유언호, 신광온 들과 금강산을 유람하였다. 삼일포, 사선정 등 금강산 일대를 두루 돌아보고, '총석정 해돋이〔叢石亭觀日出〕'를 썼다. 판서 홍상한이 이 작품을 격찬했고,《열하일기》에도 되풀이 수록했다.

1766년(30세)

장남 종의가 태어났다.

홍대용이 중국 문인들과 나눈 필담을 정리해 '건정동회우록乾淨衕會友錄'을 냈는데, 박지원이 거기에 서문을 썼다. 홍대용과 중국 사람들의 우정을 예찬하고, 청을 무조건 배격하는 사람들을 비판하는 글이었다. 보리가 펴낸 박지원 작품집 《나는 껄껄 선생이라오》에 '중국에서 마음 맞는 벗을 사귀다〔會友錄序〕'라는 제목으로 실려 있다.

1767년(31세)

아버지 박사유가 65세로 돌아가셨다. 부친상을 당하고, 장지 문제로 녹천 이유 집안과 시비가 벌어졌다. 이 일로 상대방의 편을 들어 상소를 올렸던 이상지가 스스로 관직에서 물러난 것을 보고 이때부터 연암도 스스로 벼슬길을 단념하였다.

삼청동에 있는 무신 이장오의 별장에 세를 얻어 살기 시작했다.

1768년(32세)

백탑 근처로 이사해 이덕무, 이서구, 서상수, 유금, 유득공 들과 가까이 지냈다.

1769년(33세)

이서구가 쓴 문집의 서문 '옛 사람을 모방해서야〔綠天館集序〕'를 썼다.

1770년(34세)

감시의 양장에서 모두 일등으로 뽑혔다. 입궐하여 영조에게 극찬을 받았다. 많은 이들이 박지원을 급제시켜 공을 세우려 했으나 회시에 응하지 않거나, 응시한다 하더라도 시권을 제출하지 않거나, 제출하더라고 노송과 괴석을 그린 그림을 제출하여 벼슬할 뜻이 없음을 밝혔다.

벗들과 북한산의 대은암에 놀러가 시와 문장을 주고받은 것을 기록한 '의인과 소인배〔大隱菴唱酬詩序〕'를 썼다.

1771년(35세)

큰누님 박씨가 43세로 돌아가셨다. 누님의 죽음을 슬퍼하면서 '백자증정부인박씨묘지명伯姊贈貞夫人朴氏墓誌銘'을 썼다.

이덕무, 백동수 들과 송도, 평양을 거쳐 천마산, 묘향산, 속리산, 가야산, 단양 등 명승지를 두루 유람했고, 황해도 금천 연암골을 보고는 몹시 좋아했다.

1772년(36세)

식솔들을 처가로 보내고 서울 전의감동에 혼자 살기 시작했다. 가까이 지내던 홍대용, 정철조, 이서구, 이덕무, 박제가, 유득공 등 여러 벗들과 더욱 친하게 사귀었다.

이서구가 '하야방우기夏夜訪友記'를 쓰자 '사흘째 끼니를 거르고[醋素玩亭夏夜訪友記]'를 써서, 소탈하게 지내던 자신의 생활을 그려 보였다.

삼종질 박종덕의 아들 수수가 29세로 죽자, '족손증홍문정자박군묘지명族孫贈弘文正字朴君墓誌銘'을 썼다.

벗들에게 보낸 편지를 모아 '영대정잉묵映帶亭謄墨'을 펴고, 스스로 서문을 썼다.

박제가가 문집《초정집楚亭集》을 펴내자, 법고창신의 문학론을 담아 서문을 썼다. 보리의《나는 껄껄 선생이라오》에 '옛것을 배우랴 새것을 만들랴[楚亭集序]'라는 제목으로 실려 있다.

1773년(37세)

유득공, 이덕무와 서도를 유람했다. 허생의 이야기를 해 주었던 윤영을 또 만났다.

1774년(38세)

송나라 이당李唐의 그림 '장하강사長夏江寺'가 우리 나라에 들어온 내력을 기록한 '제이당화題李唐畵'를 썼다.

1777년(41세)

장인 이보천이 64세로 돌아가셨다. 장인을 추모하는 글 '제외구처사유안재이공문祭外舅處士遺安齋李公文'을 썼다.

1778년(42세)

사은진주사 일원으로 북경으로 떠나는 이덕무와 박제가를 전송했다.

가난한 집안 살림을 도맡아 왔던 형수 이씨가 55세로 돌아가셨다.

서울 생활을 청산하고 홍국영의 견제를 피해 연암골에 은둔하였다. 초가삼간을 장만하고 손수 뽕나무도 심었다. 형수의 유해를 연암으로 옮기고 '백수공인이씨묘지명伯嫂恭人李氏墓誌銘'을 썼다.

유언호가 연암에 왔다가 만나지 못하고 그냥 돌아간 뒤 유언호에게 편지 '웃음의 말[答兪士京書]'을 썼고, 왕이 내린 귤첩을 보내준 데 대한 감사로 '사유수송혜내선이귤첩謝兪送惠內宣二橘帖'을 써서 보냈다.

유언호의 도움으로 개성 금학동에 있는 양호맹의 별장에 머물면서 이행작, 이현겸, 양상회, 한석호 들을 가르쳤다. 이 무렵 연암을 찾아온 유언호와 젊은 날 금강산을 유람한 일을 두고 나눈 이야기를 기록하여 '내가 하나 더 있어서[琴鶴洞別墅小集記]'를 썼다. 금학동 별장 안에 있는 만휴당에 붙인 글 '늘그막에 휴식하는 즐거움[晚休堂記]'을 썼다.

다시 연암골로 돌아왔다. 개성에서 만난 유생들이 따라와서 글을 배웠다. 이 무렵의 생활은 '산중지일서시이생山中至日書示李生'에 잘 담겨 있다.

1779년(43세)

이덕무, 박제가, 유득공이 규장각 검서로 발탁되었다. 이 무렵에 쓴 '답홍덕보서答洪德保書' 세 통은 홍대용에게 연암골 생활을 전하고, 세 사람이 기용된 것을 축하한 편지들이다.(보리의 《나는 껄껄 선생이라오》에 '평생 객기를 못 다스리더니', '돼지 치는 이도 내 벗이라', '출세한 벗에게 이르노니'라는 제목으로 실려 있다.)

1780년(44세)

홍국영이 실각하자 서울로 돌아와 처남 이재성의 집에 머물렀다. 삼종형인 금성도위 박명원을 따라 북경으로 갔다. 5월에 떠나 6월에 압록강을 건넜고, 8월에 북경에 들어갔다가 열하에 들러 다시 북경으로 돌아와 10월에 귀국하였다. 돌아오자마자 《열하일기》를 쓰기 시작했다.

둘째 아들 종채가 태어났다.

1781년(45세)

박제가가 쓴 《북학의北學議》에 서문을 썼다.(보리의 《나는 껄껄 선생이라오》에

'사흘 읽어도 지루하지 않은 북학의[北學議序]'라는 제목으로 실려 있다.)

1783년(47세)

연암에게 글을 배우던 박경유의 처가 남편을 따라 죽자, '열부이씨정려음기[烈婦李氏旌閭陰記]'를 썼다.

벗이었던 담헌 홍대용이 53세로 죽었다. 손수 염을 하고, 담헌이 중국에서 만난 벗 손유의에게 부고를 전했다. '나의 벗 홍대용[洪德保墓誌銘]'을 썼다.

《열하일기》의 첫 편 '압록강을 건너서[渡江錄]'의 머리말을 썼다.

1786년(50세)

7월 유언호가 천거하여 선공감역에 임명되었다.

1787년(51세)

부인 전주 이씨가 51세로 죽었다. 박지원은 그 뒤로 죽 혼자 지냈다.

큰형 희원이 58세로 죽었다. 연암골에 있는 형수의 무덤에 합장했다. 형을 보내면서 쓴 시 '연암에서 돌아간 형님을 생각하고[燕巖億先兄]'를 보고, 이덕무가 눈물을 흘렸다 한다.

1788년(52세)

부인이 죽은 지 1년 만에 맏며느리 덕수 이씨가 죽었다. 끼니를 끓여 줄 사람이 없어 주위에서 다시 처를 얻으라고 했으나, 듣지 않았다.

종제 박수원이 선산부사로 나가 있는 동안 계산동 집을 빌렸다.

선공감 제조인 서유린이 자문감 일을 함께 하면서 대궐의 춘장대를 보수해야 했는데, 연암이 벽돌을 구워 쓰는 것이 견고하고 비용도 줄일 수 있다고 제안하여 중국 제도에 따라 가마를 제작하고, 벽돌 크기도 중국의 제도를 따랐다. 《열하일기》에 쓴 그대로 하여 비용을 절감했으나 그때는 쓰지 못했고, 후에 수원성을 축조할 때 이 방법을 사용해 성을 쌓았다.

1789년(53세)

평시서주부로 승진했다.

문하생 최진관의 아버지가 돌아가시자 '치암최옹묘갈명癡菴崔翁墓碣銘'을 지어 주었고, 개성의 선비 김형백이 죽자 '취묵와김군묘갈명醉默窩金君墓碣銘'을 써서 죽음을 애도하였다.

1790년(54세)
삼종형 박명원이 66세로 돌아가셨다. 누구보다 연암의 뛰어난 재질을 아끼고 사랑했던 형이었다. 박지원은 '삼종형금성위증시충희공묘지명三從兄錦城尉贈諡忠僖公墓誌銘'을 썼다.

제릉령에 임명되자 한가로운 곳에서 마음대로 독서하고 저술할 수 있게 된 것을 기뻐했다. 연암골 가까이에서 일하게 되어 일에서 벗어나면 연암골에서 하루 이틀 소요하였다. 말단 벼슬아치로 유유자적 지내는 모습을 '재거齋居'란 시로 썼다.

사복시주부로 전보되었으나, 사퇴하였다.

사헌부감찰로 전보되었으나, 사퇴하였다.

1791년(55세)
한성부판관에 임명되었다.

겨울에는 안의현감으로 부임했다.

1792년(56세)
함양군 둑 공사에 장정들을 징발할 때, 관아에서 식량을 대고 고을별로 장정을 나누게 해서 대엿새 걸리던 일을 하루 만에 끝내게 했고, 그 뒤 5년 동안 둑 공사 부역으로 힘든 일이 없었다.

현감으로 있는 동안 현풍 사람 유복재를 죽인 범인에 대해 논한 '답순사논현풍현살옥원범오록서答巡使論玄風縣殺獄元犯誤錄書'와 밀양 사람 김귀삼 살인 사건을 논한 '김귀삼의 살인 사건[答巡使論密陽金貴三疑獄書]'과 함양 사람 장수원의 살인 사건을 논한 '장수원의 강간 미수 사건[答巡使論咸陽張水元疑獄書]'과 밀양 사람 윤양준의 살인 사건을 논한 '답순사논밀양의옥서答巡使論密陽疑獄書'와 함양 사람 조판열의 죽음을 논한 '답순사논함양옥서答巡使論咸陽獄書'들을 썼다.

삼종질 박종악이 우의정에 임명되자 취임을 축하하면서 '천하 사람의 근심을 앞질러 근심하시오[賀三從姪宗岳拜相因論寺奴書]'를 썼고, 벗 김이소가 우의정에 임명되자 '화폐가 흔한가 귀한가〔賀金右相履素書〕'를 써서 축하했다. 이 편지에는 화폐 유통을 바로잡고 은이 나라 밖으로 나가는 것을 막는 것에 대한 의견을 썼다.

1793년(57세)

《열하일기》로 잘못된 문체를 퍼뜨린 잘못을 속죄하라는 정조의 하교를 받고, '답남직각공철서答南直閣公轍書'를 썼다. 임금의 문책을 받은 처지로 새로 글을 지어 잘못을 덮으려 하는 것은 오히려 누가 되는 일이라는 내용이었다.

벗 이덕무가 53세로 죽었다. 정조가 이덕무의 행장을 짓도록 하여 '형암 행장炯菴行狀'을 썼다.

흉년이 들자 자기 녹봉을 덜어 백성을 구했다. 공진 설치를 거절하는 '답순사론진정서答巡使論賑政書'와 다른 고을 수령들과 굶주린 백성을 구하는 길에 대해 의논한 '굶주린 백성이 살 길〔答丹城縣監李侯論賑政書〕'와 '나는 껄껄 선생이라오〔答大邱判官李侯論賑政書〕'를 썼다.

벽돌을 구워 관아에 새로 정각들을 지었다. 이때 '백척오동각을 지어 놓고〔百尺梧桐閣記〕', '연암의 제비가 중국에서 공작새를 보았다〔孔雀館記〕', '아침 연꽃, 새벽 댓잎〔荷風竹露堂記〕'들을 지었다. 고을 아전들이 전에 있던 현감 곽준의 제사를 지내는 일을 칭찬한 '곽공을 제사 지내며〔安義縣縣司祀郭侯記〕', 거창읍 이술원에게 정려가 내린 일을 기록한 '충신증대사헌이공술원정려음기忠臣贈大司憲李公述原旌閭陰記'들도 이 무렵에 썼다.

지나친 수절 풍습을 비판한 '열녀 함양 박씨전 병서烈女咸陽朴氏傳幷序'를 썼다.

1794년(58세)

아전들이 포탈한 곡식을 원래대로 채워, 창고에 곡식을 10만 휘나 쌓아 두게 되었는데, 호조판서가 그것을 팔 것을 제안하나 수입이 생길 것을 꺼려 곡식을 다른 고을로 옮겨 버렸다.

함양군수의 부탁으로 학사루를 수축한 전말을 기록한 '천년 전의 최치원을 기리며〔咸陽郡學士樓記〕'를 썼고, 함양군에 새로 지은 학교 흥학재에 부치는 '흥학재를 지은 뜻〔咸陽郡興學齋記〕'도 썼다.

1795년(59세)

'보름날 해인사에서 기다릴 것이니〔海印寺唱酬詩序〕'를 썼고, 장편시 '해인사海印寺'도 썼다.

전라감사 이서구가 천주교를 비호한다고 유배를 가자 '답이감사적중서答李監司謫中書'를 보내 위로했다.

1796년(60세)

안의현 백성들이 송덕비를 세우려 하자 자기 뜻을 몰라서 하는 일이라며 크게 꾸짖고, 세우지 못하게 했다.

안의현감 임기가 끝나 서울로 돌아왔다. 종로구 계동에 벽돌을 사용하여 계산초당을 지었다. 아들 박종채가 머물렀고, 손자 박규수가 이곳에서 태어났다.

제용감주부에 임명되었다가 의금부도사로 전보되었다.

벗 유언호가 67세로 죽었다.

1797년(61세)

7월, 면천군수에 임명되자 임금을 알현하게 되었고, 이때 문체에 대한 이야기를 다시 나누었다. 정조의 명령으로 '서이방익사書李邦翼事'라는 글을 쓰게 됐다.

충청감사와 불화를 겪고 있을 때 '답공주판관김응지서答公州判官金應之書'(보리의《나는 껄껄 선생이라오》에 '혼자 억측하지 마십시오'와 '머무르고 떠나는 일' 두 편이 실려 있다.)를 썼다.

1798년(62세)

연암이 있던 면천군에 천주교가 성행했으나, 천주교도들을 크게 벌하지 않고 기회를 주어 방면했다.

1799년(63세)

봄에 흉년이 들자, 안의에서 했던 것처럼 봉록을 덜어 백성을 구휼했다.

농서《과농소초課農小抄》를 썼다. '부자들의 토지를 나누어 주어라〔限民名田議〕'가 부록으로 붙어 있는데, 중국에 갔을 때 본 것들과 우리 나라에 시행할 수 있는 것들을 묶어 14권의 책으로 엮었다. 정조가 이 책을 보고 농서대전을 박지원에게 편찬케 해야겠다는 말을 하였다.

1800년(64세)

6월에 정조가 승하했다.

8월에 양양부사로 승진했다.

1801년(65세)

봄에 양양부사를 그만두고 서울로 왔다.

1802년(66세)

겨울, 아버지의 묘를 포천으로 이장하려다가 유한준이 방해하여 좌절되었다. 유한준은 평소 연암에게 유감을 갖고 있어 《열하일기》에 대해 '오랑캐의 연호를 쓴 책'이라며 비방을 일삼았던 사람이다.(《나는 껄껄 선생이라오》에 이 사람에게 쓴 '이름을 숨기지 말고[答蒼厓 之一]'와 '도로 네 눈을 감아라[答蒼厓 之二]'가 있다.

1805년(69세)

박지원은 10월 20일, 가회방 재동 집의 사랑에서 69세 나이에 죽었다. 홍대용이 그랬던 것처럼 반함하지 말고, 다만 깨끗하게 씻어 달라고만 유언을 남겼다.

1826년

둘째 아들 박종채가 부친의 언행을 기록한 《과정록》을 완성했다.

(1831년에는 《과정록》을 보완하였다.)

1900년

김택영이 편찬한 〈연암집〉이 간행되었다.

1901년

김택영이 편찬한 〈연암속집〉이 간행되었다.

1911년

조선광문회에서 편찬한 〈연암외집 열하일기 전준〉이 간행되었다. 《열하일기》가 따로 출판된 것은 이것이 처음이었다.

1917년

김택영이 망명지 중국에서 〈연암집〉과 〈연암속집〉을 합해서 〈중편 박연암 선생 문집〉을 간행했다.

1921년

김택영이 조선 시대 한문학자들의 좋은 글을 묶어서 《여한십가문초》를 냈는데, 그 안에 박지원의 글이 많이 들어 있었다.

1932년

박영철이 돈을 대어 〈연암집〉이 간행되었다. 전부 17권 6책을 대동 인쇄소에서 인간하였다.

1955년

북의 국립출판사에서 《열하일기 상》을 출판했다. 중권은 1956년, 하권은 1957년에 간행했다.

1959년

북의 국립문학예술서적출판사에서 《열하일기 상》을 출판했다. 하권은 1960년에 간행했다.

1967년

남의 민족문화추진회가 이가원이 옮긴 《열하일기》를 펴냈다. 1987년에 한 번 더 인쇄했다.

1983년

남의 박영사가 윤재영이 옮긴 《열하일기》를 펴냈다.

1991년

북의 문예출판사에서 《박지원 작품집 1》을 〈조선고전문학선집〉 제66권으로 간행했다. 이 책은 보리 출판사가 《나는 껄껄 선생이라오》(겨레고전문학선집 4)라는 제목으로 펴낸다.

1995년

북의 문예출판사에서 《박지원 작품집 2》가 〈조선고전문학선집〉 제67권으로 나왔다. 이 책은 보리 출판사가 《열하일기 상》(겨레고전문학선집 1)으로 펴낸다.

* 이 연보는 박지원의 작품을 오랫동안 연구해 온 성균관대학교 한문학과 김명호 선생님의 도움을 받아서 정리한 것입니다. 김명호 선생님이 쓰신 《열하일기 연구》(창비)를 참조했습니다.

박지원 작품에 대하여

김하명[■]

18세기 조선이 낳은 저명한 사실주의 작가 연암 박지원은 사상가로서나 문학가로서 우리 나라 고대 중세의 전 시기를 통하여도 가장 높이 솟아 있는 봉우리의 하나이다.

박지원의 문학과 떼어 놓고 18세기 봉건 조선에서 일어난 사상 예술 분야에서의 전변에 대하여 말할 수 없다. '양반전'을 비롯하여 〈방경각외전〉에 실려 있는 단편 소설들이나, 구성의 독창성과 내용의 풍부성에 있어서 세계적으로도 그 유례를 찾아볼 수 없는 장편 기행문 《열하일기》는 말할 것도 없고 '좌소산인에게[贈左蘇山人]'와 같은 시 작품들, '글은 뜻을 나타내면 그만이다[孔雀館文稿自序]', '무관의 시는 현재의 시다[嬰處稿序]'와 같은 길지 않은 서문에 이르기까지 박지원의 예술 문학 작품들과 평론 저술들에는 당시 우리 나라에서 일어나고 있던 심각한 사회 경제적 변동과 문화 예술 분야에서의 첨예한 신구 투쟁

▪ 김하명은 1922년 평안 남도에서 태어났다. 북한의 대표적인 국문학자로, 서울 대학교 사범 대학을 다니던 중 월북하여 1948년에 김일성 종합 대학을 졸업했다. 북한의 초창기 국문학 연구에 주요한 역할을 했으며, 1982년 3월부터는 사회과학원 주체문학연구소장을 지냈다. 논문으로 '연암 박지원의 풍자 작품들과 그 예술적 특성'(《박연암 연구》, 1955), '연암 박지원', '풍자 문학과 사회주의적 사실주의'(1958) 들이 있다. 고전 문학을 연구하여 《조선문학사 15~19세기》(1962)를 펴냈다. 이것말고도 1990년대까지 근현대 문학 연구에 많은 저술을 남겼다.

이 반영되어 있으며 시대의 선진 사상 조류를 대표하는 작가 박지원의 사상 미학 견해와 예술 기량이 구현되어 있다.

《박지원 작품집 1(나는 껄껄 선생이라오)》에는 사상가, 문학가로서 다방면의 저술을 집대성한 1931년판 〈연암집〉(전 6권)에서 시와 소설, 기행문뿐 아니라 중세기 산문 문학의 주요한 형태인 전傳, 서序, 기記, 발跋, 인引, 론論, 의議, 소疏, 서書 등에서 사회적 의의가 있고 형상성이 풍부한 글들을 뽑아서 묶었다.

1

연암 박지원은 1737년 영조 13년 3월 5일(음력 2월 5일)에 서울 안국방에 사는 반남 박씨 사유師愈의 둘째아들로 태어났다. 자를 중미仲美라 했고, 여러 가지 호를 썼으나 연암으로 많이 알려졌다.

연암의 집안은 세상에서 관면대족冠冕大族으로 치는 명문거족에 속했다. 그의 6대조 충익공忠翼公 동량東亮은 임진왜란 때의 공신이며, 그 후의 선조들도 대대로 정계에서 대사헌, 판서, 참판 등의 요직에 있었다.

실학의 선구자들인 반계 유형원, 성호 이익이 관계에서 밀려나는 야당파로 남인에 속했던 것과는 달리, 연암의 가문은 당시 집권파였던 서인 노론에 속했다. 그러므로 만약 연암이 원하기만 한다면 그에게는 광활한 출셋길이 열려 있었다. 그러나 연암은 당시의 양반 출신 청년들이 일반적으로 과거를 보고 벼슬길로 나서는 것과는 다른 길을 택했다. 그는 벌써 젊어서 벼슬길을 버리고 과거를 보지 않기로 결심했으며 일생 동안 한 번도 과거에 응시하지 않았다.

그러면 연암 박지원으로 하여금 자기를 낳아 기른 계급과 사상적 관계를 끊고 시대의 선진적 지향을 대변하여 나서게 한 요인은 무엇인가?

첫째, 그가 나서 자라고 사상 문화 활동을 전개한 당시의 사회 문화적 환경을 들어야 할 것이다.

임진 왜란(1592~1598)과 거듭되는 여진족의 침입(1627, 1636)으로 심중한 상처를 입은 조선 봉건 사회는 자기 발전의 하강기에 들어서게 되었다. 거듭되는 전쟁에서 자기의 무능성, 반인민성을 더욱 노골적으로 드러내 놓은 양반 통치 계급은 전후에 와서 경제의 복구 발전을 위해서도 무위무능한 자기 정체를 감출 수 없었다. 그러나 백성들의 피땀 어린 노력으로 경제는 점차 복구되었다. 농업 생산량이 증대되었을 뿐 아니라 새로운 영농법이 실시되고 인삼, 담배 등 공예 작물의 새로운 품종이 처음으로 재배되기 시작했다.

종래의 공물 제도를 폐지하고 대동법을 실시했으며 1678년에는 금속 화폐인 상평통보가 전국에 유통되었다. 이러한 사회 경제적 변동은 민간 수공업의 발전을 촉진시키고 상품 화폐 경제의 장성을 가져왔다.

그럼에도 백성들의 생활은 조금도 나아질 수 없었다. 양반 지주들과 관료들은 전후의 재정 궁핍과 화폐 경제의 발전에 따르는 부의 증대를 오로지 백성들을 수탈하여 보충하려 들었다. 이리하여 농업 생산력은 장성했음에도 백성들의 생활은 오히려 악화되었다. 농촌에서는 급속한 계급 분화가 진행되었다.

당시 문헌에는 '돈이 쓰이게 된 이래로 부자는 더욱 부해지고 빈자는 더욱 가난해져 백 가지 폐해가 뒤엉켜 생겨나 참으로 경시할 수 없게 되었다.'(《증보문헌비고》, 숙종 21년)고 쓰여 있다. 이러한 사회 경제적 변동은 백성들의 정신 생활의 변동을 규정했다. 백성들은 거듭되는 전쟁의 시련 속에서 민족적으로나 계급적으로 더욱 각성되었다.

그들은 나날이 악화되는 처지를 더는 참을 수 없었다. 그들은 곳곳에서 봉건 양반들의 전횡을 반대하여 무장을 들고 일어났다. 이 시기의 연대기는 18세기 전반기에 연암의 '허생전'에서 정당하게 반영된 변산 반도의 '군도群盜' 농민군과 같이 전국 도처에서 일어났던 농민 봉기에 대하여 전해 주고 있다.

한편 지배 계급 내부의 모순과 알력도 더욱 노골화되었다. 16세기에 시작된 사색당쟁은 숙종, 영조 대에 와서 더욱 추악한 양상을 보여 주었다.

수다한 양반들이 직업을 얻지 못하고 빈궁으로 허덕였다. 우리는 연암의 '양반전', '허생전' 들에서 그러한 양반의 몰락상을 생생한 화폭으로 보고 있다. 이리하여 당쟁의 패배자들, 서얼들, 서북도 출신들, 이른바 몰락 양반들 사이에서도 현존 봉건 제도에 대한 불평 불만이 조장되어 갔다. 그 가운데 선진 인물들은 시대의 요구를 대변하는 새로운 사상가로 출현하였다.

이 시기 백성들의 해방 운동은 외부적 요인에 의해서도 조장되었다. 당시 봉건 관료 정부가 쇄국 정책을 쓰고 있었으나 이 시기에 와서 조선 사람들은 서유럽의 과학 문화와 비로소 접촉할 수 있게 되었다. 네덜란드, 포르투갈 등 당시 구라파의 강대한 해운국 상선들이 황해를 항해하다가 우리 나라의 제주도나 서해안에 가끔 표착하여 발전된 과학 기술을 소개하기도 하였다. 또 해마다 연경(베이징)에 드나드는 사절단에 의하여 이미 중국에 소개되어 있는 서유럽의 과학 기술—망원경, 자명종, 천문학, 지리 서적 들이 전해졌다.

이로 말미암아 조선 사람들의 사회 정치적 시야는 더욱 확대되었다. 조선 백성은 자기 나라가 경제나 과학 기술에 있어서 낙후하다는 것을 심각히 느끼게 되었으며 봉건 제도에 대한 반감이 더욱 조장되어 갔다. 봉건 관료 제도의 철폐에 관한 문제가 사회 발전의 현실적 요구로서 제기되었으며 우리 나라 정치 생활의 주요 내용을 이루게 되었다. 시대는 이러한 사회 모순의 해결을 촉진시키는 새로운 사상과 학설을 요구했다.

바로 이러한 시대적 요구에 따라서 이미 17세기에 새로 발생하기 시작하여 점차 발전해 온 실학 사상은 이 시기에 와서 더욱 그 내용이 풍부해지고 체계가 잡혔다. 연암은 이러한 시대 사조를 외면할 수 없었다.

둘째로, 연암의 가정 환경은 양반 가문임에도 그로 하여금 역사 발전의 길을 따라 나가도록 만들어 주었다.

이 시기에 사색당쟁은 아주 심각하고 첨예한 성격을 띠고 전개되었다. 양반 계층은 모두 그 어느 한 당파에 가담해야 했다. 양반들은 반대파에 대하여 갖은 악랄한 수단을 다했다. 이 시기 일부 양반들은 자기 계급의 위기를 감촉하면서 이러한 사태가 극복되어야 한다고 주장하며 나섰다. 연암의 조부도 바로 그런 양반 중의 한 사람이었다.

연암의 조부 박필균은 더러운 당쟁의 탁류에 휩쓸릴까 봐 정치 문제에는 아예 관여하지 않으려고 젊어서 과거도 보지 않았으며 벼슬길에 나가지 않았다. 당파쟁이들은 이를 또한 못마땅하다고 헐뜯었다. 그는 마흔이 넘어서 과거를 보고 벼슬길에 나서긴 했으나 관료배들의 매관매직과 백성들에 대한 토색질을 미워했으며, 정의롭지 못한 것들과 타협하지 않았다. 그리하여 그는 늘 직위는 높으나 실속은 없는 벼슬로만 돌았다. 이러한 조건은 연암의 집안 살림이 늘 가난에 쪼들리게 했다. 연암은 후에 자기 조부에 대하여 이야기하면서 다음과 같이 썼다.

"부군(연암의 조부 필균)은 용모와 성품이 우아하고 청렴하여 평생에 한 번도 마음에 거리끼는 일을 한 적이 없다. …… 30년이나 벼슬자리에 있으면서도 백 냥어치도 못 되는 전지의 소산물과 서울 안에 한 30냥짜리 낡은 집 한 채가 있을 뿐이었다. 그는 세상을 떠날 때까지 늙은 하인 하나를 두고 겨죽도 오히려 부족했으나 원망하는 빛이 전혀 없었다."(대고 자헌대부 지돈녕부사 증시 장간공 부군 가장 大考資憲大夫知敦寧府事贈諡章簡公府君家狀)

그런데 연암은 일찍이 부모를 모두 여의고 형과 형수 이씨를 아버지와 어머니처럼 여기며 조부 슬하에서 자랐다. 게다가 건강이 좋지 않아 조부는 연암에게 서당의 엄한 글공부를 강요하지 않았다. 연암은 집에 드나드는 옛 하인에게서 세상의 재미나는 이야기를 즐겨 들었다. 연암은 외롭고 가난한 가운데 점차 판이한 두 세계를 알아보게 되었다. 한편에는 백성의 고혈을 빨아 호의호식하는 무리들이 있어 마치 도적과 다름없이 약탈과 당파 싸움을 함부로 했다. 이리하여 연암은 그의 초기 작품에 반영된 것과 같이 양반의 정체를 깨닫게 되었다. 다른 한편에는 백성들이 헐벗고 굶주리고 있었다. 그들은 부지런하고 정직한 사람들이었으나 양반 봉건 제도는 그들의 초보적인 생활 근거까지 빼앗아 갔다. 연암은 벌써 초기에 이 정형들을 무심히 보지 않았다.

연암은 열여섯에 유안遺安 처사處士 이보천李輔天의 딸과 결혼했다. 이 결혼은 연암의 사상 발전에 새로운 계기를 만들어 주었다. 이보천은 학자로서 일정하게 알려지고 있었으나 역시 일찍부터 벼슬에 뜻이 없어 고향에서 농사에만 힘썼다. 연암은 결혼하면서 농촌에 왕래하게 되었고 농민들의 생활을 배울 수 있게 되었다.

다른 한편으로 연암은 결혼하면서 본격적으로 학문 연구에 들어서게 되었으며, 특히 실학에 접촉하게 되었다. 이보천은 연암이 아직 본격적인 학문을 하고 있지 않다는 것을 알고 자기 동생인 영목당榮木堂 이양천李亮天의 지도를 받도록 권고했다. 영목당은 당시 홍문관 교리로서 마치 어버이와 같은 사랑으로 연암을 친절히 지도하여 주었다. 아마도 연암은 그에게서 실학 사상의 영향을 직접 받게 된 듯싶다.

이때에 연암은 건강이 좋지 못해 별로 바깥 출입을 하지 않았다. 연암은 종래의 관습에 따라 유교 경전을 읽고 글도 지었으며 한편 음악과 서화도 감상하며 예로부터 전해 오는 무기와 그릇들을 사랑했다. 이리하여 그는 점차 현실의 모순을 눈여겨보고 이에 대하여 깊은 생각을 돌리게 되었으며 조국의 과거 역사와 문화에서 배우면서 나라를 사랑하는 마음을 키워 갔다.

연암은 1754년 열여덟에 옛 하인에게서 들은 재미나는 이야기를 소재로 하여 처녀작 '광문자전廣文子傳'을 썼다. 연암은 계속하여 1757년에 '민 노인전[閔翁傳]'을, 1765~1766년경에 '김 신선전金神仙傳', 1767년에 '우상전虞裳傳'을 창작했으며 대체로 서른에 이르기까지, 그의 아들 박종간朴宗侃의 표현을 빌리면 연암의 약관 때에 단편집 '방경각외전放橘閣外傳'에 수록되어 있는 아홉 편의 단편을 썼다. 박종간의 기록에 의하면 그 아홉 편 중에서 '역학대도전易學大盜傳'은 양반들에 대한 예리한 비판으로 인하여 작가 자신의 손으로 태워 버렸으며 같은 책에 수록되었던 '봉산학자전'도 이때에 소실되었다고 한다.

단편집 '방경각외전'은 이 시기 조선 문학의 선진적 경향을 대표하는 새로운 문학 현상이었다. 연암은 이 작품들을 통하여 확고히 봉건 제도의 모순을 폭로하는 이로 등장했으며 조선 문학 발전의 새 길을 따라 나가는 선진 작가로서 면모를 뚜렷이 했다. 청년들은 그를 사모하여 찾아왔으며 그로부터 배울 것을 원했다. '우상전'이 말해 주는 바와 같이 우상 이언진은 연암에게 자기의 시고를 보냈으며, 백성을 위하는 성격 때문에 양반 사대부들로부터 오히려 비난을 받고 있는 자기 작품에 대하여 정당한 평가를 줄 것을 기대했다.

연암은 서른 살을 전후하여 그에게서 지도를 받은 청년들 중에서 특출한 인재들이 많이 배출되었다. '사시가四詩家'로 국내외에 이름을 떨친 이덕무(李德懋, 1741~1793), 유득공(柳得恭, 1748~?), 박제가(朴齊家, 1750~1805), 이서구(李書九, 1754~1825) 들을 비롯하여 남공철南公轍, 박남수朴南壽 등 당시의 쟁쟁한 문사들이 모두 연암에게서 배웠다. 그중에서도 서얼 출신인 이덕무, 유득공, 박제가는 그의 실학 사상의 직접적인 후계자들이었다. 이들은 각각 조선의 역사, 지리, 기타 문화에 관한 실학적 경향의 저술들을 남겼다.

　　연암의 가장 가까운 선배요, 벗이었던 담헌 홍대용(洪大容, 1731~1783)과 더불어 이들은 당시 반동들과 가열한 사상 투쟁을 통하여 하나의 목적을 위한 학문을 지향하여 굳은 우의로 단합되어 있었다. 그들은 성격도 달랐고 학문 연구에서도 각각 독자적인 분야가 있었으나 애국적 사상과 실사구시적인 학문 연구의 경향은 일치했다.

　　연암은 1765년 29세 때 금강산을 중심으로 동해안을 여행했다. 이때에 그는 명승지인 총석정에 올라 장시 '총석정 해돋이〔叢石亭觀日出〕'를 썼다. 이 시 역시 연암의 사실주의적 시풍을 보여 주며 대상의 본질에 깊이 침투하고, 높은 낭만적 이상이 배합하여 약동하는 시적 형상을 창조했으며 이 시기 우리 나라 한자시 문학의 절정을 이루었다.

　　연암은 여행을 즐겨 자주 길을 떠났다. 묘향산, 약산, 금강산, 속리산, 가야산, 천마산 등 전국 각지의 명산을 찾았으며 이로써 각 지방 사람들의 생활과 풍습을 직접 관찰하고 연구할 기회도 얻었다.

　　연암은 조선의 역사와 문화에 대한 깊은 연구와 시대적 요구에 대한 민감성, 그리고 열렬한 애국주의와 실사구시적인 방법론적 우월성으로 하여 인민들의 지향과 염원을 반영하면서 당시의 기본 생산자이면서도 노예처럼 사는 농민의 해방이 없이는 조국의 부강과 발전이 있을 수 없다는 결론을 얻었다. 그리고 그는 나라와 겨레의 행복을 좀먹는 원수들은 노력과 떨어져 있는 통치배들과 사대부들이라는 것을 간파했다.

　　연암은 유교 도학자들의 공리공담을 반대하여 더욱 적극적으로 진출했으며 민족의 자주적 발전을 저해하고 있는 사대주의 사상에 대한 공격을 강화했다. 연암의 창작과 저술들은 자주 양반 통치배들의 물의를 일으켰다. 반동 통치배들은 음으로 양으로 연암에게 압력을 가하고 음해했다.

연암은 양반 통치배들과 물질적으로나 사상적으로 완전히 관계를 끊는 것이 필요하다고 생각했다. 그는 한편으로 당시 세도가였던 홍국영 들의 집요한 추구를 피할 것도 염두에 두면서 시골에 가서 직접 농사를 지으면서 백성들과 함께 살며 백성들의 생산에 도움이 되는 실사구시적인 학문, 실학을 직접 실천에 옮기기 위하여 1769년과 1770년경에 황해도 금천군 금천협에 약간의 농지를 장만하여 그리로 옮겨갔다. 이로부터 연암의 새로운 생활이 시작되며 그 활동의 둘째 시기에 들어선다.

금천협(혹은 연암협이라고도 한다.)은 아주 궁벽한 산속이었다. 연암은 이곳의 자연 조건을 이용하여 뽕나무를 심고 밤나무, 배나무 등 과수를 가꾸고 벌을 치는 등 다각적 영농법을 시도했다.

연암은 부지런히 고래로 전해 오는 영농법에 관한 저서들을 광범히 수집, 연구하고 농사일에 능한 농민들의 경험을 직접 일반화하면서 유명한 농정서인 《과농소초課農小抄》의 저술을 준비했다.

연암은 1780년에 팔촌형 박명원으로부터 청나라 건륭 황제의 탄생 70주년을 경축하러 가는 사절단과 동행하자는 권고를 받았다. 일찍부터 꼭 한번 구경하리라고 말해 오던 터라 쾌히 그 청을 수락했다.

이 시기에 정조 정부는 국내의 첨예화된 모순을 완화시키고 봉건 정부의 유지, 공고화를 기도하면서 한편으로는 극반동인 보수적 양반들의 극단적인 진출을 견제하면서, 다른 한편으로 진보적인 실학자들의 활동을 일정한 범위 내에서 보호하는 정책을 썼다. 봉건 왕조 정부는 탕평책을 써서 당쟁의 조정을 시도하기도 하고, 일변 농업을 장려하며 균역법을 실시하며 악형을 없애며, 또 미신을 물리치고 사치를 금하는 등 일련의 개선책을 실시했다. 그리고 정조는 이미 세상에 알려진 실학자들을 등용하여 인입하는 정책을 썼다.

이러한 봉건 왕조의 정책은 한편으로는 선진 실학자들이 일정하게 합법적으로 활동할 수 있는 길을 열어 주었다. 그러나 동시에 일부 학자들에게 왕권이 초당파적인 어떤 존재인 듯한 환상을 조성케 하고 그 사상의 혁명성을 거세하는 방향에서 작용했다. 이 시기에 이덕무, 유득공, 박제가 들이 모두 규장각 검서로 있었고 벌써 중국에 한두 차례씩 다녀왔다.

연암의 중국 여행은 그의 사상 발전에서 새로운 계기로 되었다. 그는 이제껏 말로만 들어오던 중국의 면모를 직접 보고 들으면서 중국으로부터 많이 배우며 빨리 따라 앞서야겠다는 종래의 견해를 더욱 확고히 했다. 여행에서 돌아오자 그는 여행 기간의 견문을 사람들에게 소개, 선전할 목적으로 붓을 들었다. 4년 동안 심혈을 기울여 탈고한 《열하일기》는 압록강을 건너 북경을 거쳐 열하에 이르는 수천 리 장정의 여행기이다.

《열하일기》는 대번에 사회에 거대한 반향을 일으켰다. 전편을 관통하는 열렬한 애국적 지향, 해박하고 풍부한 내용, 활달 경건한 필치는 그 이전의 어느 여행기에서도 찾아볼 수 없는 새로운 경지를 보여 주었다. 다만 선진 인사들만이 그것을 탐독한 것이 아니라 지배 계급들도 이것을 읽었다. 그들은 이 책이 저네들에 대한 날카로운 공격의 날창이라는 것을 모를 수 없었다.

연암은 지금껏 자기를 박해하는 선두에 서 있던 홍국영이 이미 죽었고 또 정조의 인재를 등용하는 정책을 고려하면서 자기의 사회 정치적 구상을 실천해 볼 생각으로 1786년에 나이 쉰으로 선공감역의 벼슬자리에 나갔다.

이 점은 역시 연암의 사상의 제한성, 그의 계몽적 성격을 말해 주는 것이다. 그의 사상은 폭력에 의한 혁명에 의해서만 자기들의 이상이 실현될 수 있다는 데까지는 이르지 못했고 선량한 사람들을 계몽하는 방법에 의거하려고 했다. 연암은 1791년에 한성부판관을 지내고 같은 해 겨울에 안의현감으로 지방에 나갔다. 그 후 그는 면천군수, 양양부사 등을 전전하면서 '갓난애기를 다루는 어머니의 정성'으로 민정을 보살폈다.

연암은 이 시기에 자기의 사회 경제적 이상을 직접 실천해 볼 생각으로 주로 정론을 썼다. 그는 적서 차별을 폐지할 데 대하여(서자는 부끄러운 자식입니까 〔擬請疏通疏〕), 사노 신분을 해방시킬 데 대하여(천하 사람의 근심을 앞질러 근심하시오〔賀三從姪宗岳拜相因論寺奴書〕), 화폐 개혁의 실시(화폐가 흔한가 귀한가〔賀金右相履素書〕), 빈민의 구제(굶주린 백성이 살 길〔答丹城縣鑑李侯論賑政書〕) 등에 대한 사회 정치적 문제들을 가지고 논진을 폈으며 정부에 건의했다. 특히 1799년에 농업 개혁에 대한 방안을 제출할 데 대한 정조의 청에 의하여 《과농소초》와 '부자들의 토지를 나누어 주어라〔限民名田議〕'(개인의 토지 소유를 제한하자는 건의)를 내놓았는데 이는 영농법과 토지 문제에 대한 다년간의 연구 성과를 집대성한 것이다.

연암은 《과농소초》에서 '선비들이 혹은 성명을 지껄이면서 경제는 본 체도 않고 혹은 부질없이 아름다운 문장을 숭상하면서 정사를 베푸는 것이 없는' 결과 사람들이 농업을 하찮게 생각하도록 만들었다는 것을 지적하고 이러한 사태를 바로잡는 데서 학자들이 농사의 이치를 밝히고 인민들을 깨우쳐 주는 것이 급선무라는 것을 강조했다.

《과농소초》에는 기후 관측, 농기구, 밭갈이, 거름 주기, 관개 수리, 종자 선택, 각종 곡물의 파종, 곡물의 여러 가지 품종들, 김매기, 해충 구제, 수확, 소 기르는 법과 소 병의 치료법 등에 걸쳐 여러 가지 방법들을 소개하고 그 과학성에 따르는 우열을 논하고 있다. 이 저술에서 연암은 일관하여 그 농작물의 특성에 맞게 자연 조건을 조절할 수 있고 또 자연 재해는 인간의 노력에 의하여 능히 극복할 수 있다는 것을 강조하고 있다. 그는 이에서 "수로가 정비되어 있다면 물은 재해가 될 수 없으며, 호차물 푸는 기구가 갖추어져 있다면 가뭄은 해가 될 수 없다."고 썼다. 또한 연암은 모범 농장을 설치하며 생산에 직접 군대를 인입할 것도 제기했다. 이러한 주장은 봉건 생산 관계의 혁명적 폐절 없이는 실현될 수 없는 것임에도 당시의 조건에서는 애족적이며 진보적인 의의를 가졌다.

1800년에 정조가 죽고 어린 순조가 즉위하면서 정치 정세는 급변했다. 반동적 양반 계층은 어떤 사소한 선진적 요소도 일거에 말살하려고 광분했다. 극우익 보수파들에 의하여 1801년에 '사교 천주교 금압'이란 명목 아래 선진 인사들에 대한 대탄압 사건이 조작되었다. 많은 선진 인사들이 학살되고 유배되었으며 지하로 들어갔다. 사실상 실학자들의 공개적 활동은 일체 금지되었다.

연암은 천주교 신자가 아니었고 그의 가문이 서인이었던 관계로 직접적인 화는 면했다. 그러나 극단한 반동기에 처하여 양양부사를 사임하고 돌아와 독서와 저작과 요양으로 날을 보내다가 1805년 12월 10일(음력 10월 20일)에 69세로 서거했다.

연암은 평생에 자기 소신을 피력한 시, 소설, 정론, 실화, 수필 등 다양한 형태의 작품을 남겼는바, 이는 조선의 선진 사상과 문학 발전에 거대한 기여를 했다.

진실한 백성의 목소리를 두려워하는 반동 통치배들은 연암의 저술들이 공개되는 것을 두려워하여 그의 사후 거의 백 년 간이나 소위 '금서'로서 출판을 허가하지 않았다. 그러나 어떤 가혹한 탄압도 진리의 목소리를 막을 수는 없다. 연암의 작품들은 전사되어 날이 갈수록 널리 읽혔고, 계몽기 이후에 비로소 전집 형식으로 〈연암집〉이 간행되었다. 그러나 그의 선진적 사상과 예술도 일제 통치 아래에서는 인민의 재산이 되지 못했다.

2

연암은 당시 백성들 앞에 제기된 사회 정치적 문제들과 예술적 과업의 해결에 헌신하면서 문학의 사상 예술성의 제고를 위한 투쟁의 선두에 서 있었다. 그는 뛰어난 작가, 시인이었고 평론가로서도 제일인자였다.

연암은 자기의 평론 활동에서 문학은 생활 반영의 특수한 수단이며 사상 투쟁과 애국주의 교양의 강력한 무기라는 것을 힘있게 주장했다.

그는 당시에 있어서 문학 발전의 가장 주된 적은 양반 사대부들의 모방주의임을 옳게 간파했으며 이를 반대하여 정력적인 투쟁을 전개했다. 양반 사대부들의 모방주의와 의고주의가 지닌 반동성을 풍자적으로 폭로, 비판하고 참다운 예술의 과업이 무엇인가를 이야기한 '좌소산인에게〔贈左蘇山人〕'를 비롯하여 '방경각외전 머리말', '글은 뜻을 나타내면 그만이다〔孔雀館文稿自序〕', '멀리 보이는 산에는 나무가 보이지 않고〔鍾北小選自序〕', '무관의 시는 현재의 시다〔嬰處稿序〕', '옛것을 배우랴 새것을 만들랴〔楚亭集序〕'을 비롯하여 많은 서문들과 편지들에서 당시의 문학 창작에서 제기되는 주요한 실천적 문제들에 대한 옳은 해답을 주었다. 뿐만 아니라 연암은 자기의 평론 활동을 통하여 미학의 기본 문제들에 대한 새로운 이론적 성과들을 달성했다.

그는 문학과 현실의 관계에 대하여, 예술적 전형화에 대한 문제, 전통과 혁신에 대한 문제 들에 대하여 유물론적 입장에서 정당한 해답을 주었다. 그의 평론 활동의 기본 지향은 현실의 진실한 묘사 즉 사실주의 정신이며, 그것은 현실에 대한 실사구시 정신에 토대하고 있다. 연암은 사실주의 묘사 원칙을 '모사진경模寫眞境, 절근정리切近情理' 란 말로 표현했다. 현실 생활 속에 깊이 침투하여 그의 참된 경지〔眞境〕 즉 그 본질을 그려 내며 인간들의 내면 세계 정리情理를 절실하게, 근사하게 그리는 것이 연암의 예술적 신조였던 것이다.

연암은 모방주의, 형식주의를 반대하면서 예술의 묘사 대상은 항상 변화 발전 속에 있는 구체적인 현실 생활, 그의 표현에 의하면 '새와 짐승과 초목' 즉 자연 현상들, '여항 남녀의 언행' 즉 사회 생활이다. 그렇기 때문에 서로 나라가 다르고 시대가 다른 당시 조선의 문학가가 옛 중국의 문학 작품을 흉내내는 것으로는 예술이 될 수 없다는 것이다.

연암의 미학은 현실, 바로 보통 사람들이 살고 일하며 싸우고 있는 실재적 현실에 관심을 돌렸다. "우리가 때때로 보고 듣는 사실 속에 참된 진리가 있거늘 하필 먼 데서 취할 게 무엇이랴."고 썼다.

그리하여 연암은 내용과 형식과의 관계 문제에서도 내용의 우위성에 대한 견해를 견지했다. 글 잘 쓰는 것을 전술을 잘 아는 것에 비유하면서 기교의 숙련의 필요성을 주장했으나 문장의 우열을 결정하는 제일차적 요인은 '문장에 있어서 지휘관 격인 뜻〔意〕' 이라고 했다. 때문에 그는 어떤 문장을 표현할 때에 자구가 우아하느니, 비속하느니를 따질 것이 아니라 그 말이 과연 전달하려는 내용을 선명하고 정확하게 표현했는가가 기준이 되어야 한다고 보았다. 그는 다음과 같이 썼다.

"적어도 그 이치를 얻는다면 집사람들의 일상적인 담화도 오히려 학관學官

에 비길 만하고 동요나 이언도 또한 《이아爾雅》(13경 중의 하나, 옛 중국의 훈고를 적은 책)에 속할 만하다."('몇백 번 싸워 승리한 글[騷壇赤幟引]')

이로부터 연암은 중국의 옛 시나 문장을 모방하지 않고는 글을 쓸 수 없다고 생각하는 양반 사대부들을 '달음질 흥내내는 앉은뱅이'로, 옷 입고 갓 쓰고서 사람 행세하려는 원숭이로, 귀신 터를 의세依勢하는 쥐와 같은 자들로서 비판, 조소했다. 내용과 관계 없이 남의 글귀만을 흥내내어 쓰는 자들을, 고추를 통으로 삼키는 자와 맛에 대하여 이야기할 수 없고 남의 털옷이 부러워서 한여름에 빌려 입고 나온 자와 계절에 대하여 이야기할 수 없듯이 참된 문학의 아름다움에 대하여 같이 논할 수 없다고 했고('무관의 시는 현재의 시다〔嬰處稿序〕'), 모방주의자들의 글은 마치도 나무 장수가 "소금 사려." 하고 외치고 다녀서는 나무를 팔 수 없는 것과 같이 아무런 인식, 교양적 기능도 수행할 수 없다고 썼다.('이름을 숨기지 말고〔答蒼厓之一〕')

연암은 현실에 대한 예술의 관계에 있어서 사람의 의식 밖에 객관적으로 존재하는 현실 생활이 선차적이며 바로 예술의 원천이라는 것을 강조했다. 그리고 연암은 예술은 그 묘사 대상인 자연과 사회 생활이 변화하는 만큼 한자리에 머물러 있을 수 없다는 견지에 서 있었으며 문학 예술 현상들을 역사주의적 견지에서 고찰했다. 바로 이로부터 전통과 혁신에 대한 그의 옳은 견해가 도출되었다. 연암은 '옛것을 배우랴 새것을 만들랴〔楚亭集序〕'에서 다음과 같이 썼다.

"옛것을 본따는 자는 그에 빠져 버리는 것이 병집이요, 새것을 만든다는 사람은 규범이 없는 것이 탈이다. 적어도 옛것을 받아들이면서도 능히 그 변화를 알며 새것을 만들면서도 능히 규범이 있다면 지금의 글도 오히려 옛 글만 못지 않을 것이다."

이 법고(法古, 옛것을 본따는 것, 즉 전통 계승)와 창신(創新, 새것을 창조하는 것, 즉 혁신) 간의 호상 관계에 대한 문제의 올바른 설정은 사물 현상에 대한 그의 변증법적 견해를 토대로 하고 있다.

그리하여 연암의 평론은 원칙적인 비판 정신, 예리한 시대 감각, 논리의 명료성과 그의 형상적 표현의 배합으로서 특징적이다. 그의 평론은 당시의 수다한 청년들을 선진 사상으로 교양했으며 우리 나라 문학 이론 사상 발전에 거대한 기여를 했다.

3

'방경각외전'은 연암이 창작 활동 초기부터 자기 시대의 인민 앞에 제기된 과업을 옳게 이해하고 그 과업을 해결하기 위하여 자기 창작을 목적 의식적으로 복무시켰다는 것을 보여 주고 있다.

그의 문학의 혁신성은 이에 의하여 규정되었는바 그것은 주제의 선택에서, 그 사상적 경향에서, 그리고 백성들에 대한 깊은 이해와 동정에서 표현되고 있다. 연암은 이 작품들에서 사상적으로나 예술적으로나 혁신자적 면모를 뚜렷이 했다.

연암은 생활 경험에 튼튼히 의거하면서 양반 사대부들의 도덕적 위선성과 이중성을 폭로, 비판하고 이에 대한 백성들의 정치 도덕적 우월성을 주제로 한 작품을 적지 않게 썼다. 처녀작 '광문자전'을 비롯하여 '예덕 선생전', '말거간 전' 등이 모두 이러한 주제의 작품이다.

'광문자전'의 주인공 광문은 어려서 쪽박을 들고 종로 거리로 다니면서 빌어 먹던 거지이다. 연암은 광문을 중심한 거지 아이들의 관계를 묘사하면서 그들이 비록 헐벗고 굶주리고 있으며 세상에서 버림받은 가엾은 존재들이지만 양반 통치배들이 따를 수 없는 의리와 인정을 간직하고 있다는 것을 보여 주고 있다. 연암은 그들이 아무런 이해타산도 없이 참으로 깨끗한 동기로부터 서로 돕고 사랑하고 있는 것을 보여 준다.

일기가 춥고 눈이 퍼붓는 어느날 모두 동냥하러 나가고 광문만이 앓아 누운 거지 아이를 돌보며 집에 남았다. 이때 광문이 몸을 떨며 신음하는 거지 아이를 가엾이 여겨 밥을 빌어다 먹일 생각으로 잠간 거리에 나간 사이에 그 아이는 그만 죽고 말았다. 여러 아이들이 돌아와서는 광문이 그 아이를 죽인 줄로 의심하고 오히려 그를 때려 내쫓았다. 앓아 누운 벗을 가엾이 생각하여 밥을 얻으러 거리로 나서는 광문이나 밖에서 돌아온 여러 아이들이 이미 죽고 만 벗을 눈앞에 보면서 광문을 의심하여 때려 내쫓은 것이 마찬가지의 우정으로부터 출발하고 있다. 광문은 벗들 앞에서 자기를 변명할 기회를 가지지 못한 채 쫓겨난다. 그러나 누구 하나 원망하지 않고, 거지 아이들이 수표교 아래 끌어다 버린 시체를 거적에 싸서 짊어지고 서문밖 언덕 위에 갖다 묻으면서 소리 내어 울었다. 이 이야기가 퍼져서 그는 서울 장안에 소문이 났다.

연암은 작품 후반에서 광문의 정직성을 칭찬하면서 실상 자기를 내세우려고 하는 돈 있고 권세 있는 자들의 위선성을 대치시켰다. 연암은 광문이 이름이 나고 사람들의 대접을 받게 된 후에도 명예나 잇속을 아랑곳하지 않는 그의 품성을 강조했다. 연암이 자기 서문에서 밝히고 있는 바와 같이 이 작품은 '명성을 도적질하며 그것을 빌려서 사리사욕을 취하는 자'들을 경계한 것이다. 그러나 이 작품은 아직 연암의 비판적 기백도 그렇게 뚜렷하지 못했을 뿐 아니라 예술적 구성도 그렇게 짜임새가 있지 못했다.

'말거간전'에서 연암은 소유자 사회의 도덕의 위선성, 백성의 정치 도덕적 우월성의 주제를 한층 더 심화시켰다. 연암은 양반들, 상인들의 도덕이 얼마만큼 위선적인가에 대해, 그리고 그것은 그들의 사회적 처지에 의하여 불가피하게 규정되는 것임을 보여 주고 있다. 이 작품은 '광문자전'에 비하여 비판의 목적 지향성이 더욱 뚜렷하다.

연암은 작품의 첫머리에서 '사람들이란 각각 제 처지에 맞추어 버릇이 드는 법'인데 말거간, 집주릅, 남의 첩 등은 그 처지로 말미암아 정직할 수 없다는 것을 자신의 말로써 설명하고 간사한 첩의 일화 하나를 삽입했다.

그리고 송욱, 조탑타, 장덕홍 세 사람이 광통교 위에서 만나 벗에 대한 이야기를 주고받는 것을 통하여 상인들, 양반들의 도덕의 정체를 폭로하고 있다. 이 작품의 주인공들도 새 사회 건설의 실제 역량은 아니다.

송욱과 조탑타는 마을에서 빌어먹고 다녔고, 장덕홍은 미쳐 저잣거리로 노래 부르며 다녔다. 그런데 이들은 다만 소유자 사회의 모순, 그 도덕의 위선상을 감득만 하는 것이 아니라 그 사회악의 근원도 알아 내며 '차라리 이 세상에서 벗 없이 지낼 망정 소위 점잖은 사람들의 그런 벗은 될 수 없다.'는 태도를 분명히 하는 것이다.

소위 군자라는 사람들은 입만 벌리면 신의요 도리요 떠드나 실상 마음은 그것에 있지 않다. 송욱은 벗 사귀는 묘리에 대하여 이야기를 시작한다.

"천하 사람이 따르는 것이 권세요, 누구나 얻으려고 애쓰는 것이 명예와 잇속일세. …… 대체 좋은 벼슬도 잇속이란 말이지. 그러나 따르는 놈이 많아지면 권세가 나뉘고 애쓰는 놈이 여럿이고 보면 명예나 잇속도 실속이 없을 것이라, 군자가 이 세 가지를 말하기 꺼린 지 오랠세."

결국은 그 권세와 잇속과 명예를 독차지하기 위하여 남더러는 그것을 더럽다고 하는 것이 소위 군자들의 도덕이다. 마치 도적질한 자가 '도적이야!' 하는 것과 마찬가지다. 연암은 이렇게 교묘하게 분장한 그들의 도덕적 설교의 본질을 여지없이 폭로하면서 그들의 언행이 일치할 수 없는 사회적 근원도 밝혀 보여 준다.

잇속으로 얽혀 있는 소유자 사회에서는 그 '승냥이 법칙'으로 하여 '진심을 가지고 벗을 사귀고 의리로써 친구를 얻을' 수는 없다. 이 사회에서는 모두가 거꾸로 서 있다. 송욱의 표현을 빈다면 '칭찬하려면 드러내놓고 책망하는 것이 좋으며, 호의를 보이려면 골을 내서 표시해야 하며 친하게 굴려면 박은 듯이 정신을 모으고 부끄러운 듯이 몸을 돌이켜야 하며, 남이 나를 믿게끔 하려면 의심될 구멍을 만들어 놓고 기다려야' 한다. 이렇게 연암은 자기의 주제를 발전시키면서 소유자 사회에서 개성의 파멸, 성격 파산의 불가피성에 대한 문제도 제기한다. 주요한 것은 연암이 이러한 도덕 문제를 그 사회적 근원과의 연관 속에서 고찰했다는 데 있다.

연암은 이렇게 이 작품에서 인간들의 교양, 인간들의 성격 형성이 그의 사회적 처지에 의하여 규정된다는 것을 명확히 밝혔다. 그리하여 당시 양반들의 도덕적 규범을 정반대로 뒤집어엎으면서 인민적 입장에서 이 문제에 대한 해답을 주고 있다. 양반들은 그들의 사회적 처지로 말미암아 '진심을 가지고 벗을 사귀고 의리로써 친구를 얻을' 수는 없다. 그러나 백성들은 바로 그 사회적 처지로 말미암아 그렇게 할 수 있다. 덕홍은 송욱의 말을 보충하면서 다음과 같이 이야기한다.

"자네 좀 듣게나. 대관절 가난한 사람이라야 바라는 것이 많으니까 의리를 끝없이 사모하게 되는 것일세. …… 대관절 재산을 지니고 있는 사람은 인색하단 소문도 부끄럽게 여기지 않네. 그건 남들이 제게 바라는 것을 단념시켜 주는 까닭일세. 천한 사람이라야 아끼는 것이 없으니까 어려운 것도 헤아리지 않고 덤벼드는 것일세.

왜 그런고 하니 물을 건너는데 옷을 걷지 않는 것은 헌 바지란 말일세. 수레를 타는 사람은 신 위에 덧신을 신고도 오히려 진흙이 묻을까 염려하네그려. 신바닥도 이처럼 아끼거든 하물며 제 몸이겠나! 그렇기 때문에 충성이라거니 의리라거니 하는 것은 가난하고 천한 사람들이 할 일이지 부하고 귀한 사람에게는 의논할 것이 못 되네."

보는 바와 같이 연암은 현상의 외피에 의해서가 아니라, 특히는 그들 자신의 말에 의해서가 아니라, 그들의 행동에 의해서 그 계급 자체의 추악한 본질을 정확하게 규정하고 있다. 연암은 각각 다른 계급들의 사회 생활, 특히는 물질적 부의 생산에서 그들의 역할, 사회 발전에 기여하는 그들의 공로에 기초하여 그들을 평가하고 있다.

바로 충성이나 의리는 양반 통치배들과는 의논할 것도 못 되며 그들이 멸시해 마지않는 가난하고 미천한 사람들만이 할 수 있다는 견해 속에 양반 통치배들에 대한 백성들의 정치 도덕적 우월성의 신념이 확고히 반영되어 있으며 그의 민주주의적이며 백성을 위하는 입장이 드러나 있다.

덕홍의 말을 들은 탑타는 슬픈 표정을 지으면서 "내 차라리 이 세상에서 벗을 가지지 못할망정 군자의 벗이 될 수는 없다." 하고 이에 갓을 부수고 웃옷을 찢고 새끼로 허리를 동여매고 때문은 얼굴과 헙수룩한 머리를 한 채 노래를 부르면서 거리를 돌아다녔다.

'말거간전'의 주인공들은 '광문자전'의 광문보다 사상적으로 한 걸음 발전하고 있다. 광문이 다만 현존 질서의 모순을 감촉하는 데만 그쳤다면 이제 송욱, 조탑타, 장덕홍은 그 사회악의 근원이 생산 수단의 사적 소유에 있다는 것을 깨닫고 의식적으로 그 사회를 버린 사람들이다. 그러나 이들은 투쟁하는 대중의 해방 운동과 직접 연결되지 못했으며 당시의 시대 및 작자의 세계관상 제약성으로 말미암아 그 위기로부터 출구를 볼 수는 없었다.

연암은 이 주제를 발전시키면서 그의 다른 단편 '예덕 선생전'에서 인간 노동의 유용성, 고귀성에 대한 주제와 배합시켰다. '예덕 선생전'에서는 양반 통치배들의 도덕에 대하여 노력하며 일하는 백성의 도덕이 대치되어 있으며 진실하고 근면하고 참으로 의리에 맞는 일하는 백성의 도덕적 품성의 찬양에 기본 지향이 돌려져 있다.

작품의 주인공 선귤자는 이 시기의 선진적인 지식 분자의 형상이다. 그의 형상을 통하여 연암은 반동 지배 계급의 도덕적 규범을 직접적으로 부정하고 있으며 그의 민주주의적 견해를 대변시키고 있다. 선귤자는 학덕이 높은 선비로서 세상에 이름 있는 양반들 중에서도 그와 사귀고 싶어하는 사람이 많건만도 아예 이들을 상대도 하지 않고 양반 사대부들이 천한 사람이요, 상일꾼으로 천시하면서 사귀는 것을 치욕으로 생각하는 노력자 엄행수를 오히려 선생으로 부르고 사귀기를 원하고 있다. 선귤자는 잇속으로 사귀는 장사판의 우도(友道, 벗사귀는 도리)와 아첨으로 사귀는 군자들의 우도를 결정적으로 배격했다. 연암은 자기의 다른 저술들에서나 작품들에서 상업 일반을 부정하지 않았으나 양반 통치배들의 위선적 도덕과 함께 사기와 기만에 입각하고 있는 상인들의 도덕도 배격했다.

연암은 선귤자의 입을 통하여 진실하고 소박하고 오직 사회적 부의 생산을 위하여 부지런히 일하고 있는 엄행수를 가장 고귀한 존재로 내세우고 있다. '광문자전'이나 '말거간전'에서는 그 주인공들의 진실성, 도덕적 신의를 내세우면서도 주로 사회의 부정한 면을 비판하였다면 이 작품에선 엄행수를 더 찬양하는 긍정의 기백이 전면에 나서고 있다.

동네 안의 거름을 퍼내는 것을 업으로 삼고 있는 엄행수는 잇속과 아첨을 알지 못하며 또 그럴 필요가 없는 사람이다. 그는 자기 노력에 의하여 살아갈 뿐아니라 사회 발전에 기여하는 노력자이기 때문이다. 때문에 굳이 남의 노력을 착취할 필요가 없으며 안면을 보지 않고 친분을 따지지 않고 오직 마음으로부터 '덕'으로써 벗을 사귀고 있다.

연암은 사회적 부를 생산하는 엄행수의 생활을 양반 사대부들의 기생충적생활에 대립시키면서 세상에서 가장 고상하고 아름다운 존재로 뜨거운 사랑을가지고 이야기하고 있다.

엄행수의 형상은 흥부나 심청, 콩쥐의 형상 등과 함께 우리 중세 문학에서작자에 의하여 긍정된 노력하는 백성의 형상으로서 특수한 자리를 차지한다.

"의리에 틀린다면 설사 높은 벼슬도 깨끗하지 못하게 되고 제 힘으로 번 것이아니라면 거부, 졸부도 더러운 것일세. …… 저 엄행수가 똥을 지고 거름을 메어서 먹고 사니까 아주 더럽다고 보겠지마는 먹고 사는 길은 대단히 향기로우며, 몸을 굴리기는 지극히 천하지마는 의리를 지킴에 있어서는 아주 높단 말일세. …… 이로 보아 깨끗하다고 하는데 깨끗하지 못한 것이 있으며, 더럽다고하는 속에 더럽지 않은 것이 있네."

연암은 이렇게 양반 사회의 도덕에다 백성들의 새로운 도덕을 대치시키고있다. 봉건 양반들이 깨끗하다고 떠벌리는 것은 본질에 있어서는 더러운 것이다. 그것은 사기와 위선, 아첨과 중상에 의하여 얻어진 것이기 때문이다. 양반사대부들은 엄행수와 같은 노동하는 백성을 천한 사람으로 업신여겼다. 그러나이들이야말로 깨끗하고 향기로우며 세상에서 가장 고귀한 사람들이다.

연암은 중옥仲玉에게 보낸 편지에서 "세상에서 말하는 쓸 만한 사람이란 반드시 쓸모 없는 사람이며, 세상에서 말하는 쓸모 없는 사람이란 반드시 쓸모 있는 사람"이라고 썼다.

엄행수는 견뎌 내지 못할 것이 없는 사람이요, 세상 사람들이 이를 본받아 그와 같이 된다면 마음속의 도적놈, 위선과 기만이 없어질 것이며 성인이란 별것이 아니라 바로 엄행수와 같은 사람이다. 그러므로 선귤자는 먹는 데나 입는 데 아주 견디기 어려운 고비에는 그를 생각했고 벗으로도 사귀지 않고 별호를 지어서 예덕 선생이라 하는 것이다.

연암은 자목子牧의 형상을 통하여 당시 양반 사대부들의 도덕의 위선성을 신랄하게 규탄했다. 그는 벗 사이에는 신의가 있어야 한다고 생각하고 있다. 그러나 그는 엄행수와 같은 백성은 벗으로 될 수 없고 그들과 사귀는 것은 욕스러운 일로 생각한다. 연암은 그자들의 신의의 정체를 폭로하고 세상에서 가장 더러운 것으로 타기했다.

작품들은 연암의 계몽자적 지향을 명백히 보여 주고 있다. 특히 '말거간전'과 '예덕 선생전'에서 그러한바, 사건 발단의 구체적인 계기가 없지 않으나 등장 인물들의 대화를 통해서 도덕 문제를 추상적으로 설정하고 해답을 준 일종의 논문과 같은 성격을 띠고 있다. 아직 인물들은 형상이 빈약하다.

그럼에도 이 작품들은 우리 나라 선진 사상과 문학의 발전 역사에서 거대한 의의를 가진다. 이 작품들은 당시 사회의 가장 본질적 모순을 적발하여 백성의 입장에서 해답을 주고 있다. 이 작품들에는 그 후 연암의 작품들에서 더욱 발전된 주제들이 포함되어 있다.

'방경각외전'의 일련의 작품들은 봉건 제도가 인간의 개성을 파멸케 하며 그의 발전에 적대적이라는 것을 보여 주고 있다. 물론 이 주제는 앞에서 고찰한 작품들의 주제와 동떨어져 있는 것은 아니다. 이 주제의 작품들로서는 '민 노인전', '김 신선전', '우상전' 등을 들 수 있다. 연암은 이 작품들에서 재능도 능력도 있으나, 그들의 애국적 지향으로 하여 오히려 그 재능과 힘을 발휘하지 못하고 세상을 등지고 살아가는 사람들을 보여 주고 있다.

'민 노인전'은 그 정치적 목적 지향성이 뚜렷하며 그 예술적 형상성도 그의 초기 작품 중에서 비교적 높은 작품이다. 연암은 이 작품에서 양반들의 착취자적 본질, 그 도덕의 비개화주의와 그들의 미신을 폭로하고 있으며 그의 실사구시적 사상을 더욱 뚜렷이 하고 있다. 작자는 민 노인의 형상을 통하여 18세기 봉건 사회의 정치 경제적 위기에 의하여 초래된 귀족 계급의 내부 모순을 적발하고 있다. 연암은 양반 출신으로서 자기 계급과 사상적 관계를 끊고 그를 반대하는 세력으로 전환하게 되는 요인들과 과정을 정당하게 해명하고 있다.

민 노인은 어릴 때부터 총명하고 재치가 있었으며 옛 사람의 뛰어난 절개와 거룩한 행적을 사모하여 항상 감격, 분발하는 마음을 가졌다. 그는 1728년, 이른바 '무신란戊申亂'에 종군하여 군공을 세워 첨사가 되었으나 집에 돌아온 뒤로는 다시 벼슬자리에 나가지 않았다. 그는 무신란의 평정에 참가하여 백성들의 지향을 똑똑히 알았으며 봉건 관료 정부의 반인민성을 깨달았기 때문이다.

이 작품도 주로 주인공의 이야기를 통하여 작품의 사상이 전개되고 있으나 전기 작품들에 비하여 주인공의 형상은 훨씬 개성화되어 있다. 연암은 간결한 필치로 주인공의 특징적 성격을 부각시켜 보여 주고 있으며 그 언사는 그의 성격을 밝히는 데 복종하고 있다.

이 작품에서도 연암은 인민들의 정치 도덕적 우월성을 양반들, 부자들의 추악한 욕망과 행위에 대치시키고 있다.

민 노인은 주위 사람들의 어떠한 물음에 대해서도 즉석에서 명쾌하게 대답한다. 그 대답은 흔히 기상천외의 것이로되 그 해학 속에는 심각한 진리가 포함되어 있다. 온갖 편견과 구속으로부터 해방된 그 기지는 그의 주요한 성격적 특성을 이루고 있다.

연암은 이 주인공의 기지에 빛나는 언변을 통하여 귀신이요, 신선이요, 장수약이요 하는 등의 소유자 사회의 환상적 산물의 정체를 밝히고 있다. 작자는 아주 사소한 계기를 가지고도 부자들과 가난한 사람들의 화해할 수 없는 적대적 모순을 폭로하고 있으며 소유자들의 허망한 욕심을 조소하고 있다. 신선을 보았느냐는 물음에 대하여 '그것은 곧 가난한 사람'이라고 대답하면서 '부자는 항상 세상을 좋다고 하나 가난한 사람은 항상 세상을 싫어하는 까닭이라고 했다. 그의 견해에 의하면 장수자란 생리적 연령을 가리킬 것이 아니라 독서와 견문을 통한 체험에 의하여 세상일을 많이 아는 사람이어야 한다. 이에서는 무위도식하는 통치배들의 장수에 대한 허욕을 조소하고 있다.

불사약을 얻어서 부질없는 생을 오래 누려 보겠다는 그들에 대하여도 연암은 조소를 퍼부었다. 작품은 이야기 줄거리 발전을 따라 점차 작품의 기본 사상을 제시하고 있다. 그는 황해도에 황충이 발생하여 관가에서 황충 잡기에 백성을 독려한다는 말을 듣자 그것보다도 더 무서운 황충이 세상을 좀먹고 있다는 사실을 상기시킨다. 작자는 종루 앞길에 꽉 차 있는 무위도식자들을 '농사를 방해하고 곡식을 손상시키는 것'으로서 이 세상에 다시 없을 무서운 '황충'에 비기었다.

연암은 민 노인의 입을 통하여 이러한 자들의 소탕의 필요성과 그 희망을 표시했다. 민 노인은 기발한 재변을 가지고 현실 사회의 악덕의 원천을 적발하고 있다. 끊임없이 터뜨리는 그의 신선한 해학과 신랄한 풍자는 명리에 얽매인 양반 관료배들의 위선과 탐욕에 대한 인민의 도덕적 우월성의 감정을 표시하고 있다. 민 노인은《주역》에 밝고 읽어 보지 못한 책이 별로 없을 만큼 박식한 사람이다. 그러나 그는 정직하고 착한 일을 좋아하는 품성으로 하여 봉건 착취자들에게 용납될 수 없었다. 연암은 이 현상을 통하여 당대 봉건 제도의 불합리성을 까발리고 있다.

'김 신선전'의 김 신전, 김홍기 역시 봉건 사회 제도의 희생자다. 그는 세상에 뜻이 없어 정처 없이 떠다니며 항간에 이러저러한 풍문을 유포시켰다. 연암은 주인공의 직접적 행동이나 말을 전혀 보여 주지 않고 '나'의 기억을 더듬는 회상기의 형식을 통하여 마치 전설상의 신선과도 같이 정체를 붙잡을 수 없는 김홍기의 성격을 강조하고 있다. 연암은 작품을 끝맺으면서 '벽곡하는 자가 반드시 신선이 아니고 세상에 뜻을 얻지 못하여 울울한 자일 것'이라고 함으로써 작품의 사회적 성격을 암시했다.

1767년에 쓴 '우상전'에는 연암의 일층 성숙된 사회 정치적 미학 견해들이 반영되어 있다. 작품은 주인공 우상의 비극적 생애에 대하여 이야기하면서 참된 애국주의에 대하여 말했으며 또 개성의 개화 발전을 억누르며 인간을 파멸로 이끄는 봉건 신분 제도의 비개화성을 비판하고 이를 철폐할 것을 제기한다. '우상전'은 '민 노인전'이나 '김 신선전'에 비하여 현실 생활을 보다 넓게 포괄하고 있으며 정치 문제에 직접으로 저촉하고 있다. 작품은 기본 주제를 추구하면서 선린 외교, 평화 애호 사상을 피력하고 있으며 역관배들의 소시민적 이기주의도 비판했다. 이 작품에서도 연암은 하층 신분 백성들의 힘에 대한 신념을 명백히 표시했다.

우상은 중국말과 서법에 능통했으며 뛰어난 시재를 가진 실학 사상의 공명자였다. 그의 시는 양반 사대부들의 형식주의적 시와는 대치되는 사실주의적 경향을 띠었다.

그러나 그의 가문은 대대로 역관을 지내는 중인 신분이기 때문에 나라 안의 양반 사대부들로부터 천시를 받았다. 특히 그의 선진적 사상과 사실주의적 시 작품들은 양반 사대부들에게 용납될 수 없었다. 그는 역관으로 사절단을 따라 일본에 갔을 때에 비로소 신분적 멍에에서 벗어나 자기의 시적 재능을 힘껏 발휘할 기회를 얻었다. 그의 뛰어난 시에 감탄하여 마지않으면서 일본 사람들은 우상을 운아雲我 선생으로 모셨으며 으뜸가는 국사國士라고 칭찬했다.

연암은 열렬한 찬양의 감정으로 그의 시의 사상 예술성을 높이 평가하고 있다. 우상이 일본에서 지은 '바다 위를 유람하면서〔海覽篇〕', '승본해勝本海', '매남 선생의 말씀을 생각하면서〔病痔舟中臥念梅南老師言〕' 등은 그의 선진적인 사상적 지향과 사실주의적인 미학 견해를 명백히 보여 주고 있다. 그의 시들에는 현실 생활에서 얻은 참다운 체험과 감정이 그의 선진적 입장으로 하여 진실하게 표현되어 있다.

시인 자신의 말과 같이 '말은 속되나 뜻은 심히 참답다.' 할 수 있다. 그는 '해람편'에서 일본의 자연 묘사로부터 붓을 일으켜 인정 세태를 묘사하고 이웃 나라와의 친선의 필요성을 호소하면서 끝마치고 있는바, 연암이 말한 바와 같이 그는 이 시 한 편으로써 능히 나라의 영예를 빛낸 공로자로 되었다. 우상은 한 사람의 역관으로서만이 아니라 조선의 자랑스러운 공민으로서, 조국의 융성과 안전을 염원하는 애국자로서 처신하고 있다.

작자는 우상의 형상을 통하여 현실적 입장에서 선린 외교와 평화 유지의 불가피성에 대한 문제를 제기하고 있으며, 남의 좋은 것을 배워 자기의 뒤떨어진 것을 고쳐야 한다는 것을 주장했다. 연암은 우상의 형상에서 자기의 시와 문장으로 조국의 영예를 해외에 떨쳤을 뿐 아니라 '도성에서 나무가 마르고 냇물이 다할 만큼 그 정화를 섭취' 해 가지고 돌아온 참다운 애국자를 보여 주었다. 연암은 이렇듯 애국적인 시인 우상에 대한 양반 통치배들의 멸시와 천대를 분노에 찬 목소리로 규탄했으며 그의 불행한 최후를 깊이 동정하여 이야기했다.

"무릇 선비란 것은 자기를 알아주는 것보다 더 다행함이 없고 자기를 알아줌이 없는 것보다 더 불행함이 없다. …… 우상은 병들어 죽을 때에 자기 작품의 초고를 죄다 불살라 버리면서 이 세상에 누가 다시 알아줄 사람이 있겠느냐 했으니 그의 뜻이 어찌 슬프지 아니하랴!"

연암은 우상의 형상을 통하여 봉건 제도의 반인민성을 적발했으며 바로 이와 같은 소유자 사회는 그 자체의 본성으로 말미암아 개성을 불구화하며 파멸시킨다는 것을 폭로했으며 특히 참다운 문학은 인민들 속에만 있다는 것을 강조했다. 연암은 양반 사대부들이 비속하다고 천시하는 우상의 시에서 '족히 뒷세상에 전할 만한 가치'를 보았다. 연암은 시인의 자랑찬 사회적 의무까지도 노래한 우상의 시야말로 참다운 시의 길이라는 것을 강조했다.

이 작품의 끝부분은 남아 있지 않다. 남아 있는 마지막 구절로 보아 우상의 아우에 대한 이야기거나 혹은 그 아우와의 관계에 대한 이야기인 듯하다. 그러나 그 구성으로 볼 때에 현존 작품으로서 이미 완결되었다고 말할 수 있다.

연암은 이 작품들보다 한 걸음 나아가 양반 생활 전면에 대한 정면적인 폭로와 비판을 가한 일련의 작품을 창작했다. '양반전'과 '역학대도전'은 바로 양반들의 위선성과 약탈성을 규탄했으며 양반들을 도적으로 낙인 찍은 작품들이다.

'양반전'은 연암의 창작 과정에서 특별한 위치를 차지한다. 이 작품은 연암의 사상적 지향도, 그의 예술적 높이도 뚜렷이 보여 주고 있으며 작은 형식에 풍부한 내용을 담는 단편의 명수로서, 사회의 본질적인 부정면을 벽력 같은 웃음으로 규탄하는 뛰어난 풍자 작가로서의 그의 면모가 확연히 드러나 있다.

'양반전'은 '한갖 문벌을 재물로 하며 조상 덕만 팔아먹는' 선비들의 모든 생활의 종말에 대한 문제를 기본 주제로 하고 있다. 연암은 양반의 권리와 칭호의 매매라는 기이한 사건을 이야기 줄거리로 하여 사멸에 직면한 봉건 사회 생활의 전모를 생동한 화폭으로 재현했다. 만일 전자의 작품들에서 추상적 정론성이 일정하게 그 예술성을 제한했다면 이 작품에서는 훨씬 사실적 묘사가 강화되고 있다. 주인공들은 아주 정제된 단편적인 구성 조직의 호상 연계와 발전 속에서 생동한 전형적 성격으로 형상화되고 있다.

이 작품의 주인공 정선군의 한 양반은 선량하고 현명하며 독서도 좋아한다. 새로 도임하는 군수마다 으레 그를 찾아와 인사를 했고 양반들 모두가 그를 존경했다. 그러나 그는 벼슬자리를 얻지 못하여 늘 가난했고 고을 환자를 꾸어서 근근이 살아갔다.

이렇게 작품의 사건은 첫 장면부터 심각한 사회적 모순을 갈등으로 하여 극적 긴장성을 띠고 전개된다. 작자는 이 형상에다 사멸에 직면한 봉건 사회의 온갖 창조적 역량이 고갈된 무능한 몰락 양반의 처지와 성격적 특질을 체현시켰다.

그는 해마다 환자를 갚지 못하여 어느덧 천 석의 빚을 졌다. 이때 마침 순행하던 관찰사의 검열에 의하여 진상이 발각된다. 관찰사는 나라의 곡식을 축낸 자를 곧 잡아 가두라고 엄명을 내리고 가 버린다. 양반은 어쩔 바를 모르고 한숨과 눈물로 나날을 보낼 뿐 속수무책으로 있는데, 동네의 상사람 부자가 환자 천 석을 갚아 줄 테니 양반의 칭호와 권리를 팔라고 제의해 왔다. 그는 대번에 이를 수락하여 신분의 매매가 성립된다. 사회 정치적으로 민감한 연암은 이에서 봉건 말기의 본질적 현상을 포착하여 예술적 일반화에 성공하고 있다.

앞에서 이야기한 바와 같이 이 시기에 양반들 속에서는 심각한 계급 분화가 진행되었다. 많은 양반들이 벼슬에 오를 수 없어 생활난에 허덕였으나 그들은 양반의 체면과 낡은 인습으로 인하여 생산적 노력에 참가할 수 없었다. 노력으로부터 이탈은 그들이 파멸하는 것을 어쩔 수 없는 일로 만들었다.

이와 반면에 이 시기 상품 화폐 경제의 발전은 미천한 신분층인 상사람 속에서 점차 부를 축적하면서 은연중 무시할 수 없는 세력으로 장성하고 있었다. 서울의 변승업이란 부자는 은 50만을 가지고 있었다고 하며, 홍경래 농민 전쟁 때에 홍경래를 도왔던 이희저李禧著가 역리의 신분으로서 자기의 재부를 믿고 가산嘉山 향안(鄕案, 양반 명부)에 이름을 올렸다가 군수의 추궁을 받고 제명된 사실 등은 저간의 사정을 말해 주는 것이다. 사실주의 작가인 연암은 바로 사회 생활에서 이렇듯 심각한 사회 경제적 변동을 자기 작품에서 진실하게 반영했던 것이다.

이때에 연암은 확고히 발전하는 역사의 편에 서서 사멸하는 낡은 것을 웃음으로 매질하고 전송했다. 그리하여 사멸에 직면하여 허덕이는 양반의 풍자적 형상이 창조되었다.

그 양반은 양반들의 관과 옷을 상사람 부자에게 넘겨주고 스스로 상사람의 옷차림을 한다. 마침 이때에 군수가 나타난다. 양반을 잡아 가두라는 관찰사의 명령을 그대로 집행하지도 못하고 또 내버려 둘 수도 없어 망설이던 차에 천만 뜻밖에 환자쌀 천 석이 반납되었기 때문에 치사도 할 겸 경위도 알아볼 생각으로 찾아온 것이다.

그러나 군수는 여기서 의외의 장면에 부닥친다. 그 양반이 전립을 쓰고 돔방옷을 입고 꿇어 엎드려 감히 쳐다보지도 못하고 스스로 '소인'이라 하는 것이다. 의식적으로 과장되고 예리화된 이 형상은 연암의 비범한 전형화의 솜씨를 과시하고 있다. 연암의 풍자의 불길은 모든 낡은 것에 향해진다.

정선군수의 성격은 그 양반과는 다르나 그 역시 백성들과 떨어져 사멸은 불가피하다는 것을 보여 주면서 풍자적으로 묘사되어 있다. 이 군수 역시 전후간에 모순되게 행동하는 위선자이다. 연암은 간결한 필치로 그 정신의 굴곡과 복잡성을 재현하면서 이에 대하여 비판을 가하고 있다.

군수는 그 양반을 존경했고 곤란한 처지를 동정도 했다. 실상 이번에도 양반을 치사할 생각으로 찾아왔던 것이다.

그러나 양반을 사고 판 경위를 듣고 나자 그것을 대번에 승인할 뿐 아니라 오히려 종래에 그처럼 멸시하던 상사람 부자를 '가멸고도 인색하지 않은 의로운 사람'으로서, '남의 곤란을 제 일처럼 펴 주며', '낮음을 싫어하고 높음을 사고자 하는' 어질고 지혜로운 사람으로서 찬양해 마지않았다. 역시 이 형상도 부력 앞에서 양반 신분의 굴복을 보여 준다. 그가 거드름을 부리고 위풍을 보이려고 하면 할수록 그의 위선적 면모는 더욱 명백히 드러나며 독자의 웃음을 자아낸다.

그가 주선해 만든 두 개의 양반 매매 문서는 양반들의 모든 죄행을 집약적으로 일반화하고 그것을 단죄하는 인민의 논고장이다. 연암 박지원은 이 문서 작성 장면을 통하여 작품의 사상 주제적 기초를 한층 더 심화하고 발전시키고 있다. 군수는 물건을 사사로이 사고 팔고서 매매 문서를 만들어 두지 않으면 뒷날 소송이 일어날 단서가 될 수 있으니 자기의 입회 하에 문서를 만들라고 권고한다.

군내 사람들이 모인 가운데서 첫 번째 문서가 작성된다. 이에는 양반을 매매하는 사실과 조건을 밝히고 양반 행세를 하기 위하여 반드시 지켜야 할 조목들을 제시했다. 손에 돈을 지녀서는 안 되며, 쌀값을 받지 말아야 하며, 더워도 버선을 벗지 말고 상투바람으로 밥상을 대하지 말아야 한다는 등 양반들의 일상적인 생활 규범을 제시한 이 조목들은 그들이 생산과 유리되고 그것을 기피하고 기생충적 생활을 하면서 얼마나 형식주의적인 도덕을 만들어 내고 있는가를 규탄하고 있다. 연암은 상사람 부자로 하여금 그처럼 거북스러운 규율에 놀라 그것을 거부하고 자신에게 이롭게 문서를 고쳐 달라고 청해 나서게 함으로써 그러한 양반 도덕을 부정하고 비난하는 입장을 명백히 했다.

상사람 부자의 제의로 다시 작성된 문서에는 양반의 약탈적이며 향락적인 생활이 집약적으로 일반화되어 있다. 이에서는 우선 '농사도 아니 짓고 장사도 아니 하고 글줄이나 적으며 책권이나 읽은 다음에는 잘하면 문과 하고 못해도 진사는 할 수 있는' 그들 벼슬아치들의 약탈적이며 호화방탕한 생활을 보여 주었다. '문과 홍패문과에 합격한 증서는 두 자 길이에 불과하나 온갖 물건이 그 가운데에 구비되어 돈주머니라고 한다.' (방점은 인용자)는 구절에 이 문서의 기본 사상이 제시되어 있으며 작자의 날카로운 비판의 기백이 울리고 있다.

그리고 궁한 시골 선비도 '자기 시골서는 마음대로 세력을 부려서 이웃집 소를 가지고 제 밭을 먼저 갈게 하며 마을 상놈들을 시켜 김을 매게 하며' 듣지 않는 경우에는 그 '콧구멍에 재를 퍼 넣으며 상투를 잡아 휘두르고 귀쌈을 때려'도 감히 아무도 원망하지 못하는 소위 '양반의 이익'이 적혀 있다.

연암은 양반 생활의 두 측면을 대조적으로 보여 줌으로써 그들 생활의 반인민성, 그들의 위선과 약탈 본성을 더욱 명확히 적발하고 그에 대한 멸시의 감정을 강화하고 있다. 작자는 이에서 양반들이 근엄하고 점잖은 듯이 가장하기 위하여 얼마나 부질없는 허례허식에 사로잡혀 있는가, 그리고 그 가면 밑에서 얼마나 백성들을 혹사하며 착취하는가, 그들이 어떻게 그렇듯 호사스러운 생활을 할 수 있는가에 대하여 생생한 화폭으로 보여 주며 상사람 부자의 입을 통하여 양반을 도적으로 낙인했다.

상사람 부자는 두 번째 문서의 내용을 다 듣기도 전에 "그만두시오, 그만두시오. 맹랑한 일이외다. 저더러 도적이 되라는 거요." 하고 머리를 저으며 그 자리에서 물러나간다. 이 상사람 부자의 말에서는 양반 사회의 멸망에 대한 최종적 선언이 높이 울리고 있다.

작자는 상사람 부자의 형상에다 봉건 사회 말기에 상품 화폐 경제의 발전과 함께 상업이나 고리대로 부유해진 일부 상사람들의 지향과 사상 감정을 체현시키고 있다. 그들은 이미 경제 생활에서는 남부러울 것이 없을 만큼 부유해졌지만 신분적으로 상사람이기 때문에 말을 타고 다닐 수 없으며 양반 앞에서는 늘 쩔쩔매며 기어가서 감히 마루에는 오르지도 못하고 뜨락에서 절을 해야 했다. 그리하여 비록 부유하나 항상 비천한 그들은, 아무리 가난하여도 항상 존귀한 양반의 신분을 동경했다.

연암은 당시 봉건 사회에서 주요한 사회 경제적 변동을 옳게 인식하고 새 세력의 장성을 예술적으로 확인하면서도 양반이 되고 싶어하는 그 염원의 반시대성을 풍자적으로 비판했다. 연암의 풍자는 아주 날카로운 사회 정치적 성격을 띠었다.

'양반전'에서 풍자적 전형화, 그 단편적 구성의 솜씨는 이 작품을 형식면에서도 우리 나라 소설 문학 발전의 새로운 지표가 되게 했다.

처음에 양반 통치배들의 '교양 있고 견실한' 대표자로 소개하고 나서 하나씩 하나씩 그 가면을 벗겨나가는 구성 조직의 특징은 후에 '범의 꾸중〔虎叱〕'에서 새로운 발전을 보여 주고 있다. 연암은 그 주인공들의 사회적 처지에 의하여 규정된 언행의 불일치를 강조하면서 이들에 대한 조소와 멸시의 감정을 강화한다. 이 작품은 짧은 단편 소설이지만 실로 18세기 사회적 격동기의 심각한 사회적 모순을 하나의 화폭 속에다 솜씨 있게 담고 있는 시대의 거울로 되었다.

그의 다른 작품 '역학대도전'은 오늘 본문이 남아 있지 않다. 연암의 아들 종간이 밝힌 바에 의하면 이 작품은 원래 '당시 선비의 명의에 의탁하여 권세와 이욕과 영화를 남모르게 파는 자가 있으므로' 이 글을 지어 비난한 것인데, 그 후에 그 사람이 패한 때문에 작자 자신이 그것을 태워 버렸던 것이다.

그리고 '봉산학자전'은 이 '역학대도전'과 한 책으로 매어 있었던 때문에 함께 소실되었다고 한다. '역학대도전'은 종간의 해제와 연암 자신의 서문으로 보건대 '조상의 썩은 뼈를 밑천으로' 스스로 역학易學者로 자처하면서 백성들의 눈을 속이어 명리만을 탐하는 양반 사대부의 이면 생활을 폭로한 작품이었을 것으로 짐작된다.

이 시기에 연암은 시인으로서도 확고한 지위를 차지하고 있었다. 연암이 남긴 시들은 정론시보다도 자연을 노래한 작품이 많다. 그러나 그 시들은 단순한 풍물시가 아니다. 연암의 시들은 격동적인 시대 정신으로 일관되고 있으며 사실주의 시 문학의 새 경지를 개척한 걸작들이다. 이 시기 연암의 대표작은 '총석정 해돋이'(29살에 지었다.)이다.

시는 해돋이를 맞기 위하여 첫닭도 울지 않는 어두운 밤길을 걸어가면서 오늘은 꼭 해돋이를 보아야겠다는 서정적 주인공의 안타까운 심정 묘사로부터 시작되고 있다. 높은 격조로써 어둠을 뚫고 성난 파도를 헤치며 힘차게 솟아오르는 해돋이를 노래했으며 그것을 마치 그림과도 같이 선명한 형상으로 재현했다. 시인이 '그림을 모르는 사람은 시를 모른다.' 한 것은 우연치 않다.

시에는 어두운 장막을 뚫고 힘차게 솟아오르는 붉은 태양에 의하여 훤히 밝아 가는 아름다운 동해 바다와 착취와 압박의 멍에를 박차면서 싸워 나가는 광명에 찬 미래의 행복한 조국의 표상이 합류되어 있다. 시인의 열렬한 애국주의와 자연 현상에의 깊은 침투로 하여 그 자연의 변화 무쌍한 운동의 진실한 묘사와 이에 의하여 환기되는 시인의 주정 토로는 하나의 시적 형상 속에 유기적으로 통일되어 있으며 이것이 바로 시의 힘찬 격조와 그 낭만적 기백을 규정했다. 적절한 형용어나 비유의 선택과 고사, 고어의 자유로운 구사는 시인의 높은 재능과 기교를 과시하고 있다. 시인은 결코 자연 현상의 외피를 기록하는 데 그치지 않고 그 자연 속에 깃든 사색과 철학을 탐색하며 그것을 뚜렷한 형상으로써 밝혀 준다. 시인은 아직 어둠이 깃든 바다의 몸부림을 다음과 같이 묘사했다.

뿌리째 산을 뽑고
바윗더미 무너지듯.
거센 폭풍 몰려들어
바닷물을 뒤엎는 듯.

고래 곤어 싸우다가
뭍으로 튀어나왔나.
대붕새가 뒹굴면서
바다를 옮겼을까.

해돋이를 기다리는 나그네의 마음은 덜컥 겁이 난다. 시인은 서정적 주인공의 깊은 심장의 고동도 전달한다.

이 밤이 오래도록
새잖으면 어쩔거나.
앞으로의 북새질을

뉘라서 증거하리.

아마도 까막나라
큰 난리가 났나 보다.
해 나드는 땅 밑창에
구멍이 막혔는가.

하늘을 비끄러맨
동아줄이 끊어졌나.
세 발 가진 까마귀의
발 하나를 누가 맺지?

시인은 항상 어둠에 대한 미움과 광명을 기다리는 안타까운 마음으로 격정
에 차 있다. 어두움은 차차 맥이 풀리고 성난 파도도 잦아든다. 어둠을 헤치고
잔잔한 물결을 찬란히 물들이면서 태양은 솟아오른다. 이에 따라 시의 색조도
밝아지며 리듬은 가벼워진다.

어느덧 물바닥엔
작은 멍울 돋아났네.
용님 발톱 조심하소,
건드리면 터진다오.

빛 멍울은 점점 커져
가도 끝도 없이 퍼져
물결 위에 금티 은티
꿩 가슴팍 무늬인 듯

어둠 속에 하늘땅은
붉은 줄로 금을 그어

아래위 두 층대로
뚜렷하게 갈라졌네.

시는 점차 자기의 위엄 있는 자태를 나타내고 있는 태양을 맞이하기에 가슴 들썩이며 설레는 마음을 가늠하지 못하는 세상 만물의 표정을 통하여 광명에 대한 만사람의 갈망과 지향을 전달한다.

붉은 기운 잦아들고
오색빛깔 서리더니
멀리 솟은 파도머리
맨 먼저 툭 터졌네.

바다 위에 갖은 괴물
다 어디로 사라지고
해님 타신 수레 모는
말꾼님만 남았구나.

과보는 헐떡이며
뒤를 따라 쫓아오고
육룡은 신이 나서
앞장서서 끄덕대네.

하늘 끝은 암암하여
얼굴을 찡그리며
제 힘껏 용을 써서
바퀴 끌어 어기여차.

시는 동해 바다의 서로 부딪치는 성난 파도를 뚫고 어둠을 헤치며 솟아 오른 태양에 대한 다함 없는 기쁨을 전달하면서 끝나고 있는바, 시인은 이에 의탁하여 반동 통치배들의 억압과 착취를 박차고 일어서는 백성의 힘, 그 승리의 필연성을 노래했다. 이 시는 연암의 대표작일 뿐 아니라 이 시기 사실주의 시 문학의 대표작이다. 그 진실한 묘사, 격동적인 서정과 힘찬 호소성은 선명한 시적 형상 속에 융합되어 있다.

연암의 시 가운데 적지 않은 작품이 그 창작 연대를 명백히 확정할 수 없으므로 여기서는 시 전반에 대하여 간단히 개괄하고자 한다. 연암은 자연을 노래한 시를 많이 썼으나 다른 주제의 시도 적지 않게 썼다. '수산해도가搜山海圖歌'와 같이 그림을 평하기도 했고, '좌소산인에게'와 같이 시와 문장의 본성과 과업을 논하기도 했으며, 밭갈이하는 농부와 수확에 바쁜 농가도 노래했다.

연암 시의 특성 가운데 하나는 그가 결코 자연이나 사회 현상을 관조적으로 묘사하지 않는 점이다. 이에 대하여는 '총석정 해돋이'를 분석하면서 강조한 바이다. 연암의 다른 시 '농가〔田家〕' 한 편을 더 보기로 하자.

새 쫓는 할아범 밭둑에 앉았고
개 꼬리 조 이삭에 참새 달리네.
큰아이 작은아이 들에 나가고
외딴 집 해종일 사립 닫혔네.

병아리 채려던 소리개 멀찍이 돌고
울 밑의 뭇 닭은 야단만 치네.
광주리 인 새아씨 내 못 건너 하는데
어린애 누렁이 함께 따랐네.

이 시에는 수확에 바쁜 조선 농촌의 한 화폭이 담겨져 있다. 시인은 곧잘 자연을 자연 그대로가 아니라 그것을 인간화한다. 자연은 숨쉬며 인간의 사상과 감정을 전달한다. 이 시도 예외가 아니다. 시인은 먼저 높은 하늘 아래 무르익은 곡식이 물결치는 풍요한 가을의 농촌을 보여 준다. 들에는 누런 개 꼬리마냥 늘어진 조 이삭이 흐늘거린다. 이른 새벽부터 온 집안 식구들은 들로 나가고 집집마다 사립이 닫혀 있다. 그러나 시인은 결코 일면적으로 미화하지 않는다. 참새는 조 이삭을 노리며 소리개는 병아리를 채려고 멀찍이 돌고 있다. 새를 쫓는 할아버지와 조 이삭에 달려드는 참새, 꼬댁꼬댁 구원을 청하는 어미닭과 그 새끼를 노리는 소리개의 대조적인 묘사는 조용한 흐름 속에서의 두 힘의 완강한 싸움을 전달한다.

연암은 사물 현상의 전형적 특성을 붙잡아 내어 그것을 간결하면서 뚜렷한 형상으로 재현하는 뛰어난 재능을 지닌 시인이었다. 흰구름과 맞닿은 듯 강파른 산꼭대기를 갈고 있는 화전민의 밭갈이 풍경을 시화한 '산길을 가다가〔山行〕', 달 밝은 밤 지붕 위에 흰 박꽃을 이고 돌처럼 묵묵히 서 있는 오막살이의 가난한 정경을 그려 낸 '새벽에 길 가다가〔曉行〕' 등이 모두 짧은 서정시이면서 당시의 사회상을 진실하게 보여 주고 있다.

시인의 표현의 묘미를 보여 주는 실례를 '요동벌의 새벽길〔遼野曉行〕'에서 들어 보자.

요동벌 가이 없어
한 열흘에 산 못 보네.
샛별은 말 앞에 지고
아침해 밭가에 뜨네.

가도 가도 끝없이 광막한 요동벌이 눈앞에 보이지 않는가? 우리는 그의 시의 특성으로서 애국적 열정, 묘사 대상에의 시정의 깊은 침투, 그림에서와 같은 구체적 묘사를 들 수 있을 것이다. 보는 바와 같이 연암은 시 분야에서도 자기의 독특한 세계를 가지고 새로운 경지를 개척했다. 그러나 연암은 역시 시인으로서보다는 작가로서 더 많은 업적을 남겼다.

이상에서 본 바와 같이 연암은 초기 창작에서 이미 그 사상적 지향의 명확성과 풍부한 인민성, 본질적인 사회적 모순의 적발과 날카로운 비판의 기백, 심각한 정치적 성격과 사실주의적 전형화의 높은 솜씨로 하여 작가로서의 확고한 지위를 쌓아올렸다.

4

그러나 연암은 한자리에 머물러 있지 않았다. 나라와 백성에 대한 깊은 사랑은 그로 하여금 부단히 현실 속에 들어가며 백성과 함께 전진하도록 추동했다. 연암이 금천협에서 지낸 시기에 창작한 대표적 작품인 《열하일기》는 바로 이 사실을 명백히 말해 주고 있다.

《열하일기》는 그의 제1기 작품에 비하여 연암이 사상적 면에 있어서나 예술적 면에 있어서나 한층 더 원숙해졌다는 것을 말해 준다. 농민 생활과 더욱 밀접한 접근과 그에 대한 깊은 연구, 반동들과의 가열한 사상 투쟁, 이 시기 과학 분야에서의 새로운 성과들은 연암의 세계관과 이 시기 작품들의 새로운 발전을 규정한 것이다. 연암은 다만 현존 질서의 모순을 인식하는 데만 그치지 않았다. 연암은 백성들의 창조적 능력을 옳게 평가했으며 그 모순을 제거하고 봉건 사회를 개혁할 데 대한 구상을 제시했다.

《열하일기》는 전편을 통틀어 여행기 또는 외국 기행문이라고 할 것이다. 그러나 연암은 여행 행정에 따라 견문을 순차적으로 기록하는 수법을 취하지 않았다. 《열하일기》의 첫 장을 이루는 '압록강을 건너서'는 일반적인 기행문 형식을 취했다. 그러나 연암은 묘사 대상의 성격에 따라 그에 알맞은 문학 양식을 이용했다. '수레 만든 법식' 같은 정론적 문체도, '일신수필'의 여러 장들과 같은 수필 형식도, '허생전', '범의 꾸중'과 같은 소설 형식도, '피서록'과 같은 종전의 시화 형식도 취했다.

그런데 이 작품은 전편을 통하여 하나의 사상, 염원과 지향으로 일관되어 있다. 연암은 단순한 유람객으로 간 것이 아니다. 바로 '사흘 읽어도 지루하지 않은 북학의〔北學議序〕'에서도 연암이 쓰고 있는 바와 같이, 오랜 세월을 두고 연구해 온 것을 '한번 눈으로 증험한 것'이다. 그는 중국에서 보고 들은 좋은 것을 조선 백성에게 알리며 그것을 실천에 옮길 것을 염원하면서 이 글을 썼다.

연암은 《열하일기》의 '일신수필'에서 만주족이 통치하는 중국에서 배울 것이 없다고 떠벌리는 사대부들의 주장의 반동성을 폭로하면서 다음과 같이 썼다.

"천하를 위한다는 사람은 적어도 그것이 인민에게 이롭고 나라를 부강하게 할 것이라면 그 법이 혹은 오랑캐로부터 나온 것일지라도 마땅히 이를 본받아야 한다. …… 지금 사람들이 참으로 오랑캐를 배척하려거든 중국의 발달된 법제를 알뜰하게 배울 것이요, 자기 나라의 무딘 습속을 바꿔 버리고 밭 갈고 누에 치고 질그릇 굽고 쇠 녹이는 야장이 일로부터 비롯하여 공업을 고루 보급하고 장사의 혜택을 넓게 하는 데 이르기까지 잘 배워야 한다. 남이 열 번 하면 우리는 백 번 하여 우선 우리 백성을 이롭게 해야 할 것이다."

그리하여 《열하일기》에는 철학, 정치, 경제, 천문, 지리, 풍속, 제도, 역사, 고적, 문화 등 사회 생활 전 영역에 걸친 문제들이 취급되어 있으며 연암의 세계관, 그의 사회 정치적이고 미학적인 견해와 인민적 입장이 명백히 반영되어 있다. 이것은 그의 사상의 계몽적 성격과 관련되어 있다.

연암은 이 시기에 홍대용과 더불어 종래의 하늘은 둥글고 땅은 네모진 평면이라는 '천원지방설'을 반대하고, 땅은 구형으로서 스스로 돌고 있다는 '지구지전설'을 주장했는바, 이를 《열하일기》의 '곡정필담'에서 피력했다.

다 아는 바와 같이 16세기 초에 유럽에서 발명되고 체계를 세운 지구지전설은 17세기 초에 벌써 그의 일단이 우리 나라에 소개되었다. 그러나 선교사들은 이 학설을 그 체계대로 소개하지 않았다. 다만 지구는 구형이라는 것과 태양은 지구보다 크며 지구는 달보다 크다는 사실만이 소개되고 태양을 중심으로 지구가 돌고 있다는 사실은 알리지 않았다. 문헌에 의하면 연암이 중국 여행을 떠나기 백여 년 전에 김석문金錫文이란 사람이 벌써 세 개의 큰 환丸이 공중에 떠 있다는 학설을 내놓았다고 한다. 우리는 《성호사설》에서도 서양의 천문학과 역법을 소개하면서 '하늘이 운행하며 땅은 고정해 있다.' 고 하는 종래의 설에 의문을 표시하고 '마치 배를 타고 돌 때 언덕이 도는 것 같고 제 몸이 돈다는 것을 깨닫지 못하는 것'으로 보아 '하늘이 고정해 있고 땅이 운행하는 것일 수 있다.'는 것을 시사했다.

연암은 《열하일기》에서 홍담헌이 자기의 저서 《의산문답醫山問答》에서 설명한 지구지전설에 대한 학설을 확신을 갖고 설명했다. 그러나 그것은 지구가 태양을 중심으로 하여 도는 것으로서가 아니라 제자리에서 도는 것으로 이해했다. 그럼에도 이것은 거대한 철학적 의의를 가진다. 이들은 지구지전설에 대한 이해로부터 하늘과 땅이 모두 하나의 법칙에 의하여 움직이며 세계는 유일하다는 새로운 사상을 획득했다. 연암은 달이 햇빛을 반사하여 빛을 내는 것이며, 그 역시 지구와 같이 미세한 '먼지'의 퇴적일 것이라고 하여 세계의 기본 요소를 미세한 먼지로써 설명했다. 연암의 견해에 의하면 이 세상의 모든 것은 '먼지'의 다른 운동의 표현 형태이다.

흙이나 돌이나 나무는 말할 것도 없고 모든 생물도 이 '먼지'가 증발한 기운이 엉켜서 된 것이며 사람 역시 그 벌레 중의 한 종족일 뿐이다. 연암은 우주에 차 있는 별들의 호상 관계에 대하여도 상당히 심오한 과학적인 이해를 가지고 있었다. 이로써 그는 신이 우주를 창조했고 세계는 그의 의사에 의하여 움직인다고 하는 낡은 관념 철학의 목적론적 사상 체계에 결정적 타격을 가했다.

연암의 견해는 당시 자연 과학 발전의 수준으로 말미암아 소박한 성격을 띠고 있으나 유물론, 무신론 입장에 서 있으며 그것은 그의 저술에 관통하고 있다. 그는 《열하일기》 중의 '코끼리 이야기〔象記〕'와 다른 논설 '담연정기澹然亭記'에서 하늘이니 하늘의 뜻, 신 등을 부정하고 우주 자연은 자기의 본래적인 필연성을 가지고 자기 운동을 하는 것이라고 확언했다. 그는 또 불교나 기독교의 종교, 사주팔자 등 미신을 결정적으로 배격했다.

당시 적지 않은 실학자들이 서유럽에서 선교사들의 전교적 목적을 가지고 단편적으로 끌어들이는 과학을 종교와 분리해서 고찰하지 못하고 모두 다 어떤 새것처럼 보아 천주교에 많은 관심을 돌렸으나 연암은 예수교란 본래 허탄하고 황당한 불교 이론의 찌꺼기에 불과하다고 타기했다. 그는 《열하일기》의 '황교 문답' 중에서 부패한 유학자들의 공리공담을 규탄하면서 특히 종교를 자기의 통치적 사상 도구로 이용하는 청나라 귀족들의 반인민성과 반동성을 조소했다.

연암은 물질 세계가 영원한 운동과 변화 상태에 있다는 것을 옳게 인식하고 있었다. 그의 견해에 의하면 자연 세계도, 풍속이나 윤리, 문화적 제현상도 환경과 조건의 변화에 따라서 변화하는 것이다.

연암은 《열하일기》의 '망양록'에서 형산 윤가전과 곡정 왕민호와 음악에 대하여 논하면서 모든 사물의 변화 발전에 대해서 곡정의 입을 통하여 다음과 같이 말하고 있다.

"성인도 어쩔 도리가 없는 것은 운입니다. 차고, 이지러지고, 없어지고, 자라고 하는 것은 하늘의 운이요, 외롭고 허하고 왕성하고 서로 돕는 것은 땅의 운입니다. 오래되면 변화를 생각하고 묵으면 새것을 생각하고 극도에 도달하여 막히면 통할 것을 생각하는 것은 운에 있어서 한 개의 즈음[際]이 될 것입니다."

여기서 '운'이라고 한 것은 운동, 변화, 발전의 필연성을 말하는 것이다. 그렇기 때문에 연암은 '아무리 좋은 음악이라도 다시 예로 돌아가서는 안 된다.'고 말했던 것이다. 우리는 연암의 '옛것을 배우랴 새것을 만들랴〔楚亭集序〕'에서도 이러한 변증법적 견해의 직접적 서술을 보고 있다.

"천지가 비록 오래다고 하나 부단히 생성, 변화하며 일월이 비록 오래다고 하나 그 빛이 날로 새로우며 서적이 비록 많다고 해도 그 뜻이 서로 다르다.
그러므로 온갖 동물은 혹은 이름을 나타내지 못한 것이 있고, 산천초목에는 반드시 숨겨진 비밀이 있으며, 썩은 흙에서 잔디가 우거지며 썩은 풀 속에서 반딧불이가 생겨난다. 예禮에도 송사가 있으며, 음악에도 의논이 있으며, 글은 말을 다하지 못하며, 그림도 뜻을 다하지 못한다."

바로 이러한 연암의 유물론적, 변증법적 입장으로 해서 그는 운동하는 현실 생활의 진실을 전형화할 수 있었으며 사실주의 작가로 될 수 있었다.

연암에게는 철학 문제를 직접적으로 고찰한 논문은 많지 않고 '임형오에 대답하여 원도를 논하는 글〔答任亨五論原道書〕'이 있을 뿐이다.

자연과 사회에 대한 연암의 견해에는 이상과 같이 선진적인 면이 풍부함에도 당시 봉건 사회의 경제적 토대와 자연 과학의 낙후성으로 하여 그것은 철저한 전투적, 실천적 성격을 띨 수 없었다. 연암은 유물론과 변증법을 통일시키지 못했으며 변증법에 있어서 대립물의 모순 투쟁과 그 변증법적 통일에 관한 이해에까지 도달하지 못했다.

연암은 지주와 농민 간의 계급 투쟁이 격화된 당시에 아직 사회 발전에 있어서 계급 투쟁의 결정적 역할에 대한 명확한 견해를 가지지 못했으나 그는 사회가 적대적인 계급으로 갈라져 있으며 그들간의 압박과 피압박의 제도상 병폐가 양반 사대부들이 지껄이는 것과 같이 결코 운명적이 아니라는 확신을 갖고 있었다. 특히 연암은 사회 생활에서 물질 생활이 가지는 의의를 옳게 이해하고 있었다.

종래로 유교 도학자들은 '수신제가'와 '치심양성(治心養性, 정신적인 것의 수양)'이 사회 개선의 근본 방법으로 된다고 하면서 인민들을 현실적 문제로부터 떼어 내려고 책동했다. 이에 반하여 연암은 선배 실학자들과 더불어 '이용利用이 있은 후에야 비로소 후생厚生이 있으며 후생 곧 생활을 넉넉히 한 후에야 그 덕을 바로 할 수 있다.'고 하는 실천적 방법을 대치시켰던 것이다. 그리고 앞에서 이야기한 바와 같이 이러한 이용후생의 사상은 그의 애국주의 사상에 안받침되어 있는 것이며《열하일기》를 일관하는 기본 사상으로 되어 있다. 연암은 바로 이러한 사상적 입장에서 중국 인민의 이용후생을 깊은 관심을 가지고 살폈으며 그들의 좋은 점을 배울 것에 대하여 썼다. 연암은 우리 나라의 그것과는 모양이 다른 성벽이나 그릇 굽는 가마 하나도 무심히 보아 넘기지 않았다.

연암은 보고 듣는 중국 인민의 생활 풍습과 제도를 이용후생의 견지에서 평가했으며 어떤 점을 버리고 무엇을 배울 것인가에 대하여 생각했다.《열하일기》

에는 활차를 이용한 두레박, 벽돌로 쌓은 규모 정연한 주택, 퇴비 쌓기, 깨진 기왓장을 이용한 민가의 담, 사통팔달한 교통, 갖가지의 편리한 수레, 번창한 상품 유통 등에 대하여 쓰고 있으며 이것을 본받을 것을 역설하고 있다. 이 때문에 그의 여행기에는 일관하여 정론적 기백이 흐르고 있다.

연암은 자기가 보고자 한바, 거기서 배우고저 한 바가 무엇인가에 대하여 직접 다음과 같이 썼다.

"나는 맨 밑자리의 선비다. 볼 만한 구경거리는 바로 기와 부스러기에 있고 똥거름에 있다고 대답할 것이다. 저 깨진 기왓장은 천하에서 버린 물건이다. 그런데 민가의 돌담은 어깨노리 위로 깨진 기와를 가지고 양면을 서로 어긋놓아 물결무늬를 이루고 넷을 안으로 잇대어 동그라미 모양을 이루고 넷을 등으로 맞대어 돈의 구멍(옛 돈은 가운데 네모진 구멍이 있었다. 인용자) 모양을 이룬다. 기와 조각들은 서로 맞물며 알송달송 뚫어진 구멍들이 안과 밖으로 마주 비치어 별별 무늬가 다 놓이고 보니 한 번 깨진 기와쪽을 내버리지 않으매 천하의 문채는 바로 여기에 있다.

가난한 민가에서는 뜰에 벽돌을 깔 수 없어 여러 빛깔의 유리와 기와 부스러기, 개울가의 동그란 자갈들을 모아다 꽃과 나무, 새와 짐승의 모양으로 깔아 이로써 길을 질지 않게 할 뿐만 아니라 또 기와 부스러기와 자갈을 버리지 않으니 천하의 그림이 여기에 있다고 할 것이다."

우리는 《열하일기》를 읽으면서 그의 열렬한 탐구심, 나라와 백성에 대한 사랑, 해박한 지식과 설득력 있는 서술과 묘사로 하여 감동을 금하지 못한다.

연암은 중국의 좋은 것과 아직 우리에게서 부족한 것을 대비하면서 그 원인이 전적으로 무위 무능한 양반 사대부들 때문임을 분노에 찬 목소리로 항의했다.

그리하여 《열하일기》에는 조선의 모든 낡은 것을 버리고 새것을 창조하며 더 좋은 새 나라로 개혁하려는 작자의 일관된 지향이 관통되어 있다.

연암은 중국에서 발전한 사람 타는 수레, 짐 싣는 수레, 물 긷는 수레 등 각종 수레의 구조와 사용법을 자세히 해설하고 그 좋은 점을 역설하면서 '조선은 산협 지대라 수레를 쓰기에 적당치 못하다.' 는 사대부들의 주장을 논박했다.('수레 만든 법식[車制]' 참조) 문제는 길이 험하여 수레를 쓸 수 없는 것이 아니라 "나라에서 수레를 사용하지 않기 때문에 길을 닦지 않고 있는 것이요 수레만 쓰게 된다면 길은 절로 닦아질 것"이라고 했다.

연암은 수레를 쓰지 않는 국내에서의 폐해에 대하여 다음과 같이 썼다.

"영남 지방 아이들은 새우젓을 모르고 관동강원도 지방 사람들은 주두나무 열매를 담아 간장을 대신하고 서북 사람들은 감과 귤을 분간 못 하고 바닷가 사람들은 멸치를 거름 삼아 쓰되 어쩌다가 한번 이것이 서울까지만 오면 한 움큼에 한 닢 값이니 얼마나 이것이 귀물인가!

이제 보아 육진 지방의 삼베와 관서 지방의 명주와 삼남 지방의 딱종이와 해서 지방의 솜과 쇠, 내포(충청 남도에 있다.)의 생선과 소금이 모두 백성들의 살림살이에 없어서는 안 될 물건들이요, 청산, 보은(이상 충청도의 고을) 지방의 무진장한 대추나무숲과 황주, 봉산(이상 황해도)의 무진장한 배나무와 홍양전라도, 남해(경상도)의 무진장한 귤나무, 임천, 한산충청도의 숱한 모시밭, 관동 지방의 수없은 벌통들은 모두 다 사람들의 생활에 필요한 자원들로서 유무상통을 하고자 하는 것을 누가 싫다고 할 것인가.

그러나 이 지방에는 흔한 것이 저 지방에는 귀하고 이름만 들었을 뿐 물건을 볼 수 없는 까닭은 대체 무엇 때문일까? 이는 곧 가져올 힘이 없는 까닭이다. 그래도 넓이가 수천 리나 되는 나라에서 백성들의 살림살이가 이토록 가난한 까닭은 대체 무엇이겠는가? 한마디로 말하자면 국내에 수레가 다니지 못하는 까닭이라 할 수 있을 것이다. 그러면 다시 한 번 물어 보자. 수레는 왜 못 다니는가? 이것도 한 마디로 대답한다면 모두가 선비와 벼슬아치들의 죄다."(방점은 인용자)

이로부터 연암은 양반들이 평생에 글을 읽는다고 하면서 실천과는 동떨어져 공리공담만 일삼는 것을 '한심하고 기막힌 일'이라고 개탄했다.

연암은 중국에서 논에 물을 대는 수레, 불을 끄는 수레, 각종 전차에 대하여 자세히 해설한 《기기도》와 《경직도》를 보고서, "뜻 있는 사람이 있어 이 책을 한 번 얻어 자세히 연구해 본다면 우리 백성들같이 가난하고 말라빠져 다 죽어가는 판에도 무슨 변통수가 생길 법하다."고 쓰고, "이제 나는 내 눈으로 본, 불 끄는 수레의 만든 법식을 대강이라도 기록하여 장차 고국으로 돌아가 이것을 여러 사람에게 일러 줄까 한다."고 자기 의도를 피력했다.

이 작품에서 연암은 이민족인 만주족 통치하에 있는 당시 중국의 정치 정세에 대한 날카로운 분석을 가했다. 앞에서 말한 바와 같이 연암을 비롯한 그의 동료 실학자들은 중국의 발전된 과학 기술을 배워야 한다고 열렬히 주장했다. 그러나 그것은 그곳의 정치적 현실에 대한 긍정을 의미하는 것은 아니다. 《열하일기》의 '속재필담', '상루필담' 등과 그가 열하에서 묵으면서 그곳의 학자들과 담화한 기록들인 '망양록', '곡정필담'과 기타에는 그의 민주주의적인 정치적 견해가 직접 또는 간접적 서술 형태로 표현되어 있다. 이에서 연암은 신분 제도의 불합리성을 비난하고 있으며 이민족에 대한 침략 행위를 규탄하고 있다.

연암은 '심세편'에서 청조가 봉건 지배 체제를 유지, 확보하기 위하여 취하고 있는 교활한 대내외 정책을 폭로하고 있으며 이민족 통치하에서 중국의 지식 계급이 처해 있는 딱한 처지에 대하여, 특히 청조의 교활한 회유 정책에 속아 넘어가고 있는 것을 은근히 비난했다.

연암은 '곡정필담'에서 주로 곡정의 말을 빌어서 '성인'들의 교리에 비판을 가했으며, 으레 초대 집권자를 무조건 구가 찬송하는 어용 학자들의 비굴성을 비판했으며, 주자 성리학의 공리 공담성과 그 허위성을 폭로했다. 그리고 옛 문헌에 대한 맹종을 강요하는 자들을 규탄했으며, 왕조의 창건자들의 부패한 이면 생활을 무자비하게 폭로했다.

《열하일기》는 참으로 백과전서적 성격을 띤 방대한 저술이다. 이에는 18세기 후반기 중국의 정치, 경제, 문화뿐만 아니라 조선의 정치, 경제, 문화의 제 형편과 조선 백성의 사상적 지향도 반영했다. 그러므로 이에 대하여 짧은 글에서 논진하기는 아주 어려운 일이다.

여기서는 그의 작가적 측면에 중심을 두면서 주로 두 편의 소설 '범의 꾸중'과 '허생전'을 보기로 한다. 연암은《열하일기》의 여행기적 구성을 깨뜨리지 않으면서 소설적 구성을 가진 이 두 작품을 솜씨 있게 삽입했다.

'범의 꾸중'은《열하일기》'관내에서 본 이야기〔關內程史〕'에 수록되어 있다. 연암은 마치 이 작품이 중국 옥전현 어느 점포의 벽에 걸려 있는 것을 베껴 온 듯이 그 서두에다 쓰고 있다. 그러나 연암 자신이 그것을 가지고 돌아와 보니 정진사가 베낀 부분은 '잘못 베낀 것이 하도 많고 자구를 빼먹어 전혀 문리를 이루지 못하기 때문에 내 뜻을 가지고 엮어 한 편을 이루었다.'고 그 진상을 고백하고 있는바, 그것은 당시 검열 제도의 눈을 피하기 위한 수단에 지나지 않았다.

양반 통치배들과 사대부들의 위선성, 포학성, 권력에 대한 아첨의 주제는 이 작품에 와서 한층 더 예리화된 형상을 보여 주고 있다. 작품에서는 봉건 제도의 본질적 모순에 대하여 날카롭게 비판하면서 광명한 미래에 대한 지향을 뚜렷이 구현했다. 작품의 주인공들의 형상 창조에서는 그 사실성이 훨씬 더 강화되었다.

작자는 북곽 선생의 형상 속에 양반 사대부들의 전형적 성격들을 선명하게 구현했으며, 언행이 일치하지 않는 위선성을 강조하면서 그를 지조도 양심도 없는 도덕적 파산자로 낙인했다. 연암의 날카로운 풍자적 기백은 예리화된 이야기 줄거리 발전과 의식적으로 과장된 형상을 통하여 구현되어 있다. 주인공 북곽 선생, 동리자, 범의 형상화의 수법상 특징은 '양반전'의 그것과 많이 유사하다. 연암은 먼저 북곽 선생이나 동리자를 양반 통치배들의 존경과 사랑을 받는 존재로서 소개해 놓고 그 가면을 하나씩 벗겨 나가고 있다.

북곽 선생은 벼슬살이를 즐기지 않는, 학덕을 겸비한 선비다. 나이 마흔에 손수 책을 교열한 것이 1만 권이요, 여러 경서의 취지를 펴서 다시 책을 저술한 것이 1만 5천 권이다. 이로써 천자는 그의 의리를 가상히 여기고 제후는 그 이름을 사모한다.

이 고을 동쪽에 동리자란 어여쁘고 젊은 과부가 사는데 천자는 그의 정절을 가상히 여기고 제후는 그의 현숙함을 사모하여 그 고을의 몇 리 둘레를 떼어서

'동리 과부의 마을'로 만들어 주었다. 동리자가 과부의 절개를 잘 지켰는데 그에게는 아들이 다섯이고, 그 성이 각각 다르다.

연암은 이렇듯 지배 계급이 존경하고 사모하는 그 사회의 대표적 인물들인 북곽 선생과 동리자가 그들의 평소의 근엄하고 점잖은 떠벌림과는 대치되게 남몰래 은근히 만나 정을 통하는 장면을 보여 준다. 동리자의 각성받이 다섯 아들이 이 장면을 보고 현자인 북곽 선생이 과부의 방에 올 리는 없은즉 필연코 여우란 놈일 게라 하여 이를 에워싸고 쳐들어간다. 바빠난 북곽 선생이 줄행랑을 치는데 남이 저를 알까 두려워하여 다리를 들어 목덜미에 얹고 귀신을 흉내내어 춤추며 웃으면서 도망치다가 들판의 거름 구덩이에 빠진다. 애써서 간신히 기어오르니 난데없이 범이 앞을 가로막는다. 그는 범 앞에서 온갖 감언이설로 목숨만 살려 달라고 애걸복걸한다.

연암은 외형상의 위엄과 점잖음에다 비겁하고 저속한 내면 세계를 대치함으로써 그의 위선성, 허약성을 조소하고 있다. 여기서는 연암의 초기 작품들에서 나타나던 추상적인 논의는 자취를 감추고 사상은 생동한 성격을 통하여 구현되고 있다. 북곽 선생의 형상에는 당시 공리공담을 일삼으면서 권세에 아부하고 무위도식하던 사대부들의 성격적 특질이 진실하게 반영되어 있다. 작자는 범의 입을 통하여 북곽 선생에 의하여 대표되는 양반들을 '천하의 거도, 인의의 대적'으로 낙인했다.

범의 형상은 그 성격적 특질에 있어서 당시 압박받고 착취받으나 점차 자기 힘을 깨닫고 투쟁에 궐기하고 있던 농민들을 대변하고 있다. 범은 까닭 없이 인민들의 '코를 깎고 발가락을 자르고 얼굴에 먹칠을 아로새기는 것'과 같은 반동 통치배들의 야수적 만행을 규탄하면서 이에다 평화 애호적인 인민들의 사상과 지향을 대치시키고 있다. 연암은 반동 통치배들이 의리를 펴느니, 덕을 위하느니, 이러저러한 구실로 전쟁을 일으켜 인민을 도탄에서 헤매게 하는 통치배들의 죄행을 신랄하게 규탄했으며 인민들은 그 사회적 처지로 말미암아 필연적으로 평화를 애호하지 않을 수 없다는 것을 밝혔다.

"저 생긴 대로 살고 제 성품대로 나가기 때문에 잇속에 병들 일이 없으니 범이 명철하고 거룩한 바며, 한 얼룩이만 엿보아서도 넉넉히 문채를 천하에 보일 수 있는 바며 꼬물만한 연장의 힘도 입지 않고 발톱과 이빨의 날카로움을 가져 충분히 위풍을 천하에 빛낸다."고 한 범의 말은, 작자가 이 작품의 후기에서 "가령 어리석은 백성이라도 한번 그 모자를 벗어 땅바닥에 동댕이친다면 청나라 황제는 앉아서 벌써 천하를 잃는 격"이라고 한 사상의 다른 표현이다.

연암은 "문화의 경륜과 굳센 무력으로써도 끝내 임금들의 잦아들어 가는 형세를 구원해 낼 수 없으며" 오직 그 정책이 인민들의 염원과 지향에 부합될 때에야만 인민들의 적극적인 지지가 있는 경우에라야만 그 국가는 유지되며 강해질 수 있다고 보았다.

풍자 작가로서 연암의 기교는 이 작품에서 더욱 높은 경지에 발전하고 있다. 연암은 우선 자기 작품의 주인공들을 천자와 제후를 비롯한 반동 통치 계급에게서 존경과 찬양을 받는 견실하고 교양 있고 점잖은 인물들로 소개한다.

작자는 곧 뒤이어 바로 이 두 사람의 밀회 장면을 보여 줌으로써 그들의 언행이 일치하지 않으며 그들의 학덕이나 정절이 저네들의 추악한 이면 생활을 손쉽게 감추기 위한 가면에 지나지 않는다는 것을 폭로한다. 달아나던 북곽 선생이 범 앞에 꿇어앉아서 아첨하는 장면에서 권세 앞에서는 평소의 허장성세는 간 데 없고 지조도 체면도 없는 비굴한 아첨쟁이라는 것이 판명되며 두 번째 가면이 벗겨진다. 그러나 이런 자들은 좀체로 제 스스로는 자기 정체를 드러내 보이려고 하지 않는다.

연암은 '양반전'에서와 같이 종말에서 작품의 기본 사상을 확인하며 최종적 선언을 내리고 있다. 작자는 주인공의 성격의 논리에 맞게 사실주의적으로 이야기 줄거리의 종말을 처리하고 있다.

북곽 선생은 범이 있는 줄만 알고 제 혼자 지껄이다가 아무런 분부가 없어서 가만히 머리를 들어 보니 동이 훤히 트기 시작하는데, 범은 간 데 없고 일찍부터 들에 나온 농부들이 아침 인사를 한다.

"선생님 무슨 일로 일찍부터 들에 나와 경례를 하십니까?"

북곽 선생은 시침을 떼고,

"하늘이 높다고 하지만 웅송거리지 않을 수 없고 땅이 두텁다고 하지만 발을 제겨 디디지 않을 수 없다고 하느니."

라고 한다.

연암은 이 주인공이 농민 앞에서 부리는 거드름과 점잖음을 통하여 이네들의 위선은 다만 그 성격상 결함인 것이 아니라 그들 계층의 사회적 처지로 말미암아 형성된 일반적 경향이라는 것을 확인하고 있으며 이들과의 투쟁의 불가피성을 강조했다.

연암은 주인공들의 언행의 불일치를 강조하면서 시종일관 강한 풍자적 웃음으로 그들의 부정면에 대한 조소와 멸시의 감정을 환기하고 있다. 앞에서 언급한 바와 같이 작자는 양반 통치 사회의 추악한 모든 것을 강한 풍자의 불길로 불살라 버리면서 환히 동터 오는 이른 아침에 일찍부터 들에 나와 밭을 가꾸는 농민의 형상을 이에 대치시켰다. 이로써 연암은 나라의 어두운 어제와 결별하고 광명에 찬 미래를 맞으려는 조국에 대한 사랑, 미래와 연결되어 있는 백성들의 이상의 낭만성을 구현했다. 이 글의 후기에서 연암은, "이 글에는 본래 제목이 없어서 이제 이 글 가운데서 '범의 꾸중'을 떼어 제목을 삼으면서 중국이 맑아지기를 기다린다."고 썼다. 이 말이 어찌 중국이 맑아지기만을 기다리는 염원의 표현이겠는가? 이 말 속에 이 작품의 기본 사상과 지향이 집약적으로 표현되어 있다.

'허생전'은 연암이 중국 옥갑이란 곳에서 여러 비장들과 차례로 재미나는 이야기를 해 가는 중에 자기 차례에 들려준 이야기 형식으로서 '옥갑야화' 속에 엮어 넣은 것이다.

'허생전'은 연암이 자기의 이상을 직접적으로 구현시킨 작품이라고 말할 수 있다. 연암은 이 작품에서 참다운 조국의 아들이 나라와 백성을 위하여 무엇을 할 것인가에 대한 물음에 대답하려고 했다. 이 작품에는 언제나 현실 생활의 운동에 뛰어들어 인민과 함께 나가면서 구상한, 더 행복하고 자유로운 부강한 조국에 대한 표상이 구체적으로 묘사되어 있다. 연암은 이 작품에서 조국이 침체와 빈궁으로부터 벗어나는 길은 농민이 봉건적 예속으로부터 해방되는 데 있다는 사상에까지 도달하고 있다. 이 작품에는 18세기 봉건 조선 사회에서의 가장 민주주의적 계층의 기분과 지향이 반영되어 있다.

연암은 당시 조선 사회가 나가야 할 새로운 생활의 길을 보여 주면서, 낡은 농노제 봉건 사회의 대표자들과 대비해 민주주의적 이상의 실현을 위하여 투쟁하는 선진적 지식인으로서의 허생의 형상을 창조했다.

작품의 허두에서 묘사된 허생의 가정, 새 생활로 전환하는 계기는 '양반전'에 나오는 정선군의 '한 양반'의 경우와 유사하다. 그는 10년 기한으로 공부를 시작했으나 집이 하도 가난하여 7년 만에 그것을 버리게 된다. 그러나 그는 '양반전'의 한 '양반'과는 다르게 행동한다.

정선군의 한 '양반'은 무능력하여 환자쌀 천 석에 양반의 권리와 칭호를 팔아 버리고 상사람이 된다. 작품에서는 물론 그 뒤의 양반에 대하여 보여 주지 않았지만 그는 절망적 처지에서 자기의 새 길을 개척할 능력이 없는 봉건 사회의 유물임에 틀림없다. 이에 반하여 허생은 새 사회에 대한 열렬한 지향을 가지고 그것을 설계하며 그 실현을 위하여 적극적으로 활동하고 투쟁하는 선각자의 형상이다.

작품은 첫 부분에서 허생이 새 생활에 들어서는 계기와 그의 초기 활동을 보여 주고 있다. 작품은 첫 부분부터 심각한 사회적 성격을 띠고 전개되고 있다. 허생은 안해의 권고를 받아들여서 장삿길에 나서는데, 서울서 제일 가는 변 부자에게서 돈 만 냥을 꾸어 가지고 안성으로 간다. 그는 이곳에서 대추, 밤, 감, 배 등의 과실을 매점하여 열 배의 이익을 얻으며 다시 농기구를 사 가지고 제주도로 가서 말갈기를 모두 사 거두어서 막대한 이익을 얻는다.

보는 바와 같이 허생의 모든 행동은 한낱 추상적인 도덕적 의무나 심리적 충동에 의해서가 아니라 당시 사회가 직면한 가장 현실적인 조건들에 의하여 규정되어 있다. 이렇게 연암은 선비인 허생이 상인으로 나서는 그의 실천 행동의 첫 단계를 통하여 모든 사람은 노력에 참가해야 한다는 경제 실용 사상과 신분 제도 타파의 필요성을 주장했다.

허생은 독점적인 상업술로 거대한 재부를 얻는다. 당시의 심각한 사회 경제적 변동, 국내의 상품 유통과 대외 무역의 장성, 은과 같은 귀금속의 기능이 커지고 따라서 금속 화폐의 축적이 일반적으로 증진되고 있던 사회적 현실을 그의 행동에서 예술적으로 구현시켰다.

연암의 선진적 세계관과 사실주의적 창작 방법의 배합은 이 시기의 가장 기본적인 모순을 예술적으로 확인할 수 있었으며 봉건 제도를 반대하여 손에 무기를 들고 싸우는 농민의 형상을 창조하게 했다. 허생은 거대한 이익을 얻은 후에 변산 반도에 집결하여 정부군과 싸우고 있던 변산 군도 2천 명을 무인도에 데려다가 착취도 압박도 없는 평등 사회을 건설한다. 여기에서 연암은 반동 통치배들과는 완전히 대립되는 입장에서 '군도'의 사회적 성격을 규정했으며 그들의 해방을 위한 투쟁의 정당성을 확인했다.

허생이 이들 2천 명을 데리고 무인도로 가서 새로 건설한 사회에는 밭갈이하는 법과 하루라도 먼저 난 사람이면 사양하여 먼저 먹게 하는 예절 외에는 계급이나 문벌이 없다. 작자는 이 평등 사회의 묘사를 통하여 조선 백성의 해방에 대한 사상을 제기하고 있다.

연암은 1기 작품 '예덕 선생전'에서 노동의 고귀한 가치, 그 유용성에 대하여 주장했으나 아직 그의 해방에 대한 사상은 제기하지 못했다. 인민은 모든 물질적 및 정신적 부의 창조자인만큼 우선 노동 인민의 해방이 없이는 사회적 정의도 그 발전도 있을 수 없다. 연암은 고통스럽고 가난한 봉건 사회와 대비해 노동이 해방된 이 새 사회를 '원래 건 땅이라 모든 씨앗이 잘 크고 무성하여 거친 밭, 묵은 밭이 없이 한 줄기에 아홉 이삭씩이나 패는' 풍요롭고 행복한 나라로 묘사하고 있다. 그러나 이 평등 사회는 그 실현의 물질적 조건을 가지고 있지 못한 관계로 공상적임을 면할 수 없었다.

우리는 17세기 초 허균의 《홍길동전》에서 또 하나 작자의 이상적인 국가를 보았다. 허균도 율도국에서 빈궁과 고통이 근절된 행복한 사회의 건설을 의도했다. 그러나 허균은 당시의 시대적 제약성으로 말미암아 실질적으로는 봉건 국가 기구를 재현시키는 것으로 그쳤다. 이에서는 홍길동 자신이 왕으로 즉위할 뿐 아니라 홍길동의 일가 친척들이 모두 벼슬을 받고 있다.

연암은 자기의 이상 사회를 구상하면서 어떠한 지배자도 인정하지 않았을 뿐 아니라 세상에서 가장 고통과 가난 속에 헤매던 농민들, 변산 군도 2천 명으로써 기본 성원을 이루었다.

그러나 당시에는 이러한 사회를 실현할 수 있는 현실적 조건이 없었던 만큼 허생 자신도 그 이상 사회 건설을 '조그만 시험'으로 간주하고 있으며, 일단 질서가 잡힌 후에 시험은 끝났다며 도로 본국으로 돌아오고 있다. 이때에 허생은 배를 모조리 태워 버리며 은 50만 냥을 바다에 집어던지며 글 아는 사람을 모두 데리고 나온다. 이에 대해서 일부 사람들은 연암이 마치 화폐 경제나 지식, 문화 일반을 부정하는 것으로 보고 있으나 이것은 전적으로 부당하다.

이는 허생의 말 그대로 이 새로운 사회가 계급 사회의 영향을 받지 않게 하며 은의 유입으로 말미암아 본국 안에 화폐 과잉 현상이 일어나지 않게 하며 낡은 사회의 사상적 침습을 막기 위한 것이었다. 허생은 애초에 무인도에 들어갔을 때에 먼저 생활을 풍족케 한 다음에 글자를 새로 만들어서 그들을 가르치고 의관도 새로 만들 계획을 가지고 있었다. 이에서도 명백한 바와 같이 연암은 결코 지식이나 문화 일반을 부인하는 것이 아니라 다만 낡은 사회에서 그것을 악용하는 것을 반대했으며 새 사회에서는 마땅히 새로운 문화, 새로운 도덕이 요구된다는 사상을 가지고 있었던 것이다.

작자는 작품의 셋째 부분에서 허생의 선각자적 면모를 더욱 뚜렷이 했다. 허생은 본국으로 돌아오자 무역으로 얻은 돈으로 나라 안의 가난하고 의지할 데 없는 사람들을 구제한다. 허생은 이기주의적 상인 근성과는 타협할 수 없는 것으로 생각하기 때문에 변 부자가 장사꾼과 같이 대하는 것을 참을 수 없는 모욕으로 간주한다. 허생은 정직하며 신의 있고 청렴한 성격의 소유자이다. 그는 또 진취적이며 의지가 강한 인간이다. 그의 형상에는 연암의 초기 형상들인 선귤자나 민 노인의 우수한 자질들을 계승하면서 새 시대 선각자들의 성격적 특성들이 보다 명확하게 구현되어 있다.

허생과 이완 대장의 회담 장면은 이 작품의 가장 극적인 장면이며 이 두 인물의 호상 관계의 묘사를 통하여 연암이 백성을 사랑하는 입장이 명시되어 있다. 이완 대장은 당시 어영대장을 지낸 실제 인물로서 양반 사대부들이나 그 후 부르주아 역사학자들이 마치 유능한 정치가, 애국자인 듯이 선전하였다. 연암은 양반 통치 계급의 위신 있는 대표자인 이완의 애국적 언사의 허위성을 신랄한 풍자적 필치로써 폭로했다.

이 시기에 양반 통치배들은 청나라를 쳐서 명나라의 원수를 갚아야 한다고 떠벌려 왔다. 그러나 그들은 이렇게 국외 문제에다 인민들의 눈을 쏠리게 함으로써 국내의 심각한 사회적 모순에 대한 옳은 인식을 가로막으려고 했던 것이다. 연암은 현실 생활로부터 특히 양반 통치배들의 사대 사상과 그들의 착취 제도를 반대하는 사상 운동의 실천 경험으로부터 자기 주인공들의 성격적 특성들을 붙잡아 내어 일반화하고 풍부화시켰다.

이완 대장은 허생에게 정계에 출마하여 청나라를 치는 일에 협력할 것을 청했다. 이에 멸시의 눈으로 그를 대하던 허생은 몇 가지 요구 조건을 제기한다. 와룡 선생을 천거할 테니 그를 모셔 오겠는가, 망명한 명나라 장군들의 후손에게 생활 조건을 보장해 주겠는가, 중국에 유학생을 보내며 통상 교역을 진행하겠는가 따위를 물었는데 이완은 '사대부들이 모두 예의를 지키고 있기 때문'에 어렵다고 대답한다. 연암은 낡은 보수 세력과 선진 사상의 체현자의 직접적 충돌을 통하여 낡은 것의 비애국적 정체를 폭로하고 '죽일 놈'으로 낙인하고 있다.

허생의 형상은 나라와 백성에 대한 헌신적인 사랑, 사상과 행동의 목적 지향성과 명확성, 대담성과 확고불발한 의지로써 후대의 선진 인사들에게 적지 않은 사상적 영향을 주었다.

변 부자의 형상은 당시 상품 화폐 경제의 일정한 발전, 특히 고리대 자본의 장성을 반영하고 있다. 이 작품의 줄거리 발전에 있어서나 허생의 성격에 있어서의 전기적 측면은 이 작품이 구전 설화를 토대로 한다는 실정과 관련된다.

연암은 다른 인민적 작가들이 그러한 바와 같이 백성들의 생활에 깊은 관심을 가지고 연구하는 동시에 백성의 입에서 입으로 전해진 창작을 높이 평가했으며 깊이 연구했다. 연암은 처녀작 '광문자전'으로부터 창작에서 적지 않은 경우에 거리의 재미나는 이야기를 소재로 했으며 자신이 직접 관계를 가졌던 실재하는 인물, 사건을 이용했다. 그러나 연암은 실제 사건의 기록이나 복사에 머물러 있지 않았다. 그 인물 형상을 의식적으로 예리화하고 과장했으며 대담한 예술적 허구에 의하여 시대의 본질적 특성을 개성화된 성격 속에 체현시켰다.

연암은 언제나 사물 현상의 외피를 보고 평가하지 않았다. 다 아는 바와 같이 우리 나라에서 영조, 정조의 통치 시대는 양반 사대부들과 그 후 부르주아 학자들에 의하여 태평 시대로 구가되었다.

적지 않은 사람들은 사회적 모순을 감촉하면서도 그 사회적 근원을 깨닫지 못하고 다만 일부 개인의 성격 즉 포학하거나 우매한 지배자의 폭정에서 그 원인을 찾았다. 연암은 언제나 동요 없이 당시 사회악의 근원이 바로 봉건 제도 자체에, 노력으로부터 이탈된 양반 통치배들의 인민에 대한 무제한적인 수탈과 압박에 있다는 것을 폭로했으며 인민의 이름으로 항의 규탄했다.

연암 이전의 어느 누구도 양반 생활의 종말에 대하여 구체적으로 제기하지 못했으며 싸우는 농민의 형상을 인민의 입장에서 직접 묘사하지 못했다. 연암에게 있어서 양반 통치배들은 '황충이' 따위의 기생충이요, 무서운 '도적'들인데, 노력하는 백성은 바로 '성인' 과도 같이 그 뜻과 행동을 본받을 만한 사람들이다.

연암은 '허생전'에서 이미 붕괴기에 들어선 조선 봉건 사회의 착취하고 착취받는 두 세력의 대립 투쟁, 낡은 것을 반대하여 싸우는 새 세력의 진출을 보여주었다. 연암은 이 작품에서 비록 불철저하고 환상적인 외피를 쓰고 있기는 하지만 18세기 봉건 조선 사회가 봉착한 전 민족적 의의를 가지는 기본 문제들, 전망적으로는 농민의 해방, 봉건 제도의 철폐, 당면하여서는 국내에서의 상품 유통의 촉진, 중국과의 경제적 및 문화적 교류 등을 제기하고 있다. 이 작품에는 18세기 조선 사람들의 생활의 넓이와 사상의 깊이가 여실히 반영되어 있다.

연암은 창작 활동의 제3기에 들어서면서 목전에 제기된 제반 사회 정치 문제들에 대하여 구체적인 해답을 주기 위한 정론을 많이 썼다는 데 대하여 이미 앞에서 언급했다. 이 시기에 와서 연암의 애국주의와 인도주의 사상은 그의 정론들에서 더욱 구체적 형태로 표현되었다.

토지는 봉건 사회의 기본 생산 수단이며 따라서 봉건 사회의 주요 모순은 우선 토지 소유 관계의 위기로서 나타난다. 그리하여 실학 사상가들 모두가 토지 문제에 주된 관심을 돌렸다.

연암은 '부자들의 토지를 나누어 주어라[限民名田議]'에서 당시 농민들의 비참한 생활 정형을 구체적으로 서술하고 양반 통치배들의 수탈과 무위무책을 분노로 규탄하면서 개인의 토지 소유를 일정한 기준량으로 제한하고 그 이상의 소유를 법적으로 엄금할 것을 예견한 '한전제'를 내놓았다.

그는 면천군 한 군을 예로 들어 설혹 인구수에 따라 후박의 차이가 없이 경작지가 차례지는 경우에조차 농사 이치에 밝은 사람이 아무리 부지런히 일하여도 봉건 제도하에서는 각종 가렴 잡세와 소작료와 그 밖의 이러저러한 가용 잡비들을 제하고 나면 아무것도 남는 것이 없게 되어 끝내는 부모 처자를 양육할 길이 없고 굶어 죽기를 면할 수 없게 된다는 것을 구체적인 숫자로써 논증했다.

연암은 이러한 사태를 빚어 내는 주요한 원인을 '부호들의 겸병'과 또 '이 겸병을 방임하는 법제상 결함'에서 찾았으며 이러한 사태를 방지하기 위하여 개인의 토지 소유량을 법적으로 제한하는 데 대한 방안을 내놓게 된다. 연암은 다음과 같이 이 글을 끝맺고 있다.

"토지를 한정한 후에 겸병은 멎을 것이요. 겸병이 멎은 후에야 산업이 고르게 되고, 산업이 고르게 된 후에야 백성들이 모두 토착하여 제 땅에서 농사를 짓게 되어 부지런하고 게으른 자가 드러날 것이며 그런 후에야 농사를 권할 수 있으며 백성을 가르칠 수 있을 것입니다."

연암의 전제 개혁안은 농민 소유지의 소규모성, 일정한 한계 내에서의 매매의 허용, 점차적 개혁의 주장 등으로 보아 산업 발전도 고려하면서 농촌 소생산자의 이해 관계를 반영한 것으로서 적지 않은 제한성을 내포하고 있다.

연암은 이 시기에 우상으로 임명된 김이소金履素를 축하하면서 화폐 정책에 대하여 논한 '천폐의泉幣議'를 함께 보냈다. 그는 이 편지에서 '공사가 모두 마르고 상하가 한 가지로 곤궁한' 국내 경제 형편을 지적하고, '그것은 재부를 다스리는 정책이 그 길을 얻지 못하고 있기 때문'이라고 정당하게 지적했다. 연암은 화폐 안정을 위한 조절과 대책의 필요성을 주장하면서 소위 화폐의 폐해는 전적으로 정부의 자의적인 화폐 남발에 있다는 것을 명백히 했다.

이로부터 연암은 화폐 개혁을 실시하여 화폐의 전국적 통일을 기하며 그 남발을 엄금하여 그 질을 보장하며 특히 엽전만이 아니라 은화 사용이 유리하다는 것을 강조했다. 이로부터 연암은 은화가 국외로 통제 없이 유출되는 현상을 근절해야 한다고 의견을 제기했다. 이와 함께 입연 사절단의 성원을 대대적으로 줄여 그 여비를 축감함으로써 국가 재정의 안정을 도모할 방책도 제의했다. 연암은 언제나 국가와 백성의 이해 관계의 입장에서 문제를 제기하고 있으며 위정자의 무위무능을 규탄했다.

인도주의자인 연암은 이 시기에 봉건 신분 제도의 타파에 대하여 구체적 방식들도 제기했다. 그는 '서자는 부끄러운 자식입니까〔擬請疏通疏〕'에서 적서 차별의 부당성을 지적하고 이를 전면적으로 철폐할 것을 역설했다. 연암은 사람이란 원체 출생 당시에는 아무런 빈부귀천의 차별이 없다는 데로부터 출발하여 적서 차별은 고금동서에 유례를 볼 수 없는 '천리에 거슬리고 인정에 어긋나는' 악법이라는 것을 논단했다.

연암은 삼종질 박종악이 정승이 되었을 때에 사노(寺奴, 관청에 속해 있던 종)를 해방시키고 그 폐를 없앨 데 대하여 직접 제의했다. 이 시기에 있어서 사노의 폐는 극심했다. 그들에 대한 야수적 착취와 학대로 말미암아 그들은 자주 주인의 눈을 피하여 다른 지방으로 도망쳤는데 정권 당국은 이를 보충하기 위하여 '두 목이 이르는 곳마다 호통치고 윽박지르고 간악한 짓'을 했다. '혹은 죽은 사람이 다시 살아나고 혹은 계집이 사내로 되고 혹은 시집도 안 갔는데 그 소생을 매기고 혹은 가짜 이름인데 진짜 사람을 내놓으라고 독촉이 심했던 것이다. 연암은 "나라를 위하여 화기를 돕고 덕을 펴는 데는 빨리 이 폐단을 없애는 것보다 더 나은 것이 없다."고 썼다.

연암은 이 시기에 공정한 재판을 실시할 데 대하여, 난민들을 구제할 데 대하여, 수다한 '의옥 사건에 대한 변론'과 '진휼 정책에 대한 논문'을 썼던 것이다.

그렇기 때문에 이 시기에 와서도 양반 통치배들은 연암을 박해하기 위하여 갖은 음모를 다했다. 그러나 연암은 번번이 이를 단호하게 반박했다. 반동파들은 연암의 《열하일기》가 '순정하지 못하며 춘추의리에 배반되는 오랑캐 이름을 가진 글'이라고 까박을 붙이기 시작했다. 심지어 연암은 문둥이라고 터무니없는 낭설을 퍼뜨리고 또 중국 옷을 입는다고 중상했다. 연암은 도무지 이치에 가당치 않은 허튼소리들을 혹은 묵살하고, 《열하일기》에 대한 중상의 경우와 같이 도리어 그자들의 춘추의리의 정체를 폭로하기도 했다.

이 시기에 연암이 쓴 예술적 산문은 거의 전해지지 않고 있다. 오직 그가 전기 형식으로 쓴 '열녀 함양 박씨전' 한 편이 있을 뿐이다.

이 작품은 '열녀는 두 지아비를 섬기지 않는다.'는 봉건 도덕의 비인도성을 비판한 작품이다. 연암은 작품의 주인공 함양 박씨의 죽음을, 봉건 윤리의 희생자로서 깊은 동정을 가지고 이야기하고 있다. 함양 박씨는 부모가 정해 준 사람이 초례만 지내고 죽고 말았으나 예절대로 모든 것을 다하고 시부모를 잘 섬겨 오다가 3년 거상이 지나자 스스로 목숨을 끊고 말았다. 사람들은 그의 행동을 열녀로서 찬양해 마지않았으나 연암은 젊은 몸으로서 죽음의 길을 택하지 않을 수 없게 한 것이 무엇인가에 대하여 문제를 제기하고 스스로 대답하고 있다. 그것은 '나이 어린 과부로서 오래 세상에 살아 있어서 두고두고 친척들의 동정을 받고 이웃간의 공연한 뒷공론을 듣게 되느니보다 차라리 이 몸이 없어지는 것만 같지 못하다.'생각했기 때문이라고 연암은 썼다. 이 작품은 이 주인공의 이야기와는 직접적 관련이 없는, 수절하면서 두 아들을 키워 낸 한 과부의 괴롭던 지난날에 대한 일화를 삽입하면서 연암의 기본 사상을 강조하는 수법을 쓰고 있다. 작품은 박씨 부인의 죽음이 '열렬하기는 하나 과한 것'이며 무의미한 일이라는 사상을 강조하고 있다.

봉건 사회에 있어서 청춘 과부의 재가 문제는 심각한 사회 도덕 문제로 제기되고 있었다. 이는 개성의 옹호와 직접 관련되는 사상이었는바, 갑오 농민 전쟁 시기 농민군의 기본 구호의 하나였던 것은 우연치 않다.

이상에서 본 바와 같이 연암은 이 시기 우리 나라의 선진 사상과 문학 발전에 거대한 기여를 했다. 그러나 연암 박지원의 사상과 예술에는 그가 살고 활동한 시대의 역사적 제한성과 그 자신의 세계관상 제한성이 반영되어 있다. 그의 철학적, 사회 정치적 견해들은 많은 경우 유교 교리에 기초하여 전개되고 있으며 봉건 양반들의 무위도식을 신랄하게 비판하고 있음에도 봉건 국왕을 비롯한 양반 사대부의 존재를 부정하지 않았으며 봉건 신분 제도 그 자체는 있어야 하는 것으로 보았다.

그는 착취받는 근로 인민의 봉기를 양반 통치배들의 수탈과 압박으로 말미암은 정당한 행위로 인정하면서도 사회 경제적 개혁은 위정자들을 계몽하는 방법에 의해서만 이루어질 수 있다고 생각했다. 연암이 그처럼 비천한 신분 계층에 있는 사람들의 정치, 도덕적 우월성을 주장했음에도 자기의 작품을 모국어, 국문으로가 아니라 한자로 쓴 것은 바로 연암 자신의 세계관의 제한성의 하나로 보아야 한다. 연암의 소설 작품들은 당대 봉건 사회 현실의 본질적 측면들을 반영하고 우리 나라 사실주의 문학 발전에 크게 이바지했으나 풍부한 생활 묘사에 의한 생동한 성격을 창조하지는 못했다.

이러한 제한성이 있음에도 불구하고 열렬한 애국주의와 나라를 좀먹는 양반 사대부들에 대한 불타는 증오, 당대 봉건 사회 현실에 대한 예리한 비판, 뛰어난 사실주의적 일반화의 힘으로 하여 연암의 예술은 오랜 세월의 시련을 이겨내면서 우리 인민의 귀중한 문화 유산으로 빛나고 있다.

1991년 1월
조선민주주의인민공화국, 김하명

원문

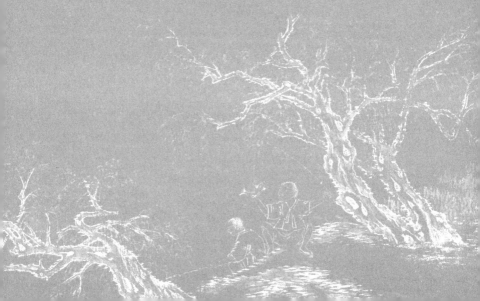

放璃閣外傳自序

友居倫季 匪厥疎卑 如土於行 寄王四時 親義別敍 非信奚爲 常若不常 友
迺正之 所以居後 迺殿統斯 三狂相友 歷世流離 論厥讒詔 若見鬚眉 於是述
馬駔 士累口腹 百行餒缺 鼎食鼎烹 不識饕餮 嚴自食糞 迹穢口潔 於是述穢
德先生 閔翁蝗人 學道猶龍 託諷滑稽 翫世不恭 書壁自憤 可警惰慵 於是述
閔翁 土迺天爵 士心爲志 其志如何 弗謀勢利 達不離士 窮不失士 不飭名節
徒貨門地 酤鬻世德 商賈何異 於是述兩班 弘基大隱 迺隱於遊 清濁無失 不
忮不求 於是述金神仙 廣文窮丐 聲聞過情 非好名者 猶不免刑 刦復盜竊 要
假以爭 於是述廣文 變彼虞裳 力古文章 禮失求野 亨短流長 於是述虞裳 世
降衰季 崇飾虛僞 詩發含珠 愿賊亂紫 逕捷終南 從古以醜 於是述易學大盜
入孝出悌 未學謂學 斯言雖過 可警僞德 明宣不讀 三年善學 農夫耕野 賓妻
相揖 目不知書 可謂眞學 於是述鳳山學者

馬駔傳

馬駔舍儈 擊掌擬指 管仲蘇秦 雞狗馬牛之血 信矣 微聞別離 抛壩裂帨 回
燈向壁 垂頭呑聲 信妾矣 吐肝瀝膽 握手證心 信友矣 然而界準(音截)隔扇 左
右瞬目 駔儈之術也 動盪危辭 餂情投忌 脅强制弱 散同合異 霸者說士 捭闔
之權也 昔者有病心而使妻煎藥 多寡不適 怒而使妾 多寡恒適 甚宜其妾 穴隙
窺之 多則損地 寡則添水 此其所以取適之道也 故附耳低聲 非至言也 戒囑勿
洩 非深交也 訟情淺深 非盛友也 宋旭趙闒拖張德弘 相與論交於廣通橋上 闒
拖曰 吾朝日鼓瓢行丐 入于布廛 有登樓而貿布者 擇布而舐之 映空而視之 價
則在口 讓其先呼 旣而兩相忘布 布人忽然望遠山 謠其出雲 其人負手逍遙 壁
上觀畫 宋旭曰 汝得交態 而於道則未也 德弘曰 傀儡垂帷 爲引繩也 宋旭曰
汝得交面 而於道則未也 夫君子之交三 所以處之者五 而吾未能一焉 故行年

三十 無一友焉 雖然 其道則吾昔者竊聞之矣 臂不外信 把酒盂也 德弘曰 然
詩固有之 鳴鶴在陰 其子和之 我有好爵 吾與爾縻之 其斯之謂歟 宋旭曰 爾
可與言友矣 吾向者告其一 爾知其二者矣 天下之所趨者勢也 所共謀者名與利
也 盂不與口謀 而臂自屈者 應至之勢也 相和以鳴非名乎 夫好爵利也 然而趨
之者多則勢分 謀之者衆則名利無功 故君子諱言此三者久矣 吾故隱而告汝 汝
則知之 汝與人交 無譽其善 譽其成善 倦然不靈矣 毋醒其所未及 將行而及之
憮然失矣 稱人廣衆 無稱人第一 第一則無上 一座索然沮矣 故處交有術 將欲
譽之 莫如顯責 將欲示歡 怒而明之 將欲親之 注意若植 回身若羞 使人欲吾
信也 設疑而待之 夫烈士多悲 美人多淚 故英雄善泣者 所以動人 夫此五術者
君子之微權 而處世之達道也 闇拖問於德弘曰 夫宋子之言 陳義犖牙 瘦辭也
吾不知也 德弘曰 汝奚足以知之 夫聲其善而責之 譽莫揚焉 夫怒生於愛 情出
於譴 家人不厭時嘵嘵也 夫已親而逾疎 親執踈之 已信而尙疑 信執密焉 酒闌
夜深 衆人皆睡 默然相視 倚其餘醉 動其悲思 未有不悽然而感者矣 故交莫貴
乎相知 樂莫極乎相感 狷者解其慍 忮者乎其怨 莫疾乎泣 吾與人交 未嘗不欲
泣 泣而淚不下 故行于國中三十有一年矣 未有友焉 闇拖曰 然則忠而處交 義
而得友 何如 德弘唾面而罵之曰 鄙鄙哉 爾之言也 此亦言乎哉 汝聽之 夫
貧者多所望 故慕義無窮 何則 視天莫莫 猶思其雨粟 聞人咳聲 延頸三尺 夫
積財者 不恥其吝名 所以絶人之望我也 夫賤者 無所惜 故忠不辭焉 何則 水
涉不裹 衣弊袴也 乘車者 靴加坌套 猶恐沾泥 履底尙愛 而況於身乎 故忠義
者 貧賤者之常事 而非所論於富貴耳 闇拖愀然變乎色曰 吾寧無友於世 不能
爲君子之交 於是相與毀冠裂衣 垢面蓬髮 帶索而歌於市

滑稽先生友情論曰 續木吾知其膠魚肺也 接鐵吾知其鎔鵬砂也 附鹿馬之皮
莫緻乎糊粳飯 至於交也 介然有閒 燕越之遠也非閒也 山川閒之非閒也 促膝
聯席非接也 拍肩摻袂非合也 有閒於其閒 衛鞅張皇 孝公時睡 應侯不怒 蔡澤
噤喑 故出而讓之 必有其人也 宣言怒之 必有其人也 趙勝公子爲之佋介 夫成
安侯常山王 其交無閒 故一有閒焉 莫能爲之閒焉 故可愛非閒 可畏非閒 詔由
閒合 讒由閒離 故善交人者 先事其閒 不善交人者 無所事閒 夫直則遄矣 不
委曲而就之 不宛轉而爲之 一言而不合 非人離之 己自阻也 故鄙諺有之曰 伐

樹伐樹 十斫無蹷 與其媚於奧 寧媚於竈 其此之謂歟 故導諛有術 飭躬修容
發言愷悌 澹泊名利 無意交遊 以自獻媚 此上諂也 其次讜言款款 以顯其情
善事其間 以通其意 此中諂也 穿馬蹄 弊薦席 仰脣吻 俟顏色 所言則善之 所
行則美之 初聞則喜 久則反厭 厭則鄙之 乃疑其玩己也 此下諂也 夫管仲九合
諸侯 蘇秦從約六國 可謂天下之大交矣 然而宋旭闔閭拖乞食於道 德弘狂歌於市
猶不爲馬駔之術 而況君子而讀書者乎

穢德先生傳

蟬橘子有友曰穢德先生 在宗本塔東 日負里中糞 以爲業 里中皆稱嚴行首
行首者 役夫老者之稱也 嚴其姓也 子牧問乎蟬橘子曰 昔者 吾聞友於夫子曰
不室而妻 匪氣之弟 友如此其重也 世之名士大夫 願從足下遊於下風者 多矣
夫子無所取焉 夫嚴行首者 里中之賤人役夫 下流之處而恥辱之行也 夫子亟稱
其德曰先生 若將納交而請友焉 弟子甚羞之 請辭於門 蟬橘子笑曰 居 吾語若
友 里諺有之曰 醫無自藥 巫不己舞 人皆有己所自善而人不知 恐然若求聞過
徒譽則近諂而無味 專短則近訐而非情 於是泛濫乎其所未善 逍遙而不中 雖大
責不怒 不當其所忌也 偶然及其所自善 比物而射其覆 中心感之 若爬癢焉 爬
癢有道 捫背無近腋 摩膺毋侵項 成說於空而美自歸 躍然曰知如是而友可乎
子牧掩耳却走曰 此夫子教我以市井之事 傭僕之役耳 蟬橘子曰 然則子之所羞
者 果在此而不在彼也 夫市交以利 面交以諂 故雖有至懽 三求則無不疎 雖有
宿怨 三與則無不親 故以利則難繼 以諂則不久 夫大交不面 盛友不親 但交之
以心 而友之以德 是爲道義之交 上友千古而不爲遙 相居萬里而不爲疎 彼嚴
行首者 未嘗求知於吾 吾常欲譽之而不厭也 其飯也頓頓 其行也仡仡 其睡也
昏昏 其笑也訶訶 其居也若愚 築土覆藁而圭其竇 入則蝦弙 眠則狗啄 朝日熙
熙然起 荷畚入里中除溷 歲九月天雨霜 十月薄氷 圊人餘乾 皂馬通 閑牛下
塽落鷄 狗鵝矢 苙豨苓 左盤龍 翫月砂 白丁香 取之如珠玉 不傷於廉 獨專其
利 而不害於義 貪多而務得 人不謂其不讓 唾掌揮鍬 磬腰傴傴 若禽鳥之啄也
雖文章之觀 非其志也 雖鍾鼓之樂 不顧也 夫富貴者 人之所同願也 非慕而可

得 故不羨也 譽之而不加榮 毀之而不加辱 枉十里蘿蔔 箭串菁 石郊茄萉水瓠
胡瓠 延禧宮苦椒蒜韭葱薤 青坡水芹 利泰仁土卵 田用上上 皆取嚴氏糞 膏沃
衍饒 歲致錢六千 朝而一盂飯 意氣充充然 及日之夕 又一盂矣 人勸之肉則辭
曰 下咽則蔬肉同飽矣 奚以味爲 勸之衣則辭曰 衣廣袖不閑於體 衣新不能負
塗矣 歲元日朝 始笠帶衣屨 遍拜其隣里 還乃衣故衣 復荷畚入里中 如嚴行首
者 豈非所謂穢其德而大隱於世者耶 傳曰 素富貴行乎富貴 素貧賤行乎貧賤
夫素也者定也 詩云 夙夜在公 寔命不同 命也者分也 夫天生萬民 各有定分
命之素矣 何怨之有 食蝦醢 思雞子 衣葛羨衣紵 天下從此大亂 黔首地奮 田
畝荒矣 陳勝吳廣項籍之徒 其志豈安於鋤耰者耶 易曰 負且乘致寇 至其此之
謂也 故苟非其義 雖萬鍾之祿 有不潔者耳 不力而致財 雖坺富素封 有臭其名
矣 故人之大往飲珠飯玉 明其潔也 夫嚴行首負糞擔溷 以自食 可謂至不潔矣
然而其所以取食者至馨香 其處身也至鄙污 而其守義也至抗高 推其志也 雖萬
鍾可知也 繇是觀之 潔者有不潔 而穢者不穢耳 故吾於口體之養 有至不堪者
未嘗不思其不如我者 至於嚴行首 無不堪矣 苟其心無穿窬之志 未嘗不思嚴行
首 推以大之 可以至聖人矣 故夫士也窮居 達於面目恥也 旣得志 施於四體
恥也 其視嚴行首 有不忸怩者 幾希矣 故吾於嚴行首師之云乎 豈敢友之云乎
故吾於嚴行首 不敢名之 而號曰穢德先生

閔翁傳

閔翁者 南陽人也 戊申軍興從征功授僉使 後家居 遂不復仕 翁幼警悟聰給
獨慕古人奇節偉跡慷慨發憤 每讀其一傳 未嘗不歎息泣下也 七歲大書其壁曰
項橐爲師 十二書甘羅爲將 十三書外黃兒遊說 十八益書去病出祁連 二十四書
項籍渡江 至四十益無所成名 乃大書曰 孟子不動心 年年書益不倦 壁盡黑 及
年七十其妻嘲曰 翁今年畫烏未 翁喜曰若疾磨黑 遂大書曰范增好奇計 其妻益
恚曰 計雖奇將幾時施乎 翁笑曰 昔呂尙八十鷹揚 今翁視呂尙猶少弱弟耳 歲
癸酉甲戌之間 余年十七八 病久困劣 留好聲歌 書畫古劍琴彜器諸雜物 益致
客 俳諧古譚 慰心萬方 無所開其幽鬱 有言閔翁奇士 工歌曲 善譚辨 俶怪譎

恔 聽者人無不爽然意豁也 余聞甚喜 請與俱至 翁來而余方與人樂 翁不爲禮
熟視管者 批其頰大罵曰 主人懽 汝何怒也 余驚問其故 翁曰 彼瞋目而盛氣
匪怒而何 余大笑 翁曰 豈獨管者怒也 笛者反面若啼 缶者噸若愁 一座默然
若大恐 僮僕忌諱笑語 樂不可爲歡也 余遂立撤去 延翁坐 翁殊短小 白眉覆眼
自言名有信 年七十三 因問余 君何病 病頭乎 曰不 曰病腹乎 曰不 曰然則君
不病也 遂闢戶揭牖 風來颼然 余意稍豁 甚異昔者也 謂翁 吾特厭食 夜失睡
是爲病也 翁起賀 余驚曰 翁何賀 曰君家貧 幸厭食 財何羨也 不寐則兼夜
幸倍年 財羨而年倍 壽且富也 須臾飯至 余呻矉不擧 揀物而嗅 翁忽大怒 欲
起去 余驚問翁 何怒去也 翁曰 君招客 不爲具 獨自先飯 非禮也 余謝留翁
且促爲具食 翁不辭讓 腕肘呈衵 匙箸磊落 余不覺口津 心鼻開張 乃飯如舊
夜 翁闔眼端坐 余要與語 翁益閉口 余殊無聊 久之 翁忽起 剔燭謂曰 吾年少
時 過眼輒誦 今老矣 與君約生平所未見書 各默涉三再乃誦 若錯一字 罰如契
誓 余侮其老曰諾 卽抽架上周禮 翁拈考工 余得春官 小間 翁呼曰 吾已誦 余
未及下一遍 驚止 翁且居 翁語侵頗困 而余益不能誦 思睡乃睡 天旣明 問翁
能記宿誦乎 翁笑曰 吾未嘗誦 嘗與翁夜語 翁弄罵坐 客人莫能難 有欲窮翁者
問翁見鬼乎 曰見之 鬼何在 翁瞠目熟視 有一客坐燈後 遂大呼曰 鬼在彼 客
怒詰翁 翁曰 夫明則爲人 幽則爲鬼 今者處暗而視明 匿形而伺人 豈非鬼乎
一座皆笑 又問翁見仙乎 曰見之 仙何在 曰家貧者仙耳 富者常戀世 貧者常厭
世 厭世者非仙耶 翁能見長年者乎 曰見之 吾朝日入林中 蟾與兔爭長 兔謂蟾
曰 吾與彭祖同年 若乃晚生也 蟾俛首而泣 兔驚問曰 若乃悲也 蟾曰 吾與
東家孺子同年 孺子五歲乃知讀書 生于木德 肇紀攝提 迭王更帝 統絶王春 純
成一曆 乃閏于秦 歷漢閱唐 暮朝宋明 窮事更變 可喜可驚 弔死送往 支離于
今 然而耳目聰明 齒髮日長 長年者 乃莫如孺子 而彭祖乃八百歲 蚤夭閱世
不多更事 未久吾是以悲耳 兔乃再拜却走曰 若乃大父行也 由是觀之 讀書多
者最壽耳 翁能見味之至者乎 曰見之 月之下弦 潮落步土 耕而爲田 煮其斥鹵
粗爲水晶 纖爲素金 百味齊和 孰爲不鹽 皆曰善 然不死藥 翁必不見也 翁笑
曰 此吾朝夕常餌者 惡得而不知 大堅松盤甘露 其零入地千年 化爲茯靈 蓼伯
羅産 形端色紅 四體俱備 雙紒如童 枸杞千歲 見人則吠 吾嘗餌之 不復飲食
者 蓋百日 喘喘然將死 隣媼來視歎曰 子病饑也 昔神農氏嘗百草 始播五穀

夫效疾爲藥 療饑爲食 非五穀 將不治 遂飯稻梁而餌之 得以不死 不死藥 莫
如飯 吾朝一盂 夕一盂 今已七十餘年矣 翁嘗支離其辭 遷就而爲之 莫不曲中
內含譏諷 蓋辯士也 客索問 無以復詰 乃忿然曰 翁亦見畏乎 翁默然良久 忽
厲聲曰 可畏者莫吾若也 吾右目爲龍 左目爲虎 舌下藏斧 彎臂如弓 念則赤子
差爲夷戎 不戒則將自噉自醫自戕自伐 是以聖人克己復禮 閑邪存誠 未嘗不自
畏也 語數十難 皆辨捷如響 竟莫能窮 自贊自譽 嘲傲旁人 人皆絶倒 而翁顏
色不變 或言海西蝗 官督民捕之 翁問捕蝗何爲 曰是蟲也 小於眠蠶 色斑而毛
飛則爲螟 緣則爲蝨 害我稼穡 號爲滅穀 故將捕而瘞之耳 翁曰 此小蟲不足憂
吾見鍾樓塡道者皆蝗耳 長皆七尺餘 頭黔目熒 口大運拳 咿啞偶旅 蹠接尻連
損稼殘穀 無如是曹 我欲捕之 恨無大匏 左右皆大恐 若眞有是蟲然 一日翁來
余望而爲隱曰 春帖子狾啼 翁笑曰 春帖子榜門之文 乃吾姓也 狾老犬 乃辱我
也 啼則厭聞 吾齒豁 音嶼兀也 雖然君若畏狾 莫如去犬 若又厭啼 且塞其口
夫帝者造化也 虺者大物也 著帝傅虺 化而爲大 其惟虺乎 君非能辱我也 乃反
善贊我也 明年翁死 翁雖恢奇倜蕩 性介直樂善 明於易 好老子之言 於書蓋無
所不窺云 二子皆登武科右官 今年秋 余又益病 而閔翁不可見 遂著其與余爲
隱俳詼 言談譏諷 爲閔翁傳 歲丁丑秋也 余誄閔翁曰 嗚呼閔翁 可怪可奇 可
驚可愕 可喜可怒 而又可憎 壁上烏未化鷹 翁蓋有志士 竟老莫施 我爲作傳
嗚呼死未曾

兩班傳

兩班者 士族之尊稱也 旌善之郡 有一兩班 賢而好讀書 每郡守新至 必親造
其廬而禮之 然家貧 歲食郡糶 積歲至千石 觀察使巡行郡邑 閱糶糴 大怒曰
何物兩班 乃乏軍興 命囚其兩班 郡守意哀其兩班貧 無以爲償 不忍囚之 亦無
可奈何 兩班日夜泣 計不知所出 其妻罵曰 生平子好讀書 無益縣官糶 咄兩班
兩班不直一錢 其里之富人 私相議曰 兩班雖貧 常尊榮 我雖富 常卑賤 不敢
騎馬 見兩班則跼蹜屛營 匍匐拜庭 曳鼻膝行 我常如此 其僇辱也 今兩班貧不
能償糶 方大窘 其勢誠不能保其兩班 我且買而有之 遂踵門而請償其糴 兩班

大喜許諾　於是富人立輸其糶於官　郡守大驚異之　自往勞其兩班　且問償糶狀

兩班氈笠　衣短衣　伏塗謁稱小人　不敢仰視　郡守大驚　下扶曰　足下何自貶辱若

是　兩班益恐懼頓首俯伏曰　惶悚　小人非敢自辱　已自鬻其兩班　以償糶　里之富

人　乃兩班也　小人復安敢冒其舊號而自尊乎　郡守歎曰　君子哉富人也　兩班哉

富人也　富而不吝　義也　急人之難　仁也　惡卑而慕尊　智也　此眞兩班　雖然私自

交易而不立券　訟之端也　我與汝　約郡人而證之　立券而信之　郡守當自署之　於

是郡守歸府　悉召郡中之士族及農工商賈　悉至于庭　富人坐鄕所之右　兩班立於

公兄之下　乃爲立券曰　乾隆十年九月日　右明文段　斥賣兩班爲償官穀　其直千

斛　維厥兩班　名謂多端　讀書曰士　從政爲大夫　有德爲君子　武階列西　文秩敍

東　是爲兩班　任爾所從　絶棄鄙事　希古尙志　五更常起　點硫燃脂　目視鼻端　會

踵支尻　東萊博議　誦如氷瓢　忍饑耐寒　口不說貧　叩齒彈腦　細嗽嚥津　袖刷毺

冠　拂塵生波　盥無擦拳　漱口無過　長聲喚婢　緩步曳履　古文眞寶唐詩品彙鈔寫

如荏　一行百字　手毋執錢　不問米價　暑毋跣襪　飯毋徒髻　食毋先羹　歠毋流聲

下箸毋舂　毋餌生葱　飮醪毋嘬鬚　吸煙毋輔窊　忿毋搏妻　怒毋踢器　毋拳驅兒女

毋詈死奴僕　叱牛馬　毋辱鬻主　病毋招巫　祭不齋僧　爐不煑手　語不齒唾　毋屠

牛　毋賭錢　凡此百行　有違兩班　持此文記　卞政于官　城主旌善郡守押　座首別

監證署　於是通引擶印錯落　聲中嚴鼓　斗縱參橫　戶長讀旣畢　富人悵然久之曰

兩班只此而已耶　吾聞兩班如神仙　審如是太乾沒　願改爲可利　於是乃更作券曰

維天生民　其民維四　四民之中　最貴者士　稱以兩班　利莫大矣　不耕不商　粗涉

文史　大決文科　小成進士　文科紅牌　不過二尺　百物備具　維錢之橐　進士三十

乃筮初仕　猶爲名蔭　善事雄南　耳白傘風　腹皤鈴諾　室珥冶妓　庭穀鳴鶴　窮士

居鄕　猶能武斷　先耕隣牛　借耘里氓　孰敢慢我　灰灌汝鼻　暈髻汰鬢　無敢怨咨

富人聞其券而吐舌曰　已之已之　孟浪哉　將使我爲盜耶　掉頭而去　終身不復言

兩班之事

金神仙傳

金神仙名弘墓　年十六娶妻　一歡而生子　遂不復近　辟穀面壁坐　坐數歲　身忽

輕 遍遊國內名山 常行數百里 方視日早晏 五歲一易屨 遇險則步益捷 嘗曰
褰而涉 方而越 故遲我行也 不食故人不厭其來客 冬不絮 夏不扇 遂以神仙名
余嘗有幽憂之疾 蓋聞神仙方技 或有奇效 益欲得之 使尹生申生陰求之 訪漢
陽中 十日不得 尹生言嘗聞弘基家酉學洞 今非也 乃其從昆弟家 寓其妻子 問
其子 言父一歲中率四三來 父友在體府洞 其人好酒而善歌 金奉事云 樓閣洞
金僉知好碁 後家李萬戶好琴 三清洞李萬戶好客 美垣洞徐哨官 毛橋張僉使
司僕川邊池丞 俱好客而喜飲 里門內趙奉事 亦父友也 家蒔名花 桂洞劉判官
有奇書古劍 父常遊居其間 君欲見 訪此數家 遂行歷問之 皆不在 暮至一家
主人琴 有二客 皆靜默 頭白而不冠 於是自意得金弘基 立久之 曲終而進曰
敢問誰爲金丈人 主人捨琴而對曰 座無姓金者 子奚問曰 小子齋戒而後 敢來
求也 願老人無諱 主人笑曰 子訪金弘基耶 不來耳 敢問來何時曰 是居無常主
遊無定方 來不預期 去不留約 一日中或再三過 不來則亦閱歲 聞金多在倉洞
會賢之坊 且董關梨峴銅峴慈壽橋社洞壯洞大陵小陵之間 嘗往來遊居 然皆不
知其主名 獨倉洞吾知之 子往問焉 遂行訪其家問焉 對曰 是不來者嘗數月 吾
聞長暢橋林同知喜飲酒 日與金角 今在林否也 遂訪其家 林同知八十餘 頗重
聽曰 咄夜劇飲 朝日餘醉 入江陵 於是悵然久之 問 金有異歟 曰 一凡人
特未嘗飯 狀貌何如 曰身長七尺餘 臞而髯 瞳子碧 耳長而黃 能飲幾何 曰 飲
一杯醉 然一斗醉不加 嘗醉臥塗 吏得之 拘七日不醒 乃釋去 言談何如 曰 衆
人言輒坐睡 談已輒笑不止 持身何如 曰 靜若參禪 拙如守寡 余嘗疑尹生求不
力 然申生亦訪數十家 皆不得 其言亦然 或曰弘基年百餘 所與遊皆老人 或曰
不然 弘基年十九娶 卽有男 今其子纔弱冠 弘基年計今可五十餘 或言金神仙
採藥智異山 墜崖不返 今已數十年 或言巖穴窅冥 有物煢煢 或曰 此老人眼光
也 山谷中 時聞長欠聲 今弘基惟善飲酒 非有術 獨假其名而行云 然余又使童
子福往求之 終不可得 歲癸未也 明年秋 余東遊海上 夕登斷髮嶺 望見金剛
山 其峰萬二千云 其色白 入山 山多楓 方丹赤枏梗柟豫章 皆霜黃 杉檜益碧
又多冬青樹 山中諸奇木 皆紫黃紅 顧而樂之 問繹僧 山中有異僧 得道術可與
遊 曰無有 聞船菴有辟穀者 或言嶺南士人 然不可知 船菴道險 無至者 余
夜坐長安寺 問諸僧衆 俱對如初言 辟穀者 滿百日當去 今幾九十餘日 余喜甚
意者其仙人乎 卽夜立欲往 朝日坐眞珠潭下 候同遊眡睞久之 皆失期 不至 又

觀察使巡行郡邑 遂入山 流連諸寺間 守令皆來會 供張廚傳 每出遊 從僧百餘
船菴道絶峻險 不可獨至 嘗自往來靈源白塔之間 而意悒悒 既而天久雨 留山
中六日 乃得至船菴 在須彌峰下 從內圓通行二十餘里 大石削立千仞 路絶 輒
攀鐵索 懸空而行 既至 庭空無禽鳥啼 榻上小銅佛 唯二屨在 余恨然徘徊 立
而望之 遂題名巖壁下 歎息而去 常有雲氣風瑟然 或曰 仙者山人也 又曰 入
山爲仚也 又僊者 僊僊然輕擧之意也 辟穀者 未必仙也 其鬱鬱不得志者也

廣文者傳

廣文者 丐者也 嘗行乞鍾樓市道中 群丐兒 推文作牌頭 使守窠 一日天寒雨
雪 群兒相與出丐 一兒病不從 既而兒寒專顫欷 聲甚悲 文甚憐之 身行丐得食
將食病兒 兒業已死 群兒返 乃疑文殺之 相與搏逐文 文夜匍匐入里中舍 驚舍
中犬 舍主得文縛之 文呼曰 吾避仇 非敢爲盜 如翁不信 朝日辨於市 辭甚樸
舍主心知廣文非盜賊 曉縱之 文辭謝 請弊席而去 舍主終已怪之 踵其後 望見
群丐兒曳一尸 至水標橋 投尸橋下 文匿橋中 裹以弊席 潛負去 埋之西郊之墦
間 且哭且語 於是舍主執詰文 文於是盡告其前所爲及昨所以狀 舍主心義文
與文歸家 予文衣 厚遇文 竟薦文藥肆富人作傭 保久之 富人出門 數數顧 還
復入室 視其局 出門而去 意殊怏怏 既還大驚 熟視文 欲有所言 色變而止 文
實不知 日默默亦不敢辭去 既數日 富人妻兄子持錢還富人曰 向者吾要貸於叔
會叔不在 自入室取去 恐叔不知也 於是富人大慚廣文 謝文曰 吾小人也 以傷
長者之意 吾將無以見若矣 於是遍譽所知諸君及他富人大商賈 廣文義人 而又
過贊廣文諸宗室賓客及公卿門下左右 公卿門下左右及宗室賓客 皆作話套 以
供寢數月間 士大夫盡聞廣文如古人 當是時 漢陽中皆稱廣文 前所厚遇舍主之
賢能知人 而益多藥肆富人長者也 時殖錢者 大較典當首飾機翠衣器什宮室
田僮奴之簿書 參伍本幣 以得當 然文爲人保債不問 當 一諾千金 文爲人貌極
醜 言語不能動人 口大幷容兩拳 善曼碩戲 爲鐵拐舞 三韓兒相訾傲 稱爾兄達
文 達文又其名也 文行遇鬪者 文亦解衣與鬪啞啞 俛劃地若辨曲直狀 一市皆
笑 鬪者亦笑 皆解去 文年四十餘 尚編髮 人勸之妻則曰 夫美色 衆所嗜也 然

非男所獨也 唯女亦然也 故吾陋而不能自爲容也 人勸之家則辭曰 吾無父母兄
弟妻子 何以家爲 且吾朝而歌呼入市中 暮而宿富貴家門下 漢陽戶八萬爾 吾
逐日而易其處 不能盡吾之年壽矣 漢陽名妓窈窕都雅 然非廣文聲之 不能直一
錢 初羽林兒各殿別監駙馬都尉傔從垂袂過雲心 心名姬也 堂上置酒鼓瑟 屬雲
心舞 心故遲不肯舞也 文夜往彷徨堂下 遂入座 自坐上座 文雖弊衣袴 擧止無
前 意自得也 眦膿而眵陽醉噎 羊髮北髻 一座愕然 瞬文欲驅之 文益前坐 拊
膝度曲 鼻吟高低 心卽起更衣 爲文劍舞 一座盡歡 更結友而去

書廣文傳後

余年十八時 嘗甚病 常夜召門下舊傔 微問閭閻奇事 其言大抵廣文事 余亦
幼時 見其貌極醜 余方力爲文章 作爲此傳 傳示諸公長者 一朝以古文辭 大見
推詡 蓋文時已南遊湖嶺諸郡 所至有聲 不復至京師數十年 海上丐兒 嘗乞食
於開寧水多寺 夜聞寺僧間話廣文事 皆愛慕感嘆 想見其爲人 於是丐兒泣 衆
怪問之 於是丐兒囁嚅 遂自稱廣文兒 寺僧皆大驚 時嘗予飯瓢 及聞廣文兒 洗
盂盛飯 具匙箸蔬醬 每盤而進之 時嶺中妖人 有潛謀不軌者 見丐兒如此其盛
待也 冀得以惑衆 潛說丐兒曰 爾能呼我叔 富貴可圖也 乃稱廣文弟 自名廣孫
以附文 或有疑 廣文自不知姓 生平獨 無昆弟妻妾 今安得忽有長弟壯兒也 遂
上變 皆得逐捕 及對質驗問 各不識面 於是遂誅其妖人 而流丐兒 廣文旣得出
老幼皆往觀 漢陽市數日爲空 文指表鐵柱曰 汝豈非善打人表望同耶 今老無能
矣 蓋望同其號也 因相與勞苦 文問靈城君豐原君無恙呼 曰皆已下世矣 金君
擎方何官 曰爲龍虎將 文曰 此兒美男子 體雖肥 能挾妓超墻 用錢如糞土 今
貴人不可見矣 粉丹何去 曰已死矣 文嘆曰 昔豐原君夜讌麒麟閣 獨留粉丹宿
曉起 將赴闕 丹執燭 誤爇貂帽惶恐 君笑曰 爾羞乎 卽與壓羞錢五千 吾時擁
首帕副裙 候闕干下 黑而鬼立 君拓戶唾 倚丹而耳曰 彼黑者何物 對曰 天下
誰不知廣文也 君笑曰 是汝後陪耶 呼與一大鍾 君自飮紅露七鍾 乘軺而去 皆
昔年事也 漢陽纖兒誰最名 曰小阿其 助房誰 曰崔撲滿 曰朝日尙古堂遣人勞
我 聞移家圓嶠下 堂前有碧梧桐樹 常自煮茗其下 使鐵突鼓琴 曰鐵突昆弟方
擅名 曰然 此金鼎七兒也 吾與其父善 復悵然久之曰 此皆吾去後事耳 文斷髮

猶辮如鼠尾 齒齾口窳 不能內拳云 語鐵柱曰 汝今老矣 何能自食 曰家貧爲舍
僧 文曰 汝今免矣 嗟呼 昔汝家貲鉅萬 時號汝黃金兜 今兜安在 曰今而後吾
知世情矣 文笑曰 汝可謂學匠而眼暗矣 文後不知所終云

虞裳傳

　　日本關白新立 於是廣儲蓄 繕宮館 理舟楫 刮屬國諸島 奇材劍客詭技淫巧
書畫文學之士 聚之都邑 練肄完具數年 然後乃敢請使於我 若待命策之爲者
朝廷極選文臣三品以下 備三价以送之 其幕佐賓客 皆宏辭博識 自天文地理算
數卜筮醫相武力之士 以至吹竹彈絲謔浪戲笑歌呼飲酒博奕騎射 以一藝名國者
悉從行 而最重詞章書畫 得朝鮮一字 不齎糧而適千里 其所居館 皆翠銅甍 除
嵌文石 而檻欖朱漆 帷帳飾以火齊靺鞈瑟瑟 食皆金銀鍍 侈靡瑰麗 千里往往
設爲奇巧 庖丁驛夫 據牀而坐 垂足於枙子桶 使花衫蠻童洗之 其陽浮慕尊如
此 而象譯持虎豹貂鼠人蔘諸禁物 潛貨璣珠寶刀 駔儈機利 殉財賄如鶩 倭外
謬爲恭敬 不復衣冠慕之 虞裳以漢語通官隨行 獨以文章 大鳴日本中 其名釋
貴人 皆稱雲我先生 國士無雙也 大坂以東 僧如妓 寺刹如傳舍 責詩文如博進
繡牋花軸 堆牀塡案 而類爲難題強韻以窮之 虞裳每倉卒口占 如誦宿搆 步押
平妥從容席散 無罷色 無軟詞 其海覽篇曰 坤輿內萬國 碁置而星列 于越之雕
結 竺乾之祝髮 齊魯之縫腋 胡貊之氊毼 或文明魚雅 或兜離侏侏 群分而類聚
遍土皆是物 日本之爲邦 波磎所蕩㴂 其藪則榑木 其次則賓日 女紅則文繡 土
宜則橙橘 魚之怪章擧 木之奇蘇鐵 其鎭山芳甸 句陳配厥秩 南北春秋異 東西
晝夜別 中央類覆敦 嵌空龍漢雪 蔽牛之鉅材 抵鵲之美質 與丹砂金錫 皆往往
山出 大阪大都會 瓌寶海藏竭 奇香爇龍涎 寶石堆雅骨 牙象口中脫 角犀頭上
截 波斯胡目眩 浙江市色奪 寶海地中海 中涵萬象活 黿背帆幔張 鰌尾旌旗綴
堆疊蠣粘房 巋礨龜次窟 忽變珊瑚海 煜耀陰火烈 忽變紺碧海 霞雲衆色設 忽
變水銀海 星宿萬顆撒 忽變大染局 綾羅爛千匹 忽變大鎔鑄 五金光迸發 龍子
劈天飛 千霆萬電戞 髮鬕馬甲柱 秘怪恣恍惚 其民裸而冠 外螫中則蝎 遇事則
蠆沸 謀人則鼠黠 苟利則蠶射 小拂則豕突 婦女事戲謔 童子設機括 背先而淫

鬼　嚌殺而侫佛　書未離鳥舡　詩未離鴂舌　牝牡類麈鹿　友朋同魚鱉　言語之鳥嚶
象譯亦未悉　草木之瓌奇　羅含焚其帙　百泉之源滙　酈生瓮底蟻　水族之弗若　思
及閻圖說　刀劍之款識　貞白續再筆　地毯之同異　海島之甲乙　西泰利瑪竇　線織
而刃割　鄙夫陳此詩　辭俚意甚實　善隣有大謨　羈縻和勿失　如虞裳者　豈非所謂
華國之譽耶　神宗萬歷壬辰　倭秀吉潛師襲我　蹸我三都　劓辱我髦倪　躪躅冬柏
植於三韓　我昭敬大王避兵灣上　奏聞天子　天子大驚　提天下之兵　東援之　大將
軍李如松　提督陳璘麻貴劉綖楊元　有古名將之風　御史楊鎬萬世德邢玠　才兼文
武　略驚鬼神　其兵皆秦鳳陝浙雲登貴萊驍騎射士　大將軍家僮千人 ·幽薊劍客
然卒與倭平　僅能驅之出境而已　數百年之間　使者冠蓋　數至江戶　然謹體貌　嚴
使事　其風謠人物險塞強弱之勢　卒不得其一毫　徒手來去　虞裳力不能勝柔毫
然吮精噏華　使水國萬里之都　木枯川渴　雖謂之筆拔山河可也　虞裳名湘藻　嘗
自題其畫像曰　供奉白鵜矦泌　合鐵拐爲滄起　古詩人古仙人　古山人皆姓李　李
其姓也　滄起又其號也　夫士伸於知己　屈於不知己　鶀鵝灂灘禽之微者也　然猶
自愛其羽毛　映水而立　翔而後集　人之有文章　豈羽毛之美而已哉　昔慶卿夜論
劍　蓋聶怒而目之　及高漸離擊筑　荊軻和而歌　已而相泣　旁若無人者　大樂亦極
矣　復從而泣之　何也　中心激而哀之無從也　雖問諸其人者　亦將不自知其何心
矣　人之以文章相高下　豈區區劍士之一技哉　虞裳其不遇者耶　何其言之多悲也
雞戴勝高似幘　牛垂胡大如袋　家常物百不奇　大驚怪橐駝背　未嘗不自異也　及
其疾病且死　悉焚其藁曰　誰復知者　其志豈不悲耶　孔子曰　才難　不其然乎　管
仲之器小哉　子貢曰　賜何器也　子曰　汝瑚璉也　蓋美而小之也　故德譬則器也
才譬則物也　詩云　瑟彼玉瓚　黃流在中　易曰　鼎折足　覆公餗　有德而無才　則德
爲虛器　有才而無德　則才無所貯　其器淺者易溢　人參天地　是爲三才　故鬼神者
才也　天地其大器歟　彼潔潔者福無所寓　善得情狀者　人不附　文章者天下之至
寶也　發精蘊於玄樞　探幽隱於無形　漏洩陰陽　神鬼嗔怨矣　木有才　人思伐之
貝有才　人思奪之　故才之爲字　內撇而不外颺也　虞裳一譯官　居國中　聲響不出
里閭　衣冠不識面目　一朝名震耀海外萬里之國　身傾側鯤鯨龍鼉之家　手沐日月
氣薄虹蜃　故曰　慢藏誨盜　魚不可脫於淵　利器不可以示人　可不戒哉　過勝本海
作詩曰　蠻奴赤足貌𩑶𩑶　鴨色袍背繪星月　花衫蠻女走出門　頭梳未竟鬉其髮
小兒號嗄乳母乳　母手拍背鳴嗚咽　須臾擂鼓官人來　萬目圍繞如活佛　蠻官膜拜

獻睞琛　珊瑚大貝擘盤出　眞如啞者設賓主　眉睫能言筆有舌　蠻府亦耀林園趣
枌櫚靑橘配庭實　病痔舟中　臥念梅南老師言　乃作詩曰　宣尼之道麻尼敎　經世
出世日而月　西士嘗至五印度　過去現在無箇佛　儒家有此俾販徒　簸弄筆舌神吾
說　披毛戴角墜地狂　當受生日欺人律　毒燄亦及震旦東　精藍大衍都鄙列　睢盱
島衆忧禍福　炷香施米無時缺　譬如人子忕人子　入養父母必不說　六經中天揚文
明　此邦之人眼如漆　暘谷昧谷無二理　順之則聖背檮杌　吾師詔吾詔介衆　以詩
爲金口木舌　詩皆可傳也　及旣還過所次　皆已梓印云　余與虞裳　生不相識　然虞
裳數使示其詩　獨此子庶能知吾　余戲謂其人曰　此吳儂細唾　瑣瑣不足珍也
虞裳怒曰　傖夫氣人　久之歎曰　吾其久於世哉　因泣數行下　余亦聞而悲之　旣而
虞裳死　年二十七　其家人夢見仙子醉騎蒼鯨　黑雲下垂　虞裳披髮而隨之　良久
虞裳死　或曰　虞裳仙去　嗟呼　余嘗內獨愛其才　然獨挫之　以爲虞裳年少　俛就
道　可著書垂世也　乃今思之　虞裳必以余爲不足喜也　有輓之者　歌曰　五色非常
鳥　偶集屋之脊　衆人爭來看　驚起忽無跡　其二曰　無故得千金　其家必有災　矧
此稀世寶　焉能久假哉　其三曰　渺然一匹夫　死覺人數減　豈非關世道　人多如雨
點　又歌曰　其人膽如瓠　其人眼如月　其人腕有鬼　其人筆有舌　又曰　他人以子
傳　虞裳不以子　血氣有時盡　聲名無窮已　余旣不見虞裳每恨之　且旣焚其文章
無留者　世益無知者　乃發篋中舊藏　得其前所示　纔數篇　於是悉著之　以爲之傳
虞裳　虞裳有弟　亦能(缺)

許生傳

　許生居墨積洞　直抵南山下　井上有古杏樹　柴扉向樹而開　草屋數間　不蔽風
雨　然許生好讀書　妻爲人縫刺以糊口　一日　妻甚饑　泣曰　子平生不赴擧　讀書
何爲　許生笑曰　吾讀書未熟　妻曰　不有工乎　生曰　工未素學　奈何　妻曰　不有
商乎　生曰　商無本錢　奈何　其妻恚　且罵曰　晝夜讀書　只學奈何　不工不商　何
不盜賊　許生掩卷起曰　惜乎　吾讀書本期十年　今七年矣　出門而去　無相識者
直之雲從街　問市中人曰　漢陽中誰最富　有道卞氏者　遂訪其家　許生長揖曰　吾
家貧　欲有所小試　願從君借萬金　卞氏曰　諾　立與萬金　客竟不謝而去　子弟賓

客視許生 丐者也 絲絛穗拔 革屨跟顚 笠挫袍煤 鼻流清涕 客旣去 皆大驚曰
大人知客乎 曰 不知也 今一朝浪空擲萬金於生平所不知何人 而不問其姓名
何也 卞氏曰 此非爾所知 凡有求於人者 必廣張志意 先耀信義 然顔色媿屈
言辭重複 彼客衣屨雖弊 辭簡而視傲 容無怍色 不待物而自足者也 彼其所試
術不小 吾亦有所試於客 不與則已 旣與之萬金 問姓名何爲 於是許生旣得萬
金 不復還家 以爲安城畿湖之交 三南之綰口 遂止居焉 棗栗柹梨 柑榴橘柚之
屬 皆以倍直居之 許生榷菓 而國中無以讌祀 居頃之 諸賈之獲倍直於許生者
反輸十倍 許生喟然嘆曰 以萬金傾之 知國淺深矣 以刀錐布帛綿入濟州 悉收
馬鬃鬣曰 居數年 國人不裹頭矣 居頃之 網巾價至十倍 許生問老篙師曰 海外
豈有空島可以居者乎 篙師曰 有之 常漂風直西行三日夜 泊一空島 計在沙門
長崎之間 花木自開 菓蓏自熟 麋鹿成群 游魚不驚 許生大喜曰 爾能導我 富
貴共之 篙師從之 遂御風東南入其島 許生登高而望 悵然曰 地不滿千里 惡能
有爲 土肥泉甘 只可作富家翁 篙師曰 島空無人 尚誰與居 許生曰 德者 人所
歸也 尚恐不德 何患無人 是時邊山群盜數千 州郡發卒逐捕 不能得 然群盜亦
不敢出剽掠 方饑困 許生入賊中 說其魁帥曰 千人掠千金 所分幾何 曰 人一
兩耳 許生曰 爾有妻乎 群盜曰 無 曰 爾有田乎 群盜笑曰 有田有妻 何苦爲
盜 許生曰 審若是也 何不娶妻樹屋 買牛耕田 生無盜賊之名 而居有妻室之樂
行無逐捕之患 而長享衣食之饒乎 群盜曰 豈不願如此 但無錢耳 許生笑曰 爾
爲盜 何患無錢 吾能爲汝辦之 明日視海上風旗紅者 皆錢船也 恣汝取去 許生
約群盜 旣去 群盜皆笑其狂 及明日至海上 許生載錢三十萬 皆大驚羅拜曰 唯
將軍令 許生曰 惟力負去 於是群盜爭負錢 人不過百金 許生曰 爾等力不足以
擧百金 何能爲盜 今爾等雖欲爲平民 名在賊簿 無可往矣 吾在此俟汝 各持百
金而去 人一婦一牛來 群盜曰 諾 皆散去 許生自具二千人一歲之食以待之 及
群盜至 無後者 遂俱載入其空島 許生榷盜 而國中無警矣 於是伐樹爲屋 編竹
爲籬 地氣旣全 百種碩茂 不菑不畬 一莖九穗 留三年之儲 餘悉舟載往糶長崎
島 長崎者 日本屬州 戶三十一萬 方大饑 遂賑之 獲銀百萬 許生歎曰 今吾已
小試矣 於是悉召男女二千人 令之曰 吾始與汝等入此島 先富之 然後別造文
字 刱製衣冠 地小德薄 吾今去矣 兒生執匙 教以右手 一日之長 讓之先食 悉
焚他船曰 莫往則莫來 投銀五十萬於海中 曰 海枯有得者 百萬無所容於國中

況小島乎 有知書者 載與俱出 曰 爲絶禍於此島 於是遍行國中 賑施與貧無告
者 銀尙餘十萬 曰 此可以報卞氏 往見卞氏曰 君記我乎 卞氏驚曰 子之容色
不少瘳 得無敗萬金乎 許生笑曰 以財粹面 君輩事耳 萬金何肥於道哉 於是以
銀十萬付卞氏 曰 吾不耐一朝之饑 未竟讀書 慙君萬金 卞氏大驚 起拜辭謝
願受什一之利 許生大怒曰 君何以賈竪視我 拂衣而去 卞氏潛踵之 望見客向
南山下 入小屋 有老嫗井上澣 卞氏問曰 彼小屋誰家 嫗曰 許生員宅 貧而好
讀書 一朝出門 不返者已五年 獨有妻在 祭其去日 卞氏始知客乃姓許 歎息而
歸 明日 悉持其銀往遺之 許生辭曰 我欲富也 棄百萬而取十萬乎 吾從今得君
而活矣 君數視我 計口送糧 度身授布 一生如此足矣 孰肯以財勞神 卞氏說許
生百端 竟不可奈何 卞氏自是度許生匱乏 輒身自往遺之 許生欣然受之 或有
加 則不悅曰 君奈何遺我災也 以酒往 則益大喜 相與酌 至醉 旣數歲 情好日
篤 嘗從容言五歲中 何以致百萬 許生曰 此易知耳 朝鮮 舟不通外國 車不行
域中 故百物生于其中 消于其中 夫千金 小財也 未足以盡物 然析而十之 百
金十亦足以致十物 物輕則易轉 故一貨雖絀 九貨伸之 此常利之道 小人之賈
也 夫萬金足以盡物 故在車專車 在船專船 在邑專邑 如網之有罟 括物而數之
陸之產萬 潛停其一 水之族萬 潛停其一 醫之材萬 潛停其一 一貨潛藏百賈涸
此賊民之道也 後世有司者 如有用我道 必病其國 卞氏曰 初子何以知吾出萬
金 而來吾求也 許生曰 不必君與我也 能有萬金者莫不與也 吾自料吾才足以
致百萬 然命則在天 吾何能知之 故能用我者 有福者也 必富益富 天所命也
安得不與 旣得萬金 憑其福而行 故動輒有成 若吾私自與 則成敗亦未可知也
卞氏曰 方今士大夫 欲雪南漢之恥 此志士扼脆奮智之秋也 以子之才 何自苦
沈冥以沒世耶 許生曰 古來沈冥者何限 趙聖期(拙修齋) 可使敵國 而老死布褐
柳馨遠(磻溪居士) 足繼軍食 而逍遙海曲 今之謀國政者可知已 吾善賈者也 其
銀足以市九王之頭 然投之海中而來者 無所可用故耳 卞氏喟然太息而去 卞氏
本與李政丞浣善 李公時爲御營大將 嘗與言 委巷閭閻之中 亦有奇才可與共大
事者乎 卞氏爲言許生 李公大驚曰 奇哉 眞有是否 其名云何 卞氏曰 小人與
居三年 竟不識其名 李公曰 此異人 與君俱往 夜 公屛騶徒 獨與卞氏俱步至
許生 卞氏止公立門外 獨先入見許生 具道李公所以來者 許生若不聞者 曰
輒解君所佩壺 相與歡飮 卞氏閔公久露立 數言之 許生不應 旣夜深 許生曰

可召客　李公入　許生安坐不起　李公無所措躬　乃敍述國家所以求賢之意　許生揮手曰　夜短語長　聽之太遲　汝今何官　曰　大將　許生曰　然則汝乃國之信臣　我當薦臥龍先生　汝能請于朝　三顧草廬乎　公低頭良久曰　難矣　願得其次　許生曰　我未學第二義　固問之　許生曰　明將士以朝鮮有舊恩　其子孫多脫身東來　流離惸鰥　汝能請于朝　出宗室女遍嫁之　奪勳戚權貴家以處之乎　公低頭良久　曰　難矣　許生曰　此亦難　彼亦難　何事可能　有最易者　汝能之乎　李公曰　願聞之　許生曰　夫欲聲大義於天下　而不先交結天下之豪傑者　未之有也　欲伐人之國　而不先用諜　未有能成者也　今滿洲遽而主天下　自以不親於中國　而朝鮮率先他國而服　彼所信也　誠能請遣子弟入學遊宦　如唐元故事　商賈出入不禁　彼必喜其見親而許之　妙選國中之子弟　薙髮胡服　其君子往赴賓擧　其小人遠商江南　覘其虛實　結其豪傑　天下可圖而國恥可雪　若求朱氏而不得　率天下諸侯　薦人於天　進可爲大國師　退不失伯舅之國矣　李公憮然曰　士大夫皆謹守禮法　誰肯薙髮胡服乎　許生大叱曰　所謂士大夫　是何等也　産於彝貊之地　自稱曰士大夫　豈非騃乎　衣袴純素　是有喪之服　會撮如錐　是南蠻之椎結也　何謂禮法　樊於期欲報私怨　而不惜其頭　武靈王欲强其國　而不恥胡服　乃今欲爲大明復讐　而猶惜其一髮　乃今將馳馬　擊釖刺鎗　彎弓飛石　而不變其廣袖　自以爲禮法乎　吾始三言　汝無一可得而能者　自謂信臣　信臣固如是乎　是可斬也　左右顧索釖欲刺之　公大驚而起　躍出後牖　疾走歸　明日復往　已空室而去矣

或曰　此皇明遺民也　崇禎甲申後　多來居者　生或者其人　則亦未必其姓許也　世傳趙判書啓遠爲慶尙監司　巡到靑松　路左有二僧相枕而臥　前騶至　呵之不避　鞭之不起　衆捽曳之　莫能動　趙公至　停轎問　僧何居　二僧起坐　盆偃蹇睥睨　良久曰　汝以虛聲趨勢　得方伯乃復爾耶　趙公視僧　一赤面而圓　一黑面而長　語殊不凡　乃下轎欲與語　僧屛徒衛　隨我來　趙公行數里　喘息汗流不止　願小憩　僧罵曰　汝平居衆中　常大言身被堅執銳　當先鋒爲大明復讐雪恥　今行數里　一步十喘　五步三憩　尙能馳遼薊之野乎　至一巖下　因樹爲屋　積薪而寢處其上　趙公渴求水　僧曰　此貴人又當饑也　出黃精餠以饋之　屑松葉和澗水以進　趙公嚬蹙不能飲　僧復大罵曰　遼野水遠　渴當飮馬溲　兩僧相持痛哭曰　孫老爺　孫老爺　問趙公曰　吳三桂起兵滇中　江浙騷然　汝知之乎　曰　未之聞也　兩僧歎曰　身爲方

伯 天下有如此大事而不聞不知 徒大言得官耳 趙公問僧是何人 曰 不必問 世間亦應有知我者 汝且少坐待我 我當與吾師俱來 與汝有言 兩僧俱起 入深山少焉日沒 僧久不返 趙公待僧至夜深 草動風鳴 有虎鬪聲 趙公大恐幾絶 已而衆明燎炬 尋監司而至 趙公狼狽出谷中 久之 居常悒悒 恨于中也 後趙公問于尤庵宋先生 先生曰 此似是明末總兵官也 常斥我以爾汝者何 先生曰 自明其非東國緇徒也 積薪者 臥薪之義也 哭必呼孫老爺何 先生曰 似是太學士孫承宗也 承宗嘗視師山海關 兩僧似是孫之麾下士也

虎叱

虎 睿聖文武 慈孝智仁 雄勇壯猛 天下無敵 然狒胃食虎 竹牛食虎 駮食虎五色獅子食虎於巨木之岾 茲白食虎 鈞犬飛食虎豹 黃要取虎豹心而食之 猾(無骨)爲虎豹所吞 內食虎豹之肝 酋耳遇虎則裂而啖之 虎遇猛㺚則閉目而不敢視人不畏猛㺚而畏虎 虎之威其嚴乎 虎食狗則醉 食人則神 虎一食人 其倀爲屈閣 在虎之腋 導虎入廚 舐其鼎耳 主人思饑 命妻夜炊 虎再食人 其倀爲彛兀在虎之輔 升高視虞 若谷穽弩 先行釋機 虎三食人 其倀爲鬻渾 在虎之頤 多贊其所識朋友之名 虎詔倀曰 日之將夕 于何取食 屈閣曰 我昔占之 匪角匪羽黔首之物 雪中有跡 彳亍疎武 瞻尾在腦 莫掩其尻 彛兀曰 東門有食 其名曰醫 口含百草 肌肉馨香 西門有食 其名曰巫 求媚百神 日沐齋潔 請爲擇肉於此二者 虎奮髥作色曰 醫者疑也 以其所疑而試諸人 歲所殺常數萬 巫者誣也誣神以惑民 歲所殺常數萬 衆怒入骨 化爲金蠶 毒不可食 鬻渾曰 有肉在林仁肝義膽 抱忠懷潔 戴樂履禮 口誦百家之言 心通萬物之理 名曰碩德之儒 背盎體胖 五味俱存 虎軒眉垂涎 仰天而笑曰 朕聞如何 倀交薦虎曰 一陰一陽之謂道 儒貫之 五行相生 六氣相宣 儒導之 食之美者無大於此 虎愀然變色易容而不悅曰 陰陽者 一氣之消息也 而兩之 其肉雜也 五行定位 未始相生 乃今强爲子母 分配鹹酸 其味未純也 六氣自行 不待宣導 乃今妄稱財相 私顯己功其爲食也 無其硬强澁逆而不順化乎

鄭之邑有不屑宦之士曰北郭先生 行年四十 手自校書者萬卷 敷衍九經之義

更著書一萬五千卷 天子嘉其義 諸侯慕其名 邑之東有美而早寡者曰東里子 天子嘉其節 諸侯慕其賢 環其邑數里而封之 曰東里寡婦之閭 東里子善守寡 然有子五人 各有其姓 五子相謂曰 水北鷄鳴 水南明星 室中有聲 何其甚似北郭先生也 兄弟五人迭窺戶隙 東里子請於北郭先生曰 久慕先生之德 今夜願聞先生讀書之聲 北郭先生整襟危坐而爲詩曰 鴛鴦在屛 耿耿流螢 維鬵維錡 云誰之型興也 五子相謂曰 禮不入寡婦之門 北郭先生 賢者也 吾聞鄭之城門 壞而有狐穴焉 吾聞狐老千年能幻而像人 是其像北郭先生乎 相與謀曰 吾聞得狐之冠者家致千金之富 得狐之履者 能匿影於白日 得狐之尾者 善媚而人悅之 何不殺是狐而分之 於是五子共圍而擊之 北郭先生大驚遁逃 恐人之識己也 以股加頸 鬼舞鬼笑 出門而跑 乃陷野窖 穢滿其中 攀援出首而望 有虎當徑

虎顰蹙嘔哇 掩鼻左首而噫曰 儒(句) 臭矣 北郭先生頓首匍匐而前 三拜以跪 仰首而言曰 虎之德 其至矣乎 大人效其變 帝王學其步 人子法其孝 將帥取其威 名並神龍 一風一雲 下土賤臣 敢在下風 虎叱曰 毋近前 曩也吾聞之 儒者諛也 果然 汝平居集天下之惡名 妄加諸我 今也急而面諛 將誰信之耶 夫天下之理一也 虎誠惡也 人性亦惡也 人性善則虎之性亦善也 汝千言萬語不離五常 戒之勸之恒在四綱 然都邑之間 無鼻無趾 文面而行者 皆不遜五品之人也 然而徽墨斧鉅 日不暇給 莫能止其惡焉 而虎之家自無是刑 由是觀之 虎之性不亦賢於人乎 虎不食草木 不食蟲魚 不嗜麴蘗悖亂之物 不忍字伏細瑣之物 入山獵麞鹿 在野畋馬牛 朱嘗爲口腹之累 飲食之訟 虎之道豈不光明正大矣乎 虎之食麞鹿而汝不疾虎 虎之食馬牛而人爲之讐焉 豈非麞鹿之無恩於人 而馬牛之有功於汝乎 然而不有其乘服之勞 戀效之誠 日充庖廚 角鬣不遺 而乃復侵我之麞鹿 使我乏食於山 缺餉於野 使天而平其政 汝在所食乎 所捨乎 夫非其有而取之謂之盜 殘生而害物者謂之賊 汝之所以日夜遑遑 揚臂努目 挐攫而不耻 甚者呼錢爲兄 求將殺妻 則不可復論於倫常之道矣 乃復攘食於蝗 奪衣於蠶 禦蜂而剽甘 甚者醢蟻之子以羞其祖考 其殘忍薄行孰甚於汝乎 汝談理論性 動輒稱天 自天所命而視之 則虎與人乃物之一也 自天地生物之仁而論之 則虎與蝗蠶 蜂蟻與人 並育而不可相悖也 自其善惡而辨之 則公行剽刦於蜂蟻之室者 獨不爲天地之巨盜乎 肆然攘竊於蝗蠶之資者 獨不爲仁義之大賊乎 虎未嘗食豹者 誠爲不忍於其類也 然而計虎之食麞鹿 不若人之食麞鹿之多也 計

虎之食馬牛 不若人之食馬牛之多也 計虎之食人 不若人之相食之多也 去年關
中大旱 民之相食者數萬 往歲山東大水 民之相食者數萬 雖然 其相食之多 又
何如春秋之世也 春秋之世 樹德之兵十七 報仇之兵三十 流血千里 伏屍百萬
而虎之家 水旱不識 故無怨乎天 讐德兩忘 故無忤於物 知命而處順 故不惑于
巫醫之姦 踐形而盡性 故不疚乎世俗之利 此虎之所以睿聖也 窺其一斑 足以
示文於天下也 不藉尺寸之兵而獨任爪牙之利 所以耀武於天下也 彝卣蜼尊 所
以廣孝於天下也 一日一舉而烏鳶螻蟻共分其餕 仁不可勝用也 讒人不食 廢疾
者不食 衰服者不食 義不可勝用也 不仁哉 汝之爲食也 機穽之不足而爲罟也
罛也 罭也 罾也 罺也 罠也 始結網罟者 哀然首禍於天下矣 有鈹者 戣者 殳
者 斨者 矟者 矛者 鍛者 鋸者孫者 有炮發焉 聲隤華岳 火洩陰陽 暴於震霆
是猶不足以逞其虐焉 則乃吮柔毫 合膠爲鋒 體如棗心 長不盈寸 淬以烏賊之
沫 縱橫擊刺 曲者如矛 銛者如刀 銳者如釖 歧者如戟 直者如矢 殼者如弓 此
兵一動 百鬼夜哭 其相食之酷 孰甚於汝乎

北郭先生離席俯伏 逡巡再拜 頓首頓首 曰 傳有之 雖有惡人 齋戒沐浴則可
以事上帝 下土賤臣 敢在下風 屏息潛聽 久無所命 誠惶誠恐 拜手稽首 仰而視
之 東方明矣 虎則已去 農夫有朝薪者 問先生何早敬於野 北郭先生曰 吾聞之
謂天蓋高 不敢不局 謂地蓋厚 不敢不蹐

烈女咸陽朴氏傳 幷序

齊人有言曰 烈女不更二夫 如詩之柏舟是也 然而國典 改嫁子孫 勿敍正職
此豈爲庶姓黎甿而設哉 乃國朝四百年來 百姓旣沐久道之化 則女無貴賤 族無
微顯 莫不守寡 遂以成俗 古之所稱烈女 今之所在寡婦也 至若田舍少婦 委巷
靑孀 非有父母不諒之逼 非有子孫勿敍之恥 而守寡不足以爲節 則往往自滅
晝燭 祈殞夜臺 水火鴆繯 如蹈樂地 烈則烈矣 豈非過歟 昔有昆弟名宦 將枳
人淸路 議于母前 母問 奚累而枳 對曰 其先有寡婦 外議頗喧 母愕然曰 事在
閨房 安從而知之 對曰 風聞也 母曰 風者 有聲而無形也 目視之而無覩也 手
執之而無獲也 從空而起 能使萬物浮動 奈何以無形之事 論人於浮動之中乎

且若乃寡婦之子 寡婦子尙能論寡婦耶 居 吾有以示若 出懷中銅錢一枚曰 此
有輪郭乎 曰無矣 此有文字乎 曰無矣 母垂淚曰 此汝母忍死符也 十年手摸
磨之盡矣 大抵人之血氣 根於陰陽 情欲鍾於血氣 思想生於幽獨 傷悲因於思
想 寡婦者 幽獨之處 而傷悲之至也 血氣有時而旺 則寧或寡婦而無情哉 殘燈
弔影 獨夜難曉 若復簷雨淋鈴 窓月流素 一葉飄庭 隻鴈叫天 遠鷄無響 稺婢
牢鼾 耿耿不寐 訴誰苦衷 吾出此錢而轉之 遍摸室中 圓者善走 遇域則止 吾
索而復轉 夜常五六轉 天亦曙矣 十年之間 歲減其數 十年以後 則或五夜一轉
或十夜一轉 血氣旣衰 而吾不復轉此錢矣 然吾猶十襲而藏之者 二十餘年 所
以不忘其功 而時有所自警也 遂子母相持而泣 君子聞之曰 是可謂烈女矣 噫
其苦節淸修若此也 無以表見於當世 名堙沒而不傳何也 寡婦之守義 乃通國之
常經 故微一死 無以見殊節於寡婦之門

余視事安義之越明年癸丑月日夜將曉 余睡微醒 聞廳事前有數人隱喉密語
復有慘怛歎息之聲 蓋有警急而恐擾余寢也 余遂高聲問鷄鳴未 左右對曰 已三
四號矣 外有何事 對曰 通引朴相孝之兄之子之嫁咸陽而早寡者 畢其三年之喪
飮藥將殊 急報來救 而相孝方守番 惶恐不敢私去 余命之疾去 及晩爲問咸陽
寡婦得甦否 左右言聞已死矣 余喟然長歎曰 烈哉斯人 乃招群吏而詢之曰 咸
陽有烈女 其本安義出也 女年方幾何 嫁咸陽誰家 自幼志行如何 若曹有知者
乎 群吏歙歙而進曰朴女家世縣吏也 其父名相一 早歿 獨有此女 而母亦早歿
則幼養於其大父母盡子道 及年十九 嫁爲咸陽林述曾妻 亦家世郡吏也 述曾素
羸弱 一與之醮 歸未半歲而歿 朴女執夫喪 盡其禮 事舅姑 盡婦道 兩邑之親
戚隣里 莫不稱其賢 今而後果驗之矣 有老吏感慨曰 女未嫁時 隔數月 有言述
曾病入髓 萬無人道之望 盍退期 其大父母密諷其女 女默不應 迫期 女家使人
覘述曾 述曾雖美姿貌 病勞且咳 菌立而影行也 家大懼 擬招他媒 女斂容曰
曩所裁縫 爲誰稱體 又號誰衣也 女願守初製 家知其志 遂如期迎婿 雖名合巹
其實竟守空衣云 旣而咸陽郡守尹侯光碩 夜得異夢 感而作烈婦傳 而山淸縣監
李侯勉齊 亦爲之立傳 居昌愼敦恒 立言士也 爲朴氏撰次其節義始終 其心豈
不曰弱齡煢婦之久留於世 長爲親戚之所嗟憐 未免隣里之所妄忖 不如速無此
身也 噫 成服而忍死者 爲有窆窆也 旣葬而忍死者 爲有小祥也 小祥而忍死者
爲有大祥也 旣大祥則喪期盡 而同日同時之殉 竟遂其初志 豈非烈也

會友錄序

遊乎三韓三十六都之地 東臨滄海 與天無極 而名山巨嶽 根盤其中 野鮮百
里之闊 邑無千室之聚 其爲地也亦已狹矣 非古之所謂楊墨老佛 而議論之家四
焉 非古之所謂士農工商 而名分之家四焉 是惟所賢者不同耳 議論之互激而異
於秦越 是惟所處者有差耳 名分之較畫而嚴於華夷 嫌於形跡 則相聞而不相知
拘於等威 則相交而不敢友 其里閈同也 族類同也 言語衣冠其與我異者幾希矣
旣不相知 相與爲婚姻乎 不敢友焉 相與爲謀道乎 是數家者 漠然數百年之間
秦越華夷焉 比屋連墻而居矣 其俗又何其隘也 洪君德保 嘗一朝踔一騎 從使
者 而至中國 彷徨乎街市之間 屏營於側陋之中 乃得杭州之遊士三人焉 於是
間步旅邸 歡然如舊 極論天人性命之源 朱陸道術之辨 進退消長之機 出處榮
辱之分 攷據證定 靡不契合 而其相與規告箴導之言 皆出於至誠惻怛 始許以
知己 終結爲兄弟 其相慕悅也如嗜欲 其相無負也若詛盟 其義有足以感泣人者
嗟呼吾東之去吳幾萬里矣 洪君之於三士也 不可以復見矣 然而向也居其國 則
同其里閈而不相知 今也交於萬里之遠 向也居其國 則同其族類 而不相交
今也友之於不可復見之人 向也居其國 則言語衣冠之與同 而不相友也 迺今猝
然相許於殊音異服之俗者 何也 洪君愀然爲間曰 吾ءۅ敢謂域中之無其人 而不
可與相友也 誠局於地而拘於俗 不能無鬱然於心矣 吾豈不知中國之非古之諸
夏也 其人之非先王之法服也 雖然 其人所處之地 豈非堯舜禹湯文武周公孔子
所履之土乎 其人所交之士 豈非齊魯燕趙吳楚閩蜀博見速遊之士乎 其人所讀
之書 豈非三代以來 四海萬國極博之載籍乎 制度雖變 而道義不殊 則所謂非
古之諸夏者 亦豈無爲之民而不爲之臣者乎 然則彼三人者之視吾 亦豈無華夷
之別而形跡等威之嫌乎 然而破去繁文 滌除苛節 披情露眞 吐瀝肝膽 其規模
之廣大 夫豈規規齷齪於聲名勢利之道者乎 迺出其所與三士譚者 彙爲三卷 以
示余曰 子其序之 余旣讀畢而歎曰 達矣哉 洪君之爲友也 吾乃今得友之道矣
觀其所友 觀其所爲友 亦觀其所不友 吾之所以友也

楚亭集序

爲文章如之何 論者曰 必法古 世遂有㩨摹倣像而不之耻者 是王莽之周官
足以制禮樂 陽貨之貌類 可爲萬世師耳 法古寧可爲也 然則刱新可乎 世遂有
怪誕淫僻而不知懼者 是三丈之木 賢於關石 而延年之聲 可登淸廟矣 刱新寧
可爲也 夫然則如之何其可也 吾將奈何 無其已乎 噫 法古者病泥跡 刱新者患
不經 苟能法古而知變 刱新而能典 今之文 猶古之文也 古之人有善讀書者 公
明宣是已 古之人有善爲文者 淮陰侯是已 何者 公明宣學於曾子 三年不讀書
曾子問之 對曰 宣見夫子之居庭 見夫子之應賓客 見夫子之居朝廷也 學而未
能 宣安敢不學而處夫子之門乎 背水置陣 不見於法 諸將之不服固也 乃淮陰
侯則曰此在兵法 顧諸君不察 兵法不曰置之死地而後生乎 故不學以爲善學 魯
男子之獨居也 增竈述於減竈 虞升卿之知變也 由是觀之 天地雖久 不斷生生
日月雖久 光輝日新 載籍雖博 旨意各殊 故飛潛走躍 或未著名 山川草木必有
秘靈 朽壤蒸芝 腐草化螢 禮有訟 樂有議 書不盡言 圖不盡意 仁者見之 謂之
仁 智者見之 謂之智 故俟百世聖人而不惑者 前聖志也 舜禹復起 不易吾言者
後賢述也 禹稷顏回其揆一也 隘與不恭 君子不由也 朴氏子齊雲年二十三 能
文章 號曰楚亭 從余學有年矣 其爲文 慕先秦兩漢之作 而不泥於跡 然陳言之
務祛 則或失于無稽 立論之過高 則或近乎不經 此有明諸家於法古刱新 互相
訾謷 而俱不得其正 同之竝墮于季世之瑣屑 無裨乎翼道 而徒歸于病俗而傷化
也 吾是之懼焉 與其刱新而巧也 無寧法古而陋也 吾今讀其楚亭集 而竝論公
明宣魯男子之篤學 以見夫淮陰虞詡之出奇 無不學古之法而善變者也 夜與楚
亭言如此 遂書其卷首而勉之

贈白永叔入麒麟峽序

永叔 將家子 其先有以忠死國者 至今士大夫悲之 永叔工篆隸 嫺掌故 年少
善騎射 中武擧 雖爵祿拘於時命 其忠君死國之志 有足以繼其祖烈 而不媿其
士大夫也 嗟呼 永叔胡爲乎盡室穢貊之鄕 永叔嘗爲我 相居於金川之燕巖峽

山深路阻 終日行 不逢一人 相與立馬於蘆葦之中 以鞭區其高皁曰 彼可籬而桑也 火葦而田 歲可粟千石 試敲鐵因風縱火 雉格格驚飛 小麞逸於前 奮臂追之 隔溪而還 仍相視而笑曰 人生不百年 安能鬱鬱木石居食粟雄冤者爲哉 今永叔將居麒麟也 負犢而入 長而耕之 食無鹽豉 沈樝梨而爲醬 其險阻僻遠 於燕巖豈可比而同之哉 顧余徊徨岐路間 未能決去就 況敢止永叔之去乎 吾壯其志 而不悲其窮

洪範羽翼序

余弱冠時 受尙書里塾 苦洪範難讀 請于塾師 塾師曰 此非難讀之書也 所以難讀者有之 世儒亂之也 夫五行者 天之所賦 地之所蓄 而人得以資焉 大禹之所第次 武王箕子之所問答 其事則不過正德利用厚生之具 其用則不出乎中和位育之功而已矣 漢儒篤信休咎 乃以某事必爲某事之徵 分排推演 樂其誕妄流而爲陰陽卜筮之學 遁而爲星曆讖緯之書 遂與三聖之旨 大相乖謬 至於五行相生之說而極矣 萬物莫不出於土 何獨母於金乎 金之堅也 待火而流 非金之性也 江海之浸 河漢之潤 皆金之所滋乎 石乳而鐵液 萬物無津則枯 奚獨於木而水所孕乎 萬物歸土 地不增厚 乾坤配體 化育萬物 曾謂一竈之薪 能肥大壤乎 金石相薄 油水相蕩 皆能生火 雷擊而燒 蝗瘞而焰 火之不專出於木 亦明矣 故相生者 非相子母也 相資焉以生也 昔者夏禹氏 善用其五行 隨山刊木 曲直之用得矣 荒度土功 稼穡之方得矣 惟金三品 從革之性得矣 烈山焚澤 炎上之德得矣 疏下導水 潤下之功得矣 民物之相資焉以生者 如此其大也 何莫非物也 獨以行言者 統萬物而稱其德行也 後世用水之家 泥於灌城 用火之家泥於攻戰 用金之家 泥於貨賂 用木之家 泥於宮室 用土之家 泥於阡陌 由是而世絕九疇之學矣 余問曰 吾東方 乃箕子所莅之邦 而洪範之所自出 則宜其家喩而戶誦也 然而漠然數千年之間 未聞以範學名世者 何也 塾師曰 噫嘻 此非汝所能知也 夫建極者 必至其所當至 而期中於理也 後之學者不然 舍其明白易知之彝倫政事 而必就依俙高遠之圖像 論說之 爭辨之 牽合傅會 先自汩陳 此其學彌工而彌失也 今吾先言五行之用 而九疇之理可得而明矣 何則 利

用然後可以厚生　厚生然後德可以正矣　今夫水蓄洩以時　値歲旱乾　漑田以車
通漕以閘　則水不可勝用矣　今子有其水　而不知用焉　是猶無水也　今夫火四時
異候　剛柔殊功　陶冶耕耨　各適其宜　則火不可勝用矣　今子有其火而不知用焉
是猶無火也　至於我國百里之邑　三百有六十　高山峻嶺　十居七八　名雖百里　其
實平疇　不過三十里　民之所以貧也　彼犖然而高大者　四面而度之　可得數倍之
地　金銀銅鐵往往而出　若采礦有法　鼓錬有術　則可以富甲於天下矣　至於木也
亦然　宮室棺槨車輿耒耜　各異其材　虞衡以時　養其條肆　則足用於國中矣　噫
五土異糞　五穀殊種　而明農之智　寄在愚夫　任地之功　不識何事　則民安得不饑
也　故曰　旣富方穀　先明其日用常行之事　則富且穀而九疇之理　不出乎此矣
夫何難讀之有哉　余宰花林　首訪縣之文獻　有言涑水禹公　深於洪範　著有羽翼
四十二編　衍義八卷　亟取而讀之　井井乎其區而別之矣　纚纚乎其方而類之矣
語其大則治國經邦之所必取　而語其小則經生帖括之所必資　信乎其不爲難讀者
矣　今我聖上久道化成　建中于民　搜訪巖穴　闡發幽微　吾知是書之遭逢有日矣
姑書此以俟輶軒之采焉　公諱汝楸　字某　丹陽人也　仁祖甲戌　中文科　官至河東
縣監　嘗敷衍皇極之旨　上疏于朝　特賜聖批　獎之以格言至論云

海印寺唱酬詩序

　慶尙道觀察使兼巡察使李公泰永士昻　行部　路入伽倻　宿海印寺　善山府使李
采季良　居昌縣令金銖孟剛曁趾源　逆候會寺下　皆公之里閈舊要　以次參見　公各
詢當邑年成民之疾苦　然後起更衣　因剪燭命酒　寬假禮數　歡然道舊　殊不見其高
牙大纛擁七十二州以自尊大　而在列者　亦不自覺其身在大嶺千里之外　怳然若履
屐徵逐於平溪盤池之間　甚盛事也　明日公拈韻　各賦二律　命趾源序之　趾源復于
公曰　昔曹南冥之還山也　歷訪成大谷于報恩　時成東洲以邑倅在座　與南冥初面
也　南冥戲之曰　兄可謂耐久官也　東洲指大谷笑謝曰　正爲此老所挽　雖然　今年
八月十五日　當待月海印寺　兄能至否　南冥曰諾　至期　南冥騎牛赴約　道大雨　僅
渡前溪入寺門　東洲已在樓上　方脫簑　噫　南冥處士　東洲時已去官　而盡夜相
語　不離於生民休戚　寺僧至今相傳爲山中故事　趾源歲迎輶軒　入此寺　已三更使

亦可謂耐久官矣 非有候月邂逅之約 而不敢避甚風疾雨 每入寺門 不期而會者
常七八邑 梵宇如傳舍 緇徒如館妓 臨場責詩如催博進 供張如雲 簫鼓嗣轟 雖
楓菊交映 流峙競奇 亦何補於生民之休戚哉 每一登樓 未嘗不愀然遐想於昔賢
之雨簑也 並錄此 以備山寺掌故 乙卯九月卅日 安義縣監朴趾源仲美 序

孔雀館文稿自序

文以寫意 則止而已矣 彼臨題操毫 忽思古語 强覓經旨 假意謹嚴 逐字矜莊
者 譬如招工寫眞 更容貌而前也 目視不轉 衣紋如拭 失其常度 雖良畫史 難
得其眞 爲文者亦何異於是哉 語不必大 道分錙銖 所可道也 瓦礫何棄 故檮杌
惡獸 楚史取名 椎埋劇盜 遷固是敍 爲文者惟其眞而已矣 以是觀之 得失在我
毁譽在人 譬如耳鳴而鼻鼾 小兒嬉庭 其耳忽鳴 啞然而喜 潛謂鄰兒曰 爾聽此
聲 我耳其嚶 奏篷吹笙 其團如星 鄰兒傾耳相接 竟無所聽 悶然叫號 恨人之
不知也 嘗與鄕人宿 鼾息磊磊 如哇如嘯 如嘆如噓 如吹火 如鼎之沸 如空車
之頓轍 引者鋸吼 噴者豕狗 被人提醒 勃然而怒曰 我無是矣 嗟乎 己所獨知
者 常患人之不知 己所未悟者 惡人先覺 豈獨鼻耳有是病哉 文章亦有甚焉耳
耳鳴病也 悶人之不知 況其不病者乎 鼻鼾非病也 怒人之提醒 況其病者乎 故
覽斯卷者 不棄瓦礫 則畫史之渲墨 可得劇盜之突鬢 毋聽耳鳴 醒我鼻鼾 則庶
乎作者之意也

大隱菴唱酬詩序

戊寅十二月十四日 與國之誼之元禮 夜登白岳之東麓 列坐大隱巖下 澗氷溜
漏 蹲蹲累積 氷底幽泉 琮琤蕭瑟 月嚴雪玄 境靜神夷 相視笑諧 樂而和詩 已
而歎曰 此昔南袞士華之遺址 而朴誾仲說 一國之名士也 仲說之飮酒 必於大隱
之巖 而其賦詩也 未嘗不與士華相屬也 當是時也 文章交遊之盛 可謂極一代之
選流 而數百年之間 前人之勝迹 皆已湮滅而不可知 則而況於衰者乎 今其頹垣

廢址之間 慨然而爲之躊躇者 悲盛衰之有時 而知善惡之不可磨也 今元禮寓居
於此 歌嬉傾倒 殆將軒輊仲說 而澗流松風 尙有餘韻 嗚呼 當二子之遊於此也
其意氣之盛 顧何如哉 劇飮大醉 兩相吐露 握手獻欷 氣可以崩山岳 辯可以決
河漢 尙論千古 顧何嘗不嚴於君子小人之辨哉 然而仲說諫死於燕山之朝 而其
爲詩也 不爲不多 然尙恨其少 至今讀其詩 凜凜乎想有以立也 衰啓禍北門 斬
艾正類 而衰之將死 悉焚其藥曰 使藥傳者 孰肯觀之哉 由是觀之 文章奇遊 信
一餘事爾 何與於其人之賢不肖 而在君子則來者慕其迹 後世尙恨其傳之不多也
而在小人 則猶且自削之不暇也 而況於他人乎 詩凡幾篇 仲美 序

自笑集序

嗟乎 禮失而求諸野 其信矣乎 今天下薙髮左袵 則不識漢官之威儀者 已百
有餘年矣 獨於演戲之場 像其烏帽團領玉帶象笏 以爲戲笑 嗟乎 中原之遺老
盡矣 其有不掩面而不忍視之者歟 亦有樂觀諸此而想像其遺制也歟 歲价之入
燕也 與吳人語 吳人曰 吾鄕有剃頭店 榜之曰 盛世樂事 因相視大噱 已而潸
然欲涕云 吾聞而悲之曰 習久則成性 俗之習矣 其可變乎哉 東方婦人之服 頗
與此事相類 舊制有帶 而皆闊袖長裙 及勝國末 多尙元公主 宮中髻服 皆蒙古
胡制 于時士大夫爭慕宮樣 遂以成風 至今三四百載 不變其制 衫纔覆肩 袖窄
如纏 妖佻猖披 足爲寒心 而列邑妓服 反存雅制 束釵爲髻 圓衫有純 今觀其
廣袖容與長紳委蛇 褎然可喜 今雖有知禮之家 欲變其妖佻之習 以復其舊制
而俗習久矣 廣袖長紳 爲其似妓服也 則其有不決裂而罵其夫子者耶 李君弘載
自其弱冠 學於不佞 及旣長 肄漢譯 乃其家世舌官 余不復勉其文學 李君旣肄
其業 冠帶仕本院 余亦意謂李君前所讀書頗聰明 能知文章之道 今幾盡忘之
乾沒可歟 一日 李君稱其所自爲者而題之曰自笑集 以示余 論辨若序記書說百
餘篇 皆宏博辯肆 勒成一家 余初訝之曰 棄其本業 而從事乎無用 何哉 李君
謝曰 是乃本業 而果有用也 蓋其事大交鄰之際 莫善乎辭令 莫嫺乎掌故 故本
院之士 其日夜所肄者 皆古文辭 而命題試才 皆取乎此 余於是改容而歎曰 士
大夫生而幼能讀書 長而學功令 習爲駢儷藻繪之文 旣得之也 則爲弁髦筌蹄

其未得之也　則白頭碌碌　豈復知有所謂古文辭哉　鞮象之業　士大夫之所鄙夷也
吾恐千載之間　反以著書立言之實　視爲胥役之末技　則其不爲戲場之烏帽　邑妓
之長裙者　幾希矣　吾故爲是之懼焉　特書此集而序之曰　嗟乎　禮失而求諸野　欲
觀中原之遺制　當於戲子而求之矣　欲求女服之古雅　當於邑妓而觀之矣　欲知文
章之盛　則吾實慚於鞮象之賤士

鍾北小選自序

嗟乎　庖犧氏歿　其文章散久矣　然而蟲鬚花蘂　石綠羽翠　其文心不變　鼎足壺
腰　日環月弦　字體猶全　其風雲雷電　雨雪霜露　與夫飛潛走躍　笑啼鳴嘯而聲色
情境　至今自在　故不讀易則不知畫　不知畫則不知文矣　何則　庖犧氏作易　不過
仰觀俯察　奇偶加倍　如是而畫矣　蒼頡氏造字　亦不過曲情盡形　轉借象義　如是
而文矣　然則文有聲乎　曰伊尹之大臣　周公之叔父　吾未聞其語也　想其音則款
款耳　伯奇之孤子　杞梁之寡妻　吾未見其容也　思其聲則懇懇耳　文有色乎　曰詩
固有之　衣錦褧衣　裳錦褧裳　鬒髮如雲　不屑髢也　何如是情　曰鳥啼花開　水綠
山靑　何如是境　曰遠水不波　遠山不樹　遠人不目　其語在指　其聽在拱　故不識
老臣之告幼主　孤子寡婦之思慕者　不可與論聲矣　文而無詩思　不可與知乎國風
之色矣　人無別離　畫無遠意　不可與論乎文章之情境矣　不屑於蟲鬚花蘂者　都
無文心矣　不味乎器用之象者　雖謂之不識一字可也

蜋丸集序

子務子惠出遊　見瞽者衣錦　子惠喟然歎曰　嗟乎　有諸己而莫之見也　子務曰
夫何與衣繡而夜行者　遂相與辨之於聽虛先生　先生搖手曰　吾不知　吾不知　昔
黃政丞自公而歸　其女迎謂曰　大人知蝨乎　蝨奚生　生於衣歟　曰然　女笑曰　我
固勝矣　婦請曰　蝨生於肌歟　曰是也　婦笑曰　舅氏是我　夫人怒曰　孰謂大監智
訟而兩是　政丞莞爾而笑曰　女與婦來　夫蝨非肌不化　非衣不傅　故兩言皆是也

雖然衣左籠中 亦有益焉 使汝裸裎 猶將癢焉 汗氣蒸蒸 糊氣蟲蟲 不離不襯
衣膚之間 林白湖將乘馬 僕夫進曰 夫子醉矣 隻履鞾鞋·白湖叱曰 由道而右者
謂我履鞾 由道而左者 謂我履鞋 我何病哉 由是論之 天下之易見者 莫如足而
所者不同 則鞾鞋難辨矣 故眞正之見 固在於是非之中 如汗之化蝨 至微而難
審 衣膚之間 自有其空 不離不襯 不右不左 執得其中 蜣蜋自愛滾丸 不羨驪
龍之珠 驪龍亦不以其珠 笑彼蜋丸 子珮聞而喜之曰 是可以名吾詩 遂名其集
曰蜋丸 屬余序之 余謂子珮曰 昔丁令威化鶴而歸 人無知者 斯豈非衣繡而夜
行乎 太玄大行 而子雲不見 斯豈非瞽者之衣錦乎 覽斯集 一以爲龍珠 則見子
之鞋矣 一以爲蜋丸 則見子之鞾矣 人不知猶爲令威之羽毛 不自見猶爲子雲之
太玄 珠丸之辨 唯聽虛先生在 吾何云乎

綠鸚鵡經序

洛瑞得綠鸚鵡 欲慧不慧 將悟未悟 臨籠涕泣曰 爾之不言 烏鴉何異 爾言不
曉 我則彝(彝一本作夷)矣 於是忽發慧悟 乃作綠鸚鵡經 請序於余 余嘗夢白鸚
鵡 乃徵博士 訴夢占之 曰我平生夢 夢食不飽 夢飮不醉 夢臭不穢 夢香不馨
夢力不强 夢呼不聲 或飛龍在天 或鳳凰麒麟 鬼物異獸 駮駮馳逐 四目神將
其背有口 齒嚙其劍 手又有目 小目小耳 大口大鼻 或大海洶洶 火焚靑山 或
日月星辰 繞身圍體 或雷霆霹靂 驚怖懼汗 或昇滾天 御彼光雲 或飛騰九層樓
臺 窈窕丹靑 琉璃牕戶 美女婦人 目笑眉成 妙肉淸飀 義舌合奏 或身輕蟬翼
粘彼樹葉 或與蚓鬪 或助蛙笑(笑一本作哭) 或穿墻壁 卽有曠室 或爲上客 旋
旋麾幢 芭蕉大扇 軺車百輛 卽何忘想 顚倒如是 博士大言 遍身寒栗 恐懼罪
過 爾善思念 使汝鍊丹 吸氣服眞而不飮食 漸厭室家而不棟宇 處彼巖广 離妻
去子 別其友朋 一朝身輕 肩披橡葉 腰裩虎皮 朝遊滄海 夕遊崑崙 明日明夕
而暫還歸 或已千歲 或爲八百 如彼長生 卽名爲仙 則復如何 我乃謝言 是一
妄想 千歲八百 遊朝遊暮 何其短也 我則長生 誰復見我 有誰友朋 認吾是我
萬一或幸 屋室不壞 鄕里如舊 子孫蕃衍 八世九世 至或十世 我歸我家 乍喜
入門 而復悵然 久坐細聲 暗謂家人 園後梨樹 廚下鼎錡 眞珠寶瑥 何在何亡

徵信有漸　子孫大怒　彼何妄翁　彼何狂叟　彼何醉夫　而來辱我　小杖逐我　大杖
毆我　我則奈何　無書證我　訟官奈何　譬則我夢　我夢我夢　人不我夢　執信我夢
博士大言　遍身寒慄　恐懼罪過　發大悲心　歎言爾言　其實大然　汝則知之　子孫
妻妾　暫別離捨　卽不認識　汝則何戀　西方有國　世界大樂　汝則苦行　修身大刻
往生彼國　度脫三災　不入鈠燒　是名爲佛　卽復如何　我乃謝言　此一妄想　旣云
往生　此死可知　荼毗揚灰　何免鈠燒　棄今可樂　就此刻苦　俟彼他世　杳杳冥冥
孰知極樂　若知他世　世界極樂　緣何此世　不識前生　或曰　非謂其眞仙而佛者也
仙靈而佛慧　鸚鵡有其性　則是博士占其靈慧而能言也　子之文章　其將日有進乎
嗟呼　至今十八年矣　道日益拙　而文不加進　其癡心妄想　不夢亦夢矣　今見此經
圓舌叉趾　宛如夢見　而性靈悟妙　慧語珠轉　儘乎其仙而佛者也　博士之徵　其在
是乎

愚夫艸序

邇言皆爾雅也　今閭閻之間　指癭謂麗　喚醋爲甘　幼女閒里媼賣甘　意其蜜也
倚母肩染指嘗之　瞋曰酸也　云胡作甘　母無以應　吾惕然曰　是禮也　夫禮緣人情
聞梅者齒次　故醋之未和也　猶諱其酸　況人之所嫌　有甚於癭之醜乎　於是作士
小典以自警　凡聾袞重聽　不號聾而曰不樂嘔哇　矇瞽失明　不號瞽而曰不省覷類
喋瘖嘎詭　不號啞而曰不屑雌黃　鉤背曲胸曰不善便佞　附瘻懸瘤曰不失重厚　至
於駢枝跂躄　雖病於形而無害於德　猶思迂諱　嫌其直斥　況所謂愚者　小人之德
而不移之性乎　天下之僇辱　莫加乎此　以汝京之聰明慧智　乃據其愚而不恥自號
何也　及讀其燕石集　其所以觸忌諱　犯嫌怒者多矣　掇挹乎百家　牢籠乎萬物　得
其情狀　若燃犀而畫鼎　其變化於渺微者　若卵之始毛而蜩之將翼也　雲膚石髓
可推爬也　蟲鬚花蕋　可計數也　其所指斥者　奚特聲瞀瘖啞　而其所怨怒　亦奚特
醋之酸乎　觸人怒猶諱之　況造化之所忌乎　夫爲斯之懼焉　則聰明慧智之反　而
自諱之不暇也　世之人無　亦指染而齒次也夫　噫

菱洋詩集序

達士無所怪 俗人多所疑 所謂少所見 多所怪也 夫豈達士者 逐物而目視哉 聞一則形十於目 見十則設百於心 千怪萬奇 還寄於物 而己無與焉 故心閒有 餘 應酬無窮 所見少者 以鷺嗤烏 以鳧危鶴 物自無怪 己迺生嗔 一事不同 都 誣萬物 噫 瞻彼烏矣 莫黑其羽 忽暈乳金 復耀石綠 日映之而騰紫 目閃閃而 轉翠 然則吾雖謂之蒼烏可也 復謂之赤烏 亦可也 彼旣本無定色而我乃以目先 定 奚特定於其目不視 而先定於其心 噫 錮烏於黑足矣 迺復以烏錮天下之衆 色 烏果黑矣 誰復知所謂蒼赤乃色中之光耶 謂黑爲闇者 非但不識烏 幷黑而 不知也 何則 水玄故能照 漆黑故能鑑 是故有色者 莫不有光 有形者莫不有態 觀乎美人 可以知詩矣 彼低頭 見其羞也 支頤 見其恨也 獨立 見其思也 響眉 見其愁也 有所待也 見其立欄干下 有所望也 見其立芭蕉下 若復責其立不如 齋 坐不如塑 則是罵楊妃之病齒 而禁樊姬之擁髻也 譏蓮步之妖妙 而叱掌舞 之輕儇也 余任宗善字繼之 工於詩 不纏一法 百體俱該 蔚然爲東方大家 視爲 盛唐 則忽焉漢魏 而忽焉宋明 纔謂宋明 復有盛唐 嗚呼世人之嗤烏危鶴 亦已 甚矣 而繼之之園 烏忽紫忽翠 世人之欲齋塑 美人而掌舞蓮步 日益輕妙 擁髻 病齒 俱各有態 無惑乎其嗔怒之日滋也 世之達士少而俗人衆 則默而不言可也 然言之不休何也 噫 燕巖老人 書于烟湘閣

北學議序

學問之道無他 有不識 執塗之人而問之 可也 僮僕多識我一字 姑學汝矣 恥 己之不若人而不問勝己 則是終身自錮於固陋無術之地也 舜自耕稼陶漁 以至 爲帝 無非取諸人 孔子曰 吾少也賤 多能鄙事 亦耕稼陶漁之類是也 雖以舜孔 子之聖且藝 卽物而剏巧 臨事而製器 日猶不足 而智有所窮 故舜與孔子之爲 聖 不過好問於人 而善學之者也 吾東之士 得偏氣於一隅之土 足不蹈函夏之 地 目未見中州之人 生老病死 不離疆域 則鶴長烏黑 各守其天 蛙井蚡田 獨 信其地 謂禮寧野 認陋爲儉 所謂四民 僅存名目 而至於利用厚生之具 日趨困

窮 此無他 不知學問之過也 如將學問 舍中國而何 然其言曰 今之主中國者
夷狄也 恥學焉 幷與中國之故常而鄙夷之 彼誠薙髮左袵 然其所據之地 豈非
三代以來漢唐宋明之函夏乎 其生乎此土之中者 豈非三代以來漢唐宋明之遺黎
乎 苟使法良而制美 則固將進夷狄而師之 況其規模之廣大 心法之精微 制作
之宏遠 文章之煥爛 猶存三代以來漢唐宋明固有之故常哉 以我較彼 固無寸長
而獨以一撮之結 自賢於天下曰 今之中國 非古之中國也 其山川則罪之以腥羶
其人民則辱之以犬羊 其言語則誣之以侏離 幷與其中國固有之良法美制而攘斥
之 則亦將何所倣而行之耶 余自燕還 在先爲示其北學議內外二編 蓋在先先余
入燕者也 自農蠶畜牧城郭宮室舟車 以至瓦簟筆尺之制 莫不目數而心較 目有
所未至 則必問焉 心有所未諦 則必學焉 試一開卷 與余日錄 無所齟齬 如出
一手 此固所以樂而示余 而余之所欣然讀之三日而不厭者也 噫 此豈徒吾二人
者 得之目擊而後然哉 固嘗研究於雨屋雪簷之下 抵掌於酒爛燈炧之際 而乃
一驗之於目爾 要之不可以語人 人固不信矣 不信則固將怒我 怒之性 由偏氣
不信之端 在罪山川

柳氏圖書譜序

連玉善刻章 握石承膝 側肩垂頤 目之所瞬 口之所吹 蠹蝕其墨 不絶如絲
聚吻進刀 用力以眉 旣而捧腰仰天而歆 懋官過而勞之曰 子之攻堅也 將以何
爲 連玉曰 夫天下之物 各有其主 有主則有信 故十室之邑 百夫之長 亦有符
印 無主乃散 無信乃亂 我得暈石 膚理膩沃 方武一寸 瑩然如玉 獅蹲其鈕 鞠
乳獰吼 鎭我文房 綏厥四友 我祖軒轅 氏柳名硨 文明爾雅 鼎鼓鳥雲 印我書
秩 遺我子孫 無憂散佚 百卷其全 懋官笑曰 子以和氏之璧 爲何如也 曰 天下
之至寶也 曰然 昔秦皇帝旣兼六國 破璞爲璋 上蟠蒼虯 旁屈絳螭 以爲天子之
信 四海之鎭 使蒙恬築萬里之城以守之 其言豈不曰二世三世 至于萬世 傳之
無窮 連玉俛首寂然 推墮其幼子於膝曰 安得使而公頭白者乎 一日携其前所
集古今印本 彙爲一卷 屬余序之 孔子曰 吾猶及史之闕文 今亡矣 蓋傷之也
於是幷書之 以爲不借書者之深戒

嬰處稿序

子佩曰 陋哉 懋官之爲詩也 學古人而不見其似也 曾毫髮之不類 詎髣髴乎音聲 安野人之鄙鄙 樂時俗之瑣瑣 乃今之詩也 非古之詩也 余聞而大喜曰 此可以觀 由古視今 今誠卑矣 古人自視 未必自古 當時觀者 亦一今耳 故日月滔滔 風謠屢變 朝而飲酒者 夕去其帷 千秋萬世 從此以古矣 然則今者對古之謂也 似者方彼之辭也 夫云似也似也 彼則彼也 方則非彼也 吾未見其爲彼也 紙旣白矣 墨不可以從白 像雖肖矣 畫不可以爲語 雩祀壇之下 桃渚之術 青熒而廟 貌之渥丹而鬚 儼然關公也 士女患瘧 納其牀下 懾神褫魄 遁寒崇也 孺子不嚴 瀆冒威尊 爬瞳不瞬 觸鼻不嚔 塊然泥塑也 由是觀之 外舐水匏 全吞胡椒者 不可與語味也 羨鄰人之貂裘 借衣於盛夏者 不可與語時也 假像衣冠 不足以欺孺子之眞率矣 夫愍時病俗者 莫如屈原 而楚俗尚鬼 九歌是歌 按秦之舊 帝其土宇 都其城邑 民其黔首 三章之約 不襲其法 今懋官朝鮮人也 山川風氣地異中華 言語謠俗世非漢唐 若乃效法於中華 襲體於漢唐 則吾徒見其法益高而意實卑 體益似而言益僞耳 左海雖僻國 亦千乘 羅麗雖儉 民多美俗 則字其方言 韻其民謠 自然成章 眞機發現 不事沿襲 無相假貸 從容現在 卽事森羅 惟此詩爲然 嗚呼 三百之篇 無非鳥獸草木之名 不過閭巷男女之語 則邶檜之間 地不同風 江漢之上 民各其俗 故采詩者以爲列國之風 攷其性情 驗其謠俗 也復何疑乎此詩之不古耶 若使聖人者 作於諸夏 而觀風於列國也 攷諸嬰處之稿 而三韓之鳥獸艸木 多識其名矣 貊男濟婦之性情 可以觀矣 雖謂朝鮮之風可也

炯言桃筆帖序

雖小技有所忘 然後能成 而況大道乎 崔興孝通國之善書者也 嘗赴擧書卷得一字 類王羲之 坐視終日 忍不能捨 懷卷而歸 是可謂得失不存於心耳 李澄幼登樓而習畫 家失其所在 三日乃得 父怒而笞之 泣引淚而成鳥 此可謂忘榮辱於畫者也 鶴山守通國之善歌者也 入山肆 每一闋 拾沙投屨 滿屨乃歸 嘗遇盜將殺之 倚風而歌 群盜莫不感激泣下者 此所謂死生不入於心 吾始聞之歎曰

夫大道散久矣　吾未見好賢如好色者也　彼以爲技足以易其生　噫　朝聞道　夕死可也　桃隱書炯菴叢言凡十三則爲一卷　屬余敍之　夫二子專用心於內者歟　夫二子游於藝者歟　將二子忘死生榮辱之分　而至此其工也　豈非過歟　若二子之能有忘　願相忘於道德也

綠天館集序

倣古爲文　如鏡之照形　可謂似也歟　曰左右相反　惡得而似也　如水之寫形　可謂似也歟　曰本末倒見　惡得而似也　如影之隨形　可謂似也歟　曰午陽則侏需燋僥　斜日則龍伯防風　惡得而似也　如畫之描形　可謂似也歟　曰行者不動　語者無聲　惡得而似也　曰然則終不可得而似歟　曰夫何求乎似也　求似者非眞也　天下之所謂相同者　必稱酷肖　難辨者　亦曰逼眞　夫語眞語肖之際　假與異在其中矣　故天下有難解而可學　絶異而相似者　鞮象寄譯　可以通意　篆籀隷楷　皆能成文　何則　所異者形　所同者心故耳　繇是觀之　心似者志意也　形似者皮毛也　李氏子洛瑞　年十六　從不佞學　有年矣　心靈夙開　慧識如珠　嘗携其綠天之稿　質于不佞曰　嗟乎　余之爲文　纔數歲矣　其犯人之怒多矣　片言稍新　隻字涉奇　則輒問古有是否　否則怫然于色曰　安敢乃爾　噫　於古有之　我何更爲　願夫子有以定之也　不佞攢手加額　三拜以跪曰　此言甚正　可興絶學　蒼頡造字　倣於何古　顏淵好學　獨無著書　苟使好古者　思蒼頡造字之時　著顏子未發之旨　文始正矣　吾子年少耳　逢人之怒　敬而謝之曰　不能博學　未攷於古矣　問猶不止　怒猶未解　曉曉然笞曰　殷誥周雅　三代之時文　丞相右軍　秦晉之俗筆

泠齋集序

匠石謂剞劂氏曰　夫天下之物　莫堅於石　爰伐其堅　斷而斲之　螭首龜趺樹之神道　永世不騫　是我之功也　剞劂氏曰　久而不磨者　莫壽於刻　大人有行　君子銘之　匪余攷工　將焉用碑　遂相與訟之於馬鬣子　馬鬣子寂然無聲　三呼而三不

應 於是 石翁仲 啞然而笑曰 子謂天下之至堅者 莫堅乎石 久而不磨者 莫壽
乎刻也 雖然 石果堅也 斲而爲碑乎 若可不磨也 惡能刻乎 旣得以斲而刻之
又安知築竈者 不取之以爲安鼎之題乎 揚子雲好古士也 多識奇字 方艸太玄
愀然變色易容 慨然太息曰 嗟乎 烏爾其知之 聞石翁仲之風者 其將以玄覆醬
瓿乎 聞者皆大笑 春日 書之冷齋集

旬稗序

小川菴雜記域內風謠民彝 方言俗技 至於紙鳶有譜 草謎著解 曲巷窮閭 爛
情熟態 倚門鼓刀 肩媚掌誓 靡不蒐載 各有條貫 口舌之所難辨 而筆則形之
志意之所未到 而開卷輒有 凡鷄鳴狗嗥 蟲翹螽螽 盡得其容聲 於是配以十干
名爲旬稗 一日袖以示余曰 此吾童子時手戲也 子獨不見食之有粔粖乎 粉米漬
酒 截以薑大 煗埃焙之 煮油張之 其形如繭 非不潔且美也 其中空空 啖而難
飽 其質易碎 吹則雪飛 故凡物之外美而中空者 謂之粔粖 今夫榛栗稻秫 卽人
所賤 然實美而眞飽 則可以事上帝 亦可以贊盛賓 夫文章之道亦如是 而人以
其榛栗稻秫而鄙夷之 則子盍爲我辨之 余旣卒業而復之曰 莊周之化蝶 不得不
信 李廣之射石 終涉可疑 何則 夢寐難見 卽事易驗也 今吾子察言於鄙邇 撫事
於側陋 愚夫愚婦 淺笑常茶 無非卽事 則目酸耳飫 城朝庸奴 固其然也 雖然
宿醬換器 口齒生新 恒情殊境 心目俱遷 覽斯卷者 不必問小川菴之爲何人 風
謠之何方 方可以得之 於是焉聯讀成韻 則性情可論 按譜爲畫 則鬚眉可徵 眸
睞道人 嘗論夕陽片帆 乍隱蘆葦 舟人漁子 雖皆拳鬚突鬢 邊渚而望 甚疑其高
士陸魯望先生 嗟乎 道人先獲矣 子於道人師之也 往徵也哉

騷壇赤幟引

善爲文者 其知兵乎 字譬則士也 意譬則將也 題目者 敵國也 掌故者 戰場
墟壘也 束字爲句 團句成章 猶隊伍行陣也 韻以聲之 詞以耀之 猶金鼓旌旗也

照應者 烽燧也 譬喻者 遊騎也 抑揚反復者 鏖戰斯殺也 破題而結束者 先登
而擒敵也 貴含蓄者 不禽二毛也 有餘晉者 振旅而凱旋也 夫長平之卒 其勇怯
非異於昔時也 弓矛戈鋌 其利鈍 非變於前日也 然而廉頗將之 則足以制勝 趙
括代之 則足以自坑 故善爲兵者 無可棄之卒 善爲文者 無可擇之字 苟得其將
則鉏穓棘矜 盡化勁悍 而裂幅揭竿 頓新精彩矣 苟得其理 則家人常談 猶列學
官而童謳里諺 亦屬爾雅矣 故文之不工 非字之罪也 彼評字句之雅俗 論篇章
之高下者 皆不識合變之機 而制勝之權者 譬如不勇之將 心無定策 猝然臨
題 屹如堅城 眼前之筆墨 先挫於山上之草木 而胸裏之記誦 已化爲沙中之猿
鶴矣 故爲文者 其患常在乎自迷蹊逕 未得要領 夫蹊逕之不明 則一字難下 而
常病其遲澀 要領之未得 則周匝雖密 而猶患其疎漏 譬如陰陵失道而名雖不逝
剛車重圍 而六驟已遁矣 苟能單辭而挈領 如雪夜之入蔡 片言而抽緊 如三鼓
而奪關 則爲文之道如此而至矣 友人李仲存集東人古今科體 彙爲十卷 名之曰
騷壇赤幟 嗚呼 此皆得勝之兵而百戰之餘也 雖其體格不同 精粗雜進而各有勝
籌 攻無堅城 其銛鋒利刃 森如武庫 趨時制敵 動合兵機 繼此而爲文者 率此
道也 定遠之飛食 燕然之勒銘 其在是歟 其在是歟 雖然房琯之車戰 效跡於前
人而敗 虞詡之增竈 反機於古法而勝 則所以合變之權 其又在時 而不在法也

爲學之方圖跋

爲學之方圖上下二卷 圖凡幾篇 說若識凡幾則 趙君衍龜 號敬庵之所蒐輯成
書者也 嗟夫此爲冥途之指車 迷津之寶筏 安容多方駢贅 以爲圭觬之嗟哉 辭旣
不獲焉 則洒言曰 夫道者猶途也 請以途喩 行旅之適乎四方者 必先審問所向程
里幾舍 所費餱糧幾何 所經亭津馴埰遠近次第 瞭然吾目中 夫然後脚踏實地 素
履坦坦 其知也先明 故不爲邪徑走造 不爲別岐彷徨 又無捷路榛蕪之險 半途廢
輟之患 此知行所以兼致也 或有行當自知之說 則亦何異於泗水撈月 負鼓覓子
哉 其卒不爲阮哭楊泣者鮮矣 譬若京坊子弟徒聞力穡之爲貴 不待人時之敬授
窮冬耕播 血指汗顏 則行雖力矣 於知如何 此行先知後之卒無有穫 而趙君之所
以爲懼也 苟使學者 按是圖而爲方 則如夜之懸燈 如瞽之有相 如兵陣之按圖

如醫藥之循方 一以爲田家之時曆 一以爲行旅之亭堠 凡百君子 盍勉斯諸

以存堂記

進士張仲擧 魁傑人也 身長八尺餘 落落有氣岸 不拘小節 性嗜酒自豪 乘醉
多口語失 以故鄕里厭苦之 目之以狂生 謗議溢於朋曹間 有欲以危法中之者
仲擧亦自悔焉 曰我其不容於世乎 思所以避謗遠害之道 掃一室 閉戶下簾而居
大書以存而顏其堂 易曰 龍蛇之蟄 以存身 蓋取諸斯也 一朝謝其所從飮酒徒
曰 子姑去 吾將以存吾身 余聞而大笑曰 仲擧存身之術止此 則難乎免矣 雖以
曾子之篤敬 終身所以服而誦之者何如也 常若莫保其朝夕 至死之日 啓示手足
始能自幸其全歸 而況於衆人乎 一室之推而州里可知也 州里之推而四海可知
也 夫四海如彼其大也 自衆人而處之 殆無容足之地 一日之中 自驗其視聽言
動 罔非僥生而倖免爾 今仲擧懼物之害己也 蟄于密室 欲以自存 而不知自害
者存乎其身 則雖息跡閉影 自同拘繫 適足以滋人惑 而集衆怒也 其於存身之
術 不亦疎乎 嗟乎 古之人 憂忌畏讒者何限 類藏於田野 藏於巖穴 藏於漁釣
藏於屠販 而巧於隱者 多藏於酒 如劉伯倫之倫 可謂巧矣 然至荷鍤而自隨 則
亦可謂拙於圖存矣 何則 彼田野巖穴漁釣屠販 皆待外而藏者也 至於酒昏冥沈
酣 自迷其性命 遺形骸而罔覺 顚溝壑而不郵 又何有乎烏鳶螻蟻也哉 是飮酒
欲其存身 而荷鍤適以累之也 今仲擧之過在酒而猶不能忘其身 思所以存之 則
謝客而深居 深居不足以自存 則又妄自標其號而昭揭之 是何異乎伯倫之荷鍤
也哉 仲擧悚然爲間曰 如子之言也 提吾八尺之軀 將安所投乎 余復之 曰吾能
納子之軀於耳孔目竅 而雖天地之大 四海之廣 將無以加其寬博 子其願藏於此
乎 夫人物之交 事理之會 有道存焉 其名曰禮 子能克子之身 如摧大敵 節文
於斯 儀則於斯 非其倫也 不留於耳 身之藏 恢恢乎有餘地矣 目之於身亦然
非其倫也 不接於目 身不碍乎睚眦矣 至於口也亦然 非其倫也 不設於口 身不
入乎觭齕矣 心之於耳目有大焉 非其倫也 不動於中 則吾身之全體大用 固不
離乎方寸之間 而將無往而不存矣 仲擧揚手曰 是子欲使我藏身於身 以不存存
也 敢不書諸壁 以存省焉

百尺梧桐閣記

由正堂西北數十舉武 得廢館十有二楹 而軒無欄 階無甃 大抵墀城所築 皆水磨亂石 疊卵累碁 歲久頹圮 滿地磊落 傾側膩滑 難着履屐 草蔓之所縈 蛇虺之所蟠 遂乃日課僮隸 撤砌夷級 凡石之圓者 盡輂去之 擇石於崩崖裂岸之間 若氷之坼也 珪之削也 舣之楞也 爭來効伎 呈巧於甍簷之下 犬牙互嗌 龜背交灼 窯鞭裂縫 以文以完 不施繩刃 宛若斧劈 沿甃正直 有廉有隅 於是乎堂有陛而門有庭矣 復斥其前楹 補以脩欄 新其塗墍 剗除猥雜 館客讌賓 以遨以息矣 百笏量庭 十弓爲池 盛植芙蕖 種以魚苗 於是乎揭風欞 凭月楹 俯淸沼而幽夐窈窕 衆美畢具矣 夫宿槳換器 口齒生新 陳躅殊境 心目俱遷 士民之來觀者 不覺池之昔無 閣之舊有 而咸謂斯軒之翼然湧出於池上也 墻外有一樹梧桐 高可百尺 濃陰映檻 紫花飄香 時有白鷺翹翼停峙 雖非鳳凰 足稱嘉客 遂榜之曰百尺梧桐閣

孔雀館記

百尺梧桐閣之南軒曰孔雀館 南距不數十武 頂胡盧而對峙者曰荷風竹露堂 隔其中庭 架竹爲棚 雜植枸杞玫瑰野棠紫荊于其中 脩條柔蔓 綴絡扶疎 掩映虧蔽 春夏爲屏 秋冬爲籬 屏宜錯花 籬宜積雪 因圭其竇 爲天然之門 而不扉焉 穿北垣 引溝澮 納之北池 又溢北池 經其前爲曲水 摘蓮葉以承杯 以泛以流 此孔雀館之所以同室殊境 移席改觀者也 余年十八九時 夢入一閣 穹深虛白 類公館佛宇 左右錦匣玉籤 秩然排挿 曲拆經行 纔通一人 中有數尺綠瓶 挿二翠尾 高與屋齊 裵徊久之而覺 其後二十餘年 余入中國 見孔雀三 小於鶴而大於鷺 尾長二尺有咫 赤脛而蛇退 黑嘴而鷹彎 遍體毛羽 火殷金嫩 其端各有一金眼 石綠點睛 水碧重瞳 暈紫界藍 螺幻虹縠 謂之翠鳥者 非也 謂之朱雀者 亦非也 時警竦而入晦 卽鬖髿而還魂 俄閃弄而轉翠 倏葳蕤而騰燄 蓋文章之極觀 莫尙於此 夫色生光 光生輝 輝生耀 耀然後能照 照者 光輝之泛於色 而溢於目者也 故爲文而不離於紙墨者 非雅言也 論色而先定於心目者 非

正見也　在皇城時　與東南之士　日飮酒論文於段家鋪　每擧似孔雀　爲之評其詩
若文　而座有高太史栻生　戱之曰　我客斯容　何如夫子家禽　相與大笑　其後五年
客之遊中州者　得孔雀館三字而還　錢塘人趙雪帆所書也　曩者吾於趙　未有一面
豈於他人乎　聞余之風而萬里寄意者耶　然而館非私室之號　而吾且老　無一廛之
室　顧安所揭之　今幸蒙恩　得宰名區　水竹四載　以官爲家　則舊書弊簏　隨身俱
在　霖餘曝書　偶得此筆　噫　孔雀不可復見　而追思疇昔之夢　安知宿緣之不在於
斯乎　遂刻揭前棟　並識如此

荷風竹露堂記

正堂西廂　廢庫荒頓　廐溷相連　數步之外　委溜棄灰　朽壤堆阜　積高出簷　蓋
一衙之奧區　而衆穢之所歸也　方春雪消風薰　尤所不堪　逐乃日課僮隸　畚擔刮
剔　匝旬而成曠墟　橫延二十五丈　廣袤十之三焉　制灌薙葊　夷凸塡坎　槽櫪旣徙
地益爽塏　嘉木整列　蟲鼠遠藏　於是中分其地　南爲南池　因廢庫之材　北爲北堂
堂東面　橫四楹　縱三楹　會橡如嚳　冒以胡盧　中爲燕室　連爲洞房　前左挾右　虛
爲敞軒　高爲層樓　繚爲步欄　疎爲明牕　圓爲風戶　引曲渠　穿翠屛　畫苔庭　鋪白
石　被流映帶　鳴爲幽硼　激爲噴瀑　入于南池　架軶爲欄　以護池塢　前爲脩墻　以
限外庭　中爲角門　以通正堂　益南以折　屬之塘隈　中爲虹空　以通烟湘小閣　大
抵堂之勝在墻　及肩以上　則更合兩瓦　竪倒偃側　六出爲菱　雙環爲珧　綻爲魯錢
聯爲薜荔　窌空玲瓏　窈窕鎣鍠　墻下一樹紅桃　池上二樹古杏　樓前一樹梨花　堂
後萬竽綠竹　池中千柄芙蓉　中庭芭蕉十有一本　圃中人蔘九本　盆中一樹寒梅
不出斯堂　而四時之賞備矣　若夫涉園而萬竹綴珠者　淸露之晨也　凭欄而千荷送
香者　光風之朝也　襟煩鬱而慮亂　巾鞞墊而睡重　聽于芭蕉而神思頓淸者　快雨
之晝也　嘉客登樓　玉樹爭潔者　霽月之夕也　主人下帷　與梅同瘦者　淺雪之宵也
此又隨時寓物　各擅其勝於一日之中　而彼百姓者無與焉　則是豈太守作堂之意
也哉　噫　後之居斯堂者　觀乎荷之朝敷而所被者遠　則如風之惠焉　觀乎竹之曉
潤而所沾者勻　則如露之溥焉　此吾所以名其堂　而待夫後來者

獨樂齋記

以天下樂之有餘 而獨樂於己不足 昔者 堯遊於康衢 熙熙然可謂樂以天下矣 及辭封人之祝 則憂苦悲悴 悸然有不終夕之歎 嗟乎封人之祝 可謂備人生之大 願 極天下之至樂夫 豈堯以撝謙飾讓而爲悅哉 誠有所病於己 而獨專之爲難也 今有一妄男子 囂囂然號於衆曰 我能獨樂 人孰肯信之而猶然名其齋曰獨樂者 尤豈非愚且惑歟 噫 人情孰不欲欣欣然樂於心而終身哉 然而自天子之尊 四海 之富 常求其一日之樂 所以稱於心而足乎己者 幾希矣 而況匹夫之貧賤 有不 勝其憂者乎 此無他 好惡係於外物 得失交乎中情 心營營而有求 恒汲汲而不 足 又奚暇志于樂哉 故自得於中 而無待於外 然後始可與言樂矣 非剿襲而可 得 豈强勉而致 然含元氣之氤氳 體剛健而不息 無愧怍於俯仰 雖獨立而不懼 知其理之必當 良獨由乎至誠 父不可以與其子 子不可以得之於父 堯以之而治 天下 舜以之而事其親 禹以之而平水土 比干以之而事其君 屈原以之而憫其俗 長沮桀溺耦耕於野 而劉伶阮籍之徒 終身飲酒 雖所性之不同 亦至樂之所寓爾 夫是數君子 苟一毫之不慊 若四體之罷役 堯不待老期而倦於勤矣 舜懈於鼓 琴 而禹痒於乘橇矣 比干不必剖 而屈原不必沈矣 長沮桀溺不安於耕田 而凡 天下之利害榮辱 皆得以動吾心 而撓吾之素行矣 故得行其所性而能專於己 則 飲酒者猶然終身 而況疏其隔而靜其几 蚤夜讀書而匪懈者乎 崔氏子鎭謙 作堂 於霞溪之上 與同志之士數人 讀書於此堂之中 而以獨樂名 所以志于古人之道 也 吾大其志而爲之記如此 欲以益其專而衆其獨 此吾所以廣其樂於天下也

安義縣縣司祀郭侯記

余視事安義之歲八月旬有七日 戶長河謁曰 明日甲申 將有事于縣司 敢以吏 奴之供事者 退以齊明 余聞縣司奚事 對曰 曩在萬曆丁酉 倭陷黃石 縣監郭侯 死之 黃石吾城 而郭侯吾邦之賢府君也 故歲以是日祀 勿之敢有替也 余曰 勤 死捍患 在法當祀 郭侯守孤城以衛百姓 至于三年之久 可謂捍大患矣 卒能死 職下 其孤忠毅節著於國 可謂勤死矣 故朝廷累加褒美之典 贈官至吏曹判書

賜謚曰忠烈 旌其閭而蔭其孫 則廟於家而世祀不遷矣 侯玄風人也 祠院之在玄
風者 賜額曰禮淵 在本縣者 賜額曰黃巖 則兩縣俱俎豆而崇報之矣 夫縣司者
側陋之地 而小吏之處也 縣司之私祀侯 不已瀆乎 況侯之神 亦安肯自貶其威
尊 降食于此乎 及祭之夕 戶長率一縣之吏隸僮奴 小大奔趨 震悚嚴恭 優然如
復見侯之坐而衎觴進食也 肅然如復聞侯之發號而抑首承令也 炬燎煌煌 拜
跪有數 自尊罍至籩豆 毋敢譁譁惰容者 然後益知夫禮緣人情 人情之所不能已
者 聖王之所不能奪也 匹夫抱木而燔 何與於歲曆之節氣 而後世之百姓 猶不
熱食於是日 況侯之嘗父母玆土而身膏草莽 以殉其吏民者耶 噫 今之百司 外
而州縣 其吏廳之側 莫不有賽神之祠 皆號府君堂 每歲十月 府史胥徒釀財賄
醉飽祠下 巫祝歌舞鼓樂以娛神 然世亦不識所謂府君 何神而所畵神像 朱笠具
纓揷虎鬚 威猛如將帥 或言高麗侍中崔瑩之神 其居官廉於財 關節不行 有威
名於當世 吏民懷之 迎其神尊之爲府君 信斯說也 瑩嘗身將相 不能支顚扶
危 以存其社稷 死而不得爲明神 以登祀典 乃反哺啜於吏胥臺隸之間 樂其媟
嫚 可謂愚鬼不靈矣 惡在其居官廉也 非其鬼而事之 君子猶謂之諂也 而況事
之以淫褻非禮之祀 諂孰大焉 今安義吏廳 獨無所謂府君之堂 如郭侯者 爲良
長吏於是邑 死王事爲明神 豈非眞玆土之府君歟 然而縣司之祠之也 獨不以府
君稱之何也 蓋恥混於非禮之祀 而嫌其號也 嗚呼 今之爲守令者 盛容臨吏民
顧眄指揮 若可以唯意湯火而卽日解印綬歸 送不半途而背棄者有之矣 丁酉之
距今 爲二百餘年 當時之人吏 其有子若孫在者乎 然而安義之人 至今畏愛侯
若是 苟非忠義之感人者深 惡能使人不叛至此哉 祠屋僅二楹 卑狹未足以廟貌
侯 今年春 奉朝命 新建縣之城隍宇于厲壇之左 縣之人吏請其餘材 以修其祠
屋 稍廣其舊制 加丹雘焉 余嘉縣吏之於郭侯 不以久遠而禮儀嚴且愨 享祀之
於縣司 不循訛謬而號名正而辨 其義有足以聽聞於國中 爲傍縣視效 第恐歲紀
浸久 慕向益淺 則禮儀或愆於前日 號名易舛於習俗 人之視祠之在於縣司而有
疑也 謹書侯諱赳 字養靜 及其享祀本末 俾藏諸祠壁 歲崇禎紀元後三癸丑我
聖上十七年 通訓大夫 行安義縣監 晉州鎭管兵馬節制都尉 潘南朴趾源 記

居昌縣五愼祠記

夫吏之爲言 理也 有天吏者 有命吏者 有長吏者 有椽吏者 代天理物之謂天吏 承流宣化之謂命吏 輔世長民之謂長吏 椽吏者 古之府史胥徒 佐長吏 治簿書管府庫 所謂庶人而在官者也 人微職卑 不命於天子 不足爲王臣 然先王之制 猶得與下士同祿 故自天子達於胥史 雖所理有大小 其職則無非吏也 噫 今之州縣小吏 豈非庶人而在官者歟 其所以祿養者 能與下士同 而足以代其耕耶 今之爲州縣長吏者 豈非大夫士歟 其所以輔世長民者 能不異於古之大夫士耶 庶人而在官者 旣無下士代耕之祿 則其竊府庫 鬻獄訟 弄刀筆爲奸利 固其勢然也 大夫士之臨州縣者 有能大畏衆吏之志 而莫敢爲非法歟 是未可知也 然而人有恒言曰 如束濕薪 彼其束之也 果以禮義廉恥 則幾何其不可與竝升於朝也 如以縲絏己也 桁楊己也 常置之儳辱之地而曰 我善束吏也 則是馬牛視 而賊盜治也 人之於馬牛賊盜 非可責之以節義忠信也明矣 彼其奔趨承事者 我嘗見之也 膝行不及喘者 謂之慢 失視上於帶者 謂之頑 一號一令 明有不合於理 而不應聲對至當 或敢曰可乎 曰不可乎 則其有不盛氣呵曰爾惡敢乃爾者乎 故其進退抑首 跪伏泥塗 曾是以爲恭 而一有違於是者 非但莫道於濫猾之誅 爲其令長者 以不能束濕 往往被下考去 故大夫士儼然臨視其趨走唯諾 若可以唯意湯火而一朝有事且急 尙能望其親上死長之節耶 嶺南之縣曰居昌 其治之左 澄溪之上 有愼姓五人 竝列而祀者 皆贈官佐郎 名 錫顯 克終 德顯 致勤 光世 此五人者 縣之小吏也 其忠功義績 著於國誌於邑 豈非所謂能捍大患則祀之者歟 嗚呼 當英宗四年戊申 凶賊大起嶺南 當時守宰之棄印綬 竄伏草間者有之 則列邑吏胥之煽附脅從者 可知也 惟其首挫凶鋒 使賊不敢踰牛峙之嶺 蹂湖右而北向者 是誰之功歟 噫 彼據高堂 拊印符 顧眄指揮 俯臨此五人者誰歟 其平日束之者 果何術歟 是果工趨下視 稱之爲善承事令長者耶 抑不能自逃於濫猾之目 而使其長官被下考去者耶 方其變起蒼卒 吏民驚擾 鳥獸奔散 五人者抗聲陳大義 卒能析難戡凶醜 捍衛京國 其樹立之卓絶有如是者 苟非義理之心 素積于中而確乎其不拔者 惡能辦此哉 洪惟我聖上御極之十有二年 曆紀重回 宸感倍激 追先朝戡亂之烈 茂當日禦侮之績 誕宣寶綸 渙諭方域 風輝日彙 動蕩煇爀 無遠不邇 無微不顯 旌虵褒錄之典 至及於下邑匹庶之家 猗歟盛

哉 趾源分符隣縣 每過五愼之祠 爲之徊徨而不能去 縣令兪侯漢紀 屬余爲記 遂書其所感如此 且以警夫大大夫士之爲長吏者

咸陽郡學士樓記

咸陽郡治 東距百武 臨城而樓 凡幾楹 歲久荒頹 榱桷摧朽 丹雘昧亂 上之十九年甲寅 郡守尹侯光碩慨然捐廩 大興修治 悉復樓之舊觀 仍其古號 曰學士 屬不佞爲文而記之 咸陽 新羅時爲天嶺郡 文昌侯崔致遠字孤雲 嘗爲守天嶺而置樓者 蓋已千年矣 天嶺民懷侯遺惠 至今號其樓曰學士者 稱其所履而志之也 初孤雲年十二 隨商舶入唐 僖宗乾符甲午 裵瓚榜及第 仕爲侍御史 內供奉賜紫金魚袋 淮南都統高騈奏爲從事 爲騈草檄召諸道兵 討黃巢 巢得檄驚墜牀下 孤雲名遂震海內 唐書藝文志 有孤雲所著桂苑筆耕四卷 及光啓元年乙巳充詔使東還 所謂巫峽重峰之歲 絲入中原 銀河列宿之年 錦還東國者 是也 國史 孤雲棄官入伽倻山 一朝遺冠屨林中 不知所終 世遂以孤雲得道爲神仙 此非知孤雲也 孤雲嘗上十事諫其主 主不能用 伽倻之於天嶺 不百里而近 則其超然遐擧者 豈非在郡時耶 嗟乎 孤雲立身天子之朝 而唐室方亂 斂跡父母之邦 而羅朝將訖 環顧天下 身無係著 如天末閒雲 倦住孤征 卷舒無心 則孤雲所以自命其字 而當時軒冕之榮 已屬腐鼠弊屣矣 乃後之人 猶戀其學士之銜 不幾乎病孤雲而累斯樓哉 然而郡人之慕孤雲者 不曰崔侯 而必號學士 不曰孤雲 而必稱其官 不頌于石而惟樓是名焉 不信其遺蛻林澤之間 而彷彿相遭于是樓之中 若夫月隱高桐 八窓玲瓏 則依然學士之步曲欄也 風動脩竹 一鶴寥廓 則怳然學士之咏高秋也 樓之所以名學士 其所由來者遠矣夫

咸陽郡興學齋記

郡縣長吏初除 邸吏授笏記七事 及陛辭 特命上殿 承旨令自奏職官姓名 屛息俯伏 稱某官臣姓某 次令奏七事 更端起伏 戰兢誦 農桑盛 戶口增 學校興

軍政修 賦役均 詞訟簡 奸猾息 以次趨出 乃敢戒 行事之官 或失次誤讀 坐黜
者往往而有 夫此七事者 皆治郡之大經 長民之極致 國家所以明戒而責實也如
此 一有不能於是者 固未可以寄百里之命 而任民社之責矣 然徒以口誦而可也
則大學之三網八條 聖人之能事 而夫人也 能誦之矣 夫人也 苟能誦之 則向所
謂聖人之能事 不係于誦 亦明矣 又安用長吏之徒誦 此七事爲哉 且不曰盛農
桑而曰農桑盛 則是乃其成效 而非所以勉其方來也 戶口以下諸條 莫不皆然
況初拜者 固未及莅事 豈宜掍撫古循良之跡 猥自張皇於辭陛之日耶 無已 則
喉舌之臣 謦咳臚宣 曰盛農桑 增戶口 興學校 修軍政 均賦役 簡詞訟 息奸猾
令赴任者 稽首肅聽 庶幾古讀法之意也 然而君子爲政於七 所急者三 而所先
者一 奚急乎 曰農桑也 賦役也 戶口也 曷爲急乎三 經曰旣富方穀 夫農桑不
盛 無以興學校 賦役不勻 無以增戶口 戶口不增 無以修軍政 苟能盛其農桑
勻其賦役 則流亡還業 戶口自增 寧憂軍政之不修乎 詞訟奸猾 不煩刑獄 而固
將簡且息矣 然則奚先焉 曰莫先於學校也 曷先之 曰躬先之也 農桑雖當務之
所急 勤其勸課已矣 有非守土者 所得以躬先之事也 勻賦 增戶 簡訟 息猾 又
非可以力襲而致之者 則爲長吏者 惟於學校而可得以躬焉 子游爲武城宰 以絃
歌爲政 曰聞之夫子 君子學道則愛人 小人學道則易使也 後世之言學校者 空
談詩書之文 徒數六藝之目 而其於耳目手足之所閑習 心志氣血之所流通 今之
所謂君子 固漠然所昧於平生 而況於小人乎 噫 古者鄉飲鄉射養老勞農敎藝選
言之政 與夫獻馘訊囚受成之事 無一不出於學 則凡此七事 雖若分科異目 無
非學校之所日講也 子游之爲政 亦安能家諭戶說以愛人易使之道哉 不過擇鄉
閭之秀俊 納之黨庠遂序之間 所以示導振厲之方 莫不出於是道 而身率之 民
之從化也 如草之偃風 而苗之勃雨也 故爲政所急乎七者三 而所先乎三者學也
尹侯光碩 莅咸陽郡三年 郡之儒士相與謀曰 吾鄉之學 不講久矣 得無爲賢侯
病哉 曰有精舍於西溪之東 是則佔畢南冥諸賢杖屨之地 鄉先生盧玉溪姜介菴
之所游息也 盍於此乎而藏修焉 侯聞而喜曰 是不誠在我乎 爲之捐俸而助之
置田藏書 修其室宇而新之 名其齋曰興學 噫 侯之爲郡 纔數朞矣 而郡學之興
不已兆乎 然而齋名興學 則其亦有意乎方來 而非敢曰已然者 其爲政亦可謂知
所先後 吾知尹侯之於學校 必以身率先之也 使莅是齋者 學已成矣 毋遑曰已
成矣 而將以成之也云爾 則其所成就 豈不遠且大 而庸詎止一鄉之善而已哉

趾源黍職隣縣 其於國家責實之意 一未能奉承 早夜震悚 嘗恐職事未效 聞侯
之爲政 竊有感於是齋之名 爲之記 俾藏諸壁

髮僧菴記

余東遊楓嶽 入其洞門 已見古今人題名大書深刻 殆無片隙 如觀場疊肩 郊
阡叢墳 舊刻纔沒苔蘚 新題又煥丹硃 至崩崖裂石 削立千仞 上絶飛鳥之影 而
獨有金弘淵三字 余固心異之曰 古來觀察使之威 足以死生人 楊蓬萊之耽奇
足跡無所不到 猶未能置名此間 彼題名者誰耶 乃能令工與鼯猱爭性命也 其後
余遊歷方內名山 南登俗離伽倻 西登天摩妙香 所至僻奧 自謂能窮世人之所不
能到 然常得金所題 輒發憤罵曰 何物弘淵 敢爾唐突耶 大凡好遊名山者 非犯
至危排衆難 亦不得搜奇探勝 余平居追思往躓 未嘗不慄然自悔也 然而復當登
臨 猶忽宿戒 履巉巖 俯幽深 側身于朽棧枯梯 往往默禱神明 惴惴然尚恐其不
能自還 而大字硃塡 如鹿脛之大 隱約盤挐於老槎壽藤之間者 必金弘淵也 乃
反欣然如逢舊識於險阨危困之際 爲之出力而扳援先後之也 或有素知金行跡爲
道 金乃闊者 蓋閭里間浪蕩迂闊之稱 如所謂劍士俠客之流 方其少年時 善騎
射 中武科 能力扼虎 挾兩妓 超越數仞牆 不肯碌碌求仕進 家本富厚 用財如
糞土 傍蓄古今法書名畫 劍琴彝器 奇花異卉 遇一可意 不惜千金 駿馬名鷹
動在左右 今旣老白首 則囊置錐鑿 遍遊名山 已一入漢挐 再登長白 輒手自刻
石 使後世知有是人云 余問是人爲誰 曰金弘淵 所謂金弘淵爲誰 曰字大深 曰
大深者誰歟 曰是自號髮僧菴 所謂髮僧菴誰歟 談者無以應 則余笑曰 昔長卿
設無是公 烏有先生以相難 今吾與子 偶然相遇於古壁流水之間 相答問焉 他
日相思 皆烏有先生也 安有所謂髮僧菴者乎 客勃然怒於色曰 吾豈謊辭而假設
哉 果眞有是人也 余大笑曰 君太執拗 昔王介甫辨劇秦美新 必谷子雲所著 非
揚子雲 蘇子瞻曰 未知西京果有揚子雲否也 夫二子之文章 炳蔚當世 流名史
傳 而後之尙論者 猶有此疑而况寄空名於深山窮壑之中 而風消雨泐 不百年而
磨滅者乎 客亦大笑而去 其後九年 余遇金平壤 有背指者 此金弘淵也 余字呼
曰大深 君豈非髮僧菴耶 金君回顧熟視曰 子何以知我 余應之曰 舊已識君於

萬瀑洞中矣 君家何在 頗存舊時所蓄否 金君憮然曰 家貧賣之盡矣 何謂髠僧
菴 曰不幸殘疾形毀 年老無妻 居止常依佛舍 故稱焉 察其言談擧止 舊日習氣
猶有存者 惜乎 吾未見少壯時也 一日詣余寓邸而請曰 吾今老且死 心則先死
特髠存耳 所居皆僧菴也 願托子文而傳焉 余悲其志老猶不忘者存 遂書其舊與
遊客答問者以歸之 且爲之說 偈曰 烏信百鳥黑 鷺詑他不白 白黑各自是 天應
厭訟獄 人皆兩目俱 瞎一目亦覩 何必雙後明 亦有一目國 兩目猶嫌小 還有眼
添額 復有觀音佛 變相目千隻 千目更何有 瞽者亦觀黑 金君廢疾人 依佛以存
身 積錢若不用 何異丐者貧 衆生各自得 不必强相學 大深旣異衆 以玆相訝惑

夏夜讌記

二十二日 與麴翁步至 湛軒風舞夜至 湛軒爲瑟 風舞琴而和之 麴翁不冠而
歌 夜深 流雲四綴 暑氣乍退 絃聲益清 左右靜默 如丹家之內觀臟神 定僧之
頓悟前生 夫自反而直 三軍必往 麴翁當其歌時 解衣磅礴 旁若無人者 梅宕嘗
見簷間 老蛛布網 喜而謂余曰 妙哉 有時遲疑 若有思也 有時揮霍 若有得也
如蒔麥之踵 如按琴之指 今湛軒與風舞相和也 吾得老蛛之解矣 去年夏 余嘗
至湛軒 湛軒方與師延論琴 時天欲雨 東方天際 雲色如墨 一雷則可以龍矣 旣
而長雷去天 湛軒謂延曰 此屬何聲 遂援琴而諧之 余遂作天雷操

酬素玩亭夏夜訪友記

六月某日 洛瑞夜訪不佞 歸而有記云 余訪燕巖丈人 丈人不食三朝 脫巾跣
足 加股房櫳而臥 與廊曲賤隸相問答 所謂燕巖者 卽不佞金川峽居 而人因以
號之也 不佞眷屬時在廣陵 不佞素肥苦暑 且患草樹蒸鬱 夏夜蚊蠅 水田蛙鳴
晝夜不息 以故每當夏月 常避暑京舍 京舍雖甚湫隘 而無蚊蛙草樹之苦 獨有
一婢守舍 忽病眼狂呼 棄主去 無供飯者 遂寄食廊曲 自然款狎 彼亦不憚 使
役如奴婢 靜居無一念在意 時得鄕書 但閱其平安字 益習疎懶 廢絕慶弔 或數

日不洗面 或一句不褁巾 客至 或默然淸坐 或販薪賣瓜者過 呼與語孝悌忠信
禮義廉恥 款款語屢數百言 人或譏其迂闊無當 支離可厭 而亦不知止也 又有
譏其在家爲客 有妻如僧者 益晏然 方以無一事爲自得 有雛鵲折一脚 蹣跚可
笑 投飯粒益馴 日來相親 遂與之戲曰 全無孟嘗君 獨有平原客 東方俗 謂錢
爲文 故稱孟嘗君 睡餘看書 看書又睡 無人醒覺 或熟睡盡日 時或著書見意
新學鐵絃小琴 倦至乃弄數操 或故人有餉酒者 輒欣然命酌 旣醉乃自贊曰 吾
爲我似楊氏 兼愛似墨氏 屢空似顏氏 尸居似老氏 曠達似莊氏 夳禪似釋氏 不
恭似柳下惠 飮酒似劉伶 寄食似韓信 善睡似陳搏 鼓琴似子桑 著書似揚雄 自
比似孔明 吾殆其聖矣乎 但長遜曹交 廉讓於陵 慚愧慚愧 因獨自大笑 時余果
不食三朝 廊隸爲人蓋屋 得雇直 始夜炊 小兒妬飯 啼不肯食 廊隸怒 覆盂與
狗 惡言詈死 時不佞纔飯 旣困臥 爲擧張乖崖守蜀時斬小兒事 以譬曉之 且曰
不素敎 反罵 爲長益賊恩 而仰視天河垂屋 飛星西流 委白痕空 語未卒而洛瑞
至 問丈人獨臥誰語也 所謂與廊曲問答者此也 洛瑞又記雪天燒餠時事 時不佞
舊居 與洛瑞對門 自其童子時 見不佞 賓客日盛 有意當世 而今年未四十 已
白頭 頗爲道其感慨 然不佞已病困 氣魄衰落 泊然無意 不復向時也 玆爲之記
以酬

不移堂記

士涵自號竹園翁 而扁其所居之堂曰不移 請余序之 余嘗登其軒而涉其園 則
不見一挺之竹 余顧而笑曰 是所謂無何鄕 烏有先生之家耶 名者實之賓 吾將
爲賓乎 士涵憮然爲間曰 聊自寓意耳 余笑曰 無傷也 吾將爲子實之也 曩李學
士功甫 閒居爲梅花詩 得沈董玄墨梅以弁軸 因笑謂余曰 甚矣 沈之爲畫也 能
肯物而已矣 余惑之曰 爲畫而肯 良工也 學士何笑爲 曰有之矣 吾初與李元靈
遊 嘗遺綃一本 請畫孔明廟柏 元靈良久 以古篆書雪賦以還 吾得篆且喜 益促
其畫 元靈笑曰 子未喩耶 昔已往矣 余驚曰 昔者來 乃篆書雪賦耳 子豈忘之
耶 元靈笑曰 柏在其中矣 夫風霜刻厲 而其有能不變者耶 子欲見柏 則求之於
雪矣 余乃笑應曰 求畫而爲篆 見雪而思不變 則於柏遠矣 子之爲道也 不已離

乎 旣而余言事得罪 圍籬黑山島中 嘗一日一夜 疾馳七百里 道路傳言金吾郞
且至 有後命 僮僕驚怖啼泣 時天寒雨雪 其落木崩崖 嵯岈虧蔽 一望無垠 而
巖前老樹倒垂 枝若枯竹 余方立馬披簑 遙指稱奇曰 此豈元靈古篆樹耶 旣在
籬中 瘴霧昏昏 蝮蛇蜈蚣 糾結枕茵 爲害不測 一夜大風振海 如作霹靂 從人
皆奪魄嘔眩 余作歌曰 南海珊瑚折奈何 祗恐今宵玉樓寒 元靈書報近得珊瑚曲
婉而不傷 無怨悔之意 庶幾其能處患也 曩時足下嘗求畫柏 而足下亦可謂善爲
畫耳 足下去後 柏數十本留在京師 皆曹吏輩禿筆傳寫 然其勁榦直氣 凜然不
可犯 而枝葉扶疎 何其盛也 余不覺失笑曰 元靈可謂沒骨圖 由是觀之 善畫不
在肖其物而已 余亦笑 旣而學士歿 余爲編其詩文 得其在謫中所與兄書 以爲
近接某人書 欲爲吾求解於當塗者 何待我薄也 雖腐死海中 吾不爲也 吾持書
傷歎曰 李學士眞雪中柏耳 士窮然後見素志 患害恐厄而不改其操 高孤特立而
不屈其志者 豈非可見於歲寒者耶 今吾士涵 性愛竹 嗚呼士涵 其眞知竹者耶
歲寒然後 吾且登君之軒而涉君之園 看竹於雪中可乎

素玩亭記

完山李洛瑞 扁其貯書之室曰素玩 而請記於余 余詰之曰 夫魚游水中 目不
見水者 何也 所見者皆水 則猶無水也 今洛瑞之書盈棟而充架 前後左右無非
書也 猶魚之游水 雖效專於董生 助記於張君 借誦於東方 將無以自得矣 其可
乎 洛瑞驚曰 然則將奈何 余曰 子未見夫素物者乎 瞻前則失後 顧左則遺右
何則 坐於室中 身與物相掩 眼與空相逼故爾 莫若身處室外 穴牖而窺之 一目
之專 盡擧室中之物矣 洛瑞謝曰 是夫子挈我以約也 余又曰 子旣已知約之道
矣 又吾敎子 以不以目視之 以心照之可乎 夫日者 太陽也 衣被四海 化育萬
物 濕照之而成燥 闇受之而生明 然而不能爇木而鎔金者 何也 光遍而精散故
爾 若夫收萬里之遍照 聚片隙之容光 承玻璃之圓珠 規精光以如豆 初亭毒而
晶晶 倏騰焰而熊熊者 何也 光專而不散 精聚而爲一故爾 洛瑞謝曰 是夫子警
我以悟也 余又曰 夫散在天地之間者 皆此書之精 則固非逼礙之觀 而所求
之於一室之中也 故包犧氏之觀文也 曰仰而觀乎天 俯而察乎地 孔子大其觀

文而係之曰 屈則玩其辭 夫玩者 豈目視而審之哉 口以味之 則得其旨矣 耳而
聽之 則得其音矣 心以會之 則得其精矣 今子穴牖而專之於日 承珠而悟之於
心矣 雖然室牖非虛則不能受明 晶珠非虛 則不能聚精 夫明志之道 固在於虛
而受物 澹而無私 此其所以素玩也歟 洛瑞曰 吾將付諸壁 子其書之 遂爲之書

琴鶴洞別墅小集記

不侫燕巖峽居 距中京才三十里 以故常客遊中京 今年冬 奎章閣直提學兪士
京方留守中京 間嘗旅邸相遇 歡然道舊如布衣 蓋世俗所謂升沈榮枯 不相有也
一日士京簡其趣導 携其子 來視琴鶴洞 時不侫寓梁氏別墅 促煖酒 各出所爲
文 兩相考評 相視而笑曰 何如夜宿摩訶衍時 獨無白華菴比邱緇俊參禪 小集
似灌泉 而吾輩幾時俱白頭 灌泉 不侫漢陽白門舊宅 而歸自楓嶽 小集於此 不
侫時年二十九 少士京七歲 兩鬢已有五六莖白 自喜得詩料 今已十三年 所謂
詩料不禁撩亂 而士京帶文權 擁兵柄 鎭大府城 今其髭鬚盡白乃爾也 士京自
循其鬢後金圈曰 自視缺然矣 況鬢後不自視乎 曩日不侫自燕巖 適入城 路値
留守講武還府 時方昏黑 下馬雜士女伏道左 炬燭輝輝 旗旄勿勿 不侫爲言 曩
日道左觀軍容 士京大笑曰 何不字呼 恐駭都人士 遂相與大笑 士京曰 軍
容何如 曰 鴛鴦作隊 三行十步 小巽於訓局 大逾於平壤 且攔後兵 不折巾 衣
前後短二寸 方軒然益健 士京問我何如 曰 我見將軍畫像 不見將軍 士京問
何謂也 曰 左溫元帥 右馬元帥 前趙玄壇 輄後獨馬上持幟 黑質繪星似句陳
吾嘗見招工寫眞者 必黙然正色 類非常度 將軍曩時必忍咳耐嚔 痒不敢搔爾
士京大笑曰 果有一我觀我道旁 不侫大笑曰 昔曹公自起握刀立牀前 此觀我法
也 然將軍身不跨馬似杜元凱 而未聞註左氏 緩帶儒雅似羊叔子 而未知他日誰
墮望碑之淚也 因大笑 起去門外 月色正圓 余送之門曰 來夜月益明 吾且賞月
南樓 將軍復能步來乎 曰 諾 灌泉舊有小集記 士京先有中京小集記以示 乃作
此以酬

晚休堂記

余昔與故大夫金公述夫氏 雪天對爐 燒肉作煖會 俗號鐵笠圍 室中燻烘 薰燥
襲人 公先起相携退 就北軒下 搖扇曰 猶有淸涼地 可謂去神仙不遠 俄見群隷
供役 立廡下 寒甚頓足 而子弟群閨 濺羹爛手 喧戲不止 公大笑曰 熱處早退
立見其效 而雪中頓足者 未沾一瀝 是可念也 余亦以少年濺羹諷公 因極論古今
人進退榮辱 公愀然曰 知足於富貴之餘 思休於遲暮之境 則亦已晚矣 何樂之有
蓋公未必能勇決於早退而其爲此言 亦有所感於中也 及余西遊松京 與梁氏子廷
孟相厚善 嘗遊其大人鶴洞別墅 花樹整列 庭宇汎治 而名其堂曰晚休 梁翁休休
然有古長者風 日與里中諸老 射奕爲事 琴酒自娛 蓋能蚤息於聲名利勢之塗 而
久享於衰晚之際也 豈非眞得晚休之樂者哉 嘗請余文爲之記 噫 金公嘗尹玆都
有去思 爲道其圍爐故事 以賀翁晚休之樂 且書此以警夫世之群閨爛手者

念齋記

宋旭醉宿 朝日乃醒 臥而聽之 鳶嘶鵲吠 車馬喧囂 杵鳴籬下 滌器廚中 老
幼叫笑 婢僕叱咳 凡戶外之事 莫不辨之 獨無其聲 乃語朦朧曰 家人俱在 我
何獨無 周目而視 上衣在楎 下衣在桃 笠掛其壁 帶懸桃頭 書帙在案 琴橫瑟
立 蛛絲縈樑 蒼蠅附牖 凡室中之物 莫不俱在 獨不自見 急起而立 視其寢處
南枕而席 衾見其裡 於是謂旭發狂 裸體而去 甚悲憐之 且罵且笑 遂抱其衣冠
欲往衣之 遍求諸道 不見宋旭 遂占之東郭之瞽者 瞽者占之曰 西山大師斷纓
散珠 招彼訓狐 爰計算之 圓者善走 遇閾則止 囊錢而賀曰 主人出遊 客無旅
依 遺九存一 七日乃歸 此辭大吉 當占上科 旭大喜 每設科試士 旭必儒巾而
赴之 輒自批其券 大書高等 故漢陽諺事之必無成者 稱宋旭應試 君子聞之曰
狂則狂矣 士乎哉 是赴擧而不志乎擧者也 季雨性疎宕 嗜飮豪歌 自號酒聖 視
世之色莊而內荏者 若洗而哇之 余戲之曰 醉而稱聖 諱狂也 若乃不醉而罔念
則不幾近於大狂乎 季雨愀然爲間曰 子之言是也 遂名其堂曰念齋 屬余記之
遂書宋旭之事以勉之 夫旭狂者也 亦以自勉焉

蟬橘堂記

嬰處子爲堂而名之曰蟬橘　其友有笑之者曰　子之何紛然多號也　昔悅卿懺悔佛前　發文證誓　願棄俗名而從法號　大師撫掌笑謂悅卿　甚矣汝惑　爾猶好名　形如枯木　呼木比邱　心如死灰　呼灰頭陀　山高水深　安用名爲　汝顧爾形　名在何處　緣汝有形　卽有是影　名本無影　將欲何棄　汝摩爾頂　卽有髮故　而用櫛梳　髮之旣剃　安施櫛梳　汝將棄名　名匪玉帛　名匪田宅　匪金珠錢　匪食穀物　匪鼎匪錡　匪鬵匪鼐　匪筐筥栲杯车瓶盎及俎豆物　卽匪佩囊劍刀茝香　可以解去　匪錦圓領繡鶴補子帶犀魚果　可以脫去　卽匪綉枕兩頭鴛鴦流蘇寶帳　可賣與人　匪垢匪塵　非水可洗　匪鯁梗喉　非水鴉羽　可引嘔歇　匪瘡乾痂　可爪剔除　卽此汝名　匪在汝身　在他人口　隨口呼謂　卽有善惡　卽有榮辱　卽有貴賤　妄生悅惡　以悅惡故　從而誘之　從而悅之　從而懼之　又從恐動　寄身齒吻　茹吐在人　不知　汝身何時可還　譬彼風聲　聲本是虛　着樹爲聲　反搖動樹　汝起視樹　樹之靜時　風在何處　不知汝身　本無有是　卽有是事　酒有是名　而纏縛身　劫守把留　譬彼鼓鍾　桴止響騰　身雖百化　名則自在　以其虛故　不受變減　如蟬有殼　如橘存皮　尋聲逐香　皮殼之外　不知皮殼　空空如彼　如汝初生　喤喤在褓　無有是名　父母愛悅選字吉祥　復喚穢辱　無不祝汝　汝方是時　隨父母身　不能自有　及汝壯大　酒有汝身　旣得立我　不得無彼　彼來偶我　遂忽爲雙　雙身好會　有男女身　兩兩相配如彼八卦　身之旣多　臃腫闒茸　重不可行　雖有名山　欲遊佳水　爲此艮兌　生悲憐憂　有好友朋　選酒相邀　樂彼良辰　持扇出門　還復入室　念此卦身　不能去赴凡爲汝身　牽掛拘攣　以多身故　亦如汝名　幼有乳名　長有冠名　表德爲字　所居有號　若有賢德　加以先生　生呼尊爵　死稱美謐　名之旣多　如是以重　不知汝身將不勝名　此出大覺無經　蓋悅卿隱者也　最多名　自五歲有號　故大師以是戒之夫孺子無名　故稱嬰　女子未字曰處女　嬰處者　蓋隱士之不欲有名者也　今忽以蟬橘自號　則子將從此而不勝其名矣　何則　夫嬰兒至弱　處女至柔　人見其柔弱也　猶以此乎乎　夫蟬聲而橘香　則子之堂其將從此而如市矣　嬰處子曰　夫若如大師之言　蟬蛻而殼枯　橘老而皮空　夫何聲色臭味之有　旣無聲色臭味之可悅則人將求我於皮殼之外耶

馬首虹飛記

夜宿鳳翔邨 曉入沁都 行五里許 天始明 無纖氛點翳 日纔上天一尺 忽有黑
雲 點日如烏頭 須臾掩日半輪 慘憺窅冥 如恨如愁 頻蹙不寧 光氣旁溢 皆成
彗孛 下射天際如怒瀑 海外諸山 各出小雲遙相應 蓬蓬有毒 或出電耀威 日下
殷殷有聲矣 少焉 四面迨邅正黑 無縫罅 電出其間 始見雲之積疊襞褶者 千朵
萬葉 如衣之有緣 如花之有暈 皆有淺深 雷聲若裂 疑有墨龍跳出 然雨不甚猛
遙望延白之間 雨脚如垂疋練 促馬行十餘里 日光忽透 漸益明麗 向之頑雲 盡
化慶霱祥曇 五彩絪縕 馬首有氣丈餘 黃濁如凝油 指顧之間 忽變紅碧 矯矯沖
天 可捫而由也 橋而度也 初在馬首 可手摸也 益前益遠 已而行至文殊山城
轉出山足 望見沁府外城 緣江百里 粉堞照日 而虹脚猶挿江中也

醉踏雲從橋記

孟秋十三日夜 朴聖彥與李聖緯弟聖欽 元若虛 呂生 鄭生 童子見龍 歷携李
懋官至 時徐參判元德先至在座 聖彥盤足橫肱坐 數視夜 口言辭去 然故久坐
左右視 莫肯先起者 元德亦殊無去意 則聖彥遂引諸君俱去 久之童子還言 客
已當去 諸君散步街上 待子爲酒 元德笑曰 非秦者逐 遂起相携 步出街上 聖
彥罵曰 月明 長者臨門 不置酒爲懼 獨留貴人語 奈何令長者久露立 余謝不敏
聖彥囊出五十錢沽酒 少醉 因出雲從衢 步月鍾閣下 時夜鼓已下三更四點 月
益明 人影長皆十丈 自顧凜然可怖 街上群狗亂嘷 有獒東來 白色而瘦 衆環而
撫之 喜搖其尾 俛首久立 嘗聞獒出蒙古 大如馬 桀悍難制 入中國者 特其小
者 易馴 出東方者 尤其小者 而比國犬絕大 見怪不吠 然一怒 則猖狺示威 俗
號胡白 其絕小者 俗號尨尨 種出雲南 皆嗜葳 雖甚飢 不食不潔 嗾能曉人意
項繫赫蹄書 雖遠必傳 或不逢主人 必銜主家物而還 以爲信云 歲常隨使者至
國 然率多餓死 常獨行不得意 懋官醉而字之曰 豪伯 須臾失其所在 懋官悵然
東向立 字呼豪伯 如知舊者三 衆皆大笑 閧街群狗 亂走益吠 遂歷叩玄玄 益
飲大醉 踏雲從橋 倚闌干語曩時 上元夜 蓮玉舞此橋上 飲茗白石家 惠風戲曳

鵝頸數匝 分付如僕隷狀 以爲笑樂 今已六年 惠風南遊錦江 蓮玉西出關西 俱能無恙否 又至水標橋 列坐橋上 月方西隨正紅 星光益搖搖 圓大當面欲滴 露重衣笠盡濕 白雲東起橫曳 冉冉北去 城東蒼翠益重 蛙聲如明府昏瞶 亂民聚訟 蟬聲如黌堂嚴課 及日講誦 鷄聲如一士矯矯 以諍論爲己任

名論

天下者 枵然大器也 何以持之 曰名 然則何以導名 曰欲 何以養欲 曰恥 萬物之易散 而莫可以相屬也 名而留之 五倫之易悖而莫可以相親也 名以係之 夫然後彼大器者 其能充實完好 而無欹覆壞缺之患也 天下之爵祿 莫可以遍賞乎爲善 則君子可以名勸 天下之刑罰 莫可以遍懲乎爲惡 則小人可以名愧 今夫投璧於暮夜之中 莫不按劍而待之者 何也 知名之無因而不可以爲悅也 而況天下之大器乎 委裘於朝堂之上 莫不攝袵而趨之者 何也 知名之有在而不可以相踰也 而況忠孝之實而惻怛之際乎 故當周之衰也 擁虛器於强大諸侯之上 而莫敢先加以無禮者 猶憚其空名也 鹿馬之形相似也 而一亂其名 則天下有弑其君者嗟乎 彼鹿馬之名 何與於天下之存亡 而猶不可乎一日而無辨 而況善惡之不同 而榮辱之判乎 夫天下之禍 莫憯於泊然而無欲也 先王知其將怠惰崩弛 一於退而無進 則爲之黼黻藻繪絺繡 以導其目焉 爲之鍾鼓琴瑟笙鏞 以導其耳焉 圭組軒駟 以導其身 褒異旌惠 刻峿咏歎 以導其志氣 使天下之衆 莫不奮發淬礪 以興於可欲 而無退托自沮之心 然而一於進而無退 則天下之禍 又莫憯於恬然而無恥 先王爲之束帛加璧 以養其高尙 慰諭敦勉 以養其退讓 威武不能屈 所以養其節也 刑不上大夫 所以養其廉也 黥劓流殛而又從而示其傷慘矜恤之意 使天下之衆 莫不貞介自守 而將有所不爲也 故人之所欲 莫甚於富貴 而其所欲反有甚於富貴 則爵祿可辭也 人之所恥 莫大於刑戮 而其所恥反有大於刑戮 則白刃可蹈也 是孰使之然哉 豈非所謂名耶 由是觀之 刑賞而爲政者 有窮之道也 厲名而爲治者 無方之道也 何者 人或有爲善而不待賞者 則是爵祿 不足以勝其爲善矣 亦有爲惡而不忌刑者 則是捶楚 不足以勝其爲惡矣 此必有不待賞而勸不待刑而愧 勃然可欲而莫之能禦者耳 或曰 義之爲名也 公而大 名之爲名也

私而鄙 如子之論也 將率天下而爲僞者也 曰 凡所謂惡夫名者 一人之好名也
其蔽也驟 猶將矜莊自愛 汚不至隨俗沈浮也 今雖有好名之人 猝然被之以過情
之譽 彼亦將退然而謙辭 怒然而不自居矣 夫何患乎相率而爲僞 苟使天下之人
是皆君子也 亦奚事乎名也 如其勉强而就之 則仁義之行 可以導之以欲矣 不義
之事 可以愧之以名矣 假使天下之大衆 漠然無好名之心 則先王之所以長民禦
世之策 忠孝仁義之實 擧將澳然爲空器 其將安所托而自行乎

限民名田議

臣趾源誠惶誠恐 因進農書而獻議曰 臣今所守郡境 東接洪州 南界德山 西
距唐津 北濱海 南北五十里 東西三十里 元帳田摠五千八百九十六結四負三束
此其境內原隰量地之都數也 有戶四千一百三十有九 摠口一萬三千五百有八
男爲六千八百五口 女爲六千七百三口 此其境內戶口入籍之都數也 境內無名
山大川 海伐斥鹵 原野浮燥 溪碉常涸 所在聚落 井泉稀小 此其土壤脆弱 體
不津潤之驗也 山樊阜麓 赭脫不毛 是爲孤虛受風之地 此其水土風氣之大略也
種宜五穀 尤善稻杭 樹宜柹栗松漆 不宜芋綿桑楮 此其境內樹藝之土宜也 謹
按粵在 肅廟庚子 改量郡田 除山林藪澤邱陵溪堅城地道路不耕之地 得時起實
摠二千八百二十四結九十二負 旱田爲一千一百二十一結零 水田爲一千三百三
結零 此其常耕恒稅之土也 郡中所藏銅尺 取準訓鍊院射場石標圖式 以此五尺
爲步 方百步 是爲一等一結之地 實積萬步 以尺計之 實積爲二十五萬尺 田等
漸下而度地加闊 止于六等 六等一結 方四百步 實積一百萬尺 其廣三倍於一
等之地 此其爲一易再易之土 而或二倍其地 或三倍其地 使其肥瘠互當 出穀
多寡相配 非獨此郡爲然 乃通國量地之式也 然境內一結常賦 通同六等 擧出
第九 此其本郡作賦之法 而田雖無六等以下 六等之內 瘠多肥少 則所以常賦
獨出下下也 水田間有第七第八 出稅者所以下之上等 僅爲十五結 下之中等
一百四十五結六負 此其境內田賦之大槪也 臣以境內田結 排比郡中戶口 假令
齊民 盡是農家 農家一夫 盡以上父母下妻子爲率 以定見男女一萬三千五百八
口 排比四千一百三十九戶 每戶以五口爲率 則五口之家 不過二千七百一戶

蓋戶非五口 則無以糞田力作 不能力作 則無以相養以生 所以戶必五口 然後
始責其爲農也 故每戶以結分排 則一戶所得旱田四十二負五束 水田六十負三
束 一夫所耕合田不過一結二負八束 此臣之所以默計農土民口 以驗古之均田
任地之制也 臣之待罪本郡 已經二秋 間値一豐一歉 雖未能逐田踏量 隨土相
宜 然其耕穫之功 食實之數 亦有所領略矣 大抵比摠一境之內而折中於最高最
低之等 則土之好否 地之廣狹 足以參互矣 憑較數歲之中 而取平於不穰不歉
之年 則下種多寡 出穀都數 足以相準矣 若當截長補短 按此較彼 則不甚相違
於拳籌掌紋之中矣 假令旱田下種三千八百二十石十斗 則出穀爲二萬七千三百
十二石 水田下種二千九百三十七石十六斗 則收稻七萬九千七百八十五石 合
下種六千七百五十八石六斗 出穀十萬七千九十七石 一夫一日所耕 旱田二十
八斗二升下種 而得穀十石二斗五升 水田所耕三日 秧苗二十一斗五升 而收稻
二十九石十二斗五升 一戶所收 合穀三十九石十二斗五升 賦租爲七十二斗 除
置各穀種子四十九斗七升 實餘三十三石十斗八升 此其一戶五口一年之食也
然而薪蘇鹽醬之費 夏葛冬綿之資 將安所出乎 婚嫁喪制之具 是固生民莫可已
之事也 又有鄉社講信釀錢賽神之需 重以當身砲保之役 勢將皆辦於一結之內
則向之所排三十三石之穀 所餘者已無幾矣 又況農家一牛之飯 兼人兩口之食
者乎 若値置閏之年 則本自不足於一朔之糧矣 況其水旱之外 又有風霜螟雹不
虞之患乎 故農人諺云 終年勤作 不贍鹽價 而況見戶之中 有田自耕者 十無一
二 而公賦什一 私稅分半 竝計公私 則已爲十六 雖使斯民者 深曉農理 勤而
不惰 盡治其一結二負之田 其所實餘自食 又減太半於三十三石之數 顧何以仰
事俯育 不終底於流離轉殍乎 此千古志士之恨 未嘗不先在於豪富兼幷也 彼豪
富兼幷者 亦非能勒賣貧人之田 而一朝盡有之也 自藉其富强之資 安坐而無爲
則四隣之願鬻者 自持其券而日朝於富室之門矣 何則 夫人衣食之外 旣不無吉
凶大事焉 或迫於債督 或车利逋欠 窘渴逼塞 無處著手 則如干農地 有之 無
足以繼富 無之亦未必加貧於此 遂乃不覺其以彼富室爲逋藪淵叢 而爭自折納
焉 彼富室者 勉强厚其價而益來之 旣有之矣 仍令佃作而姑慰其心 貧戶則旣
利其一時之厚價 又德舊土之猶食其半 由是而土價日增 而附近之寸畦尺塍 盡
歸富室矣 誠以法制不立 故是擧國而聽於兼幷之家 而郡邑徒擁量田之虛簿矣
然兼幷者 亦豈苟欲厲貧民 而賊治道耶 欲爲治本者 亦非可深罪其豪富 而當

患法制之不立　故向臣之所假令排比者　欲以先立乎其大本　而要見先王至均至
公之制　可行不可行於當世也　以今一結之田　律之以周制百步爲畝　一夫百畝之
法　則誠爲過之　而若以後世二百四十步爲畝　夫受一頃者言之　則未見其有餘也
況一境之內　不能無士大夫焉　不能無世嫡及有親之蔭之類　在所當厚者　則平民
所均　又將不滿一結　臣未知通國而言之　則如臣所守爲寬鄉乎　爲狹鄉乎　然終
亦無慮乎地不足矣　漢之極盛　定墾田八百二十七萬五千三十六頃　據元始二年
戶千二百二十三萬三千　則每戶合得田六十七畝四十二步有奇　可謂人多地少
至不敷矣　然董生言於武帝曰　井田雖難猝行　宜少近古　限民名田　建平初　史丹
又建議限田　孔光何武覆其議　請令諸王侯公主及吏民名田　皆無過三十頃　期盡
三年　犯者沒入官　是必以當時之田　與民較絜　而得其分也　非苟厚王公　而薄於
齊民也　隋開皇中墾田千九百四十萬四千二百六十七頃　戶總八百九十萬七千五
百三十六　每戶合得田二頃餘　然而史稱文帝發使四出　均天下田　其狹鄉　每丁
纔至二十畝　老少又少焉　此何故也　是必豪民占田不以實　而吏法有所擁蔽也
至唐天寶中　以戶計田　合得一頃六十餘畝　而武德定制　凡天下丁男　給田一頃
廢疾寡妻 . 口分有差　其所爲鉅室防閑無過　則未聞其有定數也　大抵歷世以來
從未有人多地少之患　而惟患法制未盡與法不必行也　夫三十頃之限　可謂已厚
矣　三年之期　可謂不迫矣　然而丁傅　董賢輩　猶以爲不便　則貴戚近習　何代無
之　蹊壑之欲　亦何厭之有哉　如東京以後　必有以王莽已試之事　脅其君相者　嗚
呼　是焉可誣也　莽何曾實心行之乎　彼乃貴戚之雄而兼并之魁耳　始兼其四父之
資而并其權　中兼阿衡冢宰　而并其號　末乃兼天下之亂臣賊子　而并其國　此之
謂不奪不饜也　雖時假先王　以文其奸言　然彼袒左爲劉之民　寧肯冒其田以大盜
之姓耶　橫渠張子嘗慨然有志於井田　而猶嫌其亟奪富人　則不無曠世小子之惑
夫奪之爲言　非其有而劫取之謂也　夫帝王者率土之主也　究其本則孰所有而孰
能專之　苟無利民澤物之志則已　如有是志　均之云乎　何劫取之有也　然則如董
生鉅儒　且將預憂其貴戚之沮格而以爲猝難行歟　曰非然也　貴戚之所惡者　井田
與限占一也　儒者之爲天下國家　當論其術之與聖王合不合　不當復郵其行與不
行而姑爲此苟且之說也　蓋自秦毀其百畝之區　而天下之畛涂溝洫　穿鑿陵夷　經
界悖亂　非歲月之功　所能就焉　故所謂猝難行者　量功度勢而言　非井田不可行
也　故曰宜少近古者　猶言差易於井田　而不失其均分齊差之義　則雖未能遽復其

畎涂溝洫之舊 而比閭卒乘之制 學校選擧之法 次第可行而不遠乎先王之意也
然則将何術而能使豪右者 自捐其世傳富有之資 而不怨其有司乎 昔漢之封三
庶孼分天下半 而賈生固已痛哭流涕矣 及主父偃用推恩之策 而天下强諸侯莫
不斂手就削 以今之事勢言之 則所謂豪富兼幷 其傑然可畏而不可制者 亦豈有
其人哉 以臣犬馬之齒 亦嘗觀人數世矣 其能保守父祖之田業 而不賣與人者
十居其五 其歲歲割土者 十常七八 則其畜嬴餘以益占者 數可知矣 誠立爲限
制曰 自某年某月以後 多此限者 無得有加 其在令前者 雖連阡跨陌 不問也
其子孫有支庶 而分之者聽 其或隱不以實 及令後加占過限者 民發之與民 官
發之沒官 如此 不數十年 而國中之田可均 此蘇老泉所謂端坐於朝廷 下令於
天下 不驚民 不動衆 不用井田之制 而獲井田之利 雖周之井田 無以遠過於此
者 誠篤論也 噫 天下之百弊痼疾在於兵 而究其本 則兵不寓農故耳 然而有國
之愛兵 恒加於赤子之上 而亦其畏之也 反有甚於毒虺猛獸 則傾天下之半以奉
之 自漢至皇明之世 上下數千年間 非無願治之君 石畫之臣 而其日夜謨訏 迄
無善策 然亦不能一日而忘兵也 若此 至於失土無賴之民 寘之度外 漠然若忘
者 何也 蓋其身離壟畝 類非一朝一夕之故 而無簿籍 錄其數 所以浸浸然半天
下 而又不覺若是其多也 勒此民 將安所歸乎 何以知其半天下也 此易知耳 漢
之黃巾赤眉 唐之龐勛黃巢 使其徒果皆土著專業之民 則亦惡能一朝嘯聚其百
萬之衆耶 故兼幷之害 不必在大 匹夫匹婦能兼兩盂 則猶爲折天下一日之食
而遭其半 而況什百其田者乎 故自秦漢以來 百世無善治者 豈有他哉 大本旣
壞而使民志不定 莫不出於儌倖之途 上之所以出治者 日不暇給而卒未免因循
姑息之歸 下之所以承令者 朝不慮夕 而亦不過苟且彌縫而止 此固天下之通患
而歷代之得失可知矣 然則貴戚近習 不須深罪 豪富兼幷 不可痛惡而惟在求治
之志 制治之本 立不立如何耳 於皇我東 提封數千里 初未嘗與於井地區畫之
中 而亦不被阡陌毁開之烈 幸値大有之世 自爲一王之制 則其精一平蕩之法
疆理均民之術 與古昔聖王 未始不同也 故曰限田而後 兼幷者息 兼幷者息 然
後産業均 産業均 然後民皆土著 各耕其地而勒惰著矣 勒惰著而後 農可勸而
民可訓矣 臣於農務之策 不當更贅他說 而譬如畫者 丹青雖具 摹畫雖工 不有
紙絹之質爲之本焉 則毫墨無可施之地 故不避僭越 敢爲之說焉

擬請疏通疏

云云天之降才 非爾殊也 故顚蘖駢枝 均霑雨露 朽株糞土蒸出菌芝 聖人致
治 士無貴賤 詩云 文王壽考 遐不作人 是以王國克寧 駿聲不已 嗚呼 國朝廢
錮庶孽三百餘年矣 爲大敝政 無過於此 稽之往古而無其法 攷諸禮律而無所據
則此不過 國初宵小之臣 乘機售憾 遂成大防 而後來當途之人 託論名高 襲謬
成俗 年代浸遠 因循不革矣 由是而公朝專尙門閥(缺) 遺才之歎 私家(缺) 嚴
(缺) 爲斁倫之端 以之立後於支族 則率犯欺君之科 歸重於外黨 則反輕宗本之
義 噫嘻 等威(缺)殊而無益於國體 區限太刻 而少恩於家庭 夫自家之庶孽 則
誠足卑矣 非可紬擧世 一門之名分 則固當嚴矣 非可論於通朝耳 然而膠守名
分之論 則枳塞轉深 諉以祖宗之制 則更張狔難 玩愒至今 因循而不革者 何也
於古則無稽 於禮則無攷 而爲有國大痼深樊 則先正名臣深識治道者 莫不以此
爲先 恢張公理 必欲疏通 廷陳箚論 前後相望 列聖建中 治體蕩蕩 設官須賢
分職惟能 一體均(缺) 豈復差於(缺)哉 故未嘗不臨筵博詢 盡然矜惜 思所以通
變疏滌之道 只緣士族權重 議論在下 淸途華貫 固所己有 則猶恐岐路多旁 權
衡有分 同是世冑 銖秤縷度 一經政注 羞怒橫集 彈軋蜂起 況乃庶孽名膠跡泥
久屈於世 不肯等列 固其勢也 雖然此實專門濟私之(缺)大非有國共公之通道也
臣請極言其失也 夫庶孽之與正嫡 誠有差等而顧其家世 亦一士族 固何負於國
家 而禁錮之 廢絶之(缺) 不得齒衿紳之列哉 孟子曰無君子莫治野人 無野人莫
養君子 夫君子野人 以位言也(缺) 而明明揚側陋帝堯之官人也 立賢無方 成湯
之求治也 繇是觀之 三代之時已有君子小人之別 而擧人之際 固無間乎貴賤
不問其彙類 而況國朝所謂庶孽 世有簪纓 門閥燀林 則寧可以母族之卑微 混
茂其本宗之華顯也哉 晉唐以來 漸尙閥閱 然而江左衣冠 不擯陶侃 王謝貴族
亦齒周顗 蘇頲乃蘇瓌之(缺)産 而位至平章 李愬乃李晟之孽子 而官至太尉 韓
琦范仲淹 爲宋賢相胡寅陳瓘鄒浩 爲世名儒 當世不以庶孽錮禁者 何也 誠以
論人門閥者 只重其父世 不問其母族 其不重母族者 何也 重本宗也 夫然則母
族雖顯 父世甚微 則其不可以華閥著稱 亦且明矣 勝國之時 鄭文培爲禮部尙
書 李世璜爲閤門祗侯 權仲和以大司憲 亦入我朝爲都評議使 若以我朝之法律
之 則陶周之賢 將不厠衣冠 蘇李之才 將不得將相 韓琦范仲淹 胡寅陳鄒之徒

舉將抑塞禁廢 文而芸館 蔭而典獄 位不離流品 祿不過升斗 而功業志節 將不
得赫然於當世 流光於百代耶 此臣所謂稽之往古而無其法者也 經曰 庶子不得
爲長子三年 鄭玄註曰 庶子者 爲父後者之弟也 言庶者 遠別之也 夫庶子雖與
(缺) 而其截然別而遠之者 如此其嚴 至於妾子之賤 爲尤卑於庶子 而更無所區
別於庶子 何也 禮所以序也 故宗無二本 殺無再降也 記曰 父母有若庶子庶孫
甚愛之 沒身敬之不衰 陳澔註曰 賤者之所生也 夫父母之所愛 雖妾之子 猶尚
引而重之 不敢疏略而外之者 亦所以重本而尊宗也 會典曰 凡襲職替職 無適
子孫 則庶長子襲替 庶長子 妾子之謂也 夫禮所以別嫌疑也 故正名而定分 則
雖同母之適弟 尚且別而遠之也 夫禮所以厚也 故重其本支 則雖妾之賤子 尚
且引而內之也 律之所以襲替父職 不以適庶爲拘者 良以此也 周官周公之定官
制也 漢之百官表 所以分庶品也 禁錮庶孼之文 不少槪見焉 此臣所謂攷諸禮
律 而無所據者也 臣嘗聞之 古傳錮廢庶孼 蓋亦有由(缺) 相鄭道傳 庶孼子也
右代言徐選爲道傳寵奴所辱 思所以報仇者 及道傳敗 選乃傅會名分之論 逞快
一辱於旣死之後 非爲其言之必立 其法之必行也 方是時 道傳以罪新誅 所以
其言易售 而其法易成也 贊成姜希孟 安瑋等 草創大典 文理未遑 庶孼停科錮
仕之論 條列撰入 及戊午之禍 士流積怨於子光 無所發憤 禁錮庶孼之論 益嚴
且深 其所洩怒 誠亦悲矣 雖然自古亂賊 豈專出於子光者流哉 不幸一出於庶
孼之中 而因一子光盡塞庶孼 則若不幸而接跡於士族 亦將何法而處之耶 嗚呼
儒宗文師 磊落相望 一轉而局於名分之論 再轉而屈於門地之尙 宋翼弼 李仲
虎 金謹恭之道學 朴枝華 李大純 曺伸之行誼 魚無迹 魚叔權 楊士彦 李達
辛喜季 梁大樸 朴滉之文章 柳祖認 崔命龍 柳時蕃之才諝 上可以黼黻大猷
下可以標準一世 而卒老死於蓬蓽之下 時有沾微祿者 碌碌栖息於冗仕末品
之中 雖其守分行素 佚厄而不恐 聖王之所以設官分職待賢授能之意 果安在也
至若李山謙 洪季男 奮義糾旅 摧破倭賊 權忄吉沫血誓衆 入援南漢 其忠膽義
肝 猶能自振於衆棄之中 如彼其卓卓也 然而時平世恬 則朝延之上 漠然相忘
曾不識其何狀 此古人所謂所用 非所養也 臣嘗慨然於此也 以近事觀之 洪霖
一屛孼 白頭闒幕 淒涼口腹之計 而猝然殉難 凜然有烈士之風 朝廷不惜襃贈
之典 雖加以非常之職 與其生爲百夫之長 屹然臨城 則其固圉捍患 豈特幕府
之一死也哉 噫 禁錮之不足 而棄絕之 使其固有之倫常 不得自列於平人 則恩

莫重於父子 而不敢稱父 義莫大於君臣 而不得近君 老者坐末 而庠塾無長幼
之序 恥與爲類 而鄉黨無朋友之道 孔子曰 必也正名乎 子而父父 父而子子
兄兄而弟弟 此所以正其名也 故人倫之尊稱 莫加於父兄 而今之庶孽則不然
子弟之於父兄 猶不敢斥然正而呼之 自同奴僕之於其主 所謂名分者 適庶之謂
也 豈爲其稱謂之間 不得曰父曰兄 下同於奴僕之賤 然後迺謂之嚴名分 而別
適庶也哉 今之庶孽 郎署猶不得爲 侍從安敢望乎 雖有願忠之心 補袞非職 雖
抱經綸之才 展布無地 引儀臚傳 暫序朝班 而卒同輿儓 該署輪對 或襯耿光而
不免疏逖 進不敢爲大夫之事 退不忍爲齊民之業 所謂國之孤臣 家之孽子 疢
疾而心危者也 禮曰 入學以齒 以齒者 尙年也 傳曰 燕毛 所以序齒也 毛者
髮之黑白也 今之庶孽入太學 則不得序齒 黃髮鮐背者居下 勝冠者反坐上座
夫太學所以明人倫 故自天子之元子衆子 以至諸侯之世子 尙得齒學 所以示
悌於天下也 天子視學於辟雍 有乞言饗食之禮 所以廣孝於天下也 由是觀之
庶孽之不得序齒於太學 非先王廣孝悌之道也 傳曰 以文會友 以友輔仁 孟子
曰 友也者 友其德也 故不挾長 不挾貴 不狹兄弟而友 貴賤雖殊 有德則可師
也 年齒不齊 輔仁則可友也 況乃庶孽 固皆士族之子弟耳 其無才美賢能則已
若其諒直見聞 才德賢我 則顧安可以庶孽恥之哉 然而庶孽之於士族 相交而不
得友 相親而不得齒 無忠告責善之道 絕琢磨切偲之義 言辭之間 禮數太苛 揖
讓之際 謗讟橫生 由是論之倫常之中 不絕而僅存者 惟夫婦一事耳 嗚乎 才賢
遺而莫之恤 倫常斁而莫之救 曰庶孽無才賢 亦曰如此而後名分正 是豈理也哉
夫無子而立後者 所以繼祖而傳重也 昔石駘仲無適子 有庶子六人 卜所以爲後
者 祁子兆 是擇賢也 唐律 諸立嫡違法者 徒一年 議者曰 適妻之長子爲適子
婦人年五十以上 不復乳育 則許立庶子爲適 不立長者 律亦如之 是防亂本也
大明律 凡立適子違法者杖 適妻年五十以上無子者 得立庶長子 不立長者 同
罪 經國大典 適妾俱無子 然後取同宗之支子而爲後 於是焉官斜私契 明證攷
據 然後迺得告君 重造命也 世之士夫熟習見聞 率蹈謬規 正適無男 則雖多衆
妾之子 反爲門戶之私計 割情忍愛 杜撰告君之文 取嗣支族 不擇遠近 噫 父
傳子繼 血脈相承 祖祀孫將 氣類以感 今也徒拘適庶之分 或有遠取乎族 系既
疎之後 以奉其先靈 此正古人所謂所不知何人耳 挾纊灌鬯 夫何悅惚之有乎
焫蕭淒愴 夫何精氣之交乎 詩云 明發不寐 有懷二人 二人者 父母之謂也 故

曰致愛則存 致慤則著 君子之祭也 然而舍其親 而求諸疎 以祭其先人 夫何優
然著存之有乎 逆天理 畔人情 以禮則遠祖 以法則罔君 臣嘗痛恨於此也 夫名
分之論勝 而習俗難變 門庭之內 區限之法 殆同外人 甚者 至於父兄而奴虜其
子弟 宗族恥於爲類 或有黜於族派之譜者 或有別其排行之名者 此但歸重於外
黨 而不知反輕乎本宗 則此於倫常 不其太刻而少恩乎 先正臣趙光祖建白于朝
曰 本朝人物 少於中國 而又有分別適庶之法 夫人臣願忠之心 豈有間於適庶
而用舍偏隘 臣竊痛惜 請於庶孽中擇才而用之 貴顯之後 或有亂分之罪 嚴立
科律 及宣廟時 申漬等一千六百人 上章籲冤 上下教曰 葵藿向陽 不擇旁枝
人臣願忠 豈必正適 於是先正臣李珥首建通用之議 始得赴擧 先正臣成渾先正
臣趙憲連上封事 各請其通融淸要 仁廟時 故相臣崔鳴吉爲副提學 與館僚沈之
源 金南重 李省身 應旨聯章 請通用庶孽 其言甚切 故相臣張維亦上疏啓論
上下其議 於是故相臣金尙容爲吏曹判書回啓曰 天之生才無間適庶 而禁錮之
法 所未有於古今也 玉堂箚陳 可見公議 欲爲痛革宿弊 應旨切言 請議大臣
定奪 事下備局 故相臣李元翼尹昉等議曰 卑薄庶孽 天下萬古所無之法 儒臣
箚陳大有所見 故相臣吳允謙議曰 禁錮庶孽 古今天下所未有之法 朝廷用賢收
才而已矣 貴顯之後 名分紊亂 則邦憲固嚴 非可慮也 戶曹判書沈悅 順興君金
慶徵 工曹判書鄭岦 判決事沈諿 同知鄭斗源 護軍權帖立異 都承旨鄭蘊陳疏
立異 先正臣宋時烈嘗擬疏 引鄭道傳猶爲大提學 蓋防限之法 出於中世 請一
切疏通 疏未果上 而載尤菴集中 且先正臣朴世采啓曰 庶孽之中 雖有奇才異
等 無以進用 請大加通變 願上勿滯於流俗 勿拘於常規 自見必然之理 斷而行
之 故知事臣金壽弘疏請通用 事竟不行 故判書臣李袤爲大司憲 上疏請通用庶
孽 都承旨臣金徽郤之 疏未上 其後故相臣崔錫鼎爲吏曹判書 上疏請通用庶孽
然議久不行者 何也 噫 專門濟私之計深 則膠守名分之論 通塞與奪之權重 則
反誣祖宗之法 忍情棄恩而蔑重本 舍親取疏而故欺君 襲謬成俗而不知斁倫 銖
稱縷度而莫恤遺才 名分之說 臣已辨之悉矣 請於更張舊制之論 復得而極言之
夫法久則弊 事窮則通 故時當遵守 而遵守者 迺繼述也 時當通變 而通變者
亦繼述也 固執更張 惟其時宜 則其義一也 詩云 天生烝民 莫非爾極 書曰 惟
精惟一 允執厥中 夫極者 理之盡也 中者 義之當也 洪範曰 無偏無陂 王道平
平 此之謂也 況且禁錮之法 稽之往古而無其法 攷諸禮律而無所據 初出於一

人之雋憾 而本非開國之定制 百年之後 宣廟始許赴擧 及仁祖又許三曹 由是
觀之 列朝更張變通之聖意 斷可知矣 嗟乎 生爲庶孼 爲世大僇 禁錮顯要 而
疎逖於朝廷 遷就名謂 而迫隘於家庭 長幼亂於庠塾 朋友絶於鄉黨 踪跡顋頱
身世踽涼 如負大何 則人賤之 窮無所歸 靡所措躬 或遯跡而自靖 離群而尚志
則謂之驕傲 或脅肩而取憐 屈膝而苟容 則謂之鄙佞 噫 非天之降才爾殊也 此
特培養殊方 趨向異路耳 孟子曰 苟得其養 無物不長 苟失其養 無物不消 特
不培養而作成之 庸何責乎無人於其間哉 或承嫡傳 而不刋庶名 雖遠年代而永
爲賤屬 實同奴婢之律 支屬繁衍 幾至半國 而旣無歸宿 又無恒産 黃馘枯項
茶然罷弊 貧窮到骨 莫能振刷 嗚呼 昔之伊尹 一夫不得其所 若己推而納之溝
中 今之庶孼失所顚連者 豈獨一夫而已哉 抑塞旣久 冤鬱彌亘 干和召沴 未必
非此物致之也 恭惟我殿下 體天莅物 聖功巍煥 率域含生 莫不得所 各得樂其
生而安其業 振淹起廢 克恢蕩平之政 刮垢掩瑕 率囿陶匀之化 宿弊闕典 靡不
釐擧 而獨於通融庶孼之法 未有著政 噫 今臣此言 非臣愚一人之私言 迺一國
有識之公言 非一國今日人公言 迺列朝以來先正名臣之所眷眷者也 其立異者
臣旣歷數而陳之 蓋其術識粗淺 規模隘塞 膠守見聞 徒循流俗 其所執言者 不
過嚴名分難更張而已 當今之世 主張偏私 好生厓異者 未必無此等 而皆引名
臣鄭蘊之一疏 以爲口實 夫蘊之精忠大節 可與日月爭光 則臣未敢知此疏 卽
何所激 而蓋其旨義 亦不過名分國制兩事而已 噫 遐方之人 不知來歷 而猶能
文通兩司 武歷閫帥 不問其世閥 無所拘礙 而今此庶孼 近則迺祖迺父 俱是公
卿大夫 遠則名儒賢輔 爲厥祖先 比諸遐方之人 來歷甚明 而禁廢之法 甚於釁
累 等殺之分 嚴於僕隸 豈不冤哉 臣非以爲目今庶孼之中 有某賢可用某材可
拔 而但朝廷一視之恩 與天同德 大造之化 與物無間 洗濯磨礪 復敍旣斁之倫
彝作成培養 復收久遺之才賢 使立後之法無違大典 宗本之義 悉返古禮 家庭
之內 正父子之名 庠塾之間 敍長幼之齒 復得爲人於三百年 積廢之後 則人人
咸思自新 飭厲名行 願忠圖報 爭死國家之不暇矣 今日王政之大者 無過於此
大聖人壽考作人之功 云云

賀三從姪宗岳拜相因論寺奴書

趾源少時嘗病心 忽念天下婦人新娩昏倦 萬一睡中乳壓兒口 當奈何 夜起彷徨 莫爲置身 顧今白頭爲吏 字得五千戶衆男衆女 孟子所謂赤子 老聃所稱嬰兒也 嬰兒怒則自掠其髮 啼則臥搷其足 他人雖千譬百喩 莫曉其呢喃之何語 旨趣之何在 而唯慈母者 乃能句而解之 逆探而中其意 始知新娩者 寤寐一念 憧憧在乳 默聽於聲臭之外 潛伺於夢魂之中 非至誠 能之乎 自謂新莅初手 無甚瘳瘉 至於寺奴三百口 思之又思 腹背沸熱 三十年前心恙復作 嘗聞加括充額之時 徒憑頭目密封之招 其所加括 俱是外孫之外孫 其所懸保 又皆母黨之母黨 世之簪纓家 鮮能修八世譜 蓋緣氏族屢變 攷據未詳也 而況下土蚩氓 類多不記父名 焉能識迨斜外出之所源乎 似此戚分 雖在士夫 馬上一揖足矣 焉有終身牽纆 樂爲之傾家破産而後已哉 正使此輩 土著是邑 則虛實之間 按名檢閱 猶可說也 匿跡他境 潛輸貢布 嘗冒本名 存沒非眞 雖欲點簿窮査 其勢未由也 或死者復起 或女化爲男 或未嫁而責其所生 或假名而督現眞身 頭目之到處訛迫 因緣作奸 勢所必至 此等有甚於白骨黃口 而猶不得發於鳴冤 楚痛入骨 而猶恐或露 暗地遭略 而自掩鄰里 諺所謂隱旅添粮 諱疾求藥 不指癢處 望人覓爬 此豈非迫不得已至難處者 存乎其間也哉 以故微涉奴案 雖有五女 無人自贅 頭白淸寡 齎恨而終 其爲感傷和氣 當復如何 守令之以此獲罪 前後種種 而亦所不恤 但爲國家導迎天和 宣布德澤 無出於速蠲此弊 今愚非謂安義一縣 獨爲尤甚 此邑如此 他邑可知 一道如此 八路可想 今明公入自藩臬 新登鼎席 當於此事 必所目擊 其爲弊源 應有熟察 初筵陳白 無出此右 區區一念 竊有深望於先天下之憂而憂者 某再拜

賀金右相履素書

民望所歸 天實副之 大拜之夕 同朝動色 獨此柏悅之懷 尤不勝加額 今閤下四世五公耳 具瞻之地 鼎軸之重 未嘗加尊於昔 而有遜於今也 不必遠求史傳 而近師家庭 則生民之福也 泉幣輕重 有區區一得 錄在他紙 幸勿以出位僭

妄責之也 不宣

別紙

顧今民憂國計 專在財賦 我國舟不通外國 車不行域中 財賦之生 常有此數
不在官則在民矣 然而公私匱竭 上下俱困者 何也 理財之術 不得其道故也 夫
幣重則物輕 幣輕則物重 物重則民國俱病 物輕則農賈共傷矣 列聖朝深軫幣輕
之患 間嘗鑄錢 而旋行旋罷 誠以布楮雖輕 更有銀貨之重 爲之折中於貴賤之
間 夫此三幣者 皆出於民手 疾作則可以自裕 錢非私鑄之貨 而仰給於官 當時
鑄旣不多 其散於民者 未及遍數 民之不便用錢 良以此也 故善爲財者無他道
焉 不過量泉幣之輕重 制物情之貴賤 壅者疏之 濫者閉之 使無偏重偏輕之勢
而莫有甚貴甚賤之時矣 錢行百十有三年 內而地部賑廳五營 外而八道兩都統
營 率皆再鑄 或三四鑄 年條數炙 當具在有司 一按可知 目今官錢 留貯幾何
則民間所在 從可推知 百年之間 亦不無殘壞破缺 水火閪失 商略計除 而公私
現錢 計應不下數百萬兩 較之初年始行 想多十倍 而大小遑急 莫不以錢爲憂
甚者以爲國中無錢 何也 噫 錢號常平者 常欲與物俱平也 民之用錢旣久 則目
熟手慣 不識他幣 竝與銀貨而不用 錢日益多而物日益貴 凡所貿遷 非錢莫可
泉貨所流 就傾而瀉 物旣重炙 錢安得不傾哉 故昔之以一文二文而可得者 或
有至三四文而不足 今以錢平物 不啻數倍 則斯豈非錢賤幣輕之明驗歟 然而通
國之說財賦者 咸曰 錢貴 故物隨而貴 何其不思之甚也 且夫銀乃財賦之上幣
而天下之所共寶者也 酒者 民俗狃於錢 而不習於銀 銀遂歸物而不入於幣 非
貨於燕市 則便同無用之物 年至歷咨 所帶包銀 不下十萬 通計十年 則已爲百
萬 兌撥裝還 只是氊帽 帽過三冬 則弊棄耳 擧千年不壞之物 易三冬弊棄之具
載採山有盡之貨 輸之一往不返之地 天下拙計莫甚於此 竊聞國中 將通用唐錢
以救錢荒 自今冬至使行 始許貿來云 此非計之得者也 錢非有風霜水旱之災
惡得如年穀之大無而稱荒哉 所以稱荒者 錢道艱雜 譬如草萊稂莠之不除耳 中
國關外 以紋銀一兩 易錢七鈔 每鈔以百六十三文爲緡 若以我錢爲準 則一兩
之銀 大率得錢一十一兩四錢一文之多 將爲十倍之利 除車雇馬貰 猶爲五六倍
彼象譯輩徒知目前之利 而不識經遠之謨 數十年來 日夜所願 惟在通用 是何

異於隨矢立的 溲足救凍哉 國中錢幣之輕 而猶令百物踴貴 奈何益之以方外濫
惡之鈔 自淆其貨泉哉 毳帽尙爲黎庶禦冬之具 而猶不可以銀易之 況爲象譯一
時之小益 驅八域土產之白金 鑿尾閭於燕市而湊之哉 其利害得失 皎然易曉
不待智者而明也 爲今之計 莫如先淸錢路 姑留銀貨入北之門 何以淸錢 自方
內用錢以來 莫善於舊錢 舊錢莫不敦重堅厚 字體分明 而壬申癸酉之間 禁御
訓局 同時立鑄 忽變舊式 多雜鉛鐵 形體淺薄 觸手易碎 最稱濫惡 首爲錢祟
物價翔騰 實自其時 其後繼鑄者 體益減小 以今新錢 同緡混貫 則入於舊錢輪
郭之內 難以攷校 錢之殽雜 此爲尤甚 今誠倣古五銖三銖之制 悉令所在舊錢
一以當二 一易緡索 大小立判 不煩爐冶 坐得百萬 雖大小竝行 使輕重異用
則不悖物情 而泉貨易流 壬癸所鑄三營之錢 大不及舊 小不中新 制旣違式 體
又薄劣 悉令停行 無敢入市 則錢道斯淸矣 何以閉銀 公私所藏 土產白金 毋
得生解爲幣 悉輸戶曹 率以五兩十兩爲大小之錠 鑄天馬朱雀之形 還歸本主
而仍行十一之稅 所貿唐錢 勿令入國 留之灣府 以充後行盤纏之資 凡使行員
役 宜減冗額 至於書狀 任非專對 職殊從事 其糧糧夫馬 一應煩費 別添一价
而多帶傔隷 寄廚兩房 其去其來 本非大國所知 而凡于宴賚 隨例冒受 最是無
謂 於彼於此 苟且亦甚 三大通官之外 凡押物從事 竝宜停減 寫字圖畵醫官
分排於正副裨將 其無賞從人及灣賈 一切嚴禁 所貿非藥料 毋得闌出 則邊門
嚴 而方內銀貨自足矣

答巡使論密陽金貴三疑獄書 *

　從古疑獄何限 而至於密陽金貴三之致死其女婿黃長孫而極矣 初檢之實因曰
自縊 而覆檢實因 亦惟曰自縊 則今此三檢之忽加被逼二字 以爲實因 未知有
何別見而爲此斷案也 大抵此獄已爲三經檢驗 而一直摸撈傷痕分寸 旣多加減

■'답순사논밀양김귀삼의옥서答巡使論密陽金貴三疑獄書', '답순사논함양장수원의옥서答巡使論咸
陽張水元疑獄書', '답단성현감이후논진정서答丹城縣監李侯論賑政書', 답대구판관이후단형논진
정서答大邱判官李侯端亨論賑政書'는 북의 문예출판사본에 원문이 없어서, 민족문화추진회에
서 간행한 《한국문집총간韓國文集叢刊》 252권 '연암집燕巖集'을 참고하여 보충해 넣었다.

套頭死活 亦不分明 到今論斷 固不可以檢案之煞有詳略 全疑于初覆 歸重於
三檢也 蓋長孫之縊項 權輿於改娶 結果於爭牛 雖使行路聞之 固多致疑於婦
翁 況以檢官愼重之道 慮有隱情 期欲窮覈 乃是必然之勢乎 際此弔掛木之諱
近指遠 屢變其招 則舊訝新疑 轉生層節 此三檢實因之所以遽添被逼一案也
所謂被逼 外面驟看 其所下語 雖似緊重 細究本事 無跡可尋 或情外見疑 或
事違初心 而匪諝匪罟 來辭芒刺 外烘內煞 轉益煩冤 心之荼苦 孰使之然 不
耐躁妄 守諒溝瀆 所謂被逼之形 往往有似此者 孽雖由人 死則自盡 則今雖加
被逼二字 無甚加重於獄情 今以可疑之跡 參究可原之情 則夫妻翁婿之間 曾
無反目翻唇之事 而一朝因甚索牛之擧 寧有暗地戕害之理乎 且其破衣冠裂文
記 雖似斷情 常漢之乘憤驀突 卽其常事 少焉沽酒同醉 聯席共眠 則宿怒已解
舊情可見 而忽地自縊 實非常理 大抵長孫之自決 有兩般情境 新買之沓價幾
何 舊喂之牛價幾何 宴爾之初 萬事商量 只在此牛 及其來索之日 非但未遂初
計 反被無限嗔罵 諺所謂刀入他鞘 則忿頭愚計 以死嚇人 霎時弄假 遂以成眞
一者 受人慫慂 俛勉更娶 驅牛永去 非厭本心 而宿處難忘 還尋故居 徧譎交
加 無地自容 戀舊之情 雖切于中 妬狼之女 不肯惠顧 中夜徊徨 影響斷絶 諺
所謂失蟹兼網 則去留雙難 尤悔竝至 酒後動悲 寧就溘然 究厥情事 必當居一
於是 且以理勢言之 貴三老屛 而長孫壯男也 設使貴三眞有潛害之計 爲長孫
者 寧肯任人結項 拱手就絞乎 設或勒殺 則何不速塡溝壑 以滅其跡 而汲汲通
訃於漠然不知之屍親 遑遑首告於必也檢驗之官家 甘作元犯 自納死地乎 所可
痛者 弔掛處所 終不直陳 以致獄情之疑晦 惟彼愚氓 徒爲死中求生之計 有此
吞吐 長孫之自縊致死則一也 燈油木都里木之間 無甚輕重於其罪 而不卽指一
首實者 論其跡則雖似狡惡 究其情則無足深怪 此等付之惟輕 允爲審恤之道
伏惟裁酌

答巡使論咸陽張水元疑獄書

咸陽張水元致死韓女鳥籠 而初檢及覆檢 俱以自溺爲實因者 反覆文案 參究
情實 則鳥籠之爲水元所威逼 非至一再 而身是未笄 依止挾室 慚憤雖切 無地

可洩 情窮勢蹙 無處可往 則惟彼清冷之淵 及其潔身之所 雖非水元交手推納致令守紅之女 抱此懷沙之冤者 非渠而誰 究厥情狀 焉逭償命而前後所供 屢變其說 此不過狡頑之性 欲掩其强暴之跡 然非欲奸騙 則挾室之處女 胡爲捽曳乎非渠捽曳 則鳥籠之頭髮 緣何見揩乎 事非至憤 則見揩之髮 胡爲留置乎 留此一撮之髮 泣托穉弟 一以爲當日不汚之驗 一以爲死後雪冤之資 所謂獵蝨收績之誘 傳鋤失襪之閧 無甚關緊於是獄 則水元强暴之贓 惟此髮也 鳥籠死拒之跡惟此髮也 身雖百爛 此髮尙存 則一髮之微 可斷全獄 然而議讞之地 執跡而論孼由己作 律止威逼 以此論勘 豈足以小洩死者之幽鬱乎 參情較跡 威逼之律終涉太輕 從重論 施以奸未成之律 恐似得宜

答丹城縣監李侯論賑政書

恭承惠牘 謹審春寒 政履增重 良慰瞻咏 來敎有曰 禮云禮云 賑民云乎哉何其爲言之悖謬而不思之甚也 頃緣行忙 末由長話 但言惟禮可用於賑 語雖不倫 自有斟量 而旣無顚末 突如括出 足下未亮本事 驀然駭聽 反作口實 笑僕迂僻 闊於事情 迂誠有之 心所願安 若謂賑民無涉於禮 其不過歟 噫 君子爲政何往而非禮也 況賑者 有國之大政 而衆命之所繫乎 雖其考之雲漢 而節文無稽視諸鄕飮 而舒慘有間 然饋師爲犒 讌老爲養 莫不有儀 民以飢至 振瘠爲賑 獨不可以有則乎 夫致一邑之大衆 以饋則似犒 以養則同讌 而男女雜坐 長幼爭席如之何其無別無序也 向所云云 非謂行揖讓於飢民 效旅酬於賑庭 非謂簞瓢可以講俎豆 瓦甂可以步肆夏 非謂勉攝齊於鶉結 戒流歠於菜色也 槪以禮者 防於未然之前 法者禁於已然之後 彼飢民者 顔色腫噲 衣裳襤褸 右手持瓢 左手挈橐 非人非鬼 傴僂就庭 縱爲非法 孰能禁之 頃於晉州之行 歷入貴縣 適値賑日 千百飢口 坌集門下 而衙門內閉 無一閽者 立馬良久 無路相通 衆男衆女 扶老携幼 或叩閽大呼 或言語嘈譗 略無顧忌 觀其貌則莫非顚連奄奄之形察其意則皆有怙縱堂堂之勢 俄有小校來諭衆民 自曉煮粥 鼎大米多 苦遲爛熟姑俟須臾 卽當招入云爾 衆怒齊起 群毆小校 裂破衣笠 掠髮揩鬚 無所不至忽有一人 自搏其鼻 出衄塗面 聲張殺人 衆口同唱 吏打飢民 彼雖情急就賑

要趣開門 其所尋閙 亦極驚心 少焉迎客 門遂以闔 飢民雜遝 一擁入庭 因以設餉 群囂自息 伊日光景 旣在門外 足下之所未聞覩也 彼此寒暄之外 足下先敍俄刻閉門之由曰 民之所居各有遠近 其所來赴 亦有後先 先至者圍竈附火烹粥未半 衆瓢徑攪 全鼎致壞 不得不閉門止民 以待齊集 非敢拒客也 遂客主一笑 而不提所見者 非但語涉張皇 座有監賑營裨 不必煩聞生面 且念今日飢民 譬如舊病之兒 逞其憍癡 爲厥父母者 區區善誘 順適其意而已 寧能輒加呵叱如平日乎 孔子曰 道之以政 齊之以刑 民免而無恥 道之以德 齊之以禮 有恥且格 故與其法勝 不如禮屈 何則 法之所須 刑威從後 禮之爲用 恥惡在先 民有侮威而蔑刑 則是我能勝於畏法者 而反輸於不畏者也 而況藉飢而爲强乎 常情所羞 莫如貧餓 斯須之廉 在於豆羹 是我因其固有之性 而爲之別嫌疑 列次序 辨名分 秩然不可以相踰也 而況黽勉庚癸之呼 而非其本情者乎 故畏之不若恥之 勝之不若屈之 免而無恥者 勝之謂也 有恥且格者 屈之謂也 今嶺南全道 不幸値歲極無 擧設大賑 爲守令者竭力辦穀 殫誠抄飢 孰敢不仰體朝廷若保之盛念 思所以對揚憂勤之萬一也哉 又況陟罰臧否 係此一擧 則畏愼儆勵之有餘 而未免要譽之歸 慰藉呴濡之太過 而反致竭恩之歎 公私之間 不思日後之難繼 功罪之外 多務目前之彌縫 其所措穀物 非不多也 其所濟人衆 非不大也 凡百賑政 無不善之邑也 但恐撤賑之後 苟延之餘喘 將以何術而濟之 倖恩之媮俗 將以何法而勝之乎 故吾所謂禮者 非欲捨常賑之式 而別有他法也但於愍恤之中 務存大體 饋饗之前 先養其恥 必令男女分席 長幼異坐 士族置前 庶甿居下 各尋其位 不相亂次 則設粥之時 男左而女右 不期整而自整矣老先而少後 不期讓而自讓矣 分穀之際 置前者先受而不妒 居下者待次而不爭矣 此吾所謂夫禮而可繼之道也

答大邱判官李侯端亨論賑政書

屋上鳴鳩 喚雨喚晴 宛是釀花天氣 遠際遊絲纈眼 官池綠水涵影 訟者不來公庭吏退 今日偶得一閒 方知周歲太守之樂 負手循欄 永言懷想 不在他人 際此華牘 忽墜我前 可謂情與神會 不以山川而隔之也 全道七十二邑 不幸値歲歉

荒 擧設大賑 爲今之字牧者 飢口則思其精抄 賑資則營其廣聚 積慮勞神 安得
不弊弊焉辛苦憔悴 而況營下劇邑 其艱虞溢目 有倍他郡者乎 每接同省守宰之
書 憂惱太過 嗷嗷之邑 達於紙面 吟呻之聲 不絶筆頭 執書以還 未嘗不代爲之
不寧也 不意足下樂天任物之性 未能自覺 其亦作此態 寧不慨然哉 噫 我國用
人之路至狹 非由科目 雖學貫天人 才兼文武 固無出身之道 今之翶翔王朝 籌
護民國 參贊治化者 其有不大科而進者乎 其次小科 然後始得補蔭 僅通仕籍
而不離郞署之間 日夜所望 惟是出宰 商邑況之厚薄 詢土物之有無 其所自處
無異下流 雖名莅民 事無專輒 奔趨承奉 惟恐居殿 邑之痼瘼 民之疾苦 無暇致
心 不惟無暇 雖欲矯捄 事不由己 其勢無奈也 故其能者 謹簿書 嚴典守 可幸
無罪而已 然而一得展布其平生之志業者 獨有賙賑一事耳 吾與足下 大之旣不
得及第 小而又不成進士 俱白徒無聊 闤茸閭里 遊談送日 自詑衿紳 而藍縷已
久 權稱兩班而冒濫可羞 晧首黃馘 望絶當世 何幸遲暮一命 後先同寀 雖踰古
人强仕之年 如欲盡分於職下 則尙有餘日矣 不出五六年 足下已再典要邑 僕亦
得一縣 當此大無之歲 其經濟布施 顧不在此歟 政宜殫竭心膂 視荼如薺 如之
何其歎到身命 自作苦況哉 顧此五十年簞瓢屢空 不閱我躬者 厚蒙天恩 忽作富
家翁 庭列數十大鼎 招來一千四百餘口 顜頷顚連之同胞 月三與之湛樂 樂莫樂
兮 何樂如之 彼張公藝勉强九世 所忍何事 孔子曰 是可忍也 孰不可忍也 孟子
曰 人皆有不忍人之心 聖人之不忍於不可忍者如此 忍之爲字 一之猶甚 忍書百
字乎 其百忍之時 首其疾焉 頮首蹙焉 滿面皺文 橫縱竪倒 想見其眉間川字額
上壬字 忍於目而爲瞽 忍於耳而爲聾 忍於口而爲啞 不仁哉 欲斷其惻隱之萌
心上一刃足矣 惡用是疊寫百字之多也 今吾書一樂字 無數笑字隨之 推此以往
雖百世可也 發函之日 足下亦必噴飯 號我以笑笑先生 亦所不辭也

答應之書 一

多少敎意謹悉 不覺大發一噱 弟何嘗含怒於吾兄 而兄何以臆忖 每有此分疏
耶 可謂淺之知我也 知我罪我 摠崇我病 蘖由己作 干人甚事 第其情勢姑舍
病狀轉劇 危證敗兆 疊見層出 仲存數昨 又復起去 獨臥空衙 傍無一人 可謂

食肉之定僧　佩符之謫客　檢束歸裝　只一携來之弊簏　而滿貯數帙殘書　胡亂夾
充者　盡是盎葉所記　偶閱一片　不覺悵然疚懷　此乃年少時　眼明不憚細書　或紙
如蝶翅　或字如蠅頭　既無倫次　終當委棄　譬如明珠不穿　鋼針無孔　人生卒卒
常有來日　今忽目視茫茫　字畫渺渺　乍聚玄駒　俄贏白本　此皆平生經綸　足備昭
代文獻　若不及今手自尋繹　實非他人所能編摩　此來海畔孤城　邑僻事簡　木落
花發　朱墨有暇　則庶可編成幾種奇書　今此顛沛　空復携還　蟫溺鼠扪　同歸泥土
此可傷心　他復何戀　至於公私例患　別無狼狽　蓋其到官裁滿五朔　其爲冷煖　亦
不自知　然似無致煩故人盛念耳

答應之書　二

　日前公私冗擾甚劇　未及拜書　方問狀吏行否　則俄已發矣　耿悵何極　想必謂
我無意筆硯而闕之也　及承先施短牘　果如妄揣　不勝悚恋　弟豈若是小丈夫然哉
一失意　則茫然癡坐　咄咄書空耶　奈何益令人羞死也　望日之朝　列邑群吏坌集
布司門外　短管呵凍　挨肩疊跡　如場屋懸題　舉子膽解　謎語相呼曰　冀州田賦耶
亶公之走耶　卞子無譬耶　卜氏戴一耶　精一之執歟　子莫之執歟　何贓之執
曰隨
陪之執　逡閩場大笑曰　吾以汝倖爲蔭官也　乃今巧發奇中　可謂善射　汝倖　或者
其冷武乎　沔吏卒大慚而還　弟方擁衾喫早粥　聞此不覺軒渠　捧腹嘔噱　絶纓如
拉朽　噴飯如飛蜂　譬如毒腫方濃　大針裂破　衣裳雖汚　心意頓爽　我東邇言有之
毋交三公　淑愼爾躬　此自勉之辭也　非汝牛角　焉壞我屋　此咎人之辭也　夜毋踏
白　非水則石　此戒人冥行也　出俛入俯　非爲敬戶　此警人所抵觸也　主人乏醬
客辭羹湯　此謂主客俱便也　未知吾兄忠告　觀此數條　迪我何方　爲今之策　莫如
善後　善後令圖　莫如善其行止　行止久速　雖不敢妄擬於聖之時中　亦安可草草
益爲人耻笑也哉

答李仲存書 一

錄示人言 可發一笑 鄙言有之 夢僧成癩 何謂也 僧居寺 寺在山 山有漆 漆能癩人 所以相因於夢也 吾昔入中州 中州者 胡之所據也 吾嘗與之遊處飲食焉 不啻若夢中之見僧 無怪乎世人之謂我癩也 葱篠舊交之至老相狎者 戲寢冠爲氊帽 笑弊褐以氈裘 是豈眞弁紅絲而襲馬蹄耶 蓋以胡嗤之 則童稚之所羞也 故比物連類 所以相謔 同浴譏裸 誰其爲怒 悠悠數十年來 舊日朋遊凋謝殆盡 雖欲爲一夜笑譜 不可得矣 寧不悲哉 今有平生所不知何人 忽以胡服等語 直加諸人 則不可也 況其作爲文字 醜辱狼藉乎 人非病風而喪性 奈何一朝 自爲左袒 以受人嗤罵耶 究之常情 殆不近理 僮僕且羞見之 又況靦顔於吏民之上乎 其所爲說 大是鹵莽 雖街童市卒 誰復信之 付之一笑足矣 幸爲戒家兒輩 切勿對人辨說 如何 設有問烏有先生姓名者 將以答白哲疎眉目乎

答李仲存書 二

彼所云虜號之藥 不識何所指也 謂其年號耶 地名耶 此不過紀行雜錄也 其有無得失 本非有關於世 初何嘗比數於春秋之義也哉 今忽有人焉 爲若責備於賢者 則過矣 噫 年號之始行于天下也 我東之先正 請毋書告身之上 則有之矣 士大夫墓道之刻 追識以崇禎紀元之後 則有之矣 至於公私文簿之間 有不能避焉 蓋不得已也 故田宅人莫不欲其世也 其立券也 非具書當世之年號 則賣買不成 吾未知世之獨嚴於春秋者 其將謂虜號之室 而不居也 亦將謂虜號之田而不食也歟 吾曩於遠遊也 其行程頓宿 陰晴日時 未可以無記也 故首爲起例于渡江之日曰 後三庚子 復自傳之曰 曷稱後也 崇禎紀元後也 曷三也 紀元後三周也 曷隱之 將渡江故也 擲筆而笑曰 古有皮裏春秋 今爲轔外公羊 未嘗不自悲其苟假也 然若於陰晴之上 必大書特書曰 春皇正月 則誠爲不可也 其稱謂之際 往往以康熙乾隆 別其時世而乃反責之以史筆 則豈非惑歟 是果未見其藥而强爲之說也 必斥其胡皇虜帝而後 始得爲嚴於春秋耶 如恥其虜地而不可

以名篇 則尤惑也 古之函夏不幸而陷於胡虜者 非獨於今日而爲然也 擧將夷之
而不名耶 舜東夷之人也 文王西夷之人也 由今之爲春秋者 其將爲舜文王 曲
諱其所生之地耶 春秋固尊華攘夷之書也 然夫子嘗欲居九夷 由今之道者 聖人
何爲欲居其所攘之地乎 若人而爲春秋者 其將廢胡傳而不講耶 知我罪我之間
當有以辨之者矣 大抵吾廢科頗早 心意閒曠 方外逍遙 庶遂宿願 所以遠慕牧
隱 近效稼齋 一鞭輕裝 萬里在前 第念身雖白徒 名則青衿 非譯非醫 踪跡不
便 潛往 潛來 號名難掩 誠以操觚大雅律之 未嘗不自惡於中也 每曉天攬轡
獨語于心 曰龍門壯遊 胡大事也 朝歌廻車 曾不聞乎 少焉 鮮旭蕩紅 圓滿遼
東 晶塔浮空 遙迎馬首 氶烟迷樹 金甍聳雲 吾於是中 左環滄海 右擁太行 行
而復行 心目日新 笑前志之碌碌 覺是氣之浩浩 遂出長城 北臨大漠 此其所以
爲熱河之遊也 及其歸後 非但物議不到 反有羨吾之是行者 山居無聊 掇拾故
紙 編成幾卷 此其所以爲熱河日記也 自謂燃犀之觀 無物不有 而及入文字 九
牛一毛 筆墨憔悴 睡餘支枕 已孤發軔之初心矣 回思往蠋 雲水俱空 時閱殘篇
溲勃疉見 無足自嬉 誰復觀者 中間憂患死喪 未遑收去 又自宦遊以來 益復散
失 只存其名 橋杌可憎 此其所謂虜號之藁也 悠悠卅載之間 蕉鹿之藏 久已付
之一夢 市虎之傳 忽又添其兩翼 豈非過歟 足下爲我謝今之爲春秋者矣 何不
責我曰 子之前遊 乃三代以來聖帝明王漢唐宋明疆理之地也 今雖不幸而爲夷
狄之所據 然其城郭宮室人民 固自在也 正德利用厚生之具 固自如也 崔盧王
謝之氏族 固不廢也 關洛閩建之學問 固未泯也 彼夷狄誠知中華之可利 故至
於奪而有之 子何不盡得其古來 固有之良法美制 中華可尊之故常實蹟 歸而悉
著于篇 以爲一國用也 子不此之事 而徒隨皮幣之使爲哉 今其記述 無非駁雜
無實之語 一時浪跡 何足以向人誇誕也 只自喪志而敗德云爾 則聽之者寧不背
寒而口呿 羞愧而沒世乎 摟諸侯以伐諸侯 此春秋之所由作也 今忽有人焉 摟
春秋以辱人可乎 吾不識也 春秋豈可以聲音笑貌爲哉

答兪士京書

昨日車衆儼臨 而適避暑出郊 有失迎晤 瞻悵倍至 卽又書至 慰荷殊深 臘外

車騎過者 日數十輩 從者足聲如雷 屋角欲摧 初移家時 小兒輒撤書吐哺 顚倒
出看 及其稍久 亦不出看 非但家兒如此 此洞街童 視皆尋常 此無他 不辨賢
愚 而但日閱故耳 由是觀之 憑數尺獨輪之車 假皀隷呵導之聲 其慕悅不足以
顚倒街童 而遽作態色 項長三尺 氣湧如山 果以爲何如哉 前日安城兪應敎 雖
蠹鞍羸駒 固無損於所性 今日松都新留守 雖建牙擁纛 固無加乎素行 西京戶
不下九千 不無忠信豪傑 則又況其智足以辨其大夫之賢愚乎 好呵 好呵

答京之 之三

足下讀太史公 讀其書 未嘗讀其心耳 何也 讀項羽思壁上觀戰 讀刺客思漸
離擊筑 此老生陳談 亦何異於廚下拾匙 見小兒捕蝶 可以得馬遷之心矣 前股
半跪 後脚斜翹 丫指以前 手猶然疑 蝶則去矣 四顧無人 哦然而笑 將羞將怒
此馬遷著書時也

與中一 之三

孺子謠曰 揮斧擊空 不如持鍼擬瞳 且里諺有之 无交三公 淑愼爾躬 足下其
志之 寧爲弱固 不可勇脆 而況外勢不可恃者乎

答蒼厓 之一

寄示文編 漱口洗手 莊讀以跪曰 文章儘奇矣 然名物多借 引據未襯 是爲圭
瑕 請爲老兄復之也 文章有道 如訟者之有證 如販夫之唱貨 雖辭理明直 若無
他證 何以取勝 故爲文者 雜引經傳 以明己意 聖作而賢述 信莫信焉 其猶曰
康誥曰 克明德 其猶曰帝典曰克明峻德 官號地名 不可相借 擔柴而唱鹽 雖終

日行道 不販一薪 苟使皇居帝都 皆稱長安 歷代三公 盡號丞相 名實混淆 還
爲俚穢 是卽驚座之陳公 效顰之西施 故爲文者 穢不諱名 俚不沒迹 孟子曰
姓所同也 名所獨也 亦唯曰 字所同 而文所獨也

答蒼厓 之二

還守本分 豈惟文章 一切種種萬事摠然 花潭出 遇失家而泣於塗者曰 爾奚
泣 對曰我五歲而瞽 今二十年矣 朝日出往 忽見天地萬物淸明 喜而欲歸 阡陌
多岐 門戶相同 不辨我家 是以泣耳 先生曰 我誨若歸 還閉汝眼 卽便爾家 於
是 閉眼扣相 信步卽到 此無他 色相顚倒 悲喜爲用 是爲妄想 扣相信步 乃爲
吾輩守分之詮諦 歸家之證印

答某

偶頌野性 自況於蘗 所以近人則驚 非敢自大也 今承明敎 自比於驥尾之蠅
又何其小也 苟足下求爲小也 蠅猶大也 不有蟻乎 僕嘗登藥山 俯視都邑 其人
物之若馳若騖者撲地 蠕蠕若屯垤之蟻 可能一噓而散也 然復使邑人而望吾 則
攀崖循巖 捫蘿緣樹 旣躋絶頂 妄自高大者 亦何異乎頭蝨之緣髮耶 今乃大言
自況曰蘗 何其愚也 宜其見笑於大方之家也 若復較其形之大小 辨所見之遠近
足下與僕皆妄也 蘗果大於蠅矣 不有象乎 蠅果小於蘗矣 若視諸蟻 則象之於
蘗矣 今夫象立如室屋 行若風雨 耳若垂雲 眼如初月 趾間有泥 墳若邱壟 蟻
穴其中 占雨出陣 瞋雙眼而不見象 何也 所見者遠故耳 象膣一目而不見蟻 此
無他 所見者近故耳 若使稍大眼目者 復自百里之遠而望之 則窅窅玄玄 都無
所見矣 安有所謂蘗蠅蟻象之足辨哉

心 能自防愼 楚也太銳自用 則安能知之 吾今枯落鄕廬 山以外事 不惟不聞
亦所不問 無關他事 第其平生愛惜者存 與吾兄頗同 故臨書自然及之 未知其
間有嘗往復 而諸君日記已成 有所示否

洪德保墓誌銘

德保歿越三日 客有從年使入中國者 路當過三河 三河有德保之友曰 孫有義
號蓉洲 曩歲余自燕 還爲訪蓉洲不遇 留書俱道德保作官南土 且留土物數事
寄意而歸 蓉洲發書 當知吾德保友也 乃屬客赴之日 乾隆癸卯月日 朝鮮朴趾
源頓首白蓉洲足下 敝邦前任榮川郡守南陽洪湛軒 諱大容 字德保 以本年十月
卄三日酉時不起 平昔無恙 忽風喎噤瘖 須臾至此 得年五十三 孤子薳 哭擗未
可手書自赴 且大江以南 便信無階 竝祈替此轉赴吳中 使天下知己 得其亡日
幽明之間 足以不恨 旣送客 手自檢其杭人書畫尺牘諸詩文共十卷 陳設殯側
撫柩而慟曰 嗟乎德保 通敏謙雅 識遠解精 尤長於律曆 所造渾儀諸器 湛思積
慮 刱出機智 始泰西人謫地球 而不言地轉 德保嘗論地一轉爲一日 其說渺微
玄奧 顧未及著書 然其晚歲益自信地轉無疑 世之慕德保者 見其早自廢擧 絶
意名利 閒居爇名香鼓琴瑟 謂將泊然自喜 玩心世外 而殊不識德保綜理庶物
剸劇創錯 可使掌邦賦使絶域 有統禦奇略 獨不喜赫赫耀人 故其莅數郡 謹簿
書 先期會 不過使吏拱民馴而已 嘗隨其叔父書狀之行 遇陸飛嚴誠潘庭筠於琉
璃廠 三人者俱家錢塘 皆文章藝術之士 交遊皆海內知名 然咸推服德保爲大儒
所與筆談累萬言 皆辨析經旨天人性命 古今出處大義 宏肆儁傑 樂不可勝 及
將訣去 相視泣下曰 一別千古矣 泉下相逢 誓無愧色 與誠尤相契可 則微諷君
子顯晦隨時 誠大悟 決意南歸 後數歲 客死闈中 潘庭筠爲書赴德保 德保作哀
辭 具香幣 寄蓉洲 轉入錢塘 乃其夕將大祥也 會祭者環西湖數郡 莫不驚歎
謂冥感所致 誠兄果(名)焚香幣 讀其辭 爲初獻 子昂(名)書稱伯父 寄其父鐵橋
遺集 轉傳九年始至 集中有誠手畫德保小影 誠之在閩病篤 猶出德保所贈鄕墨
嗅香 置胸間而逝 遂以墨殉於柩中 吳下盛傳爲異事 爭撰述詩文 有朱文藻者
寄書言狀 噫 其在世時 已落落如往古奇蹟 有友朋至性者 必將廣其傳 非獨名